Miguel de Cervantes

Novelas ejemplares

•

# 모범소설집 2

창 비 세 계 문 학

77

•

# 모범소설집 2

•

미겔 데 세르반떼스

민용태 옮김

창비

# 차례

•

**일러두기**

1. 이 책은 Miguel de Cervantes Saavedra, *Novelas ejemplares I*, Edición de Harry Sieber, Ediciones Cátedra, Madrid 1984, sexta edición; *Novelas ejemplares II*, Edición de Harry Sieber, Ediciones Cátedra, Madrid 1981, tercera edición을 번역 저본으로 삼았다.
2. 본문 중의 각주는 옮긴이의 것이다.
3. 외국어는 되도록 현지 발음에 가깝게 표기하되, 일부 우리말 표기가 굳어진 것은 관용을 따랐다.

유리 석사에 관한 소설
Novela del licenciado Vidriera

두 학생이 또르메스 강가를 산보하다가 문득 강가 어느 나무 밑에서 자고 있는 소년을 발견했다. 열한살쯤 되어 보이는 농군 차림의 아이였다. 하인을 시켜 아이를 깨우라고 하고서 아이가 깨어나자 어디서 온 누구인지, 무슨 일로 그런 호젓한 곳에서 잠을 자고 있는지 물었다. 그 말에 소년은, 자기 고향 이름은 잊었고 자신은 지금 살라망까를 향해 가는 중이라고 대답했다. 그곳에 가서 좋은 주인을 만나 일하면서 그 밑에서 오직 공부를 하고 싶을 뿐이라고 했다. 글은 읽을 줄 아느냐고 물으니, 소년은 물론 읽을 줄 알고 쓰기도 할 줄 안다고 답했다.

"그러니까," 두 학생 중 한 사람이 말했다. "기억력이 모자라서 자네 고향 이름을 잊은 건 아니구먼."

"여하튼, 어찌 되었든 간에," 소년이 대답했다. "제 고향 이름도 제 부모 이름도 제가 그분들에게 명예로운 자식이 되기 전까지는 아무에게도 말하지 않을 거구먼요."

"그럼, 자네는 어떻게 해서 그분들을 명예롭게 할 생각인데?" 다른 학생이 물었다.

"제가 공부를 많이 해가지고요." 소년이 대답했다. "공부를 잘해서 유명해지면, 사람들 말이 대주교도 된다고 하던데요."

이 대답이 두 학생을 감동시켰다. 그들은 소년을 하인으로 받아들여 데리고 가기로 했고, 실제로 소년을 살라망까로 데리고 가서 그 대학교에서 보통 학생들을 모시는 하인들에게 해주는 방식대로 공부를 시켰다. 소년은 이름이 또마스 로다하라고 했다. 그 주인들은 소년의 이름이나 옷차림으로 보아 어느 가난한 농사꾼의 자식일 것이라 짐작했다. 주인들은 며칠이 지나자 소년에게 검은 옷을 입혔다. 몇주가 지나자 또마스는 대단한 재주를 보여주었다. 주인들을 대단히 열심히, 성실하게 모시는 재주하며 공부하는 데서도 한점 흐트러짐이 없었다. 소년은 주인들에게 무척 감사하며 그들을 섬기는 데 전념하는 것 같았으니, 하인이 정성으로 섬기면 주인의 마음도 동하여 좋게 대하게 마련이다. 또마스 로다하는 이제 주인들의 하인이 아니라 동료인 셈이었다. 마침내 8년간 그들과 함께하고 나니 또마스는 대학 내에서 대단히 유명한 사람이 되었다. 훌륭한 행동거지와 뛰어난 재주로 각계각층의 사람들이 모두 그를 알아주고 좋아하게 되었다. 그의 전공은 법이었으나 그가 가장 뛰어난 분야는 인문학이었고 기억력이 아주 뛰어나서 모두가 놀랄 지경이었다. 깊은 이해력과 함께 기억력이 특히 빛났다.

이윽고 시간이 흘러 주인들이 공부를 끝내고 고향으로 돌아가게 되었다. 그곳으로 말하자면 안달루시아 지방에서 가장 좋은 도시 중 하나였다. 두 사람은 또마스를 데리고 갔다. 하인은 며칠 동안 그들과 머물렀으나 그의 소망은 살라망까로 돌아가 다시 공부를 계속하고 싶은 것이라—그곳의 평안한 거처에서 즐겁게 공부해본 사람들이면 모두 다시 돌아가고 싶은 마법에 걸리게 마련이라—돌아가게 해달라고 주인들에게 허락을 청했다. 두 주인은 경위 바르고 관대한지라 이를 허락하고 그후로 3년은 먹고살 수 있도록 모든 편의와 조치를 취해주었다.

또마스는 감사를 표하고 그들과 헤어져 말라가를 떠나왔다(그곳이 주인들의 고향이었다). 안떼께라 가는 길을 따라 삼브라 고개를 내려오다가 우연히 말을 타고 가는 어떤 점잖은 신사를 만났다. 그는 울긋불긋 눈에 띄는 야전복 차림으로 역시 말을 탄 하인 둘을 데리고 가고 있었다. 또마스는 가는 길이 같다는 것을 알게 되어 그 양반과 합류했고 그들은 곧 동무가 되었다. 이런저런 이야기를 나누다가 얼마 지나지 않아서 또마스가 그의 놀라운 재능을 보여주었고, 그 신사 또한 용감하고 신사다운 풍모를 과시했다. 그 사람은 자신이 폐하를 모시는 육군 대장이고 부하와 함께 살라망까 지방으로 신병을 모집하러 가고 있다고 말하며 군대 생활에 대해 자랑을 늘어놓았다. 그는 군 생활을 하는 사람들이 찾게 되는 여러 도시와 장소 들을 아주 생생하게 묘사했다. 나뽈리의 아름다움, 빨레르모의 안락한 생활하며 밀라노의 풍요로움, 롬바르디아의 연회들, 숙소들에서 주는 훌륭한 음식들에 대한 이야기였다. 그는 또마스에게 친절하고 자세하게 그림 그리듯 이딸리아어로 설명해주었다. "손님께 준비 잘해드려. 이리 와, 장난꾼아, 고기 다져 만든 마까렐라, 치킨하고 마까로니 좀 가져와." 또한 이딸리아의 자유분방한 생활과 군인의 즐거운 생활에 대해 침이 마르도록 칭찬을 늘어놓았다. 그러나 보초를 서면서 추웠던 일이나 습격당할 위험성,

전장의 소름 끼치는 공포와 포위당했을 때의 배고픔, 지뢰가 터질 경우의 고통 따위의 일들은 한마디도 이야기하지 않았고 군대 생활의 고생스러움이나 군인으로서의 가장 큰 짐들은 빼놓았다. 결국 그가 너무나 많은 이야기를 그럴듯하게 해서 점잖은 우리 또마스의 마음도 차츰 흔들리기 시작했고, 심지어 그 생활이 좋아질 것 같은 생각이 들었다. 죽음이 그렇게 가까이 있는 생활이라는 것은 생각도 못 한 채 말이다.

돈 디에고 데 발디비아라는 이름을 가진 그 대장은 잘생기고 머리 좋고 활달한 또마스가 무척 마음에 들었다. 그리하여 그에게 혹시 한번 경험해보고 싶은 마음이 있다면 당장 이딸리아로 함께 가자고 청했다. 자기가 식사를 대접하겠다고 제안했고 심지어 또마스가 원한다면, 부하에게 금방 준비하도록 할 테니 직접 신병 소집 깃발을 들고 다니게 해주겠다고도 했다.

얼마 지나지 않아서 또마스는 이 제의를 받아들일 생각을 했다. 그는 자신의 마음을 저울질해보았다. 이딸리아와 플랑드르, 그밖의 여러 나라와 영토를 구경하는 것도 좋으리라. 왜냐하면 긴 여행이나 순례는 지식을 더해주고 사람을 더욱 분별 있게 만들어줄 테니까. 게다가 길어야 3, 4년 걸릴 테니, 애초 계획한 기간이 길지는 않았지만 거기에 보태더라도 다시 공부를 하는 데 방해가 될 정도로 긴 기간은 아닐 것이다. 그래서 또마스는 모든 것이 마치 자기가 뜻한 대로 되기나 한 것처럼 대장에게 기꺼이 그와 함께 이딸리아로 가겠다고 말했다. 하지만 조건이 하나 있는데, 자신은 신병 모집 깃발을 들지 않을 것이며 군인 명부에는 이름을 올리지 않겠다고, 의무적으로 군 생활을 계속하는 것은 싫기 때문이라고 했다. 그러자 대장은 입대하여 이름을 올리는 것은 군 생활의 의무와 상관

없으며 명부에 이름을 올려야만 군인에게 주는 급료와 각종 혜택을 누릴 수 있다고 했다. 또한 또마스가 요청할 때마다 휴가를 주겠노라고도 약속했다.

"그렇게 하는 것은 대장님의 양심에나 제 양심에나 있을 수 없는 일입니다. 그러니 저는 의무를 지고 가기보다는 자유롭게 가겠습니다." 또마스가 말했다.

"참 사려 깊고 양심 있는 분이군요." 돈 디에고가 말했다. "군인의 양심이라기보다는 종교인의 양심이라고나 할까. 그러나 어떻든 이제 우리는 동지입니다."

그날 밤에 그들은 안떼께라에 도착했고, 매일 장시간 걸어 며칠 지나지 않아 부대가 있는 곳까지 다다르게 되었다. 부대는 준비를 마치고 곧 까르따헤나로 출발하려던 참이었다. 그들 부대는 다른 네 부대와 함께 행군했고 가는 길에 각기 적당한 곳에 숙소를 정했다. 거기에서 또마스는 병참장교들이 매우 권위 있다는 것과 몇몇 대장들의 까탈스러움, 숙소 담당관들의 배려, 회계 담당자들의 신속한 계산과 업무 처리 등을 볼 수 있었다. 또한 주민들의 불평, 임시 숙소 구하기의 어려움, 신병들의 버르장머리 없는 행동들, 숙소 다른 손님들과의 말싸움, 필요 이상으로 많은 보급품을 청하는 사람들, 그리고 마지막으로 마음에 안 들거나 안 좋게 보이는 것이 있어도 무어든 해내는, 필요에 따른 정확한 행동들이 눈에 띄었다.

또마스는 학생 복장을 버리고 주변 상황에 맞게 울긋불긋한 야전복장을 하고서, 흔히 하는 말로 하늘 무서운 줄 모르고 떵떵거리고 다녔다. 많이 가지고 다니던 책들도 옆구리에 차는 가방 두개에 『성모 마리아의 시간들』과 시인 가르실라소의 주석도 없는 시집 한권으로 줄였다. 그는 자신이 생각했던 것보다 훨씬 빨리 까르따헤나에 도착한 듯했는데, 군대 숙소들에서 머물며 생활한다는 게 각양각색의 광범위한 사람들과 접하는 것이라 날마다 새로운 일, 재미있는 사건들과 맞닥뜨린 덕분이었다.

까르따헤나에서 부대는 네척의 나뽈리 전함에 올라탔는데, 거기에서 또마스 로다하는 또한 그 해상의 집들 안의 이상한 생활을 볼 수 있었다. 그 안에서는 대부분의 시간 동안 빈대들이 사람을 못살게 하고, 사역하는 죄수들은 도둑질하고, 해병들은 노발대발하고, 쥐들은 다 망가뜨리고, 언제나 일렁이는 파도 소리는 사람을 지치게 했다. 특히 레온만에서의 폭풍우와 격렬한 태풍들은 그에게 공포를 주었다. 두번 폭풍우가 있었는데, 한번은 그들을 꼬르세가 항구로 내몰았고 또 한번은 프랑스의 뚤롱으로 되돌아가게 했다. 마침내 그들은 지치고 흠뻑 젖은 채 밤을 새가며 거무스름한 눈꺼풀로 최고로 아름다운 도시 제노바에 당도했다. 아늑한 우리 같은 항만에서 배를 내린 그들은 성당을 찾아 자신들의 무사함에 감사드렸다. 대장은 모든 동료들과 함께 숙소를 정하고 그곳에서 지난 폭풍의 기억을 잊고 현재의 기쁨을 즐기기로 했다.

또마스는 거기에서 이딸리아 뜨레비아노 와인의 부드러움을 알았고 몬떼피아스꼬네 와인의 가치를 맛보았다. 아스뻬리노 와인의 힘과 그리스 깐디아섬과 소마섬 와인의 너그러움, 그 유명한 '다섯 포도밭'의 위대함, 과르나차 부인의 평화로움과 달콤함, 나뽈리 첸똘라의 촌스러운 맛을 즐겼다. 그러나 또한 이들 쟁쟁한 와인 중에서 감히 로마 와인의 질이 낮다고 생각할 수는 없었다. 객줏집 주인은 그 많은 와인들을 하나하나 다 설명한 뒤에, 지도에 그린 그림 같은 속임수나 둔갑술을 쓰지 않고 자신이 실제로 진짜 명주의 고장들을 보여주겠다고 나섰다. 그는 와인으로 유명한 마드리갈과 꼬까, 알라에호스, '왕의 도시' 레알 시우다드보다 더욱 멋진 '제왕의 도시'의 웃음의 신의 방을 보여주었다. 에스끼비아스도, 알라니스도, 까사야도, 과달까날과 멤브리야도 보여주었다. 리바다비아와 데스까르가마리아도 잊지 않았다. 한마디로 그 주인은 사람들에게 그야말로 술의 신 디오니소스라도 그의 술창고에 다 담아둘 수 없을 만큼 많은 와인들을 이야기하고 갖다주었다.

착한 또마스의 눈에는 제노바 아가씨들의 황금빛 머리칼과 남자들의 우아한 생김새와 예의 바른 태도도 감탄을 자아냈다. 특히 도시의 정경이 집들을 바위들에 황금 속의 금강석처럼 새겨놓은 듯하여 아름답고 감탄스러웠다. 그들이 도착한 다음날 삐에몬떼로 향할 예정인 부대가 하선했다. 그러나 또마스는 이 여행은 하기 싫었고 거기서 육로로 나뽈리와 로마로 가고 싶어 그대로 발을 옮겼다. 그다음에는 위대한 베네찌아와 로레또로 길을 돌렸다가 밀라노와 삐에몬떼로 갈 생각이었다. 돈 디에고 데 발디비아 대장은 자신이 사람들 말처럼 전쟁이 한창인 플랑드르에 출전하지 않았다면 삐에몬떼에서 자기를 만날 수 있을 거라고 했다.

또마스는 그로부터 이틀 뒤 대장과 헤어졌고 5일 걸려 피렌쩨에 도착했다. 그보다 먼저 작지만 잘 지어진 도시 루까를 보았는데, 거기에서는 이딸리아 다른 도시에서보다 에스빠냐 사람들을 좋게 보고 잘 대접해주었다. 그는 피렌쩨가 제일 마음에 들었다. 도시 전체가 깨끗하고 입지가 좋았으며 화려한 건물들과 시원한 강, 평화로운 거리들이 좋았다. 그는 그 도시에서 나흘을 머물렀고 다음으로 세상의 주인 도시, 도시 중의 여왕인 로마로 떠났다. 성당들을 방문해 그 장엄함에 놀랐고 유물들에 감탄했다. 사자의 발톱만 보아도 그 힘과 크기를 알 수 있듯 또마스는 조각난 대리석과 반이나 전체가 남은 석상들, 부서진 아치, 무너진 대형 공중목욕탕, 커다란 원형극장, 훌륭한 현관들에서 대로마제국의 웅대함과 힘을 볼 수 있었다. 둑 가장자리까지 항상 물이 가득한 유명한 성스러운 강, 그 강에는 순교자들의 무덤이 있고 그 주변으로 끝없이 많은 유물들이 귀하게 모셔져 있었다. 로마의 다리들은 서로를 찬양하는 것처럼 마주 서 있었다. 아뻬아 도로, 플라미니아 도로, 줄리아 도로 같은 거리들은 그 이름만으로도 세상의 모든 다른 도시들의 거리들보다 권위 있어 보였다. 도심 속의 작은 산들도 적지 않게 놀라웠다. 쎌리오산, 끼리날산, 바띠깐 언덕, 그리고 다른 네 산의 이름은 대로마제국의 위대함과 웅장함을 보여주었다. 또한 추기경 회의실의 권위와 대교황의 위대함, 수많은 나라에서 온 수많은 사람들 무리도 보았다. 또마스는 모든 걸 보고 적고 마음에 간직했다. 성 바울 성당을 비롯한 일곱 성당을 다 찾아다니고, 고해소에서 고해를 하고, 예를 갖추어 '하느님의 어린 양'을 수없이 되뇌고, 교황님의 발에 입 맞추고 난 뒤에 마침내 그는 나뽈리로 가기로 결심했다. 그러나 마침 이때는 육로로는 로마에서 나오고 들어가는 사람들이 모두 고생하는 최악의 계절인지라 바다를 통해 나뽈리에 도착했다. 그 아름다운 도시에서는 로마를 구경하고 난 감동의 기억에 덧붙여 다시 감탄이 이어졌다. 나뽈리는 그 도시를 본 모든 사람들의 생각과 마찬가지로 그의 생각에도 유럽뿐만 아니라 온 세상 최고의 도시였다.

거기에서 그는 시칠리아로 갔다가 빨레르모와 메시나를 보았다. 빨레르모는 입지가 좋고 아름다웠다. 메시나는 항구도시로 섬 전체가 풍요로워서 이딸리아의 곡창이란 별명이 꼭 들어맞았다. 그는 다시 나뽈리와 로마로 돌아갔다가 거기에서 로레또의 성모 마리아상 있는 데로 갔다. 그 성스러운 성당에서는 담장도 벽도 볼 수 없었다. 모든 벽이 목발이며 수의, 쇠고랑, 족쇄, 수갑, 머리카락 들, 밀랍 반신상, 그림, 제단조각 들로 가득 덮여 있었던 것이다. 그 것들은 성모 마리아를 통해 주님의 손에서 수없이 많은 사람들이 큰 은총을 받았음을 보여주었다. 성당 벽을 그런 제물로 치장한 이 들의 굳은 신앙심에 응답하여 성모상이 이룩한 많은 기적을 공인 하고 널리 알리려는 뜻이었다. 거기에서 그는 바로 그 방을 보았다. 비록 사람들은 보고 이해하지 못하지만 모든 천사, 모든 하늘의 신, 영원한 천상 거처에서 사는 가장 중요하고 가장 높은 지상에서의 사명과 책무를 이야기하던 장소였다.

거기에서 그는 안꼬나로 갔고 다시 안꼬나에서 배를 타고 베네 찌아로 갔다. 콜럼버스가 세상에 태어나지 않았더라면 그렇게 아 름다운 도시는 세상에 없었을 것이고, 또한 어떻게 보면 위대한 멕 시코를 정복한 위대한 에르난 꼬르떼스와 하느님 덕택에 멕시코 의 아름다움에 견줄 만한 위대한 베네찌아가 세상에 생겼다고 할 수 있을 것이다. 멕시코와 베네찌아, 이 두 유명한 도시는 꼬르떼스 의 말처럼 길이 모두 물길인 것이 비슷하다. 유럽의 도시는 옛날부 터 세상 사람들이 감탄하던 곳이고 아메리카 대륙의 신도시는 신 세계가 경탄하는 곳이다. 그의 생각에 베네찌아의 부는 끝이 없고 통치는 원만하며 입지는 난공불락의 요새였다. 풍요가 넘쳐흘렀으 며 사방이 즐거웠다. 한마디로 도시 전체와 구석구석이 모두 온 지 구상에 널리 알려진 그 위대함과 장엄함의 명성에 값할 만했다. 더욱 그럴 법한 것은 그 유명한 베네찌아 조선소의 으리으리하고 엄청난 시설이었다. 그곳에서 수없이 많은 배와 전함 들이 건조되 었다.

호기심 많은 우리의 친구가 베네찌아에서 찾은 재미와 즐거움은 자칫 물의 여신 칼립소에게 홀린 율리시스가 찾은 것과 같았다. 자신의 처음 의도를 거의 잊어버릴 뻔했기 때문이다. 그러나 그 도시에 한달쯤 머문 뒤에 그는 페라라, 빠르마, 빨라센시아를 거쳐 밀라노로 돌아갔다. 밀라노는 무기공장으로 유명해서 불과 강철의 신 불까노의 도시였다. 프랑스 왕국의 원한이 사무친 도시, 무엇이든 사람이 하고자 하면 다 할 수 있는 도시라고들 했다. 밀라노 대성당의 엄청난 규모가 그 도시의 위대함의 명성을 더욱 높이고 인간 생활에 필요한 모든 것이 엄청나게 풍부한 도시라고 말이다. 그는 거기에서 에스떼로 갔다. 돈 디에고의 부대가 다음날 플랑드르로 떠나기로 되어 있는 때에 맞춰 도착한 것이다.

그는 그의 친구 대장에게 크게 환영받았다. 그는 친구이자 동료인 대장과 함께 플랑드르로 들어가 안트베르펜으로 갔다. 이 도시는 그가 이딸리아에서 보았던 도시들 못지않게 훌륭해 보였다. 그는 이어 겐트와 브뤼셀을 구경했는데, 그가 보기에는 나라 전체가 다음 여름 전투에 나아가기 위해 무장할 준비가 되어 있었다.

보고 싶었던 것을 다 보고 소원을 풀었으므로 또마스는 에스빠냐로 돌아갈 결심을 했다. 살라망까로 가서 못다 한 공부를 마칠 생각이었고 곧 그는 생각한 대로 실천에 옮기기로 했다. 그의 친구 대장이 몹시 아쉬워하면서 작별할 때 부탁하기를, 도착하면 잘 갔는지 건강한지 상세히 알려달라고 했다. 또마스는 그러겠다고 약속하고, 프랑스를 거쳐 에스빠냐로 돌아왔다. 빠리는 볼 수 없었는데 당시 전쟁 중이었기 때문이다.[1] 마침내 살라망까에 도착한 그는

1 Miguel de Cervantes, *Novelas ejemplares II*, Edición de Harry Sieber, Ediciones Cátedra, Madrid 1981에 의하면, 여기 보이는 또마스 로다하의 행적이 세르반떼

친구들의 대단한 환대를 받았다. 친구들이 편의를 봐주어서 그는 공부를 계속했으며, 마침내 법학 석사로 졸업까지 하게 되었다.

마침 그 무렵 그 도시에 아주 끼 많은 멋쟁이 귀족 아가씨가 찾아왔다. 그 동네의 모든 새들이 이 미끼 새를 놓칠세라 모여들었다. 물론 책가방 든 대학생도 빠질 수 없었다. 또마스는 그 귀족 아가씨가 자신도 이딸리아와 플랑드르에 가보았다고 말한 것을 전해들었고 그래서 그는 혹시 자기가 아는 여자인가 싶어서 찾아가보았다. 자신을 찾아온 또마스를 보고 그녀는 그만 홀딱 반하고 말았다. 그러나 또마스는 이를 눈치채지 못했고, 억지로 남들이 끌고 가지 않는 바에야 그 집에 발을 들이려 하지 않았다. 마침내 그녀는 그에게 자기 마음을 고백하고 자기 재산을 주겠다고 했다. 그러나 또마스는 노는 일보다 책에만 정신을 파는 사람인지라, 아무리 구슬려도 그 아가씨의 뜻에 응하려 하지 않았다. 그녀는 그가 자기 뜻을 받아들이지 않을뿐더러 자기를 경멸하는 것을 알고서 평범한 방법으로는 바위 같은 또마스의 마음을 정복할 수 없다고 생각하고, 자기 욕망을 채우기 위해 자기 생각에 더욱 효과적이고 확실한 다른 방법을 찾아보기로 했다. 그리하여 에스빠냐에 사는 어느 무어족 여인의 충고를 받아들여, 똘레도 과일과자 모양으로 된 사랑의 묘약이라는 것 하나를 또마스에게 주었다. 그것을 먹이면 억지로라도 자신을 사랑하는 마음이 생길 것이라고 믿었던 것이다. 마치 세상에 사람의 자유로운 의지를 꺾을 만한 약초나 마법이나 주문이 존재하기라도 한다는 듯이 말이다. 이런 사랑을 구하는 음료

---

스가 1567년 이딸리아와 플랑드르를 거쳐 에스빠냐에 돌아온 경로와 같다. 그렇다면 빠리는 전쟁 중이어서 볼 수 없었다는 말은 당시 깔뱅교도들이 빠리에서 폭동을 일으킨 사실을 말하는 것이다.

나 음식을 '묘약'이라고 부르는데, 그것이 가진 효험은 다른 게 아니라 먹으면 독이 되는 것이다. 여러가지 경우의 많은 사례가 증명해주듯 말이다.

그렇게 운 나쁜 경우를 만나 또마스는 그 과일과자를 먹었다. 그는 먹자마자 경기를 일으킨 것처럼 손과 다리를 떨기 시작했다. 그렇게 몇시간 동안을 정신을 못 차리다가 깨어나서는 바보가 된 것처럼 더듬더듬 버벅거리는 소리로 자기가 먹은 과일과자가 자기를 중독시켰다고, 누가 그에게 그것을 주었는지 이름을 밝혔다. 판관이 즉시 그 못된 여자를 잡으러 사람을 보냈다. 그러나 그녀는 이미 자기 일에 사고가 터진 걸 알고 자취를 감춘 뒤였다. 그녀는 더이상 나타나지 않았다.

또마스는 6개월 동안 병석에 있었다. 그동안 몸은 삐쩍 말라서 흔히 하는 말로 뼈만 남았다. 게다가 완전히 정신이 나간 것 같은 증세를 보였다. 가능한 모든 처방을 다 해보았지만 육신의 병증만 낫고 정신은 제대로 돌아오지 않았다. 몸은 건강해졌지만 미친 것이다. 그것도 그때까지 한번도 보지 못한 아주 이상한 광증으로, 그 불쌍한 친구는 자신의 온몸이 유리로 만들어졌다고 상상하게 되었다. 이런 생각에 사로잡혀서 그는 누가 자신에게 닿기만 해도 소름끼치는 소리를 질렀다. 그리고 사람들에게 자신에게 가까이 오면 상처가 난다고 조리 있게 설명하면서 절대 가까이 오지 말라고 간청하고 애걸했다. 사실 자신은 다른 사람들과 같지 않으며, 자기 몸은 머리에서 발끝까지 모두 유리라는 것이었다.

이 이상한 상상의 병에서 끌어내리려고 많은 사람들이 그에게 직접 보라고, 부서지지 않는다고 하면서 그가 소리치고 애원하는 것도 아랑곳하지 않고 그를 덮치거나 껴안기도 했다. 그러나 이로써 얻은 결과는 그 불쌍한 친구가 소리지르며 땅에 쓰러져서 끝내 기절하고 네시간 동안 정신을 못 차리는 것뿐, 정신이 돌아오면 다시 그 애원과 간청이 이어졌고, 다시는 자기에게 가까이 오지 말라는 소리를 할 뿐이었다. 그는 모든 사람들에게 자기에게 말할 때는 멀리서 할 것을 권했고, 그렇게만 하면 무엇이든지 물어도 좋다고 했다. 자신은 살이 아니라 유리로 된 사람이어서 무엇이든지 훨씬 더 지혜로운 답을 줄 수 있는데, 유리라는 것은 섬세하고 현묘한 것으로 지상의 무겁고 육체적인 물질이 아니므로 영혼이 유리를 통하면 훨씬 더 빠르고 효과적으로 작용하기 때문이라는 것이었다.

몇몇 사람은 그 말이 사실인지 시험해보기로 하고 여러가지 어려운 질문을 던져보았다. 그는 모든 질문에 대단히 예리하고 정확하게 답했다. 대학에서 가장 많이 공부한 사람들이나 의대, 문리대 교수들까지 감탄을 자아낼 정도였다. 자신이 유리로 되어 있다고 생각하는 기상천외의 미친 증세를 가진 사람에게 모든 질문에 딱 들어맞는 예리한 대답을 할 정도로 그렇게 비상한 판단력이 있다는 것이 신기할 따름이었다.

또마스는 사람들에게 깨지기 쉬운 유리컵 같은 자기 몸에 두를 천 한장을 청하고 품이 좁은 옷을 입을 때 몸이 부서지지 않도록 하기 위해서라고 했다. 그래서 거무스름한 옷 한벌과 품이 넓은 셔츠 한장을 내주니 그는 아주 조심스레 옷을 입고 무명 허리띠를 둘렀다. 절대로 신발은 신지 않겠다고 했다. 사람들이 그에게 가까이 오지 않고 먹을 것을 가져다주는 방법이라고 청하는 말인즉 막대 끝에 요강 받침대 같은 것을 놓고 거기에 제철과일 같은 것을 담아달라고 했다. 그는 고기도 생선도 싫어했다. 물도 그냥 물을 마시지 않고 샘물이나 강물을, 그것도 직접 두 손으로 떠서 마셨다. 거리를 걸어갈 때는 길 한가운데로 갔다. 혹시 위에서 기왓장 같은 것이 떨어져 그를 부서뜨릴까 두려워서였다. 여름이면 야외에 나가 들판에서 잤고 겨울이면 아무 객줏집에나 들어가서 짚더미 속에 목까지 몸을 묻고 잤다. 그런 곳이 유리로 된 사람들이 쓸 수 있는 가장 안전하고 알맞은 침대라는 것이었다. 천둥이 칠 때면 어쩔 줄 모르고 벌벌 떨다가 들판으로 나왔고 폭풍우가 다 지날 때까지 어느 마을에도 들어가지 않았다.

그의 친구들은 한동안 그를 가두어놓았으나 그 불행한 병이 더 이상 나아질 기미가 없자 결국 그가 원하는 대로 해주기로 결정했다. 그가 원하는 것은 자신을 자유롭게 내버려두는 것이었으므로 그들은 결국 그를 풀어주었다. 시내로 나온 그는 그를 아는 모든 사람에게 감탄과 연민을 불러일으켰다.

곧 아이들이 그를 에워쌌다. 그는 지팡이로 아이들을 막고서 자기는 유리로 되어 있어서 아주 연약하고 잘 부서지니 말을 하려면 자신이 깨지지 않도록 떨어져서 해달라고 청했다. 그러나 아이들은 세상에서 가장 장난기 많은 존재들이라서 그가 아무리 소리치고 애걸해도 걸레를 던지고 심지어 돌도 던져댔다. 그의 말대로 진짜 유리로 된 사람인지 보려고 말이다. 그러나 그가 너무도 소리치고 고통스러워하자 사람들이 나서서 아이들을 꾸짖고 그런 것을 던지지 못하도록 벌을 주었다.

그럼에도 하루는 아이들이 너무도 그를 귀찮게 하자, 그는 아이들에게 돌아가 말했다.

"왜들 이러는 거니, 얘들아? 이 파리처럼 끈덕지고 빈대처럼 더러운, 벼룩처럼 사정없는 놈들아. 내가 무슨 건축물 쓰레기로 쌓인 로마의 떼스따초산이라도 되는 줄 아니, 내게 이런 기왓장이나 화분을 던지게?"

언제나 많은 사람들이 그가 사람들을 꾸짖거나 모두의 질문에 대꾸하는 것을 들으려고 따라다녔다. 그중 아이들이 대다수였다. 그들은 그의 말을 듣기보다 뭘 던지는 일로 톡톡히 재미를 보고 있었다. 한번은 살라망까 옷가게를 지날 때 옷을 팔던 여인이 물었다.

"아이고 맙소사, 석사 양반, 그 불행한 모습을 보니 마음이 아프구려. 하지만 울 수도 없고 참 이 일을 어쩌겠어요?"

그는 그녀를 돌아보고는 대단히 사려 깊은 목소리로 이렇게 말했다.

"'예루살렘의 딸들아 나를 위하여 울지 말고 너희와 너희 자녀를 위하여 울라.'"[2]

그녀의 남편이 그가 짓궂게 말하는 뜻을 알아듣고 한마디 했다.

"유리 석사님," 그는 그를 그렇게 불렀다. "그대는 미친 기보다 심술기가 더 많구려."

"그렇게 말해도 눈곱만큼도 상관없소이다." 그가 대답했다. "그저 내게 바보 같은 구석이 하나도 없기만 하면 되지요."

하루는 지붕이 야트막한 매음굴을 지나다가 문 앞에 거기 사는 여자들이 모여 있는 것을 보았다. 그러자 그는 그녀들이 사탄의 군대의 짐꾼들이며, 지금 지옥의 객줏집에 기거하고 있노라고 했다.

어떤 사람이 자신의 친구 한 사람이 아내가 다른 남자와 달아나버려서 대단히 슬퍼하고 있다고 충고와 위안의 말을 청했다. 그 청에 대한 그의 대답은 이러했다.

"그것은 하느님께 감사드려야 할 일이라고 전하게나. 그의 적을

---

2 누가복음 23:28 "예수께서 돌이켜 그들을 향하여 이르시되 예루살렘의 딸들아 나를 위하여 울지 말고 너희와 너희 자녀를 위하여 울라"를 인용하고 있다.

집에서 사라지도록 허락하셨으니 말일세."

"그럼, 아내를 찾으러 가지 않아도 될까요?" 다른 사람이 물었다.

"그런 건 생각도 말게." 유리 석사가 말을 받았다. "찾게 되면 가문 망신에 그의 불명예의 영원한 진짜 증인을 찾게 되는 거니 말일세."

"그렇다면," 같은 사람이 물었다. "내가 나의 아내와 평화롭게 지내려면 어찌해야 할까요?"

그 말에 그는 대답했다.

"그녀에게 필요한 것을 주면 되지. 모든 집안사람들에 대해 주도권을 가지도록 그녀에게 다 맡기게. 또한 아내가 자네에게 이래라 저래라 하는 걸 가지고 고민하지 말게."

어느날 한 소년이 그에게 말했다.

"유리 석사님, 저는 저를 자주 때리는 아버지로부터 벗어나 도망가고 싶습니다."

그 말에 그가 대답했다.

"하나 알아야 할 것이 있다, 아이야. 부모가 자식에게 가하는 매는 가문과 명예를 위한 것이고, 사형수에게 가하는 매는 모욕을 주기 위한 것이야."

유리 석사가 어느 교회 앞에 있을 때 한 농부가 교회로 들어가는 것을 보았다. 자기는 오랜 신앙인이고 양반이라고 으스대는 그런 농부들 중의 하나였는데, 그 사람 뒤로는 앞사람만큼 이름 있지는 못한 농부가 따라왔다. 그러자 유리 석사가 그 농부에게 큰 소리로 외쳤다.

"일요일은 기다려요, 토요일이 지나가야지."

그는 학교 선생들에게는 항상 천사들하고 사니까 참 행복한 사람들이라고, 하지만 그 천사들이 코흘리개가 아니면 최고로 행복할 텐데…… 하고 말했다.

어떤 사람이 중매쟁이 여자들에 대해 어떻게 생각하느냐고 물었다. 그는 그 여자들이 어디 다른 동네 여자들이 아니라 바로 이웃 여자들이라고 답했다.

또마스의 미친 증세와 그의 대답, 그가 한 명언들에 대한 소식이 온 수도에 퍼졌다. 그러다 왕궁에 사는 왕자인지 양반인지 하는 사람의 귀에까지 그 소식이 들어갔다. 그 지체 높은 귀족은 또마스를 보고자 해서 살라망까에 있는 신사인 친구에게 그를 자기에게 보내달라고 부탁했다. 어느날 또마스와 마주친 그 신사가 말했다.

"유리 석사께 말씀드립니다. 궁중에 계시는 어느 지체 높은 어른께서 그대를 뵙고자 모셔오라 하셨습니다."

그 말에 그가 대답했다.

"나리께서 그 어르신께 죄송하다고 말씀드려주십시오. 저는 궁중에 있을 훌륭한 사람이 못 됩니다. 부끄러움이 많고 아부할 줄도 모르니까요."

이런저런 말에도 불구하고 그 신사는 또마스를 왕궁으로 가도록 설득했고, 그를 데려가기 위해 기발한 도구를 썼다. 유리그릇을 실어갈 때 쓰는 것 같은 짚으로 만든 큰 소쿠리 안에 그를 실었다. 짐 절반은 돌로 무게를 맞추고, 또마스가 유리컵으로서 자신을 모셔간다는 느낌을 받도록 지푸라기 사이에 유리그릇을 몇개 놓았다. 이런 식으로 그는 왕궁이 있는 바야돌리드에 밤에 도착했고 그를 실어오게 한 귀족의 집에 소쿠리에 탄 채로 내려졌다. 귀족은 그를 대단히 반갑게 맞이하고서 말했다.

"어서 오십시오. 환영합니다, 유리 석사님. 오시는 길에 별일 없으셨습니까? 건강은 어떠신지요?"

그 말에 또마스가 대답했다.

"끝이 있는 길치고 나쁜 길은 없지요, 목매달러 가는 길이 아닌 바에야…… 건강은 중간쯤 됩니다. 내 목덜미 때문에 갖가지로 신경을 쓰고 있지요."

어느날은 새장의 많은 횃대에 독수리며 매, 기타 사냥용 새 들이 여러 마리 있는 걸 보고 그가 말하기를, 이런 매사냥은 왕자나 지체 높은 귀족들에게 걸맞은 취미인데, 한가지 알아야 할 것은 그런 일은 비용 대 수익이 2천 대 1이라는 것이며, 그보다는 토끼 사냥이 아주 재미있다고 말했다. 특히 남에게 빌린 개들로 사냥을 할 때는 더 재미있다고.

그 귀족은 또마스의 미친 증세가 마음에 들었다. 그래서 아이들이 해코지하지 않도록 보호자와 경비원을 붙여 시내로 나갈 수 있도록 허락했다. 이 소식이 엿새도 지나지 않아 아이들과 궁중의 모든 사람에게 다 알려지게 되었다. 그는 길거리마다 골목마다 가는 걸음마다 사람들이 해대는 질문에 모두 대답해주었다. 그 질문들 중에 한 학생이 그에게 혹시 시인이냐고 물었다. 그가 무엇에든 재주가 있어 보였기 때문이었다.

그 물음에 그가 대답했다.

"지금까지 그렇게 바보도 그렇게 행운아도 되어본 적이 없네."

"그렇게 바보도 행운아도 아니라니 무슨 소린지 못 알아듣겠는데요." 그 학생이 말했다.

그러자 유리 석사가 대답했다.

"나쁜 시인으로 빠지는 그런 바보도 아니었고 좋은 시인이라고 할 만한 시인이 되는 그런 행운도 못 가졌다는 말이지."

26

다른 학생이 그에게 시인들을 어느 정도 존경하느냐고 물었다. 그는 대답하기를, 시라는 예술 자체는 무척 존경하지만 시인들은 전연 존경하지 않는다고 했다. 무슨 뜻으로 그런 소리를 하느냐고 다시 물으니 그는 또 대답하기를, 헤아릴 수 없이 많은 수의 시인들이 있지만 훌륭한 시인은 너무 귀해서 거의 헤아릴 수가 없다고 했다. 그래서 시인들이 없는 거나 마찬가지이기 때문에 존경할 수 없다, 그러나 시라는 예술은 참으로 존중하고 경배한다, 왜냐하면 그 안에 다른 모든 예술을 포함하고 있기 때문이라고 했다. 말하자면 시는 모든 예술을 다 활용하는 것, 모든 학문으로 치장하여 황홀하고 훌륭한 작품을 만들어 세상에 내놓기 때문인데, 그럼으로써 시는 세상을 가르침과 쾌락, 감탄으로 가득 채운다는 것이다.

이어서 그는 덧붙였다.

"나는 훌륭한 시인을 어느 정도 존경해야 하는지 잘 알고 있네. 그러니까 로마의 대시인 오비디우스의 저 유명한 시구들이 생각나는구면.

　　한때는 시인들이 왕과 신들의 쾌락이었지
　　그리고 옛 노래들은 위대한 상으로 빛났지
　　그 당시 시인들은 성스러운 존경과 명성을 누렸지
　　그들에게는 항상 풍요와 부가 넘쳐났지.[3]

더군다나 시인들의 높은 은덕을 내가 어찌 잊겠는가? 플라톤은 시인을 신들의 대변자라고 불렀지. 시인에 대해 오비디우스는 말

---

3 Ovidius, *Ars Amandi III*, 405~08면.

하지.

신은 우리 안에 있나니, 신의 영감과 기운으로 우리는 불타오른다.[4]

그리고 또 이런 말이 있지.

그러나 다들 우리를 시인이며 예언자라고 부르지, 신들로부터 사랑받는[5]

이것이 훌륭한 시인에 대한 말들이야. 나쁜 시인들, 그 떠버리들에 대해서는, 무어라 할까, 이 세상에 떵떵거리는 오만하고 바보 천치 같은 자들 아니겠어?"
그리고 이어서 말했다.
"첫인상으로 눈에 띄는 이런 유의 시인을 보면 어떤가? 주변을 에워싼 다른 사람들에게 자기 소네트 하나를 읽어주려고 할 때, 사람들에게 인사의 말부터 시작하지.
'귀하신 여러분, 제가 엊저녁 어느 순간에 우연히 쓴 소네트 한 편을 들어보시겠습니다. 비록 별것도 아닌 시지만, 제가 보기에는 어딘가 멋이 있는 것 같기도 하네요.' 그리고 이 순간 입술을 꼬면서 눈썹을 찡그리고 호주머니를 뒤적거리지. 그리고는 더러 반쯤 찢어지고 때 묻은 여러 장의 쪽지들 사이에서, 거기 또다른 여러

---

**4** Ovidius, *Fasti VI*, 5. "Est Deus in nobis"(신은 우리 안에 있나니)라는 이 유명한 구절은 시와 시인에 대한 최고의 신비주의적 칭찬인 동시에 서양 신학과 동양 신학의 공통분모로서 견성성불(見性成佛, 우리 안의 본래의 성품을 깨달아 부처가 된다)을 이해하게 한다.

**5** Ovidius, *Ars Amandi III*, Elega IX, v. 17.

편의 소네트를 남겨두고서, 자기가 읽으려고 하는 소네트를 꺼내서는 마침내 꿀같이 달콤하고 가냘픈 어조로 읽어가는 거야. 어쩌다 그의 시를 듣는 사람들이 무지하거나 속이 꼬인 사람들이어서 그의 시를 칭찬하지 않으면 한마디 더 하지. '혹시 귀하신 여러분께서 소네트를 이해 못 하셨든지, 아니면 제가 읽을 줄을 잘 몰랐던 것 같네요. 그러시다면 다시 한번 낭송해드리는 게 좋을 것 같습니다. 귀하신 여러분께서도 좀더 귀를 기울여 들어주시길 바랍니다. 이 소네트는 참으로 괜찮은 작품이니까요.' 그러고서 다시 한번 처음처럼 낭독을 하는데, 새롭게 쉼표를 많이 넣어 새로운 몸짓으로 읽어대는 거야. 게다가, 이 시인 저 시인 서로 비판하는 걸 보면 또 뭐야? 강아지들이 자기들만 모던하다고 짖어대는 거나 전통 있고 엄숙한 마스티프 개들 짖어대는 것은 또 뭐야? 몇몇 저명하고 훌륭한 분들에 대해 헐뜯고 수군대는 사람들은 또 무어야? 그런 분들에게는 진정한 시의 빛이 반짝이고 그분들은 수많은 진지한 계층과 직업인들에게 즐거움과 위안을 주잖아? 이런 시들이야말로 시인의 재능의 성스러움과 기발한 사고의 고결함을 보여주지. 모르는 것을 이렇다 저렇다 판단하고 자기가 이해하지 못하는 것은 지겨워하는 점잖고 무식한 자는 섭섭하겠지만 말이야. 천막 밑에 앉아 듣고 있는 미련함과 의자들에 꼼짝 않고 붙어 있는 무지를 높이 평가하고 존경해달라는 자는 또 어떻고?"

다시 누군가 "시인들이 대부분 가난한 이유는 무엇인지요?"라고 물었다. 그는 그건 시인들이 그러기를 원하기 때문이라고 대답했다. 때때로 손에 들어오는 기회를 잘 이용할 줄만 안다면 부자가 되는 것은 시인들 손에 달려 있다, 그 손이라는 것이 모두 엄청나게 부자인 귀부인들의 손이기 때문이라고 했다. 그녀들은 황금의

머리칼, 반짝이는 은빛 이마, 파란 에메랄드빛 눈, 상아 같은 이, 산
호 같은 입술, 투명한 수정 같은 목을 가진데다, 그녀들이 울면 액
체의 진주가 쏟아지고, 그녀들의 발바닥이 밟으면 아무리 황량하
고 굳은 땅이라도 금세 재스민과 장미가 피어나고, 그녀들의 입김
은 순연한 용연향이나 사향이며, 이 모든 것은 그녀들이 엄청난 부
자임을 말하는 표시요 증거들이라고 했다. 그는 나쁜 시인들에 대
해서는 항상 이런 식으로 말했고 좋은 시인들에 대해서는 항상 좋
게 말하고 그들을 치켜세워 둥근 달 꼭대기에 올려놓았다.

어느날 그는 산프란시스꼬 거리 벽면에 엉터리로 그려진 사람
그림들을 보았다. 그가 말하기를, 좋은 화가는 자연을 모방하고 나
쁜 화가는 자연을 토해낸다고 했다.

어느날 한 책방 가까이 간 그는 몸이 부서지지 않도록 조심하면
서 책 만드는 집 주인에게 말했다.

"한가지 잘못만 없다면 이 직업이 대단히 내 마음에 들 것 같습
니다."

책 만드는 집 주인은 그게 뭐냐고 물었다. 그는 대답했다.

"책의 판권을 살 때 작가에게 아첨, 아부해야 하는 것과, 어쩌다
자비로 출판하게 되면 그 작가를 비웃고 속여먹는 것이 문제지요.
1,500부만 찍으라고 했는데 3천부를 찍어놓고, 작가는 자기 책을
판다고 생각하는데 실은 딴 사람들 책을 팔지요."

바로 그날 우연히 광장으로 죄를 지어 태형을 맞을 사람 여섯명
이 지나갔다. 소리꾼이 큰 소리로 "첫번째는 도둑놈으로……" 하
고 죄목을 외면서 죄인 앞에 있는 사람들에게 이렇게 고함을 질
렀다.

"물렀거라, 형제들이여. 그대들 누구도 저 죄목으로 시작해서는

안 되지."

그리고 소리꾼이 "세번째는……"이라고 외치자 그 말이 끝나기가 무섭게 그가 말했다.

"저 사람은 아마 아이들 보증 선 사람일 거야."

한 아이가 말했다.

"유리 석사님, 내일은 또 뚜쟁이 여자 하나를 매질하러 광장으로 끌고 온대요."

또마스가 아이에게 말했다.

"뚜쟁이를 매질하러 끌고 온다고 말하면, 무슨 마차를 매질하러 끌고 온다는 소리로 들리는구나."

거기 휴대용 의자를 든 사람이 서 있다가 또마스에게 말했다.

"우리 같은 사람들에 대해서는 뭐라고 하실 말씀 없으세요?"

"무슨 말이 필요해?" 유리 석사가 대답했다. "자네들 하나하나가 고해신부보다 죄를 더 많이 알겠구먼. 하지만 이 점이 차이가 있지. 고해신부는 죄를 알되 비밀로 지키려고 알고, 자네들은 술집에서 까발리려고 안다는 거지."

이 이야기를 듣던 당나귀 모는 청년이 온갖 종류의 사람들이 계속 이야기를 해대자 어떻든 한마디 했다.

"우리 같은 사람들에 대해서야 별로 할 이야기가 없으시겠지요, 똑똑한 양반? 우리야 다 좋은 사람들이고 나라에 필요한 사람들이니까요."

그 말에 유리 석사가 대답했다.

"주인의 덕성은 하인이 하는 짓을 보면 알지. 이 말에 따르면, 그대들은 그대들의 당나귀를 빌리는 사람을 주인이라 부르니 그대들이 누구에게 봉사하는지를 보면 그대들이 얼마나 영예로운지를 알 수 있지. 자네들은 이 땅이 먹여살리는 가장 치사한 망나니들이야. 내가 유리로 된 사람이 아니었을 때 한번은 빌려타는 당나귀를 타고 하룻길을 간 일이 있네. 그 친구에게서 나는 인간의 것이라고 할 수 없는, 총 121개나 되는 엄청나게 못된 점을 보았지. 모든 당나귀꾼이라는 작자들은 다 뚜쟁이 같은 데가 있고, 어딘가 소매치기 같은 데, 약간씩 불량배 비슷한 데가 있는 사람들이야. 자기 주인을 그야말로 봉으로 알지. 손님을 놓고 갖은 수작을 부리는 걸 보면, 지난날 이 도시에서 쫓아낸 뚜쟁이들보다 훨씬 더하지. 외국인들이 타면 도둑질하고, 학생들이 타면 욕지거리나 하고, 신부나 수녀가 타려 하면 태우기를 거부하고, 군인이면 벌벌 떨게 겁주고…… 군인하고 뱃사람, 수레꾼, 마부란 사람들은 살아가는 방식이 오직 자기들만 위해 사니까 참 희한하지. 수레꾼은 땅 위 1.5미터도 안 되는, 그저 회초리나 겨우 움직이는 공간에서 인생의 대부분을 보내지. 당나귀의 굴레에서 수레의 고리까지는 아마 조금 더 되거나 할 테고. 대부분의 시간을 노래나 흥얼거리고 또 반시간은 욕지거리나 퍼붓고 살지. 그리고 또 반시간은 '뒤쪽으로 타세요' 같은 말로 보낼 거야. 어쩌다 진창에 빠진 바퀴 하나 빼낼 일이 있으면 당나귀 세마리 힘보다 두배는 더 센 욕설과 저주의 도움으로 겨우 빠져나오지. 뱃사람들은 예의를 모르나 점잖은 사람들이야. 배에서 쓰는 투박한 언어밖에 모르지. 바다가 잔잔할 때는 부지런하고, 폭풍이 칠 때면 게으르지. 태풍이 오면 명령하는 놈들만 많고 복종하는 놈들은 없어. 그 사람들 신은 물탱크와 양식이고 오락은 멀미하는 승객 구경하기야. 마부들이란 이불과는 이혼하고 말에 얹는 길마와 결혼한 사람들이지. 다들 부지런하고 바쁘지. 하루일을 거르느니 차라리 영혼을 팔 사람들이야. 마부들 음악은 통통통 절구통 음악, 생활의 양념은 배고픔, 꼭두새벽 교회 예배 시간은 말여물 주러 일어나는 시간, 그리고 마부의 예배는 한번도 안 가는 거."

이런 이야기를 하면서 그는 어느 약방 문 앞에 와 있었다. 그가 주인을 돌아보며 말했다.

"그대는 참 건강에 좋은 직업을 갖고 계십니다, 그 기름등잔을 그렇게 적으로 생각하지만 않으신다면……"

"제가 기름등잔을 적으로 생각한다는 게 무슨 뜻입니까?" 약제사가 물었다.

유리 석사가 대답했다.

"제 말뜻은, 약을 지을 때 무어든 기름이 부족하면 그대는 가장 손에 가까운 등잔 기름으로 대체한다는 말이지요. 더구나 이 약제사라는 직업은 세상에서 제일 용하다는 의사의 신용도 빼앗을 만큼 또다른 재주가 있지요."

그게 무슨 재주냐고 묻자 그가 대답했다. "어떤 약제사가 있었는데, 그는 자기 조제실에 의사가 처방한 약이 없다는 것을 숨기기 위해 부족한 약품들 대신에 자기 생각에 효험이나 품질이 똑같다고 생각되는—사실 그렇지 않은데—다른 것들을 집어넣습니다. 그렇게 되면 의사가 제대로 처방한 약의 효과와는 반대로 잘못 조제된 약이 잘못된 효과를 내게 되지요."

그러자 한 사람이 의사들에 대해서는 어떻게 생각하느냐고 물었다. 그는 라틴어로 이렇게 대답했다.

"'남을 도와주는 의사를 존경하여라. 주님께서 그를 창조하셨다. 치유는 지극히 높으신 분에게서 오니 그는 왕에게서 선물을 받는다. 의술은 그의 머리를 높여주고 고관들 앞에서 칭송받게 한다.

주님께서 땅에 약초를 마련해놓으셨으니 현명한 사람은 그것을 소홀히 하지 않으리라.'[6] 이 말은 의학과 좋은 의사들에게 귀감이 되는 집회서의 말이지요. 나쁜 의사들이야 모두 반대로 이해하겠지만…… 사실 이 나쁜 의사들만큼 나라에 해를 끼치는 사람들도 없어요. 재판관은 우리에게 정의를 왜곡하거나 지연시킬 수 있지요. 변호사는 자신의 이익을 위해 부당한 요구를 옹호할 수 있고 상인은 우리의 재산을 빨아먹을 수 있으니, 결국 우리가 필요에 따라 대하는 모든 사람들은 우리에게 크든 작든 어떤 피해를 입힐 수 있어요. 하지만 우리 목숨을 빼앗는 것은 오직 의사들만이 할 수 있어요. 아무런 두려움도 없이 선 채로 아무 힘도 안 들이고, 처방전이라는 것 하나면 칼 한번 뽑을 필요도 없이, 어떤 처벌의 두려움도 없이 말이지요. 그들의 죄상은 발견되지 않아요. 죄를 짓는 즉시 땅 밑으로 감춰버리니까. 내가 지금처럼 유리로 된 게 아니라 살을 가진 인간이었을 때가 생각나는군요. 흔히 말하는 하급 의사 한명의 환자가 다른 의사에게 치료를 받겠다고 떠나갔지요. 그로부터 나흘 뒤에 그 버림받은 의사는 우연히 그 환자가 새로 찾은 의사가 처방한 약방에 들르게 되었습니다. 그는 약제사에게 자기가 진료하다 그만둔 환자의 상태가 어떠냐고 물었어요. 새 의사가 혹시 관장灌腸 같은 것을 처방하지 않았는가 싶어서요. 약제사는 거기 환자가 다음날 먹도록 된 관장 처방전이 있다고 답했어요. 그 의사가 어디 좀 보자고 해서 받아보니 처방전 끝에 라틴어로 '새벽에 드십시오'라고 쓴 것이 에스빠냐어로 읽기에는 '똥꼬 닦고'처럼 보였어요. 그러자 의사가 말했어요. '이 의사가 한 처방은 다 마음에 드는

......................................
6 구약 집회서 38:1~4. 후안 데 삐네다(Juan de Pineda)의 『농사에 대한 대화』를 비롯하여 당시 많이 인용되던 구절이다.

데 그 '똥꼬 닦고' 처방은 좋지 않네요. 똥꼬가 너무 젖어 있을 것 같거든요.'"

그가 모든 직업에 대해 이런 소리 저런 이야기 하는 것을 들으려고 사람들이 그의 뒤를 쫓아다녔다. 그를 해코지하는 것은 아니었지만 조용하게 놓아두는 법도 없었다. 아무리 그렇다 해도 보호해주는 이들이 없었다면 아이들의 짓궂은 짓에는 당할 도리가 없었으리라. 어떤 사람이 남에게 시기 질투를 느끼지 않으려면 어떻게 해야 하느냐고 물었다. 그는 대답했다.

"자야지요. 평생 잠만 자면 당신도 당신이 시기하는 사람과 똑같아질 테니까요."

다른 사람이 자기가 2년 동안 어느 단체와 동행하고 싶어 신청하는 중인데 어떻게 하면 갈 수 있겠느냐고 물었다.

"말을 타고 떠나게. 누가 그 단체를 이끌고 가는지 잘 봤다가 이 도시를 떠날 때까지 그를 잘 따라다니게나. 그러면 여길 떠나는 데 성공할 걸세."

한번은 그가 길을 가다가 문득 그 앞에 재판관 한 사람이 한 무리의 사람들을 이끌고 가는 것을 보았다. 거느리고 가는 사람 수가 많았고 두 사람의 경찰과 함께 법정으로 가는 중이었다. 그가 그 판관이 누구냐고 묻자 사람들이 말해주었다. 이에 그가 말했다.

"내가 내기를 하지. 저 재판관은 틀림없이 가슴에 독사를 품고 있어. 허리에는 권총을 차고 손에는 제우스처럼 벼락을 들고 있지. 자기 권한에 닿는 모든 것을 쳐부수려는 거야. 내가 기억하기로, 한 친구가 있었는데 그가 어떤 범죄 사건에 얼마나 터무니없는 선고를 내렸던지, 죄인들의 죄에 비해 너무 무거운 형량을 선고한 거야. 그 친구에게 무엇 때문에 그렇게 잔혹한 선고를 내리고 누가 보아도 분명한 그런 불의를 저질렀느냐고 물었지. 그의 대답은 죄인들에게 상고를 하도록 만들 생각이었다는 거였어. 그렇게 해서 고등법원 판사들이 자신의 혹독한 선고의 형량을 제대로 조정하고 그들의 자비를 마음껏 보이도록 길을 터주는 것이라고 말이야. 나는 그에게 그 고등법원 판사들의 수고를 덜어주는 것이 더 좋았을 것이라고 말했어. 그렇게 해야 그도 공정하고 올바른 판사로 대접받을 게 아니냐고……"

이미 말했듯이 항상 그를 에워싸고 있는 많은 청중 사이에 까만 학위복을 입은 그의 지인이 하나 있었다. 다른 사람이 그를 '석사님'이라고 불렀다. 유리 석사는 '석사'라 불린 그 작자가 심지어 아직 학사 학위도 갖고 있지 않은 것을 알고 있었다. 그가 말했다.

"조심하게나, 포로 잡아들이는 구세주회 수도사들께 그대 학위복 입은 걸 들키지 않도록 말이야. 들키면 분실물 불법소지죄로 자네 학위를 잡아갈 수도 있어."

"우리 서로 잘 지내보세나, 유리 선생. 그대도 이미 알듯이 나도 높고 깊은 학식이 있는 사람 아닌가."

그 말에 유리 석사가 대답했다.

"코앞에 물을 놓고도 마시지 못하고 먹을 걸 놓고도 먹지 못하는 그리스 신화 속 탄탈로스 같은 자가 학교에서 자네라는 걸 나도 익히 알고 있지. 자네에게 공부는 너무 높아서 빠져나가고 너무 깊어서 손에 안 닿으니까."

한번은 그가 어느 양복점 가까이 있을 때였다. 양복장이가 할 일이 없어 손을 놓고 있는 것을 보고 그가 말했다.

"양복장이 어른, 이런 식으로 나가다간 틀림없이 곧 구원받으시겠구려."

"무얼 보고 그런 말을 하는 거요?" 양복장이가 물었다.

"무얼 보고요?" 유리 석사가 대답했다. "보아하니 할 일이 없으신 것 같기에, 거짓말할 일도 없으실 것 같아서 하는 말이오."

그리고 덧붙였다.

"거짓말 안 하고 쉴 새 없이 바느질만 하는 양복장이라면 불쌍하지요. 그런 직업을 가진 사람들 중에 단 한 사람이라도 정직하게 옷 만드는 사람이 있으면 거의 기적이라 할 수 있는데, 수많은 양복장이들이 옷 짓는 데서 속이고 죄를 지으니까요."

또한 그는 구두장이들에 대해서는, 절대 그들 생각에 나쁜 구두를 만드는 법은 없다고 했다. 누구에게 구두를 신겨봐서 구두가 좀 조이거나 좁다고 하면 구두는 이래야 한다고, 멋쟁이라면 신발은 꼭 맞게 신어야 하고 두시간만 신고 다니면 그 조이는 구두가 보통 샌들보다 더 넓어질 거라고 말한다. 또 누군가 구두를 신어보고 볼이 넓다고 하면 조이는 구두를 신으면 발 관절에 진물이 흐르고 통풍에 걸릴지 모르니 이렇게 넉넉해야 한다고 말한다는 것이다.

지방 대서소에서 글씨 쓰는 일을 하는 영민한 소년 하나가 질문이며 요구사항으로 그를 끈질기게 괴롭혔다. 그 소년은 시내에서 일어나는 소식들을 들고 오곤 했는데, 특히 그는 모든 것에 노래하듯 말하고 답하는 친구였다. 그 소년이 한번은 이렇게 말했다.

"유리 석사님, 오늘 밤에는 사형이 확정되어 감옥에서 목매달기로 되어 있던 벤치 상인인지 벤치에 앉아 있던 환전상인지 하나가 죽었어요."

"빨리 죽길 참 잘했구먼. 사형수가 그 벤치[7] 위에 앉기 전에 말이

---

**7** 세르반떼스는 여기에서 banco란 말의 두가지 의미, 즉 '환전상'과 '벤치'를 가지고 말놀이를 하고 있다. 원문은 '벤치 하나가 죽었어요'의 뜻이다.

야."

산프란시스꼬 거리 보도에 제노바 사람들이 둥그렇게 모여 있었다. 유리 석사가 거기를 지나자 그들 중 한 사람이 그를 불러 말을 걸었다.

"이리 가까이 오세요, 유리 석사 나리. 와서 이야기 하나 해봐요."

그가 대꾸했다.

"싫습니다. 그러다 혹시 숨긴 돈 많기로 유명한 제노바 은행으로 빼돌릴지 모르니까요."

한번은 장사하는 가게 여자 하나가 그 앞으로 장신구와 진주를 주렁주렁 매달고 화려한 나들이옷을 입은 못생긴 딸아이를 데리고 가고 있었다. 그가 그 어머니에게 말했다.

"사람들 산보하기 좋도록 갖가지 반짝이 돌들로 길 포장을 아주 잘하셨구려."

그는 케이크 만드는 사람들에게는 오랫동안 감옥에도 가지 않고 장사는 두배로 잘해먹고 산다고 했다. 왜냐하면 케이크를 만들 때 2천 레알짜리는 4천 레알짜리로, 4천 레알짜리는 8천 레알짜리로, 8천 레알짜리는 1만 6천 레알짜리로 기분 내키는 대로 제멋대로 만드니까 말이다. 꼭두각시놀음하는 사람들에게는 성스러운 것들을 품위 없이 다룬다고, 떠돌이 양아치들이라고 수천가지 욕을 해댔다. 왜냐하면 그들이 무대에서 보여주는 꼭두각시 인형들은 성스러운 기도를 웃음거리로 만들고, 흔히 가마니에다가 구약성서, 신약성서, 인형들을 한꺼번에 다 집어넣고 다니며 술집이나 술창고 같은 데서는 그것을 깔고 앉아 먹고 마시고 볼일 다 보기 때문이라고, 힘 있는 기관에서 어떻게 이런 인형극을 영원히 입 다물게 하지 못하고 나라에서 추방하지 않는지 정말 알다가도 모를 일이라고 했다.

한번은 왕자처럼 옷을 입은 연극배우가 그가 있던 곳을 지나가게 되었다. 그 사람을 보고 그가 말했다.

"나는 이 사람이 연극에 나오는 걸 본 기억이 나. 새끼양가죽 옷을 뒤집어쓰고 얼굴엔 밀가루를 바르고 나왔지. 그렇게 분장을 하고 매번 무대 밖에서는 신사의 이름을 걸고 맹세한다고 말했지."

"그건 하찮은 연극배우 중에도 아주 잘생기고 신사인 사람들이 많기 때문이겠지요." 그중 한 사람이 말했다.

"그게 사실일 거야." 유리 석사가 말을 받았다. "하지만 단막희극에서 필요 없는 것이 그렇게 잘난 사람들이지. 멋쟁이들, 신사 같은 차림에 거침없는 말발을 뽐내는 사람들은 필요 없어. 그들에 대해서는 이렇게 말하고 싶어. 끊임없이 대사를 외워야 하는 감당하기 어려운 노동을 해내며 자기 얼굴의 땀으로 먹고산다고 말이야. 그들은 영원히 떠돌이 집시처럼 이곳저곳, 이 음식점 저 객줏집으로 남들을 즐겁게 하기 위해서 밤잠을 설치며 돌아다니지. 남들이 좋아해주느냐에 그들의 행복이 달려 있으니까. 더 좋은 구석도 있어. 때때로 자기들 상품이나 팔 것을 광장에다 내놓고 모두들 보고 판단해서 사라고 하지만 그들 직업으로 남을 속이는 일은 없거든. 극단 단장들의 일은 상상할 수 없을 정도로 많아. 그들은 걱정도 태산이지. 돈을 많이 벌어야 한해 동안 크게 빚을 지지 않고 채권자들의 고소를 억지로 받아들여야 하는 일이 안 생기지. 어찌 되었든 간에 이 사람들은 우리나라에 필요한 사람들이야. 나라에 숲이 필요하고 포플러 가로수들, 즐길 수 있는 풍경이 필요하듯, 선량한 사람들이 즐길 수 있는 것들이 필요하지."

그는 또 자기 친구 한 사람의 의견이라고 말하면서 하는 이야기가, 여배우와 사귀는 남자는 한 여자를 사귀면서 수많은 여자를 함께 사귀는 것이나 마찬가지라고 했다. 여배우는 여왕이 되기도 하고, 요정이 되기도 하고, 여신이 되기도, 식모가 되거나 목동 아가씨가 되기도 하니까. 그리고 그녀와 사귀다보면 하인이나 머슴을 모시는 경우도 생기기 마련이라고 했다. 여배우나 광대는 이런 모든 역할과 그 이상의 인물도 늘 연기해야 하니까.

어떤 사람이 그에게 묻기를 세상에서 가장 행복한 사람이 누구냐고 했다. 그는 라틴어로 아무도 없다고 대답했다. 왜냐하면 "아버지를 아는 자가 없느니"[8] "죄 지은 사람 외에는 아무도 모르나니"[9] "아무도 자기 운수에는 만족하지는 못하나니"[10] 아무도 "하늘에 올라간 이가 없"[11]기 때문이라고 말이다.

어떤 기술이나 무술, 예술에 통달한 달인達人들에 대해서는 그가 언젠가 이야기하기로, 그들은 그 예술이 필요할 때는 모르고 그저 우쭐대는 연기를 하는 데 불과하다고 했다. 왜냐하면 그들 상대방의 성난 사고나 움직임을 수학적으로 증명해서 풀어가는 데는 귀신들이니까. 그는 특히 수염을 염색하는 자들을 원수처럼 미워했는데, 어느날 그가 있는 앞에서 뽀르뚜갈 사람과 에스빠냐 사람이 싸움을 했다. 수염을 진하게 물들인 뽀르뚜갈 사람이 에스빠냐 사

---

**8** 마태복음 11:27 "내 아버지께서 모든 것을 내게 주셨으니 아버지 외에는 아들을 아는 자가 없고 아들과 또 아들의 소원대로 계시를 받는 자 외에는 아버지를 아는 자가 없느니라."

**9** 고대 그리스의 서정시인 시모니데스(Simonides)의 시구.

**10** 로마 시인 호라티우스(Horatius)의 시 「해학」(Satira)의 첫 구절.

**11** 요한복음 3:13 "하늘에서 내려온 자 곧 인자 외에는 하늘에 올라간 자가 없느니라."

람의 수염을 붙들고 뽀르뚜갈 사투리로 말했다.

"얼굴에 문드러진 요 수염 때문에······"

그 말에 유리 석사 나리께서 한마디 거들었다.

"어이, 이 사람아, '문드러진'이 아니라 '물들인'이라고 해야지."[12]

또한 염색을 잘못한 죄로 벽옥색에다 여러 색깔이 나는 수염을 한 사람에게 유리 석사는 울긋불긋 누르죽죽 쓰레기 수염을 달고 계신다고 했다. 또다른 사람은 수염을 잘 다듬지 않아서 잔털이 자라 절반은 희고 절반은 검은 모습을 하고 있었다. 유리 석사는 그에게 아무하고도 싸우거나 아무에게도 추근대는 일이 없도록 주의하라고 말했다. 그 모양을 보면 사람들에게 거짓말쟁이 철면피 취급을 당하기 십상일 테니까.

언젠가 그는 이런 이야기를 했다. 어느 얌전하고 사리에 밝은 처녀가 부모의 뜻에 따라 백발이 성성한 노인과 결혼하기로 승낙을 했다. 이 노인은 결혼식 하루 전에 할머니들이 말하는 젊어지는 샘이나 강에 간 것이 아니라, 은과 (식초, 소금, 녹청을 섞은) 초산(硝酸)이 든 유리병을 구해다가 그걸로 자기 수염을 까맣게 물들였다. 잘 때는 수염이 하얀 눈으로 덮였는데 일어나보니 물고기처럼 팔팔했다. 두 사람의 본격적인 결혼식 순간이 다가왔다. 그때 처녀는 화투장 뒤집듯 꾀를 써서 그 판을 빠져나갈 방법을 깨달았다. 그녀는 부모에게 지금 이렇게 달라진 사람은 싫고 전에 자신에게 선보여준 것과 똑같은 신랑을 데려다달라고 했다. 부모는 앞에 있는 그

---

12 원문은 teño, 즉 뽀르뚜갈어로 tenho(가지다)라는 말을 쓰는데, 실은 물들인 (tiño······, teñidas)이라는 말을 하고 싶었을 것이다. 이 역시 세르반떼스 특유의 말놀이로, 역자는 이를 '문드러진'과 '물들인'으로 옮겼다.

사람이 선볼 때 받아들이겠다고 한 바로 그 신랑이라고 말했다. 신부는 이 사람은 그 사람이 아니라며 증인들을 데려왔다. 그들은 그녀의 부모가 선보였던 사람은 점잖고 수염이 흰 남자였는데 지금 보는 사람은 그렇지 않으니 그 남자가 아니라고, 이건 완전히 사기를 친 거라고 말했다. 이렇게 물고 늘어지자 염색한 노인은 달아나고 결혼은 깨지고 말았다.

그는 궁녀와 과부에 대해서도 수염을 염색한 자들과 똑같이 눈엣가시로 생각했는데, 그의 독특한 말투 '참말이지' 끝에 기상천외의 사실들을 이야기하곤 했다. 그녀들의 하얀 모자는 수의라느니, 그녀들의 갖가지 교태, 사소한 걱정들과 조심성, 그리고 엄청난 고생에 대해서 늘어놓았다. 그를 짜증스럽게 하는 것은 그녀들의 약하디약한 인내심, 현기증 잦은 머리, 그녀들 모자의 수실보다 많은 사설과 잔소리, 그리고 끝으로 그녀들의 쓸데없는 짓거리와 너스레였다.

한 사람이 그에게 물었다.

"석사님, 많은 직업에 대해서 당신이 비판하고 욕하는 말을 들었어도 대서인이나 공증인에 대해서는 한마디도 안 하셨습니다. 이들에 대해서도 할 말이 많을 듯한데 안 하신 이유는 뭐지요?"

그 말에 그가 대답했다.

"내가 비록 유리로 되었지만 속물들의 소문이나 따라다닐 만큼 연약한 사람은 아닙니다. 그 대부분은 거짓말이니까요. 내 생각에는 노래하는 음악가들의 악보나 험담꾼, 소문쟁이들의 문법서 같은 존재가 공증인들인데, 모든 학문이 문법을 통하지 않고는 불가능하고 모든 음악가는 먼저 노래를 흥얼거려야 하듯 욕쟁이, 험담꾼 들은 먼저 공증인이나 경찰관이나 다른 법을 수호하는 직업에 대해 험담하곤 하지요. 공증인의 일이야말로 정말 중요한데 말입니다. 이들이 없으면 진실이 천대받고 도망다니며 항상 지붕 그늘 아래 숨어 세상을 돌아다니게 되겠지요. 그래서 구약 집회서에서 말하는 것입니다. '인간의 성공은 주님의 손에 달려 있으니 그분께서는 율법학자에게 당신의 영광을 부여하시리라.'[13] 공증인은 공인이라 판사의 일도 공증인이 없으면 편하게 수행될 수가 없어요. 공증인은 하인이나 하인의 아들이 아니어야 하고 자유로워야지요. 어떤 나쁜 족속에게서 의붓아들로 태어난 자식이 아니라 적자면서 합법적인 자여야 하지요. 성실할 것을 서약하고 고리대금업을 하지 않을 것이라 맹세해야지요. 아는 사람이라고, 적이라고, 이익이 된다고, 혹은 손해라고 생각해서 종교적 양심에 어긋나는 일이나 업무를 해서는 안 됩니다. 이 직업이 요구하는 그렇게 많은 역할들을 잘하고 있다면 어찌하여 에스빠냐의 2만 명이 넘는 공증인을 두고 그들 일의 성과 따위야 덜 익은 포도줄기처럼 개나 물어가라고 생각하게 된 겁니까? 나는 그렇게 생각하고 싶지 않고 아무도 그렇게 생각해서는 안 됩니다. 왜냐하면 제대로 질서가 잡힌 국가라면 어찌 되었든 그 사람들은 가장 필요한 사람들이기 때문입니다. 그 사람들에게 지나치게 권한이 많다면 그만큼 병신도 죄인도 많이 만들 것이니, 이런 두 극단적 경우의 중간을 우리 판단의 기준으로 삼아야 할 것입니다."

유리 석사는 경찰에 대해서는 원한을 가진 사람들이 적지 않을 것이라고 했다. 그들 일이라는 것이 사람을 체포하거나 재산을 빼앗아가거나 누군가를 감시하면서 그 덕택에 먹고사는 것이니까.

---

**13** 집회서 10:5.

그는 또한 변호사와 대리인을 싸잡아 게으르고 무식하다고 비난했다. 이 사람들은 소송에서 이기든 지든 똑같이 돈을 가져가니까 환자가 낫거나 낫지 않거나 진료비를 가져가는 의사들과 마찬가지라고 했다.

어떤 사람이 땅에 대해서 어디가 가장 좋은 땅이냐고 묻자 그는 재빨리 감사할 줄 아는 땅이 좋은 땅이라고 답했다. 다른 사람이 말을 받았다.

"그런 뜻이 아니고요, 어디가 더 좋은 고장이에요? 바야돌리드요, 마드리드요?"

그러자 그가 대답했다.

"마드리드는 최상 최하가 좋고, 바야돌리드는 중간이 좋지요."

"무슨 말인지 모르겠는데요." 물은 사람이 되물었다.

그러자 그가 말했다.

"마드리드는 위층도 아래층도 좋고 바야돌리드는 진흙탕이 많으니까 중이층이 좋아요."

유리 석사가 한 사람이 다른 사람에게 하는 말을 들었다. 그가 바야돌리드로 이사했는데, 그의 부인이 풍토와 물이 안 맞아 곧바로 크게 병들어 누웠다고 했다.

그 말에 유리 석사가 말했다.

"어쩌면 질투가 많아서 흙이나 똥 먹는 병[14]에 걸린 것보다는 낫겠네요."

유리 석사는 걸어다니는 음악장이나 우체부는 희망이나 운이 제한되어 있다고 말했다. 어떤 배달부들은 마침내 말을 타고 배달

---

**14** 『돈 끼호떼』에서 의심 많고 질투 많은 안셀모(Anselmo)가 걸린 병으로, 흙이나 숯덩이 등 아무거나 먹는 말라샤(malacia)라는 병이다.

을 다니게 되고, 다른 음악장이들은 잘하면 왕실 악사로 올라가기도 하니까. 그리고 소위 '궁녀'라는 여자들은 전부 다, 아니면 대부분이 건강하지 못하고 예의만 차린다고 했다.

하루는 그가 교회에 있는데, 어떤 늙은이를 매장하러 오는가 했더니 한 아이에게 세례를 주러 오고, 한 여자에게 하얀 수녀복을 입히러 오는 것을 보았다. 모두 한순간에 일어난 일이었다. 그것을 본 그는 이 성스러운 전당이란 곧 전쟁터라고 했다. 이곳은 늙은이들은 죽고, 아이들은 이기고, 여자들만 펄펄 살아 날뛰는 곳이기 때문이란다.

한번은 말벌이 그의 목을 쏘았다. 그는 자신이 깨질까봐 벌을 털어낼 수가 없었고 아파서 낑낑대기만 했다. 유리로 되어 있는 몸을 말벌이 쏘니까 그 느낌이 어떠냐고 한 사람이 물었다. 그가 대답하기를, 그 말벌은 남의 험담꾼인 것 같다고 했다. 험담꾼의 혀와 입은 유리가 아니라 청동으로 된 몸이라도 부서뜨릴 힘이 충분하기 때문이라고.

그가 있는 곳으로 신부처럼 보이는 뚱뚱한 사람이 지나갔다. 그의 말을 듣고 있던 한 사람이 말했다.

"신부가 하도 말라깽이여서 움직이지도 못하시네."

유리 석사가 화를 내면서 라틴어로 말했다.

"성령께서 구약성서에서 하신 말씀을 잊어서는 안 되지. '나의 성유를 받은 자와 나의 사제를 건드리거나 해하지 말지라.'"

그는 화가 더욱 치밀어오르자 모든 걸 잘 좀 보라고 다그쳤다. "잘 보면, 몇 년 전부터 요즈음까지 교회가 성인으로 추대하여 시복諡福된 분들의 명단에 오른 많은 성인들 중에 아무도 무슨무슨 대장입네, 누구누구 씨의 비서실장입네, 무슨 백작, 무슨 후작, 어느 지방의 공작입네 하는 사람은 없지 않은가. 오로지 디에고 사제, 하신또 사제, 라이문도 사제처럼 모두들 사제니 신부라고 하지. 왜냐하면 종교란 하늘의 과수원이고 놀이공원이어서 거기서 얻은 과일은 언제나 하느님의 식탁에 오르기 때문이거든.”

그는 또 험담꾼의 혀는 독수리의 깃털과 같다고 말했다. 그 주위에 모인 다른 새들의 날개를 뜯어먹거나 떨어뜨리니까. 노름꾼과 야바위꾼에 대해서는 희한한 소리를 했다. 그가 말하기를, 야바위꾼은 남을 망하게 하는 구경꾼이라고 했다. 그는 노름을 하면서 술수를 쓰는 자에게 개평을 뜯는데, 카드놀이에서 사람들에게 계속 돈을 대라고 하면서 속으로는 돈을 잃기를 바란다는 것이다. 노름꾼이 반대로 돈을 걸어도 자기는 개평과 권리금을 받으니까. 그는 한 야바위꾼의 인내를 크게 칭찬했다. 그는 원래 사납고 화를 잘 내는 성격인데, 밤새 포커를 치며 돈을 잃어도 상대방이 발끈해서 자리를 뜨지 않는 한 입 한번 뻥끗 안 하고 망나니 순교자처럼 꾹 참고 있다는 것이다. 셋이 하는 카드놀이 ‘뿌야’나 ‘시엔또스’ 외에는 자기 집에서 다른 도박을 하는 건 생각도 못 하게 하는 점잖은 노름꾼들의 행동을 칭찬하기도 했다. 이렇게 해서 “7로 막고 가지고 가고, 그 자리에서 펴봐” 하면서 카드놀이 훈수 두고 돈 버는 치들처럼 사람들에게 험담 들을 두려움 없이, 한달 뒤면 또 서서히 시끄러운 ‘에스또까다’ 카드놀이를 하도록 유도해 돈 뜯는 사람들보다 훨씬 많은 개평을 뜯어간다는 것이다.

결과적으로, 그는 이런 소리들을 함으로써 누가 보아도 세상에서 가장 똑똑한 사람 중의 하나로 보일 수밖에 없었다. 이 사람이 확실히 미친 것으로 보이는 징후는 이미 말했듯이 누가 만지거나 몸을 가까이 붙일라치면 커다랗게 소리치는 거라든지, 이상한 복장이나 음식에 까다로운 것, 이상하게 물 마시는 것, 여름이면 야외, 겨울이면 짚더미 속이 아니면 잠자기를 거부하는 것 등이었다.

2년이 조금 더 지나도록 그의 이런 병은 낫지 않았다. 그런 중에 벙어리가 말을 알아듣고 하게 만들고 미친 사람을 낫게 하는 은총과 신통력을 가지고 있다는 산 헤로니모 종파의 신부 한 사람이 자비심에서 유리 석사의 치료를 맡겠다고 했다. 마침내 얼마 지나지 않아 그 신부가 그를 건강하게 만들고 본디 그의 지혜와 말, 정신으로 되돌려놓았다. 그가 나은 것을 보자 신부는 그에게 변호사 옷을 입히고 다시 궁으로 돌아가게 했다. 거기에서 그가 미쳤을 때 똑똑하다는 증거를 보였듯이 이제 정신이 들었으니 더욱 좋은 모범을 보이고 자신의 본업을 수행하여 유명해지도록 말이다.

그는 실제로 그렇게 했다. 이름을 로다하가 아니라 '바퀴'라는 뜻의 루에다라고 바꾸었다. 그가 궁으로 들어가자마자 아이들이 그를 알아보았다. 그러나 전에 늘 입던 옷이 아닌 다른 복장을 한 것을 보자 감히 소리도 지르지 못하고 질문도 하지 않았다. 하지만 그를 따라다니면서 자기들끼리 수군댔다.

"이게 그 미치광이 유리 석사 아냐? 참말 그 사람인데 이제는 정신이 멀쩡해져서 왔네. 그래도 옷을 잘 입으나 못 입으나 미치광이인 것은 마찬가지일지도 몰라. 뭐든 한번 물어보자. 그래야 이 궁금증이 풀리지."

석사는 이런 말을 다 듣고도 말이 없었다. 정신을 차리기 전보다 더욱 어리둥절하고 멍한 표정이었다.

아이들이 본 것이 어른들에게 전해져서 석사가 궁정 마당에 이르기도 전에 벌써 각계각층의 200명이 넘는 사람들이 그의 뒤를 따라왔다. 정규 대학교수보다 많은 동행들을 데리고 그가 궁정 마당에 도착했다. 거기 있던 사람들 모두가 그를 에워쌌다. 그는 주변에 많은 무리가 있는 것을 보자 목소리를 높여 말했다.

"여러분, 저는 유리 석사올시다. 그러나 늘 부르던 그 이름이 아니라 지금은 루에다 석사입니다. 하늘이 허하여 세상에 이런 일 저런 불행이 일어나고 저는 어쩌다 정신을 잃게 되었습니다. 그리고 마침내 하느님의 자비로 제정신이 돌아왔습니다. 여러분은 제가 미쳤을 때 했다는 말과 행동과 비교하여 제가 정신이 돌아온 지금부터 하는 말과 행동을 판단하셔도 좋겠습니다. 저는 살라망까 대학에서 법학으로 학위를 땄습니다. 가난하게 공부했지만, 대학에서 흔히 말하는 배경 좋아 따는 1등이 아니라 공부만으로 양심적으로 2등을 했습니다. 이것으로 제가 배경 덕택이 아니라 실력으로 학위를 딴 것을 짐작하실 수 있겠지요. 제가 여기 이 엄청난 궁궐이 있는 수도에 온 것은 변호사로서 일하고 먹고살기 위해서입니다. 하지만 여러분이 저를 놓아주지 않으면 죄수처럼 살다가 죽음을 얻으러 온 것밖에 아무것도 아닐 것입니다. 하느님의 이름을 걸고 간청하건대 부디 저를 따라다니거나 쫓아다니지 말아주십시오. 그러다가 제가 미쳤을 때 얻었던 먹을 것을 이제 정신이 들어 잃을지도 모르겠네요. 여러분이 늘 광장에서 묻던 것들을 이제부터는 제 집에 와서 물어주십시오. 사람들 말이 제가 그때 즉석에서 대답을 잘했다고들 하더군요. 그 사람이 이제 깊이 생각해서 답하게 되었으니, 더 답을 잘하는지 봐주십시오."

모두들 그의 말을 들었고 몇사람은 그를 떠나갔다. 그는 처음에 이끌고 갔던 사람들보다 적은 수의 사람들을 이끌고 숙소로 돌아갔다.

그는 다음날도 나왔다. 마찬가지로 또 연설과 잔소리를 했으나 아무 소용이 없었고 손해만 많이 보고 버는 것은 없었다. 이윽고 배가 고파 죽을 지경이 되자 그는 수도를 떠나 플랑드르로 가서 자신의 팔뚝 힘으로 먹고살기로 결심했다. 자신의 지식이나 재주로는 먹고살 수조차 없었으니까.

그 생각을 실행에 옮기기로 하고서 그는 수도를 떠나면서 한마디 했다.

"오 궁정이 있는 수도여, 이곳을 사랑하는 만용의 구애자들의 희망을 길러주고 소심한 실력자들의 희망을 깎아먹는 도시여, 철면피 건달들을 풍성하게 먹여살리고 염치를 아는 점잖은 자들을 배고파 죽게 하는 도시여!"

이 말을 남기고 그는 플랑드르로 갔다. 문文으로 영원한 명예를 얻고 싶었던 일생을 마침내 무武로 영원케 하여 끝마쳤다. 그의 좋은 친구 발디비아 대장과 함께, 죽을 때까지 대단히 용감하고 훌륭한 군인이었다는 명성을 남겼다.

핏줄의 힘에 관한 소설
Novela de La fuerza de la sangre

어느 뜨거운 여름밤, 한 노인 양반과 그 부인, 어린아이와 열여섯살쯤 되는 딸 하나, 그리고 여종이 똘레도의 강에서 놀다가 돌아오는 길이었다. 밤은 그다지 어둡지 않았고 시간은 11시쯤, 길은 호젓했다. 똘레도의 강과 들판에서 보낸 풍요롭고 느긋한 시간이 가져다준 즐거운 기분을 흩트리지 않기 위해서 그들은 느릿느릿 걷고 있었다.

그 도시는 치안이 대단히 좋고 사람들도 순해서 안전이 보장되어 있어서, 그 착한 양반은 소중한 식구들을 데리고 어떤 재앙이 닥치리라고는 생각도 않고 가고 있었다. 그러나 대부분의 불행은 생각지도 않을 때 닥쳐오는 법. 모든 예상과 달리 그들의 즐거운 기분을 무너뜨리고 긴 세월을 울게 할 사건이 터지고 말았다.

그 도시에 스물두살쯤 되는 한 신사가 있었다. 명문가의 핏줄에다 부유함까지 갖춘 청년으로, 비뚤어진 성벽에 지나친 자유분방함, 게다가 방종한 동료들까지 있어 그의 신분에 걸맞지 않게 무슨 일에든 만용을 부리는 통에 무뢰한이라는 소문이 자자했다.

그러니까 이 신사(여기서는 예의를 갖춰 이름은 밝히지 않고 돈 로돌포라고 부르기로 하자)가 모두 젊은 청년인 네 친구, 다들 놀기 좋아하고 철면피인 자들과 함께 우리의 노인 양반이 올라오던 똑같은 언덕을 내려오고 있었다.

양의 무리와 늑대의 무리, 두 무리가 만나게 되었다. 로돌포와 그의 친구들은 얼굴을 가리고 뻔뻔스럽고 음흉한 태도로 그 부인과 딸, 여종의 얼굴을 바라보았다. 노인 양반은 그 무례한 젊은이들을 나무라며 호통을 쳤다. 청년들은 노인을 조롱하고 비웃으며 지나갔다. 그러나 로돌포가 본 처녀의 얼굴은 무척 아름다웠다. 그 처녀가 레오까디아(그 양반 딸의 이름을 이렇게 부르기로 하자)였다. 그 얼굴은 로돌포의 기억에 깊게 각인되어 그의 마음이 그녀를 졸졸 따라다니기 시작했다. 어떠한 불편과 장애가 닥친다 해도 그녀를 사랑하고 싶은 욕망이 일었다. 그는 곧바로 자기의 생각을 동료들에게 알렸고 다음 순간 그들은 로돌포의 뜻을 이뤄주기 위해 함께 돌아가서 그녀를 납치하기로 결심했다. 항상 부자들에게는 방탕한 취향이 있기 마련, 또한 그들은 자신들의 불법적 행동을 합법화하고 나쁜 취향을 부추기는 무리를 찾게 마련이니까. 그리하여 사악한 계획을 생각해낸 동료들은 그들이 합의한 것을 로돌포에게 알렸고, 수긍했고, 함께 레오까디아를 납치하자는 결정이 모두 순식간에 이루어졌다.

그들은 얼굴에 수건을 두르고 칼을 빼들고 가던 길을 되돌아갔다. 몇발자국 가지 않아 그 가족을 따라잡았다. 그 가족이 방금 험악한 자들의 손에서 풀려난 것을 신에게 채 감사하기도 전이었다.

로돌포가 레오까디아에게 덤벼들더니 잽싸게 그녀를 품에 안고 달아나기 시작했다. 그녀는 방어할 힘이 없었다. 너무 놀라서 고함칠 목소리조차 나오지 않았고 심지어 두 눈의 눈빛조차 사라졌다. 그녀는 의식을 잃고 기절하여 누가 자신을 데려가는지, 어디로 데려가는지도 알지 못했다. 그녀의 아버지가 소리쳤다. 그녀의 어머니가 외쳤다. 그녀의 동생이 울었다. 여종이 두 손으로 할퀴었다. 그러나 그들의 외침을 듣는 사람은 없었다. 절규에 귀 기울이는 사람도, 통곡에 마음 아파하는 사람도 없었다. 손톱으로 할퀴어도 아무 소용이 없었다. 아무도 없는 호젓한 그 길은 모든 것을 감추었다. 악당의 잔인한 심보도 한밤의 말없는 침묵 속에 묻히고 말았다.

마침내 한쪽은 기쁨에 차서 사라졌고 다른 쪽은 비통함 속에 남았다. 로돌포는 아무 방해도 받지 않고 집에 당도했고, 레오까디아의 부모는 상처와 통한, 절망을 안고 집으로 돌아갔다. 딸이라는 두 눈을 잃고 부모는 눈이 먼 듯했다, 딸이 그들의 불빛이었기에. 그들은 혼자였다, 레오까디아가 그들의 즐겁고 따뜻한 동반자였기에. 그들은 당황했고 법이나 경찰에 이 불행한 소식을 알리는 것이 좋을지 어떨지도 알지 못했다. 그 집안의 불명예[1]를 그들 스스로 퍼뜨리는 도구가 될까 두려웠기 때문이었다.

가난한 양반으로서 그들은 누구에게 하소연할지, 누구를 원망해야 할지 몰랐고 자신들의 기박한 운수를 탓할 뿐이었다. 한편 약삭

---

1 여기서 deshonra(불명예)라는 것은 당시 에스빠냐 사회가 가장 중요시하던 사안이다. 당시의 명예에 대한 통념이자 관습에 따르면, 딸이 강간을 당하거나 정조를 잃었을 때 그 즉시 복수를 하거나 범죄 당사자와 결혼하지 않으면 그 자식의 불명예일 뿐만 아니라 온 가문, 온 마을의 불명예로 생각했다. 여기서 레오까디아의 부모는 자신들이 이 사건을 떠벌려서 딸의 불명예의 나팔수가 될 것을 두려워한다. 알려지면 알려질수록 가문의 망신이기 때문이다.

빠르고 기민한 로돌포는 이미 그의 집 그의 방에 레오까디아를 가두었다. 그는 그녀를 데려올 때 기절한 것을 알고서 그녀의 두 눈을 손수건으로 가렸다. 그녀가 자신을 어느 길로 데려가는지, 어디에 있는지 보지 못하게 하기 위함이었다. 그는 아무도 그녀를 보지 못하게끔 그가 살고 있는 그의 아버지 집의 외딴 별채에 가두었다. 그는 별채의 모든 방 열쇠를 가지고 있었다.(자식들을 잘 간수하기를 원하는 부모가 미처 눈치채지 못한 사실이었다.) 로돌포는 레오까디아가 정신을 차리기 전에 자기의 욕망을 채웠다. 젊은이들의 순수하지 못한 충동이란 그들을 더욱 자극하고 흥분시키는 법. 그들은 다른 필요조건이나 편의 따위에는 전연 신경을 쓰지 않는다. 이성의 빛이라고는 없는 눈먼 어둠 속에서 로돌포는 레오까디아의 가장 아름다운 보물을 훔쳤다. 그리고 이런 감각적 죄는 대부분 욕망을 만족시킨 다음에는 무관심해지고 혐오하게 마련이라, 로돌포는 즉시 그곳에서 레오까디아가 사라지기를 바랐다. 그래서 기절한 그대로 그녀를 길거리에 놓아둘 생각을 했다.

그가 그 생각을 실행에 옮기려 할 즈음 그녀는 어렴풋이 정신이 들었다. 그녀가 말했다.

"세상에, 이럴 수가, 내가 지금 어디 있는 거야? 이 어둠은 뭐지? 어떤 어두운 안개가 나를 에워싸고 있는 건가? 내가 지금 나의 순결의 연옥에 있는 걸까, 아니면 나의 죄악의 지옥에 있는 걸까? 맙소사! 누가 내게 손을 댄 거야? 내가 상처투성이로 침대에 있다니…… 어머니, 내 말 들려요? 내 말 들려요, 사랑하는 아버지? 아이고, 내 신세야! 틀림없이 지금 우리 부모님은 내 말을 듣지 못하는 거야. 나의 원수가 나를 만지고 있어. 내가 다시 세상의 빛을 보지 않도록 차라리 이 어둠이 영원히 사라지지 않는다면 좋으련만…… 지금 내가 있는 이곳이 어디든지 간에 여기가 나의 명예의 무덤이 될진대, 사람들이 모르는 불명예가 사람들 입에 오르내리는 명예보다 차라리 나을지 몰라. 이제 생각이 나네. 차라리 전연 생각이 나지 않았으면 좋을 텐데! 얼마 전에 나는 부모님과 함께 집으로 가고 있었지. 이제 생각이 나. 놈들이 나를 덮쳤어. 이제 상상이 돼. 사람들이 나를 보지 않는 게 좋을 거란 생각이 들어. 아, 여기 나와 함께 있는 네가 누구든지 간에(이 순간에 그녀는 로돌포의 손을 잡고 있었다), 만약 너의 영혼이 어떤 종류의 간청이라도 받아줄 수 있다면, 너는 나의 명예를 가지고 놀고 승리했으니 이제 내 목숨마저 가져가라! 지금 즉시 내 목숨을 끊어다오! 명예도 순결도 없는 몸에 목숨이 붙어 있는 건 옳지 않다. 네가 나를 더럽힌 그 가혹한 잔인함이 이제 나를 죽여 자비를 베푼다면 조금이라도 덜어질 테니. 너는 한순간에 잔인하면서 동시에 자비로운 사람이 될 거야!"

레오까디아의 말은 로돌포를 어리둥절하게 했다. 아직 경험이 많지 않은 청년으로서 그는 무어라 말해야 할지, 어찌해야 할지 몰랐다. 그의 침묵이 레오까디아를 더욱 놀라게 했다. 그녀는 지금 함께 있는 것이 귀신인지 그림자인지 알아보려고 두 손을 내저었다. 그러다 몸뚱이가 만져지자 부모와 함께 올 때 그녀에게 가해졌던 남자들의 폭력에 생각이 미쳤다. 그녀는 자신에게 벌어진 불행한 사건을 떠올렸다. 그것을 생각하자 그녀는 울면서 말을 이어갔다. 격한 흐느낌과 한숨에 끊기기도 했지만, 그녀의 말은 이러했다.

"무례한 청년 같으니라구. 그대의 행동으로 판단하건대 나이도 어린 것 같으니 나는 그대가 나에게 범한 죄과를 용서하겠어요. 다만 그대가 나에게 약속하고 맹세할 것은, 그대가 이 어둠으로 그대의 죄를 숨겼듯 이 일은 아무에게도 말하지 말고 영원히 침묵으로 덮어달라는 것이에요. 그대가 끼친 큰 모욕에 대해서 이 정도 대가는 작은 것이지요. 하지만 이것이 내가 그대에게 청할 수 있는, 그대가 내게 줄 수 있는 가장 큰 보상이라는 걸 아세요. 나는 한번도 그대의 얼굴을 본 일이 없고, 이제 그대의 얼굴을 알고 싶지도 않아요. 내가 당한 치욕이 생각날 것이기 때문에 나는 그 치욕의 죄인을, 내 상처의 주인공을 기억 속에 간직하고 싶지 않아요. 하늘과 나 사이에만 내 아픔의 이야기를 나눌 뿐 온 세상이 듣게 하고 싶지 않아요. 세상은 만사를 일어난 그대로 판단하지 않고 자기들 편의에 따라, 선입견에 따라 판단하니까요. 내가 무엇 때문에 그대에게 이런 진실을 말하는지 모르겠네요. 내 나이야 아직 열일곱살 못 되었지만, 이런 것은 오랜 세월을 겪고 많은 일을 경험한 뒤에야 그것을 바탕으로 알 수 있는 진실인데 말이에요. 모든 걸로 보아 이와 같은 일을 당한 고통은 아픈 자의 혀를 묶기도 풀기도 한다는 생각이 듭니다. 사람들은 많은 경우 자기의 아픔을 믿어달라고 과장하기도, 혹은 그것을 치유하기를 바라지 않아 말하지 않기도 하지요. 어떻든, 내가 말을 하든 입을 다물든, 그대가 나를 믿고 나를 구해주도록 해야 할 것 같네요. 당신이 나를 믿지 못한다면 무지해서일 것이고, 나를 구해주지 못한다면 나를 달랠 방법이 없어서일 겁니다. 나는 포기하지 않을 거예요. 그대가 내 부탁을 들어주는 건 그리 어렵지도 않을 테니까요. 부탁은 이겁니다. 이봐요, 너무 기다리게 하거나 시간을 믿지 마세요. 시간이 흐른다고 그대를 향한 나의 이 당연한 원한이 누그러질 거라고 생각 말아요. 더이상 악행을 쌓아 죄를 만들지 마세요. 이미 나를 범했으니 이제 그러지 않는다고 죄가 덜해지나요? 그대의 그 사악한 욕망이 사그

라드나요? 그대는 나를 좋은 말로 설득하지도 않고 순전히 충동적으로 범했지요. 나는 내가 이 세상에 태어나지 않았다고 생각하겠어요. 아니, 내가 태어난 것은 불행해지기 위해서라고 해두죠. 나를 즉시 거리에, 아니면 적어도 큰 성당 옆에 데려다놓아요. 거기서부터는 내가 집을 찾아갈 거예요. 그러나 절대 내 뒤를 쫓지 않겠다고 맹세해줘요. 집을 알려 하거나 우리 부모의 이름을 묻거나 내 이름, 내 친척들의 이름도 묻지 말아요. 다들 부자고 양반이셔서 그분들이 나의 일로 불행해지시는 게 싫습니다. 이 문제에 대해서 대답해주어요. 말을 하다가 내가 그대의 말투를 기억할까 두렵다면, 내가 말씀드리지요. 나는 내 아버지와 고해신부님 외에는 살면서 어떤 남자와도 이야기해본 적이 없어요. 남자들과 의사소통하고 그들이 말하는 것을 들어본 적이 없으니 말하는 소리를 듣고 당신이 누군지 알아낼 능력은 내게 없어요."

아픔에 찬 레오까디아의 조리 있는 이야기에 로돌포가 준 대답은 그녀를 포옹하는 것뿐이었다. 그 행위는 그가 그녀를 좋아한다는 것과 그녀가 명예를 잃었다는 것을 확인해줄 뿐이었다. 이에 대해 레오까디아는 어린 나이에 예상할 수 없는 엄청난 힘으로 손짓발짓에 이까지 써가며 맹렬히 방어했다. 그녀의 혀가 이런 말을 쏟아냈다.

"생각 좀 해봐, 이 인정사정없는 역적 같은 사내야. 그대가 누구든지 간에 그대가 나로부터 앗아간 전리품은 의식 없는 나무둥치나 기둥으로부터 얻어간 껍질에 불과해. 그런 승리는 그대에게 더 큰 모욕과 불명예로 돌아갈 뿐이야. 그러나 지금 그대가 하려고 하는 짓은 나를 죽이지 않고서는 이루지 못할 거야. 그대는 의식을 잃은 나를 짓밟고 무력화했지. 그러나 지금은 내가 정신이 있으니

나를 이기려면 차라리 나를 죽이는 게 나을 거야. 이제 내가 정신이 들어서도 그대의 그 구역질 나는 욕구에 저항 없이 물러선다면, 그대가 감히 나를 망쳐놓으려 할 때 내가 기절한 것이 짐짓 거짓이었다고 생각할 게 아니냐구.”

레오까디아가 그렇게 끈질기고 씩씩하게 버티자 끝내는 로돌포의 힘과 욕망도 약해지고 말았다. 레오까디아에게 저지른 무례한 짓이 다른 뜻이 있어서가 아니라 그저 욕망의 충동에 의한 것이었기에 그런 식으로는 절대 진정한 사랑이 싹틀 수 없는 일이었다. 원래 금방 지나가고 마는 충동보다 사랑은 오래가는 법. 로돌포에게는 참회보다는 자신의 행동을 벌충하려는 희미한 의지가 있을 뿐이었다. 결국 열기가 식고 지친 로돌포는 말 한마디 없이 그녀를 침대에 버려둔 채 방을 잠그고 나가버렸다. 친구들을 찾아 앞으로 어떻게 해야 할지 조언을 들어볼 생각이었다.

레오까디아는 갇힌 채 혼자 남은 것을 알았다. 그녀는 침대에서 일어나 온 방을 걸어다니며 혹시 나갈 수 있는 문이나 뛰어내릴 창이라도 있는가 찾기 위해 벽을 손으로 더듬어보았다. 그러다 문을 발견했으나 꽉 잠겨 있었다. 가까스로 열 수 있는 창문 하나가 손에 잡혔다. 창을 열자 달빛이 쏟아져들어왔다. 밝은 달빛에 레오까디아는 방을 장식한 태피스트리의 색깔을 알아볼 수 있었다. 침대는 황금빛이었고 무척이나 아름답게 꾸며져 있어서 신사 개인의 잠자리가 아니라 왕자의 침상 같았다. 의자며 책상을 헤아려보고 문이 있는 쪽을 살폈다. 벽에 액자가 몇개 걸려 있는 것을 보았으나 거기 그려진 그림들까지는 알아볼 수 없었다. 창은 크고 굵은 쇠창살로 막혀 있었다. 창은 정원으로 나 있었는데 그 정원은 또한 높은 벽으로 에워싸여 있어서 그리로 올라가서 길거리로 뛰어내리기는 불가능해 보였다. 그녀가 보고 관찰한 그 저택의 크기나 다채로운 장식이 말해주는 것은 집주인이 귀족이고 부자일 것이며, 적어도 보통 사람은 아니리라는 것이었다. 그녀는 창가에 있는 책상에서 은으로 된 작은 십자가를 발견하고 그것을 옷소매에 집어넣었다. 신앙심에서나 도둑질을 하기 위해서가 아니라 자신이 생각한 맞춤한 의도에서였다. 그러고는 전에 있던 대로 창문을 닫고 침대로 돌아간 그녀는 이렇게 불운하게 시작된 사건이 어떤 결말을 가져올지 기다려보기로 했다.

그녀 생각에는 채 반시간도 지나지 않은 것 같았는데 방문이 열리는 것이 느껴졌다. 그녀에게 한 사람이 다가오더니 말 한마디 없이 손수건으로 그녀의 눈을 가린 다음 팔을 잡고 방 밖으로 끌어내고는 다시 문을 닫았다. 그는 로돌포였다. 그는 친구들을 찾으러 갔었으나 문득 만나고 싶지가 않아졌다. 그녀와의 사이에 일어난 일의 증인을 많이 만드는 것이 좋지 않을 것 같다는 생각을 했던 것이다. 그보다는 친구들에게 이렇게 말하기로 했다. 즉 자신이 나쁜 짓을 한 것을 뉘우치고 그녀의 눈물에 감동해서 길 가운데 그녀를 데려다놓고 왔다고. 이렇게 결심하고 그는 얼른 돌아와서 날이 새기 전에 그녀가 청한 대로 그녀를 큰 성당 옆에 데려다놓기로 했다. 낮이 되면 그녀를 버리는 데 지장이 있을 테고, 그렇게 되면 다음날 밤까지 그녀를 방에 잡아두어야 할 것이다. 그동안에 그는 다시 강제로 그녀를 범하고 싶지 않았고 이 일이 남한테 알려지는 것도 원하지 않았다.

그리하여 그는 그녀를 소위 시청 앞 광장이라 이름 붙인 곳까지 데려갔다. 거기서 그는 목소리를 바꾸어 반쯤은 뽀르뚜갈 말투, 반쯤은 에스빠냐 말투로 아무도 그녀를 따라가지 않을 테니 안심하고 집을 찾아갈 수 있을 거라고 말했다. 그녀가 미처 손수건을 벗기도 전에 그는 벌써 사람들이 보지 않는 곳으로 사라지고 없었다.

레오까디아는 혼자 남았다. 눈가리개를 벗고서야 그녀는 그가 자신을 놓아준 장소가 어딘지 알 수 있었다.

그녀는 사방을 둘러보았다. 아무도 없었다. 그러나 멀리서라도 자신을 쫓아오는 사람이 있을까 걱정이 되어 한걸음 뗄 때마다 멈춰서곤 했다. 발길은 거기에서 멀지 않은 곳에 있는 집으로 향했다. 그녀는 혹시 있을지 모를 미행하는 사람들을 따돌리기 위해 가다가 문이 열린 집에 들어갔다 나오기도 했다. 그렇게 얼마 가지 않아서 자기 집에 도착했다. 집에서는 부모가 옷도 벗지 않은 채, 전연 쉴 생각도 하지 못한 채 멍하니 앉아 있었다.

그녀를 보자 그들은 두 팔을 벌리고 달려와 눈물을 흘리며 그녀를 맞았다. 레오까디아는 놀라움과 걱정으로 가득한 부모를 한쪽 구석으로 이끌어 간략한 몇마디 말로 그 불행한 사건을 알렸다. 그녀는 자신의 명예를 도둑질한 자의 이름도 성도 몰랐기에 자기 불행의 비극이 공연된 극장에서 보았던 것들, 창문이며 정원, 철창, 책상, 침대, 태피스트리에 대해 이야기하고 마지막으로 자기가 가져온 십자가를 보여주었다. 그 성상을 보자 그들의 눈에서 다시 눈물이 쏟아졌고 그들은 하느님에게 복수를 애원하고 간청하며 기적을 통해 벌을 내려주십사 기도했다. 이어 그녀는 말하기를, 비록 자신은 이 사건의 죄인을 알고 싶지 않지만, 부모님 생각에 그 사람을 꼭 알아야겠다면 그 십자가 성상을 통해서 알아볼 수 있을 것이라고 했다. 성당지기들에게 부탁해서 도시 모든 성당의 설교대에서 이런 성상을 잃어버린 사람은 그들이 지목한 신부의 손에서 십자가를 찾아가도록 알리게 하면 그 성상의 주인이자 그들이 찾는 원수와 그 집을 알게 되리라는 것이었다.

이 말에 그녀의 아버지가 말했다.

"네 말이 맞다, 딸아. 너의 그 신중한 이야기를 속물들의 사악한 생각이 방해하지 않는다면 말이다. 네가 말한 그 집 그 방에서는 오늘 이 순간 이 십자가가 없어졌다고 생각할 게 분명하고, 십자가 주인은 틀림없이 그 물건과 같이 있던 여자가 그걸 가져갔으리라고 생각할 거야. 그러다 어느 신부가 그 십자가를 가지고 있다는 소식을 들으면 잃은 십자가 주인은 자신이 누군지 밝히지 않고 오히려 누가 그 십자가를 신부에게 주었는지 알아보려고 하겠지. 또는 그 주인이 주소를 주고 다른 사람을 시켜 그 십자가를 찾아오게 할 수도 있어. 일이 이렇게 되면 그 주인을 알자고 하는 일이 혼란에 빠질 수도 있지. 그러니 그 점이 걱정된다면 우리가 그 수법을 거꾸로 이용하자꾸나. 신부에게 십자가를 맡길 때 제3자를 통해 전달하는 거야. 그러나 우선 네가 해야 할 것은, 딸아, 그 십자가를 잘 간직하고 성모님께 가호를 청하는 것이다. 그 십자가는 또한 네 불행의 증인이었으니 너를 지키기 위해 법 앞에 서는 재판관이 있도록 그 십자가가 도울 거야. 딸아, 한되의 드러난 불명예가 한말의 감춰진 불명예보다 상처가 크다는 것을 알아야 한다. 그러니 너는 대중 앞에서 주님과 함께 순결하고 명예롭게 살되 속으로 남몰래 순결을 잃었다고 마음 아파하지 마라. 진정한 불명예는 죄악에 있고 진정한 명예는 마음의 덕에 있느니라. 주님을 모독하는 것은 말과 욕망과 행위니라. 그런데 너는 말로도 생각으로도 행동으로도 주님을 모독하지 않았으니 스스로 순결하고 명예롭다고 생각하렴. 나 또한 너를 그렇게 생각할 것이다. 어떤 일이 있어도 나는 너의 진실한 아버지로서 너를 명예스럽게 생각할 거야."

이렇게 덕망에 찬 설교로 아버지는 레오까디아를 위로했고 어머니는 그녀를 안고 위로했다. 그녀는 다시 울음이 터졌지만 사람들 말처럼 머리를 감싸며 울음을 삼켰다. 그리고 부모의 보호 아래 소박하고 단정한 옷을 입고 조용히 숨어 살기로 했다.

그동안 집으로 돌아온 로돌포는 십자가가 없어진 것을 알았다. 그녀가 그것을 가져갔을지도 모른다고 생각했으나 개의치 않았다. 그는 부자여서 그 정도는 염두에 두지도 않았으며 그의 부모도 그에 대해 묻지 않았다. 그로부터 사흘 뒤 이딸리아로 떠날 때 로돌포는 그 어머니의 여종에게 그 방에 두고 온 물건들의 목록을 알렸을 뿐이었다.

로돌포가 이딸리아로 건너가기로 결심한 것은 오래전이었다. 그의 아버지는 이딸리아에서 지내보았기에 아들에게 자기 나라에서만 신사인 사람은 신사가 아니며 남의 나라에서도 신사가 되어보는 게 참으로 필요하다고 설득력 있게 말하곤 했다. 이런저런 말에 고무된 로돌포는 아버지의 뜻을 따를 준비가 되어 있었다. 아버지는 큰 액수의 신용장을 주었다. 바르셀로나, 제노바, 로마와 나뽈리를 여행할 수 있는 금액이었다. 그는 동료 두 사람과 즉시 길을 떠났다. 아는 군인 몇사람에게서 이딸리아와 프랑스 숙소의 풍요로움과 숙소에서 에스빠냐 사람들이 즐기는 자유에 대해서 듣고서 그는 한껏 기대에 차 있었다. 그는 그들이 이딸리아말로 "여기 좋은 닭고기와 비둘기 요리, 햄과 소시지가 있습니다" 하는 소리가 마음에 들었고 다른 여러가지 이딸리아 음식들 이름도 좋았다. 그 군인들은 그런 데 있다가 이 나라에 오면 에스빠냐 음식점과 객줏집의 불편함과 궁색함을 떠올리게 된다고 말해주었다. 마침내 그는 떠났다. 레오까디아와 있었던 일 따위는 전연 아무 일도 없었던 것처럼 기억에서 깨끗이 지운 채.

이러는 동안 그녀는 부모 집에서 되도록 숨어서 지냈다. 혹시 누구라도 그녀의 어두운 얼굴 표정에서 자신의 불행을 읽을까 두려워서 아무에게도 얼굴을 비치지 않았다. 그러나 몇달 지나지 않아 그녀는 그때까지는 내켜서 하던 일을 억지로라도 해야 하는 불가피한 때가 온 것을 알았다. 그녀는 임신한 것을 알았고, 어느정도 잊었다고 생각했던 사건이 다시 그녀를 눈물짓게 했다. 한탄과 한숨이 다시 몰아치기 시작했다. 어머니의 다정한 위로도 소용이 없었다. 그런 중에도 시간은 흘러 출산 때가 다가왔다. 너무도 비밀스러운 일이었기에 산파에게 맡길 생각도 하지 못하고 모든 일을 그 어머니가 손수 도맡았다. 그리고 마침내 상상을 뛰어넘게 아름다운 아이가 세상의 빛을 보게 되었다. 그들은 출산 때와 똑같은 조심성으로 그 아이를 은밀하게 어느 시골 마을로 데려가 거기에서 4년을 키웠다. 4년이 지나서 드디어 조카라는 이름으로 할아버지가 집으로 데려와 아주 풍족하지는 않지만 적어도 덕을 갖춘 착한 아이로 키웠다.

할아버지의 이름을 따서 루이스라는 이름을 받은 아이는 생김새가 뛰어나게 아름다웠다. 루이스는 성격이 온순하고 영민한데다 그 어린아이가 하는 모든 행동에서 귀족 아버지에게서 태어난 자식이라는 징후가 뚜렷했다. 아이의 영리함과 재치, 아름다운 외모와 기품이 할아버지 할머니의 마음을 사로잡았고, 그런 아이를 두어서 딸의 불행을 이제는 행복이라고 생각하게 되었다. 아이가 거리로 나가면 수천가지 칭찬과 축복이 비 오듯 했다. 어떤 사람들은 아이가 예쁘게 생겼다고 칭찬했다. 다른 사람들은 그런 아이를 낳은 어머니를 축복했다. 이곳의 사람들이 아이를 낳은 아버지를 칭찬하면 저곳 사람들은 이렇게 잘 키운 사람을 축복했다. 이렇게 아이를 아는 사람들이나 알지 못하는 사람들에게까지 박수와 칭찬을 받으며 아이는 일곱살에 이르렀다. 그 나이에 라틴어와 에스빠냐어를 읽고 쓸 줄 알았으며 글씨도 잘 썼다. 할아버지 할머니는 아이를 부자로 만들어줄 수는 없는 일이었으나 교양 있고 현명한 아이로 키우고 싶어했다. 진정한 지혜나 덕망이야말로 도둑들도 빼앗아갈 권한이 없고 운수라는 것도 어쩌지 못하는 진짜 '부'이기 때문이다.

어느날 아이가 할머니의 친척에게 심부름을 가게 되었다. 어느 거리를 지나는데 기사들이 말달리기 경주를 하고 있었다. 아이는 서서 구경하다가 잘 보이지 않아 좋은 자리를 찾아 여기저기 옮겨다녔다. 그러다 갑자기 말 한마리가 덮치는데 피할 수가 없었다. 성난 파도처럼 질주하는 말을 그 기수조차 멈출 수가 없었다. 아이 위로 말이 지나갔고 아이는 머리에서 피를 흘리며 땅에 죽은 듯 넘어졌다. 이 사고가 벌어지자마자 경주를 보고 있던 한 나이 든 신사가 비호같이 날렵하게 말에서 내리더니 아이에게 다가갔다. 그는 아이를 일으켜 안고 있던 사람의 품에서 아이를 빼앗아 안고는 그 높은 권위고 흰머리고 상관없이 서둘러 자기 집으로 데려갔다. 그는 즉시 하인들더러 아이를 치료할 의사를 찾아오게 했다. 많은 기사와 신사 들이 그를 따라와서 그렇게 예쁜 아이가 사고를 당한 것을 마음 아파했다. 곧 소문이 돌기를, 말에 치인 아이는 루이스이며 그 나이 든 신사의 손주라고 했다. 이 소문이 돌고 돌아 마침내 아이의 할아버지 할머니와 숨어 지내던 그 어머니의 귀에 들어갔다. 이들은 사고 소식을 확인하고 미친 사람처럼 정신없이 사랑하는 자식을 찾으러 나섰다. 아이를 데려간 신사가 유명한 귀족이라서 만나는 사람들마다 그의 집을 알려주었다. 그들이 그 집에 도착했을 때 아이는 벌써 의사의 손에서 치료를 받고 있었다.

집주인인 신사와 그 부인은 아이의 아버지 어머니라고 생각되는 그들에게 울거나 통탄하여 목소리를 높이지 말도록 당부했다. 그러면 아이에게 전연 도움이 되지 않는다며, 의사는 유명한 사람으로 아이를 훌륭한 의술로 잘 치료하였고, 상처는 처음 보았을 때 걱정했던 것처럼 그렇게 치명적인 것은 아니라고 했다. 치료가 어느정도 진행되자 루이스가 정신을 되찾았고 가족들을 보고 기뻐했다. 가족들이 울면서 기분이 어떠냐고 묻자 아이는 괜찮다고, 몸통과 머리가 무척 아프다고 답했다. 의사가 아이가 쉬어야 하니 아이와 말하지 말라고 하여 다들 그러기로 했다. 그 할아버지는 손주에게 이렇게 엄청난 자비를 베풀어준 집주인에게 감사했다. 그러자 그 주인은 감사할 것 없다고 답하고, 말에 치여 넘어진 아이를 보니 마치 자기가 그토록 귀여워하던 자식의 얼굴을 본 것 같았다고, 그래서 아이를 품에 안고 집에 데려올 마음이 생겼다고 말해주었다. 또한 아이가 완쾌할 때까지 얼마든지 이 집에 있으면서 필요한 치료를 받으시라고 했다. 귀부인인 그의 아내도 똑같이 말하면서 더욱 간절히 부탁했다.

그 할아버지 할머니는 그처럼 신실한 자비로움에 감탄했다. 그러나 그 어머니의 놀라움은 더욱 컸다. 의사가 하는 말을 듣고 혼란스럽던 정신이 안정되자, 그녀는 아들이 있는 방을 둘러보다가 문득 여러가지 흔적으로 보아 그 방이 분명히 자신의 불행이 시작되고 순결이 종말을 고했던 장소임을 알아차렸던 것이다. 그 방에 있던 화려한 태피스트리는 없어졌으나 그것이 있던 자리는 알아볼 수 있었다. 정원으로 난 쇠창살이 쳐진 창은 지금 다친 아이를 위해 닫혀 있었지만 그녀는 그 창이 정원으로 나 있는 거냐고 물었고, 그렇다는 답을 들었다. 더욱 확실히 알아볼 수 있었던 것은 바로 자신의 순결의 무덤이었던 그 침대였다. 더구나 자신이 가져온 십자가가 있던 책상도 그 자리에 있었다.

최종적으로 이 모든 의심의 답과 진실을 밝힌 것은 그녀가 눈을 가리고 방에서 끌려나올 때 헤아렸던 계단의 수였다. 그때 그녀는 거기서부터 길거리까지 나 있는 계단의 수를 주의 깊게 헤아렸던 것이다. 그녀는 아들을 그 집에 두고 돌아오면서 계단의 수를 다시 세어본 결과 똑같은 것을 발견했다. 이 증거 저 증거를 맞추어보고 그녀는 자신의 짐작이 하나도 빠짐없이 사실인 것을 확인했다. 이 사실을 그 어머니에게 상세히 이야기하자 어머니는 조용히 자기 손주가 누워 있는 집의 주인 신사에게 아들이 있거나 있었는지 알아보았다. 그 어머니가 알아낸 것은 그 신사에게 아들이 있으며 그가 우리가 로돌포라고 부르는 사람이라는 것, 그는 지금 이딸리아에 있다는 것이었다. 그 사람이 에스빠냐에서 떠나 있었다는 시간을 계산해보니 자기 손주의 나이와 같은 일곱해였다.

그 어머니는 이 모든 이야기를 남편에게 알렸다. 두 부부와 딸은 일이 어떻게 되든 지금은 하느님께 맡기고 아이가 회복하기를 기다리기로 했다. 아이는 보름 만에 위험한 상황을 벗어났고 30일이 지나자 병상에서 일어났다. 그동안에 내내 어머니와 할머니가 찾아가 간병했고 집주인들은 마치 그애가 친자식이나 되는 듯 잘 보살펴주었다. 때때로 에스떼파니아 마님(그것이 그 신사 부인의 이름이었다)은 레오까디아와 이야기를 나누었는데, 한번은 저 아이가 이딸리아에 있는 자기 아들 하나와 너무 닮아서 아이를 볼 때마다 자기 아들이 앞에 있는 것 같지 않은 적이 없었다고 말했다. 어느날 레오까디아는 그 부인과 단둘이 있을 때 부모와 상의하여 말하기로 결심한 이야기를 할 기회를 얻게 되었다.

"마님, 저희 부모가 손주가 사고를 당했다는 말을 듣던 날, 그분들은 하늘이 무너지고 온 세상이 쏟아져내린 줄 알았답니다. 그애가 없으면 그분들 눈에 빛이 없고 노후에 지팡이가 없는 거라고 생각하셨지요. 할머니 할아버지가 그 아이를 그토록 지극히 사랑하셔서 보통 다른 부모가 자식을 사랑하는 정도를 훨씬 넘어섭니다. 하지만 하늘이 상처를 주시면 약도 주신다는 말이 있듯이, 아이는 이 집에서 약을 찾았고 저는 제 목숨이 붙어 있는 한 잊을 수 없는 기억을 되찾았습니다. 마님, 저 또한 양반이며 제 부모와 선조 대대로 양반 집안입니다. 재산은 보통 정도이나 제 부모님은 양반의 명예를 지키며 행복하게 살아오셨습니다."

에스떼파니아는 레오까디아의 말을 감탄해서 열심히 듣고 있었다. 부인이 보기에 그녀는 스무살 안팎의 나이로 생각되었는데, 어린 나이라고는 믿을 수 없을 만큼 사려 깊고 정숙한 성품이 느껴졌기 때문이었다. 부인은 그녀의 말을 막거나 되받지 않고 하고 싶은 말을 다 하도록 기다렸다. 그리고 그녀의 이야기는 부인 아들의 못된 장난과 자기도 모르게 당한 불행한 일, 자신이 십자가를 훔친 일까지 차근차근 이어졌다. 두 눈을 가리고 끌려온 방이 바로 이 방이라고 이야기하고 이 이야기를 확인할 증거로 자기가 가져갔던 십자가를 품에서 꺼냈다. 그녀는 그 십자가에 대고 말했다.

"주님, 주님께서는 저에게 저질러진 강압의 증인이셨으니 저에게 그 죄를 보상하게 하는 데 판관이 되어주십시오. 저는 저기 저 책상 위에서 주님을 가져갔었습니다. 저의 상처와 피해를 영원히 기억하기 위함이었습니다. 제가 복수를 하거나 주님께 복수를 청하기 위해서가 아니라 저의 불행을 참고 이겨나갈 위안을 주십사 기도하기 위함이었지요.

마님, 마님께서 그토록 정성을 다해 보살펴주신 아이는 마님의 진짜 손주입니다. 그 아이를 치이게 한 것은 하늘이 만들어주신 은혜였습니다. 그렇게 해서 아이를 마님 댁에 데려오게 했고, 또 제가 이 집에 오게 된 것이지요. 바라건대, 제가 제 불행의 가장 좋은 해결 방법을 찾지는 못한다 해도 최소한 그것을 견디고 이겨나갈 방법을 찾고 싶습니다."

이렇게 말한 그녀는 십자가를 안고 에스떼파니아의 품에 기절하여 쓰러졌다. 부인은 귀한 신분이자 여자인지라, 남자가 본능적으로 잔인한 데가 있다면 여자에게는 자연스러운 동정심과 자비심이 있게 마련이어서 레오까디아의 기절한 모습을 보자 그녀의 얼굴에 자기 얼굴을 맞대고 눈물을 줄줄 흘렸다. 레오까디아의 정신이 돌아오게 하는 데는 그 눈물밖에 다른 무엇도 필요 없었다.

두 여인이 이러고 있을 때 마침 에스떼파니아의 남편인 노신사가 루이스의 손을 잡고 들어왔다. 그는 기절한 레오까디아와 울고 있는 에스떼파니아를 보더니 황급히 무슨 연유에서 그러는지 물었다. 아이는 자기 어머니를 아줌마라고 부르며 껴안고 큰 은혜에 감사하며 할머니에게 안겼고 또한 다들 왜 우느냐고 물었다.

"참으로 큰일을 말씀드려야겠네요." 에스떼파니아가 남편에게 말했다.

"다 그만두고 결론부터 말씀드리자면, 이 기절한 여인이 당신의 며느리이고 이 아이가 당신의 손주랍니다. 당신께 말한 이 진실을 이 여인이 말했고 이 어린아이의 얼굴이 그걸 증명하지요. 우리 둘이 보듯 아이 얼굴에서 우리 아들의 얼굴이 보이잖아요?"

"부인, 더 자세하게 설명해주지 않으면 나는 지금 그게 무슨 말인지 모르겠구려." 노신사가 말을 받았다.

이 순간 레오까디아가 깨어나 십자가를 안고 한바탕 울음을 터뜨렸다. 이 모습이 신사를 더욱 큰 혼란에 빠뜨렸다. 이윽고 그 부인의 입으로 레오까디아가 이야기한 모든 사연을 듣게 되었다. 신사는 많은 증거와 증인 들이 실제로 증명했듯 하늘이 점지하여 맺어준 이 인연을 믿었다. 신사는 레오까디아를 위로하고 보듬어주었다. 자기 손주에게 입 맞추고 바로 그날로 나뽈리에 있는 아들에게 즉시 오라는 말과 함께 서신을 보냈다. 아주 맞춤한 상대가 있어 대단히 아름다운 여자와 결혼을 정해놓았노라고 전했다. 그들은 레오까디아와 그 아들이 레오까디아의 부모 집으로 돌아가는 것을 말렸다. 그녀의 부모는 딸의 일이 잘된 것에 대단히 만족해하며 몇번이고 하느님께 감사드렸다.

서신이 나뽈리에 당도했다. 로돌포는 아버지가 진지하게 말한 바 아름다운 여인과 사랑을 나눌 일에 큰 기대를 품고서 편지를 받은 날로부터 이틀 뒤 배에 올랐다. 마침 에스빠냐로 떠날 예정이던 함선 네척이 있어, 줄곧 그와 함께해온 동료 두명과 같이 배에 오른 것이다. 그리고 12일간의 순항 끝에 바르셀로나에 도착하여 그곳에서부터 서둘러 말을 달려 다시 7일 만에 똘레도에 당도했다. 그는 한껏 멋을 부린 신사 차림으로 아버지 집으로 들어섰다. 매우 화려하고 멋진 모습이었다.

그의 부모는 아들이 건강하게 돌아온 것을 보고 기뻐했다. 레오까디아는 에스떼파니아의 계획에 따라 숨어서 그를 지켜보고 있었다. 로돌포의 동료들은 이내 각자의 집으로 돌아가려고 했으나 에스떼파니아는 자신의 계획을 위해 그 친구들이 필요했으므로 가지 못하도록 막았다. 로돌포가 도착했을 때는 밤이 가까웠다. 저녁 준비를 하는 동안 부인은 아들의 친구들을 따로 불렀다. 그녀 생각에 그들은 틀림없이 레오까디아를 납치할 때 로돌포와 함께 있던 세 친구들 중 두명일 것이기 때문이었다. 그래서 그들에게 어려운 대답을 청했다. 부인은 몇년 전 어느날 자기 아들이 한 여자를 납치할 때의 기억이 있으면 말해달라고, 그 진실을 아는 것이 자기 친척들의 명예와 관련된 일이기 때문이라고 했다. 또한 부인은 그들을 안심시켜야 답을 얻어낼 수 있을 것을 알고 그 납치 사건을 밝힌다 해도 그들에게 어떤 피해도 가지 않는다고 확인해주었다. 그리고 그들이 소녀를 납치한 사실을 고백하는 것은 아주 훌륭한 일이라고 용기를 북돋워주었다. 마침내 그들은 어느 여름밤 그들 둘과 다른 친구 하나가 로돌포와 길을 가다가 로돌포가 소녀를 납치했고 친구들은 다른 식구들을 잡고 있었던 일, 가족들이 소리치며 소녀를 못 데려가게 막으려 했던 일, 다음날 로돌포가 그녀를 자기집으로 데려갔다고 말해준 일을 털어놓았고, 이것들을 말해주는 것은 오로지 부인이 너무나 궁금해하기 때문이라고 말했다.

이들 둘의 고백은 이런 경우 생길 수 있는 모든 의혹에 해답을 주었다. 그리하여 부인은 자기의 훌륭한 계획을 실행에 옮기기로 했다. 그 내용은 이러했다. 가족들이 저녁식사를 하기 전 부인은 로돌포와 단둘이 방으로 들어가 그의 손에 초상화 한장을 쥐여주며 말했다.

"내 아들 로돌포야, 내가 너를 위해 아주 근사한 저녁 자리를 준비했다. 거기서 네 아내 될 사람을 소개할 텐데, 이것이 그녀의 초상화란다. 그러나 미리 말하는데, 그녀는 설사 아름다움에 부족한 데가 있더라도 덕은 차고 넘치는 아가씨란다. 귀한 집 딸이고 정숙한데다 재산도 중산층 정도란다. 너의 아버지와 내가 너를 위해 이 아가씨를 선택했으니 너는 너에게 꼭 맞는 여자라는 걸 확실히 알아야 해."

로돌포는 초상화를 열심히 들여다보더니 말했다.

"화가들이 보통 얼굴을 보고 초상화를 그릴 때는 아름다움을 과장해서 그리는데, 이 초상화도 그런 식으로 그렸다면 틀림없이 실제는 이와 똑같이 정말 못생겼겠네요. 어머니, 자식이 부모 말을 따르는 것은 그것이 무엇이든 간에 당연하고 좋은 일이지만, 부모 또한 자식에게 그들이 가장 좋아할 만한 것을 선사할 필요가 있으며 그게 가장 좋은 방법이라고 봅니다. 더구나 결혼이라는 것은 죽지 않고는 풀 수 없는 매듭입니다. 따라서 그것을 묶는 줄도 동급이어야 하고 비슷한 정신적 유대로 맺어져야지요. 즉 교양과 귀족적 품성, 예절과 재산의 면에서 그녀를 아내로 맞아들이게 될 사람의 이해를 충족해야 합니다. 그러나 제 보기에 이렇게 못생긴 모습은 남편의 눈을 충족시키기에 불가능하다고 생각됩니다. 저는 아직 젊습니다. 결혼이라는 성스러운 행사에는 결혼하는 사람들의 좋아하고 즐거워하는 마음이 반드시 같이해야 한다고 생각합니다. 그런 즐거움이 없다면 절름발이 결혼이고 다른 정신적 의미도 없어집니다. 그러니까 못생긴 얼굴을 안방에서, 식탁에서, 침대에서, 시도 때도 없이 눈앞에 보고 있어야 하는 것이 즐거움일 수 있다는 것은, 다시 말씀드리지만, 생각만 해도 제게는 거의 불가능하게 보입니다. 어머니, 제발 부탁인데, 저에게 동반자를 골라주시려거든 저를 화내게 하는 여자가 아니라 즐거움을 주는 사람을 주세요. 그래야 이쪽저쪽으로 빗나가지 않고 우리 둘이 바른 길로 하늘이 맺어준 결혼의 굴레를 지고 갈 수 있으니까요. 이 아가씨가 어머니 말씀처럼 귀한 신분이고 정숙하고 부자라면 제 취향과 다른 좋은 성격을 가진 남편감도 없지 않겠지요. 귀한 것만을 찾는 사람들도 있고 정숙함을 찾는 사람도 있고 돈을 보는 남자들도 있고 또 아름다움을 보는 사나이도 있을 텐데, 저는 이 마지막 남자에 속합니다. 귀족의 신분은 하느님과 우리 조상과 부모님의 은덕이고 그런 점에서 저는 충분합니다. 사리분별의 능력으로 말하면, 여자가 바보 멍청이나 미련퉁이가 아닌 바에야 예리하고 총명할 필요까지는 없지요. 재산이라면 부모님이 가지신 것만으로도 가난을 두려워하지 않을 테고요. 그러나 제가 찾는 것은 아름다움입니다…… 저는 예쁜 여자를 원합니다. 아름다움만 있다면 저는 정숙함과 예의 바름 같은 다른 혼수를 바라지 않습니다. 저의 아내 될 사람이 이런 자질만 갖추고 있다면 기꺼이 하느님을 받들고 부모님의 노후를 편안하게 모실 것입니다."

그의 어머니는 로돌포의 말에 대단히 만족했는데, 자신의 계획대로 일이 진행되어가는 것을 알았기 때문이었다. 그 어머니는 아들의 소원대로 그런 여자와 결혼시켜주도록 노력하겠다고, 아무 걱정 할 필요가 없다고 하면서 그 아가씨와 결혼시키기로 되어 있던 약속을 파기하는 것은 쉽다고 말했다. 로돌포는 어머니에게 감사했고 저녁식사 시간이 되었으므로 함께 식탁으로 갔다. 식탁에는 그 아버지가 로돌포와 그의 동료 둘과 이미 앉아 있었는데, 에스떼파니아는 무심결인 듯 말했다.

"아이고 이걸 어쩌나, 나의 손님 아가씨를 이렇게 모시다니…… (하인 하나에게 말했다.) 자네 가서 레오까디아 아씨께 말씀드리게. 아씨께서 대단히 정숙하신 분인 줄은 알지만 너무 예의 차리지 마시고 우리와 함께 여기서 식사하는 영광을 베풀어주십사고 말이야. 여기 있는 사람들은 우리 아들과 아씨를 사랑하는 이들뿐이라고 말일세."

이것은 모두가 그녀가 계획한 것이었다. 이제부터 할 일은 미리 레오까디아에게 주의사항과 함께 알려두었다. 얼마 안 있어 레오까디아가 나타났다. 타고난 아름다움에 정성들여 꾸민 자태가 더이상 아름다울 수 없었다.

겨울이었기에 까만 벨벳에 비 오듯 진주며 금단추 들로 장식한 긴 두루마기를 입고 다이아몬드 허리띠와 목걸이를 하고 있었다. 그녀의 옅은 황금색 금발은 긴 머리카락만으로도 머리장식 역할을 했다. 독특한 리본과 곱슬머리, 다이아몬드의 반짝임이 멋지게 어우러져 보는 눈이 어지러울 만큼 황홀했다. 레오까디아는 생기 넘치는 우아한 동작으로 아들의 손을 잡고 나왔고 두 여종이 은촛대에 촛불을 켜들고 그녀의 앞을 비추었다.

사람들은 그녀에게 예를 갖추기 위해서 모두 일어섰다. 마치 하늘에서 어떤 신비한 기적이 문득 거기에 나타나기라도 한 것처럼 모두들 그녀를 넋을 잃고 바라보며 얼이 빠져 무슨 말을 해야 할지 몰랐고 입을 여는 사람이 없었다. 레오까디아는 날아갈 듯 신선한 매력과 교양 있는 자태로 모두 앞에 몸을 숙여 인사했다. 에스떼파니아는 그녀의 손을 잡고 로돌포 맞은편의 자기 옆자리에 앉혔다. 아이는 할아버지 앞에 앉게 했다.

로돌포는 가까이에서 더이상 아름다울 수 없는 레오까디아의 모습을 지켜보면서 혼잣말로 말했다. "우리 어머니가 나의 아내로 선택한 여자가 이 여자 절반만 예뻐도 나는 세상에서 가장 행복한 남자일 텐데. 세상에, 이렇게 예쁜 여자가 있다니…… 내가 지금 보고 있는 것이 혹시 인간 천사가 아닐까?"

이 순간에도 아름다운 레오까디아의 모습이 그의 두 눈으로 파고들어 영혼을 사로잡고 있었다. 저녁식사를 하는 동안 그녀는 아주 가까이 있는, 이제 그녀를 자신의 눈빛보다 더욱 사랑하게 된 남자를 바라보았다. 훔쳐보듯 그의 얼굴을 보는 동안 그녀에게는 로돌포와 있었던 일들이 상념 속에서 주마등처럼 다시 흘러가기 시작했다. 그러자 그녀는 그가 그녀의 남편이 되었으면 좋겠다는 에스떼빠니아가 전해준 희망이 차츰 희미해지기 시작하는 것을 느꼈다. 에스떼빠니아의 약속은 불운한 자신에게는 이루어지지 않을지도 모른다는 두려움이 앞섰다. 여자가 행복해지는 것과 영원히 불행해지는 것은 정말 백지장 한장 차이가 아닌가. 이런 생각들이 너무나 강렬해져서 그녀는 혼란스러웠고 가슴이 조이기 시작했다. 얼굴색이 창백해진 그녀는 땀을 흘리며 에스떼빠니아의 품에 머리를 떨구고 정신을 잃었다. 부인은 이런 모습에 깜짝 놀라 그녀를 껴안았다.

모두들 놀라서 식탁에서 일어나 그녀를 돌보러 다가왔다. 그 가운데서도 가장 다급해 보인 사람은 로돌포였다. 그는 그녀에게 빨리 다가가려다가 두번이나 걸려 넘어졌다. 그녀는 옷의 단추를 풀고 얼굴에 물을 뿌려도 정신이 돌아오지 않았다. 그보다 심장박동과 맥박이 잡히지 않는 것이 마치 죽은 것 같은 징후를 보였다. 집안의 남녀 하인들이 이 생각지도 않은 일을 보고 소리쳐 그녀가 죽었다고 알렸다. 이 비통한 소식이 레오까디아 부모의 귀에 들어갔다. 더욱 좋은 일이 있을 것을 예상하고 에스떼빠니아가 그들을 숨겨두었던 것이다. 그 부모는 그들과 함께 기다리고 있던 신부와 함께 에스떼빠니아의 지시를 어기고 응접실로 뛰쳐나왔다.

신부가 죽어가는 이의 고해를 받아주고 죄를 사하기 위해 바삐

다가갔다. 신부는 기절한 사람이 하나인 줄 알았던 곳에서 두 사람을 발견했다. 이미 로돌포도 레오까디아의 가슴에 얼굴을 묻고 있었기 때문이었다. 그 어머니가 어차피 그의 것이 될 것처럼 그녀에게 다가가도록 자리를 내주었던 것이다. 그러나 아들 역시 의식이 없어진 것을 보자 그 어머니도 정신을 잃을 지경이었다. 그 순간 로돌포가 정신을 차리지 않았다면 정말 기절하였으리라. 그는 자신이 그렇게 극단적 상태에 빠진 데 대해 혼란스러웠다.

그의 어머니는 아들이 느끼는 심정을 알아차린 듯 그에게 말했다.

"아들아, 네가 그렇게 슬퍼하는 것을 부끄러워 마라. 이제 너에게 더이상은 숨기지 않을 사실이 있다. 그것을 알고 나서 네가 괴로워하지 않는다면 진짜 부끄러울 줄 알아라. 더 좋은 때가 오면 말할까 싶기도 했다만, 사랑하는 내 아들아, 지금 네 품에 기절해 안겨 있는 여자가 너의 진짜 아내인 것을 알아야 한다. 진짜라고 말하는 것은 그녀가 너의 아버지와 내가 선택한 사람이기 때문이다. 초상화의 여인은 거짓이야."

이 말을 듣자 로돌포는 레오까디아를 향한 사랑이 불붙는 것을 느꼈다. 남편이라는 이름이 그 자리가 요구하는 예의와 엄숙함이라는 장애물을 뛰어넘게 했다. 그는 레오까디아의 얼굴에 덤벼들어 그녀의 입술에 자기 입술을 맞대고 자신의 영혼이 뛰쳐나와 그녀의 영혼의 환영을 받기를 기다리는 듯 키스를 해댔다. 이 안타까운 모습에 사람들의 눈물과 한숨이 더욱 커져갔다. 레오까디아의 부모는 머리칼과 수염을 쥐어뜯을 듯 몸부림쳤다. 루이스의 울음이 하늘을 뚫었고, 그제야 레오까디아의 정신이 돌아왔다. 그녀가 깨어나자 주변 사람들의 가슴에 기쁨과 환희가 돌아왔다.

로돌포의 품에 안겨 있던 레오까디아가 수줍어하며 벗어나려

하자 로돌포가 말했다.

"그러지 말아요, 아가씨, 그래서는 안 돼요. 그대를 마음속에 품고 있는 사람의 품으로부터 벗어나려고 애쓰지 말아요."

이 말에 레오까디아의 정신이 완전히 돌아왔다. 에스떼파니아는 자신의 결심을 더이상 미루지 않으리라 생각했고 신부에게 즉시 아들을 레오까디아와 결혼시켜주기를 청했다. 신부는 이를 수락했다. 이 경우는 당사자들의 합의만으로도 결혼을 축복하기에 충분했으므로 지금 결혼에 요구되는 성스러운 형식이나 사전 절차 없이 결혼이 성립되었으며 이 결혼을 막을 어떤 어려움도 없었다. 이렇게 해서 결혼이 이루어졌으니, 그 자리에 있던 모든 사람들의 한결같은 즐거움을 이야기하는 것은 나보다 더욱 섬세한 다른 천재에게 붓을 넘겨야 할 일…… 레오까디아의 부모는 로돌포를 껴안고서 하늘에 감사하고 그 부모에게 감사했다. 각자 예물을 주고받았다. 로돌포의 동료들은 감동했다. 그들이 도착한 바로 그 밤에 뜻밖에 그토록 아름다운 결혼식을 보게 되다니. 그들이 더욱 놀란 것은 에스떼파니아가 모두의 앞에서 로돌포가 그들과 함께 납치했던 아가씨가 바로 레오까디아라는 사실을 알렸을 때였다. 그 이야기에 놀란 것은 로돌포도 마찬가지라 그는 그것이 사실인가 확인하기 위해 레오까디아에게 의심할 나위 없이 완벽하게 진실을 알려줄 증거가 있느냐고 물었다. 그의 부모는 이미 모든 것을 확인한 것 같았기 때문이다. 레오까디아가 대답했다.

"그때 기절했다 정신을 차리고 나서 저는 순결과 명예를 잃고 그대의 품에 있었지요. 그러나 이제는 충분히 보상을 받은 것 같습니다. 오늘 기절에서 정신을 차리고 보니 그때와 똑같은 품에, 그러나 이제는 명예로운 모습으로 있으니까요.[2] 이 말로 부족하다면 이 십자가면 충분하겠지요. 저 말고 누가 그대에게서 이걸 훔쳤겠어요? 그대는 다음날 아침에야 십자가가 없어진 걸 알았다지요? 지금 그대의 어머님께서 가지고 계신 바로 그 십자가 말이에요. 이제 그대는 제 마음의 주인이십니다. 그리고 하늘이 허락하는 날까지 주인이실 겁니다."

그러자 로돌포는 다시 한번 그녀를 껴안았다. 모든 사람들의 축복과 축하가 쏟아졌다.

저녁식사가 다시 시작되었고 이때를 위해서 준비해두었던 악사들이 나왔다. 로돌포는 아들의 얼굴에서 자기 자신을 보았다. 네 어머니 아버지는 좋아서 함께 울었다. 온 집안에 즐거움과 환희가 넘치지 않는 곳이 없었다. 밤은 비록 그 검고 가벼운 날개로 날아가고 있었으나, 로돌포의 생각에는 날아간다기보다 목발을 짚고 천천히 걸어가고 있는 것 같았다. 사랑하는 신부와 한시라도 빨리 단둘이 있고 싶은 마음이 그토록 컸던 것이다.

마침내 그토록 원하던 시간이 왔다. 끝이 없는 잔치는 없는 법이니까. 모두들 잠자리에 들고 온 집이 침묵 속에 묻혔다. 그러나 이 이야기의 진실은 침묵 속에 남지 못하리라. 그들이 똘레도에 남긴 많은 자식과 훌륭한 후손 들이 그걸 용납하지 않을 테니 말이다. 똘레도에는 지금도 이 복 많은 행운의 부부가 살고 있다. 하늘의 은혜로, 그리고 용감하고 걸출한 가톨릭 신자인 루이스의 할아버지가 땅에 흘린 핏줄의 힘 덕택에, 여러 해 동안을 행복하게 즐기며 자식들, 손자들을 거느리고 살고 있다고 한다.

........................................
2 이 당시 순결과 명예(honor, honra) 문제를 해결하는 방식의 하나가 결혼이었다. 순결을 빼앗은 남자와 피해자 여인이 결혼하면 명예가 회복되었다.

질투 많은
에스뜨레마두라 노인에 관한 소설
Novela del celoso extremeño

몇 년 안 된 이야기이다. 에스뜨레마두라의 어느 고장에서 귀족 가문 출신 한 양반이 길을 떠났다. 그는 성서 속의 방탕아 같은 또 다른 방탕아로서 에스빠냐, 이딸리아, 플랑드르의 여러 곳을 세월 과 재산을 낭비하며 돌아다녔다. 오랜 방황과 순례 끝에 그의 부모 는 죽고 물려받은 재산도 탕진한 뒤 그는 큰 도시 세비야에 와 머 물게 되었다. 거기에서 그는 자신에게 남은 많지 않은 재산을 마지 막으로 써버릴 좋은 기회를 잡았다. 이야기인즉, 돈은 없고 친구들 도 많지 않으니 그 도시에서 망한 많은 친구들이 흔히 마지막 방편 으로 선택하듯 에스빠냐의 식민지인 아메리카 대륙으로 건너가기 로 한 것이다. 그곳은 절망에 빠진 에스빠냐 사람들의 안식처요 피 난처, 파산자와 신용불량자의 도피처이자 교회, 살인자들의 구명 처, 노름꾼을 돕는 기술에 도가 튼 '몇놈들'이라 불리는 바람잡이 나 야바위꾼, 자유분방한 여자들의 삐끼이자 호객꾼, 많은 보통 사람들의 허황한 꿈으로, 그곳에서 생산적인 결과를 얻는 것은 극히 몇 안 되는 사람들뿐이었다.

마침내 함선 하나가 뻬루의 띠에라피르메로 떠나는 때가 되었다. 그는 함대 사령관의 말에 따라 식량과 삼베 돗자리를 마련하고 까디스 항에서 배를 타고 조국 에스빠냐를 향해 성호를 그었다. 함선이 출발했다. 모두들 즐거워하는 가운데 바람에 돛을 올렸다. 바람은 부드럽게 나아가기 좋은 방향으로 불었고 몇시간 안 되어 땅이 보이지 않더니 광활한 물의 평원이 펼쳐졌다. '대양'이라는 위대한 물의 아버지의 평원이었다.

우리의 여행객은 생각에 잠겨 가고 있었다. 기억 속에서 자신의 방랑 기간 중 일어났던 여러가지 위험을 돌아보고 일생 동안 좇았던 방탕한 삶을 뉘우쳤다. 그리고 생각 끝에 자신의 사는 방식을 바꾸겠다는 확고한 결심을 했다. 하늘이 자신에게 내려주는 것은 그것이 무엇이든 더 잘 지키는 데 힘쓰고, 여자를 대할 때 지금까지보다 더욱 조심해서 행동하기로 마음먹었다.

이렇게 까리살레스(이것이 우리 소설에 소재를 제공한 주인공의 이름이다)가 회상에 잠겨 있는 동안 함선은 거의 멈춘 듯 잠잠했으나 갑자기 폭풍우가 불어닥쳤다. 바람이 불기 시작해 강력한 힘으로 배들을 밀어붙이자 아무도 제자리에 붙어 있을 수가 없었다. 그리하여 까리살레스도 어쩔 수 없이 잠겨 있던 상상과 추억을 걷어치우고 항해에 필요한 일들에 전념하게 되었다. 이후로 항해는 대체로 순조로웠고 그들은 역풍이나 풍향의 급변도 없이 중남미 까르따헤나 항구에 도착했다. 여기서 우리의 주된 이야기와 관계없는 사건들을 줄이고 결론적으로 말하면, 필리뽀가 아메리카 대륙으로 건너간 것은 마흔여덟살 정도 되었을 때였다. 거기에서

20년 있는 동안에 그는 열심히 일한 결과로 시가 15만 뻬소에 달하는 재산을 가진 억만장자 중의 억만장자가 되었다.

이렇게 성공하여 부자가 되자, 우리 모두가 그렇듯이 그에게 불쑥 치미는 자연스런 욕망이 고국으로 돌아가고 싶다는 것이었다. 그리하여 그는 엄청난 이자를 주겠다는 수익사업을 뒤로하고 그 많은 재산을 벌어준 뻬루를 떠났다. 모든 재산은 금괴, 은괴로 바꾸어 검열이나 몰수의 위험을 피해 에스빠냐로 가지고 돌아왔다. 남쪽 항구 산루까르에서 배를 내린 그는 부도 많은 나이도 가득 싣고서 세비야에 도착했다. 재산을 안전하게 보관한 다음 친구들을 찾아보았는데 그들이 모두 죽었다는 것을 알게 되었다. 그러자 그는 고향으로 돌아가 거기서 여생을 보낼까 싶은 생각이 들기도 했다. 비록 죽음이 친척 하나 남겨놓지 않았다는 소식을 벌써 들어 알고 있었지만…… 아메리카 대륙으로 갈 때는 가난하고 먹을 게 없어서 수많은 생각에 머리를 쥐어짰고 대양의 물결 한가운데서도 한순간도 조용하지 못했다. 그러나 이유는 달랐지만, 조용한 땅 위에서라고 머리를 쥐어짜지 않는 것은 아니었다. 그때는 가난해서 잠을 잘 수 없었지만 지금은 부자여서 평안하지가 않았다. 부를 누려본 일이 없고 유지할 줄도 모르는 이에게 부는 엄청난 짐이었다. 가난이 줄곧 가난한 자에게 큰 짐인 것과 같은 이치였다. 황금이 없는 것은 걱정이지만 또한 황금은 걱정을 몰고 온다. 그러나 어떤 사람들은 어느정도 재산을 모아 걱정을 덜고, 또다른 사람들은 더 많이 벌어서 걱정을 늘리기도 한다.

까리살레스는 금괴를 바라보며 생각에 잠겼다. 탐욕 때문은 아니었고, 몇년 동안 군인 생활을 하면서 아낌없이 써보았음에도 그 금괴들을 어찌할지 몰랐기 때문이었다. 지금처럼 집에 쌓아두었다가는 욕심 많은 사람들에게 미끼가 되고 도둑들에게는 입맛 돋우는 먹거리가 될 것이라 이대로 간직할 수는 없었다.

그렇다고 장사치들을 상대하는 불안한 일로 다시 돌아가고 싶은 의욕은 사라지고 없었다. 그래서 생각하기로, 나이도 나이인데다 남은 일생을 살기에 재산도 충분하니 고향에 가서 살기로 했다. 고향에 가서 자기 재산을 밑천으로 편안하고 조용하게 노후를 보내리라. 세상에는 빚진 만큼 갚았으니 이제 되도록이면 신에 의지하여 섬기면서 살아야지. 그러나 한편 고향은 사정이 팍팍하고 사람들이 대단히 가난해서, 거기 가서 살게 되면 모든 귀찮은 일의 표적이 될 것이라는 데 생각이 미쳤다. 가난한 사람들이 부자 이웃을 두면 귀찮게 하는 일이 많다. 더구나 자신들의 빈곤을 호소하러 찾아갈 수 있는 사람이 그 고장에 그뿐일 때는 문제가 심각하다. 그는 자신과 일생을 보내고 재산을 물려줄 사람을 갖고 싶었다. 이런 욕심을 가지고 팔을 들어 가늠해보니 아직 결혼 생활의 짐을 감당할 힘이 있는 것 같았다. 그러나 이렇게 생각하자 갑자기 커다란 두려움이 밀어닥쳤고 바람이 안개를 가르듯이 그는 그대로 무너지는 것 같았다. 왜냐하면 그는 세상에서 가장 질투 많은 사람이었기 때문이었다. 아직 결혼을 해보지 않았지만 그런 생각만으로도 질투심이 몰려왔다. 갖은 의혹이 그를 못살게 하고 온갖 상상이 그의 가슴을 헤집기 시작했다. 이런 생각이 얼마나 그를 불안하고 고민스럽게 했는지 그는 그만 결혼은 절대 하지 않기로 마음먹었다.

이렇게 결심한 그는 남은 일생을 어찌할까 하는 문제는 그대로 미루어놓았다. 그런데 어느날 길을 가다가 우연히 눈을 들어 올려다본 창가에서 한 아가씨를 보았다. 보아하니 열서너살쯤 된 듯했고 아주 아름다운 얼굴이었다. 그 소녀가 너무 예뻐서 그로서는 유혹을 뿌리치기에 역부족이었다. 착한 까리살레스 노인의 많은 나이는 레오노라(그것이 그 아름다운 아가씨의 이름이었다)의 어린 나이 앞에 힘없이 무릎을 꿇었다. 그는 더이상 머뭇거리지 않고 길게 혼잣말을 늘어놓기 시작했다.

"이 소녀는 아름답다. 이 집은 겉모습으로 보아 부자인 것 같지는 않다. 그녀는 어리다. 저렇게 어린 나이니까 나의 의심과 걱정은 붙들어매도 된다. 그녀와 결혼하리라. 그녀를 늘 가까이 두고 내 손으로 길들여야지. 그렇게 되면 내가 가르쳐주는 것들 외에는 다른 좋아하는 것이 없게 되겠지. 나는 나이가 많이 들었지만 내 재산을 물려받을 자식을 갖고 싶어질지도 모른다. 그녀가 지참금을 가져오든 말든 그런 건 상관없어. 하늘이 내게 필요한 것은 다 주었으니까. 부자들은 결혼이라는 것에서 재산보다는 즐거움을 찾아야 해. 즐거움은 수명을 늘려주지. 부부 사이의 불화는 수명을 단축하는 짓이야. 그러니 됐어! 운명은 정해졌다. 하늘이 내게 주시려는 것은 바로 이것이야."

그는 이런 독백을 했다. 그것도 한번이 아니라 백번쯤. 그리고 며칠이 지나서 마침내 그는 레오노라의 어머니 아버지와 이야기를 나누었다. 그 집이 비록 가난하지만 귀한 집안인 것을 알게 된 그는 자신의 신분과 재산, 자신의 의도를 자상하게 진하고 그 부모에게 딸을 자기 아내로 달라고 간청했다. 부모는 딸의 말을 들어보아야 하니 시간을 달라고 했다. 그도 좀더 시간을 갖고 그들이 말한 대로 그 집이 귀한 집안인지 알아보기로 했다. 그렇게 헤어진 그들은 알아본 결과 서로가 말한 것이 그대로 사실임을 알았다. 그리하여 마침내 레오노라는 까리살레스의 아내가 되었다. 그는 먼저 혼례금으로 금화 2만 두까도를 주었다. 그만큼 이 질투 많은 노인의 가슴이 뜨겁게 달아올랐던 것이다. 남편이 되겠다고 맹세하자마자 갑자기 그에게는 질투심이 성난 이리떼처럼 몰려들기 시작했다. 그리하여 그는 아무 이유 없이 벌벌 떨면서 평생 느껴보지 못한 커다란 근심 걱정에 휩싸였다. 그가 질투 많은 성격이라는 것을 말해주는 첫번째 증거는 신부에게 많은 옷을 해주고 싶었지만 어느 재단사도 그의 아내의 몸 치수를 재는 걸 싫어했다는 점이다. 그래서 그는 레오노라와 몸매와 치수가 비슷한 다른 여자를 찾다가 어느 불쌍한 여자 하나를 발견했다. 그 여자의 몸 크기를 재서 옷을 만들게 하여 아내에게 입혀본 결과 잘 맞았다. 그는 그 치수에 맞춰 다른 옷들을 만들게 했다. 여러벌 옷이 모두 아름다워서 신부의 부모는 아주 흡족했고 그렇게 좋은 사위를 얻어 딸도 좋고 자기들 가난도 해결하게 되었으니 참으로 행운이라고 생각했다. 레오노라는 그토록 화려한 옷들을 보고 놀랐다. 그녀가 평소에 입던 옷이라고 해야 줄무늬 치마와 비단 윗도리 정도에 지나지 않았으니까.

까리살레스가 보여준 두번째 질투의 증거는 따로 떨어진 곳에 그가 생각한 대로의 집을 마련하기 전까지는 신부와 합치려고 하지 않은 점이다. 집 문제는 이렇게 해결했다. 그는 금화 1만 2천 두까도를 주고 도시의 최고 주택가에 집을 한채 샀다. 오렌지나무가 우거진 정원과 분수와 샘이 있는 집이었다. 그는 거리로 나 있는 모든 창을 가리고 오로지 하늘만 쳐다보이게 했다. 집 안의 모든 창문도 똑같이 그렇게 만들었다. 거리로 나가는 대문, 세비야에서는 현관이라고 하는 문에는 당나귀를 위한 마구간을 짓고 여물칸 하나와 방 하나를 만들어 당나귀를 관리하는 늙은 꼽추 흑인이 기거하게 했다. 또한 평평한 지붕을 둘러싼 난간들을 높이 올려서 집에 들어오는 사람은 다른 것은 볼 수 없고 직선으로 하늘을 바라보게 했으며 현관에서 마당으로 들어가는 곳에는 수녀원처럼 회전문을 만들었다.

집을 치장하는 세간살이는 멋있는 것을 사들여서 벽에 거는 멋진 태피스트리며 연단이며 침대와 의자 위의 양산 모양 장식 들이 흡사 품격 높은 귀족의 집 같은 풍모를 보였다. 또한 네명의 백인 여종을 사서 얼굴에 낙인을 찍고 두명의 신참 흑인 여종도 샀다.

식품을 담당하는 사람과 계약해서 필요한 먹거리는 사서 집으로 배달하도록 했다. 다만, 이 집에서 자지 말 것이며 집에 들어올 때도 회전문까지만 들어와 가져온 것을 주고 가도록 조건을 달았다. 이렇게 정리하고 나서 그는 여기저기 여러 좋은 곳에 위치한 자기 농토의 일부를 임대하고 일부 재산은 은행에 넣었으며 나머지는 쓸 데가 생길 것을 대비해 집에 보관해두었다. 또한 그는 집의 모든 문을 열 수 있는 열쇠를 만들었다. 계절에 따라 특산품을 사들이고 일년치 물자를 마련한 다음 모든 것을 집에 넣고 열쇠를 채웠다. 이렇게 모든 정리 정돈을 마친 뒤, 그는 장인 장모의 집으로 가서 아내를 데려가겠다고 청했다. 그들은 딸을 내주면서 적잖은 눈물을 흘렸다. 마치 딸을 무덤으로 데려가는 것 같았기 때문이었다.

어린 레오노라는 자신에게 무슨 일이 일어나고 있는지 모르는 채로 어머니 아버지와 함께 울면서 축복을 청했다. 부모와 헤어진 그녀는 하녀들에 에워싸여 남편의 손을 잡고 그 집으로 왔다. 집에 들어서자 까리살레스는 모든 식구들에게 레오노라를 잘 지켜줄 것을 부탁하는 설교를 했다. 어느 누구도 어떤 방식으로도, 꼽추 흑인조차도 두번째 문 안으로 들어와서는 안 된다고 못 박았다. 그가 누구보다도 레오노라를 보살피고 잘 보호해달라고 부탁한 사람은 아주 엄숙하고 조심성 많은 상급 하녀였다. 그는 그녀를 레오노라의 지킴이로 임명하고 그 집 안에서 일어나는 모든 일을 감독하고 하인들과 레오노라와 같은 나이인 하녀들을 부리도록 했다. 그는 레오노라가 같이 즐기고 놀 수 있도록 같은 나이의 하녀들을 들였던 것이다.

그는 식구들 모두에게 집 안에 갇혀 있는 것을 갑갑해하지 않고 편안히 지낼 수 있도록 잘 대우하고 보호해주겠다고 약속했다. 또한 주일에는 누구도 빠짐없이 미사에 갈 것이며, 아주 이른 아침, 거의 빛이 없어 그녀들이 보일 일도 없는 시각에 가도록 했다. 남녀 하인들은 주인에게 시키는 대로 불평 없이 모든 일을 잘하겠노라고 약속했다. 새신부는 어깨를 움츠리고 고개를 숙이며 자기는 항상 따라야 할 주인이자 남편인 그의 뜻과 어긋나는 것이 없다고 말했다.

이런 충고와 주의사항을 늘어놓은 다음 이 훌륭한 에스뜨레마두라 사람은 집에 틀어박혀 이 결혼의 결실을 최대한 즐기기로 했다. 그 결실이라는 것이 남들처럼 경험이 없는 레오노라에게는 그렇게 즐거운 것도 아니고 재미도 없는 것일 뿐이었다. 그리하여 그녀는 상급 하녀나 다른 하녀들과 많은 시간을 보냈다. 그녀들은 시간을 좀더 즐겁게 보내기 위해 입맛 돋우는 것을 찾게 되었다. 그들은 하루도 빠짐없이 설탕이나 꿀이 수천가지 음식을 얼마나 맛있게 만드는지 시험했다. 이를 위해 필요한 것이 차고 넘쳤다. 그들의 주인이 그들에게 필요한 것을 마련해주는 친절 또한 차고 넘쳤다. 주인 생각에 그렇게 하면 그들이 갇혀 있다는 생각을 할 겨를 없이 정신을 팔고 재미있게 지내리라 믿었던 것이다.

레오노라는 하녀들과 똑같이 지내며 그녀들과 같이 놀고 시간을 보냈고, 나이 어리고 소박한 성격답게 인형 옷을 입히거나 어린 애 장난감 같은 것을 만들기에 열중했다. 이런 모든 모습이 그 질투 많은 남편에게는 대단히 만족스러웠다. 그는 자신이 상상해낼 수 있는 가장 좋은 삶을 선택했다는 느낌이 들었다. 어떤 짓궂은 인간이라도 어떤 방식으로도 그의 편안함을 흐트러뜨릴 수 없을 것 같았다. 그리하여 그가 가장 세심하게 신경을 쓴 것은 아내에게 선물을 해주는 일이었다. 그는 그녀에게 무엇이든 마음에 내키는 것이 있으면 잊지 말고 청하라고 당부했고, 무엇이든 즉시 들어주었다.

미사에 가는 날은, 이미 말했듯이 새벽 동 틀 무렵에 갔는데, 그녀의 부모가 교회에 와서 그 남편이 보는 앞에서 딸과 이야기를 나누곤 했다. 부모는 딸이 외따로 어렵게 사는 것이 안쓰러웠지만 그 사위가 선물을 많이 주는 통에 마음이 누그러졌다. 까리살레스는 마음이 너그러워서 장인 장모에게도 많은 선물을 했던 것이다.

까리살레스는 아침에 일어나면 식료품 배달부가 오기를 기다렸는데, 다음날 가지고 올 것은 전날 밤에 회전문에 붙인 쪽지로 미리 알려주었다. 식료품 배달부가 다녀가고 나면 까리살레스는 대체로 걸어서 집을 나섰는데, 거리로 향하는 문과 안뜰로 향하는 중문을 닫아두고 두 문 사이에는 흑인 하인이 서 있었다.

주인은 이따금 볼일을 보러 나갔지만 일이라고 해야 얼마 되지 않아서 대개는 금세 돌아와서 집 안에 틀어박혀 지냈다. 아내를 즐겁게 해주고 하녀들을 쓰다듬어주며 재미있게 시간을 보냈으며 그가 한결같이 모든 여자들을 잘 대해주었으므로 집의 여자들은 모두 주인을 좋아했다.

이렇게 해서 일년의 신혼 생활이 지나갔다. 이제 그들은 그 결혼

생활에 익숙해졌고 그들의 인생이 다할 때까지 함께 살 작정이었다. 한 약삭빠른 하인이라는 인간이 혼란을 일으키고 방해만 하지 않았다면 그들은 그런대로 행복하였으리라. 그러나 다음 이야기를 들어보시라.

우리의 나이 든 까리살레스보다 더 점잖고 조심성 많고 안전을 위해 그토록 많은 예방책을 준비한 사람이 또 있을지, 있다면 말을 해보세요. 그는 자기 집 안에서는 심지어 동물조차도 수컷이라고는 한마리도 있지 못하도록 했지요. 집 안의 쥐들까지도 절대 수컷 고양이가 뒤쫓는 일은 없었어요. 집 안에서 수캐 짖는 소리는 들어볼 수가 없었고 모든 것이 암컷이었지요. 그는 낮에는 생각하고, 밤에는 잠을 자지 않았어요. 그는 그 집의 야경꾼이고 보초요, 자기가 사랑하는 것을 지키는 눈이 100개인 아르고스였지요. 남자라고는 마당 안쪽으로 들어온 일이 없었습니다. 친구들하고 사업 이야기를 할 때도 길에서 했고 그의 응접실이나 행랑을 장식한 화폭의 인물들도 모두 여자였어요. 꽃이며 나무며 짐승들 그림까지도요. 온 집 안에서 순결과 정숙함, 조심스러움의 냄새가 났지요. 긴 겨울밤에 벽난롯가에서 하녀들이 이야기하는 우화에서도, 주인이 거기 있으니 어떤 종류의 음탕한 이야기도 나오지 않았지요. 레오노라의 눈에는 노인의 은빛 흰머리칼도 순금 머리칼로 보였지요. 처녀들의 첫사랑은 밀랍에 찍힌 낙관처럼 마음에 새겨지니까요. 남편의 지나친 감시는 조심성 있는 신중함으로 여겨졌지요. 그녀는 자신이 겪는 일은 갓 결혼한 여자라면 누구나 겪는 것이라고 생각하고 믿었습니다. 그녀에게는 남편의 명령을 어기고 그 집의 네 벽 사이에서 뛰쳐나가고 싶다거나 하는 생각조차 없었습니다. 그녀는 남편이 원하는 것 외에는 더이상 바라는 것도 없었습니다. 그녀는 오직 미사에 갈 때만 바깥 거리를 보았습니다. 그나마 너무 이른 아침이어서 성당에서 돌아오는 길이 아니면 볼 수 있는 빛조차 거의 없었지만요.

세상에 수도원도 그런 수도원이 없고 수녀도 그렇게 깊숙이 숨어 있는 수녀가 없었지요. 황금 사과라도 그렇게 잘 보관된 사과는 없었습니다. 그랬음에도 불구하고 까리살레스가 그렇게 두려워하던 사건에 빠지지 않고 피해갈 방법은 없었지요. 적어도 그렇다고 생각하게 만든 일 말입니다.

세비야에는 할 일 없는 놈팡이, 건달 무리가 있지요. 보통 동네 건달이라 부르는 이들은 각 교구 주민의 아들들로 동네에서 제일 부잣집 자식들이지요. 겉만 번드르르하게 꾸미고 여자들이나 꾀는 친구들, 이런 사람들의 차림새나 살아가는 방식, 성질, 그들 사이의 규칙 같은 것에는 참으로 문제가 많지요. 하지만 서로에 대한 존중과 예절이라는 것도 있으니 자세한 것은 덮어두기로 합시다.

이런 이들 중 하나, 그들 사이에서는 '기생오라비' 혹은, 갓 결혼한 사람들의 옷장식을 따서 '망또족'이라 불리는 멋쟁이 청년이 있었는데, 이 '기생오라비'가 까리살레스의 집에 눈독을 들이게 되었습니다. 그 집이 항상 닫혀 있는 것을 보고 안에 누가 사는지 알아보고 싶은 마음이 생겼던 거지요. 열심히 호기심을 가지고 지켜가며 엿본 끝에 그는 원하던 것을 대충 알게 되었습니다. 그 노인의 성격, 그 부인의 아름다움, 그리고 노인이 신부를 지키기 위해 취한 갖가지 조치들을요. 이 모든 것이 그의 욕망에 불을 붙였습니다. 그는 어떤 작전을 쓰든 아니면 강제로라도 그 철통 같은 요새를 부수고 그녀를 꾀어낼 수 있을지 알아보고 싶었지요. 그런 뜻을 그의 친구들과 상의하고 실행에 옮기기로 합의를 보았습니다. 그런 일에는 항상 조언과 도움을 주는 자들이 없지 않은 법이니까요.

　그러나 그렇게 어려운 일을 하는 데는 어려운 방법이 필요했습니다. 여러번 회의를 거친 끝에 그들은 이렇게 하기로 결정했습니다. 우선 로아이사(그것이 그 '기생오라비'의 이름이었습니다)가 며칠간 도시 밖으로 나갔다 온다고 속이고 사람들 눈에서 사라지기로 했지요. 그런 다음 그는 깨끗한 바지와 셔츠 위에 누덕누덕 기운 옷을 걸쳤습니다. 그 모습이 너무나 초라해서 그 시대 어느 가난뱅이도 그렇게 구질구질한 몰골은 아니었을 겁니다. 원래 있던 수염을 조금 깎아내고, 한 눈은 안대로 가리고 다리 하나에는 붕대를 감아 두개의 목발에 의지한 불쌍한 불구자로 변하니, 진짜로 다치고 부러진 사람이라도 그처럼 처량해 보일 수가 없었습니다.

　이런 몰골로 로아이사는 까리살레스의 집 문 앞에 밤마다 기도하듯 서 있었습니다. 문은 닫혀 있었고 루이스라는 이름의 흑인 하나가 두 문 사이를 지키고 서 있었지요. 로아이사는 거기 자리를 잡고 줄이 몇개 끊어진 때 긴 기타를 꺼내들었지요. 음악은 좀 아는 바 있어서 즐겁고 신나는 곡조 몇개를 치기 시작했습니다. 자신을 알아보는 사람이 있을까봐 목소리를 바꾸어서 무어족 민요를 미친놈처럼 불러댔지요. 노래를 하도 멋지게 불러서 거리를 지나던 사람들이 들으려고 모여 섰습니다. 그는 노래하는 동안 내내 사람들에게 에워싸여 있었지요. 흑인 루이스는 문틈에 귀를 대고 그 기생오라비의 노래에 목을 매고 있었습니다. 문을 열고 마음대로 실컷 노래를 들을 수만 있다면 팔이라도 하나 내주고 싶었지요. 그만큼 흑인들은 음악을 좋아하고 악사가 되고 싶어하는 성향이 있지요. 로아이사는 그의 노래를 듣는 사람들을 떠나고 싶으면 언제든 노래를 그만두고 기타를 집어들고 목발에 의지한 채 떠나버렸습니다.

로아이사는 네다섯번 루이스에게 음악을 들려주었습니다. 오직 그만을 위해 들려주었지요. 그 철옹성 같은 건물을 무너뜨리려면 그 흑인부터 잡아야 한다는 생각이 들었기 때문이지요. 그의 생각은 헛되지 않았습니다. 어느날 밤 로아이사는 여느 때처럼 문에 도착해서 기타 줄을 고르기 시작했습니다. 루이스가 이미 귀를 기울이고 있는 것을 느꼈지요. 그는 문틈으로 다가가서 낮은 목소리로 말했지요.

"이봐요, 혹시 물 좀 얻어마실 수 있을까? 목이 말라 노래를 못 부르겠는데."

"안 돼요." 루이스가 대답했습니다. "제겐 이 문의 열쇠가 없고 여기는 당신에게 물을 건네줄 수 있는 구멍도 없어요."

"그러면 열쇠는 누가 가졌는데?" 로아이사가 물었습니다.

"우리 주인요." 루이스가 대답했습니다. "그분은 세상에서 가장 질투가 많은 분이에요. 그리고 만약 주인께서 제가 지금 여기서 누구하고든 말하고 있는 걸 아시면 제 목숨은 붙어 있지 못해요. 그런데 제게 물을 달라는 당신은 누구신가요?"

"나는," 로아이사가 대답했습니다. "다리 하나를 못 쓰는 불쌍한 사람이라네. 선량한 사람들에게 구걸하며 살아가고 있지. 구걸과 함께 몇몇 흑인 친구들이나 가난한 사람들에게 기타 치는 법을 가르치며 산다네. 벌써 흑인 세명에게 기타를 가르쳤는데 그들은 세 의원님의 하인들이지. 그 사람들은 나한테 배워서 어느 춤판, 어느 술집에서도 노래하고 기타를 칠 수 있게 되었지. 다들 나에게 돈을 듬뿍 냈다네."

"저라면 훨씬 더 많이 내겠구먼요." 루이스가 말했습니다. "수업을 받을 기회만 있다면요. 하지만 불가능하지요. 우리 주인은 아침에 나가면서는 거리로 난 대문을 닫고 또 돌아올 때도 똑같이 하거든요. 저야 두 대문 사이에 갇혀 지내지요."

"세상에, 저런…… 루이스(벌써 그 흑인의 이름을 알고 있던 로아이사가 말을 받았습니다) 그대가 작전을 짜서 내가 며칠 밤만 문안으로 들어가 수업을 하게 되면 보름 안에 그대는 기타의 명수가되어서 어느 곳에 가도 부끄럼 없이 기타를 칠 수 있을 거야. 내 그대에게만 말하지만, 나는 가르치는 데 대단한 재주를 가지고 있거든. 더구나 내가 듣기에 그대는 손재주가 대단하다고 하더구먼. 또한 그대의 목소리가 쩌렁쩌렁한 걸로 보아 내 느낌에 노래를 아주잘할 것 같거든."

"노래라면 못하지는 않지요." 루이스가 대답했습니다. "하지만무슨 소용이에요, 노랫가락이라고는 몇개 모르는데……「저녁 별」과「파란 잔디로」나 요즘 유행하는 노래 정도나 알까. 그 가사가'한 여인의 창, 창살에 매달려/어쩔 줄 모르는 손 하나' 하는 거요."

"그 모든 노래가," 로아이사가 말했습니다. "내가 가르칠 수 있는 곡들이라네. 나는 무어족 왕 아빈다라에스의 노래나 그의 귀부인 하리파의 노래를 모두 알지. 그리고 위대한 수피 승려 또무니베요의 이야기도 노래로 나온 건 모두 알아. 또한 무용곡, 신성한 곡으로 만든 사라반다들도 알지. 그 노래들은 얼마나 멋진지 그 고장뽀르뚜갈 사람들도 기절할 지경이야. 비록 그대가 빨리 배우지 못하더라도 나는 이런 노래들을 쉽게, 잘 가르치기 때문에 그대가 모든 종류의 기타에 통달한 명수가 되는 데는 소금 서너숟갈 먹을 시간도 안 걸릴 거야."

이 말에 루이스는 한숨을 쉬고 말했습니다.

"이런 말이 다 무슨 소용이에요. 제가 당신을 집 안으로 들일 방법을 모르는데요."

"좋은 방법이야 있지." 로아이사가 말했습니다. "주인에게서 열쇠를 빼내도록 해. 그리고 내가 그대에게 밀랍을 한조각 줄 테니 거기에 열쇠 모양이 그대로 찍히도록 본을 뜨는 거야. 내게 열쇠장이 친구가 하나 있거든. 그 친구에게 그 모양대로 열쇠를 만들어달라고 하면 그걸로 밤에 내가 이 문 안으로 들어갈 수가 있지. 그렇게만 되면 내가 그대에게 저 전설 속의 신비한 동방 요한 승정보다 더 기타를 잘 치게 가르쳐줄 수 있어. 그대처럼 좋은 목소리를 버려둔다는 것이 너무 안타까워서 말이야. 내 그대에게 한가지 말해주면, 루이스, 세상에서 가장 좋은 목소리도 기타라든지 하프시코드, 오르간이나 하프 같은 악기의 반주가 없으면 그 보석 같은 자질을 잃게 된다는 거야. 그러나 그대의 목소리에 가장 알맞은 악기는 기타야. 기타는 가장 만만하고 악기 중에서 덜 비싸니까."

"제 생각도 그러네요." 루이스가 대답했습니다. "하지만 불가능할 것 같네요. 제 수중에 열쇠는 절대 안 들어오니까요. 우리 주인이 낮에는 열쇠들을 손에서 놓지 않고 밤에는 열쇠들이 그분 베개 밑에서 잠을 자거든요."

"그러면 다른 방법을 생각해봐, 루이스." 로아이사가 말했습니다. "음악의 명수가 되고 싶다면 말이야. 그럴 마음이 없다면 내가 쓸데없이 이런 충고를 할 필요가 없지."

"지금 마음에 대해서 물어보신 거예요?" 루이스가 말을 받았습니다. "마음이야 너무도 커서 그걸 이루는 게 가능하다면 무어든 할 거예요. 제가 악사가 되기만 한다면 말이에요."

"사정이 그렇다면," 기생오라비가 말했습니다. "내가 그대에게 이 문 너머로 줄 것이 있어. 그대가 문설주 아래 흙을 헤쳐 틈을 만들면 내가 장도리하고 망치를 넘겨준다 이거지. 그걸로 그대는 아주 쉽게 밤에 그 늑대 이빨같이 생긴 자물쇠의 못을 뽑을 수 있을 거야. 그리고 다시 그 자리를 판으로 살짝 가려놓으면 주인은 못을 뺀 것을 눈치채지 못하겠지. 그렇게 내가 집 안으로 들어가면 그대와 짚더미나 아니면 그대가 자는 곳에 꼼짝 않고 숨어서 내가 할 일을 얼른 해치울 걸세. 그대는 내가 말한 것 이상의 성과를 얻을 거야. 나라는 사람을 이용해서 그대의 충분한 능력을 더욱 향상시키는 거지. 우리 둘의 식사는 걱정할 것 없어. 내가 두 사람이 여드레 이상 먹을 식량을 싸올 테니까. 내게는 제자들도 있고 친구들도 있어서 그들은 내가 고생하는 걸 못 보거든."

"먹을 거야 뭐," 루이스가 말을 받았습니다. "크게 걱정할 것 없을 거예요. 우리 주인이 주는 음식과 하녀들이 남기는 것만으로도 두 사람이 더 와도 먹고 남을 겁니다. 당신 말대로 그 장도리와 망치나 가져오세요. 제가 문설주 밑에 틈을 만들게요. 그리고 흙으로 다시 덮어두면 되지요. 그 자물쇠를 떼어내려고 몇번 두들긴다 해도 우리 주인은 이 대문에서 아주 먼 곳에서 자고 있어서 그 소리를 듣는다는 것은 기적이거나 아니면 우리가 엄청 재수가 없는 것이거나 둘 중 하나일 겁니다."

"루이스, 그럼 모든 것은 하늘에 맡기고," 로아이사가 말했습니다. "지금부터 이틀 사이에 우리의 성스러운 목적을 실행에 옮기는 데 필요한 모든 것을 가져다줄게. 그동안 점액이 많은 음식을 먹지 않도록 주의해. 몸에 아무런 이익이 안 되고 목소리 내는 데 해로우니까."

"제일 제 목을 상하게 하는 것은," 루이스가 말했습니다. "술이

구먼요. 하지만 술은 지상의 좋은 목소리를 다 준다 해도 못 끊어
요."

"그렇게까지 하란 말은 아니고." 로아이사가 말했습니다. "하늘
이 두쪽 나도 그건 아니지. 술은 마셔요, 루이스. 맛있게, 적당히 마
시는 술은 몸에 전연 해가 되지 않거든."

"적당히 마실게요." 루이스가 대답했습니다. "여기 제 술통이 있
는데, 정확히 2,016리터가 들어가요. 이 통을 하녀들이 우리 주인
모르게 채워주지요. 식료품 배달부도 슬그머니 저한테 한병을 가
져다주고요. 그 병은 정확히 4,032리터가 되는데, 그것이 술통 하나
로 모자란 술을 채워주지요."

"내 말은," 로아이사가 말했습니다. "내 인생도 그랬으면 좋겠다
이거지. 목이 마르면 노래도 못하고 짖지도 못하니까."

"자, 이제 가세요." 루이스가 말했습니다. "당신에게 신의 가호
가 있기를. 하지만 이 안으로 들어오는 데 필요한 것들을 가져오기
까지는 밤마다 여기 와서 노래해야 해요. 벌써부터 내 손가락들이
기타 줄을 만지고 싶어 근질근질하네요."

"오고말고!" 로아이사가 대답했습니다. "새로운 노래들을 가지
고 올게."

"제발 그렇게 해주세요." 루이스가 말했습니다. "그리고 지금 노
래 한곡 불러주지 않을래요? 제가 자러 가는데 기분이 좋아질 것
같거든요. 그리고 수업료 문제는, 당신은 가난하시더라도 제가 부
자보다도 더 잘 지불해드리리라는 걸 알아주세요."

"그런 건 신경 안 써." 로아이사가 말했습니다. "내가 가르치는
데 따라서 지불하면 되지. 지금은 이 조그만 노래나 하나 들어줘.
내가 이 문 안으로 들어가기만 하면 기적 같은 걸 듣게 될 테니까."

"그거 정말 좋겠구먼요." 루이스가 대답했지요.

이 긴 대화가 끝나고, 로아이사는 멋진 사랑의 노래 한 곡을 불렀습니다. 그 노래에 루이스는 크게 만족하고 기분이 좋아서 대문 여는 시간도 잊고 있었지요.

로아이사는 대문에서 물러나자마자 그의 목발이 허용하는 한 가장 빠른 걸음으로 조언을 해준 친구들에게 일이 잘 시작되었다고 보고하러 갔습니다. 친구들을 만나서 루이스와 약속한 일을 말해주고 기대하던 대로 시작이 좋으니 끝이 좋을 것 같은 예감이 든다고 말했습니다. 다음날 그들은 필요한 도구를 구했습니다. 얼마나 좋은 연장이던지 어떤 못이든 널빤지처럼 박살낼 만했습니다.

기생오라비는 루이스에게 음악을 들려주는 일도 잊지 않고 계속했습니다. 루이스도 자기 선생이 넘겨주는 무엇이든 들어갈 만한 구멍을 만드는 데 성심을 다했습니다. 구멍은 잘 덮어놓아서 특별히 의심을 하고 짓궂게 들여다보지 않는 바에야 거기 구멍이 있다는 것을 알아차릴 수 없었지요.

둘째 날 밤에 로아이사는 루이스에게 장도리와 망치를 주었습니다. 루이스는 연장들이 튼튼한가 시험해보았는데 거의 힘 하나 안 들이고 못들이 부서져버렸습니다. 그는 자물쇠통을 손에 쥐고 대문을 열어 그의 음악의 신 오르페우스 선생님을 안으로 모셨습니다. 스승이 다리에 붕대를 칭칭 감고 목발 두개에 의지해 누더기 차림의 몰골로 들어오는 걸 보고 그는 놀랐지요. 로아이사는 필요 없을 것 같아 안대는 하지 않고 왔는데 들어오자마자 자신의 제자를 꺼안고 얼굴에 키스하고는 큰 가죽 술자루 하나를 그의 손에 쥐여주었지요. 배낭 몇개에 챙겨간 통조림과 과자상자도 건네주었습니다. 그리고 목발을 내려놓고는 아픈 데라고는 하나도 없는 사람처럼 공중제비를 넘었습니다…… 그걸 보고 루이스는 감탄했지요. 로아이사가 말했습니다.

"이 사람 루이스, 내 절름발이 짓은 사실 진짜로 다리를 못 써서가 아니라 꾸며서 하는 짓이라네. 이런 몰골이어야 구걸을 하며 먹고살 수가 있거든. 이런 꼬락서니와 내 음악 덕택에 나는 세상에서 가장 멋진 인생을 살고 있다네. 세상살이에서 부지런하지 않고 계책 없는 사람들은 굶어 죽게 되어 있어. 이것은 우리가 서로 친구로 지내는 동안에도 알 수 있을 거야."

"그렇겠지요." 루이스가 말했습니다. "하지만 먼저 이 구멍을 덮고 정돈을 좀 합시다요. 그래야 여기가 변한 것을 알아차리지 못할 테니까요."

"물론 그래야지." 로아이사가 말했습니다.

그는 자신의 배낭에서 못을 꺼내어 자물통을 제자리에 붙였습니다. 그래놓으니 전과 꼭 같았지요. 그걸 보고 루이스는 대단히 만족해했습니다. 로아이사는 짚더미 위에 있는 루이스의 거처에 올라가 가능한 대로 편하게 자리 잡았습니다.

루이스가 양초 심지에 불을 붙이는 것을 기다릴 새도 없이 로아이사는 기타를 꺼냈습니다. 낮고 부드럽게 기타를 연주하자 불쌍한 루이스는 그 소리를 들으며 정신이 나간 듯 감동했습니다. 로아이사는 조금 기타를 친 후에 간식을 꺼내 제자에게 주었습니다. 소박한 안주와 마시는 술이지만 가죽 술자루의 와인을 멋있게 마셔대니, 루이스는 음악보다 술에 더욱 취했습니다. 그런 뒤 루이스에게 수업을 하자고 하니, 이 불쌍한 루이스는 거의 머리까지 술이 가득 찬지라 기타 줄도 제대로 잡지를 못했습니다. 그래도 어떻든 로아이사는 그가 노래 두곡 정도는 칠 줄 알게 되었다고 믿게 만들었지요. 다행스러운 것은 흑인 루이스는 하룻밤 내내 기타랍시고 줄도 제대로 없고 조율도 되지 않은 것을 쳐대기만 했는데도 그대로 믿었다는 사실입니다.

그러다가 얼마 남지 않은 밤을 그런대로 눈을 붙였습니다. 아침 6시쯤 해서 주인 까리살레스가 내려와서 중문과 길가로 난 대문을 열고 식료품 배달부를 기다렸습니다. 그로부터 얼마 안 있어 도착한 배달부는 회전문을 통해 식료품을 전해주고 돌아갔습니다. 주인은 루이스를 불러 당나귀에게 줄 보리와 그가 먹을 것을 가져가도록 했고, 그가 그걸 받자 늙은 주인은 나가버렸습니다. 두 문을 다 잠그고 갔지만 길가 대문에 만들어놓은 구멍은 눈치채지 못했지요. 그걸 보고 선생과 제자는 무척 기뻐했습니다.

주인이 집에서 나가자마자 루이스가 로아이사의 기타를 낚아채치기 시작했습니다. 그러자 하녀들이 기타 소리를 듣고 회전문 있는 데로 몰려와 물었지요.

"이게 웬일이야? 언제부터 여기 기타가 있었어요? 아니면 누가 당신에게 기타를 주었나요?"

"누가 주었냐고?" 루이스가 대꾸했습니다. "세상에서 가장 훌륭한 음악가가 주셨지. 그분이 내게 기타를 가르쳐주시는데, 엿새 안에 6천곡 이상을 가르쳐주신댔어."

"그 음악가가 어디 계시는데?" 상급 하녀가 물었습니다.

"여기서 아주 멀지는 않아요." 루이스가 대답했습니다. "우리 주인님이 무섭지 않고 내가 부끄럽지만 않다면 나중에 자네들에게 그분을 보여드릴 수 있을 거야. 정말이지 그분을 보면 자네들도 무척 좋아할걸."

"그런데 우리가 보지 못하는 어디에 그분이 있다는 말인가요?

102

이 집에 들어오는 남자라고는 우리 주인님밖에 달리 없는데요?"

"그러니까 아무튼," 루이스가 말했습니다. "아까 말한 대로 그 짧은 시일 안에 내가 배워서 곧 내 실력을 보여줄 테니까, 그대들이 직접 보게 될 때까지는 더이상 말하고 싶지 않구먼."

"그렇다니 말인데," 상급 하녀가 말했습니다. "당신을 가르치는 사람이 귀신이 아닌 바에야 어떻게 그 짧은 시간 안에 당신을 음악가로 만들어주겠다는 건지 나는 모르겠구먼."

"그만들 해요." 루이스가 말했습니다. "이제 곧 직접 연주를 듣고 그분을 알게 될 거예요."

"그건 불가능해요." 다른 하녀가 말했습니다. "거리로 난 창문하나 없는데 누구를 보고 무슨 소리를 듣는다는 거예요?"

"다들 맞는 얘기야." 루이스가 말했습니다. "하지만 죽음을 면하는 문제가 아닌 바에야 다 방법이 있지. 더구나 이건 자네들이 알거나 아니면 입을 다물어야 할 일이라네."

"입을 다무는 거요, 루이스?" 하녀 중의 하나가 말했습니다. "벙어리라 해도 우리보다 더이상 어떻게 입을 다물겠어요? 정말이지 나는 좋은 목소리라도 한번 듣고 싶어 죽겠네요. 우리가 이 벽 사이에 갇힌 뒤로는 새들의 노랫소리조차 들어본 적이 없구먼요."

로아이사는 모두가 이야기하는 소리를 듣고 대단히 기쁘고 만족했습니다. 그의 생각에 모든 게 자기 뜻을 이루는 방향으로 잘 되어가고 있었기 때문입니다. 행운이 모든 일을 그의 뜻대로 이끄는 듯했지요.

하녀들이 자리를 떴습니다. 그전에 루이스는 그녀들에게 조만간 생각지도 않은 때에 아름다운 소리를 들려주겠다고 약속했지요. 그는 주인이 돌아와서 하녀들과 이야기하는 것을 들킬까 두려워 이내 그들과 작별하고 자기 방 닫힌 공간으로 숨었지요. 음악 수업을 받을까 했지만 낮에는 주인이 들을 수 있으니 감히 용기가 나지 않았습니다. 주인은 그로부터 얼마 되지 않아 돌아왔습니다. 여느 때처럼 대문과 중문을 닫고 집에 들어앉았지요. 그날 회전문으로 먹을 것을 받을 때, 루이스는 음식을 가져온 흑인 하녀에게 그날 밤 주인이 잠든 뒤에 모두들 회전문 앞으로 내려오라고 말했습니다. 루이스는 그 하녀에게 모두에게 최고로 멋진 목소리를 들려주겠다고 한 약속을 꼭 지키겠다고, 그날 밤 회전문에서 기타를 치며 노래 부르는 걸 기쁘게 받아달라면서 그녀들 모두에게 최고의 선물이 될 것이라고 몇번이고 다짐했지요. 사실 이것은 루이스가 선생에게 간청에 간청을 해서 얻어낸 자리였습니다. 실은 루이스가 무언가 청하기를 바라고 있던 로아이사는 짐짓 착한 제자의 청이니 하겠다고, 다른 어떤 이유도 없고 오직 제자를 기쁘게 하기 위해 하는 것이라고 했지요.

루이스는 선생을 껴안고 볼에 키스해주었습니다. 그렇게 약속해준 은혜에 감사하고 기쁘다는 표시였지요. 그날 로아이사는 마치 집에서 먹는 것처럼, 어쩌면 더욱 잘 차려진 식사를 대접받았습니다. 사실 로아이사의 집에서는 잘 차려진 식사를 하지 않을 수도 있으니까요.

밤이 되었습니다. 한밤중이나 그보다 조금 전부터 회전문 주위로 수런거리는 소리가 들리기 시작했습니다. 루이스는 곧 하녀들 한떼가 온 것을 알아차리고 선생을 불렀습니다. 루이스와 로아이사는 최고로 조율이 잘된 기타를 메고 짚더미에서 내려왔습니다. 루이스는 노래 듣는 사람이 누구며 모두 몇명이나 되는지 물었습니다. 주인마님 빼고는 전부 다 왔다는 대답이었습니다. 마님은 남편과 자고 있다고 했습니다. 로아이사는 좀 아쉬웠지만 그런대로 자기 계획의 서막을 올리고 제자를 만족시키기로 했습니다. 그가 느릿느릿 기타를 연주하며 어찌나 멋지게 노래를 부르던지, 그의 연주는 루이스를 감동시키고 듣고 있던 여인들 모두의 마음을 사로잡아버렸습니다.

당시 에스빠냐에서 유행하던 「마음이 아파요」라는 곡을 들으니 그녀들의 감정이 어떠했겠어요? 마지막으로 귀신 붙은 노래 사라반다를 들었을 때는 모두 미칠 지경이었지요. 춤추는 데 나이 들었다고 가만있겠습니까, 젊다고 몸이 부서질까 겁을 내겠습니까. 혹시 늙은 주인이 깰까봐 보초를 세우고서 모두가 말소리 하나 없이 이상한 침묵 속에서 음악에 맞춰 춤을 추었습니다. 또한 로아이사는 그 유명한 민요가락 세기디야를 불러서 듣고 있던 여자들의 즐거운 마음에 도장을 찍었습니다. 여자들은 루이스에게 저 기적 같은 음악가가 누군지 말해달라고 간청했습니다. 루이스는 그 사람이 가난한 거지지만 세비야의 가난뱅이 동네 전체에서 가장 점잖고 멋진 분이라고 말했습니다.

여자들은 루이스에게 어떻게든 선생님 얼굴을 뵐 수 있게 해달라고 애원했습니다. 그리고 선생님이 적어도 보름간은 그 집에서 떠나지 않게 해달라고, 자신들이 아주 잘 대접해드리고 필요한 것은 뭐든 가져다드리겠다고 했습니다. 또한 그에게 묻기를, 어떤 방법을 써서 그분을 집에 들어오게 했느냐고 했습니다. 흑인은 이 질문에는 한마디 대답도 하지 않았습니다. 그외의 문제에 대해서는, 그분을 보고 싶으면 회전문에 조그만 구멍을 뚫으라고 말했습니다. 나중에 밀랍으로 봉할 테니 말이지요. 선생님을 그 집 안에 모셔두는 문제는 자기가 알아서 하겠노라고 했습니다.

로아이사도 그녀들에게 여러분 모두를 잘 섬기겠다고 말했습니다. 그 말솜씨가 매우 훌륭해서 저 불쌍한 거지에게서 나올 수 있는 말 같지가 않았습니다. 여자들은 그에게 다음날도 같은 자리에 와달라고 청하면서 이번에는 마님도 함께 들으러 내려오시도록 해보겠다고 했습니다. 다만 주인이 깊은 잠을 안 자서 걱정인데, 이것은 나이가 많아서가 아니라 질투가 너무 많아서라고 했지요. 그 말에 로아이사는 그녀들이 그 늙은 주인 때문에 놀라거나 겁내지 않고 음악을 듣고 싶으면 자기가 가루약을 조금 주겠다고 했습니다. 그 약을 술에 타면 무거운 잠에 빠져 평상시보다 오랜 시간을 자게 할 수 있다고요.

"에구머니나, 세상에!" 하녀 중 한 사람이 소리쳤습니다. "그게 사실이라면, 이렇게 큰 행운이 우리도 모르는 사이에 자격도 없는 우리에게 굴러들어온 거구먼요! 그런 가루가 있다면 그건 주인을 잠들게 하는 약이 아니라 우리 모두와 그분 부인, 불쌍한 우리 마님을 살리는 약이네요. 주인은 낮이나 밤이나 단 한순간도 마님에게서 눈을 떼지 않으니까요. 아이고, 훌륭하신 선생님, 제발 그 가루약을 가져다주세요. 하느님께서 당신이 원하는 대로 복을 주실 거예요! 어서 가시고 내일 오실 때 늦지 말아요. 선생님이 가루를 가져오시면 제가 그걸 술에 타고 술시중을 들겠습니다. 제발 하느님, 주인께서 한 사흘 밤낮 푹 주무시게 하소서. 그런 동안만큼은 우리도 사는 영광을 누리리다."

"내 꼭 그 가루를 가져오겠소." 로아이사가 말했습니다. "약이 좋아서 그것을 먹은 사람에게 어떤 해나 독도 없고 오직 아주 깊은 잠에 빠지게 도와줄 뿐이라오."

여자들이 부디 그 약을 어서 가져다달라고 간청했습니다. 그들은 다음날 밤에 송곳으로 회전문에 구멍을 내고 모든 걸 보고 듣게 꼭 마님을 모시고 오기로 약속하고 헤어졌습니다. 루이스는 거의 새벽이 다 되었으므로 얼른 수업을 받고 싶어했습니다. 로아이사는 수업을 하면서 많은 제자들을 가르쳐보았지만 루이스처럼 듣기 좋은 목소리를 가진 사람은 없었다고 달콤한 말을 해주었습니다. 하지만 불쌍한 루이스는 초보적인 연주도 잘하지 못했고 기타 줄을 번갈아 잡고 치는 기술은 끝내 배우지 못했습니다!

로아이사의 친구들은 늘 밤에 조심스럽게 까리살레스의 대문 앞으로 와서 문틈에 귀를 대고 그들의 친구가 지시하는 말이나 원하는 것을 알아가곤 했습니다. 그들이 와서 미리 정해놓은 신호를 하면 로아이사는 친구들이 온 것을 알고 문설주 구멍을 통해 그들에게 간단하게 일의 진행상황을 알렸지요. 그날 로아이사는 친구들에게 부탁하기를 까리살레스에게 줄 잠드는 약을 구해달라고, 자기가 듣기로 이런 수면 효과를 내는 가루약이 있다고 했습니다. 친구들은 의사 친구가 하나 있는데 그가 가장 좋은 처방약을 줄 것이라고 말했습니다. 그들은 로아이사에게 일을 잘 진행하도록 용기를 주고 다음날 밤에 다시 오겠노라고 약속한 뒤 서둘러 헤어졌습니다.

다음날 밤이 되자 기타를 쳐서 손님을 유혹하는 미끼새의 부름에 음악 좋아하는 비둘기떼가 몰려왔습니다. 그녀들과 함께 순진한 레오노라도 벌벌 떨며 따라왔지요. 그녀는 남편이 깨지 않을까 두려웠고 그래서 실은 오지 않으려 했었습니다. 그런데 하녀들이 갖가지로 이야기하는데다 특히 상급 하녀는 그 부드러운 음악과 그 불쌍한 음악가(그녀는 본 적도 없는 그를 칭찬하기를, 신처럼 멋진 압살롬이나 오르페우스보다 더욱 훌륭한 분이라고 치켜세웠습니다)에 대해서 칭찬을 늘어놓았던 것입니다. 우리 불쌍한 마님은 하녀들의 말에 홀리고 설득당해서 생각지도 않고 마음에도 없던 짓을 하게 된 것이지요. 그녀들이 처음 한 일은 그 음악가를 보기 위해 회전문에 송곳으로 구멍을 내는 것이었습니다. 음악가는 이제 가난뱅이 복장이 아니라 해병처럼 사자 갈기 빛깔 반바지를 입고 황금 수실이 달린 같은 색깔의 조끼에 같은 색깔의 융단 모자, 풀 먹여 빳빳한 칼라에 레이스로 짠 수실을 단 멋진 모습이었습니다. 모두 로아이사가 언젠가 옷을 바꿔 입으면 좋을 경우를 생각해서 배낭에 넣어다니던 것들이었지요.

모든 여자들의 눈이 늙은 주인의 모습만 보는 데 익숙해진 지 오래여서 잘생기고 점잖은 풍모의 청년을 보니 무슨 천사를 보는 것 같았습니다. 하녀 하나가 그를 보려고 구멍에 바짝 다가서자 또 다른 하녀가 다가섰고, 많은 여자들이 더욱 잘 볼 수 있도록 루이스는 불붙인 촛대를 들고 로아이사의 몸을 두루 비추며 돌아다녔습니다. 모든 여자, 흑인 여자애들에게까지 자신을 다 보여주고 난 뒤에야 로아이사는 기타를 잡았습니다. 그는 그날 밤 특히나 훌륭하게 노래를 하여 늙은 여자나 젊은 여자나 할 것 없이 모두가 혼이 빠질 정도로 감탄하게 만들었습니다. 그리하여 모든 여자들이 루이스에게 청하기를, 그렇게 나침반 돌리듯이 구멍으로 볼 게 아니라 더욱 가까이서 보고 들을 수 있도록 그 음악가 선생님께서 집 안으로 들어오실 수 있게끔 작전을 짜보라고 했습니다. 그분을 안으로 들여 잘 숨겨놓기만 하면 그들이 주인을 혼자 떨어뜨려두었다고 가슴 조일 일도 없고 들이닥친 주인에게 붙들린 도둑 꼴이 되는 일은 벌어지지 않을 거라고 말이지요.

이 말에 마님은 진심으로 반대했습니다. 그런 짓은 영혼을 괴롭히는 일이며, 그냥 이대로도 명예를 더럽힐 위험 없이 안전하게 보고 들을 수 있으니 그를 집 안으로 들이지 말라고요.

"명예는 무슨?" 상급 하녀가 말을 받았습니다. "명예야 차고 넘치는구먼요. 마님이나 마님의 노인장하고 여기 갇혀서 잘 지내보시라구요. 저희는 저희 방식대로 최대한 즐겨볼 테니까요. 더군다나 이분은 아주 점잖고 예의 바르신 것 같으니 저희가 원하는 것 이상으로 무엇을 저희한테 바라지는 않으실 거구먼요."

"여러분," 이 말에 로아이사가 말했습니다. "제가 여기 온 것은 다른 뜻이 있어서가 아니라 일찍이 본 적 없는 이런 갇힌 생활 속에서 잃어가고 있는 여러분의 시간이 마음 아파서, 오직 모든 아씨들을 음악으로써 진심으로 섬기려는 것뿐입니다. 제 아버지의 이름을 걸고 말씀드리는데, 저는 소박하고 온순하고 신분도 좋으며 고분고분한 사람입니다. 어떤 것이든 시키는 일 외에는 하지 않겠습니다. 여러분 중의 누구라도 '선생님, 여기 앉으세요, 선생님, 저리로 가세요, 이쪽으로 누우세요, 이쪽으로 오세요' 하시면 저는 가장 잘 길들여진 개처럼 그대로 따르겠습니다. 프랑스 왕의 말이면 무엇이든 그를 위해 뛰고 춤췄다는 개처럼 말이지요."

"정 그러시다면 말이에요," 아무것도 모르는 마님 레오노라가 말했습니다. "음악가 선생님이 안으로 들어오실 수 있는 어떤 방도가 있나요?"

"그것은요," 로아이사가 말했습니다. "여러분께서 이 중문의 열쇠를 밀랍으로 본을 뜨도록 애써주시면 제가 그걸로 다른 열쇠를 만들어서 내일 밤에 다시 오겠습니다."

"그 열쇠를 본떠 만들면," 하녀 하나가 말했습니다. "온 집의 열쇠를 다 갖는 셈이에요. 그것이 모든 문을 다 열 수 있는 만능열쇠거든요."

"그렇다고 더 나쁠 건 없지요." 로아이사가 말을 받았습니다.

"그건 그래요." 레오노라가 말했습니다. "하지만 선생님께서 꼭 약속해주실 것이 있어요. 첫째, 우선 이 안에 들어오시면 우리가 시키는 대로 노래하고 기타 치는 일 외에는 아무 짓도 해서는 안 된다는 것이에요. 우리가 정한 곳에 조용히 숨어 지내셔야 하고요."

"그럼요, 약속하지요." 로아이사가 말했습니다.

"그런 약속은 아무 의미가 없어요." 레오노라가 대답했습니다. "선생님 아버지의 목숨을 걸고 맹세하고, 십자가를 두고 맹세하고 우리 모두가 보는 앞에서 거기 키스하셔야 해요."

"제 아버지의 목숨을 걸고 맹세합니다." 로아이사가 말했습니다. "그리고 여기 십자가를 두고 나의 이 추하지만 성실한 입으로 키스합니다."

그는 두 손가락으로 십자가를 만들고 거기 세번 키스했습니다.

그러자 하녀 중 한 사람이 말했습니다.

"이봐요, 선생님, 그 가루약 잊지 마세요. 뭐니뭐니 해도 그것이 가장 중요하니까요."

이것으로 그날 밤의 대화는 끝났습니다. 모두들 합의한 것에 만족했습니다. 로아이사의 일은 갈수록 더 운이 좋아져서, 그때가 한밤중이 지나 새벽 2시였는데 두 친구가 대문 앞으로 왔습니다. 그들은 그들 사이의 신호로 호른을 불었지요. 로아이사는 친구들에게 작전이 어느 정도 진척되었는지 보고하고, 까리살레스를 잠재우기 위해 구해달라고 했던 가루약이나 그 비슷한 것을 가져왔으면 달라고 했습니다. 아울러 만능열쇠 이야기도 해주었지요. 친구들은 잠자는 가루약이든 유약이든 둘 중 하나는 다음날 밤에 가져다주겠다고 했습니다. 그 유약을 관자놀이나 팔뚝에 바르면 깊은 잠에 빠지게 되고 그로부터 이틀 안에는 깨어나지 못한다고, 깨어나게 하려면 유약을 바른 부위를 식초로 씻어내야 한다고 했습니다. 그리고 그들에게 열쇠를 본뜬 밀랍을 주면 쉽게 열쇠를 만들어다 주겠다고 말했지요. 이 말과 함께 그들은 헤어졌습니다. 로아이사와 그의 제자는 거의 새벽녘에야 눈을 좀 붙이기로 했습니다. 로아이사는 다음날 밤을 무척 기대하고 있었습니다. 약속한 대로 열쇠를 제대로 만들어올지도 궁금했습니다. 기대와 기다림이 있는 자들에게 시간은 게으르고 느린 것 같기만 합니다. 시간은 결국 생각 자체와 같이 흐르기 때문이지요. 그러나 시간이 멈추거나 가만히 있는 것이 아니기 때문에 원하는 결말은 결국 오게 마련입니다.

그러니까 그 밤이 왔지요. 여느 때처럼 회전문 앞에 모이는 시간이 다가왔습니다. 그 집의 크고 작은, 검고 흰 모든 하인들이 모였습니다. 모두들 좁은 골방에 숨어서 음악가 선생을 보기를 고대했던 것이었습니다. 그러나 레오노라는 오지 않았습니다. 로아이사가 그녀에 대해서 묻자 그녀는 지금 주인과 잠자리에 들었다고 했습니다. 주인이 침실 문을 잠그고 그 열쇠는 자기 베개 밑에 놓고 자는데, 마님은 주인이 잠든 뒤에 만능열쇠를 찾아 준비한 밀랍으로 본을 뜰 테니 그로부터 조금 뒤에 벽 구멍으로 그걸 받아가라고 했다고요.

로아이사는 노인의 조심성에 놀랐습니다. 그러나 그렇다고 그의 욕망이 사그라든 것은 아니었지요. 이때 친구들의 호른 소리가 들렸습니다. 로아이사는 얼른 달려가 친구들을 만났지요. 그들은 그에게 전에 알려준 약효를 지닌 작은 유약병을 건넸습니다. 로아이사는 그것을 받고서 그들에게 조금만 기다리면 밀랍 열쇠 본을 주겠다고 한 뒤 회전문으로 가서 상급 하녀에게 말했습니다. 그녀는 그가 집 안으로 들어오기를 가장 열심히 기다리는 것처럼 보였습니다. 그는 그녀에게 그 약병을 가져가 레오노라 마님께 약효를 말하고 주인이 눈치채지 못하도록 조심스럽게 발라주면 기적 같은 일이 일어날 거라고 했습니다. 상급 하녀는 시키는 대로 했습니다. 벽 구멍으로 가니 레오노라가 바닥에 엎드려 얼굴을 구멍에 대고 기다리고 있었지요. 상급 하녀가 다가가서 마님과 똑같이 엎드려 그 귀에 입을 대고 낮은 목소리로 그 유약을 가져왔으니 효험을 알아보자고 말했지요. 마님은 유약을 받았으나 열쇠는 도저히 빼낼 수 없었다고 말했습니다. 주인이 늘 그렇듯이 베개 밑에 열쇠를 숨기고 자는 게 아니라 매트리스 사이, 거의 자기 몸 한가운데 아래 숨기고 자고 있다고요. 그러면서 말하기를, 유약이 그 말대로 효험이 있다면 원할 때마다 쉽게 열쇠를 빼낼 수 있을 테니 심지어 밀랍으로 본을 뜰 필요도 없을 것이라고, 자신이 즉시 주인에게 발라볼 테니 음악가 선생에게 이를 알린 뒤 유약이 효과가 있는지 알아보러 곧 돌아오라고 했습니다.

상급 하녀는 아래층으로 내려와서 로아이사에게 말을 전했습니다. 그는 열쇠를 기다리고 있던 친구들을 돌려보냈고요. 레오노라는 덜덜 떨면서 조용히, 감히 입김도 내지 않고 다가가 질투 많은 남편의 팔에 유약을 발랐습니다. 이어 남편의 콧구멍에도 바르려고 가까이 손을 가져갔을 때 갑자기 그가 떠는 것 같았습니다. 그녀는 도둑질하다 들킨 것처럼 죽을상이 되었지요. 결국 그녀는 가능한 한 많은 부위에 전부 유약을 발랐습니다. 마치 무덤에 묻기 위해 방부 처리를 하는 것처럼 보였습니다.

그 아편이 든 유약이 눈에 띄게 효험을 나타내기까지는 오래 걸리지 않았습니다. 곧바로 노인이 얼마나 큰 소리로 코를 고는지 길거리에까지 들릴 정도였으니까요. 그 음악이 그의 아내에게는 선생의 음악이나 루이스의 음악보다 더욱 듣기 좋았습니다. 그러나 그 코 고는 소리에도 안심이 되지 않아 혹시 깨어나나 보려고 자는 사람에게 다가가서 조금 흔들어보고 한번 더, 그리고 조금 더 움직여보았습니다. 더욱 용기가 생겨서 자는 사람을 반대편으로 돌아눕혔으나 그는 깨어나지 않았습니다. 이걸 보자 그녀는 문구멍으로 가서 아까처럼 아주 낮은 소리로 자기를 기다리고 있는 상급 하녀를 불러 말했습니다.

"축하해줘요, 언니, 까리살레스가 죽은 사람보다 더 깊이 잠들었어요."

"그러면 얼른 열쇠를 찾아오시지 뭘 기다리세요, 마님?" 상급 하녀가 말했습니다. "보세요, 음악가 선생님께서 벌써 한시간 이상 기다리고 계세요."

"기다려요, 내 곧 열쇠를 찾아올 테니." 레오노라가 말했습니다.

그녀는 침대로 가서 매트리스 사이로 손을 넣어 노인이 눈치채지 못하게 열쇠를 꺼냈습니다. 일단 열쇠를 손에 쥐자 그녀는 좋아서 팔짝팔짝 뛰며 지체 없이 문을 열고 상급 하녀에게 열쇠를 보여주었습니다. 상급 하녀는 세상에서 가장 큰 기쁨인 듯 열쇠를 받았고요.

레오노라는 문을 열어 음악가 선생님을 복도 쪽으로 모셔오라고, 무슨 일이 벌어질지 모르니 자신은 감히 거기에서 멀리 떨어져 있고 싶지 않다고 했습니다. 그러나 그전에 먼저 그녀는 그에게 그녀들이 시키는 일 외에는 절대 다른 짓을 하지 않겠다고 다시 한번 맹세를 하도록 했습니다. 다시 한번 맹세하지 않으면 절대로 문을 열어주지 말라고 했지요.

"그렇게 하겠습니다." 상급 하녀가 말했습니다. "먼저 맹세하고 다시 맹세하고 십자가에 여섯번 키스하지 않으면 절대로 들여보내지 않겠어요."

"키스를 몇번 할지는 정하지 말고," 레오노라가 말했습니다. "십자가에 원하는 대로 몇번이고 입 맞추라고 하세요. 하지만 맹세를 할 때 그 부모의 목숨이나 그가 참으로 사랑하는 모든 이를 걸고 맹세하는지 잘 보세요. 그렇게 해야 우리가 마음 놓고 그분의 가슴을 울리는 섬세한 노래와 기타 연주를 실컷 들을 수 있을 테니까요. 어서, 더이상 머뭇거릴 시간이 없어요. 이렇게 이야기하다 우리의 밤이 다 지나가서는 안 되죠."

상급 하녀는 치마를 걷어올리고 번개같이 빠르게 회전문 있는 데로 갔습니다. 그 집의 모든 여자들이 그녀를 기다리고 있었지요. 그녀가 가져온 열쇠를 보여주자 모든 여자들이 크게 기뻐하며 방금 뽑힌 교수를 학생들이 헹가래 치듯이 그녀를 들어올리고 만세를 외쳤습니다. 더구나 유약을 바르면 주인 영감이 깊은 잠에 빠져서 복사본을 만들 필요도 없이 그들이 원할 때 언제든 열쇠를 꺼내 쓸 수 있다는 말에 더욱 기뻐했지요.

"얼씨구, 이 친구야." 하녀 하나가 말했습니다. "그 대문 열어젖혀 오랫동안 기다리던 그분 들어오시라고 해. 여기서 더없이 멋진 음악 잔치를 한판 벌이자구!"

"잔치 전에 해야 할 게 있어." 상급 하녀가 말을 받았습니다. "어젯밤처럼 그분께 맹세를 받아야 해."

"그분은 아주 착하셔서," 다른 하녀 하나가 말했습니다. "맹세를 몇번이고 다시 해야 한대도 상관하지 않으실 거예요."

114

마침내 상급 하녀가 문을 반쯤 열고 로아이사를 불렀습니다. 그는 회전문 구멍으로 모든 것을 다 듣고 있었지요. 그가 문으로 다가와 들어오려고 하자 상급 하녀가 가슴에 손을 얹고 말했지요.

　"나리, 당신도 아시겠지만, 하느님과 양심을 걸고 말하건대 이 문 안에 있는 여자들은 모두가 어머니 배 속에서 나온 그대로 처녀랍니다. 우리 마님만 제외하고요. 저로 말하면 마흔살쯤 되어 보이겠지만 아직 서른살도 안 되었지요. 두달 반이 모자라니까요. 저 또한 흠 없는 처녀로, 제가 나이 들어 보이는 것은 고생 많고 걱정 많고 무미건조한 생활을 몇년이나 해왔기 때문입니다. 사정이 이러하니, 노래 두서너곡 듣는 대가로 여기 숨어 지내는 많은 처녀들이 순결을 잃게 되어서는 절대 안 되는 것이지요. 여기서는 심지어 기오마르라는 이름의 이 흑인 여자아이도 처녀거든요. 그러니 경애하는 나리, 나리가 우리 왕국에 들어오기 전에 먼저 하셔야 할 것은 우리 여자들이 시키는 것 외에는 아무 짓도 하지 않을 거라는 엄숙한 맹세입니다. 혹시 우리의 요구가 지나치다고 생각하실지 모르지만 우리가 얼마나 큰 위험을 감수하고 이런 모험을 하고 있는지 생각해주세요. 나리께서 좋은 뜻으로 여기 오신 거라면 다시 맹세하는 것이 그다지 서운하시지는 않을 겁니다. 속담에도 있듯이, 좋은 일에 쓸 거라면 그까짓 절차가 무슨 문제겠어요?"

　"마리알론소 아씨께서 잘 말씀해주셨네요." 하녀 중 하나가 말했습니다. "점잖고 사리 분별을 잘하시는 분이니, 나리께서 맹세를 안 하신다면 이 안으로 들어오실 수 없다는 것도 아시겠지요."

　이때 에스빠냐어를 아주 잘하지는 못하는 흑인 하녀 기오마르가 한마디 했습니다.

　"저 생각으로는, 맹세를 안 해도, 빌어먹을 기어이 들어올 거구면요. 아무리 맹세를 해도, 여기 들어오면 다 잊어버려요."

로아이사는 침착하게 마리알론소의 일장연설을 듣고 나서 엄숙하고 권위 있는 목소리로 대답했습니다.

"형제자매이자 저의 동료이신 여러분, 물론 저의 뜻은 과거나 지금이나 미래에도 그대들에게 저의 힘닿는 한도 내에서 기쁨과 만족을 드리고자 하는 것뿐입니다. 그래서 제게 요구하시는 맹세를 하는 것은 전연 어렵지 않습니다. 하지만 바라기로는 저의 말을 좀 믿어주셨으면 합니다. 왜냐하면 저라는 사람의 인격으로 보아 제 말은 그대로 보증수표나 마찬가지이기 때문입니다. 여러분에게 알려드리고 싶은 것은, 허름한 천 밑에는 늘 다른 것이 들어 있는 법이고 헌 망또 속에는 늘 멋진 술꾼이 있다는 것입니다. 하지만 모든 여자분이 저의 좋은 뜻을 안심하고 받아들일 수 있도록, 저는 멋진 사나이이자 가톨릭 신자로서 맹세를 하겠습니다. 아예 이제 맹세하노니, 가장 길고 성스러운 절대적 효력을 갖도록, 리바노산의 모든 출입구와 거인 피에라브라스의 죽음[1]과 함께 샤를마뉴 황제의 진짜 이야기의 서문에 내포되어 있는 모든 것을 걸고, 여러분의 가장 사소하고 보잘것없는 명령이라도 벗어나거나 어기는 일이 없을 것을 서약합니다. 만약 제가 이를 어길 경우, 다른 짓을 하거나 하고자 마음먹는 경우에도 지금부터 그때까지, 그때로부터 지금까지 모든 것을 무효화할 것을 맹세합니다."

착한 로아이사는 이렇게까지 맹세를 했습니다. 그때 하녀들 중 하나가 그의 말을 열심히 듣고 있다가 큰 소리로 한마디 했습니다.

"이것은 목석이라도 녹일 만한 진짜 맹세네요. 더이상 맹세하시

---

1 거인 피에라브라스(Fierabras)는 게르만 민족을 통합한 샤를마뉴 황제 휘하의 기사와 싸워 기독교로 개종했다는 아랍의 거인이다.

기를 바라면 제가 저주를 받을 거구먼요. 지금 하신 맹세만으로도 저 깊고 깊은 까브라 동굴에라도 들어오실 만합니다요!"

그러고는 로아이사의 통 넓은 바지를 잡고 안으로 끌어들였습니다. 다른 아가씨들도 그의 주위를 둥그렇게 에워쌌습니다. 누군가는 이 소식을 마님에게 전하러 갔지요. 그녀는 잠자는 남편을 지키며 보초를 서고 있었습니다. 말을 전한 하녀가 음악가가 벌써 올라오고 있다고 말하자 마님은 한순간 기뻐하다가 맹세는 했느냐고 물었습니다. 하녀는 그렇다고, 평생 들어본 일 없는 새로운 형태의 맹세였다고 말했습니다.

"맹세를 했다면," 레오노라가 말했습니다. "이제 그분은 우리 손 안에 있는 거네. 아, 그분께 맹세를 하게 한 내가 참 선견지명이 있었구나."

이제 여자들이 음악가를 에워싸고 모두 모였습니다. 루이스와 흑인 하녀 기오마르는 불빛을 비추었고요. 로아이사는 레오노라를 보자 발밑에 넙죽 엎드려 그녀의 손에 키스했습니다. 그녀는 말없이 눈짓으로 일어나라고 했습니다. 혹시라도 주인이 들을까봐 두려워 모든 여자들이 감히 입을 떼지 못하고 벙어리처럼 서 있었습니다. 그걸 보고 로아이사는 큰 소리로 말해도 된다고 이야기해주었습니다. 주인에게 바른 유약이 약효가 좋아서, 생명을 끊는 것은 아니지만 꼭 죽은 사람처럼 잠들게 만든다고 설명했습지요.

"나도 그렇게 생각해요." 레오노라가 말했습니다. "그렇지 않았다면 그이는 벌써 스무번도 더 깼을 거예요. 속이 불편해서 잠을 잘 못 자거든요. 하지만 내가 그 약을 바르고 난 뒤에는 짐승처럼 코를 골고 자요."

"그렇다면 말이에요," 상급 하녀가 말했습니다. "우리 저 앞 응접실로 가지요. 거기에서 선생님 노래를 들으며 즐겁게 놀면 좋지 않아요?"

"그러지요." 레오노라가 말했습니다. "하지만 기오마르는 여기 보초로 남아 있으라고 해요. 까리살레스가 깨면 우리에게 알려야 하니까."

그 말에 기오마르가 말을 받았습니다.

"저는 검둥이니까 남고 흰둥이 여자들은 다 가다니. 다들 하느님이 용서하시길 바라요!"

흑인 기오마르만 남고 모두들 응접실로 갔습니다. 거기 멋진 연단 가운데 선생님을 모시고 모두들 앉았지요. 상급 하녀 마리알론소가 촛불을 들고 음악가 나리를 위아래로 훑어보기 시작했습니다. 한 여자가 말했습니다. "와, 이마 위 애교머리가 너무 예쁜 곱슬머리네요!" 다른 여자가 말했습니다. "어머나, 이도 참 희네요! 올해 까놓은 잣알이 아무리 예쁘고 아무리 희다 해도 저렇게 곱지는 못하지!" 또다른 여자가 말했습니다. "아유, 눈이 저렇게 크고 맑다니! 세상에, 두 눈동자가 어찌나 파란지 정말 그대로 에메랄드 같아요!" 이 여자가 입을 칭찬하면 저 여자는 발을 칭찬하고, 모두 함께 그를 자세히 살피며 칭찬을 늘어놓았습니다. 오직 레오노라만 그를 바라보며 말이 없었지요. 그러나 그녀 또한 음악가가 남편보다 멋지다고 생각지 않을 수 없었습니다. 이때 상급 하녀가 루이스가 가지고 있던 기타를 로아이사의 손에 쥐여주며 노래를 청했습니다. 그녀는 당시 세비야에서 대단히 유행하던 노래를 청했는데, 그 가사는 이렇게 시작합니다.

　　어머니, 우리 어머니,

저를 지키라고 사람을 세우세요

  로아이사는 청을 받아들였습니다. 여자들이 모두 일어서서 춤을
추니 한바탕 잔치가 벌어진 듯했습니다. 상급 하녀도 목소리는 그
저 그랬지만 흥이 넘쳐서 노래를 불러댔습니다. 가사는 이러했습
니다.

> 어머니, 우리 어머니,
> 저를 지키라고 사람을 세우세요
> 제가 저를 못 지키면
> 누가 저를 지키나요?
>
> 금지하는 것이
> 욕망의 원인이라
> 그것이 옳은 말이라
> 글로도 쓰여 있다네요.
> 사랑은 가둬놓을수록
> 한없이 커진다네요.
> 그러니까 저를 가두지
> 않는 게 더 좋을 거예요,
> 제가 저를 못 지키면
> 누가 저를 지키나요?
>
> 마음이라고 하는 것
> 스스로 못 지키면

두려움도 가문도
못 지켜내는 것.
그대들이 이해 못 하는
인연을 만날 때까지
죽음으로나 그 마음이
진짜 깨어질까,
제가 저를 못 지키면
기타 등등.

사랑을 좋아하는
습관이 있는 사람은
나비처럼 그 불빛 좇아
따라가게 되어 있어요,
비록 수많은 지킴이를
세우고 또 세워도
그대들이 시도하는 것처럼
별짓을 다 해도,
제가 저를 못 지키면
기타 등등.

사랑의 힘은 그토록
크고도 커서,
가장 아름다운 여인도
요물로 만들어요.
가슴은 밀랍같이

소망은 불같이
두 손은 양털같이
발은 양탄자같이,
제가 저를 못 지키면
아무도 저를 못 지키지요.

알랑한 상급 하녀의 지휘에 따라 둥그렇게 둘러선 하녀들의 춤과 노래가 마침내 끝이 난 것은 보초를 서던 기오마르가 어쩔 줄 몰라하며 다가왔을 때였습니다. 그녀는 경련이 일어난 듯 두 발 두 손을 덜덜 떨며 낮고 쉰 목소리로 말했습니다.

"주인님 깼어요, 마님, 마님, 주인님 깼어요. 일어나서 이리 오고 있어요!"

사람의 손이 뿌려놓은 것을 들판에서 겁 없이 쪼아먹다가 사정없이 쏘아대는 성난 사냥총의 탕탕탕 소리에 놀라 먹던 곡식도 잊고 후다닥 공중으로 날아오르는 비둘기떼를 본 일이 있는지. 그것을 상상하면 기오마르가 가져온 이 생각지도 않던 소식을 듣고 경악과 공포에 떨며 허둥대는 여자들 모습을 짐작할 수 있겠지요. 그녀들은 각자 변명거리를 생각하며 살길을 찾아 어떤 사람은 이쪽으로, 또 어떤 사람은 저쪽으로 집 안 구석이며 다락방들로 숨으러 갔습니다. 기타 연주와 노래를 멈춘 음악가만 혼자 남아 어찌할 바를 모르고 어리둥절 서 있었습니다.

레오노라는 아름다운 두 손을 비비 꼬았습니다. 마리알론소는 자기 얼굴을 때렸습니다. 모든 것이 혼란이고 경악이고 공포였습니다. 그러나 그 상급 하녀는 침착하고 약삭빠른 사람인지라, 로아이사더러 자신의 방으로 들어가도록 하고 자신과 마님만 응접실에 남아 있기로 했습니다. 그래야 주인이 그들을 거기서 발견할 때 변명이라도 할 수 있을 테니까요.

로아이사는 즉시 숨었습니다. 상급 하녀는 주인이 오는 소리를 들으려고 귀를 기울였습니다. 그러나 아무 소리도 들리지 않자 용기를 얻어 한발자국 또 한발자국 주인이 자는 방으로 다가갔습니다. 그녀는 그가 처음과 마찬가지로 코 고는 소리를 들었습니다. 주인이 자고 있는 것을 확인한 그녀는 치마를 걷어올리고 달려가 주인마님에게 주인이 자고 있는 것에 대해 축하를 청했지요. 마님은 아주 기분 좋게 축하하자고 약속했습니다.

알량한 상급 하녀는 운이 좋아 다시 즐기게 된 이 기회를 놓치고 싶지 않았습니다. 무엇보다도 먼저 이 음악가가 가졌으리라 짐작되는 멋진 재주가 생각났습니다. 그리하여 그녀는 레오노라에게 응접실에서 기다리시라 말하고, 그동안 자기는 음악가를 부르러 가겠다고 하고서 마님을 두고 음악가가 있는 방으로 들어갔습니다. 로아이사는 유약 바른 노인이 어떻게 되었는지 소식을 기다리며 이런저런 생각에 혼란스러워하고 있었습니다. 그는 유약이 사기라고 욕하며 친구들이 너무 쉽게 그 약을 믿었다고 불평했습니다. 곧장 까리살레스에게 주기 전에 먼저 다른 사람에게 써보든지 주의를 했어야 할 일이었다고 후회했습니다.

이때 상급 하녀가 들어오더니 노인이 깨어나지 않았고 깊이 잠들었다고 확인해주었습니다. 로아이사는 놀란 가슴을 가라앉히고 마리알론소가 하는 긴 사랑의 고백을 열심히 들었습니다. 그러면서 그는 제멋대로 나쁜 마음을 먹기 시작했지요. 그는 상급 하녀를 미끼로 해서 레오노라를 낚아야겠다고 작전을 짰습니다. 이 두 사람이 이야기를 나누는 동안 집 여기저기에 숨어 있던 다른 하녀들은 주인이 깨어난 것이 사실인지 알아보기 위해 돌아왔습니다. 그리고 모든 것이 침묵 속에 묻혀 있는 것을 보고 마님을 두고 왔던 응접실로 가서 마님으로부터 주인이 아직 자고 있다는 것을 알았습니다. 음악가와 상급 하녀에 대해서 묻자 레오노라는 그들이 있는 곳을 알려주었습니다. 하녀들은 항상 조용조용히 다닙니다. 이번에도 그녀들은 안에서 두 사람이 무슨 일을 꾸미는지 엿들으러 문 앞으로 조용히 다가갔습니다.

그 무리에 흑인 하녀 기오마르도 끼어 있었습니다. 흑인 하인 루이스는 주인이 깨어났다는 소리를 듣자마자 자기 기타를 끌어안고 짚더미 속으로 숨었기 때문에 거기 없었고요. 그는 초라한 자기 침대의 이불을 뒤집어쓰고 두려움에 땀으로 뒤범벅이 되어 있었으나 무슨 일이 있어도 기타만은 놓지 않고 어루만지고 있었지요. 그만큼 음악을 좋아하는지라 (악마야, 나 살려라! 하는 마음으로) 그러고 있었던 겁니다.

하녀들은 그 나이 든 상급 하녀가 로아이사를 유혹하며 요사스럽게 속삭이는 소리를 엿듣고서 저마다 몹쓸 욕을 해댔습니다. 아무도 그냥 할망구라고도 하지 않고 반드시 마녀 할망구니 수염 난 할망구니 변덕쟁이 할멈이니, 그밖에도 존경하는 사람에게는 입에 올리지 못하는 형용사들을 붙여 욕했지요. 그중에 가장 많은 웃음을 자아낸 것은 기오마르의 말이었습니다. 뽀르뚜갈 출신으로 에스빠냐어를 잘하지 못해서 그녀를 욕하는 말이 아주 재미있게 들렸거든요. 실제로 그 두 사람의 이야기가 맺은 결론은, 상급 하녀가 로아이사의 뜻대로 먼저 마님을 넘겨주면 그도 상급 하녀가 원하는 대로 따른다는 것이었습니다.

음악가의 청을 들어주기로 한 상급 하녀의 일은 쉽지 않았지만,

자신의 혼과 뼈와 정수까지 점령한 욕망을 채우는 대가로 그녀는 무슨 짓이든 못할 게 없을 것 같았습니다. 이윽고 상급 하녀는 그를 떠나 마님을 설득하러 나왔습니다. 방문 앞을 하녀들이 에워싸고 있는 것을 본 그녀는 다음날 밤에는 덜 위험하게, 놀랄 일 없이 음악가와 즐길 기회가 있을 테니 각자 방으로 돌아가 쉬라고, 그날 밤은 소동이 있어서 이미 그들 즐거움에 찬물을 끼얹었었다고 했습니다.

　하녀들은 그 나이 든 여자가 혼자 있고 싶어한다는 것을 금방 알아차렸습니다. 명령을 거역할 수는 없는 일이었지요. 모든 여자들에게 한 지시였으니까요. 하녀들이 물러가자 응접실로 간 상급 하녀는 레오노라를 설득하기 시작했습니다. 며칠 동안이나 생각한 것 같은 그럴듯한 긴 사설을 늘어놓으며 로아이사의 뜻을 받아들이라고 권했습니다. 그는 점잖고 품위 있고 우아하며 많은 매력을 지니고 있다고 설명하고 젊은 애인의 포옹이 늙은 남편의 포옹보다 얼마나 더 좋을지를 그림 그리듯 묘사해주었습니다. 그리고 그녀가 즐거움을 누리는 동안 비밀을 보장할 것을 약속했습니다. 순박하고 아무것도 모르는 레오노라의 조심성 없는 가슴뿐만 아니라 냉정한 대리석으로 만든 심장이라도 감동시킬 만큼 귀신같은 혓바닥을 놀려 갖가지 교묘한 색깔로 장식한 그럴듯한 말을 동원해 그녀를 꾀었습니다. 오, 소름 끼치는 상급 하녀들이여! 세상에 태어나 갖은 수작을 다하여 조신하고 선량한 마음과 뜻을 타락시키는 자들이여! 오, 길게 나풀대는 하얀 모자들이여, 귀족 마님들의 연단과 응접실을 관리할 책임을 맡도록 선택된 자들이, 그 의무와는 정반대되는 짓들을 어찌 그렇게도 많이 하는가! 상급 하녀가 그토록 끈질기게 열심히 설득한 끝에 결국 레오노라는 항복했습니다.

레오노라는 속았고, 레오노라는 타락했습니다. 점잖은 까리살레스의 모든 주의사항을 땅에 내동댕이친 것입니다. 노인은 자신의 명예의 죽음도 모른 채 잠을 잘 뿐이었습니다.

마리알론소는 두 눈에 눈물이 가득한 마님의 손을 잡고 거의 억지로 끌듯이 로아이사가 있는 곳으로 데리고 갔습니다. 악마의 웃음으로 성호를 긋고 그 두 사람을 방에 가두어놓은 뒤 문을 닫았습니다. 그리고 그녀는 연단에서 졸기 시작했지요. 아니, 말하자면 레오노라를 갖다바친 공로의 대가로 주어질 즐거움을 기다리기로 했다고나 할까요. 그러나 지난 밤들을 제대로 자지 못한 탓에 그녀는 연단에서 깊이 잠이 들고 말았습니다.

일이 이 지경에 이르렀으니, 잠을 자느라 아무것도 모르는 까리살레스에게 물어보는 게 좋겠지요. 그의 조심성 많은 신중함은 어디로 갔으며 그의 걱정, 그의 경고, 그의 설득, 그 집의 높은 담벼락들이 무슨 소용인가요? 남자라고 이름 붙인 것은 무엇 하나 그 집이나 그 집의 그림자에도 들어오지 못하게 한 일이나 좁은 회전문, 두꺼운 벽, 빛도 들지 않는 창문들, 철저한 은폐, 레오노라에게 준 엄청난 혼례금, 끊임없이 주어온 선물들, 집 안의 하인과 하녀 들에게 그토록 잘해준 것, 필요하거나 원하는 것이라고 생각되면 무엇이든 부족함 없이 마련해주던 정성. 그러나 이미 말했듯이 그런 것을 물어서 무엇 하겠습니까? 그는 저렇게 잠만 자고 있는데…… 만약 그가 이런 질문을 받는다면, 더 좋은 대답이 없으니, 어깨를 움츠리고 눈썹을 찡그리며 한마디 하겠지요. "내 생각에, 이 모든 것을 바닥까지 무너뜨린 것은 저 심술궂은 젊은 놈팡이의 교활함과 저 위선자 상급 하녀의 불량함이야. 그들이 조심성 없는 소녀를 들볶고 설득해서 저지른 일이지! 오, 하느님, 저런 원수들 하나하나로부터 우리를 구원해주소서. 저들을 막아낼 아무런 덕의 방패도, 그것을 잘라낼 어떤 조심성의 칼도 제겐 없으니까요."

그러나 이런 상황에서도 레오노라의 용기는 대단해서 그녀는 필요한 때가 되자 그 약삭빠른 사기꾼의 사악한 힘에 대항하여 참된 실력을 보여주었습니다. 그의 힘은 그녀의 저항을 이기는 데 역부족이어서 지치고 말았지요. 마침내 그녀가 이겼고, 두 사람은 잠이 들었습니다. 그리고 하늘이 도왔던지 이때, 유약의 효과에도 불구하고 까리살레스가 잠을 깨었습니다. 그는 습관대로 침대를 더듬어보다가 잠자리에 자기의 사랑하는 아내가 없는 것을 알자 경악과 공포에 떨며 침대에서 뛰어내렸습니다. 많은 나이라고는 생각할 수 없는 재빠른 몸짓이었지요. 그는 방 안에서 그녀를 찾다가 문이 열려 있는 것을 보았고, 매트리스 사이에 둔 열쇠가 사라진 것을 알고는 정신을 잃을 뻔했습니다. 가까스로 정신을 차린 그는 복도로 나가서 살금살금 들키지 않게 걸어 상급 하녀가 자고 있는 응접실로 갔습니다. 그녀가 레오노라 없이 혼자 있는 것을 보고는 그녀의 방으로 갔지요. 조용히 문을 열었습니다. 그리고 결코 보고 싶지 않은 것을 보았습니다. 그것을 보느니 차라리 두 눈이 없었으면 좋았을 것을 보고야 말았습니다. 로아이사의 품에 있는 레오노라를 본 것입니다. 그녀는 편안히 잠에 빠져 있었습니다, 마치 잠자는 유약이 질투 많은 노인에게가 아니라 그 두 사람에게 효험을 보이기나 한 듯이 말이지요.

그 쓰라린 장면을 보고서 까리살레스는 온몸에서 힘이 빠졌습니다. 목소리가 목구멍에 붙어 나오지 않았습니다. 기절할 듯 두 팔을 떨구고 차가운 대리석상이 된 듯 움직일 수가 없었습니다. 분노가 본능을 발휘하여 죽은 듯한 그의 정신을 깨웠지만 고통이 너무나 커서 숨을 못 쉴 지경이었습니다. 그러나 아무리 그렇다 해도 그런 끔찍한 악행이 요구하는 복수는 해야 했지요. 복수를 감행할 만한 무기가 있다면 말입니다. 그리하여 까리살레스는 자기 방으로 가서 단검을 가져올 결심을 했습니다. 두 원수의 피로, 심지어 그의 집안 모든 사람들의 피로 자신의 명예의 더러운 흔적을 씻어내야겠다는 영예롭고 필요불가결한 결심을 한 것입니다.[2] 그는 결연하게 그 방에 들어왔을 때와 마찬가지의 침묵과 신중함으로 자기 방으로 돌아왔습니다. 그러나 방에 돌아오자 고통과 번뇌가 온통 그의 심장을 죄어와서 그는 아무것도 할 힘이 없이 그대로 기절하여 침대 위에 쓰러지고 말았습니다.

그런 가운데 날이 밝았습니다. 레오노라와 로아이사는 서로의 품의 그물에 얽혀 있는 상태로 날이 밝았지요. 마리알론소가 깨어났습니다. 그녀는 자신이 받기로 한 것을 받으러 방으로 가려다가 너무 늦은 것을 알고 밤까지 기다리기로 했습니다. 벌써 날이 훤하게 밝은 걸 보고 놀라 일어난 레오노라는 자신의 불찰을 나무라고 상급 하녀를 욕했습니다. 그리고 상급 하녀와 함께 놀란 걸음으로 남편이 있는 곳으로 갔습니다. 그가 아직 코를 골고 자고 있기를 하늘에 기도하면서요. 그녀는 남편이 침대에 조용히 누워 있는 걸 보고 아직 유약의 효력이 작용하고 있는 줄 알았습니다. 너무나 기쁜 나머지 두 사람은 얼싸안았습니다. 레오노라가 남편에게 다가가 혹시 식초로 씻어내지 않고도 일어나는가 보려고 한쪽 팔을 잡고 다른 쪽으로 돌려눕혔습니다. 그러나 그 움직임만으로도 까리살레스는 기절에서 깨어났습니다. 그는 깊은 한숨을 쉬며 꺼져가

---

2 당시 관습에 따르면 명예를 회복하기 위해서는 반드시 불명예에 대한 복수를 해야 했다.

는 듯 통탄스러운 목소리로 말했습니다.

"세상에 이런 불행이 있는가! 내 운명이 얼마나 박복하기에 이런 비참한 꼴이 되었는가!"

레오노라는 남편이 하는 말을 알아듣지 못했습니다. 하지만 그가 깨어난 것을 보고 유약의 효과가 그들이 말한 것처럼 길지 않은 것을 알고서 놀랐습니다. 그녀는 그에게 다가가서 그의 뺨에 얼굴을 대고 그를 꼭 껴안은 채 말했습니다.

"무슨 일이에요, 나리? 어디가 아프신가요?"

그 불행한 노인은 그 달콤한 원수의 목소리를 듣고서 아연실색, 혼란에 빠진 두 눈을 튀어나올 듯 부릅뜨고서 그녀를 응시했습니다. 눈썹 하나 움직이지 않고 갖은 힘을 다해 한참 동안 그녀를 바라보다가 말했습니다.

"부인, 제발 부탁인데, 즉시 사람을 보내 당신 부모님을 모셔오도록 하시오. 지금 내가 호흡곤란이 와서, 이러다가 얼마 안 있어 숨이 끊어질지도 모르겠소. 내가 죽기 전에 그분들을 뵙고 싶다고 전해요."

레오노라는 전혀 의심하지 않고 남편이 하는 말이 그대로 사실인 줄 알았습니다. 그녀는 남편이 무엇을 보았다는 생각은 꿈에도 하지 못하고 유약의 힘이 그를 그런 지경에 이르게 한 줄로만 알았습니다. 그녀는 시키는 대로 하겠다고 대답하고, 즉시 흑인 하인을 시켜 자기 부모를 모셔오도록 했습니다. 그녀는 남편을 껴안고 전에 없이 다정하게 갖은 애무를 해주며 세상에서 가장 사랑하는 사람인 양 가장 다정하고 사랑스러운 목소리로 아픈 데는 어떠냐고 물었습니다. 그러나 그는 그녀가 해주는 애무며 말 한마디 한마디가 그의 영혼을 가로질러 꿰뚫는 창살 같아서 넋을 잃고 그녀를 바라보았습니다.

상급 하녀는 벌써 집안사람들과 로아이사에게 주인이 아프다고 알렸습니다. 게다가 주인이 마님의 부모를 모셔오도록 하인을 보낼 때 평소 하듯 길가로 난 대문을 닫으라고 명령하는 것조차 잊은 걸 보니 중병인 듯하다고 말했습니다. 주인이 그런 심부름을 보낸 것에 다들 놀랐습니다. 그 부모는 딸을 결혼시킨 뒤 한번도 그 집에 들어온 적이 없었기 때문입니다.

모두들 긴장하고 불안에 빠졌습니다. 주인의 심기가 불편한 진짜 이유를 알지 못했기 때문입니다. 주인은 가끔 한번씩 고통스럽게 한숨짓곤 했습니다. 그럴 때마다 그의 영혼은 찢겨나가는 것 같았지요.

레오노라는 남편의 그런 모습을 보자 울음을 터뜨렸습니다. 그러나 그 남편은 정신 나간 사람처럼 웃었습니다. 그녀의 눈물이 거짓이라고 생각했기 때문입니다.

이때 레오노라의 부모가 도착했습니다. 거리로 난 대문도 열려 있고 중문도 열린 채 온 집안이 호젓이 침묵에 잠겨 있는 것을 보고 그들은 적잖게 놀라고 의아했습니다. 그들은 사위의 방으로 갔습니다. 아까 말한 것처럼 사위는 딸의 손을 잡고 그녀를 계속 바라보고 있었고 두 사람 다 눈물을 줄줄 흘리고 있었지요. 그녀는 한번도 남편이 그렇게 눈물을 흘리는 것을 본 일이 없어서 울었고, 그는 그녀가 거짓으로 눈물을 흘리고 있다고 생각하며 울었습니다.

그녀의 부모가 들어오자 까리살레스가 말을 꺼냈습니다.

"어르신들, 앉으시지요. 그리고 마리알론소만 남고 다른 사람들은 모두 이 방에서 나가주게."

모두 그 말에 따랐습니다. 다섯 사람만 남자, 다른 사람이 말 꺼내기를 기다리지 않고 까리살레스가 눈물을 닦고는 침착한 목소리로 이렇게 말했습니다.

"장인 장모님과 여러분, 제가 지금 말씀드리는 것이 진실이라는 점에 대해서는 애초에 여러분 말고 다른 증인이 필요 없습니다. 어르신들, 오늘로 1년 하고도 1개월 5일 9시간 전에 어르신들은 제게 따님을 합법적인 아내로 주셨습니다. 제가 얼마나 크고 깊은 사랑으로 그녀를 맞이했는지는, 건망증에 걸린 게 아니라면 잘 기억하시겠지요. 또한 제가 얼마나 후하게 혼례금을 주었는지도 잘 아실 겁니다. 그 혼례금으로 말하면 같은 신분의 처녀 셋 이상이 부자 소리를 들으며 결혼할 수 있는 액수지요. 또한 제가 얼마나 열심히 그녀의 옷을 사주고 원하는 대로 치장해주고 사랑했는지, 그녀에게 어울리리라 생각한 것을 전부 마련해주었는지도 기억하시겠지요. 마찬가지로 잘 아시는 대로, 제가 타고난 천성, 그것 때문에 죽을지도 모르는 이 두려운 고질병과 이 나이까지 세상을 살면서 겪은 여러가지 이상한 사건들에서 배운 경계심으로, 저는 제가 선택하고 당신들이 제게 주신 이 보물을 가능한 한 최고의 정성으로 지키고 싶었습니다. 그래서 이 집의 담벼락을 높이고 길가로 나 있는 창의 전망을 막았습니다. 문마다 자물쇠를 두배로 달고 수녀원처럼 회전문을 붙였습니다. 제 집에 영원히 남자의 이름은 물론 그림자도 얼씬하지 못하도록 쫓아냈습니다. 하녀들에게 그녀를 잘 모시도록 하고, 그녀나 하녀들이 청하는 것은 무엇이든 다 들어주었습니다. 그녀를 저의 신분과 똑같이 대우했고 그녀에게 저의 가장 비밀스러운 생각들을 전했습니다. 또한 저의 전재산을 그녀에게 바쳤습니다. 잘 생각해보면 이 모든 일에 제가 그토록 많은 힘과 비용을 들인 것은 놀라는 일 없이 안전하게 즐기며 살아보겠다는 소망 때문이었습니다. 물론 어떤 종류의 질투에 대한 공포도 저의 생각에 깃들지 않도록, 그런 기회를 만들지 않으려는 노력이었기도 하지요. 하지만 인간의 노력으로 성스러운 하늘의 뜻이 주는 벌을 피할 수는 없는 법. 자신의 모든 희망과 소망을 하늘의 뜻에 맡기지 않는 자들은 벌을 받아 마땅하지요. 그러니 제 소망이 실패로 돌아가고 지금 저의 목숨을 앗아가고 있는 이 독을 저 자신이 만들어낸 것은 놀랄 일도 아닙니다. 하지만 모두들 제 입에서 나오는 말에 매달려 긴장하고 있고 이 이야기의 서론은 수천마디 말로도 다 할 수 없으니, 단 한마디로 끝내고자 합니다. 여러분, 제가 하고 싶은 말은 결국 이겁니다. 저는 오늘 새벽에 저의 평안을 망가뜨리고 제 목숨의 끝을 고하기 위해 세상에 태어난 이 여자가(그는 자기 아내를 가리키면서 말했지요) 웬 멋진 총각의 품에 안겨 있는 것을 보았습니다. 이 역겨운 상급 하녀의 방에 지금 갇혀 있는 놈 말입니다."

까리살레스가 이 마지막 말을 마치자마자 레오노라는 가슴을 감싸고 남편의 무릎에 기절하여 쓰러졌습니다. 마리알론소의 얼굴은 창백해졌고, 레오노라의 부모는 목이 메어 말이 나오지 않았습니다. 그러나 까리살레스는 말을 이어갔습니다.

"이런 모욕적 사건에 대해 제가 하고자 하는 복수는 보통 하는 방식의 복수가 아니고 그래서도 안 될 것입니다. 제가 한 모든 행동이 극단적이었으니 제가 하는 복수도 극단적일 것입니다. 이 죄악에서 가장 죄 많은 자는 바로 저이기 때문에 저는 저 자신을 복수의 대상으로 삼겠습니다. 이 열다섯살 소녀와 여든이 다 된 제가 뜻이 맞아 하나로 살 수 없다는 것을 저는 생각했어야 합니다. 누에가 제 집을 짓듯 저는 제 죽을 집을 지은 자입니다. 당신은 죄가 없어, 오, 나쁜 충고에 넘어간 소녀여!(이 말을 하면서 그는 고개를 숙이고 기절해 있는 레오노라의 얼굴에 키스했습니다.) 내 말하지만, 당신을 탓하지 않겠어. 의뭉스러운 노파들의 설득과 사랑에 빠진 총각들의 꼬임에 쉽게 넘어가는 것은 어린 나이가 가진 지혜의 약점이지. 하지만 내가 당신을 사랑한 마음과 믿음의 황금 같은 가치를 세상 사람 모두가 알 수 있도록, 지금 내 인생의 마지막 순간에 보여주고 싶은 게 있어. 세상에 선행의 표본이 아니라면 적어도 한번도 보지도 듣지도 못한 순박함의 증표로 남도록 말이야. 그러니 여기 즉시 공증인을 데려와주시기 바랍니다. 제 유언장을 다시 작성하겠습니다. 이번 유언장에서는 레오노라에게 주는 유산을 두배로 늘리겠습니다. 그리고 얼마 남지 않은 제 짧은 생이 다한 뒤에는 그녀의 마음을 준비하라고 하겠습니다. 즉 아무 걱정 없이 그 청년과 결혼하도록 할 것입니다. 이 상처받은 흰머리 늙은이는 그 친구를 한번도 모욕하지 않았습니다. 이렇게 함으로써 저는 살면서 한번도 그녀가 좋아하리라 생각하는 것에서 벗어나본 일이 없으며, 죽는 순간에도 그랬다는 것을 알리고자 합니다. 그래서 저는 제가 죽은 뒤 그녀가 그토록 사랑하는 사람과 행복하길 바랍니다. 저의 나머지 재산은 자선사업에 기부할 것이고, 어르신들께는 여생을 영예롭게 사실 수 있을 만큼 남겨드리겠습니다. 즉시 공증인을 부르세요. 가슴속 괴로움이 저를 조여와 제게는 시간이 얼마 남지 않았습니다.”

이 말을 마치자 그는 갑자기 정신을 잃고 쓰러져 레오노라와 얼굴을 맞붙인 채 누웠습니다. 사랑하는 딸과 사위를 바라보던 부모에게는 너무도 슬프고 이상한 장면이었습니다! 사악한 상급 하녀는 마님의 부모가 자신을 질책할 때까지 기다리고 싶은 생각이 없었습니다. 그길로 방을 나온 그녀는 로아이사에게 가서 일어난 일을 모두 말하고 지금 즉시 그 집에서 사라지라고 충고했습니다. 또한 이제 방해하는 어떤 문의 열쇠도 필요 없어졌으니 루이스를 통해서 일이 어떻게 되어가는지 알려주겠다고 했습니다. 로아이사는 그 소식을 듣고 크게 놀랐습니다. 상급 하녀의 충고를 받아들여 다시 허름한 옷으로 갈아입은 그는 친구들에게 그 듣도 보도 못한 희한한 사랑 이야기를 해주러 갔습니다.

딸과 사위가 정신을 잃은 동안 레오노라의 아버지는 그의 친구인 공증인을 불러오게 했습니다. 공증인이 도착하니 딸과 사위는 정신이 들었지요. 까리살레스는 아까 말한 대로 유언장을 작성했습니다. 레오노라의 잘못에 대해서는 언급하지 않았을 뿐 아니라, 자기가 죽으면 그녀에게 은밀히 사랑을 전한 그 청년과 결혼하라고 좋은 마음으로 청했습니다. 이 말을 듣자 레오노라는 남편의 발밑에 쓰러져 가슴을 치며 말했습니다.

"나의 주인이자 유일한 기쁨이신 나리, 제발 오래오래 사세요. 제가 지금부터 말씀드리는 이야기를 전연 믿지 않으실지 모르지만, 저는 저의 생각 말고는 나리께 죄를 지은 일이 없다는 걸 아셔야 합니다."

그녀는 남편에게 용서를 빌고 사건의 진실을 상세히 이야기하기 시작했습니다. 그러나 혀를 움직일 수가 없었고 그녀는 다시 기절하고 말았습니다. 그렇게 기절한 그녀를 상처받은 늙은 남편이 끌어안았습니다. 부모도 그녀를 끌어안았습니다. 모두들 너무나 슬프게 울어서 유언장을 작성하던 공증인조차도 함께 통곡할 수밖에 없었지요. 유언에 따라 집안의 모든 하인, 하녀는 먹고살 만한 재산을 받았고 흑인과 여종들은 자유를 얻었으나 배은망덕한 마리

알론소는 봉급 말고는 아무것도 받지 못했습니다. 하지만 어찌 되었든 그를 짓누른 고통이 너무 심해서 7일째 되던 날 까리살레스는 무덤으로 모셔졌습니다.

　레오노라는 울음과 재산만 남은 과부가 되었습니다. 로아이사는 그녀의 남편이 유언장에서 정해준 것이 이행되기를 기다렸으나, 그런 지 일주일 만에 레오노라가 그 도시의 가장 한적한 수도원에 수녀로 들어갔다는 것을 알게 되었습니다. 그는 절망스럽고 창피해서 중남미로 떠나고 말았습니다…… 레오노라의 부모는 너무도 슬펐으나 그나마 사위가 유언으로 남겨준 재산으로 위안을 삼았습니다. 하녀들도 같은 이유로 위안을 삼았고 남녀 종들도 자유를 얻은 것으로 위안을 삼았습니다. 그러나 사악한 상급 하녀는 자신의 나쁜 생각으로 절망에 빠지고 가난해졌지요.

　그리고 이제 이 사건의 이야기를 매듭짓고 싶은 것이 나의 간절한 소망입니다. 이런 일을 거울삼아 열쇠나 회전문, 담벼락을 믿고 자유로운 마음을 막으려는 생각은 말라는 것이 이 이야기의 교훈이지요. 그리고 새파랗게 젊은 나이의 순진함과 소박함을 믿어서는 안 된다는 것도요. 희고 긴 모자에 수건을 쓰고 수녀처럼 검은 치마를 입은 상급 하녀들의 꼬임이 귓가를 드나들면 정절도 인생도 망치기 십상이니까요. 다만 내가 이유를 알 수 없는 것은, 왜 레오노라가 그 질투 많은 남편에게 더 열심히 자신은 깨끗하고 결백하며 아무 일도 일어나지 않았음을 이해시키지 못했는가 하는 점입니다. 아마도 그때는 정신이 없어 혀가 굳었나봅니다. 더구나 남편이 그렇게 급작스럽게 죽어서 용서를 청할 기회도 없었을 테고요.

# 고명한 식모 아가씨에 관한 소설
## Novela de la ilustre fregona

그리 오래지 않은 얼마 전 유명하고 고상한 도시 부르고스에 귀족이면서 부자인 신사 두 사람이 살았다. 한 사람의 이름은 돈 디에고 데 까리아소이고 또 한 사람은 돈 후안 데 아벤다뇨였다. 돈 디에고에게는 아들이 하나 있었는데 그 아이 이름도 아버지와 같았다. 돈 후안에게도 아들이 있었는데 이름이 돈 또마스 데 아벤다뇨였다. 이 두 젊은 신사들이 이 이야기의 주인공이 될 것이므로 편의에 따라 글자를 아껴 이름을 부를 때는 그저 까리아소와 아벤다뇨라고만 부르기로 한다.

열세 살 조금 더 되었을 무렵에 까리아소는, 부모가 강제하거나 학대를 한 것도 아닌데, 자신의 짓궂은 건달 기질을 따라 그냥 재미로 부모 집으로부터, 아이들 하는 말로 '찢어져나왔다'. 그는 자유로운 생활에 대단히 만족하며 세상을 떠돌아다녔다. 자연히 겪게 되는 불편하고 궁핍한 생활 속에서도 아버지 집의 풍요를 그리워하지는 않았다. 두 발로 걸어다녀도 지치지 않았고 추위도 귀찮아하지 않고 더위에도 짜증내지 않았다. 그에게는 한해의 모든 계절이 그저 달콤하고 따스한 봄이었다. 밭에서도 잘 자고 이불 속에서도 잘 잤으며 객줏집 짚북데기 속에 파묻혀 자도 최고급 시트 속에서 자는 것처럼 잘 잤다. 마침내 그는 이런 건달 짓과 악동 일에 도가 터서, 대학에서 저 유명한 악한소설 『구스만 데 알파라체』¹의 주인공 알파라체에게 강연을 해줄 만한 실력을 갖추었다.

자기 집으로 돌아오기까지 3년 동안 그는 마드리드에서는 양고기 뼈 던지는 따바놀이를, 똘레도 객줏집에서는 카드놀이의 일종인 렌또이를, 또 세비야의 망루에서는 서서 하는 카드놀이 쁘레사이 뻔따를 배웠다. 그러나 이런 종류의 건달 인생에 항상 따라다니는 궁핍과 더러움에도 불구하고 까리아소는 행동거지에서는 왕자나 다름없었다. 그는 가까이에서 보면 수천가지로 고귀한 집안 출신인 것이 드러났는데, 동료들에게 관대하고 인심이 후했던 것이다. 술의 신 디오니소스의 동굴에는 방문한 일이 거의 없고, 술을 마시기는 했지만 아주 조금이어서 소위 '재수 없는 족속'에는 끼지도 못했다. 술을 너무 많이 마셔서 얼굴이 빨간 모래나 빨간 흙으로 뒤범벅된 것처럼 시뻘게지는 족속 말이다. 세상 사람들 눈에는 이런 까리아소가 가문 좋고 보통 이상으로 점잖고 깨끗하고 덕 있는 건달로 보였다. 결국 그는 악동 건달 학위의 모든 단계를 다 거쳐서 악동 건달 생활의 최고봉이라고 할 수 있는 사하라 참치어장에서 '대가' 자리에 올랐다.

오, 더럽고 뚱뚱하고 유들유들한 식당의 악동 건달들이여! 가짜

---

1 에스빠냐 작가 마떼오 알레만(Mateo Alemán)의 1599~1604년 작품이다.

가난뱅이들, 거짓 절름발이들, 마드리드 광장과 소꼬도베르의 소매치기들, 세비야의 화려한 상갓집 밤샘 기도 전문가들, 막일꾼들, 불량배와 사창가 삐끼들, 소위 건달이나 악한, '삐까로'라는 이름으로 통하는 수많은 무리여! 참치어장의 전문학원에서 두 과정도 거치지 않았다면 정식 건달 '삐까로'라는 이름도 내밀지 말고 고개 숙이라! 거기에는 도심지 건달 소굴의 게으름과 노역이 함께 있다! 거기에는 깨끗한 더러움이 있고, 둥글둥글한 뚱뚱함이 있고, 절박한 배고픔, 풍성한 포만감, 가면 없는 악습, 늘 벌여 있는 노름판, 때때로 싸움판, 어쩌다 죽는 사람들도 있고, 곳곳마다 상소리, 결혼이나 하듯 춤판이 벌어지고, 판화에 나오는 것 같은 세기디야, 후렴 붙은 로만세, 후렴도 등받이도 없는 시 등등이 전부 다 있다. 여기서는 노래하고 저기서는 욕하고, 여기서는 싸우고 저기서는 놀고, 모두가 모두를 속이고 등쳐먹는 곳이었다. 거기서는 자유의 고삐가 풀리고 노동이 보람 있었다. 수많은 귀족 부모가 그곳으로 사라진 자식들을 찾으러 와서 찾거나 못 찾거나 하지만, 그곳 생활에서 끌려나오는 자식들은 죽으러 끌려가듯 살이 찢기는 듯 괴로워했다.

그러나 내가 묘사한 이 모든 될 대로 되라 식의 달콤한 생활에는 그 달콤함을 쓰디쓰게 만드는 소태가 있었다. 그것은 자칫하다가 사하라에서 북아프리카 베르베리아로 실려갈까 두려워 한순간도 편안하게 잘 수 없다는 것. 그래서 밤이면 해안 망루 아래로 숨어들어 보초들의 감시하에서야 눈을 감을 수 있다. 그럼에도 더러는 보초나 경호병, 건달, 관리, 배와 그물과 거기서 일하는 모든 군상이 밤은 에스빠냐에서 맞고 아침은 모로코의 테투안에서 맞는 일들이 벌어지곤 하지만 말이다. 하지만 그렇다고 이런 두려움 때문에 우리의 까리아소가 거기서 세번의 여름 동안 좋은 세월을 보내는 데 지장이 있었던 것은 아니다. 마지막 여름에는 운수 대통하여 카드놀이에서 은화 700레알을 땄고, 그 돈으로 그는 잘 차려입고 고향 부르고스로 돌아가 자기 때문에 그토록 많은 눈물을 흘렸을 어머니 앞에 나타날 작정을 했다. 많은 정든 친구들과 작별하고, 병이나 죽음이 방해하지 않는 한 다음 여름은 그들과 함께할 것이라고 약속했다. 그는 그들에게 자기 영혼의 절반을 내어주고 그곳 마른 모래벌판에 모든 소망을 바쳤다. 그의 눈에 그 모래벌판은 낙원보다 푸르고 신선해 보였다. 그는 이미 두 발로 걷는 데 익숙해 있었기에 힘들이지 않고 노래를 부르며 길을 걸어서 샌들 두켤레를 신는 동안 사하라에서 바야돌리드까지 도착할 수 있었다. 거기서 15일을 머물며 시커먼 낯빛을 집시처럼 가무잡잡하게 바꾸고, 건달 악동의 티를 벗고 말끔한 신사의 모습으로 탈바꿈했다.

이런 변신은 바야돌리드에 도착했을 때 지니고 있던 은화 500레알이 만들어준 편리함 덕분이었다. 남은 100레알로는 당나귀 한마리와 하인 하나를 빌린 다음 점잖고 행복한 모습으로 부모 앞에 나타났다. 어머니 아버지가 크게 기뻐하며 그를 맞았고 모든 친구와 친척 들이 아들 돈 디에고 데 까리아소의 무사귀환을 축하하러 왔다. 여기서 참고로 말할 것은, 돈 디에고는 여기저기 떠돌아다니는 동안 까리아소라는 이름을 우르디알레스로 바꾸어 방랑 중에 새로 알게 된 사람들에게는 이 이름으로 부르게 했다는 것이다. 이제 막 돌아온 그를 보러 온 사람들 중에 돈 후안 데 아벤다뇨와 그의 아들 또마스가 있었다. 그 집과는 이웃이고 또마스와는 동갑이어서 까리아소와 또마스는 잘 어울려 지냈고 실제로 절친한 친구 사이였다.

까리아소는 그의 부모를 비롯한 모든 사람들에게 집을 떠나 있던 3년 동안에 그가 겪은 수천가지 신기한 일들을 장황하게 꾸며 늘어놓았다. 그러나 참치어장 이야기는 한마디도 꺼내지 않았다. 그의 머릿속에서는 한시도 그 생각이 떠나지 않았음에도 불구하고 말이다. 특히 그곳 친구들에게 돌아가겠다고 약속했던 시간이 가까워질수록 더욱 생각이 났다. 그는 아버지가 그의 기분전환용으로 데려가는 사냥도 재미가 없었고 그 도시에서 늘 벌어지는 점잖고 재미있는 연회도 그의 마음을 즐겁게 하지는 못했다. 모든 오락이 지겨웠고 큰 파티나 여흥이 베풀어져도 모두 참치어장에서의 즐거움에 비할 바가 못 되었다.

그의 친구 아벤다뇨는 그가 늘 생각에 잠겨 우울해하는 것을 보고 친구끼리 믿고 털어놓으라면서 그 이유를 물었다. 가능하고 필요하다면 그는 자기 피를 흘려서라도 무엇이든 해결해줄 생각이었다. 까리아소는 그들 사이에 지켜온 커다란 우정을 모독하지 않기 위해서라도 더이상 숨기고 싶지 않았다. 그래서 사하라에서의 어부 생활이니 건달 생활이니를 하나하나 이야기하고, 자기의 슬픔과 고민은 오직 그곳으로 다시 돌아가고 싶은 마음에서 비롯되었음을 말해주었다. 그곳 생활에 대한 묘사가 너무도 매력적이어서 이야기를 다 들은 아벤다뇨는 친구의 취향을 비난하기보다는 칭찬했다.

결국 까리아소의 이야기에 흠뻑 빠진 아벤다뇨는 그와 함께 떠나 여름을 보내기로 결심하게 되었다. 까리아소가 묘사한 그 지극히 행복한 생활을 즐기고 싶어진 것이다. 까리아소는 그의 결정에 크게 기뻐했는데, 자신의 보잘것없는 지난 시절을 평가해줄 증인을 얻었다고 생각했기 때문이었다. 그들은 가능한 한 많은 돈을 모으기로 하고 작전을 세웠다. 가장 좋은 방법은 그로부터 두달 뒤에 아벤다뇨가 살라망까로 공부하러 간다고 하는 것이었다. 그는 이미 그곳에서 3년 동안 그리스어와 라틴어를 공부했었는데, 그의 아버지는 그가 원하는 대학을 골라 공부를 계속하기를 원했기에 돈은 얼마든지 대줄 참이었다. 그들은 그 돈을 원하는 데 쓸 수 있으리라는 계획이었다.

이때 까리아소는 아버지에게 자기도 아벤다뇨와 함께 살라망까로 공부하러 가고 싶다는 뜻을 밝혔다. 이 말에 그의 아버지는 크게 흡족해서 아벤다뇨의 아버지와 상의하고 두 사람이 함께 살도록 살라망까에 집을 한채 사주기로 했다. 그리고 자식들의 신분에 걸맞게 필요한 모든 것을 갖춰주었다.

떠날 때가 되었다. 부모들은 자식들에게 돈을 쥐어주고 보호자로 양호 교사를 하나 붙여 그들을 보살피게 했다. 그는 점잖다기보다는 어리숙해 보이는 사람이었다. 또한 부모들은 자식들에게 갖추어야 할 서류를 내주고 그들이 덕성과 학문을 충실히 닦으려면 어떻게 스스로를 다스려야 하는지 일러주었다. 높은 교양이란 모든 학생이, 특히 좋은 가문에서 태어난 아이들이 밤낮으로 열심히 공부해서 얻어야 할 결실이기 때문이었다. 두 청년은 겸손하고 다소곳한 모습을 보였다. 어머니들은 울었고 모든 사람들은 축복했다. 그들은 각자 나귀를 타고 집의 하인 두 사람과, 자기 직책의 권위를 세우기 위해 수염을 기른 양호 교사와 길을 떠났다.

바야돌리드에 도착한 그들은 양호 교사에게 그 도시에는 한번도 와본 일이 없으니 구경도 할 겸 이틀을 머물고 싶다고 청했다. 그러나 양호 교사는 그들을 사정없이 나무랐다. 하루라도 빨리 공부하러 가야 할 사람들이라면 한시간도 그런 쓸데없는 구경을 할 시간이 없을 텐데 이틀씩이나 지체하겠다니 말이 안 된다고 했다. 양호 교사는 단 한순간도 머물 수 없으며 즉시 떠나자고 재촉했다. 즉시 떠나지 않으면 무서운 경고로 돌무더기 하나 체벌을 가하겠다고 했다.

양호 교사라고 불러야 할지 집사라고 불러야 할지 모를 노련한 감독관의 수완은 이뿐이었다. 모든 결과를 예상하고 대비한 두 청년은 벌써 양호 교사의 주머니에서 금화 400에스꾸도를 훔쳐두었다. 그러고서 그들은 유명한 아르갈레스 수원지를 보고 싶으니 그날 하루만 머물게 해달라고 애원했다. 아르갈레스는 그 도시의 크고 넓은 수도관으로 물을 공급해주는 원천이었다. 양호 교사는 무척 탐탁지 않았지만 결국 그들의 청을 들어주기로 했다. 왜냐하면 자신도 그날 밤 숙박비용을 줄여 그 돈을 발데아스띠야스에서 쓰고 싶었기 때문이었다. 그리고 발데아스띠야스에서 살라망까까지 18마장을 이틀에 돌파하리라 생각했던 것이다. 그러나 말 생각, 주인 생각이 각기 다르듯이 모든 일이 그가 원하는 것과는 반대로 되어갔다.

두 청년은 하인 하나와 함께 집에서 내준 좋은 당나귀를 타고 오래고 물이 좋기로 유명한 아르갈레스 수원지를 구경하러 갔다. 아르갈레스의 물이 좋다고 하면 '황금 물줄기'라고 하는 까뇨 도라도와 그곳의 존경스러운 수도원장님은 섭섭해하시겠고, 레가니또스와 최고로 좋은 까스띠야 수원지에는 실례가 되겠고, 물 좋다는 라만차의 꼬르빠나 라 삐사라는 입을 다물어야겠지. 마침내 그들은 아르갈레스에 이르렀다. 하인은 아벤다뇨 도련님이 안장 주머니에서 마실 것을 꺼낸다고 생각했는데 웬 봉해진 편지를 꺼내는 것을 보았다. 아벤다뇨는 하인에게 지금 즉시 시내로 가서 양호 교사

에게 그 편지를 전해주고 바야돌리드 4대문의 하나인 깜뽀 문에서 그들을 기다리라고 했다,

하인은 그 말대로 편지를 받아 시내로 돌아갔다. 그리고 남은 두 청년은 말고삐를 돌려 바야돌리드 남쪽 외곽에 있는 모하도스에서 그날 밤을 지냈다. 그들은 그로부터 이틀 걸려 마드리드에 닿았고 그로부터 나흘째 되는 날 공설시장에서 당나귀들을 팔았다. 그들에게 당나귀값으로 금화 6에스꾸도를 줄 테니 외상으로 하자는 사람이 있었고 심지어는 즉시 다 금화로 주겠다는 자도 있었다. 아벤다뇨와 까리아소는 깃이 두 폭으로 갈라진 반 까빠에다 사냥꾼 바지인지 농사꾼 바지인지 모를 통 넓은 촌스러운 바지를 입고 거무스레한 면양말을 신어 완전히 시골뜨기 복장을 했다. 아침에 그들이 입고 온 옷가지를 사주는 옷장수를 만나 밤에는 둘 다 그들을 낳아준 어머니도 몰라볼 모습으로 바뀌었다.

이렇게 가벼운 복장을 하고 그들은 아벤다뇨가 바라는 대로 그가 잘 안다는 똘레도를 향해 길을 떠나기 시작했다. 글자 그대로 도보행이었고 그들은 이제 칼도 없었다. 칼은 옷장수가 필요도 없으면서 사갔던 것이다.

이들은 즐겁게 만족해서 길을 가고 있으니 우선 이렇게 내버려 두자, 그리고 양호 교사에 대해서 이야기하도록 하자. 그는 하인이 가져간 편지를 받아보고 이렇게 쓰여 있는 것을 발견했다.

삐드로 알론소 선생님, 제발 부탁드리건대, 모든 걸 참고 부르고스로 돌아가시기 바랍니다. 돌아가셔서 저희 부모님들께, 자식들인 저희가 성숙한 사고로 심사숙고한 결과 신사에게는 문과보다 무과가 훨씬 적합하다고 판단하여 살라망까로 가는 대신에 브뤼셀로,

에스빠냐가 아니라 플랑드르로 가기로 결심했다고 말씀드려주십시오. 금화 400에스꾸도는 저희가 가져갑니다. 당나귀들은 팔 생각입니다. 저희가 선택한 길은 저희 같은 신사들에게는 값진 것입니다. 저희 앞에 놓인 긴 여정은 저희의 잘못을 보상하기에 충분하겠지요. 비록 비겁한 자가 아니면 아무도 이것을 잘못이라 생각지 않겠지만 말입니다. 저희의 출발 시각은 지금입니다. 돌아오는 시각은 하늘이 정해주겠지요. 선생님께도 하느님의 가호가 있기를 바라는 것이 이 어린 제자들의 소망입니다. 아르갈레스 수원지에서, 플랑드르로 출발할 말의 박차에 이미 발을 얹고서

까리아소와 아벤다뇨 올림

뻬드로 알론소는 이 편지를 읽고서 놀라 급히 여행가방을 살폈으나 가방이 비어 있는 것을 발견하고 편지의 말이 끝내 사실인 것을 알았다. 그는 즉시 남아 있는 당나귀를 타고 부르고스로 향했다. 급히 부모들에게 소식을 전해 조치를 취해야 자식들을 따라잡을 방도를 찾을 것이다. 그러나 이 소설의 작자는 이런 일에 대하여는 한마디 말도 없다. 작자는 뻬드로 알론소를 말에 태워놓고는 다시 아벤다뇨와 까리아소에 관한 이야기로 돌아왔다. 그들이 이예스까스 입구에서 마을로 들어가려 할 때 안달루시아 출신 같아 보이는 당나귀 모는 두 아이를 만났다. 통 넓은 삼베바지에 거친 삼베조끼, 스웨이드 겉옷 차림에 갈고리 모양의 단도와 끈 없는 장검을 차고 있었다. 보아하니 한 아이는 세비야에서 오는 중이고 다른 한 아이는 세비야로 가는 중이었다. 가는 아이가 오는 아이에게 말했다.

"우리 주인들이 더 앞서가지 않았으면 좀더 머물면서 너에게 내가 알고 싶은 수천가지 더 많은 것을 물어봤을 텐데. 사실 네가 해

준 이야기에 아주아주 놀랐거든. 그러니까 백작이 그 유명한 도둑인 알론소 헤니스와 리베라에게 상소권도 주지 않고 교수형을 시켰다고?"

"아, 그렇고말고!" 세비야에서 오는 아이가 말을 받았다. "백작이 그들을 속여 낚아채서 자기 관할에서 체포되도록 했지. 도둑 알론소와 리베라는 군인이었는데, 밀수에 그들을 이용한 거야. 법원이 그들을 빼갈 수 없도록 말이야. 이봐, 친구, 이 뿐뇨로스뜨로 백작 몸에는 무슨 괴물이 들었나봐. 그 주먹의 손가락을 우리 영혼에 박아넣거든. 백작이 세비야를 싹쓸이해서 도시 10마장 주변에는 건들거리는 놈들 하나 없고 도둑은 얼씬도 못 해. 모두들 백작을 불 보듯 무서워하거든. 비록 듣기로 얼마 안 있어 보좌관 직책을 그만둘 거라는 소문이 있긴 하지만. 하기야 법원 사람들과 사사건건 이러니저러니 하는 것도 성격에 안 맞을 테니까."

"그 백작 군인들 만세!" 세비야로 가는 친구가 말했다. "그 사람들이 가난한 사람들의 부모요 불행한 사람들의 안식처잖아! 얼마나 많은 불쌍한 놈들이 절대군주 같은 재판관의 분노나, 잘못 알거나 너무 잘하려고 하는 시장 하나 때문에 땅 밑으로 들어갔어! 한 사람의 두 눈보다 여러 사람의 많은 눈이 더 잘 보지. 불의의 독기는 한 사람을 휘어잡듯이 그렇게 빨리 여러 가슴을 휘어잡지는 못 해."

"네가 설교사가 다 됐구나" 세비야에서 온 친구가 말했다. "너스레가 길어지는 걸 보니까 빨리 끝낼 것 같지 않은데, 내가 너를 기다릴 수가 없어. 그런데 오늘 밤은 늘 가는 데 머물지 말고 그 유명한 아름다운 식모 아가씨를 보러 세비야인 여관에 가지 그래? 떼하다 객줏집의 마리니야는 그 아가씨에 비하면 구역질 나는 쓰레기에 불과해. 시장 아들이 그 아가씨에게 미쳐서 죽고 못 산다는데 더 말해서 뭐 해? 거기 묵었던 우리 주인들 중 한 사람은 안달루시아로 돌아가는 길에 똘레도에서 두달을 머물겠다고 굳게 약속했다는 거야. 그 여관에서 그 아가씨 실컷 보고 가려고 말이야. 내가 그 아가씨를 시늉으로 한번 꼬집었는데 그 대가로 엄청 크게 꼬집혔어. 그 아가씨는 냉정하기가 대리석 같고 사납기가 사야고 순 촌년 같고 쌀쌀맞기가 쐐기풀 같다는 거야. 하지만 활짝 웃는 상냥한 얼굴에 건강한 표정, 한 볼에 해가 있고 다른 볼에 달이 있고, 한 볼은 장미가 가득 다른 볼은 카네이션이 가득, 그리고 또 양 볼에는 흰 백합과 재스민이 만발해 있지. 내 말은 그만할 테니, 너도 한번 보면 알걸. 직접 보면 내 말이 아무것도 아닌 걸 알 거야. 그녀의 아름다움을 내가 어떻게 다 말로 할 수 있겠어? 만약 그 아가씨를 내게 아내로 준다면 내가 가진 연회색 당나귀 두마리쯤이야 아주 기꺼이 혼례금으로 내겠어. 하지만 내 아내가 될 만한 여자가 아닌 건 나도 알지. 그녀는 대주교나 백작에게도 보석이거든. 내 다시 말하지만, 너도 가서 보면 알 거야. 잘 가. 난 이제 움직인다."

이렇게 말하고 두 당나귀 모는 아이들은 헤어졌다. 그들의 이야기는 그것을 듣고 있던 두 친구의 입을 다물게 만들었다. 특히 아벤다뇨는 당나귀 모는 아이가 무심코 늘어놓은 식모 아가씨의 아름다움에 대한 묘사에 한번이라도 그녀를 보고 싶은 강렬한 욕망이 타올랐다. 까리아소도 호기심이 생겼지만, 참치어장에 가고 싶은 마음을 뒤집을 정도는 아니었다. 그곳으로 가고 싶은 욕망이 이집트의 피라미드 같은 세계의 일곱가지 불가사의 중 하나, 아니면 전부를 다 보고 싶은 마음보다도 컸기 때문이었다.

그들은 당나귀꾼 아이들의 이야기를 되풀이하며 그 말투나 몸

짓을 비꼬고 흉내내면서 심심치 않게 똘레도로 가고 있었다. 까리아소가 예전에 그 도시에 와본 일이 있어 길잡이로 나섰다. '예수의 피'라는 뜻의 상그레 데 끄리스또 길을 내려가서 세비야인 여관에 다다랐다. 그러나 그들의 차림새가 그곳에 걸맞지 않아 차마 방을 달라고 하지는 않았다.

날이 이미 어둑어둑해졌다. 까리아소는 아벤다뇨에게 다른 숙소를 찾으러 가자고 했지만 세비야인 여관 문에 꼭 붙어 있는 그를 떼어낼 수는 없는 일이었다.

그는 그 유명한 식모 아가씨가 혹시 나타나는가 보려고 기다리고 있었다. 밤이 깊어가도 식모 아가씨는 나오지 않았다. 까리아소는 초조해졌으나 아벤다뇨는 꼼짝도 하지 않았다. 그는 마침내 자기 뜻대로 그녀를 보려고 세비야로 가는 부르고스 신사 몇분을 찾는다는 핑계로 여관 마당까지 들어갔다. 거기 들어가자마자 마당에 면한 방에서 한 아가씨가 나오는 것이 보였다. 열다섯살 정도되어 보이는 소녀로 농촌 여자 복장에 손에 촛불을 밝힌 촛대를 들고 있었다.

아벤다뇨는 아가씨의 차림새에는 아랑곳없이 그녀의 얼굴을 응시했다. 그 얼굴에서 그는 그림 속 천사들에게서나 보는 얼굴을 보았다. 그 아름다움에 반해서 넋을 잃은 그는 뻣뻣이 선 채로 무슨말을 해야 할지 몰랐다. 그만큼 당황하고 긴장했던 것이다. 그 아가씨가 자기 앞에 서 있는 그를 보고 물었다.

"무얼 찾으세요, 오빠? 혹시 우리 집 손님들 중 어느 분의 하인이신가요?"

"아닙니다, 하인이라니요. 모시려면 아가씨를 모셔야지요." 잠시얼이 빠졌던 아벤다뇨가 깜짝 놀라서 떨리는 목소리로 대답했다.

아가씨는 그가 그렇게 대답하는 것을 보고 말했다.

"그럼 가보세요, 오빠. 우리 일하는 여자들은 하인이 필요 없답니다."

그리고 자기 주인을 부르더니 말했다.

"나리, 이 청년이 무얼 찾나봐요."

주인이 나와서 그에게 무엇을 찾느냐고 물었다. 그는 세비야를 가는 부르고스 양반들을 찾는다고 했다. 그들 중 한분이 자기 주인인데 그분이 중요한 용무로 자신을 앞세워 알깔라 데 에나레스로 보냈고, 일을 마치면 똘레도로 가서 세비야인 여관에서 주인을 기다리라고 했다며 주인은 그날 밤이나 아무리 늦어도 그 다음날에는 도착할 것이라고 말했다. 아벤다뇨가 하도 그럴싸하게 둘러대서 여관 주인 생각으로는 진짜 같았다. 그래서 그에게 말했다.

"여기 머무르세요, 친구. 주인이 오실 때까지 여기서 기다려도 좋아요."

"대단히 감사합니다, 주인나리." 아벤다뇨가 대답했다. "저와, 같이 온 동료 한 사람을 위해 방을 하나 주십사 이야기해주십시오. 제 친구는 저기 밖에 있습니다. 돈은 다른 사람들처럼 제대로 지불하겠습니다."

"그러지요." 주인이 대답하고는 식모 아가씨를 돌아보며 말했다.

"꼰스딴사야(그는 아가씨를 이렇게 불렀다), 아르구에요에게 이 멋쟁이 분들을 구석방으로 모셔가라고 해라. 시트도 깨끗한 걸로 갈아드리고."

"예, 그렇게 할게요, 나리." 꼰스딴사가 대답했다.

그녀는 주인에게 공손하게 인사하고 그들 앞에서 사라졌다. 그녀가 가버리자 아벤다뇨에게는 나그네의 심정이 그렇듯 갑자기 해가 지고 어둡고 캄캄한 밤이 닥친 느낌이었다. 어떻든 그는 까리아소에게 거기서 묵기로 한 것을 알리러 나갔다. 까리아소는 여러 징후로 보아 친구가 단단히 상사병에 걸린 것을 알아차렸다. 그러나 당분간은 그런 얘기를 하고 싶지 않았다. 세상에 다시없는 아가씨처럼 칭찬하는 그 대상이 실제로 그런지 자기 눈으로 확인하기 전까지는 말이다. 아벤다뇨는 꼰스딴사의 아름다움에 대해 당장 하늘 위에 올려놓을 것처럼 과장된 찬사를 늘어놓았기 때문이다.

마침내 그들은 여관에 들어갔다. 아르구에요라는 여자는 마흔다섯살쯤 되어 보였는데 방과 침대 정돈을 관리하는 책임자였다. 그녀는 그들을 데리고 신사들 방도 아니고 하인들 방도 아닌, 중간층 정도 되는 사람들의 방 하나로 안내했다. 그들은 저녁식사를 청했다. 그러자 아르구에요는 그 여관에서는 식사를 제공하지 않으며 손님들이 밖에서 먹을 것을 사오면 그것을 요리하거나 챙겨드릴 뿐이고, 다만 주점이나 식당이 가까이 있으니 누구나 원하는 대로 가서 식사할 수 있다고 했다. 두 사람은 아르구에요의 조언을 받아들여 어느 주점에 몸을 맡기기로 했다. 거기에서 까리아소는 자기 앞에 차려진 것을 먹었으나 아벤다뇨는 자기가 가져온 것만을 먹었다. 그가 가져온 것, 그것은 그의 생각과 환상뿐이었다.

아벤다뇨가 거의 아무것도 먹지 않는 것을 보고 까리아소는 무척 놀랐다. 그는 친구가 무슨 생각을 하고 있는 것인지 알아보기 위해 여관으로 돌아오는 길에 말했다.

"내일은 새벽에 일어나는 게 좋을 거야. 날씨가 더워지기 전에 오르가스까지는 가 있어야 하니까."

"내 생각은 다르네." 아벤다뇨가 말을 받았다. "이 도시를 떠나기 전에 유명하다는 곳들은 보고 가야지. 대성당의 예배당이라든지 따호강에서 시내로 물을 끌어올리는 후아넬로 장치라든지 산아 우구스띤 전망대, 왕의 정원, 베가 농원 같은 데들 말이야."

"그거 좋네." 까리아소가 대답했다. "그런 건 이틀이면 다 볼 거야."

"사실 나는 천천히 여유를 갖고 보고 싶어. 서둘면 로마에서도 자리 하나도 못 얻는다는 말도 있잖아. 그러면 안 되지."

"허허!" 까리아소가 말을 받았다. "그런 거짓말로 차라리 날 죽이게, 친구. 자넨 지금 똘레도에 남고 싶은 욕심이 있어서 그러는 거지. 우리의 순롓길을 계속하고 싶은 생각보다 그게 더 큰 거야."

"그건 사실이야." 아벤다뇨가 대답했다. "그 아름다운 아가씨의 얼굴을 제대로 보지도 못하고 여기서 떠난다는 건 불가능해. 그건 마치 선행을 하지 않고 천당에 간다는 소리와 마찬가지지."

"우아한 애걸이시구먼!" 까리아소가 말했다. "그리고 자네처럼 너그럽고 뜨거운 가슴을 가진 청년다운 결정이야! 돈 후안 데 아벤다뇨의 아들, 돈 또마스 데 아벤다뇨에게 걸맞은 일이지. 신사 중의 신사, 부자 중의 부자, 청년치고 즐길 줄 아는데다 점잖고 훌륭한 청년이 세비야인 민속여관에서 일하는 한 식모 아가씨에게 사랑에 빠지다니!"

"나도 같은 생각이야." 아벤다뇨가 대답했다. "아버지 돈 디에고 데 까리아소와 똑같은 이름을 가진 아들의 생각과 같다고. 저 유명한 알깐따라의 기사이신 아버님의 아들로서, 상속받을 때가 머지않은 장자로서, 마음뿐 아니라 모든 면에서 고상하고 모든 자격과 조건을 충분히 갖추신 분이 사랑에 빠진다? 생각해봤나, 누구에게? 스위스 제네바 여왕에게? 물론 아니지. 그러면 사하라의 참치 어장에? 내 생각에 거긴 성 안또니오를 괴롭힌 유혹보다 더 추잡하고 끔찍한데?"

"도긴개긴이야, 이 친구야!" 까리아소가 말을 받았다. "내가 자네를 찌른 칼에 내가 죽었구먼. 우리 싸움은 이쯤에서 그만두고 자러 가세. 내일은 또 하느님 덕에 동틀 테고 일은 잘되겠지."

"이봐, 까리아소, 아직 자네는 그 아가씨를 보지 못했잖아. 일단 그녀를 보기만 하면 자네가 나를 뭐라고 욕하고 질책해도 용서하겠네."

"벌써 이 일의 결과가 뻔히 보이는구먼." 까리아소가 말했다.

"무슨 결과?" 아벤다뇨가 말을 받았다.

"나야 나의 참치 아가씨에게 갈 테고 자네는 자네의 식모 아가씨와 남게 될 거라는 것." 까리아소가 대답했다.

"내게 그런 큰 행운이 올 것 같지 않아." 아벤다뇨가 말했다.

"나도 그렇게 바보는 아니지." 까리아소가 대답했다. "자네의 나쁜 취향을 따르려고 내가 하고 싶은 좋은 일을 버리지는 않을 거라고."

이런 이야기를 나누면서 그들은 여관에 도착했고 거기서도 비슷한 이야기들을 나누다가 밤이 반쯤 지났다. 그들 생각에 한시간 조금 더 잤을까 싶을 즈음 길거리에서 나는 요란한 치리미아 피리 소리에 잠이 깨었다. 그들은 침대에 일어나 앉아 귀를 기울였다. 까리아소가 말했다.

"틀림없이 벌써 날이 샌 거야. 그리고 여기서 가까운 까르멘 성모수도원에서 무슨 축제가 열릴 건가봐. 그래서 지금 이렇게 치리미아를 불어대는 거지."

"그래서가 아닐 거야." 아벤다뇨가 말을 받았다. "우리는 그렇게 오래 자지 않았어. 새벽이 다 되어 잠들었으니까."

이러고 있을 때 누군가 방문을 두드리는 소리가 들렸다. 누구냐고 묻자 밖에서 이렇게 대답했다.

"청년들, 멋진 음악을 듣고 싶으면 일어나서 응접실에 있는 거리로 난 창으로 내다봐. 지금 응접실에는 아무도 없어요."

둘은 일어나서 문을 열어보았지만 아무도 없어서 누가 알려준 것인지도 알 수 없었다. 그러나 하프 소리가 들려서 그 말대로 진짜로 음악이 연주되는 것을 알았다. 그들은 셔츠 차림 그대로 응접실로 갔다. 거기에는 벌써 서너 사람이 창문에 붙어 서 있었다. 그들이 자리를 잡으니 조금 뒤 하프 소리와 비올라 소리에 맞춰 소네트를 노래하는 황홀한 목소리가 들렸다. 아벤다뇨의 기억에 아로새겨진 그 소네트는 이랬다.

> 보기 드물게 겸손한 사람아, 아름다움을
> 그대는 그렇게 황홀한 정상으로 떠받나니
> 그 아름다움은 자연 스스로의
> 한계를 넘어 하늘을 앞지르누나
>
> 말하고 웃고 노래하는 유유한 모습
> 아니면 냉정한 모습(이것은 오직 그대의
> 얌전함의 겉모습일 뿐)을 내보이면
> 그대 영혼의 힘이 우리를 홀리네
>
> 그대가 가진 비할 데 없는
> 아름다움과 그대가 문장으로 내세우는
> 그 높은 정결이 세상에 알려지도록

일을 그만두고 모두가 그대를 모시게
하소서, 그 손과 이마가 홀과 왕관으로
빛나는 것을, 우리 모두 복 있나니.

두 사람에게 누가 말해줄 필요도 없이 그것은 꼰스딴사에게 바치는 노래였다. 방금 들은 소네트의 가사에 분명히 드러나 있었다. 그 노래가 아벤다뇨의 귀에는 너무 좋아서 차라리 그 노래를 듣지 않기 위해 귀머거리로 태어났으면 좋았으리라, 아니, 남은 일생 동안 계속 귀머거리였으면 하는 생각이 들 정도였다. 왜냐하면 아벤다뇨는 그 노래를 들은 순간부터 지독한 질투의 창에 찔린 사람처럼 꼰스딴사 때문에 몸살을 앓기 시작했기 때문이었다. 더욱 나쁜 것은 누구 때문인지, 누구를 향한 질투인지도 모른다는 사실이었다. 그러나 이런 걱정은 금방 사라졌다. 창가에 있던 사람들 중 하나가 말했다.

"저 시장 아들이란 놈, 저렇게 얼빠질 수 있을까. 식모 아가씨 하나에게 저렇게 음악을 바치고 다니다니……! 나도 많은 여자를 보았고 그 여자가 내가 본 중에 가장 어여쁜 여자인 것은 사실이야. 하지만 그렇다고 이렇게 공공연하게 구애를 하고 다니지는 않지."

그 말에 창가에 있던 다른 사람이 말했다.

"그런데 내가 확실히 들은 이야기로는, 그 아가씨는 그가 아무것도 아닌 척 상관도 하지 않는다던데. 내기해도 좋은데, 그 아가씨는 지금쯤 이 집 여주인 침대 위에서 두 발 뻗고 자고 있을 거야. 음악이니 노래니 그런 것에는 아무 생각도 없이 퍼질러 자고 있을걸."

"사실이야." 다른 사람이 말을 받았다. "그 아가씨는 정숙하기로 유명하니까. 이렇게 사람 왕래도 많은 집에 있으면서 날마다 새로운 사람들이 오는데, 그녀가 방방이 돌아다니는데도 그녀에 대해서는 조그만 험담도 세상에 알려진 게 없는 걸 보면 참 신기할 지경이지."

이런 소리를 들으니 아벤다뇨는 다시 살 것 같았고 음악을 더 들을 수 있는 용기가 났다. 여러 악기들 소리에 맞춰 음악가들이 노래를 부르고 있었다. 모든 노래가 꼰스딴사에게 바치는 것들이었다. 그러나 그녀는, 그 손님이 말했듯이, 아무 생각 없이 잘 자고 있었다.

날이 밝아오자 악사들은 치리미아로 작별인사를 하며 사라졌다. 아벤다뇨와 까리아소는 그들 방으로 돌아와 되는대로 아침까지 잤다. 이윽고 일어난 그들은 두 사람 다 꼰스딴사를 보고 싶은 마음이 들었다. 한 사람은 가득한 호기심에서였고 다른 하나는 사랑에 빠진 열망에서였다. 이 두 사람이 금세 기대를 채울 수 있었던 것은 꼰스딴사가 주인의 방에서 아주 아름다운 모습으로 나온 덕분이다. 두 사람이 보기에는 당나귀꾼 아이가 했던 칭찬 따위는 말도 아니고 전연 가당치도 않을 만큼 뛰어난 미모였다.

꼰스딴사는 푸른색 치마에 같은 색의 수실이 달린 면조끼 차림이었다. 조끼는 아래쪽, 셔츠는 위쪽으로 목 부분에 주름이 잡혀 있었다. 검은 비단으로 수놓은 옷깃에, 알라바스뜨로 기둥의 대리석 조각보다 더 흰 목 위에서는 흑요석 별을 단 목걸이 하나가 반짝이고 있었다. 허리춤에는 성 프란체스꼬 수도사 같은 허리끈을 두르고 오른쪽에 커다란 열쇠꾸러미를 차고 있었다. 발에는 당시 유행하던 중국식 슬리퍼가 아니라 구두창이 두껍인 빨간 구두를 신었는데 옆에서 보면 구두 뒤축도 빨갛게 보였다. 하얀 명주 리본으로 묶은 긴 머리채가 등을 지나 허리 아래까지 닿았다. 머리칼은 거의 금색에 가까운 갈색으로, 어찌나 깨끗하고 가지런하게 빗었는지 황금 실오라기로 만든 머리타래라 해도 여기에 비할 수 없을 정도였다. 두 귓바퀴에는 진주처럼 보이는 작은 호리병 같은 구슬이 걸려 있었고, 그녀의 곱고 풍성한 머리칼 자체가 그대로 고아한 머리 장식이고 모자였다.

그녀는 응접실에 나오자마자 성호를 긋고 기도했고 그런 다음 정성스러운 묵념으로 마당 벽에 걸린 성모상 앞에 경의를 표했다. 그러다 문득 눈을 들어 자신을 바라보고 있던 두 사람을 보았다. 그녀는 그들을 보자마자 물러나더니 다시 방으로 들어가 소리쳐 아르구에요를 깨웠다.

그녀를 처음 보았을 때 아벤다뇨가 어떻게 생각했는가는 이미 말한 대로이다. 이제 남은 일은 까리아소에게 꼰스딴사의 아름다움에 대해 어떻게 생각하느냐를 물어보는 것이었다. 한마디로, 친구와 똑같이 까리아소도 그녀의 아름다움에 크게 놀랐다. 그러나 친구보다는 훨씬 덜 반했고 사랑에 빠질 정도는 못 되었다. 그래서 그는 그 여관에서 밤을 지내고 싶지 않았고 즉시 참치어장으로 떠나고 싶어했다.

그때 꼰스딴사의 목소리에 잠을 깬 아르구에요가 복도로 나왔다. 그 집의 하녀인 두 뚱뚱한 아가씨와 함께였는데, 갈리시아 출신인 그들은 세비야인 여관에 오는 사람들의 시중을 들기 위해 고용된 이들이었다. 이 여관은 똘레도에서 제일 사람들이 많이 찾는 좋은 숙소 중의 하나여서 일손도 많이 필요했던 것이다. 손님들의 하인들이 여물을 얻으려 모여들었다. 여관 주인이 직접 여물을 주러 나와서는 그 집 하녀들을 욕했다. 주인이 보기에 늘 정확하게 계산

해서 한톨 모자라는 일 없이 나눠주던 여물 주는 아이가 그녀들 때문에 떠나갔기 때문이었다. 이 얘기를 들은 아벤다뇨가 말했다.

"너무 걱정 마세요, 주인나리. 계산 장부를 저에게 주시면 제가 여기 있는 며칠 동안은 여물을 잘 관리하겠습니다. 가버린 아이를 아쉬워하지 않으실 정도로요."

"정말로 고마워요, 청년." 주인이 대답했다. "내가 이런 일까지 맡아서 하지는 못하거든. 나는 집 밖에 나가서 해야 할 다른 일들이 있어서 말이야. 내려와요, 내 계산 장부를 드리지. 그런데 조심해요. 저 당나귀 모는 아이들도 똑같이 몹쓸 자식들이거든. 한조각 양심도 없이 보리 한바가지를 짚더미인 것처럼 슬쩍 속인다니까요."

아벤다뇨는 마당으로 내려와 계산 장부를 받아들고 물을 정확히 떠서 관리하듯 여물바가지 관리를 시작했다. 질서 정연하게 양을 잘 맞춰 나눠주니 그걸 보고 있던 주인이 대단히 만족해서 한마디 했다.

"제발 그대 주인께서 오지 않으셨으면 좋겠구먼. 그래서 그대가 우리 집에 남고 싶은 생각이 들도록 말이야. 여기서 지내는 건 생각보다 훨씬 좋을걸. 내게서 떠난 아이도 우리 집에 여덟달인가 있었지. 올 때는 누더기 차림에 삐쩍 마른 몰골로 왔는데, 갈 때는 좋은 옷을 두벌이나 지니고 수달처럼 살이 통통히 쪄서 갔지. 알아두라구, 우리 집에 있으면 봉급 외에도 좋은 것이 많아."

"제가 여기 남게 되면," 아벤다뇨가 말을 받았다. "급료에는 크게 신경 쓰지 않을 거예요. 사람들 말이 에스빠냐에서는 이 도시가 최고라니까 여기서 지내는 것만으로도 저는 만족할 겁니다."

"적어도," 주인이 말했다. "이 도시는 모든 게 아주 풍성하고 최고의 도시 중 하나니까. 그런데 지금 우리한테는 부족한 게 또 하나 있어. 강에 가서 물을 길어올 사람을 찾아야 하거든. 우리 집 유명한 당나귀를 몰고 다니며 물독을 철철 넘치게 채워 집 안을 온통 물바다로 만들어놓던 아이도 떠나버려서 말이야. 당나귀꾼 아이들이 주인들을 우리 여관에 데려오기를 좋아하는 이유 중 하나는 우리 집에 늘 물이 풍족해서야. 자기 말이나 당나귀를 강으로 데려갈 필요 없이 그냥 이 집 안에서 큰 물통의 물을 마시게 할 수 있으니까."

까리아소는 이런 이야기를 모두 듣고 있었다. 그는 아벤다뇨가 이 집에서 일거리를 얻고 자리를 잡는 것을 보고 자기도 그냥 빈손으로 놀고 있을 수는 없다고 생각했다. 게다가 기분을 맞춰주면 친구인 아벤다뇨가 크게 좋아할 거라는 생각에 그가 주인에게 말했다.

"어디 당나귀 좀 보여주세요, 주인나리. 제 친구가 계산 장부에 목록을 잘 올려 적듯이 저도 당나귀 뱃대끈 조이고 짐 싣는 데는 도가 텄지요."

"그럼요," 아벤다뇨가 말했다. "제 친구 로뻬 아스뚜리아노는 물 길어오는 거라면 도사처럼 잘할 겁니다. 저는 이 친구를 믿거든요."

아르구에요가 복도에서 이들이 하는 이야기를 열심히 듣고 있다가 아벤다뇨가 자기 친구를 믿는다는 소리를 듣고 말했다.

"이봐요, 청년, 그런데 누가 저 사람을 믿어요? 사실 제 생각에는 믿는다고 하는 사람이나 그 믿음을 받는 사람이나 누가 더 믿을 만한지 모르겠네요."

"시끄러워, 아르구에요." 주인이 말했다. "왜 부르지도 않았는데 끼어들고 그래? 나는 두 사람 다 믿어. 자네들 여자들이야말로 제발 부탁인데, 집 안의 일꾼 총각들하고 주거니 받거니 하지 좀 마. 자네들 때문에 모두들 떠나가잖아."

"뭐라구요?" 다른 하녀가 말했다. "이 두 청년이 이제 우리 집에 남는 거예요? 맹세코 말하지만, 내가 이 사람들과 함께 길을 간다면 가던 길 그냥 가지 절대 신발 맡기긴 않겠네요."

"쓸데없는 소리 좀 작작해, 이 갈리시아 여자야." 주인이 말을 받았다. "자기 할 일들이나 하시고, 청년들 일에 끼어들지 마, 몽둥이질하기 전에……"

"암요, 그러시겠죠." 갈리시아 여자가 말을 받았다. "저 청년들이야 욕심나는 보석들이겠죠! 사실을 말하면, 주인나리는 내가 집 안 총각들이나 밖의 총각들하고 장난질하는 건 보지도 못했지요. 나를 나쁜 년이라지만 난 절대 그럴 만한 짓은 안 했다니까요. 그 녀석들이 나쁜 놈들이에요. 우리 여자들이 무슨 짓을 할 기회를 줘서가 아니라 다들 제 기분 내키면 떠나는 거라구요. 참말이지 알량한 녀석들, 틀림없이 식욕 색욕 밝히다가 아무도 눈치 못 챈 사이에 주인들 꼭두새벽에 놀라 잠 깨울 놈들이라구요!"

"말이 많구나, 갈리시아 아가씨야." 주인이 말했다. "입 다물고 맡은 일이나 잘해."

이러고 떠드는 사이 벌써 까리아소는 당나귀에 안장을 얹고 팔짝 뛰어올라 강으로 향했다. 친구의 멋진 결정에 기뻐 어쩔 줄 모르는 아벤다뇨는 뒤에 남겨두고서 말이다.

이렇게 해서 이제 (때가 되면 다 이야기하겠지만) 아벤다뇨는 이 여관에서 또마스 뻬드로라는 이름으로 하인이 되고(스스로 자기 이름이 그렇다고 했으니까), 까리아소는 로뻬 아스뚜리아노라

는 이름으로 물장수가 아닌 물 긷는 일꾼이 되었다. 이런 변신은
시인 께베도가 좋아한 '코 큰 시인'의[2] 변신보다 더욱 멋진 것이라
고 할 수 있었다. 얼마 지나지 않아 아르구에요도 그 두 사람이 이
집에 머물기로 했다는 것을 알게 되었다. 그녀는 아스뚜리아노를
자기 것으로 점찍고 그를 유혹하기로 마음먹었다. 비록 그가 숫기
없고 잘 숨는 성격이지만 그를 손장갑처럼 부드럽게 길들이기 위
해 잘해주기로 한 것이다.

새초롬한 갈리시아 여인은 아벤다뇨에 대해 똑같은 생각을 했
다. 두 여자는 늘 같이 일하고 대화하고 같이 자면서 무척 친했기
에 곧 한 여자가 다른 여자에게 자신의 사랑의 결심을 털어놓았다.
그리하여 그날 밤부터 그녀들은 관심 없이 냉랭한 두 청년을 정복
할 작전을 개시하기로 했다. 첫째로 그녀들이 주의를 기울인 것은
질투 불러일으키기였다. 즉 그녀들이 다른 사람들에게 하는 짓을
보고 그들이 질투를 느끼게 하자는 것인데, 그들은 그런 걸 느낄
사람들이 아니었다. 이 여자들은 집 밖에 있는 사람들도 못 꾀어서
자기 것으로 못 만드는데, 안에 있는 사람이라고 꾈 수 있을 리 없
었다. "입 다물어, 동생들." 그녀들은 마치 두 친구가 눈앞에 있는
것처럼, 그들이 이 놀이판에서 이미 자신들의 진짜 정부나 유혹당
한 애인이나 되는 것처럼 말했다. "입 다물고 눈이나 가려. 북도 아
는 사람이 친다고, 뭐라도 좀 아는 사람에게 북을 치게 해야지. 춤
을 아는 사람에게 춤을 이끌게 하라구. 이 도시에서 한쌍의 사제들
이라도 그대들보다 더 사랑받는 남자들은 없을 거야. 우리가 곧 그
대들 것이 될 테니까." 갈리시아 여자와 아르구에요는 이런 말들을

2 17세기의 유명 시인 께베도(Francisco de Quevedo)의 해학 소네트 「어떤 코에게」
(A una nariz)를 빗대어 말하고 있다.

지껄여댔다.

그러는 동안 우리의 착한 로뻬 아스뚜리아노는 까르멘 비탈길을 따라 강으로 가는 중이었다. 그는 참치어장과 갑작스럽게 바뀐 자신의 신분에 대해 생각하고 있었다. 그러니까 이런 생각 때문이었는지, 아니면 그날 운수가 그런 것이었는지, 좁은 골목길을 내려가던 그는 물을 잔뜩 싣고 올라오던 물장수의 당나귀와 맞부딪쳤다. 그는 내려가고 있었고 그의 당나귀는 건강하고 기운이 넘치는 녀석이라, 그렇게 부딪치자 지쳐 올라오던 약한 당나귀가 땅바닥에 쓰러지고 말았다. 물동이들이 깨져 온통 물바다가 되었다. 이런 참사를 보고 오래된 물장수는 잔뜩 속이 상하고 화가 나서 새 물장수에게 덤벼들었다. 아직 말 위에 있던 로뻬 아스뚜리아노는 말에서 채 내리기도 전에 열서너대쯤 사정없이 몽둥이질을 당해서 몰골이 말이 아니게 되었다.

말에서 내린 그는 화가 날 대로 나서 상대에게 덤벼들었다. 두 손으로 그의 목을 움켜쥐고 땅바닥에 쓰러뜨렸다. 그런데 운이 없게도 그 물장수는 넘어지면서 돌에다 머리를 쪟었다. 머리가 두쪽이 난 듯 피를 철철 흘리는 그를 보고 로뻬는 자신이 그를 죽였다고 생각했다……

그 길로 오던 여러 물장수들이 자기들 친구가 그렇게 형편없이 된 것을 보고 로뻬에게 달려들어서는 그를 힘껏 붙들고 소리쳤다.

"경찰요, 경찰! 이 물장수가 사람을 죽였어요!"

그들은 고함을 지르며 사정없이 그의 얼굴을 때리고 몽둥이질로 뭉개놓았다. 몇몇 사람은 쓰러진 물장수에게 달려갔다. 그는 머리통이 움푹 패고 거의 죽어가는 것처럼 보였다. 오르막길로 입에서 입으로 소리가 올라가 까르멘 광장에 있는 경찰의 귀에까지 닿왔다. 경찰은 쇠고랑 둘을 가지고 날듯이 재빨리 싸움 장소에 나타났다. 그때는 이미 부상자가 자기 당나귀 위에 가로 실린 상태였다. 로뻬의 당나귀는 붙들려 있고 로뻬는 스무명이 넘는 물장수들에게 에워싸여 있었다. 그저 에워싼 것이 아니라 그전에 두들겨패 그의 갈비뼈를 박살내서 부상자의 목숨보다 로뻬의 목숨이 더 위태로워 보였다. 동료가 당한 것을 복수해주려는 사람들이 작대기와 주먹으로 두들겨팼던 것이다.

경찰이 사람들을 헤치고 와서 로뻬에게 쇠고랑을 채웠다. 그의 당나귀를 앞세우고 부상자는 자기 당나귀에 태우고 데려가서는 그들을 감옥에 집어넣었다. 그들을 따라온 아이들과 어른들로 길거리는 발 디딜 틈조차 없었다.

사람들이 떠들어대는 소리에 또마스 뻬드로가 나왔고 그 주인도 어디서 고함 소리가 들리는가 보려고 문 앞에 나왔다가 두 쇠고랑 사이에 있는 로뻬를 발견했다. 그의 얼굴과 입은 피투성이였다. 주인이 즉시 자기 당나귀를 찾아보니 당나귀도 사람과 함께 쇠고랑에 묶여 있었다. 주인이 이렇게 잡혀가는 이유가 무엇인가 물으니 사람들이 사건이 일어난 대로 대답해주었다. 주인은 당나귀 때문에 마음이 아팠고 그 짐승을 잃을까 두려웠다. 당나귀를 돌려받자면 원래 당나귀값보다 더 많은 돈이 들 수도 있기 때문이었다.

또마스 뻬드로는 친구를 따라갔으나 그와 말은 한마디도 나눌 수 없었다. 그를 둘러싼 사람들이 너무 많은데다 그를 데려가는 경찰과 쇠고랑도 엄격하게 접근을 단속했기 때문이었다. 마침내 로뻬는 족쇄를 차고 좁은 감방에 던져졌고 부상자는 양호실로 옮겨졌다. 의사는 그의 상처가 깊어서 위험하다고 진단했다.

경찰은 두 당나귀를 자기 집으로 데리고 갔고 게다가 로뻬에게 채웠다 벗긴 쇠고랑 값으로 8레알 가운데 5레알을 가져갔다.

또마스는 너무도 슬프고 어리둥절해서 여관으로 돌아왔다. 그가 주인으로 섬기기로 한 사람도 그에 못지않게 고민하고 걱정하고 있었다. 또마스는 그에게 친구가 어떤 상태인지와 부상자가 죽음의 위험에 직면한 사정이며 그의 당나귀가 어찌 되었는지도 이야기해주었다. 또다른 이야기도 했다. 엎친 데 덮친 격으로 그 불행에 더해 적잖이 짜증스러운 일이 생겼다는 것. 즉, 그가 자기 주인의 절친한 친구를 길에서 만났는데, 그 친구분의 말이 주인이 지름길도 2마장은 줄일 양으로 마드리드에서 똘레도 따호강을 돌아오는 아세까 배를 탔다는 것이다. 그래서 그날 밤 주인은 따호강 근처 오르가스에서 자는데, 친구분 편에 그에게 금화 12에스꾸도를 전하면서 명하기를 어서 세비야로 가서 주인을 기다리라고 했다는 것이다.

"그러나 그것은 안 될 일이지요." 또마스가 말을 이었다. "제 동료이자 친구인 사람을 감옥에 두고 그가 그렇게 위험한데 제가 그냥 떠나버리는 것은 옳지 않아요. 지금으로서는 우리 주인이 저를 용서해주시길 바랄 뿐이에요. 그분은 마음 좋고 점잖은 분이어서, 제 동료에게 잘못하지 않는다면 주인께 끼쳐드리는 작은 불편은 눈감아주실 거예요. 주인나리, 제발 이 돈을 받으시고 이 일에 힘을 좀 써주세요. 이 돈을 다 쓰더라도 우리 주인께 편지를 쓰면 어떤 위험에서라도 끌어내주기에 충분한 돈을 저에게 보내주실 거예요."

이 말을 들은 주인은 손바닥만큼 눈을 크게 뜨고는 자기 당나귀를 잃은 돈을 일부라도 보충했다고 생각하고 기뻐했다. 그는 돈을 받고 또마스를 위로하면서 자기가 똘레도의 높은 사람들을 알고 있는데 그들은 법원과 경찰과 잘 통하는 분들로, 특히 수녀 한분은 시장의 친척이라 시장을 발로 이래라저래라 할 정도라고 했다. 말하자면 그 수녀가 있는 수도원의 세탁부에게 딸이 하나 있는데, 그 딸은 아까 말한 수녀의 고해신부와 잘 알고 굉장히 가까운 수도사의 누이와 절친한 친구이고, 그 세탁부는 이 집에서 옷을 빨아준다고 했다.

"그러니 이 여자가 자기 딸에게 부탁해서, 응, 부탁하고말고, 수도사의 누이에게 말하라고 하면 그녀는 자기 오빠 수도사에게 말할 거고, 수도사는 고해신부에게, 고해신부는 수녀에게 말하고, 그 수녀님은 시장에게 기꺼이 돈을 좀 집어주고(그거야 쉬운 일이니까) 또마스의 일을 잘 좀 봐주십사 간청하면, 아무 걱정 없이 좋은 결과를 기대할 수 있을 거야. 그런데 이런 일은 그 물장수가 죽지 않아야 가능한 거지. 그리고 모든 법원 관계자들에게 기름칠을 할 돈도 모자라서는 안 돼. 그 사람들은 기름을 안 발라주면 달구지 끄는 황소보다 더 으르렁댄다니까."

또마스는 여관 주인이 손수 나서서 은혜를 베풀고 도와주겠다는 말이 다행스러웠고 그로부터 비롯한 얽히고설킨 밑바닥 연줄 이야기가 우스웠다. 또마스는 그가 순진해서가 아니라 속에 숨은 뜻이 있어서 한 말이라는 것을 알았지만, 어떻든 그 좋은 뜻에 감사하고 돈을 건네주었다. 그리고 이미 말했듯이, 자기 주인이 믿음직스러우니 돈이야 부족함 없이 더 많이 보내줄 수 있다고 확인해주었다.

아르구에요는 자기의 새로운 연인이 굵은 밧줄에 매달린 것을 알고 즉시 감옥으로 가서 먹을 것을 전해주려 했다. 하지만 면회를 시켜주지 않았다. 그녀는 대단히 기분이 나쁘고 울적해서 돌아왔지만 그렇다고 자신의 멋진 작전을 버리지는 않았다.

　결국 보름 만에 부상자는 위험을 벗어났고 20일이 지나자 의사는 그가 완전히 나았다고 선언했다. 이때에 이미 또마스는 세비야에서 금화 50에스꾸도가 오도록 작전을 세워놓았다. 그는 품에서 돈을 꺼내 가짜 주인의 편지와 거짓 증서와 함께 여관 주인에게 건네주었다. 주인은 그 편지가 진짜인지 알아보는 데는 관심도 없었고, 돈을 받고 에스꾸도 금화인 것을 보고 대단히 좋아했다.

　금화 6두까도를 주고 부상자와의 소송 문제를 해결했다. 당나귀와 기타 비용으로 아스뚜리아노에게는 10두까도를 배상하라는 판결이 내려졌다. 마침내 그는 감옥을 나왔다. 그러나 다시 그의 친구와 같이 있고 싶어하지 않았다. 그는 또마스에게 미안하다고 말하면서, 자기가 며칠 갇혀 있는 동안 아르구에요가 찾아왔었는데 그녀가 끈질기게 연애하자고 청했다고 했다. 그로서는 너무나 싫고 짜증스러운 일이며 그렇게 음흉한 여자의 욕구에 맞춰주느니 차라리 목매달아 죽는 게 낫겠다고 생각했다는 것이다. 그러고서 말하기를, 또마스가 그의 목표를 이루기 위해 계속 이 일을 밀고 나갈 계획이라면, 그들이 똘레도에 있는 동안 그도 당나귀를 한마리 사서 물장수 일을 해보고 싶다고 했다. 그렇게 위장하고 다니면 떠돌이 비렁뱅이라고 잡혀가거나 재판을 받지 않을 테고, 물 한 지게 지고 바보 같은 여자들이나 구경하면서 온종일 시내를 느긋하게 마음대로 돌아다녀도 좋을 거라는 얘기였다.

　"이 시내에서 바보 같은 여자보다는 예쁜 여자를 구경하러 다니시겠지. 에스빠냐에서 가장 얌전한 여자가 많기로 유명한 데가 여기 아니야? 얌전함과 아름다움은 늘 함께 다니는 법이거든. 꼰스딴사를 봐. 그녀의 그 넘치는 아름다움은 이 도시의 아름다운 여자들을 더욱 빛나게 할 뿐만 아니라 온 세계의 미녀들을 축복해주는 거지." 또마스가 말했다.

"가자구, 또마스 양반." 로뻬가 말을 받았다. "그 식모 아가씨 칭찬은 천천히 해가자구. 그러지 않으면 내 자네는 그 아가씨 때문에 미쳤을 뿐 아니라 이단자가 되었다고 할 테니까."

"꼰스딴사를 식모 아가씨라고 불렀나, 로뻬?" 또마스가 말했다. "하느님 맙소사, 그런 실수가…… 하느님이 자네의 진짜 잘못을 알게 해주실 걸세."

"그럼 그녀는 설거지 같은 일을 안 하나?" 로뻬가 말을 받았다.

"지금까지 나는 그녀가 접시 한장 닦는 것도 못 봤어." 또마스가 대답했다.

"그야 상관없지." 로뻬가 말했다. "접시 한장 닦는 걸 못 봤다지만 두장을 닦든 백장을 닦든 무슨 상관인가?"

"이봐, 내 말은," 또마스가 말을 받았다. "자기 일 외에는 접시를 닦지도 않고 다른 일도 안 한단 말이야. 그녀는 그 집에 많이 있는 세공한 은접시를 지키는 일만 할 뿐이야."

"그러면 여기 온 시내에서 그 아가씨를 뭐라고 부르는데?" 로뻬가 말했다. "접시를 닦지 않으면 왜 그녀를 '고명한 식모 아가씨'라고 하겠어? 하긴 틀림없이 보통 사기 접시가 아니라 은접시를 닦으니까 '고명한'이란 말을 붙이는 거겠지. 하지만 이런 얘기는 제쳐두고, 말 좀 해봐, 또마스, 자네의 희망은 지금 어느 정도 가능성이 있는 건가?"

"절망적이지, 뭐." 또마스가 대답했다. "자네가 잡혀가고 난 뒤 요 머칠 동안은 말 한마디 해본 일도 없어. 손님들이 여러번 말을 걸어도 그녀는 아무 대답도 안 해. 그저 두 눈을 내리깔고 입 한번

병긋하지 않거든. 그렇게 정숙하고 조심성이 많으니 그녀를 보면 그 아름다움뿐 아니라 그 얌전함에 또 반한다니까. 내가 참고 참다 인내심이 바닥날 지경인 것은, 그 사또 아들인가 시장 아들인가 하는 녀석이 상당히 용감하고 정열적인 청년인데 그녀 때문에 죽고 못 살아서 음악을 가지고 구애를 하고 다니기 때문이야. 밤마다 야외에서 공공연하게 음악을 연주한다니까. 다들 노래하면서 그녀 이름을 부르고 그녀를 칭송하고 떠받든단 말이야. 하지만 그녀는 그 음악을 듣지도 않고 해가 지면 아침까지 여주인 방에서 나오지도 않지. 이런 그녀의 모습이 무서운 질투의 화살에 내 심장이 뚫리지 않도록 막아주는 방패란 말이지."

"그러면 자네에게 닥친 이 불가능한 일을 이제 어찌할 작정인데? 하녀나 식모 아가씨 모습으로 자네를 사랑에 빠지게 하고 비겁에 떨게 하고 사위어가게 하는 이 불가능한 여신 포르시아, 이 미네르바, 이 새로운 페넬로페[3]를 어떻게 정복할 건데?"

"원하면 나를 비웃어도 좋아, 친구. 나도 알아, 내가 자연이 만든 가장 아름다운 모습에 반해 있다는 걸. 세상에서 비할 데 없이 행실이 정숙한 여인을 좋아한다는 걸. 그 이름은 꼰스딴사야. 포르시아도 아니고 미네르바도 아니고 페넬로페도 아니야. 한 민속여관에서 일해. 내가 그걸 부정할 순 없어. 하지만 난들 어떡하겠어? 운명이 숨은 힘으로 내 마음을 이끄는 걸, 운명의 선택이 명확한 기세로 그녀를 사랑하라고 밀어붙이는 걸? 이봐, 친구, 뭐라고 말해야 할지 모르겠는데," 또마스가 말을 이었다. "그러니까, 자네가 말

---

3 포르시아(Porcia)는 카이사르를 죽인 고대 그리스의 장군 브루투스의 아내이자 여러 영웅의 아내로 미녀의 상징, 미네르바(Minerva)는 그리스 신화에서 지혜의 상징, 페넬로페(Penelope)는 정절의 상징이다.

하는 그 식모 아가씨라는 천한 존재가 사랑의 힘으로 높이 올라 그 모습을 하늘에서 비추는데, 나는 그녀를 보아도 보이지 않고 알아도 모르겠는 거야. 아무리 애를 써도 한순간도 그녀를 바라볼 수조차 없어. 이게 말이 될지 모르지만, 그녀의 신분이 낮아도 그녀의 아름다움과 우아함, 고상함, 정숙함과 조신함이 그녀가 신분이 낮다는 생각조차 다 지워버려…… 그래서 그 촌스러운 겉모습 아래 엄청난 가치, 대단한 고품질 광석이 숨어 있다는 생각이 드는 거야. 그러니까 이 모든 건 결국, 내가 그녀를 정말로 사랑한다는 얘기지. 다른 여자를 좋아했던 그런 속된 사랑이 아니라 정말로 순수한 사랑이야. 오직 그녀가 나를 사랑하도록 애쓰고 그녀를 모시겠다는 일념밖에 내게는 다른 생각이 없어. 나는 그저 나의 이 고결하고 정숙한 사랑의 마음에 그녀가 성실하게 답해주기를 바랄 뿐이네."

이 대목에서 로뻬는 목청을 높여 외치듯이 말했다.

"오, 플라토닉 러브여! 오, 고명한 식모 아가씨여! 오, 참으로 행복한 우리 시대여! 아름다움이 아무런 사심 없는 사랑을 불러일으키고, 정숙함이 타오르지 않는 불을 켜고, 우아함이 흥분 없이 마음을 고양시키고, 신분이 천하고 낮은 사람이라도 기어이 행운이라 부르는 운명의 바퀴 위에 올라타게 하는 아름다운 우리 시대여! 오, 불쌍한 나의 참치들이여! 너희는 너희를 사랑하고 좋아하는 이 사람의 방문을 보지 못하고 이 한해를 그냥 보내겠구나! 그러나 내년에는 계획을 바꿔, 내가 그토록 바라는 참치어장의 사랑하는 감독들이 나에 대해 불평하지 않도록 할 것이로다."

이 말에 또마스가 말했다.

"로뻬, 이제 보니 아주 내놓고 나를 비웃고 있구먼. 자네가 원하면 지금 당장 그 어장으로 안녕히 잘 가서도 좋아. 나는 여기 남아

내 사냥에 몰두할 테니까. 자네가 돌아올 때 여기서 나를 만나면 되지. 자네 몫의 돈을 가져가고 싶으면 즉시 주겠네. 그리고 잘 가게. 우리 각자가 자기 운명이 인도하는 작은 길을 따라가야지."

"이 사람이 생각이 좀 깊은 줄 알았더니……"로뻬가 말을 받았다. "자네는 내가 장난으로 하는 말인 걸 모르나? 하지만 자네가 진심으로 하는 말인 줄 알았으니, 내 자네가 원하는 일을 진심으로 돕겠네. 내 자네를 위해 많은 일을 할 생각이지만 그 대신 한가지만 청하겠네. 그 여자 아르구에요가 나를 꼬시거나 사귀려고 수작할 기회를 만들지 말아주게. 그 여자와 친해지는 위험에 놓이느니 내 차라리 자네와의 우정을 끊을 테니까. 정말이지, 그 여자는 말은 이야기꾼보다 더 많고 입에서는 십리 밖에서도 술찌끼 썩는 냄새가 나. 윗니는 전부 틀니고 모르면 몰라도 틀림없이 머리칼도 가발일 거야. 이런 단점을 보충하려는지 내게 자신의 음흉한 생각을 밝힌 뒤부터 하얀 납가루로 화장을 하기 시작해서, 그걸 얼굴 미백용으로 사용한다는데, 그 얼굴이 마치 석고 가면 같아 보인다구."

"정말 그건 다 사실 그대로야." 또마스가 말을 받았다. "갈리시아 여자도 나를 죽도록 괴롭히지만 그렇게 몹쓸 여자는 아니지. 이 문제를 해결하려면 자네는 오늘 밤만 이 여관에서 자고 내일은 자네가 말한 대로 당나귀를 사서 어디 있을 데를 찾아보세. 그렇게 하면 아르구에요 만나는 일도 피할 수 있겠지. 나야 갈리시아 여자를 만나겠지만 나의 꼰스딴사의 피할 수 없는 햇살을 쬐며 살 수 있을 테고."

두 친구는 이렇게 합의하고 여관으로 갔고 로뻬는 아르구에요로부터 열렬한 사랑의 환대를 받았다. 그날 밤은 여관 문 앞에서 댄스파티가 있었다. 그 여관과 이웃 여관들에 있는 당나귀 모는 아이들과 청년들의 파티였다. 기타를 치는 사람은 로뻬였고 춤추는 여인들은 아르구에요와 두 갈리시아 여인 외에 다른 여관에서 온 세 처녀였다. 가면을 쓴 많은 남자들이 모여들었다. 춤을 보기보다는 꼰스딴사를 보고 싶은 마음에 온 사람들이었다. 그러나 막상 그녀는 춤을 보러 나타나지도, 문을 나오지도 않아서 수많은 소망들을 바람맞힌 셈이 되었다.

로뻬의 기타 연주가 얼마나 훌륭했는지 다들 기타가 스스로 말을 하는 것 같다고들 했다. 청년들이 그에게 노래를 청했고, 특히 아르구에요는 열심히 사랑의 민요라도 한곡 부르라고 부추겼다. 그는 여자들에게 연극이나 뮤지컬에서 하듯이 노래하고 춤춘다면 부를 테니까 틀리지 않도록 다른 것 말고 자기가 노래하는 데 따라서만 춤추라고 했다.

당나귀 몰이꾼 중에는 춤 잘 추는 청년들이 있었고 처녀들 중에도 고만고만한 춤꾼들이 있었다. 로뻬는 침을 두어번 뱉고 목청을 가다듬으면서 그동안 가사를 생각했다. 그는 순발력이 좋고 재치 있는 사람이라 즉흥적으로 달콤하고 유창하게 노래를 부르기 시작했다.

아름다운 아르구에요, 나오시오
세상에 나와 딱 한번 처녀,
얌전하게 곱게 인사하시고,
두발자국 뒤로 물러서시오.

창녀촌의 수도승, 안달루시아의
당나귀 모는 청년, 바라바스라

부르는 망나니 총각님
어서 그 여자를 낚아채시게.

이 여관에 있는 갈리시아
두 처녀 중에서, 가장
얼굴 동글동글한 분
앞치마 없이 그냥 나오시오.

또로떼여, 그 처녀 꽉 잡아
그리고 네 명 모두 짝지어
움직이고 흔들고 뒤로
돌리는 꼰뜨라빠스 스텝을 시작하시고……

로뻬 아스뚜리아노가 부르는 노래 가사를 따라 글자 그대로 처녀 총각이 모두 춤을 추었다. 그러나 "뒤로 돌리는 꼰뜨라빠스 스텝을 시작하시고……"라는 말이 나왔을 때 바라바스가 한마디 했다. 장난 섞어 망나니라 불리는 청년은 춤추는 당나귀 몰이꾼 중에서 그뿐이었다.

"음악 하시는 형씨, 노래 가사 좀 조심하고 옷 좀 허름하게 입었다고 함부로 별명 붙이지 마쇼. 여기 누더기 걸친 사람은 아무도 없고 사람은 다 제멋대로 입고 사는 거니까."

그 청년이 모르고 하는 소리를 들은 여관 주인이 한마디 했다.

"이봐, 청년, '뒤로 돌리는 꼰뜨라빠스 스텝'은 외국 춤이야. 옷 허름하게 입었다고 붙인 말이 아니라구."

"그게 그렇다면," 청년이 말했다. "우리한테 별명을 붙이거나 차림새를 묘사할 필요는 없지 않소? 사라반다나 차꼬나, 아니면 요즘 유행하는 춤곡 폴리아나 쳐주시오. 원하는 대로 멋대로 맞춰 추게. 여기 있는 사람들이면 무슨 곡이든 끝까지 다 맞춰 출 줄 알 거요."

로뻬는 말 한마디 대꾸하지 않고 노래를 이어나갔다. 가사는 이렇다.

모든 요정, 여자 남자 요정,
들어올 사람 다 들어와요
차꼬나 춤은 춤 중의 춤
바다보다 더 넓어요.

캐스터네츠를 달라고 해요
그리고 내려와 문질러요
그 손들을, 모래 위로
쓰레기터 위로.

모두들 아주 잘했어요
내가 고칠 게 없네요.
성호를 그으시고, 제기랄
엿 먹어라, 다 잊어요.

개자식에겐 침을 뱉어요
우리는 놀아야 하니까,
차꼬나 춤에서는
절대 떨어질 수가 없죠.

노래를 바꿔요, 귀한 아르구에요,
백의의 아름다운 여자.
그대는 나의 새로운 뮤즈,
나에게 은혜를 주려는 그대여.

'차꼬나 춤 속에는
좋은 인생이 있다네'

거기 운동이 있고
건강이 자리 잡고
팔다리 몸통 움직여
게으름을 힘 못 쓰게 하지.

춤추는 자 기타 치는 자
춤과 낭랑한 음악
보는 자 듣는 자
가슴에 웃음이 솟고

발들은 바삐 움직이고
사람은 녹아내리고
주인들 쾌락 때문에
구두 바닥 다 닳네.

힘과 가벼움은

늙은이를 젊게 하네
젊은이를 흥분시키고
정말 기분 좋게 하네.

'차꼬나 춤 속에는
좋은 인생이 있다네'

저 귀한 아씨께서는
얼마나 많이 시도했던가
즐거운 사라반다 춤,
뻬사메 춤, 모로개 춤

신앙 깊은 대갓집들
문틈으로 들어가
성스러운 감방 속에 사는
정조를 불안케 했지!

그녀를 사랑하는 자들로부터
오히려 얼마나 많이 욕을 들었는가!
미련한 놈에게 제멋대로
상상하게 하는 음란이라고……

'차꼬나 춤 속에는
좋은 인생이 있다네'

가무잡잡한 이 중남미 여인이
세상에 명성이 자자한
이 세상 누구보다 신성모독과
욕을 많이 했다는 아가씨.

이 아가씨 한 사람에게
이 모든 식모 아가씨떼,
하인들 무리, 마부 부대가
모두 사랑을 바친다네.

말도 맹세도 터지도록 많지만
오만한 라틴 춤 삼바도
거침없이 추는 여자라지만
그녀가 잡동사니 무리의 꽃이라네,

'오직 차꼬나 춤 속에
좋은 인생이 있다네'

　로뻬가 노래를 하는 동안 열두명에 이르는 당나귀 몰이꾼과 하
녀 아가씨 무리는 춤을 추며 나뉘었다. 로뻬가 이제까지 부른 것
보다 더 생각이 깊고 내용이 있는 또다른 노래를 부르며 이어가자,
춤을 구경하던 여러 가면 쓴 사람들 중의 하나가 가면도 벗지 않고
한마디 했다.
　"입 닥쳐, 이 주정뱅이야! 입 닥쳐, 술꾼아! 입 닥쳐, 이 고주망태,
늙은이 시인, 사기꾼 악사야!"

이어서 다른 사람들도 나서서 사정없이 욕을 해대고 인상을 쓰는 통에 로뻬는 이쯤에서 그만 부르는 것이 좋겠다고 생각했다. 그런데다 당나귀 몰이꾼 청년들도 어찌나 소란을 부리는지 좋은 말로 타이르는 여관 주인이 아니었으면 정말 피투성이 싸움판이 벌어질 뻔했다. 그 청년들은 아무리 말려도 그치지 않고 계속 손들을 휘둘러대서, 어느 순간 경찰들이 와서 제지하고 모두 돌아가도록 했다.

사람들이 다 흩어지고 나서 마을에 아직 잠들지 않고 깨어 있던 모든 사람들 귀에 한 사나이의 목소리가 들렸다. 그는 세비야인 여관 앞 돌 위에 앉아 부드럽고 황홀한 화음으로 노래하면서 듣는 사람들이 모두 귀를 세우고 끝까지 듣지 않을 수 없게 만들었다. 그중에도 마치 자신에 관한 노래인 양 제일 열심히 듣는 사람은 또마스 뻬드로였다. 그는 곡조만 듣는 게 아니라 가사까지 음미하여 그에게는 노래를 듣는 것이 그의 영혼을 고뇌에 빠뜨리는 사랑의 파문장을 듣는 것이나 다름없었다. 그 음악가가 부른 것은 이런 민요조 노래였다.

어디 있는가, 보이지 않는구려
아름다움의 천체여,
신의 조화로 만들어, 인간세계에
나타난 미의 화신이여
지고한 하늘, 거기 사랑의
안전한 거처가 있는 곳,
자기 뒤 모든 행운을
앗아가는 떠돌이별,

투명하고 순연한 물이
사랑의 불길을 식히고
동시에 불길을 돋우며 순화해주는
수정같이 맑은 곳.
두 별이 함께 하늘의
빛을 빌리지 않고 온 땅을
비추는 새롭고 아름다운 천체.
아버지가 자식에게 주고
그 배 속에 무덤을 만드는
어지러운 슬픔들에
저항하는 즐거움.
위대한 제우스를 숭앙하는
거만함에 저항하는 겸손함
최고의 신을 움직이는 건
인자함이니, 그 큰 인자함
전쟁에서 이기고 돌아온
간악하고 음탕한 전사를
혹독한 감옥에 넣은
눈에 보이지 않는 그물.
네번째 하늘,[4] 두번째 해
그 하늘 해를 어둡게 하고

---

**4** 코페르니쿠스도 관철하지 못한 지동설 이전에는 지구가 천체의 중심이고 하늘
이 여러개 존재한다는 천동설이 지배적이었는데, 아리스토텔레스는 별들이 마
지막 천체(여덟번째 하늘)에 고정되어 있다고 생각했다. 그런 생각에서 나온 은
유가 '네번째 하늘'로, 지고한 천상의 아름다움을 지닌 여인이라는 말이다.

거의 보이는 게 없다.
그를 봄은 우연이며 행운
엄숙한 하늘의 사신이여, 그대가
말할 때의 기이한 얌전함은
그대가 원하는 것 이상으로
말없이 사람을 설득하지.
두번째 하늘에서 그대는
아름다움밖에 가진 게 없어
첫번째 하늘에서는 달의
광휘밖에 가진 게 없어
이 천체가 그대야, 꼰스딴사여,
운이 없어, 부족하게나마
그대의 행복한 모습을
비추는 곳에 남아 있는……
행운을 그대가 만드소서
그 완고함을 사귐으로, 소통으로,
피하는 것을 부드러움으로
바꾸어나가는 것을 허하소서.
이렇게 되면, 님이여,
혈통으로 오만한 여자들이
아름다움으로 위대한 여자들이
그대의 행운을 부러워하리니……
길을 단축하고 싶으시면,
사랑이 어느 영혼에서도
보지 못한, 가장 좋고 순수한

나의 마음을 바치옵니다.

이 마지막 시구가 끝남과 동시에 벽돌 두 장이 한꺼번에 날아들었다. 노래하던 사람의 발 옆에 떨어졌으니 망정이지 머리 한중간에 맞았더라면 그 머리통에서 음악과 시를 가벼이 꺼낼 수 있었으리라. 그 불쌍한 친구는 화들짝 놀라서 오르막길로 달아나기 시작했는데 얼마나 빨리 뛰던지 개도 따라잡지 못할 정도였다. 언제나 이런 폭행과 빗줄기에 노출되어 있는 불행한 처지의 악사들, 박쥐들, 부엉이 같은 수금원들이여! 벽돌을 맞은 친구의 목소리를 들은 사람들은 다들 좋아했다. 그중에도 또마스 뻬드로는 누구보다도 더 감동했고 그 목소리도 노래 가사도 깊이 마음에 담았다. 그러나 그런 음악은 꼰스딴사가 아닌 다른 여자에게 바쳤으면 좋았으리라는 것이 그의 생각이었다. 그녀는 어떤 음악도 노래도 듣는 법이 없으니까.

이런 생각과 정반대의 경우가 당나귀 몰이꾼 청년 바라바스였다. 그도 그 음악을 열심히 듣고 있었으나 그 악사가 도망가는 것을 보자 말했다.

"잘 가게, 이 바보 천치 노래꾼, 배신자! 그 두 눈깔은 벼룩이나 처먹으라고 하게! 어떤 개새끼가 식모에게 하늘이니 천체니 나불거리면서 노래를 하라고 가르치던가? 운명의 여신의 바퀴를 월요일 화요일 헤아리며 노래를 해? 그런 소리를 하다니, 엿이나 먹어라. 그리고 네 노래를 좋다고 생각하는 사람들도 바보 천치들이야. 네 노래는 작대기처럼 뻣뻣하고, 박자는 깃털처럼 엉성하고, 우유처럼 허여멀겋고, 초짜 수도사처럼 착실하고, 빌려탄 당나귀처럼 새초롬하고, 버르장머리 없고, 회반죽 덩어리보다 더 딱딱해. 그런 말로 노래하면 그녀는 이해하고 좋아하겠지만, 하늘의 사신이라느니 그물이라느니 떠돌이별, 높으신 분, 낮으신 분이니 하고 부르는 것은 식모 아가씨가 아니라 교리 배우는 어린아이에게나 할 소리야. 말은 바로 하자고. 세상에는 귀신도 못 알아들을 노래 가사를 쓰는 시인들이 있지. 나는 망나니에 불과하지만 저 시인 악사가 부른 노래 가사는 절대로 이해 못 해. 꼰스딴사가 뭘 하는지 좀 보시오들. 자기 침대에 누워서 세상에서 가장 신비한 동방박사 할아버지가 온대도 비웃고 잘 거야. 그게 더 잘하는 짓이지. 저 음악가는 시장 아들 따위와도 다르지. 그런 아이들이야 많고 많은데 때로는 이해가 되는 노래들도 부르지. 하지만 이번 건 제기랄, 내 기분을 확 잡쳐놓았어!"

그 망나니의 말을 들은 모두가 대단히 재미있어하면서 그의 비판과 견해가 대단히 적절하다고들 생각했다.

그러고는 모두들 잠자리에 들었다. 사람들이 조용해지자마자 로뻬는 누군가 자기 방문을 가만히 두들기는 소리를 들었다. 누구냐고 물으니 낮은 목소리의 대답이 들려왔다.

"아르구에요와 갈리시아 여자예요. 문 좀 열어주세요. 추워 죽겠어요."

"사실 지금은 삼복더위에 찌들 판인데……" 로뻬가 대답했다.

"웃기는 소리 작작해, 로뻬." 갈리시아 여자가 말했다. "어서 일어나 문 열어. 우리가 지금 대공작부인들처럼 차려입고 왔거든."

"대공작부인들처럼 차려입고, 이 늦은 시간에?" 로뻬가 대답했다. "난 그런 거 안 믿어. 차라리 마녀들이나 흉악한 심술꾼들이라면 믿겠네. 당장 꺼지라구. 안 그러면 정말이지, 지금 일어나기만 하면 내 허리띠 버클로 자네들 엉덩이를 홍시처럼 벌겋게 만들어줄 테니까."

그녀들은 그가 예상보다 더 퉁명스럽게 대답하는 걸 보고 그의 분노가 터질까 무서워졌다. 잔뜩 기대를 걸었으나 실망하고는 유혹하려던 생각을 접고 운이 없음을 슬퍼하며 자신들의 침대로 돌아가기로 했다. 그러나 문에서 물러나며 아르구에요는 열쇠 구멍에 주둥이를 대고 한마디 했다.

"당나귀 입에 꿀이 웬말이냐."

이렇게 말하고는 마치 정당한 복수를 하고 위대한 선고나 내린 듯이, 아까 말한 대로 쓸쓸히 침대로 돌아갔다.

로뻬 아스뚜리아노는 그녀들이 돌아간 낌새를 알아채고 마침 깨어 있던 또마스에게 한마디 했다.

"이봐, 또마스, 나한테 차라리 거인 둘하고 붙으라고 하게. 또는 내가 자네를 위해서 사자 여섯마리, 아니 열두마리라도 박살내야 하는 경우라도 나는 누워서 떡 먹기, 술 먹기보다 쉽게 해치울 수 있을 거야. 하지만 자네가 나를 아르구에요와 맨손으로 붙게 만든다면 화살로 나를 쏘아 죽인다 해도 받아들이지 않을 거야. 이봐, 오늘 밤 운수가 나빠서 무슨 개 같은 나라 하녀들이[5] 우리를 낚으러 온 거야! 아무튼, 이제 됐어. 날이 새면 모두 나아지겠지."

"이봐, 친구, 내가 말했지." 또마스가 말했다. "자네는 자네 마음대로 해. 자네의 순롓길을 가든지, 아니면 당나귀를 사서 이미 작정한 대로 물장수가 되든지."

---

**5** "개 같은 나라 하녀들"의 원문은 qué doncellas de Dinamarca(웬 덴마크 하녀들)이다. 어느 시대, 어느 나라나 차별적 언어가 존재하는데, 에스빠냐에서는 오늘날에도 속어로 sueca(스웨덴 여자)라고 하면 '헤픈 여자, 아무하고나 잠자리를 같이하는 여자'를 뜻한다. 이와 비슷한 뜻으로 쓴 당시의 말로 보인다.

"물장수 노릇은 내가 꼭 해야겠네." 로뻬 아스뚜리아노가 대답했다. "날이 샐 때까지 좀 자자구. 지금은 내 머리가 물통보다 더 커져서 금세라도 터지려고 해. 지금 자네와 이야기를 나눌 만한 기분이 아니야."

그래서 둘은 잠을 잤다. 날이 밝자 그들은 일어나서 또마스는 여물을 나눠주러 가고 로뻬는 여관에서 가까운 가축시장으로 갔다. 쓸 만한 당나귀 한마리를 사기 위해서였다.

또마스는 생각에 잠겨 낮잠 시간의 호젓함 속에서 편안하게 사랑의 시들을 썼다. 우선은 그 시들을 여물 장부에 적어놓았는데 나중에 꺼내서 깨끗이 베끼고 장부에 써놓았던 것들은 지우거나 찢어버릴 작정이었다. 그러나 그러기 전에 그가 잠시 밖에 나가면서 여물 상자 위에 장부를 놓아두었던지라, 주인이 계산이 어떻게 되어 있는가 보려고 장부를 집어 펼쳤다가 그 시들을 발견했다. 시를 읽어본 그는 너무나 놀라고 어리둥절했다.

그는 그 시들을 들고 아내에게 갔다. 그리고 그것을 읽기 전에 꼰스딴사를 불러 한편으로 어르고 한편으로 구슬리며 혹시 여물 주는 하인 또마스 뻬드로가 그녀를 꾀려 했는지, 무슨 난잡한 말로 그녀를 좋아한다는 기미를 보였는지 말하도록 했다. 꼰스딴사는 말로든 무엇으로든 그는 아직 한마디도 하지 않았다고 분명하게 말했다. 한번도, 눈빛으로라도 그녀에게 음흉한 생각을 나타낸 일이 없었다고 말이다.

주인 부부는 그녀가 언제나 묻는 말마다 진실을 말해왔기 때문에 그녀의 말을 믿었다. 주인은 그녀에게 이만 가보라고 하고 아내에게 말했다.

"이 일에 대해서 뭐라고 해야 할지 모르겠구먼. 여보, 당신이 보다시피 또마스가 이 여물 장부에 노래 가사를 적어놓았는데 이걸 보면 이 친구가 꼰스딴사에게 사랑에 빠져 있다는 불길한 생각이 들거든."

"어디 그 노래 가사 좀 봐." 아내가 말했다. "내가 당신에게 거기 담긴 뜻을 알려줄게."

"확실히 그게 좋겠네." 남편이 말했다. "당신은 시인이니까 금방 그 뜻을 알아낼 거야."

"나는 시인은 아니야." 아내가 대답했다. "그러나 당신도 알듯이 내가 이해가 빠르잖아? 라틴어로 네가지 기도도 드릴 줄 알고."

"같은 기도여도 에스빠냐어로 기도하는 게 더 좋아. 사제인 당신 아저씨도 당신이 라틴어로 기도할 때 아무것도 아닌 엉터리 라틴어를 주절거린다고 벌써 말했잖아."

"그 비난의 화살은 내 조카의 화살통에서 나왔어. 그 아이가 라틴어로 된 기도서를 내가 손에 쥔 것을 보고 질투한 거야. 내가 기도서를 가지러 쏜살같이 달려가는 걸 보았거든."

"그거야 당신 마음대로 생각해." 주인이 말했다. "잘 들어봐, 이게 그 시구절이야."


누가 사랑에서 행운을 잡나?
말없는 사람
누가 그 쌀쌀함을 이기나?
꿋꿋한 사람
누가 그녀를 즐겁게 해주나?
끈기 있는 사람

그렇게 하면 행운의 손길을
기대할 수 있을 거야
이 일에 나의 영혼이
말없이, 꿋꿋이, 끈기 있다면.

무엇을 사랑은 먹고사나?
잘해주는 것
무엇으로 그 분노를 줄이나?
욕을 해서
오히려 냉담하게 화가 커지면?
쓰러져야지

이렇게 보면 나의 사랑은
분명히 불멸인 것 같아
나의 아픔의 이유는
잘해주어도 욕해도 그대로이니……

초조해하는 자 무엇을 기다리나?
완전한 죽음을
어떤 죽음이 아픔을 낫게 하나?
반쯤 죽는 것
그러면 죽는 게 좋은가?
아픈 게 낫지

그러니까 늘 하는 말이 있지

이 진리를 받아들여
무정의 폭풍 뒤에는
늘 고요가 오는 법.

내 사랑 고민을 털어놓을까?
때가 오면
그때가 절대 안 오면?
꼭 오게 돼 있어
그동안에 죽음이 오면?
오라고 하지

너의 깨끗한 믿음과 희망을
꼰스딴사가 알면
너의 울음이 웃음이 될걸.

"더 있어?" 아내가 물었다.

"아니." 남편이 대답했다. "그래서, 당신은 이 시를 어떻게 생각해?"

"우선," 그녀가 말했다. "이것이 또마스가 쓴 것인지 알아볼 필요가 있겠네."

"그건 의심할 여지가 없어." 남편이 말을 받았다. "시 쓴 글씨가 여물 장부 글씨와 똑같아. 부정할 수가 없어."

"여보," 아내가 말했다. "내가 보기에, 시에서 꼰스딴사의 이름을 말하는 걸 보면 그녀를 위해 쓴 시라고 생각할 수 있겠어. 그러나 그렇다고 해서 이 시를 쓸 때 우리가 직접 본 것처럼 그게 사실이라고 확신할 수는 없지. 세상에는 우리 꼰스딴사 말고도 여러 꼰스딴사가 있으니까 말이야. 그런데 설사 이 시의 여자가 우리 꼰스딴사라고 해도 이 시에는 그녀를 불편하게 하거나 불명예스럽게 하는 무리한 요구는 없잖아. 그러니까 두고 볼 일이지. 다만 우리 꼰스딴사에게는 미리 얘기해두는 게 좋겠어. 만약 또마스가 그녀에게 반했다면 틀림없이 더 많은 시들을 쓸 테고 또 그걸 그녀에게 전하려고 애를 쓸 테니 말이야."

"더 좋은 방법으로," 남편이 말했다. "우리가 이런 걱정을 하지 않게 그냥 그 사람을 우리 집에서 내쫓으면 어떨까?"

"그거야 당신 손에 달렸지. 하지만 사실 그 청년은 당신 말대로 괜찮은 일꾼이라 그런 사소한 이유로 떠나보낸다는 게 마음에 걸리네." 아내가 말했다.

"그래, 좋아." 남편이 말했다. "당신 말대로 우리가 두 눈 똑바로 뜨고 조심을 하자구. 우리가 어떻게 해야 할지는 시간이 말해주겠지."

이렇게 해서 이야기가 끝났다. 주인은 장부를 본디 있던 곳에 다시 가져다놓았다. 또마스가 애타게 장부를 찾으러 다니다가 그걸 발견하고는 다시는 그렇게 놀라지 않도록 시들을 옮겨적고 적어놓았던 장부의 면들은 찢어버렸다. 또마스는 꼰스딴사를 만날 기회가 있으면 곧바로 자신의 소망을 털어놓는 모험을 감행하기로 마음먹었다. 그러나 그녀는 항상 정숙함과 조신함을 바탕으로 행동을 조심했기 때문에 어느 누구도 그녀를 보기가 어려웠다. 더군다나 그녀와 만나서 이야기를 나눈다는 것은 불가능했다. 보통 여관에는 사람이 많고 보는 눈도 많아서 그녀와 이야기를 나눈다는 것은 더더욱 불가능한 일로 여겨졌다. 그리하여 사랑에 빠진 그 불쌍한 청년은 갈수록 초조해지기만 했다.

그런데 어느날, 꼰스딴사가 양 볼에 수건을 두르고 나타났다. 무슨 일이냐는 물음에 그녀는 치통이 아주 심하다고 답했다. 또마스는 사랑의 욕심으로 머리를 열심히 굴려 한순간에 무엇을 해야 좋을지 생각하고는 말했다.

"꼰스딴사, 내가 기도문 하나를 써드릴게요. 기도문대로 두번 기도하면 통증이 손으로 씻은 듯이 사라질 겁니다."

"그거 잘됐네요." 꼰스딴사가 대답했다. "나는 글을 읽을 줄 아니까 그대로 기도할게요."

"그런데 조건이 하나 있어요." 또마스가 말했다. "아무에게도 그걸 보여주어서는 안 돼요. 내가 가장 아끼는 기도문인데 여러 사람이 그걸 보면 효험이 떨어지잖아요."

"약속할게요, 또마스." 꼰스딴사가 말했다. "그걸 아무에게도 보이지 않을 테니 어서 써줘요. 이 치통이 정말 심하거든요."

"내가 기억하고 있는 그대로 써서 곧바로 드릴게요." 또마스가 대답했다.

이것이 그 집에 머문 이래 최초로 또마스가 꼰스딴사에게, 꼰스딴사가 또마스에게 건넨 말들이었다. 벌써 24일이 지난 뒤였다. 또마스는 곧 물러나서 기도문을 썼고 아무도 모르게 그걸 꼰스딴사에게 전해주었다. 그녀는 또마스의 말을 굳게 믿고 크게 기뻐하며 혼자 방으로 들어갔다. 그리고 종이를 펼쳐보니 거기에는 이렇게 쓰여 있었다.

충심으로 사랑하는 나의 아씨, 나는 부르고스 출신의 신사입니다. 내가 얼마 안 있어 우리 아버지를 만나면, 장자로서 나는 금화

6천 두까도의 수익을 내는 재산을 물려받게 됩니다. 나는 수천리에 걸쳐 이름난 그대의 아름다움을 듣고 고향을 떠났고, 복장을 바꿔 그대가 보는 이 옷차림으로 그대의 주인을 섬기게 되었습니다. 그대가 고아한 그대에게 가장 합당한 방식으로 내 사람이 되는 데 동의한다면, 나는 그대가 원하는 어떤 증거라도 갖다바쳐 나의 진실함과 성실성을 보여드릴 것입니다. 그리고 그대가 그것들에 충분히 만족하고 동의하여 내가 그대의 남편이 된다면, 나는 세상에서 가장 큰 행운아로 생각할 것입니다. 다만 지금 바라기로는, 이렇게 사랑에 빠진 깨끗한 나의 마음을 그냥 길가에 버리지는 말아달라는 것입니다. 만약 그대의 주인이 내 마음을 알게 되고 내 말을 믿지 않는다면 그대를 보지 못하도록 그 자리에서 나를 내쫓을 것입니다. 그거야말로 내게는 사형선고나 마찬가지지요. 그러니 꼰스딴사, 그대가 내 말을 믿을 수 있을 때까지는 그대를 보게 해주세요. 그대를 사랑한 죄밖에 없는 이에게 그대를 보지 못하게 하는 벌을 내리는 것은 부당하다는 것을 생각해주세요. 많은 눈들이 그대를 바라보고 있지만 몰래 살짝 눈길만이라도 내게 답을 주기 바라요. 눈은 신기해서 성난 눈길은 사람을 죽이고 자비로운 눈길은 사람을 되살리지요.

꼰스딴사가 자기가 준 편지를 읽으러 들어간 것을 아는 또마스는 그 답이 두려움일지 기대감일지, 사망선고일지 자기 목숨을 살려준다는 말일지 한참 가슴을 두근대며 기다리고 있었다. 이윽고 꼰스딴사가 비록 볼을 감싼 모습이지만 여전히 아름다운 자태로 나왔다. 어떤 이유로 그녀가 더욱 예뻐질 수 있다면, 또마스의 편지를 읽고 너무 놀란 때문이라고 해야 하리라. 생각했던 것과는 너무 다른 뜻밖의 일에 대한 놀라움이 그녀를 더욱 아름다워 보이게 했을 수도 있다. 그녀는 두 손에 조각조각 찢은 편지를 들고나왔다. 그리고 거의 제 발로 서 있기도 힘든 또마스에게 말했다.

"또마스, 당신의 이 기도문은 성스러운 기도문이 아니라 무슨 마법이나 사기 같아요. 그래서 나는 믿을 수도 없고 받아들일 수도 없네요. 그래서 이렇게 찢어버렸어요. 이런 편지는 나보다 남의 말을 쉽게 믿는 어느 누구도 봐서는 안 되니까요. 더 쉬운 기도문을 배우세요. 이런 기도문은 당신에게 도움이 될 것 같지 않네요."

이 말을 하고 그녀는 여주인과 함께 들어가버렸다. 또마스는 몹시 마음이 아팠으나 한편으로 약간 안도하기도 했다. 자기의 비밀스런 소망이 오직 꼰스딴사의 가슴속에만 안전하게 간직된 것을 알았기 때문이었다. 그녀는 주인에게 편지 이야기를 하지 않은 듯했으니 최소한 그가 그 집에서 쫓겨날 위험은 없었다. 그는 자신의 의도가 내딛은 첫발이 산더미처럼 불리한 장애물과 충돌했다고 여겼다. 그러나 어떻든 결과를 알 수 없는 의심스러운 큰일에는 늘 처음에 큰 어려움이 있게 마련.

여관에서 이런 일이 벌어지고 있는 동안, 로뻬 아스뚜리아노는 가축시장에서 당나귀를 사러 다녔다. 말과 당나귀가 많았지만 마음에 드는 당나귀는 없었다. 한 집시가 당나귀 한마리를 팔려고 그를 계속 따라다니며 자기 당나귀는 아주 날래서 이 시장 바닥에서도 빨리 다닐 수 있다고 그의 귀에 대고 듣기 좋은 말을 늘어놓았다. 그러나 그 당나귀는 걸음걸이는 썩 좋아도 몸통이 마음에 안 들었다. 몸집이 너무 작고 로뻬가 원하는 모양이 아니었다. 그가 찾는 것은 물통이 가득하거나 비었거나 자기까지 싣고 다니기에 충분한 그런 당나귀였다.

그때 한 청년이 다가와 그의 귀에 대고 말했다.

"멋쟁이 아저씨, 물장사 하는 데 맞춤한 나귀를 구하려면, 내가 여기서 가까운 풀밭에 당나귀 한마리를 매놓았거든요. 이 도시에서 더 크고 좋은 나귀는 없어요. 내 조언하는데, 집시들 나귀는 사지 말아요. 그 사람들 나귀는 겉으로는 건강하고 좋아 보이지만 모두가 거짓이고 속은 병든 나귀예요. 당신한테 적당한 놈을 구하려면 두말 말고 나를 따라와요."

로뻬 아스뚜리아노는 그의 말이 그럴듯하게 들려서 그렇게 열심히 추천하는 당나귀가 어디 있는지 안내하라고 했다. 둘은 말 그대로 손에 손을 잡고 '왕의 정원'까지 갔다. 거기 강둑 아래 그늘에 물장수들이 많이 모여 있었고 그들 당나귀들은 가까운 풀밭에서 풀을 뜯고 있었다. 한 물장수가 자기 당나귀를 보여주었는데 로뻬의 눈에 쏙 들었다. 거기 있던 모든 사람들이 그 당나귀가 힘세고 잘 먹고 잘 달리고 길도 잘 간다고 칭찬을 했다. 물장수들이 모두 좋다고 해서 그들은 다른 소개나 확인 없이 바로 계약을 했다. 로뻬는 물장사에 필요한 도구까지 포함해서 그 당나귀를 16두까도를 주고 샀다.

로뻬는 즉석에서 금화로 계산했다. 거기 있던 사람들이 그에게 당나귀를 잘 샀다고, 아주 행운을 가져올 녀석을 샀다고 확인해주면서 물장사 시작한 것을 축하해주었다. 그 당나귀를 판 사람이 이 당나귀는 심하게 부려서 불구가 되거나 죽지도 않았고, 이 당나귀로 일한 지 일년도 안 돼서 자기와 당나귀 모두 정직하게 먹고살고도 옷을 두벌씩이나 샀고 방금 금화 16두까도까지 벌게 되었다고 말했다. 그는 그 돈으로 고향으로 돌아가서 결혼할 생각이라고, 전에 먼 친척 되는 여자와 약혼을 했었다고 했다.

당나귀 파는 사람들 외에 다른 네 사람이 거기서 카드놀이를 하고 있었다. 그들은 엎드린 채 땅바닥을 상으로, 망또를 상보로 삼고 카드를 쳤다. 로뻬는 그들을 구경했는데, 그들이 치는 품이 물장수가 아니라 노름꾼 수준이었다. 치는 사람마다 밑돈이 은전과 동전으로 100레알이 넘었던 것이다. 손 큰 사람 하나가 큰돈을 걸고 다른 사람이 돈을 걸지 못하면 돈을 많이 건 사람이 판돈을 싹쓸이하는 식이었다. 마침내 두 사람이 밑천이 바닥나 일어섰다. 그것을 보더니 당나귀를 판 친구가 네 사람만 있으면 자기도 붙을 텐데, 자기는 세 사람만 치는 카드는 하기 싫다고 말했다. 로뻬는 이딸리아 속담처럼 '채소 수프에 설탕 안 넣는 줄 모르고 무조건 설탕부터 집어넣고 보는' 친구인지라, 무턱대고 자기도 할 테니 넷이 치자고 해서 즉시 모두 앉았다. 카드놀이는 잘 풀려갔다. 시간보다 돈놀이가 먼저니까, 잠깐 사이에 로뻬는 가지고 있던 금화 6에스꾸도를 잃었다. 마침내 돈이 한푼도 없어지자 그는 자기 당나귀를 받아준다면 그걸 걸고 계속하겠다고 했다. 그 제안이 받아들여져서 그는 밑돈으로 당나귀 4분의 1을 걸었다. 당나귀 한마리를 걸고 네번에 나누어 치겠다고 한 것이다. 그 말이 독이 되었는지 그는 네번 쳐서 연달아 네번 다 지고 말았다. 그 당나귀를 판 사람이 당나귀를 되찾게 되었다. 당나귀를 그에게 돌려주려고 일어나면서 로뻬 아스뚜리아노는 확실히 들으라면서 말하기를, 자기는 당나귀 몸통의 4분의 1씩만 걸고 하다가 졌으니 당나귀 꼬리는 자기에게 주고 빌어먹을 다른 부분은 가져가도 좋다고 했다.

꼬리를 달라고 청하자 모든 사람들이 웃음을 터뜨렸다. 변호사를 자청한 사람들은 로뻬가 하는 말이 잘못되었다는 의견이었다. 양이나 다른 짐승을 팔 때 꼬리를 떼거나 빼는 일이 없고, 몸통 뒷

부분 전체가 어쩔 수 없이 다 함께 가게 되어 있다고 했다. 그 말에 로뻬는 아프리카 베르베리아에서는 양을 보통 다섯 부위로 나누는데 다섯번째 부위가 바로 꼬리이며, 그래서 거기서는 양을 부위별로 자를 때는 다른 네 부위 하나 값이나 꼬리 값이나 같다고 했다. 부위별로 자르지 않고 산 채로 통째 파는 경우에 꼬리를 포함하는 것은 그도 이해하지만 이 경우는 판 것이 아니라 노름이며, 그는 꼬리를 걸고 노름하려는 의도는 없었다고 했다. 또한 꼬리에 딸렸거나 관련된 모든 것을 돌려달라는 것도 아니다, 꼬리는 머리끝에서 시작해서 척추 끝까지, 또 거기에서 시작해서 마지막 털끝까지가 다 꼬리와 연관된 부위이기 때문이다 하는 얘기였다.

"그것이 당신 말대로 그렇다면," 한 사람이 이야기했다. "당신 요구대로 꼬리는 돌려줘야겠네요. 그리고 우리는 앉아서 당나귀에서 그거 빼고 남는 게 뭔가 봐야지요."

"그래야지요!" 로뻬 아스뚜리아노가 말을 받았다. "어서 내 꼬리 내놓아요. 안 내놓을 거면 세상 물장수들 다 몰려와도 내 당나귀는 못 가져갈 줄 알아요. 여기 당신들이 많다고 그걸 이용해서 내게 사기를 칠 생각은 하지 말아요. 나도 사나이고 다른 사람이랑 붙으면 배때기에 두뼘 정도의 칼은 박을 줄 아니까. 누가 찔렀는지, 어디로 찔러 어떻게 들어갔는지도 모를걸요. 한가지 더. 나는 그 꼬리값을 나중에 할부로 지불한다든지 하는 것은 싫어요. 내가 원하는 것은 당나귀에 붙은 꼬리 그대로요. 그러니 아까 말했듯이 당나귀에서 그걸 그냥 잘라내든지……"

노름에서 돈을 딴 친구나 다른 사람들 생각에 이 문제를 힘으로 해결해서는 안 될 것 같았다. 로뻬가 저렇게 으르렁거리는 걸로 보아 좀처럼 물러서지 않을 것 같았기 때문이었다. 로뻬는 모든 종류

의 사기와 싸움질, 기상천외의 맹세와 거짓말이 판치는 참치어장
에서 살았던지라 사람 다루는 것에 익숙했다. 로뻬는 모자를 던지
고 짧은 망또 속에 가지고 다니던 단도를 꺼내 손에 쥐었다. 그 자
세가 얼마나 위협적이었던지 물장수 무리 모든 이들에게 두려움과
함께 존경심이 퍼졌다. 마침내 그들 중 가장 말 잘하고 똑똑해 보
이는 사람이 두 사람의 합의를 이끈 결과, 그 꼬리와 당나귀의 4분
의 1을 걸고 끼놀라 카드놀이를 해서 2점, 즉 돌 두개를 이기면 이
긴 사람이 다 가져가는 걸로 하자고 했다. 모두들 기꺼이 그렇게
하기로 했다. 끼놀라에서 로뻬가 첫판을 이겼다. 상대방이 약이 올
라 또 한번 4분의 1을 걸었고 다시 두번을 더 쳐서 땄던 당나귀를
잃고 말았다. 이제 그는 돈내기를 하자고 했다. 로뻬는 내키지 않았
으나 모두들 하도 성화를 해서 할 수밖에 없었다. 결과적으로 로뻬
에게는 신혼여행처럼 즐거운 게임이었다. 단 한푼도 남기지 않고
다 따버렸으니 말이다. 돈을 잃은 친구가 괴로워하며 바닥에 엎드
려 땅에 머리를 찧기 시작했다. 로뻬는 원래 선량한데다 너그럽고
동정심이 많은 사람이라 그를 땅에서 일으켜세우고 자기가 딴 돈
을 전부 돌려주었다. 당나귀값 금화 16두까도까지도. 그리고 남은
돈도 모두 주변에 있던 사람들과 나누어가졌다. 그의 보기 드문 너
그러움에 사람들이 모두 크게 놀랐다. 천민에서 폭군이 된 타타르
왕 타모를란의 시대였다면 이 기회에 바로 물장수들의 왕으로 추
대될 뻔했다.

　많은 사람들과 함께 시내로 돌아온 로뻬는 또마스에게 일어난
일을 이야기해주었다. 또마스 또한 자기 일이 잘 되어가고 있다고
알려주었다. 이제 시내의 술집이며 여관이며 건달들 모임에서 당
나귀 노름 사건을 모르는 사람이 없었다. 돈을 다 잃었다가 꼬리

를 물고 늘어져 도로 다 딴 이야기며 로뻬 아스뚜리아노의 당당함과 관대함까지 모르는 사람이 없었다. 그러나 속인들이란 사악한 짐승 같은 데가 있어서 위대한 로뻬의 담력이나 관대함, 좋은 점들은 쏙 빼먹고 오직 꼬리 이야기만 돌아다녔다. 그리하여 그가 물을 싣고 이틀 정도 시내를 돌아다녀보니 많은 사람들이 자신을 손가락질하며 수군대는 걸 보게 되었다. "저 친구가 그 꼬리 물장수래." 동네 아이들도 그 이야기를 열심히 듣고서 어느 거리 입구에 로뻬가 나타나기만 하면 온 동네에서, 어떤 놈은 여기서 어떤 놈은 저기서 소리치기 시작했다. "아스뚜리아노, 꼬리 내놓아라! 꼬리 내놓아, 아스뚜리아노!" 로뻬 아스뚜리아노는 그 무수한 헛바닥 화살을 맞으면서도 입을 꾹 다물었다. 자신의 무거운 침묵이 그 많은 무례한 짓들을 이내 잠재우리라 생각했던 것이다. 그러나 소용없었다. 그가 조용히 있을수록 아이들은 더욱 크게 외쳐댔다…… 그리하여 그는 자신의 인내를 분노로 바꿔보기로 하고 당나귀에서 내려 몽둥이를 들고 아이들을 쫓아가기 시작했다. 그러나 그것은 화약 심지를 돋워 불을 붙이는 격이었고 머리 여럿 달린 뱀의 머리를 자르는 격이었다. 한 아이를 때려 혼내주면 그 순간 그 자리에 일곱개가 아니라 700개의 머리가 돋아나 더욱 열심히, 끈질기게 "꼬리 내놓아!"를 외쳐댔다. 마침내 로뻬는 친구의 여관 밖에 있는 다른 여관을 잡아 숨어들어가는 점잖은 길을 택했다. 그렇게 함으로써 아르구에요도 피하고 그 지겨운 먹구름의 영향이 지나가서 집요하게 내놓으라고 외치는 꼬리도 아이들의 기억에서 지워지기를 바랐다.

로뻬는 밤이 아니면 방에서 나오지 않고 엿새를 보냈다. 밤에는 또마스를 만나 일이 어떻게 되어가는지 알아보곤 했다. 또마스의 이야기로는 꼰스딴사에게 그 편지를 준 이후 더이상 한번 보지도, 말 한마디 건네보지도 못했다면서, 그의 생각에 그녀가 여느 때보다 더욱 조심해서 다니는 것 같다고 했다. 단 한번 그녀와 말할 기회가 있었는데, 그녀는 또마스를 보자 그가 가까이 가기도 전에 이렇게 말했다는 것이다. "또마스, 전 아무 데도 안 아파요. 그러니 당신의 말이나 당신 기도문은 필요 없어요. 제가 종교재판소에 고발하지 않은 것만도 다행으로 생각하시고 쓸데없는 짓은 하지 말아요." 하지만 이렇게 말하면서도 그녀의 얼굴에 엄격하고 단호한 기색은 없었고 전혀 화가 났거나 기분 나빠하는 눈빛이 아니었다고 했다. 로뻬는 또마스에게 아이들이 여전히 지긋지긋하게 꼬리 달라고 조르면서 그가 당나귀를 잃었다가 꼬리를 달라고 해서 당나귀를 되찾은 이야기를 한다고 했다. 또마스는 그에게 적어도 집에서 나갈 때 당나귀를 타고 가지는 말라고 조언하면서 나가서는 외지고 동떨어진 길로 다니고, 그렇게 해도 조용해지지 않는다면 물장사 일을 그만두는 게 낫겠다고 했다. 그것만이 그 볼썽사나운 '꼬리 달라!' 소리를 그치게 하는 방법이라고 말이다. 로뻬는 혹시 갈리시아 여자가 더 찾아왔었느냐고 물었다. 또마스는 안 왔다고, 하지만 계속 그의 마음을 사로잡으려고 선물을 바친다고 했다. 그것도 식당일을 하면서 손님들에게서 훔친 음식 같은 것을 말이다. 이런 이야기를 나누고 로뻬는 자기 여관으로 돌아갔다. 또다시 엿새 정도는, 최소한 당나귀를 타고는 집에서 나오지 않을 결심을 하고서……

밤 11시쯤 되었으리라. 여관에 갑자기 생각지도 않게 많은 경찰이 등장하더니 마지막에는 시장이 들이닥쳤다. 주인이 화들짝 놀랐고 손님들도 모두 놀랐다. 그렇게 혜성처럼 불쑥 나타나면 항상 불행이나 불운의 두려운 생각이 들기 마련인데다 다른 누구도 아닌 경찰이 갑자기 줄줄이 들이닥치면 아무 죄 없고 양심적인 사람이라도 놀라고 공포에 떨기 때문이다. 시장은 응접실에 들어오더니 여관 주인을 불렀다. 주인은 벌벌 떨며 시장이 무슨 일로 부르는지 궁금해하며 다가왔다. 시장이 주인을 보고 엄숙하게 물었다.

"당신이 주인이오?"

"예, 그렇습니다. 무엇이든 명령만 하시면 받들겠습니다." 그가 대답했다.

시장은 응접실에 있던 사람들에게 주인과 단둘이 할 이야기가 있으니 나가 있으라고 했다. 그 말에 따라 모두 나가고 그들만 남자 시장이 여관 주인에게 물었다.

"주인, 당신이 이 여관에서 부리고 있는 사람들은 어떤 사람들인가?"

"시장님," 주인이 대답했다. "저희 집에는 제 아내 외에 갈리시아 처녀 둘과 가정부 하나, 그리고 짚과 여물을 담당하는 머슴 하나뿐입니다."

"더이상 없다는 거지?" 시장이 말을 받았다.

"없습니다요." 주인이 대답했다.

"그렇다면 말해보게, 주인." 시장이 말했다. "이 집에서 일한다는 그 여자아이는 누군가? 하도 예뻐서 온 도시 전체에서 '고명하신 식모 아가씨'라고 부른다는 아이 말일세. 이 시장이 듣기로는 우리 아들 뻬리끼또가 그 아가씨에게 반해서 하룻밤도 거르지 않고 와서 음악을 바친다던데?"

"시장님," 주인이 대답했다. "그 고명한 식모 아가씨라고 하는 아이가 저희 집에 있는 것은 사실입니다. 그러나 그 아이는 저희 하녀도 아니고 또 아닌 것도 아니지요."

"당신이 하는 말이 무슨 소린지 모르겠구먼, 주인. 그 식모가 하녀이기도 하고 아니기도 하다는 게 무슨 뜻인가?"

"제 말 그대로입니다." 주인이 덧붙였다. "시장님께서 허락하신다면 제가 이 일의 자초지종을 말씀드리지요. 이것은 아무에게도 하지 않은 이야기입니다."

"다른 말을 듣기보다 먼저 그 식모를 보고 싶구먼. 그 아이를 이리 불러오게." 시장이 말했다.

여관 주인이 응접실 문밖으로 고개를 내밀고 말했다.

"여보, 여기 꼰스딴사 좀 들어오라고 해!"

여주인은 시장이 꼰스딴사를 부른다는 소리를 듣자 어리둥절하여 두 손을 꼬면서 말했다.

"아니, 뭐 이런 불상사가……! 시장이 꼰스딴사를 단독으로 부르다니, 무슨 큰 불행한 사건이 일어나려는 모양이구먼. 이 아이의 아름다움은 모든 사나이들을 홀리고 만다니까."

그 말을 들은 꼰스딴사가 말했다.

"주인마님, 걱정하지 마세요. 제가 가서 시장님께서 무얼 원하시는지 알아볼게요. 어떤 나쁜 일이 일어난대도 전연 걱정 마세요. 저는 죄가 없으니까요."

이렇게 말하면서 그녀는 다시 부르기를 기다리지 않고 은촛대에 초 하나를 켜서 들고, 두려움보다는 부끄러움 때문에 떨며 시장이 있는 곳으로 갔다.

시장은 그녀를 보자마자 여관 주인에게 응접실 문을 닫으라고 했다. 문이 닫히자 시장은 일어서서 꼰스딴사가 들고 온 촛대를 받아들고 불빛을 그녀의 얼굴에 비추고 위아래로 온몸을 훑어보았다. 꼰스딴사는 크게 놀라 얼굴이 빨개졌는데 그 모습이 더욱 아름답고 정숙해 보였다. 시장은 지상에서 천사의 아름다움을 본 듯 한참 바라보다가 말했다.

"주인, 이 아가씨는 보석이야. 이런 민속여관에서 허드렛일을 하고 있을 사람이 아니네. 내 이 자리에서 말하자면, 내 아들 뻬리끼 또는 역시 사려가 깊구먼. 이모저모 생각을 아주 잘했네. 아가씨, 내가 말하는데, 아가씨는 '고명한'이라고 불릴 뿐만 아니라 의무적으로 '지극히 고명하신'이라고 부르도록 해야겠어. 하지만 이런 호칭은 식모 앞에 붙일 것이 아니라 공작부인 앞에 붙이는 존칭이어야지."

"식모가 아닙니다요, 시장님." 주인이 말했다. "그애는 저희 집에서 다른 일은 하지 않고 은제품을 관리하는 일만 합니다. 제가 주님 덕택에 금고에 가진 것이 좀 있는데, 이 여관에 오시는 귀한 손님들께서도 사용하시거든요."

"어떻든 간에 내 말은," 시장이 말했다. " 이 귀한 아가씨께서 이런 민속여관에 있는 것은 어울리지 않고 격에 맞지도 않는다는 걸세. 혹시 이 아가씨는 자네의 친척인가?"

"제 친척도 아니고 제 하녀도 아니올시다. 시장님께서 그녀가 누구인지 아시고 싶으시다면 그녀가 없을 때 들려드리지요. 참으로 흥미롭고 놀라운 이야기입니다."

"한번 들어보지." 시장이 말했다. "그럼 꼰스딴사는 이만 나가보아라. 내 약속하건대, 너는 아버지에게 의지하듯 모든 일에서 나를 의지할 수 있을 것이다. 너의 높은 정숙함과 아름다움이 너를 보는 모든 이들에게 그녀를 섬기게끔 하기 때문이다."

꼰스딴사는 말 한마디 없이 정숙한 태도로 깊이 고개 숙여 시장에게 경의를 표하고 응접실을 나와서, 기다리다 조바심이 난 여주인을 만났다. 여주인은 시장이 무엇 때문에 그녀를 찾았는지 듣고 싶어했다. 꼰스딴사는 있었던 일을 그대로 다 이야기해주고, 주인은 시장과 남아서 무언가 그녀가 들어서는 안 되는 이야기를 나누고 있다고 했다. 여주인은 그 말에 마음이 가라앉지 않아서 시장이 떠나고 남편이 나오는 걸 볼 때까지 계속 기도를 하고 있었다. 그동안 주인은 시장과 응접실에 있으면서 이야기했다.

"시장님, 제 계산으로는 오늘로 꼭 15년 1개월 4일이 되는구먼요. 한 귀부인 아씨가 순례자 복장에 마차를 타고 우리 여관에 도착한 날이 말이지요. 말을 탄 하인 네 사람을 거느렸고 상급 하녀 둘과 하녀 한 사람은 다른 마차에 타고 있었지요. 또한 아름다운 보자기로 장식한 두마리의 짐 싣는 당나귀에 화려한 침구와 요리 도구들을 싣고 왔지요. 가구와 도구 들이 모두 귀족의 풍모였고 순례자 여인은 지체 높은 귀부인 같아 보였습니다. 나이는 마흔살이 좀 넘어 보였습니다만 그렇다고 지극히 아름다운 그 모습이 미녀가 아니랄 수는 없었지요. 그분은 몸이 아프고 지쳐 창백한 모습인지라 즉시 잠자리를 마련하도록 했습니다. 바로 이 방에 그 하인들이 침대를 폈습니다. 저에게 이 도시에서 가장 유명한 의사가 누구냐고 묻기에 저는 데 라 푸엔떼 박사님이라고 말했지요. 그들은 즉시 의사를 찾으러 가서 모셔왔습니다. 의사는 홀로 들어가 환자를 보았고 환자와 이야기를 나눈 끝에 환자의 침대를 다른 곳에, 시끄러운 소리가 전연 없는 곳에 마련하도록 지시했습니다. 저는 즉시 환자를 의사가 청하는 편의시설이 있는 좀 떨어진 곳으로 옮겨드렸습니다. 하인들 누구도 귀부인이 있는 곳에 들어갈 수 없었고 상급 하녀 둘과 하녀만 그분을 모셨지요. 제 아내와 제가 그 하인들에게 그 귀부인이 누구신지, 이름은 무엇이고 어디서 오셨으며 어디로 가시는 중인지, 결혼은 하셨는지, 과부이신지 아니면 미혼이신지, 무슨 이유로 그렇게 순례자 복장을 하고 다니시는지 물었지요. 한번이 아니고 여러번 물었습니다만 모든 질문에 거의 답을 얻지 못했습니다. 다만 그분은 옛 에스빠냐 중앙정부가 있던 까스띠야 왕국의 높은 귀족으로 부자에 과부인데, 유산을 물려줄 자식이 없다는 것 정도만 알았을 뿐이지요. 물집 잡히는 수종水腫이 걸린지 몇달 되어서 과달루뻬 성모께 순례를 가기로 작정하셨고 그 때문에 순례자 복장으로 가신다고요. 이름에 대해서는 순례자 아씨라는 호칭으로만 부르라는 명이었지요. 그 당시 저희가 아는 것은 이뿐이었습니다. 그런데 그 순례자분이 아프서서 저희 집에 계신지 사흘이 되던 날, 상급 하녀 한 사람이 그분이 저와 아내를 찾는다고 해서 무슨 일인가 가보았습니다. 그분은 문을 닫으라고 하고 하녀들 앞에서 두 눈에 눈물을 글썽거리며 저희에게 말씀하셨지요. 그 말은 대강 이러했습니다. '여러분, 하늘이 증인이십니다만, 나는 지금 죄도 없이 어려운 사정에 처해 있습니다. 그 사정은 이렇습니다. 나는 지금 임신 중이에요. 분만이 임박해서 벌써 고통이 몸을 조여옵니다. 나와 함께 온 하인들은 아무도 내 불행이나 나의 절박한 사정을 몰라요. 이 여자들에게는 내 사정을 숨길 수도 없고 숨기고 싶지도 않았습니다만, 내 고향의 심술궂은 눈길들을 피해 분만의 시간을 그곳에서 맞지 않도록 나는 과달루뻬 성모님께 가겠다고 맹세를 한 겁니다. 그리고 성모께서 도와주셔서 여기 당신들의 집에서 내가 출산하게 되나보네요. 여러분에게 부디 나를 도와주고 보살펴주기를 부탁합니다. 이 일은 비밀인 만큼 나의 명예가 여러분 손에 달려 있습니다. 나를 도와주시는 은혜에 대한 대가로, 나는 은혜라고 부르고 싶습니다만, 대단히 큰돈은 아니라도 내 주머니에 지닌 금화 200에스꾸도를 드릴 테니 우선 감사의 표시로 받아주기 바랍니다.' 그러고는 침대 베개 밑에서 금화와 금은 동전이 든 주머니를 꺼내서 제 아내의 손에 쥐여주었습니다. 순진한 제 아내는 무엇인지 보지도 않고 주머니를 받았습니다. 그 순례자 부인에게 정신이 팔려 긴장해 있었기 때문이지요. 예의를 차리지도, 감사하다는 말씀도 못 드릴 정도였습니다. 제가 그분께 전연 이러실 것 없다고 말씀드렸던 기억이 납니다. 우리는 무슨 이익을 바라서 일하는 사람들이 아니라 그냥 자비심에서, 할 일이 있으면 스스로 마음에서 우러나 일을 하는 사람들이라고요. 그분은 계속해서 말을 이어갔습니다. '친구들, 지금 필요한 것은 내가 아이를 낳으면 그 아이를 데려갈 장소를 찾는 것입니다. 아이를 맡길 사람에게 둘러댈 말도 생각해두어야겠지요. 아이는 당장은 시내에 있더라도 나중에는 어디 시골 마을로 데려가주기를 바라요. 그 뒤로 해야 할 일은, 하느님께서 나를 일깨워주시고 나의 맹세를 이행하도록 해주신다면 내가 과달루뻬에서 돌아올 때 알려드리겠습니다. 시간을 두고 생각하면 내게 가장 합당한 것을 생각하고 선택할 기회가 있을 테니까요. 산파는 필요 없을 것이고 원하지도 않습니다. 내가 다른 명예로운 출산을 겪어본 바에 의하면 내 하녀들의 도움만으로도 어려움을 극복할 수 있으리라 확신하며, 그래야 내 일에 관한 증인 하나를 더는 일이 되겠지요.'

아픔에 찬 순례자 여인은 여기서 이야기를 마치고 펑펑 울기 시작했습니다. 그제야 마음을 가라앉힌 제 아내가 여러가지 좋은 말로 그분을 다소 위로해드렸습니다. 저는 곧바로 거기서 나와 언제라도 태어날 아이를 데려갈 곳을 찾아보았습니다. 그리고 바로 그날 밤 12시에서 1시 사이, 모든 사람이 잠에 빠져 있을 때 그 착한 부인께서는 딸을 낳으셨습니다. 그때까지 제 두 눈이 세상에서 본 중에 가장 아름다운 아기였지요. 그 아이가 바로 시장님께서 방금 보신 처녀입니다. 출산하는 동안 그 어머니도 신음하지 않았고 아기도 울지 않았습니다. 모두에게 황홀한 고요와 침묵뿐이었습니다. 이런 분위기가 그 비밀스럽고 희한한 경우에 더 어울리는 것 같았지요. 그분은 그후 엿새 동안을 침대에 있었고 그동안 의사가 왕진을 왔습니다. 그러나 의사가 온 것은 그분이 어디가 아파서가 아니었습니다. 그분은 의사가 처방한 약들은 한번도 드시지 않았고요. 그분의 의도는 오로지 의사가 온 걸로 하인들을 속이려는 것이었습니다. 이런 모든 이야기는 부인 자신이 위험에서 벗어난 것을 알자 저에게 말씀해주신 것이지요. 부인은 여드레째 되던 날 전과 같은 모습으로 일어났습니다. 전과 같다기보다는 병상에 눕던 그 몸과 비슷한 다른 사람이 되어 일어나신 거지만요.

그분은 순례를 떠나 20일을 보내고 거의 다 나은 모습으로 돌아오셨습니다. 분만 뒤에 수종이 있는 것처럼 보이던 증세를 싹 없애고 말이지요. 부인이 돌아왔을 때는 제가 명해서 그 아기를 저의 조카라는 이름으로 여기서 2마장쯤 되는 시골 마을에서 키우도록 보낸 뒤였습니다. 아기는 세례받을 때 이름을 꼰스딴사로 붙였지요. 아기 어머니의 명에 따른 겁니다. 부인은 제 일처리에 만족하셨고 작별할 때 저에게 금목걸이를 주셨습니다. 그 목걸이는 지금까지 제가 가지고 있습니다. 부인은 그 목걸이에서 여섯조각을 떼어내고 그 조각들은 아이를 찾으러 오는 사람이 가져올 거라고 했습니다. 또한 둘둘 말린 하얀 양피지를 물결 모양으로 잘랐는데, 두 손을 깍지 끼어 손가락들에 글자를 써놓고 깍지를 끼었을 때는 글

202

자를 읽을 수 있고 깍지를 풀면 읽을 수 없게 하는 식으로 만든 장치였습니다. 손을 풀면 글자들이 나뉘어 말이 쪼개지고 다시 손을 얽으면 글자들이 모여 뜻이 통하는 것처럼, 양피지 한쪽이 다른 한쪽에 영혼 같은 역할을 하는 거지요. 양피지 두쪽을 맞붙여 읽으면 뜻이 통하고 떨어져 있을 때는 알 수 없지요. 양피지 한쪽이 다른 반쪽을 상상해내지 않는 다음에야 말입니다. 그리고 지금 목걸이와 양피지의 나머지 부분이 제 손에 있습니다. 다 가지고 있지요. 그분은 비록 2년 안에 딸을 데리러 오겠다고 했지만 저는 지금까지도 그 나머지 신표를 가지고 오는 사람을 기다리고 있습니다. 그분은 딸아이를 키울 때 원래 신분처럼 귀족으로 키우지 말고 보통 농촌의 여자아이 키우듯이 그렇게 키우라고 부탁했습니다. 또한 무슨 일이 생겨 빠른 시일 안에 딸을 찾으러 오지 못할 경우, 딸이 크고 철이 들더라고 어떻게 태어났는지 하는 것은 말하지 말아달라고 했습니다. 그분은 자기 신분도 이름도 밝히지 않은 것을 용서해달라고 하면서 그런 것은 다른 기회에 밝히겠다고 했습니다. 마지막으로 그분은 저에게 다시 금화 400에스꾸도를 주시고, 슬픔의 눈물과 함께 제 아내를 안아주고 떠나셨습니다. 저희는 모두 그 부인의 아름다움과 정숙함, 고귀함, 사려 깊음에 놀라고 감탄했지요. 꼰스딴사는 시골에서 2년 동안 키운 다음에 저희에게 데려왔습니다. 그 어머님이 명하신 대로 항상 농사꾼 아가씨 복장으로 키워왔지요. 그리고 저는 15년 1개월 하고 4일째 꼰스딴사를 데리러 올 사람을 기다리고 있습니다. 하지만 오는 것이 많이 늦어져서 앞으로 정말 데리러 올지에 대한 희망도 많이 사그라들었습니다. 이제 올해 안에 오지 않으면 그녀를 제 양녀로 삼고 저의 모든 재산을 물려주기로 결심했습니다. 하느님 덕택에 제 재산도 금화 6천 두까도 이상 될 겁니다요.

시장님, 이제 남은 이야기는 제가 아는 대로 꼰스딴사의 얌전함과 착함, 덕성을 말씀드리는 것뿐이네요. 제일 중요하게는, 그애는 성모님의 독실한 신자입니다. 매달 고해성사를 하고 영성체를 하지요. 글을 쓰고 읽을 줄 압니다. 또한 똘레도에서 이보다 더 바느질 잘하고 수 잘 놓는 아가씨는 없습니다. 숨어서 천사처럼 노래도 잘하고, 얌전하고 정숙한 데서는 누구도 따라올 여자가 없지요. 아름답기는 시장님도 보셨으니 아실 겁니다. 시장님 아드님이신 돈 뻬드로 님은 한번도 직접 말을 나눠본 일은 없고, 때때로 그애에게 노래나 음악을 바치는 것은 사실입니다만 꼰스딴사는 절대 듣지 않지요. 많은 어르신과 고관대작 들도 저희 여관에 머물면서 꼰스딴사를 실컷 보고 갈 양으로 며칠씩 출발을 늦추기도 하셨답니다. 그러나 제가 알기로 꼰스딴사는 아무에게도 기회를 주지 않았어요. 혼자 있을 때나 다른 여자들과 함께라도 그애에게 말 한마디 걸어봤다고 자랑할 수 있는 사람은 실은 아무도 없지요. 시장님, 이것이 이 식모가 아닌 '고명한 식모 아가씨'의 진짜 이야기올시다. 이 이야기는 한점도 빠짐없이 사실 그대로입니다."

마침내 주인이 입을 다물었다. 시장이 말을 꺼내기까지는 상당한 시간이 흘렀다. 주인이 이야기한 사건이 그만큼 놀랍고 흥미로웠던 것이다. 마침내 시장은 그 목걸이와 양피지를 보고 싶다고 했다. 주인이 곧 가서 들고 와서 보니 그것들은 주인이 말한 그대로였다. 즉 목걸이는 신기하게 세공된 것이나 조각나 있었다. 물결 모양으로 잘린 양피지에는 글자가 쓰여 있었다. 한 글자마다 다른 반쪽의 빈 곳을 채우게 되어 있는 공간에 '이것진증이'라는 글자가 쓰여 있었다.[6] 이 말뜻을 알려면 어쩔 수 없이 다른 양피지 반쪽의 글자들과 합쳐야만 했다. 내용을 알아내는 방식이 매우 세심히 고안된 걸로 생각되었고 그 순례자 여인이 여관 주인에게 남겨준 목걸이로 보아 대단히 부자라는 것도 짐작되었다. 시장은 그 아름다운 아가씨를 여관에서 데리고 나와 지내기에 적당한 수녀원을 찾아 머물게 하고 싶었으나, 지금으로서는 시장 자신이 그 양피지를 가져가고, 여관 주인에게 만약 누가 꼰스딴사를 데리러 오면 그 사람에게 주인이 맡아온 목걸이를 보여주기 전에 시장 자신에게 그 소식을 알리도록 하는 정도로 만족했다. 이렇게 하고 시장은 자신이 보고 들은 그 비할 데 없이 아름다운 아가씨의 사연에 감동하여 그 집을 나섰다.

주인이 시장과 함께 있는 시간 내내, 그들이 꼰스딴사를 불러 이야기하는 동안 내내, 또마스는 하나같이 그럴 법하지 않은 수천가지 생각이 떠올라 제정신이 아니었다. 그러다 마침내 시장이 떠나고 꼰스딴사가 남은 것을 보자 비로소 정신이 숨을 쉬고 맥박이 제자리로 돌아왔다. 그는 거의 자포자기 상태에 있었던 것이다. 그러나 시장이 원하는 것이 무엇인지는 감히 물어볼 엄두가 나지 않았다. 주인도 아내에게만 이야기했으며 그녀는 남편의 말을 듣고 크게 놀랐던 데서 제정신을 차렸다.

다음날 1시경에 점잖은 모습을 한 두 노신사가 말을 탄 네명의 남자들과 함께 여관으로 들어왔다. 그들과 함께 들어온 젊은이 중 한 사람이 먼저 여기가 세비야인 여관이냐고 물었다. 그렇다고 하자 모두들 여관 안으로 들어왔고 네 사람이 먼저 말에서 내려 두 노신사를 내려주러 갔다. 보아하니 그 두 노신사가 이 일행의 주인

<hr />

6 원문은 E T E L S Ñ V D D R이다.

들인 것 같았다. 꼰스딴사가 여느 때처럼 다소곳한 모습으로 새 손님들을 맞으러 나왔다. 그녀를 보자마자 두 노신사 중의 한 사람이 다른 사람에게 말했다.

"돈 후안 선생, 내 생각에는 우리가 찾으러 온 것을 이미 발견한 것 같구먼."

또마스는 늘 하듯이 말과 당나귀를 돌보려 나왔다가 즉시 자기 아버지의 두 하인을 알아보았다. 그리고 그 두 노신사가 다른 사람들이 존경을 바치는 자기 아버지와 까리아소의 아버지인 것을 알았다. 또마스는 그분들이 온 것에 놀랐지만, 아버지들이 그와 친구 까리아소를 찾으러 참치어장에 가는 길일 거라는 생각이 들었다. 그들을 찾으려면 플랑드르가 아니라 참치어장으로 가야 한다고 누군가 말해주었을 것이라 짐작했던 것이다. 그러나 어떻든 그는 그런 복장의 자신을 내보이고 싶은 용기가 나지 않았기에 모든 걸 운명에 맡기고 손으로 얼굴을 가린 채 그들 앞을 지나쳐갔다. 그는 이내 꼰스딴사를 찾으러 갔다. 운 좋게도 혼자 있는 그녀를 발견한 그는 혹시 그녀가 말할 기회조차 주지 않을까 두려워하며 서둘러 더듬거리는 혀로 말했다.

"꼰스딴사, 방금 오신 두 노신사 중의 한분이 우리 아버지예요. 저기 돈 후안 데 아벤다뇨라고 부르는 소리 들리지요? 바로 그분이지요. 당신이 저 하인들에게 혹시 돈 또마스 데 아벤다뇨라는 이름의 아들이 있느냐고 물어봐도 좋아요. 그 아들이 바로 나랍니다. 그러면 당신은 내가 나의 신분에 대해서 말한 것이 사실이라는 것을 확인할 수 있을 테고 내가 한 약속도 믿을 수 있을 거예요. 그러나 잠시 지금은 안녕을 고할게요. 나는 저분들이 떠나기 전까지는 이 집에 돌아오지 않을 생각입니다."

꼰스딴사는 아무 대꾸도 하지 않았다. 또마스 역시 대답을 기다
릴 시간이 없어 들어올 때처럼 얼굴을 가리고 돌아나가서는 즉시
까리아소에게 아버지들이 여관에 와 있다고 알리러 갔다. 여관 주
인은 또마스에게 말들에게 여물을 주라고 소리쳐 불렀으나 그가
나타나지 않아 직접 여물을 주어야 했다. 노신사 중 하나가 갈리시
아 여자 둘 중 하나를 따로 불러 그들이 아까 본 그 아름다운 소녀
의 이름이 무엇인지, 그녀가 주인 부부의 딸인지 물었다. 갈리시아
여자가 대답했다.

"그애 이름은 꼰스딴사예요. 주인 부부의 친척은 아닌데 어떤 관
계인지는 저도 모른답니다. 다만 제가 하고 싶은 말은, 젠장, 문둥
병에나 걸리라지, 그애는 이 집에 있는 여자들 아무도 안 가진 복
이 무어 그리 많은지 몰라요. 사실 우리도 하늘이 저마다 준 상판
대기 다 그대로 가지고 있지 않아요? 그런데 여기 들어오는 사람
치고 금방 저 예쁜 여자가 누구냐고 물어보지 않는 손님이 없다니
까요. 그러고는 말하죠. '참 예쁘구먼. 게다가 착해 보여. 결코 나쁜
여자가 아니야. 그림처럼 가장 예쁘다는 여자도 저리 가라네! 운
명의 신이 저런 여자를 나에게 주는 그런 최악의 실수는 없겠지.'
그러고서 우리에게는 누구 하나 말 거는 사람이 없어요. 기껏해야
'저것들은 뭐야? 여자야, 귀신이야?' 같은 소리뿐이죠."

"그러니까, 그렇게 보면 저 아가씨는," 신사가 말했다. "이 집에
묵는 손님들이 다 좋아하겠구먼."

"그럼요!" 갈리시아 여자가 말했다. "어디 말 다루듯 편자 갈게
발이라도 하나 잡아보시구려! 그런 건 어림도 없는 아이라구요! 아
이고, 나리, 어디 얼굴이라도 한번 보여주면 황금이 쏟아질 거여요.
세상에, 고슴도치보다도 쌀쌀해요. 게다가 얌전하기가 아베마리아

밖에 몰라요. 온종일 수를 놓거나 기도하고 있지요. 이러다 어쩌다가 그애가 기적이라도 일으키는 날에는 제가 두둑이 수입을 올리겠죠. 우리 여주인이 하는 말이, 저애는 침묵을 몸에 달고 나왔대요. 그러니 어쩌겠나요?"

갈리시아 여자에게 들은 이야기에 대단히 만족한 노신사는 미처 박차를 벗길 시간도 기다리지 않고 주인을 응접실로 따로 불러 말했다.

"주인 양반, 나는 지금 몇년 동안 그대가 간직하고 있는 내 담보물을 가지러 온 거요. 그걸 가져가는 값으로 금화 1,000에스꾸도를 가져왔소. 그리고 이 목걸이 조각들과 양피지도."

이렇게 말하며 그는 여관 주인이 가진 목걸이의 여섯조각을 꺼냈다. 동시에 주인은 그 양피지를 알아보았고, 금화 1,000에스꾸도를 받고 크게 기뻐하며 말했다.

"어르신, 어르신이 되찾고자 하시는 보물은 저희 집에 있습니다. 하지만 어르신의 말씀이 사실인지 입증할 목걸이와 양피지는 여기 없습니다. 부디 청하건대, 잠시 기다려주시면 제가 곧 가지고 돌아오겠습니다."

그러고서 여관 주인은 즉시 시장에게 방금 일어난 일을 고하러 가서 꼰스딴사를 데리러 온 노신사 둘이 지금 여관에서 어떻게 하고 있는지를 이야기해주었다.

막 식사를 마친 시장은 그 이야기의 끝을 알아보려는 생각에 즉시 신표인 양피지를 가지고 말에 올라 세비야인 여관으로 왔다. 시장은 두 노신사를 보자마자 두 팔을 벌리고 한 신사를 포용하며 말했다.

"아이고! 어떻게 이렇게 오셨어요, 돈 후안 데 아벤다뇨 사촌어르신?"

노신사도 동시에 그를 껴안으며 말했다.

"사촌동생, 내가 이렇게 오길 잘했구먼, 자네를 보다니 말이야. 게다가 내가 늘 바란 대로 이렇게 건강하시고…… 동생, 이 신사 양반과도 인사하게. 돈 디에고 데 까리아소라는 어른이시고 나의 친구일세."

"저도 이미 돈 디에고 님을 알고 있습니다." 시장이 말했다. "제가 잘 모시는 어른이지요."

그리고 두 사람도 포옹했다. 서로 큰 호의와 예의로 반긴 뒤 그들은 응접실로 들어가 주인과 마주 앉았다. 주인은 이미 목걸이를 가지고 있었다. 그가 말했다.

"돈 디에고 데 까리아소 님, 이제 시장님도 어르신께서 여기 오신 이유를 아시니, 어르신께서 이 목걸이의 부족한 조각들을 맞춰주시지요. 그리고 시장님께서는 가지고 계신 양피지를 내놓으시면 몇년 동안 기다렸던 것을 한번 시험해보겠습니다."

"이렇게 되면," 돈 디에고가 말했다. "다시 시장님께 우리가 온 이유를 설명드리지 않아도 되겠군요. 이제 주인께서 말씀하셨듯이 그 일 때문임을 아실 테니까요."

"무슨 말을 듣긴 했지요만 더 알고 싶은 게 많습니다. 양피지는 여기 있습니다." 시장이 말했다.

돈 디에고가 또다른 양피지를 꺼냈다. 두 양피지를 합치니 하나가 되었다. 주인이 가지고 있던 양피지에는 이미 말했듯이 '이것진증이'가, 다른 양피지에는 '이짜거다'가 쓰여 있었고,[7] 둘을 합치면

---

**7** 원문은 S A S A E A L E R A E A로 앞의 글자와 합하면 ESTA ES LA SEÑAL VERDADERA(이것이 진짜 증거이다)가 된다.

'이것이 진짜 증거이다'라는 말이 되었다. 다음으로 목걸이 조각들을 맞춰보았고 비로소 진짜 증거인 것을 알았다.

"모두 틀림없습니다!" 시장이 말했다. "이제 남은 것은, 가능하면 이 예쁘디예쁜 아가씨의 부모가 누구인지 알아보는 일이군요."

"여러분, 그 아버지는," 돈 디에고가 대답했다. "바로 나올시다. 그 어머니는 지금은 살아 있지 않습니다. 그녀는 무척이나 지체 높은 귀부인으로, 나 같은 사람은 그녀의 하인 정도였다고 생각하시면 되겠습니다. 그러나 그 이름은 숨겨도 명성이야 숨길 수 없으며, 나로서는 명백한 잘못처럼 보여도 그것은 죄 받을 짓은 아니었습니다. 여러분이 아셔야 할 것은, 이 보물의 어머니는 한 위대한 분을 여읜 과부였다는 겁니다. 그녀는 어느 시골 마을에 들어가 거기에서 조신하고 정숙하게 하인들과 가신들을 거느리고 평화로운 삶을 살았지요. 운명이 이끌었는지, 어느날 그곳 변방으로 사냥을 나갔던 나는 그녀를 방문하고 싶어졌습니다. 그녀의 집은 엄청나게 커서 거의 성이라고 불러야 할 정도였습니다. 거기 내가 도착했을 때는 오후 낮잠 시간이었습니다. 나는 하인 한 사람에게 말을 맡기고 아무와도 마주치지 않고 계단 위 그녀의 방으로 올라갔습니다. 그녀는 방석 위에서 낮잠을 자고 있었지요. 그녀는 너무나도 아름다웠습니다. 그곳의 호젓함, 고요함, 그리고 그 좋은 기회가 나에게 점잖지 못한, 만용에 가까운 욕망의 불꽃을 일으켰습니다. 정중한 말로 이야기를 나누지도 않고 나는 들어가자마자 문을 닫았습니다. 그녀에게 다가가서 잠을 깨우고 그녀를 꼭 붙들고 말했습니다. '부인, 소리치지 말아요. 큰 소리를 내면 낼수록 당신의 불명예를 더욱 선전하는 것이 될 테니까요. 내가 이 방에 들어오는 것을 본 사람은 아무도 없습니다. 이것은 좋은 인연이어서, 내가 당신과 즐

거운 시간을 보낼 수 있도록 당신의 모든 하인들에게도 잠이 쏟아
졌나봅니다. 비록 그들이 당신의 고함 소리에 달려온다 해도 내 목
숨을 끊기밖에 더하겠습니까? 그것도 당신의 품속에서 말입니다.
그리고 내가 그렇게 죽는다 해도 당신의 정절과 명예가 사람들 입
에 오르내리는 것은 마찬가지일 것입니다.' 그 말과 함께 나는 마
침내 순전히 억지로, 그녀의 의사와는 상관없이 그녀를 겁탈했습
니다. 그녀는 힘에 벅차 지치고 어리둥절해서 말을 할 수 없었든지
아니면 하고 싶지 않았든지, 내게 말 한마디 없었습니다. 나는 망연
자실한 그녀를 버려둔 채 들어갔던 길을 되짚어 돌아나왔습니다.
그리고 거기서 2마장 떨어진 한 친구의 마을로 갔지요. 그 뒤 그녀
는 그곳에서 집을 옮겼고 나는 그녀를 한번도 보지 못하고 또 볼
생각도 하지 않은 채 2년이 흘러갔습니다. 그즈음 그녀가 죽었다
는 소식을 들었지요. 그런데 지금으로부터 20일쯤 전에 그녀의 집
사로 있던 사람이 대단히 간절한 사연으로 나에게 편지를 보내왔
습니다. 그녀와 마찬가지로 나에게도 명예와 행복이 걸린 일이라
면서 나를 부르러 사람을 보냈더군요. 나는 그가 어떤 말을 할지는
전연 짐작도 못 한 채 무엇 때문에 나를 보고자 하는지 궁금해하며
그를 보러 갔습니다. 그 사람은 임종 직전에 있었습니다. 이야기를
길게 하지 않기 위해서 줄이면, 그는 간략하게 그의 여주인이 죽을
때 한 말을 내게 전했습니다. 여주인은 나와의 사이에 일어난 일을
그에게 말했고, 그 강간으로 임신한 일이며 부른 몸을 감추기 위해
과달루뻬의 성모에게 순례를 떠난 일, 이 여관에서 여자아이를 출
산하여 꼰스딴사라고 이름 붙인 일들을 전했습니다. 나에게 딸을
찾을 수 있는 주소와 함께 당신들이 본 목걸이와 양피지, 그리고
금화 3만 에스꾸도를 주었지요. 그 돈은 그 여주인이 딸을 결혼시

키는 데 쓰라고 전한 것이었습니다. 또한 나에게 말하기를, 그의 여주인이 죽은 뒤 즉시 나에게 그 돈과 그녀가 자기를 믿고 은밀하게 전한 말을 알리지 않은 것은 그 돈을 가로채고 싶은 탐욕 때문이었다는 것이었습니다. 그러나 이제 하느님 앞에 모든 것을 고해야 하는 때가 임박했으니 양심의 짐을 조금이나마 덜기 위해 나에게 그 돈을 전하고 어떻게 딸을 찾을 수 있는지 알리고자 한 것이었습니다. 저는 그 돈을 받고 주소를 얻었지요. 그리고 이 일에 대해서 돈 후안 데 아벤다뇨에게 알리고 이 도시를 향해 길을 떠난 겁니다.”

돈 디에고가 여기까지 말했을 때 길가 쪽 대문에서 요란한 고함 소리가 들렸다.

“사람들, 거기 여물 주는 하인 또마스 뻬드로에게 친구 아스뚜리아노가 죄인으로 잡혀간다고 말 좀 해주시오. 감옥으로 붙들려가니 그리로 와달라구요.”

감옥이니 죄인이니 하는 소리에 시장이 그 죄인과 그를 데려가는 경찰을 들어오도록 했다. 사람들이 경찰에게 거기 계시는 시장께서 죄수와 함께 들어오라고 명하신다고 전하여 경찰은 따를 수밖에 없었다.

아스뚜리아노가 이가 피범벅이 된 아주 형편없는 몰골로 경찰에 붙들려왔다. 응접실에 들어오자마자 자기 아버지와 아벤다뇨의 아버지를 알아본 그는 당황하여 자기를 알아보지 못하도록 피를 닦는 척하며 수건으로 얼굴을 감쌌다. 시장은 저 청년이 무슨 짓을 했기에 저런 형편없는 몰골로 끌고 가느냐고 물었다. 경찰은 저 청년은 아스뚜리아노라는 물장수이며, 그를 길가 아이들이 “꼬리 내놓아, 아스뚜리아노, 꼬리 내놓아!” 하고 놀렸다고 하면서 곧바로 왜 꼬리를 내놓으라고 하는지 그 이유를 짧게 설명했다. 그 얘기를 듣고 모두들 적잖이 웃음을 터뜨렸다. 경찰은 이어서, 그가 알깐따라 다리로 나가고 있는데 아이들이 또 꼬리를 내놓으라고 놀리자, 그가 말에서 내려 한놈을 쫓아가서 붙들어 몽둥이로 반쯤 죽여놓았다고, 그래서 그를 체포하려 하자 저항하는 바람에 결국 저런 몰골이 된 것이라고 설명했다.

시장은 그 얼굴을 보이라고 명했다. 그는 부득부득 수건을 벗지 않으려 했지만 경찰이 와서 수건을 벗겼다. 그 순간 그 아버지가 그를 알아보고 크게 놀라서 말했다.

"내 아들 돈 디에고, 네가 어떻게 이 모양이 됐니? 이 옷은 또 뭐고? 너는 아직도 그 건달 버릇을 못 버렸느냐?"

까리아소는 아버지 발밑에 가서 무릎을 꿇고 엎드렸다. 그 아버지는 눈물을 머금고 한동안 아들을 껴안고 있었다. 돈 후안 데 아벤다뇨는 자기 아들 돈 또마스가 돈 디에고와 함께 온 것을 알고 있었기 때문에 그에게 아들 소식을 물었다. 그는 돈 또마스 데 아벤다뇨가 그 여관에서 여물 주는 하인으로 있다고 말했다. 아스뚜리아노가 하는 말을 듣고 거기 있던 사람들이 모두 정신이 나갈 정도로 놀랐다. 시장은 여관 주인에게 그 여물 주는 하인을 데려오라고 명했다.

"제 생각에 지금 집에 없는 것 같습니다. 하지만 찾아보지요." 주인이 대답하고는 그를 찾으러 나갔다.

돈 디에고는 까리아소에게 그렇게 변장을 한 이유가 무엇이며 무엇 때문에 물장수가 되었고 또 돈 또마스는 여관에서 여물 주는 하인이 될 생각을 하게 된 것이냐고 물었다. 그 말에 까리아소는 그것은 대중 앞에서 해명할 수 없는 질문들이니 나중에 따로 말씀드리겠다고 대답했다.

이때 돈 또마스는 자기 방에 숨어 아무도 모르게 자기 아버지와 까리아소의 아버지가 하는 행동을 지켜보고 있었다. 시장이 와서 온 집에 소동이 벌어진 탓에 그는 무척 긴장하고 있었다. 마침내 누군가 주인에게 그가 방에 숨어 있는 것을 귀띔해준 사람이 있어 주인은 그를 찾으러 가서 반은 제 발로, 반은 강제로 내려오게 하려고 애를 썼다. 그러나 그는 내려오지 않으려고 버텼다. 시장이 마당으로 나와서 그의 이름을 부르며 말했다.

"내려오세요, 친척 양반. 여기 무슨 곰이나 사자 들이 기다리는 것이 아니니까요."

그 말에 마침내 또마스가 내려왔다. 그는 눈을 내리뜨고 아주 고분고분한 태도로 아버지 앞에 무릎을 꿇었다. 아버지는 그야말로 대단히 만족해서 아들을 껴안았다. 성서에서 잃어버렸던 방탕한 아들을 되찾은 아버지의 감동과 같았다.

이때는 벌써 시장의 마차가 그를 모시러 와 있었다. 큰 축제가 있어 말을 타고 다니기가 어려워 마차를 타고 돌아오게 한 것이다. 시장은 꼰스딴사를 부르게 하여 그녀의 손을 잡고서 그 아버지에게 소개했다.

"돈 디에고 어르신, 이 보물을 받으시지요. 어르신께서 바라시는 것 중에 가장 아름다운 보물로 아끼고 사랑해주십시오. 그리고 그대, 아름다운 아가씨여, 아버님 손에 키스하게나. 그리고 이렇게 영광스러운 인연으로 그대의 천한 신분을 바꾸어 가장 좋은 신분에 오르게 된 것을 하느님께 감사드려야지."

꼰스딴사는 무슨 일이 벌어진 것인지 알기는커녕 상상도 못 하고 있었기에 완전히 어리둥절하여 어쩔 줄 몰라 벌벌 떨면서 아버지 앞에 무릎을 꿇었다. 그리고 아버지의 손을 잡고 사랑스럽게 키

스하기 시작했다. 아버지의 손은 딸의 고운 눈에서 흘러내리는 눈
물로 젖어들었다.

이런 일이 벌어지는 동안, 시장은 사촌인 돈 후안을 설득하여 모
두 함께 자기 집으로 가자고 청했다. 비록 돈 후안은 거절했지만
시장이 하도 간절히 청해서 결국 그렇게 하기로 했다. 그리하여 모
두들 마차에 올랐다. 시장이 꼰스딴사에게도 마차에 타라고 말하
자 그녀는 가슴이 먹먹해졌고 끝내 여주인과 서로 부둥켜안고 통
곡하기 시작했다. 그 장면을 보고 있던 사람들이 모두 몹시도 가슴
아파했다. 여주인이 말했다.

"이게 무슨 일이냐, 사랑하는 내 딸아. 네가 간다니, 나를 떠난다
니…… 그렇게 사랑하며 너를 키웠는데, 어떻게 이 어미를 두고 갈
용기가 난단 말이니?"

꼰스딴사는 울면서 그 어머니에게 더욱 큰 사랑의 말로 화답했
다. 그러자 시장도 마음이 아파서 여주인을 함께 마차에 오르게 하
고 그녀가 똘레도를 떠날 때까지는 그 딸에게서 떨어지지 않도록
했다. 그리하여 여주인과 모두가 마차에 올라 시장의 집으로 갔고
귀족 마나님인 시장 부인의 환대를 받았다. 풍성하고 호화로운 식
사를 한 뒤 까리아소는 아버지에게 사실은 돈 또마스가 꼰스딴사
를 사랑해서 그 여관에서 하인으로 일하게 된 것이라고, 또마스가
얼마나 꼰스딴사에게 반했는지 그녀가 신사의 딸로서 귀족 신분인
지 알지 못했을 때도, 식모 신분일지라도 그녀를 아내로 맞이하겠
다고 말했다고 털어놓았다. 시장 부인은 꼰스딴사에게 그녀와 나
이와 몸매가 비슷한 자기 딸의 옷으로 갈아입도록 했다. 꼰스딴사
는 농사꾼 아가씨의 복장으로도 예쁘게 보였지만 귀족 아가씨 복
장을 하니 하늘에서 내려온 여자 같았다. 그 옷들은 아주 잘 어울

려서 그녀가 태어날 때부터 귀족 아가씨였고 늘 유행에 맞는 가장 좋은 옷들을 입어온 것처럼 생각될 정도였다.

그러나 다들 그렇게 즐거워하는 가운데 단 한 사람 슬픔에 잠긴 사람이 있었다. 바로 시장의 아들 돈 뻬드로였다. 그는 사실 꼰스딴사가 자기 것이 되어야 한다는 상상을 키워왔던 것이다. 그런데 시장과 돈 디에고 데 까리아소, 돈 후안 데 아벤다뇨는 돈 또마스가 꼰스딴사와 결혼한다는 데 합의했던 것이다. 그녀의 아버지가 그녀의 어머니가 유산으로 준 금화 3만 에스꾸도를 딸에게 주었다. 그리고 물장수 돈 디에고 데 까리아소는 시장의 딸과 결혼하고, 시장의 아들 돈 뻬드로는 돈 후안 데 아벤다뇨의 딸 하나와 결혼시키기로 했다. 그의 아버지가 친족들의 승인을 받아오겠다고 나섰다.

이렇게 하여 모두들 즐겁고 행복하고 만족하게 되었다. 여러 결혼의 소식과 고명한 식모 아가씨의 행운의 이야기는 온 도시로 퍼져나가서 새로운 복장을 한 꼰스딴사를 보러 수없이 많은 사람들이 모여들었다. 이미 말했듯이 그녀의 모습은 참으로 귀족 아가씨다워 보였다. 사람들은 여물 주던 하인 또마스 뻬드로가 귀족 차림을 한 돈 또마스 데 아벤다뇨로 변한 모습을 보았다. 로뻬 아스뚜리아노는 당나귀와 물항아리들을 내려놓고 옷을 바꿔 입으니 대단히 멋진 신사인 것이 드러났다. 그러나 아무리 그래도, 아무리 화려한 옷을 입어도, 그가 길거리를 지날 때 더러 꼬리를 내놓으라는 사람이 없지는 않았지.

그들은 한달 동안 똘레도에 머물렀고 그 뒤에는 돈 디에고 데 까리아소와 그의 아내, 그의 아버지, 꼰스딴사와 남편 돈 또마스, 시장의 아들도 자기 친척뻘인 아내를 보러 부르고스로 떠났다. 세비야인은 금화 1,000에스꾸도와 꼰스딴사가 여주인에게 준 많은 보

216

석들로 부자가 되었다. 여주인은 항상 자기가 키운 딸을 꼰스딴사라는 이름으로 부르곤 했다. 이 '고명한 식모 아가씨 이야기'는 똘레도의 황금빛 따호 강가 시인들의 붓을 움직이게 만들어 시인들은 세상에 둘도 없는 꼰스딴사의 아름다움을 칭송하고 고상한 시로 남겼다. 그녀는 아직도 그 여관의 착한 하인의 동반자로 살고 있다. 그리고 까리아소는 자식이 더도 덜도 아니고 셋인데, 그들은 그 아버지를 본받지 않고 세상에 참치어장이 있는지도 모른 채 오늘날 살라망까에서 공부하고 있다. 그들의 아버지는 어디 방물장수의 당나귀가 보이기만 하면 똘레도에서 있었던 기억이 떠올라 두려워하곤 했다. 생각지도 않은 놀림을 받아 "꼬리 내놓아라, 아스뚜리아노! 꼬리 내놓아!"라는 소리가 들릴까봐 말이다.

두 아가씨에 관한 소설
Novela de las dos doncellas

세비야에서 5마장쯤 떨어진 곳에 '하얀 성' 혹은 '까스띠블랑꼬'라는 곳이 있다. 거기에는 객줏집이 많은데, 그중 하나에 해질 무렵 들어선 손님은 아름다운 외국산 조랑말을 탄 나그네였다. 하인은 거느리지 않았다. 그는 누가 박차를 잡아주기를 기다리지도 않고 가볍게 안장에서 뛰어내렸다.

　즉시 주인이 달려왔다. 부지런하고 조심성 많은 사람이었으나 동작이 재빠르지는 않아서 나그네는 앞문 문지방에 앉아 기다릴 수밖에 없었다. 그는 급히 가슴의 단추들을 풀어젖히고 이내 기절할 듯한 표정으로 팔을 늘어뜨렸다. 자비심 많은 여주인이 그에게로 다가가 얼굴에 물을 뿌려 정신을 차리게 만들었다. 그러자 나그네는 그런 모습을 내보인 것이 쑥스러운 듯 다시 단추를 채우고 나서 즉시 들어가 묵을 방 하나를 청했다. 가능하면 혼자 쓰는 방을 달라고 했다.

여주인은 온 집에 한 사람 이상 쓰는 방 하나밖에 남지 않았다고 하면서 침대가 둘 있는 방을 내주고 손님이 더 오면 그 방에 손님을 더 들일 수밖에 없다고 말했다. 그 말에 그 나그네는 손님이 더 오건 안 오건 자신이 침대 두개 값을 내겠다고 했다. 그는 금화 1에 스꾸도를 내밀면서 아무에게도 자기 방의 빈 침대는 주지 말라고 하고 그 돈을 전부 여주인에게 건넸다.

여주인은 그가 지불한 돈에 기분이 나쁘지 않았고 오히려 그가 청한 대로 해주기로 마음먹었다. 그날 밤 자기 집에 세비야의 추기경이 손수 찾아오신다 해도 꼭 그렇게 할 작정이었다. 저녁은 집에서 드실 것이냐고 손님에게 물으니 그는 하지 않겠다고 했다. 그가 원하는 것은 다만 자기 조랑말을 잘 돌봐달라는 것뿐이었다. 그리고 방 열쇠를 청한 그는 커다란 가죽 보따리 몇개를 들고 자기 방으로 들어간 뒤 열쇠로 문을 잠갔다. 그리고, 뒤에 안 일이지만, 잠근 문에 또 의자 둘을 갖다 막아놓았다.

손님이 안에 들어가자마자 주인과 여주인, 여물 주는 하인과 어쩌다 거기 있던 두 이웃이 회의를 하러 모여들었다. 모두들 새 손님의 멋진 풍모와 대단한 아름다움을 입에 올렸고 그렇게 멋지고 아름다운 사람은 본 일이 없다는 것으로 결론이 났다.

그들은 또한 손님의 나이를 가늠해보았다. 열여섯살에서 열일곱살 정도 되었으리라는 추측이었다. 그런데 그가 그렇게 기절한 이유가 무엇일까에 대해서는, 늘 하듯이 주거니 받거니 많은 말들이 오갔으나 끝내 이유를 알 수 없었으므로 이야기는 그냥 손님의 점잖고 잘생긴 것에 대한 칭찬으로 마무리되었다.

이윽고 이웃들은 집으로 돌아갔다. 주인은 조랑말에게 여물을 주러 가고 여주인은 혹시 다른 손님들이 올 것을 대비해서 저녁식사를 준비하러 들어갔다. 얼마 안 있어, 먼저 사람보다 조금 더 나이가 많아 보이지만 역시 적잖이 멋있는 또다른 사람이 들어왔다. 그 사람을 보자마자 여주인이 말했다.

"에구머니나! 이게 뭔 일이래요? 혹시 오늘 밤에 웬 천사들이 우리 집에 머물러 오시나?"

"여주인께서는 왜 그런 말씀을 하시지요?" 그 신사가 물었다.

"별 뜻이 있어서 한 소리는 아니고요." 여주인이 대답했다. "다만 죄송스럽게도 제가 드릴 말씀은, 손님께서는 말에서 내리지 마시라는 것입니다. 손님께 드릴 침대가 없거든요. 침대가 둘이 있었는데, 저 방에 있는 한 신사가 두 침대를 다 쓰겠다고 저에게 두개 값을 다 지불했지요. 비록 침대 하나밖에는 필요 없을 것 같긴 했지만요…… 아무도 더 들이지 말라는 걸 보면 어쩌면 혼자 있는 것을 즐기는 분인가보지요. 정말이지 아무리 생각해도 무슨 이유인지는 모르겠네요. 얼굴이며 풍모로 보아 숨어 다닐 사람 같지는 않은데. 오히려 보란 듯이 내놓고 축복받으며 다닐 사람같이 생겼는데 말입니다."

"그렇게 멋지게 생겼나요?" 신사가 말을 받았다.

"멋지다마다요!" 그녀가 대답했다. "멋지다는 말 정도는 엿 먹으라지요!"

"이걸 잡고 있거라." 이때 당나귀 모는 아이에게 신사가 말했다. "내가 마룻바닥에서 자는 한이 있어도 이렇게 칭찬이 자자한 사람은 한번 보고 가야겠다."

그는 함께 온 당나귀 모는 아이에게 박차를 잡게 하고 말에서 내렸다. 그는 저녁식사를 청했고 즉시 그 말대로 식사가 나와서 먹고 있는데, 보통 조그만 마을에서 흔히 그러듯이 동네 경찰이 들어왔다. 그리고 앉아서 저녁을 먹고 있는 신사와 이야기를 나누게 되었다. 경찰은 이야기하는 틈틈이 와인 세잔을 마시고 신사가 준 꿩 가슴고기와 엉덩이고기를 먹어치우고는 궁중 소식과 플랑드르전쟁 소식, 터키의 쇠락 등에 대해 묻는 것으로 답례를 대신했다. 당시 유행하던 대로 주님의 가호로 버티고 있는 트란실바니아 왕자의 이야기도 잊지 않았다.

신사는 저녁을 먹으면서 말이 없었다. 경찰의 질문에 만족하게 답을 해줄 만한 곳에서 온 사람이 아니었기 때문이다. 이내 조랑말과의 볼일을 마친 객줏집 주인이 대화에 끼어들어서는 자기 집 와인을 함께 마시며 경찰보다 적잖게 거들었다. 그는 와인을 부어넣을 때마다 단숨에 고개를 왼쪽 어깨 위로 젖히고 입이 닳도록 자기 집 와인을 칭찬하며 구름 위에 띄웠다. 비록 와인통에 물 들어갈까 봐 구름 속에 오래 두지는 않았지만…… 그러다 화제를 돌려 방에 틀어박혀 있는 새 손님에 대해서 칭찬을 늘어놓더니 그가 기절한 일, 문을 잠그고 들어앉아 저녁도 먹지 않겠다고 한 일 등을 이야기했다. 물건이 가득한 가죽 보따리 하며 훌륭한 조랑말에 대해서, 그리고 그의 화려한 여행복에 대해서까지 세세히 얘기하고는 그 정도 짐에 그런 차림새라면 하인 하나는 거느리고 와야 하는데 그렇지 않은 것이 이상하다고 했다. 이런저런 얘기들이 그 손님을 보고 싶은 신사의 욕망을 더욱 부추겼다. 그래서 신사는 객줏집 주인을 꼬드겨 자기가 그 나머지 침대에 자러 들어가도록 해주면 금화 1에스꾸도를 주겠다고 했다. 돈 욕심에 끝내 마음이 움직인 주인은 그 침대를 내주려고 했지만, 방이 안으로 잠겨 있어서 불가능한 것을 발견했다. 그렇다고 안에서 자고 있는 사람을 깨울 용기는 나지 않았고 더욱이 두 침대 모두 이미 값을 치른 다음이었으니. 이 문제를 풀어보겠다고 경찰이 나섰다.

"지금 할 수 있는 일은 내가 문을 노크하는 겁니다. 경찰이라고 말하고, 시장님의 명령으로 이 신사분을 이 객줏집에 숙박하도록 데려왔는데 다른 침대가 없어서 그 침대를 주어야 한다고요. 그 말에 주인장은 그건 먼저 손님에 대한 모독이라고 반박하세요. 이미 대여한 침대이니 그걸 빌린 분에게서 빼앗는다는 건 온당치 않다고 말입니다. 그러면 주인은 책임을 더는 셈이고 당신이 뜻한 것도 이룰 수 있겠네요."

모두에게 경찰의 생각이 그럴듯해 보였다. 신사는 경찰에게 4레알로 사례하고 그러기로 했다.

그들은 즉시 이 생각을 실행에 옮겼고 결국 첫 손님은 대단히 섭섭해하며 경찰에게 문을 열어주었다. 두번째 손님은 그에게 실례한 데 대해 거듭 용서를 청하고 빈 침대로 갔다. 그러나 첫 손님은 말대꾸 한마디 없었으며 심지어 얼굴도 제대로 보여주지 않았다. 그는 문을 열어주자마자 자기 침대로 가서는 벽 쪽으로 얼굴을 돌리고 말대꾸도 하기 싫은 듯 자는 척했다. 새로 들어간 손님도 잠자리에 들었다, 다음날 아침에 일어나면 그의 소망을 이루리라는 기대를 가지고.

12월의 길고 게으른 밤이었다. 추위와 여독 때문에 억지로라도 잠을 청해보려 했으나 첫번째 손님은 잠들지 못하고 있었다. 자정이 조금 넘어 그는 한숨을 쉬기 시작했는데 그 소리가 너무 슬퍼서 숨을 토할 때마다 가슴이 찢겨나가는 것 같았다. 자고 있던 두번째 손님은 그의 한숨과 신음 소리가 너무 비통해서 잠을 깨지 않을 수 없었다. 그는 한숨에 이어 흐느끼는 소리에 놀라 첫 손님의 중얼거리는 듯한 혼잣말에 열심히 귀를 기울이기 시작했다. 방은 어둡고 침대 사이는 상당히 떨어져 있었지만 그렇다고 소리가 들리지 않는 것은 아니었다. 한숨과 눈물을 섞어 희미하게 떨리는 목소리로 상처받은 첫 손님이 한 말은 이렇다.

"세상에 이런 불행이…… 비할 데 없는 내 운명의 힘은 어디로 나를 데려가는가? 어떤 길이 내가 가야 하는 길인가? 내가 처한 이 얽히고설킨 미로에서 도대체 출구는 어디인가? 아, 이 경험도 없는 어린 나이라니, 어떤 배려와 조언도 불가능하지 않은가! 나의 이 알 수 없는 방황의 길의 끝은 어디인가? 아, 멸시받은 명예여, 아 배은망덕한 사랑이여, 아, 영예로운 부모님과 친척들의 무너진 존경이여, 아, 욕망의 길로 고삐 풀린 말처럼 이리저리 끌려다닌 내 인생이여! 오, 실행으로 보답하지 못하도록 참말처럼 내 입을 놀리게 한 거짓 약속들이여! 그러나 슬픔에 젖어 한탄하는 나는 누구를 원망하는가? 나 자신이 속고 싶어서 속은 것이 아닌가? 나 자신이 내 이 손으로 칼을 잡아, 나이 든 부모님께서 나의 사람됨을 믿고 주신 신뢰의 끈을 끊고 땅으로 내동댕이친 사람 아닌가? 오, 거짓말쟁이 마르꼬 안또니오! 어떻게 내게 던진 그 달콤한 말에 너의 무례함과 멸시의 쓴맛을 섞었더란 말인가? 어디 있는가, 이 배은망덕한 놈? 어디로 갔는가, 무지한 놈? 대답하라, 내가 너에게 말하지 않는가. 기다려, 내 따라갈 테니. 나를 도와줘, 나는 쇠약해지고 있어. 내게 빚진 것을 갚고 나를 살려줘. 여러가지로 너는 내게 빚을 졌으니……"

이렇게 말하고 그는 입을 다물었다. "아, 아" 하는 탄식과 한숨 소리와 함께 서러운 눈물만 흘리고 있었다. 이 모든 것을 말없이 조용히 듣고 있던 두번째 손님은 그 말들로 추측해보건대 첫번째 손님이 여자임에 틀림없다고 생각했다. 그 생각이 그녀에 대해 알고 싶은 욕망을 부추겨 그는 몇번이고 여자인 것 같은 그 손님의 침대로 다가가볼 마음을 먹곤 했다. 그리고 그가 조금만 더 나쁜 마음을 먹었더라면 그렇게 했으리라. 그때 그 손님이 방문을 열고 여관 주인에게 곧 떠나야 하니 조랑말에 안장을 씌우라고 말했다. 부름을 받은 지 한참이 지나서야 나온 주인은 그에게 진정하라고 하면서 아직 한밤중이 다 지나지 않았고 너무 어두워서 함부로 길을 나선다는 것은 만용이라고 했다. 이 말에 그는 잠잠해졌다. 다시 문을 닫은 그는 땅이 꺼지도록 한숨을 내쉬고는 침대에 풀썩 몸을 던졌다……

그의 말을 듣고 있던 손님은 그에게 말을 건네는 게 좋을 듯싶었다. 그가 누구인지 밝히고 가슴 아픈 이야기를 털어놓게 하고 자기가 도와줄 방법이 있는지 생각해보려 했다. 그래서 말을 꺼냈다.

"그러니까 신사 양반, 자꾸 그렇게 한숨을 쉬고 혼잣말하시는 걸 들으니 그대가 마음 아파하시는 그 고통에 나 또한 공감하고 아파하지 않을 수가 없네요. 그러지 않는다면 내 영혼이 돌로 되어 있거나, 내 가슴이 매정한 청동으로 되었거나, 내 마음에 자연스러운 감정이 없는 사람이라 해야겠지요. 내 그대의 아픈 마음을 함께 하고 그 아픔을 덜기 위해 내 목숨이라도 걸고 돕고 싶은 생각이니 그대도 나의 예의로 받아들이시길 바라오. 나에게 마음을 터놓고 사연을 말씀해보시길 바랍니다. 그대 고민의 원인을 숨김없이 말이지요."

"그가 내 정신을 빼앗아가지만 않았더라도," 아픔을 하소연하던 사람이 말했다. "내가 이 방에 혼자 있지 않다는 것을 나도 알아차렸을 겁니다. 그랬다면 내 혀 놀림을 더욱 조심하고 내 한숨을 멈추었겠지요. 이제 내가 주의를 기울이지 않고 잊은 대가로 그대가 청하는 것을 들어드리겠습니다. 내 불행한 사건의 슬픈 이야기를 다시 함으로써 더는 새로운 감정이 생기지 않게 할 수도 있으니까요. 하지만 내가 그대의 청을 들어주길 원한다면, 먼저 약속해주셔야 할 게 있습니다. 나는 그대가 스스로 나를 도와주시겠다고 한 약속과 그대 자신, 또한 그대가 말로써 보여준 태도를 믿습니다. 지금부터 내가 하는 이야기를 듣고 그대의 침대에서 움직인다거나, 내 침대로 온다거나, 내가 그대에게 하고 싶은 말 이외에 더 질문을 한다거나 하는 일은 없을 것을 약속해주세요. 이와 반대로 행동하시거나 그대가 움직이는 것을 느끼면 나는 머리맡에 있는 칼로 내 심장을 찌를 겁니다."

그 신사는 그토록 원하는 이야기를 들을 수 있다면 그뿐 아니라 수천가지 다른 불가능한 일이라도 약속할 생각이었다. 그는 자기가 청한 것에서 한치도 벗어나는 일은 없을 것이라고 거듭 맹세하고 다짐했다.

"그렇게 확실히 말씀해주시니," 첫 손님이 말했다. "그럼 지금까지 한번도 하지 않은 이야기를 하겠소이다. 이 말은 지금까지 내 인생을 아무에게도 이야기한 일이 없다는 뜻이지요. 자, 들어주십시오. 먼저 그대가 아셔야 할 것은, 사람들이 틀림없이 말했을 텐데, 내가 이 객줏집에 들어올 때 남자 옷을 입고 왔지만 실은 한 불쌍한 처녀라는 것입니다. 적어도 여드레 전까지는 그랬지요. 그러나 사기꾼 남자들의 번지르르하게 꾸며낸 말들을 믿고 철없이 미쳤던 나, 이제 그런 여자이기를 그만두었습니다. 내 이름은 떼오도시아입니다. 내 고향은 이 안달루시아의 주요 도시로, 도시 이름은 말하지 않겠습니다. 당신도 그 이름을 아는 게 중요할 것 같지 않고 나도 말하고 싶지 않으니까요. 내 부모는 양반이고 상당한 부자로, 아들 하나와 딸 하나를 두셨지요. 그 아들은 밤낮 놀았지만 자랑스럽고, 딸아이는 항상 그 반대였습니다. 아들은 살라망까에 공부하러 보내고 딸인 나는 집에 두고 키우셨지요. 집에 숨어서 얌전하게 지내는 것이 양반 집안이 요구하는 여자의 미덕이니까요. 나는 아무 어려움 없이 지내며 항상 부모님께 순종했습니다. 그분들의 바람에 꼭 맞게 온 마음을 바쳐 부모의 뜻을 따랐지요. 그러던 어느날, 내 운이 다했는지 내가 지나쳤든지, 이웃집 사람 아들이 내 눈에 들어온 겁니다. 우리 부모보다 더 부자에 우리와 똑같이 양반인 집안 사람이었지요. 처음 그를 보았을 때는 별 느낌이 없었습니다. 기분 좋은 지인을 만난 정도의 기쁨에 지나지 않았지요. 그의 멋진 옷차림, 친절함, 그 얼굴과 습관과 예의 바름, 놀랄 만한 사려 깊음 등에 대해 동네에서 존경과 칭찬이 자자했거든요. 그러나 나의 불행한 사연을 긴 사설로 늘어놓으면서, 말하자면 나의 미친 기미의 시작에 대해 말하면서 나의 적을 칭찬하는 게 무슨 소용이 있겠어요? 결국 내 말은, 우리 집 창과 마주한 창으로 그는 한번이 아니라 여러번 나를 보았단 것이지요. 그는 창 너머로 그의 두 눈에 영혼을 담아 보내는 것 같았고, 내 눈도 처음 볼 때와는 다르게 행복을 담아 그를 바라보길 좋아하게 되었지요. 나아가 그의 얼굴과 몸짓에서 읽는 모든 사랑의 표현이 전부 진실이라고 믿게 되었지요. 보는 것이 말하는 것의 중개자, 중매쟁이가 되어 그의 사랑을 고백하는 말이 나의 사랑의 욕구에 불을 지르고 그의 사랑을 믿게 만들었습니다. 이렇게 해서, 사랑의 약속이며 맹세며 한숨이며 눈물이며가 나를 완전히 정복했어요. 내게는 모든 것이 믿을 만한 연인이 완전히 마음을 열고 움직일 수 없는 그의 가슴의 진실을 보여주는 행위로 보였습니다. 그리고 나에게는, 한번도 그런 경우에 처해보지 않았던 나에게는 불행하게도, 그의 말 한마디 한마디가 나의 명예와 정절의 성 한쪽을 무너뜨리는 포탄 같은 것이었습니다. 그의 눈물 한방울 한방울은 나의 정절을 태우는 불길이었고 그의 한숨 하나하나는 불길을 돋우는 사나운 바람이어서 그 불은 그때까지 아무도 건드리지 못한 나의 정절을 끝내 불태우고 말았습니다. 그는 마침내 나의 남편이 되겠다고 약속했습니다. 그 부모는 다른 여자를 며느리로 마음에 두고 있었지만요. 그는 그 약속과 함께 나의 삶을 한꺼번에 무너뜨렸습니다. 어찌 된 영문인지도 모르게, 나는 우리 부모의 눈을 피해서 그의 손에 나를 맡겼습니다. 내 어리석음의 증인이라고는 마르꼬 안또니오 — 이것이 바로 나의 평화를 깨뜨린 장본인의 이름입니다 — 의 하인 한 사람뿐이었고요. 그는 내게서 원하던 것을 얻자마자 그로부터 이틀 뒤에 동네에서 사라지고 말았습니다. 그의 부모도, 어느 누구도 그가 어디로 갔는지 알거나 짐작하는 사람이 없었습니다. 내 꼴이 어떻게 되었는지야 말해서 무엇 합니까. 차마 말로 할 수가 없네요. 나는 내 머리칼을 쥐어뜯었어요, 마치 머리칼이 나의 실수의 근원인 양. 내 얼굴을 학대했어요, 이 얼굴 때문에 나의 모든 불행이 일어났고 그 원인이 되었다고 생각했기 때문에. 내 운명을 저주했어요. 나의 성급한 결정을 욕했어요. 끝없이 눈물을 흘려 내 상처받은 가슴에서 흘러나오는 눈물과 한숨에 거의 질식할 것 같았어요. 말없이 하늘에 하소연했어요. 상상 속에서 중얼거렸어요. 내 신세를 고칠 길, 나 자신을 도울 길이 있는지 알아내려고요. 그래서 마침내 찾아낸 방법이 남장을 하고 부모 집에서 사라지는 것이었습니다. 이 두번째 사기꾼, 아이네이스나 잔인하고 야만적인 비레노처럼[1] 나의 선한 마음과 정당하고 근거 있는 희망을 기만한 사기꾼을 찾아나선 거였지요. 일단 마음을 먹은 나는 더 지체하지 않고 오빠의 여행복 한벌을 구해 아버지의 조랑말에 안장을 씌워 어느 깜깜한 밤에 집을 나왔습니다. 살라망까로 갈 생각이었지요. 마르꼬 안또니오가 거기로 갔으리라고 생각했거든요. 그 역시 학생이었고 그대에게 말한 내 오빠의 동료였으니까요. 어떻든, 생각지도 않았던 여행인지라 혹시 무슨 일이 생길지 몰라서 큰돈을 금화로 꺼내왔습니다. 내가 가장 두려워한 것은 우리 아버지 어머니가 내가 입은 옷이나 조랑말의 흔적을 쫓아 나를 찾아낼까 하는 것이었습니다. 이런 두려움이 아니라도 나는 살라망까에 있는 우리 오빠가 무서웠습니다. 오빠가 나를 알아보면 내 목숨이 위태로울 것이라 생각했지요. 왜냐하면 오빠는 내가 아무리 해명하고 사죄한다고 해도 집안과 오빠의 명예를 다치는 것은 아주 작은 것이라도 용납하지 않으니까요. 어떻든 나의 굳은 결심은 목숨을 잃는 한이 있어도 이 양심 없는 나의 남편을 꼭 찾겠다는 것입니다. 그는 내게 한 맹세를 거짓이라 증명하지 않는 한 내 남편인 것을 부인할 수는 없을 겁니다. 그가 준 다이아몬드 반지에 새겨진 '마르꼬 안또니오는 떼오도시아의 남편이다'라는 맹세 말이지요. 그를 찾으면 내게 무슨 잘못이 있어 그렇게 급히 나를 버리고 떠났는지 물어보려 합니다. 그리고 내게 한 약속과 믿음을 지키라고 요구할 것입니다. 아니면 내가 그토록 쉽게 당하고 만 고통의 복수로서 그의 목숨을 끊겠다고요. 우리 부모가 물려준 고귀한 핏줄이 내게 용기를 북돋워줍니다. 내게 저지

---

1 베르길리우스(Publius Vergilius Maro)의 동명의 서사시의 주인공 아이네이스(Aeneis)는 카르타고의 여왕 디도를 배신하고 도망쳤으며, 아리오스또(Ludovico Ariosto)의 서사시 『성난 오를란도』(*Orlando furioso*)에 나오는 비레노(Vireno)는 애인 올림피아를 배신했다.

른 모독의 치유로 결혼을 하든지 아니면 복수를 하라고 말이지요. 신사 양반, 이것이 바로 그대가 알고 싶어했던 불행한 진실의 이야기이니, 이것으로 그대를 잠 못 들게 한 내 한숨과 혼잣말에 대해 충분한 사죄가 되었으면 합니다. 이제 그대에게 부탁하고 또 간청하는 것은, 그대가 내 불행을 치유할 수는 없다 해도 최소한 조언이라도 좀 해주시라는 겁니다. 내가 당할 수 있는 위험을 피할 방법이라든지 추적을 피할 방법, 그리고 내가 필요로 하고 원하는 것을 이룰 방법에 대해서요."

떼오도시아의 사랑 이야기를 듣고 있던 사람은 오래도록 말이 없었다. 하도 잠잠해서 그녀는 그가 잠이 들었거나 그녀의 이야기를 듣지 않았는지도 모르겠다는 생각을 했다. 그래서 의심을 확인해보기 위해 말했다.

"그대는 주무시나요? 그것도 나쁘지 않겠네요. 저 혼자 열을 올려 자기의 불행을 털어놓는 사람의 이야기를 듣다보면 그런 불행에 공감하기보다는 잠이 오기도 하겠지요."

"자는 게 아닙니다." 그 신사가 말했다. "자는 게 아니라 오히려 정신이 또렷한데다 그대의 불행이 너무도 마음 아파서, 어쩌면 그대와 똑같이 마음 조이고 그대 자신보다 더 고통스러운 느낌이 드네요. 이런 이유로 나는 물론 그대가 청하시는 조언을 드릴뿐더러 나의 모든 힘이 닿는 데까지 무어든 도와드리고자 합니다. 사연을 이야기하는 모습으로 볼 때 그대는 놀라운 이해력을 지니신 듯하고, 그러니 마르꼬 안또니오의 유혹 때문이라기보다는 오히려 그대의 마음이 쏠려 그대의 슬픔을 만들어낸 것이라 생각되긴 하지만, 그럼에도 나는 그대의 어린 나이가 그대로 하여금 잘못을 저지르게 한 것이라고 이해하고 싶군요. 그 나이에는 교활한 남자들을

232

겪어보지 못했을 테니까요. 아가씨, 마음을 진정하고 가능하면 좀 주무세요. 밤이 얼마 남지 않은 것 같네요. 날이 밝으면 상의해서 그대의 고통을 덜 어떤 방법이 있는지 찾아보기로 하지요."

떼오도시아는 자기가 아는 최대한의 감사를 표하고 그 신사가 잘 수 있도록 조금이라도 눈을 붙이려고 노력했다. 그러나 그 신사는 한순간도 눈을 붙이지 못했고 침대에서 뒤척이며 한숨을 쉬기 시작했다. 할 수 없이 떼오도시아는 그에게 어디 아픈 데가 있어 그러느냐고 물었다. 그녀가 치유할 수 있는 사랑의 문제라면 그가 그녀에게 베푼 친절함 그대로 그녀도 도와드리겠다고 했다. 그 말에 신사가 대답했다.

"아가씨, 비록 그대가 내 마음을 이렇게 흔들어놓은 것은 사실이지만, 그대가 이 마음을 고쳐줄 여자는 아니랍니다. 그럴 수 있다면 아무 걱정이 없겠지요."

떼오도시아는 이해할 수 없는 그런 복잡한 말에 혼란스러웠다. 그러나 어떤 사랑의 문제가 그를 괴롭히고 있지 않나 의심스러웠고 자신이 그 이유일 수도 있다고 생각했다. 그럴 수도 있는 것이, 방 안은 편안하고 호젓하고 어두운데다 자기가 여자라는 것을 알았으니 그에게 불쑥 나쁜 생각이 일었을 가능성이 없지 않았기 때문이었다. 이런 생각에 두려움을 느낀 그녀는 조용히 서둘러 옷을 입고 허리에 긴 칼과 단도를 차고 침대에 앉아 날이 밝기를 기다렸다. 그로부터 얼마 안 있어 해가 나기 시작해 객줏집의 방 입구며 곳곳으로 빛이 들어왔다. 신사 역시 떼오도시아가 한 대로 준비를 마치고 첫 빛줄기가 방을 밝히자마자 침대에서 일어나며 말했다.

"일어나세요, 떼오도시아 아가씨. 이제부터 나는 그대를 모시고 다니며 내 곁에서 그대를 떼어놓지 않겠습니다. 그대가 그대 품에 마르꼬 안또니오를 정식 남편으로 얻게 되거나, 아니면 나나 그 사람 중 하나가 목숨을 잃을 때까지 말입니다. 이로써 그대의 불행이 어떻게 내 마음을 움직여 이런 의지와 의무감을 갖게 했는지 아시게 될 겁니다."

이렇게 말하고서 그는 방문과 창문을 열어젖혔다.

떼오도시아는 날이 다 밝기를 기다렸다. 빛이 들어 온밤을 함께 이야기 나눈 그 사람이 어떤 모습일지 보고 싶었던 것이다. 하지만 그를 알아본 순간, 그녀는 차라리 절대 날이 새지 않았으면 하는 심정이었다. 그대로 영원한 밤 속에 자신의 두 눈이 감겨 있기를 바랐다. 왜냐하면 그 신사가 눈을 돌려 그녀를 바라보았을 때(그도 그녀를 보고 싶었다), 그녀는 그가 자신이 그토록 두려워했던 오빠인 것을 알았기 때문이다. 그를 보자 그녀의 눈은 빛을 잃은 듯 눈동자가 멈췄으며 얼굴은 사색이 되었고 긴장으로 말을 잃었다. 그러나 그녀는 마침내 힘을 내서 두려움을 떨치고 위험 속에서 정신을 가다듬었다. 단검을 쥐고 오빠 앞에 가서 무릎을 꿇은 그녀는 두려움에 찬 목소리로 말했다.

"받아요, 존경하고 사랑하는 오라버니. 분노를 푸시고 제가 저지른 죄를 이 칼로 벌해주세요. 저처럼 큰 죄를 범한 사람은 아무런 자비도 받을 자격이 없으며 저는 저의 참회가 어떤 변명이 되기를 바라지 않습니다. 제가 간절히 바라는 것은, 제 죄에 대한 벌로 저의 목숨은 빼앗더라도 저의 지조와 명예까지 빼앗지 말아달라는 것입니다. 비록 제가 부모님 집에서 사라져 집안의 명예를 훼손할 위험에 처하게 하긴 했어도, 오라버니가 제게 내리는 벌을 비밀에 부친다면 명예는 지켜질 테니까요."

그 오빠는 그녀를 바라보았다. 감히 그런 짓을 저지르다니 그 분방함에 복수로 벌을 내리고 싶었지만 자신의 잘못을 터놓고 고백하는 그 사랑스러운 말들이 효력을 발휘해 오빠의 마음을 한없이 부드럽게 만들었다. 그리하여 그는 편안한 얼굴과 평화로운 표정으로 그녀를 일으켜세우고, 그녀의 크나큰 어리석음에 합당한 벌이 생각나지 않으니 당분간 벌을 주는 것은 미루겠다고 하면서 그가 할 수 있는 최대한으로 그녀를 위로했다. 또한 그가 생각하기에 모든 해결책이 불가능한 불운에 처한 것은 아니니 모든 방법을 동원해서 마르꼬 안또니오를 찾을 것이며, 그녀가 한 경솔한 짓에 대해 죄를 묻는 것은 지금은 하지 않겠다고 거듭 말했다.

이런 말에 떼오도시아는 얼굴에 활기가 돌고 잃어버린 정신이 제자리로 돌아왔으며 거의 죽은 듯했던 희망이 되살아났다. 돈 라파엘(이것이 그녀 오빠의 이름이었다)은 그녀의 일에 대해서는 더이상 언급하고 싶어하지 않았고 다만 그녀의 이름을 떼오도시아에서 남자 이름 떼오도로로 바꾸고 즉시 둘이서 살라망까로 가서 마르꼬 안또니오를 찾자고 했다. 그는 자기의 동급생이어서 그가 저지른 죄를 의식해 자기를 피한 것이 아니라면 말이라도 나눴을 테니, 그가 아직 살라망까에 있을 것 같지는 않았지만 말이다. 새로 이름을 얻은 떼오도로는 오라버니가 원하는 대로 모든 것을 맡겼다. 이때 집주인이 들어왔기에 그에게 점심식사를 달라고 하고 곧 떠날 것이라고 말했다.

당나귀 모는 아이가 안장을 얹는 동안 점심식사가 차려졌고, 객줏집에는 길 가던 양반이 하나 들어왔다. 돈 라파엘은 금방 그 친구를 알아보았다. 떼오도로도 그를 알아보았으나 자기를 볼까봐 방에서 나오려 하지 않았다. 돈 라파엘은 방금 도착한 친구와 포옹을 하고 떠나온 곳의 소식을 물었다. 그는 자기는 산따 마리아 항구에서 오는 길이며 거기에 나뽈리로 떠나는 함선 네척이 있었는데, 그 함선에는 돈 레오나르도 아도르노의 아들 마르꼬 안또니오 아도르노가 타고 있었다고 말했다. 그 소식에 돈 라파엘은 무척 기뻐했다. 전연 생각지도 않았는데 중요한 소식을 들었기 때문이다. 이는 그들의 일이 좋은 결말을 가져올 거라는 징조 같았다. 그는 친구에게 그의 아버지의 조랑말(친구도 아주 잘 알고 있던)을 친구가 타고 온 당나귀와 바꾸자고 청하면서, 자기는 살라망까에서 오는 길이 아니라 그리로 가는 길인데 그 좋은 조랑말을 먼 길에 타고 가고 싶지 않다고 말했다. 사려 깊은 그 친구는 바꿔 타는 데 동의하고 조랑말은 책임지고 그의 아버지에게 전해주기로 했다. 그들은 함께 점심식사를 했고 떼오도로는 혼자 먹었다. 출발할 시간이 되자 그 친구는 자기 집안의 풍성한 경작지가 있다면서 까사야로 가는 길을 택했다.

돈 라파엘은 그 친구와 함께 떠나지 않았다. 그에게서 몸을 피하려고 자기는 그날 세비야로 갈 일이 있다고 했다. 그 친구가 떠나는 것을 보고 말들이 안장을 다 얹고 준비를 마치자 그는 주인과 계산을 하고 작별인사를 나눴다. 그들은 객줏집에 있던 모든 사람들이 그들의 우아한 풍모에 바치는 감탄을 뒤로하고 여관을 떠났다. 사실 남자가 보기에 돈 라파엘은 누이에 비해 아름다움이나 우아함도, 별다른 멋이나 활기도 없었지만.

여관을 나오면서 돈 라파엘은 누이에게 거기서 들은 마르꼬 안또니오의 소식을 전했고 그의 생각에 되도록 서둘러서 바르셀로나로 가야 할 것 같다고 말했다. 보통 이딸리아로 가거나 에스빠냐로 돌아오는 함선들이 바르셀로나에서 하루씩 정박하니, 마르꼬 안또니오의 배가 아직 도착하지 않았으면 기다려서라도 틀림없이 그를 만날 수 있을 것이라고 했다. 누이는 오라버니의 뜻만 따르겠다고, 최대한 좋을 대로 잘 생각해서 해달라고 말했다.

돈 라파엘은 데리고 가던 당나귀 모는 젊은이에게 인내심을 가지라고 하면서, 이제 사정이 바르셀로나로 가게 되었으며 함께 가는 동안 보수는 흡족할 만큼 지불하겠다고 확실히 말했다. 그 몰이꾼은 즐겁게 자기 일을 하는 젊은이였고 또한 돈 라파엘이 관대하다는 것을 알고 있었기에 지구 끝까지라도 그를 모시고 가겠다고 대답했다. 돈 라파엘은 누이에게 돈을 얼마나 가지고 왔느냐고 물었다. 그녀는 세어보지는 않았고, 다만 자기가 아는 것은 아버지 책상 서랍에 일고여덟번 손을 넣어 한움큼씩 금화를 꺼냈다고 했다. 그 말을 들으니 돈 라파엘의 짐작으로는 금화 500에스꾸도 정도는 가져왔을 듯했고, 그러면 자기가 지닌 200에스꾸도와 금팔찌까지 해서 여비가 부족할 것 같지는 않았다. 더구나 바르셀로나에서 마르꼬 안또니오를 찾는다 치면 더욱 안심할 만했다.

이런 생각으로 그들은 하루도 거르지 않고 부지런히 길을 가서 어떤 사고도 방해도 없이 바르셀로나에서 9마장 거리에 있는 고장, 이괄라다라고 하는 곳에서 2마장 거리에 도착했다. 거기서 그들은 로마에 대사로 가는 한 신사가 함선이 오기를 기다리면서 바르셀로나에 머물고 있으며, 아직 함선이 도착하지 않았다는 대단히 기쁜 소식을 들었다. 그들은 즐거운 마음으로 길을 재촉하여 길가 조그만 숲으로 들어가다가, 숲속에서 한 사나이가 무엇에 놀란 듯 뒤를 돌아보며 뛰어나오는 것을 보았다. 돈 라파엘이 앞을 막고 서서 물었다.

"이보시오, 왜 도망가는 거요? 그렇게 겁에 질린 모습으로 빨리 뛰다니 무슨 일이 있소?"

"무서워서 빨리 달아나지 않을 수가 있나요?" 그 사나이가 대답했다. "내가 지금 기적적으로 저 숲에 있는 산적 무리에서 도망나온 참이오."

"망했구먼." 당나귀 모는 청년이 말했다. "맙소사, 망했어! 이 시간에 산적이라고? 하느님 맙소사, 도둑들이 우리를 쳐죽이겠구먼요."

"그렇게 겁낼 것 없네." 숲의 사나이가 말을 받았다. "산적들은 30명 넘는 행인들을 속옷 바람으로 나무에 묶어놓고 이미 가버렸다네. 딱 한 사람만 풀어놓았는데, 그 사람더러 자기들이 신호로 가르쳐준 산고개를 넘어갔을 때 나머지 사람들을 풀어주라고 했다네."

"그렇다면," 당나귀 모는 젊은이(이름이 깔베떼였다)가 말했다. "우리는 안전하게 지나갈 수 있겠네요. 산적들이 한번 공략한 곳은 며칠 동안은 다시 오지 않으니까요. 이것을 내가 확실히 아는 것은 두번이나 그놈들 수중에 잡혔던 사람이 그들의 습성과 버릇을 줄줄 꿰고 있어서 가르쳐준 거예요."

"그렇다네." 사나이가 말했다.

그 말을 들은 돈 라파엘은 앞으로 나아갈 작정을 했다. 얼마 걷지 않아 40명이 넘는 사람들이 나무에 묶여 있는 것을 발견했다. 혼자 풀어둔 사람이 그들을 풀어주고 있었다. 그 광경은 기이한 구경거리였다. 어떤 사람들은 완전히 벗긴 채였다. 다른 사람들은 산적들의 구질구질한 옷을 걸치고 있었다. 몇사람은 도둑을 맞아 울고 있었고, 또다른 사람들은 남들의 이상한 옷차림을 보고 웃고 있었다. 이 사람은 자신이 빼앗긴 것을 세세히 따져보고 있었고 저 사람은 여러가지 빼앗긴 것들 중에서 로마에서 가져온 그리스도가 그려진 은화 상자를 빼앗긴 것이 가장 마음 아프다고 했다. 아무튼 거기서 들리는 것이라곤 불쌍하게 약탈당한 자들의 통곡과 신음 소리뿐이었다. 이 모든 것을 바라보자니 고통스럽지 않을 수 없었고 두 남매는 하느님께 그렇게 가까이 있던 큰 재난을 피하게 해주신 데 감사했다. 그러나 가장 그들의 동정심을 불러일으킨 것은 떼오도로가 상수리나무 둥치에 묶인 한 젊은이를 발견했을 때였다. 무명 반바지에 셔츠만 입은 열여섯살쯤 되어 보이는 얼굴이 대단히 예쁜 젊은이로, 그 모습이 보는 사람들 모두를 마음 아프게 했다.

떼오도로는 말에서 내려 그를 풀어주었다. 그는 그 은혜에 예의 바른 말씨로 감사를 표했다. 떼오도로는 조금 더 은혜를 베풀고자 당나귀 모는 청년 깔베떼에게 다음 장소에 이르면 그 점잖은 청년에게 다른 망또를 하나 사줄 테니 지금 그의 망또를 좀 빌려주라고 부탁했다. 깔베떼가 망또를 건네주자 떼오도로는 그것으로 청년을 감싸주고 그에게 어디 출신이고 어디서 왔으며 어디로 가고 있었는지를 물었다.

그러는 동안 돈 라파엘도 옆에 있다가 젊은이가 안달루시아 출신이라고 하는 것을 듣고서 그곳이 그들의 고향에서 2마장 정도밖에 떨어지지 않은 가까운 곳임을 알았다. 청년은 세비야에서 오는 길이며, 계획은 이딸리아로 가서 다른 많은 에스빠냐 젊은이들이 그러듯이 전투기술을 연마해서 행운을 시험해보고 싶었다고, 그러나 그의 운수라는 것이 재수 없이 산적들을 만나는 불운이었다고 털어놓았다. 도둑들은 그에게서 상당히 많은 돈을 가져갔고 금화 300에스꾸도로도 살 수 없는 좋은 옷들도 빼앗아갔다고 했다. 그는 그러나 어떻든 자기 길을 계속 가겠다고, 왜냐하면 자신은 첫번째 만난 불행으로 강렬한 소망과 열정이 식어 없어지는 그런 혈통의 사람이 아니기 때문이라고 했다.

두 남매는 젊은이의 훌륭한 말과 그의 고향이 자신들의 고향과 아주 가깝다는 얘기, 더구나 그의 아름다움이라는 추천장을 보고 그에게 가능한 한 최고로 좋은 길을 택하라고 말했다. 그리고 그 청년을 깔베떼의 당나귀에 오르도록 한 뒤, 그들 생각에 가장 궁핍한 사람들에게, 특히 여덟명이 넘는 사제며 승려 들에게 돈을 얼마씩 나누어주었다. 그들은 더이상 지체하지 않고 길을 떠나 얼마 안 있어 이괄라다에 닿게 되었다. 거기에서 그들은 함선들이 하루 전에 바르셀로나에 도착한 것을 알게 되었다. 이런 소식에 그들은 해변의 안전 상태가 좋지 않아 불가피한 사정이 생기지 않는 한 그로부터 이틀 안에 배를 타기로 했다.

그들은 다음날은 해가 뜨기 전 새벽에 일어나야겠다고 생각했다. 비록 그날 저녁식사 자리에서 있었던 일 때문에 그들 남매는 자신들이 생각한 것보다도 더 충격을 받고 놀라 그날 밤 제대로 자지도 못했지만 말이다. 그날 저녁 식탁에는 그들이 다른 사람들과 함께 풀어준 그 청년도 있었는데, 떼오도로는 찬찬히 그의 얼굴을 응시하더니 호기심 어린 눈으로 그를 바라보았다. 그의 눈에 그 청년의 귀에 뚫린 귀걸이 구멍들이 보였고 이에 더해 어딘가 부끄러워하는 눈빛이 여자 같다는 의심이 들었기 때문이다. 떼오도로는 그 의심을 혼자서 확인하고 싶어 저녁식사가 끝나기를 기다렸다. 저녁식사 중에 돈 라파엘이 그에게 누구의 아들이냐고 물었다. 그는 자기 지방의 주요 인사를 모두 알기 때문에 물어본 것이다. 그 말에 청년은 자기가 잘 알려진 신사인 돈 엔리께 데 까르데나스의 아들이라고 대답했다. 이 말에 돈 라파엘은 자기도 돈 엔리께 데 까르데나스를 잘 아는데, 자기가 분명히 알기로 그에게는 아들이 없다고 하면서 하지만 혹시 부모의 이름이 알려지길 원치 않아 그런 것이라면 자신은 더이상 묻지 않겠다고 했다.

"그렇습니다." 청년이 말을 받았다. "돈 엔리께에게는 아이가 없으나 형제가 한분 있지요. 이름이 돈 산초입니다."

"그분도 역시," 돈 라파엘이 대답했다. "아들이 없고 딸이 하나 있는 걸로 압니다. 더구나 이름나기로는 안달루시아에서 가장 아름다운 처녀들 중 하나라지요. 내가 그 동네에 여러번 갔어도 그녀를 실제로 본 일은 없으나 그 명성을 들어 아는 바입니다."

"나리, 나리께서 말씀하신 모든 것은 사실입니다." 청년이 대답했다. "돈 산초에게는 따님 한분밖에 없지요. 하지만 그 명성처럼 그렇게 아름답지는 못합니다. 제가 돈 엔리께의 아들이라고 한 것은 여러분이 저를 양반으로 알고 계시기 때문입니다. 저는 양반이 아니라 돈 산초의 하인 중 집사올시다. 저는 그 집에서 태어났고 오랫동안 그분을 모시고 있지요. 제가 우리 아버지 돈을 많이 훔친 죄로 아버지가 굉장히 화를 내서서, 이미 말씀드렸듯이 이딸리아로 떠나기로 한 겁니다. 군인의 길을 가려구요. 제가 알기로 가문이 어쭙잖은 사람들도 군대를 가면 이름을 얻더군요."

이 모든 말과 그 말하는 태도를 열심히 지켜본 것은 떼오도로였다. 그리고 그는 내내 자기가 의심하던 방향으로 마음을 굳혀가고 있었다.

저녁식사가 끝났고 식탁보를 걷었다. 돈 라파엘이 옷을 갈아입는 동안 떼오도로는 그 청년이 의심스럽다고 말한 뒤에, 돈 라파엘의 의견과 허락을 구하고 그 청년과 길로 난 넓은 창이 있는 발코니로 나갔다. 떼오도로가 말을 꺼냈다.

"프란시스꼬," 그는 자기 이름이 프란시스꼬라고 했다. "나는 그

간 내가 좋은 사람으로서 그대에게 좋은 행동을 보여드렸기를 바라며, 그러니 무어든 내가 묻고 싶은 것이 있을 때 그대가 굳이 거절하지는 않으실 거라 생각합니다. 하지만 그대를 알게 된 이 짧은 동안에는 무엇을 물어볼 기회가 없었지요. 그러니 이제 그대는 내 궁금증에 답해주셔야 할 때가 되었음을 아실 겁니다. 물론 내가 지금 보이는 궁금증에 그대가 만족스러운 답을 주지 않는다 해도 그것 때문에 내가 더이상 그대의 친구가 아닌 것은 아니겠지만요. 또한 내가 질문을 드리기 전에, 그대와 마찬가지로 내 나이도 많지 않지만 보통 내 나이 또래보다 세상 경험이 더 많다는 것을 그대는 알아주기 바랍니다. 그런 경험 때문에 그대를 지금 입은 옷으로 위장한 대로 남자가 아니라 여자가 아닐까 의심하게 된 것입니다. 그대의 아름다움이 사방에 공언하고 있듯이 그대는 좋은 가문 출신의 아름다운 여자라고 말입니다. 남장을 하고 다니시는 걸 보니 무슨 불행한 일이 있으셨던 것 같군요. 누구든 스스로 좋아서 변장을 하는 일은 없으니까요. 내가 하는 의심이 사실이라면, 부디 내게 말씀해주시지요. 내 신분인 신사의 명예를 걸고 맹세하는데, 가능한 모든 방법으로 그대를 돕고 섬기겠습니다. 그대가 여자가 아니라고 부정하지는 마세요. 그대의 귀걸이 구멍들이 진실을 창문처럼 환히 보여주거든요. 그리고 그대는 밀랍으로 구멍들을 메우는 데 부주의하셨군요. 그러다가 저처럼 호기심 많은, 명예 따위는 생각지 않는 누군가가 그대가 잘 감추지 못한 것을 세상에 떠벌리고 다닐 수도 있는데 말입니다. 내 말은, 나는 기꺼이 그대를 도울 테니 주저하지 말고 그대가 누구인지 내게 말씀하시라는 겁니다. 물론 내가 도와드린다는 것을 전제로 말이지요. 내 그대가 원하는 비밀은 꼭 지켜드릴 것을 확실히 말씀드립니다."

그 청년은 열심히 떼오도로가 하는 말을 듣고 있다가 그가 말을 멈추자 대꾸 한마디 없이 그의 손을 잡고 입술로 가져가 억지로 키스를 했다. 그 아름다운 두 눈에서 쏟아지는 눈물로 떼오도로의 두 손이 흥건히 젖었다. 떼오도로에게도 그의 격한 감정의 동요가 전해졌고 그리하여 그 또한 눈물을 흘리지 않을 수 없었다.(귀족 여인들은 타고나기를 남의 일이나 감정에 쉽게 마음 약해지는 것이다.) 떼오도로는 청년의 입에서 어렵게 손을 뗀 뒤 그가 하려는 대답에 귀를 기울였다. 청년은 깊은 한숨을 내쉬고 여러번 탄식한 끝에 말을 꺼냈다.

"저는 그대의 생각이나 의심이 맞는다는 것을 부정하고 싶지도 않고 그럴 수도 없습니다. 저는 여자입니다. 여자라고 세상에 나온 중에 가장 불행한 여자라고 해야겠지요. 당신들이 보여준 행동과 지금 베푸는 도움의 약속이 제게 어쩔 수 없이 말을 하게 만드는군요. 들어주세요, 제가 누군지 말씀드릴게요. 남의 불행한 이야기를 듣다가 싫증나지 않으실까 모르겠지만요."

"내 일처럼 열심히 듣겠습니다." 떼오도로가 말했다. "내가 그대의 친구가 아니라면 그 고통스런 불행을 알고자 하지도 않았을 겁니다. 벌써부터 나 자신의 불행인 듯 느껴지네요."

그리고 그를 껴안고서 다시 진심을 다해 도울 것을 약속했다. 청년은 조금 더 침착해져서 말을 꺼냈다.

"제 고향에 대해서는 사실대로 말했습니다. 제 부모에 관한 것은 사실이 아니고, 돈 엔리께는 제 삼촌이시지요. 그 형제 돈 산초가 저의 아버지이시고 제가 그 불행한 딸입니다. 그대 형님이 돈 산초에게 예쁘기로 유명한 딸이 있다고 하셨던 그 딸이에요. 비록 제가 예쁜 데는 하나도 없으나, 그 때문에 이 속임수와 사기에 빠져들게 되었지요. 제 이름은 레오까디아입니다. 이제 제가 남자로 변장한 이유를 들어주세요. 제 고향에서 2마장 떨어진 곳에 여기 안달루시아 지역에서 가장 부자이고 양반들이 사는 고장이 있습니다. 그 고장에 한 귀족 신사가 사는데, 제노바 출신의 오래된 귀족 가문으로 아도르노라는 성을 가졌지요. 이 사람에게 아들이 하나 있는데, 저처럼 칭찬이 그 명성을 과장한 게 아니라면 누구라도 좋아하는 훌륭한 양반 중의 하나였지요. 이 청년은 우리 동네와 이웃이기도 하고 또 제 아버지처럼 운동 삼아 사냥하기도 좋아해서 우리 집에도 드나들곤 했지요. 우리 집에 오면 대엿새씩 머물렀고 그동안에는 모든 날을 온종일, 심지어 밤에도 얼마간은 야외에서 지내곤 했어요. 이런 기회에, 인연인지 사랑인지 저의 부주의 탓인지, 저는 높은 지조로부터 지금 보시는 대로 밑바닥의 처지로 곤두박질친 거예요. 저는 정숙하고 행실 바른 처녀로 지내기보다 필요 이상의 관심을 갖고 마르꼬 안또니오의 멋있는 풍모와 점잖은 모습, 그의 고귀한 혈통과 그 아버지의 재력을 따져본 끝에 그를 남편으로 삼는 것이 제가 바랄 수 있는 최고의 행복이라고 생각하게 되었습니다. 이런 생각으로 저는 더욱더 주의를 기울여 그를 바라보기 시작했습니다. 그러나 주의라기보다는 틀림없이 부주의였겠지요. 그도 내가 자신을 눈여겨본다는 것을 눈치챘으니까요. 그 폭군이 내 가슴의 은밀한 곳에 들어와 내 영혼의 가장 아끼는 보물을 훔쳐가는 데는 다른 입구도 필요 없었고 그런 걸 바라지도 않았어요. 하지만 그대, 제가 그대에게 무엇 하러 제 연애의 사소한 부분까지 다 털어놓겠습니까? 긴 이야기를 줄여 말씀드리지요. 그 사람이 저를 끈질기게 유혹하고 사랑의 약속을 한 끝에, 저는 굳건하게 하느님을 걸고 결혼 서약을 하고서 그 사람이 원하는 대로 제 몸을 맡기겠다고 했습니다. 그러나 그의 서약과 맹세의 말로도 아직 만족할 수 없어, 바람에 날려가지 않도록 그 말들을 증서에 쓰고 그의 서명을 해서 제게 달라고 했지요. 그 증서를 받고 나서 저는 그에게 작전을 짜주었지요. 어느 밤 그의 집에서 우리 집으로 와서 정원의 벽을 타고 제 방으로 들어오라고, 그러면 아무 두려움이나 놀라움 없이 오직 그이만을 위해서 간직했던 과일을 따먹을 수 있을 거라고 말이에요. 마침내 제가 그토록 원하던 밤이 왔지요……"

그때까지 떼오도로는 입을 다물고 레오까디아의 말에 귀 기울였으나 레오까디아의 입에서 마르꼬 안또니오라는 이름을 듣고 레오까디아의 보기 드문 아름다움을 보았을 때는 가슴이 꿰뚫리는 것 같았다. 떼오도로는 그녀의 놀라운 생각의 깊이와 담대한 용기를 헤아려보았다. 자기 이야기를 하는 그녀의 모습이 그런 점을 잘 보여주었다. 그러나 "제가 그토록 원하던 밤이 왔지요"라는 대목에 이르자 떼오도로는 마침내 그때까지의 인내심을 잃었고 달리 어찌할 바를 몰라 그녀의 말을 가로챘다.

"그러니까, 그 행복한 밤이 와서 그는 어떻게 했죠? 다행히 그가 들어오긴 했나요? 그대는 그의 품에서 즐거웠나요? 그가 증서에 쓴 대로 다시 확인해주던가요? 그대가 그의 것이라고 했던 것을 그대에게서 얻고 그는 만족했나요? 그대 아버지도 아시나요? 그 현명하고 명예로운 원칙은 어떻게 된 건가요?"

"어떻게 되긴요," 레오까디아가 말했다. "그대가 보시듯이 지금 이 신세가 된 거지요. 저도 즐기지 못했고 그이도 즐기지 못했고, 그이는 약속한 시간에 오지도 않았어요."

이 말을 듣고 떼오도시아는 한숨을 쉬었고 질투로 들끓던 마음이 가라앉았다. 조금 더 갔더라면 그 광증이 뼛속으로, 골수로 파고

들어 그녀의 인내심을 바닥낼 뻔했으나 인내심을 다 버릴 수는 없었다. 다시 놀라서 레오까디아가 계속하는 이야기를 들어야 했기 때문이다. 그녀가 말을 이었다.

"그이는 오지 않았을 뿐만 아니라, 그로부터 여드레 만에 알게 된 확실한 소식은 그 사람이 동네에서 사라져버렸다는 것이었습니다. 그 고장의 한 처녀를 그녀 부모 집에서 데려갔다고 하더군요. 그 처녀 이름은 떼오도시아인데, 그 고장의 중요한 양반의 딸로 예쁘기 그지없고 아주 정숙한 여자래요. 그녀의 부모가 귀족이어서 우리 동네에도 그 납치 사건이 다 알려졌고 곧 제 귀에도 들어왔지요. 그와 함께 차갑고 무시무시한 질투의 창이 제 가슴을 찔렀어요. 제 영혼이 불타고, 그 불길 속에서 제 정절은 재가 되고, 제 믿음은 사라지고, 제 인내는 말라붙고, 제 분별력은 끝장났지요. 아, 불쌍한 내 신세! 그러다 생각하니, 떼오도시아는 해보다 더 아름답고, 얌전 그 자체보다 더 얌전하고, 특히 운 없는 저보다 훨씬 운이 좋은 사람이라는 생각이 들었어요. 저는 거듭거듭 증서의 말들을 읽어보았어요. 그 말들은 확고하고 유효한 약속이었어요. 공증된 사랑의 언약에 잘못이 있을 수 없지요. 저는 그 말들이 성스러운 증표나 되는 듯 희망을 걸었지만, 마르꼬 안또니오에게 동반자가 있다는 생각을 하게 되면 모든 희망이 땅으로 떨어지고 말았어요. 저는 제 얼굴을 학대하고 머리칼을 쥐어뜯었지요. 운명을 저주했어요. 더욱 괴로웠던 것은 아버지가 계셔서 아무 때고 이런 몸부림과 고통을 내색할 수 없다는 것이었어요. 결국 방해 없이 제 한을 털어놓고 이 세상을 저 스스로 끝내고자 저는 아버지 집을 떠날 결심을 하게 된 겁니다. 제 나쁜 생각을 실행에 옮기는 데는 아무 장애가 없고 모든 게 쉬워 보였어요. 저는 아무 두려움 없이 아버지의

246

하인 옷을 훔쳤지요. 아버지에게서는 큰돈을 훔쳤고요. 그리고 어느날 밤 검은 망또를 쓰고 집을 나서서 걸어서 몇마장을 갔습니다. 오수나라는 데가 나오더군요. 거기에서 마차를 타고 그로부터 이틀 만에 세비야까지 갔습니다. 거기까지 갔으니 이제 저를 뒤쫓아도 찾지 못할 테고 안전한 곳에 다다랐다고 생각한 저는 거기서 옷을 좀 사고 당나귀 한마리를 샀습니다. 그리고 바르셀로나로 가는 신사 몇분과 함께 길을 재촉했지요. 이딸리아로 가는 몇척의 편안한 함선을 놓치지 않으려고 말이지요. 그래서 어제까지 걸어온 겁니다. 그런데 여러분이 본 바와 같이 산적들과의 사건이 벌어졌어요. 제가 가져온 것은 다 빼앗겼고, 무엇보다도 저의 안녕을 지키고 많은 노고를 덜어주던 보물을 빼앗겼습니다. 바로 마르꼬 안또니오가 준 증서 말이에요. 저는 그 증서를 가지고 이딸리아로 건너갈 생각이었지요. 거기서 안또니오를 만나면 그가 믿음을 저버리고 간 증거이자 저의 한결같은 믿음의 표시로 그 증서를 내보이고 그에게 약속을 지키라고 요구할 생각이었어요. 그러나 한편으로 그 종이에 쓰인 약속을 그가 쉽게 부정할 것이라는 생각도 했지요. 마음에 새겼으리라 생각한 의무도 부정한 사람이니까요. 게다가 그의 옆에는 비할 데 없이 예쁜 떼오도시아가 동반자로 있으니 이 불쌍한 레오까디아를 돌아보고 싶지 않을 것이 분명했지요. 그러나 어떻든 저는 그 두 사람 앞에 모습을 보이고 죽어도 거기서 죽을 생각입니다. 최소한 저를 보면 그들의 평안이 흐트러질 테니까요. 저의 안식을 빼앗아간 그 여자, 그 원수가 아무 대가 없이 저의 행복을 빼앗고 그냥 즐길 생각은 하지 못하도록요. 저는 그 여자를 찾아서, 꼭 찾아서, 할 수 있으면 목숨이라도 끊을 거예요."

"그런데 떼오도시아가 무슨 죄가 있나요?" 떼오도로가 물었다.

"레오까디아 아씨, 그 여자도 그대처럼, 그대가 당한 것과 마찬가지로 마르꼬 안또니오에게 속아서 간 건지도 모르잖아요."

"그럴 리가 있나요?" 레오까디아가 말했다. "그가 그녀를 함께 데려갔는데도요? 둘이 서로 사랑하고 함께 있는데 거기 무슨 속임수가 있을 수 있어요? 그럴 순 없죠. 함께 있으니 그들은 행복할 거예요. 사람들 말처럼, 멀고 먼 리비아 사막의 불타는 모래펄에 있어도, 저 멀고 고적한 동토의 땅, 유럽 북동쪽의 얼어붙은 스키티아에 있어도, 그들은 함께 있으니 행복할 거예요. 어디서든 그녀는 그와 함께 있으니 기쁠 거예요. 그러니 그녀는 제가 그를 찾을 때까지 겪은 아픔을 다 갚아야 해요."

"그대가 잘 모르고 하는 소리일 수도 있어요." 떼오도시아가 말을 받았다. "나도 그대가 말하는 그 원수를 아주 잘 알거든요. 그리고 그녀의 신중함과 정숙함도 알지요. 그녀 같으면 절대로 부모 집을 버리고 마르꼬 안또니오의 뜻을 따르는 모험 따위는 하지 않았을 거예요. 설사 그런 짓을 했다고 할지라도 그대를 알지 못해서였겠지요. 그 사람과 그대의 관계를 전혀 모르고 한 짓이라면 그것은 그대를 모독한 게 아니에요. 모독한 게 없는데 복수가 있을 수 없지요."

"그녀가 정숙하게 집에서 숨어 살았다는 점은," 레오까디아가 말했다. "저에게 말하지 마세요. 저도 세상 모든 양가 처녀들처럼 얌전하고 지조 있게 살았어요. 그럼에도 불구하고 그대가 지금 들은 것 같은 일을 저질렀지요. 그 사람이 그녀를 데려간 것은 분명하고, 그녀가 저를 모독하지 않았다는 것은, 고백하자면, 저도 그렇다고 믿어요. 그러나 질투 때문에 제가 느낀 고통은 저의 애간장을 가르는 칼처럼 기억에 생생해요. 저를 그토록 고통스럽게 하는 칼이니 그것을 애써 뽑아내야 한다는 것은 지나친 말은 아니지요. 뽑아내서 산산조각을 내야지요. 더구나 우리에게 상처를 주는 것은 멀리하는 게 옳습니다. 우리에게 나쁜 짓을 하는 남자들이나 우리의 행복을 방해하는 여자들을 미워하는 건 자연스러운 일 아니겠어요?"

"그대 얘기가 어떻든지 간에, 레오까디아 아씨," 떼오도시아가 말을 받았다. "그대가 느끼는 고민과 열정이 말도 제대로 조리 있게 할 수 없게 만드는 걸 보니, 지금은 건전한 충고를 받아들일 때가 아닌 듯하군요. 이미 말했듯이 나는 가능한 한 모든 정당한 일에 도와드리고 은혜를 베풀겠다고 거듭 말씀드릴 수밖에 없네요. 나의 형도 똑같이 행동할 것을 약속하지요. 형의 타고난 성격과 귀족성으로 보아 다른 행동은 할 수가 없지요. 우리는 이딸리아로 갑니다. 그대가 우리와 함께 가길 바란다면, 동행의 대접은 다소 알고 계실 겁니다. 그대가 괜찮다면 이제 나는 형에게 그대의 가문과 신분에 대해 아는 대로 이야기하고 오겠습니다. 형이 그대를 존경과 배려로 모시고 당연히 그래야 하듯이 성의껏 보살피도록 말이지요. 또한 내가 보기에 그대는 옷을 바꿔 입는 것이 좋을 것 같네요. 이 동네에 적당한 옷이 있으면 아침이 밝는 대로 그대에게 맞는 옷들을 사드리지요. 나머지는 시간에 맡기세요. 초조하고 어려운 문제일수록 그 처방과 가르침에는 시간이 가장 좋은 스승이랍니다."

레오까디아는 떼오도시아에게 감사했다. 물론 그녀는 자기에게 그토록 잘해주는 사람을 떼오도로라고 생각하고 있었던 것이다. 레오까디아는 그에게 원하는 무엇이든 형에게 말해도 좋다고 허락하고 자기를 여기에 그냥 내버려두고 가지 말아달라고 부탁했다. 만약 여자라는 것이 알려지면 신변에 많은 위험이 닥칠 게 뻔하기 때문이었다.

이렇게 해서 두 사람은 작별인사를 하고 잠자리로 갔다. 떼오도시아는 오빠의 방으로 갔고 레오까디아는 그 옆방에 들었다.

돈 라파엘은 아직 자지 않고 있었다. 여자라고 생각했던 그와 무슨 일이 있었는지 알고 싶어 여동생을 기다리고 있다가 그녀가 들어오자 잠자리에 들기 전에 그녀에게 물었다. 그녀는 레오까디아가 이야기해준 모든 사연을 상세히 말해주었다. 누구의 딸인지와 그녀의 연애 사건, 마르꼬 안또니오의 증서, 그리고 지금 그녀가 가진 의도와 계획을 다 이야기해주자 돈 라파엘은 놀라서 누이동생에게 말했다.

"누이야, 그 여자가 자신이 말한 대로 그런 사람이라면 그녀는 그 지방에서 제일가는 양반이자 안달루시아 전역에서 제일 귀족 집안 중 하나의 딸이구나. 그 아버지는 우리 아버지도 잘 아는 분이고 그 따님이 예쁘다고 이름났다더니, 지금 얼굴을 보니 참으로 그렇구나. 그러니 내 생각에는 우리가 좀더 조심해서 그녀가 우리보다 먼저 마르꼬 안또니오와 말을 하지 않도록 해야겠다. 그녀에게 증서를 만들어주었다는 사실에 몹시 신경이 쓰이는구나. 아무리 그걸 잃어버렸다 해도 말이야. 하지만 걱정하지 말고 우선 자자꾸나. 모든 일에는 다 해결 방법이 있지."

떼오도시아는 오빠가 하라는 대로 잠자리에 들었지만 걱정 말라는 일은 뜻대로 되지 않았다. 이미 질투의 광증이 그녀의 마음을 점령했기 때문이었다. 상상 속에서 그녀는 모든 것을 과장했다. 세상에, 마르꼬 안또니오가 그렇게 불성실한 사람이라니! 레오까디아의 미모가 그토록 뛰어나다니! 아, 그이가 그녀에게 주었다는 증서를 몇번이나 읽고 또 읽었던가! 그녀는 무슨 말, 무슨 사설을 더

붙여 그 증서가 더욱 확실하고 더욱 구속력을 갖도록 만들었는가! 몇번이나 그걸 잃어버렸다는 것을 믿지 않으려 했던가. 그리고 설사 그것을 잃어버렸다 해도, 증서 없이도, 그로써 그녀에게 속한다는 생각 없이도 마르꼬 안또니오는 레오까디아에게 한 약속을 반드시 지킬 거라고 몇번이나 거듭 상상했던가!

이런 생각을 하면서 그녀는 한숨도 자지 못한 채 밤을 보냈다. 그녀의 오빠 돈 라파엘이라고 더 잘 쉰 것은 아니었다. 레오까디아가 누구인가를 듣고부터 그의 가슴은 사랑으로 불타오르기 시작했던 것이다. 마치 오래전부터 그렇게 불타오르도록 정해진 것 같았다. 아름다움은 이런 힘이 있다. 한순간에, 단숨에 그 아름다움을 본 사람의 마음과 소망을 끌어당기는 힘! 아름다움은 그것에 닿아 즐길 수 있는 길이 보이거나 그럴 가능성이 있을 때, 그것을 보는 사람의 영혼까지 강력한 열망으로 불타오르게 한다. 손을 대기만 하면 불똥이 튀며 타오르고 폭발하는 바짝 마른 화약처럼 그렇게.

그는 그녀가 나무에 묶여 있다고 생각하지 않았다. 찢어진 남자옷을 입고 있다고 생각하지 않았다. 실제로 그렇듯이 귀족 가문의 부유한 부모 집에서 화려한 옷차림을 한 그녀를 상상했다. 그가 그녀를 알게 되고 그녀를 여기까지 오게 한 이유 같은 건 생각지도 않았고 생각하기도 싫었다. 어서 빨리 날이 밝아 갈 길을 가서 마르꼬 안또니오를 찾고 싶었다. 그를 누이와 결혼시켜 처남으로 만들어 레오까디아의 남편이 되는 것을 막고 싶었다. 이미 그는 사랑과 질투에 사로잡혀 있었기 때문에 레오까디아를 얻을 수 있다는 희망만 있으면 누이가 한을 풀지 못하고 마르꼬 안또니오가 죽어도 좋다고 생각할 정도였다. 그리고 그 희망은 이미 그의 소원대로 행복한 결말을 맞을 것 같은 징조가 보이기 시작했다. 억지에 의한 길이든 선물과 훌륭한 행동을 통해서든, 시간과 기회는 모두 그의 편이었다.

이렇게 자신에게 다짐과 약속을 하고 나니 다소 마음이 진정되었다. 얼마 안 있어 날이 밝았고 그들은 침대를 떨치고 나왔다. 돈 라파엘은 집주인을 불러 혹시 그 마을에 산적들이 벌거숭이로 만든 하인 하나에게 입힐 옷을 파는 곳이 있는가 물었다. 주인은 자기가 팔려고 하던 괜찮은 옷이 한벌 있다면서 가져왔다. 보니 레오까디아에게 잘 맞아서 돈 라파엘은 그 옷을 사서 그녀에게 입도록 했다. 레오까디아가 긴 칼을 허리에 두르고 단도를 차니 어찌나 멋지고 우아한지, 그녀의 그런 차림만으로도 돈 라파엘은 온몸이 황홀할 정도였고 떼오도시아의 질투는 배가되었다. 깔베떼가 안장을 얹고 나서 일행은 오전 8시에 바르셀로나를 향해 출발했다. 그 유명한 몬세라뜨 수도원도 그때는 오르고 싶지 않아서 구경은 나중으로 미루었다. 고향으로 돌아간 뒤에 더 안정된 마음으로 볼 일이었다.

두 남매가 생각하고 있던 것을 한마디로 이야기할 수는 없을 것이다. 그들은 서로 다른 마음으로 레오까디아를 보고 있었다. 떼오도시아는 그녀를 죽여 없애고 싶었고, 돈 라파엘은 살리고 싶었는데, 둘 다 질투와 열정에 시달리고 있기는 마찬가지였다. 떼오도시아는 자신의 희망이 질식하지 않도록 레오까디아의 결점을 찾으려 애쓰고 있었고, 돈 라파엘은 그녀가 볼수록 완벽해서 순간순간 더욱 사랑에 빠질 수밖에 없었다. 어떻든 바쁜 걸음을 게을리한 일은 없어 그들은 해가 지기 전에 바르셀로나에 도착했다.

그들은 그 도시 풍경의 아름다움에 감탄을 금치 못했다. 그 도시는 에스빠냐의 자랑이자 이 세상 아름다운 도시의 꽃이라고 칭송

받았으며, 가까이 그리고 멀리 있는 적들의 경악이자 공포요 거기 사는 주민들의 즐거움이자 안락함이며, 이방인들의 보호처, 기사들의 학교, 충성의 모범이었다. 크고 이름 있고 풍성하고 기반이 튼튼한 도시를 바라는 호기심 많고 사려 깊은 모든 이의 소망을 만족시킬 수 있는 도시였다.

그곳에 들어서자 엄청난 소음이 일면서 큰 소란을 피우며 수많은 사람들이 달려가는 것이 보였다. 그들이 그렇게 부산하게 움직이는 이유를 묻자 해변에 있는 함선의 사람들이 폭동을 일으켜 도시 사람들과 싸우고 있다는 대답이었다. 그 얘기를 듣고 돈 라파엘은 무슨 일이 일어났는지 보러 가고 싶었으나 깔베떼가 그런 짓을 해서는 안 된다고 말렸다. 이런 적나라한 위험 속에 뛰어드는 것은 사려 깊은 행동이 아니라고, 이런 싸움에 끼어든 사람들이 얼마나 혼쭐이 나는지 자기는 알고 있으며 함선들이 도시에 도착할 때 이런 소란이 이는 것은 흔한 일이라고 했다. 그러나 깔베떼의 적절한 조언도 돈 라파엘을 막지는 못했다. 그가 나서자 모두들 그를 따라갔다. 선착장에 이르자 많은 사람들이 칼을 빼들고 서로 찌르며 사정없이 싸우고 있는 것이 보였다. 그들은 말에서 내리지 않고 사람들 가까이 다가갔다. 아직 해가 지지 않아서 싸우는 사람들 얼굴을 다 알아볼 수 있을 정도였다.

도시에서 몰려나온 사람들이 끝없이 많았다. 함선에서 내려온 사람들도 많았다. 이 함선들을 책임지고 이끄는 사람은 돈 뻬드로 비께라는 발렌시아 출신 신사였는데, 대장 함선 뱃머리에서 작은 배들에 올라탄 사람들이 자기편 사람들을 구하러 오자 그들에게 위협적인 말을 퍼부었다. 그러나 아무리 위협하고 고함을 쳐도 소용이 없자 그는 함선의 뱃머리를 도시 쪽으로 돌려 공포탄을 쏘도록 했다. 만약 물러서지 않으면 다음은 공포탄만 날아가지 않으리라는 신호였다.

그사이 돈 라파엘은 이 얽히고설킨 잔인한 싸움판을 자세히 살피다가 함선들 쪽에서 가장 눈에 띄는 이들 중 스물두살이나 그보다 조금 더 먹었음직한 청년 하나가 멋지게 싸우고 있는 것을 보았다. 파란 옷에 같은 파란색 모자를 썼는데, 모자는 다이아몬드가 번쩍이는 수실들로 장식된 것이었다. 화려한 복장의 청년은 훌륭한 솜씨로 용감하게 싸우고 있었다. 싸움판을 지켜보던 사람들의 시선이 모두 그에게 쏠렸고 자연히 떼오도시아와 레오까디아의 눈길 또한 그쪽을 향했다. 한순간 두 여인은 똑같이 소리쳤다.

"에구머니나! 내 눈을 의심하지…… 저기 저 파란 옷 입은 사람이 마르꼬 안또니오예요!"

이렇게 말하면서 그녀들은 가볍게 당나귀에서 뛰어내려 자신들의 칼과 단검을 움켜쥐고 아무 두려움 없이 군중 한가운데로 뛰어들었다. 한 여자는 마르꼬 안또니오의 이편에, 또다른 여자는 저편에 섰다. 이미 말한 바로 그 파란 옷의 사나이였다.

"두려워 말아요." 레오까디아가 그에게 다가가며 말했다. "마르꼬 안또니오, 그대 곁에 그대의 목숨을 지키기 위해 자신의 목숨을 건 사람이 방패로 서 있어요."

"걱정 말아요." 떼오도시아가 말했다. "내가 여기 있으니까!"

일이 이렇게 된 것을 보고 들은 돈 라파엘은 그녀들을 따라 동시에 그의 편에 섰다. 싸우고 방어하기에 정신이 팔린 마르꼬 안또니오는 두 여자가 하는 소리를 알아채지 못했다. 그보다는 싸움에 몰두해 믿을 수 없으리만큼 용감하게 싸웠다. 그러나 도시 사람들이 순식간에 불어나서 함선의 사람들은 어쩔 수 없이 후퇴하여 물로 도망치는 상황이 되었다. 마르꼬 안또니오는 화가 났으나 할 수 없이 뒤로 물러났다. 그에 맞춰 용감한 두 여자도 양쪽으로 물러났다. 두 여자는 저 전설적인 여전사들 브라다만떼와 마르피사이거나 이뽈리따와 빤따실레아였다.[2]

이때 유명한 까르도나스 가문의 까딸루냐 신사 한 사람이 힘센 말 한마리를 타고 다가왔다. 그는 싸우는 양측 한가운데 서더니 도시 사람들에게 물러나라고 했다. 그들은 그 신사를 알아보고 존경하는 마음으로 명을 따랐으나 몇몇 사람들은 멀리서 물로 피하는 사람들에게 돌을 던졌다. 운 나쁘게도 그 돌 중 하나가 마르꼬 안또니오의 관자놀이에 맞았다. 그는 세게 날아온 돌멩이를 정통으로 맞고 물에 빠졌다. 무릎까지 올라오는 물속에서 레오까디아가 그를 품에 안았다. 떼오도시아도 똑같이 안았다. 좀 비켜나 있던 돈 라파엘은 비처럼 쏟아지는 돌멩이들을 피하면서 자기 사랑을 구하랴, 누이동생과 처남을 구하랴 정신이 없었다. 까딸루냐 신사가 그 앞에 서서 소리쳤다.

"진정하시오, 그대. 착한 군인을 믿고 제발 내 곁에들 서시오. 내가 그대들을 위해 저 무례한 군중의 만용을 막아드리겠소."

"아, 어르신!" 돈 라파엘이 말했다. "저 좀 지나가겠습니다! 제가 이 세상에서 가장 사랑하는 이들이 위험에 처한 것 같습니다!"

그 신사가 그를 지나가도록 비켜주어서 그는 겨우 거기에 다다를 수 있었다. 대장 함선의 작은 배에서 마르꼬 안또니오와, 결코 떨어지지 않으려 그를 꼭 안고 있는 레오까디아를 끌어올렸다. 그들과 함께 떼오도시아도 배에 오르려고 했다. 그러나 너무 지쳐 있

--------

2 아리오스또의 서사시 『성난 오를란도』의 여전사들이다.

었던지, 아니면 마르꼬 안또니오가 부상당한 것을 보고 마음이 아파서였던지, 그도 아니면 그가 자기의 적인 그의 애인과 떠나는 것을 보았기 때문인지, 그녀는 작은 배에 오를 힘이 없었다. 그러다가 틀림없이 기절하여 물에 빠질 뻔했을 때, 마침 오빠가 다가와 그녀를 구해주었다. 그 오빠 역시 마르꼬 안또니오가 레오까디아와 함께 떠나는 것을 보고 누이 못지않게 괴로웠다. 돈 라파엘과 그의 누이(남자로 생각하고 있었다)가 마음에 든 까딸루냐 신사가 물가에서 그들을 불러 자기와 함께 가자고 청했다. 그들은 상황이 상황인데다 아직 잠잠해지지 않은 사람들에게 부상이라도 당할까 두려워 도와주겠다는 그의 청을 받아들일 수밖에 없었다.

신사가 말에서 내려 그 둘을 자기 옆에 세우고 칼을 빼든 채 난동을 부리는 군중 가운데를 헤쳐나갔다. 그가 물러서라고 하자 사람들이 물러났다. 돈 라파엘은 당나귀들과 깔베떼가 있는지 두리번거렸으나 보이지 않았다. 그는 주인들이 말에서 내리자 앞장서서 당나귀들을 끌고 전에도 여러번 갔던 객줏집으로 갔던 것이다.

그 신사는 자기 집으로 그들을 데려갔다. 시내에서 가장 큰 집 중의 하나였다. 돈 라파엘에게 어느 함선에 탔느냐고 물어서 그가 자신은 함선에 타지 않았으며 싸움이 시작된 것과 동시에 그 도시에 도착했을 뿐이라고 대답했다. 그리고 함선의 작은 배에 탄 돌을 맞은 신사 하나가 아는 사람이어서 이런 위험에 처하게 되었으니, 부탁드리건대 그 부상당한 사람을 하선하도록 명령해주십사고 하고, 그 문제에 자신의 생명과 행복이 달려 있다고 말했다.

"기꺼이 그렇게 해드리지요." 신사가 말했다. "내 친척이면서 중요 인사인 장군이 틀림없이 그렇게 해줄 겁니다."

그리고 신사는 지체 없이 함선으로 갔다. 마르꼬 안또니오는 거기서 치료를 받고 있었는데, 상처가 왼쪽 관자놀이였기 때문에 의사는 그가 위험한 상태라고 말했다. 신사는 장군에게 가서 그가 육지에 내려 치료받도록 해달라고 부탁했다. 장군이 승낙하여 그들은 그를 조심스럽게 작은 배에 실어 내렸다. 레오까디아가 자신의 희망과 소망의 발길을 따라 그와 떨어지지 않으려 했으므로 배에 함께 타도록 했다. 육지에 내리자 신사는 자기 집으로 사람을 보내 환자를 실어갈 들것을 가져오게 했다. 이런 일이 벌어지고 있는 동안 돈 라파엘은 깔베떼를 찾으러 사람을 보냈다. 그는 객줏집에서 주인들에게 무슨 일이 일어났을지 걱정하고 있다가 그들이 다 무사한 것을 알고 무척 기뻐하면서 돈 라파엘이 있는 곳으로 왔다.

이때 집주인 신사가 왔고 그와 함께 마르꼬 안또니오와 레오까디아가 도착하여 모두들 그 집에서 많은 사랑과 훌륭한 대접을 받으며 묵게 되었다. 신사는 마르꼬 안또니오를 치료하기 위해 즉시 시내에서 가장 유명한 외과의사를 수소문해 데려오도록 했다. 의사가 왔으나 치료는 다음에 하겠다고 했다. 그의 말로는, 함선이나 군대의 의사들은 줄곧 부상자들을 다루어 경험이 무척 많고 이미 적절한 처치가 되었으니 자신이 그를 치료하는 것은 다른 날에 하는 것이 좋다는 거였다. 그 의사는 다만 환자를 방풍이 잘된 방에 두고 조용히 쉬게 하라고 명했다.

그때 함선의 의사가 와서 시내 의사에게 환부를 어떻게 치료했는지 알리고 자기가 보기에는 환자의 생명이 위험한 것 같다고 했다. 그러나 그가 하는 이야기를 들은 결과 시내 의사는 결과적으로 치료가 잘되었다는 것과, 마르꼬 안또니오의 위험은 과장되었다는 것을 알게 되었다.

레오까디아와 떼오도시아는 마치 그의 사형선고를 듣는 심정으로 이 얘기를 들었다. 그러나 슬픔을 드러내지 않기 위해 감정을 억누르고 입을 다물었다. 그리고 레오까디아는 마침내 자신의 명예를 회복하기 위해 적당한 조치를 취하기로 결심했다. 의사들이 떠나자 그녀는 마르꼬 안또니오의 방으로 들어갔다. 집주인과 돈 라파엘, 떼오도시아, 그리고 다른 사람들이 있는 앞에서 환자의 머리맡으로 다가간 그녀는 부상자의 손을 잡고 말했다.

"마르꼬 안또니오 아도르노, 당신과 많은 이야기를 나눌 만한 시간의 여유가 없다는 걸 알아요. 그래서 몇가지만 당신이 들어야 할 이야기를 하고 싶어요. 당신 몸의 건강이 아니라 마음의 건강을 위해서 필요한 이야기예요. 내가 이 얘기를 하려면 당신의 허락이 필요하니, 당신은 내 이야기를 들을 준비가 되었는지 말해주세요. 나는 당신을 처음 알게 된 순간부터 당신의 뜻에서 벗어나지 않으려고 애썼는데, 이제 마지막이 될지 모르는 이 순간이 당신에게 원치 않는 시간이 된다면 그건 옳지 않지요."

이 말에 마르꼬 안또니오는 눈을 뜨고 레오까디아의 얼굴을 찬찬히 쳐다보았다. 그는 그녀를 거의 알아보았다. 눈으로 알아보았다기보다는 그 목소리로 짐작했다. 그는 약하고 고통스러운 목소리로 말했다.

"원하시는 대로 말씀하세요, 그대. 당신의 말을 못 들을 만큼 죽을 지경은 아니고, 그 목소리도 그렇게 불쾌하거나 듣기에 거북할 정도는 아니니까요."

떼오도시아는 이 모든 대화를 열심히 듣고 있었다. 레오까디아가 하는 말 한마디 한마디가 그녀의 심장을 꿰뚫는 날카로운 화살이었다. 레오까디아의 말을 듣는 돈 라파엘도 똑같이 마음 아팠다. 레오까디아가 이어서 말했다.

"나의 머리를 치고, 더 정확히 말해서 나의 영혼에 충격을 준 그 사건을 당신은 기억에서 지웠는지요, 마르꼬 안또니오? 얼마 전까지 당신의 영광, 당신의 천국이라고 부르던 그 여자의 모습이 생각이 안 나는지요? 레오까디아가 누구인지 당신은 잘 기억할 거예요. 당신이 한 약속과 당신이 손수 서명한 증서도요. 그녀 부모의 지체, 그녀의 조신함과 정숙함, 그리고 그녀가 당신이 원하는 대로 당신의 뜻을 들어주었기에 당신이 진 책임도 잊지 않았겠지요. 이 모든 걸 잊지 않았다면, 지금 이렇게 다른 옷을 입고 있지만 내가 레오까디아인 것을 쉽게 알아볼 수 있을 거예요. 새로운 사고와 새로운 상황이 나의 정당한 기회를 빼앗지는 않을까 두려웠어요. 나는 당신의 고향에서 당신이 떠났다는 것을 알았을 때, 무수한 어려움과 불편을 무릅쓰고라도, 이런 옷을 입고라도 당신을 따라가려고 결심했어요. 온 세상을 다 뒤져서라도 꼭 당신을 찾고야 말겠다는 생각이었죠. 그렇다고 놀랄 것은 없어요. 한 여자의 진정한 사랑의 힘과 속임당한 여자의 원통함이 얼마나 깊은지 느꼈다면 말이에요. 나의 이런 생각을 실행에 옮기느라 고생을 했지만 당신을 볼 수 있게 되어서 지난 모든 고생을 덜게 된 듯합니다. 당신은 지금 이 꼴이 되었지만, 하느님께서 당신을 더 나은 삶으로 인도하고자 하셔서 당신이 고향을 떠나기 전에 했어야 할 일을 하게 된다면 나는 스스로를 행복한 여자 이상이라고 생각할 거예요. 그렇게 한다면 내가 약속하듯이, 당신이 죽은 뒤 곧 나 또한 당신을 따라 피할 수 없는 마지막 여행을 떠날 거예요. 그래서 이제 나의 소망과 뜻을 인도하시는 하느님을 믿고 당신에게 부탁하는 것은, 하느님의 사랑과 당신 자신을 위해서, 그리고 세상 누구보다 당신이 크게 빚진 이 사람을 위해서, 즉시 나를 당신의 정식 아내로 받아들여달라는 겁니다. 스스로 따라야 할 진실과 의무를 법과 절차에 맡기지 말기를 바랍니다."

레오까디아가 말하기를 그쳤다. 방에 있던 사람들은 모두 그녀가 말하는 동안 감탄스러울 만큼 침묵을 지켰으며 그런 경건한 침묵으로 마르꼬 안또니오의 대답을 기다렸다. 그의 말은 이러했다.

"레오까디아, 내가 그대를 안다는 것은 부정할 수 없습니다. 그대의 목소리와 얼굴이 그런 부정을 받아들이지 않겠지요. 또한 그대가 더할 나위 없이 조신하며 정절을 지켜온 사실과 함께 그대 부모님의 높은 평판과 그대에게 진 크나큰 빚도 부정할 수 없습니다. 그대가 평소와 달리 그런 옷을 입고 나를 찾으러 온 것을 무시하거나 가볍게 여기는 일은 지금도 없고 내일도 없겠지요. 그보다 오히려 이런 일로 해서 더욱더, 가능한 한 최대로 그대를 경애할 거요. 그러나 내가 불운하여 그대 말대로 종말에 이른 것 같으니 그대에게 하나의 진실만은 말하고 싶소. 지금은 그대의 마음에 들지 않는다 해도 훗날에는 유용할지 모르오. 아름다운 레오까디아, 고백하건대, 나는 그대를 사랑했고 그대 또한 나를 사랑했소. 그러나 또 하나 고백할 것은, 그대에게 준 나의 증서는 내 뜻이라기보다 그대의 소망을 들어주기 위해 만들었다는 것이오. 왜냐하면 거기에 서명하기 훨씬 전에 나는 내 마음과 영혼을 같은 동네의 다른 처녀에게 바쳤기 때문이오. 그 여자는 떼오도시아라는 처녀로, 그대와 마찬가지로 널리 알려진 귀족 가문의 아가씨요. 그대에게는 내 손으로 서명한 증서를 주었지만 그녀에게는 손을 내밀어 청혼을 했고 그 행적을 증인 삼았기에, 나는 세상 어느 누구에게도 자유롭게 나의 뜻을 주는 것이 불가능한 처지였소. 그대와 했던 연애는 내게는 심심풀이였소. 그대가 알듯이 그런 연애는 꽃선물 이상의 다른 뜻이 없지요. 그것은 어떤 형태로든 그대를 해치거나 모독할 수 있는 행위가 아니었소. 떼오도시아와 나 사이에 있었던 일은 그녀가 내게 줄 수 있는 열매를 얻게 해주었고 그녀와 같은 믿음으로 나 역시 그녀의 남편이 되겠다고 약속했소. 지금 내 생각이 그렇듯이 말이오. 나는 그녀와 그대를 동시에 버리고 떠났소. 그대는 속았다는 생각이었겠지만 그녀는 공포에 떨었소. 그녀로서는 몇마디 말과 나에 대한 판단을 믿고 정조도 명예도 잃었으니 말이오. 사실 그 일은 내가 젊은이의 분별로 깊이 생각하지도 않고 한 짓이었소. 그 모든 일이 별로 중요하지 않다고 생각했지요. 심사숙고 같은 건 할 생각도 없이 마음이 요구하는 대로, 내키는 대로 행동한 거였어요. 그래서 나는 이딸리아로 가기로 결정했지요. 거기서 남은 내 젊음의 몇년을 보내고 돌아와서 그대와 나의 진짜 아내에게 하느님이 해주신 일을 보려는 생각이었습니다. 하지만 이런 나를 보고 틀림없이 하늘이 노했는지 그대가 보듯 나는 이 꼴이 되었네요. 나의 크나큰 잘못에서 비롯된 진실을 고백하고 이 세상에서 나의 죄를 갚으라고 말입니다. 그러니 이제 그대는 오해를 풀고 자유로운 마음으로 그대가 가장 좋다고 생각하는 길로 가시구려. 그리고 언젠가 떼오도시아가 내가 죽은 걸 알게 되면, 그대와 여기 계시는 분들 앞에서, 내가 죽는 순간에 생전에 그녀에게 한 약속을 지켰다는 것을 알게 될 겁니다. 레오까디아, 내 생명이 얼마 남지 않은 이 순간에 무언가 그대를 도울 게 있다면 말해주어요. 내게는 불가능한, 그대를 아내로 받아들이는 일 외에는 그대를 즐겁게 하기 위해서라면 무어든 할 테니까요."

마르꼬 안또니오는 이런 말을 하는 동안 팔로 머리를 고이고 있었는데 말을 마치자 팔을 떨구고 기절한 듯했다. 즉시 돈 라파엘이

다가와 그를 안고 말했다.

"이봐, 정신 차리게. 정신 차리고 자네의 형제와 친구를 안아. 자네가 그렇게 되길 원한다면, 내가 자네의 형님이네. 동창 돈 라파엘을 알아보시게. 자네가 나의 누이를 아내로 받아들인다면 내가 자네 뜻의 진짜 증인이 되겠네."

그 순간 마르꼬 안또니오의 정신이 돌아왔고 돈 라파엘을 알아보았다. 마르꼬 안또니오가 그를 껴안으며 얼굴에 키스하고 말했다.

"친애하는 형님, 그대를 만나다니 최대의 기쁨이오. 그토록 아픔이 크더니 금세 그 아픔이 싹 가시는구려. 사람들 말이 기쁨 뒤에는 슬픔이 온다지만, 지금은 어떤 슬픔이 와도 좋다는 생각이 드오. 형님을 보는 기쁨을 만끽하는 이 순간이 이렇게 좋으니 말이오."

"그런데 나는 자네에게 반드시 해야 할 일이 있네." 돈 라파엘이 말을 받았다. "이 보석을 보여주어야 하거든. 자 여기, 자네의 사랑하는 아내일세."

그렇게 말하며 떼오도시아를 찾으니 그녀는 모든 사람들 뒤에서 혼자 울고 있었다. 그녀는 자신이 보고 들은 말에 담긴 기쁨과 슬픔에 아프고 놀라서 울었다. 오빠가 그녀의 손을 잡자 그녀는 순순히 그가 인도하는 대로 따랐다. 거기 마르꼬 안또니오가 있었다. 그는 그녀를 알아보고 껴안았다. 둘은 사랑에 가득 차 한없이 눈물을 흘렸다.

방에 있는 모든 사람들이 이 기이한 인연에 감동하여 말없이 서로를 바라보며 이 일이 어떻게 끝날지 기다리고 있었다. 하지만 꿈을 깬 불행한 레오까디아는 자기 눈으로 마르꼬 안또니오가 하는 짓을 보고 돈 라파엘의 남동생이라고 생각했던 떼오도시아가 자기 남편이라고 생각한 그의 품 안에 있는 것을 보았다. 레오까디아는 이로써 자신의 소망이 조롱당하고 희망이 사라진 것을 알고는 모든 사람의 눈을 피해(모두들 환자가 품에 안은 하인 차림의 그녀에게 하는 짓을 열심히 보고 있었다) 밖으로 나갔다. 한순간에 거리로 나선 그녀는 절망과 불안에 몸부림치며 세상 어디든 사람들이 안 보는 곳으로 달아나고자 했다. 하지만 그녀가 나가자마자 돈 라파엘이 그녀가 없어진 것을 알아차렸다. 그는 정신을 잃을 듯 그녀를 찾았으나 아무도 그녀가 어디로 갔는지 말해주는 사람이 없었다. 그리하여 그는 더이상 기다리지 않고 필사적으로 그녀를 찾아나섰다. 혹시 그녀가 타고 갈 말을 빌리러 갔는가 해서 깔베뻬가 머물고 있다는 객줏집으로 갔다. 거기에도 그녀가 없자 그는 미친 듯이 길거리로 뛰쳐나가 여기저기 그녀를 찾아다녔다. 혹시 함선으로 갔는가 싶어 해변으로 가보았다. 그가 도착하기 조금 전에 큰소리로 육지에서 대장 배로 갈 조그만 배를 부르는 소리가 들렸다. 돈 라파엘은 그 소리를 지른 사람이 아름다운 레오까디아인 것을 알았다. 그녀는 등 뒤에서 발자국 소리가 나자 행여 폭행이라도 당할까 두려워 칼을 손에 쥐고서 발자국 소리가 가까이 올 때까지 기다렸다. 그러나 그녀는 곧바로 돈 라파엘을 알아보았다. 그녀는 그가 자신을 찾은 데 대해, 더구나 그렇게 호젓한 곳에서 마주친 데 대해 당황했다. 그녀는 돈 라파엘이 보여준 두어가지 표정만으로도 그가 자신을 몹시 좋아한다는 것을 이미 알아차렸던 것이다. 마르꼬 안또니오가 그렇게 그녀를 사랑했다면 그녀도 기뻐했으리라.

내가 이제 무슨 말로 돈 라파엘이 레오까디아에게 한 사랑의 고백을 다 전할 수 있으랴. 그 고백의 말이 하도 길고 절절해서 나는 감히 다 기록하지 못하겠다. 하지만 다른 말은 제쳐놓더라도 이 몇마디 말은 전해야지. 그것은 다음과 같다.

"내가 운이 없어 지금에조차도 감히 사랑을 고백할 행운이 찾아오지 않을까 두렵소. 오, 아름다운 레오까디아! 나는 내 영혼 속 비밀을 감히 그대에게 털어놓으려 하오. 그대가 사랑에 빠진 이 가슴에서 우러난, 그래서는 안 되는 사랑에 찬 진실한 마음을 받아주지 않는다면 나는 이 마음을 영원한 망각의 가슴속에 묻으려 합니다. 그러나 나의 이 정당한 소망이 욕되지 않도록, 상황이 어떻든 간에 그대의 격정에 찬 마음을 좀 제쳐놓고, 아씨, 이것만은 알아주시기 바랍니다. 그대의 사랑을 받는 행운이 없었다는 것 외에는 나 또한 어느 면에서도 마르꼬 안또니오보다 못하지 않습니다. 나의 가문도 그의 가문처럼 훌륭하고, 재산이라는 집안의 부유함에서도 그가 많이 나은 건 없습니다. 용모에 대해서는 내가 스스로 칭찬하는 것은 적당하지 않고 더구나 그대의 눈에 좋게 비치지 않을 수 있으니 더 말하지 않겠소. 정열 가득한 그대, 내가 이런 말을 하는 것은 극단적으로 불행한 상황에 빠진 그대에게 주어진 이 행운을 지금이라도 잡으시라는 뜻에서입니다. 이미 보셨듯이 마르꼬 안또니오는 그대의 것이 될 수 없습니다. 하늘이 내 누이의 것이 되도록 점지하셨으니까요. 오늘 그대에게서 마르꼬 안또니오를 빼앗은 그 똑같은 하늘이 지금 그대에게 나를 통해 보상을 받으시라고 하는군요. 나는 내 일생에서 그대의 남편으로서 몸과 마음을 바치는 것 외에 다른 행복은 바라지 않습니다. 지금까지 그대가 겪었던 그 나쁜 일들 뒤에 좋은 일이 그대의 문을 두드리고 있는 걸 보아주세요. 마르꼬 안또니오를 찾으러 나서면서 보여준 그 대담함 때문에 내가 그대를 꺼릴 것이라 생각지 말아요. 나는 그대와 함께하기로 결심하고 그대를 내가 모시는 영원한 여성으로 선택한 순간부터 지나간 모든 것을 잊었고 알고 본 모든 것을 잊었습니다. 이렇게 밑도 끝도 없이 갑작스레 그대를 사랑할 마음을 갖게 되고 그대의 사람이 되어 일생을 바치고자 하는 것은 커다란 인연의 힘이며, 그 힘이 나를 이끌어온 것입니다. 그와 똑같은 힘이 그대를 지금 이 상황으로 데려온 것이니, 그대는 잘못 오신 게 아니고 어떤 변명도 필요 없습니다."

레오까디아는 말없이 돈 라파엘이 하는 얘기를 듣고 있었고 때 때로 가슴 깊은 곳에서 나오는 한숨을 내쉴 뿐이었다. 돈 라파엘이 용기를 내어 그녀의 손을 잡았고 그녀는 애써 뿌리치지 않았다. 돈 라파엘은 그녀의 손에 여러번 키스하며 말했다.

"내 온 마음으로 사랑하는 아씨, 우리를 에워싸고 있는 이 별이 가득한 하늘 아래서, 우리의 얘기를 듣고 있는 바다가 보이는 데서, 우리를 받들고 있는 이 물에 젖은 모래사장에서, 이제 나와 결혼하 겠다고 말해줘요. 그대의 명예를 위해서도 나의 행복을 위해서도 이게 틀림없이 옳은 길이에요. 그대에게 다시 말씀드리리다. 그대 도 알듯이 나는 신사이고, 부자이고, 그리고 그대를 진정으로 사랑 합니다. 이것이 그대가 가장 값지게 생각하는 점일 거요. 그대는 지 체에 전연 맞지 않은 그런 옷을 입고 부모 친척과 멀리 떨어져 여 기 혼자 있지요. 필요한 것이 있어도 섬기고 도와줄 사람 하나 없 이, 찾던 소망을 이룩할 희망도 없이 돌아가는 대신에, 그대의 신분 에 걸맞은 명예로운 옷을 갖추어입고, 그대가 스스로 고른 훌륭한 남편과 함께 고향에 돌아갈 수 있어요. 부자에다 행복하고 존경받 는, 섬기는 사람 많은 여인으로 돌아가는 거지요. 그대의 사연과 소 식을 들은 모든 사람들의 칭송을 받으면서 말이에요. 모든 것이 이 러한데 지금 그대는 무엇을 주저하는지 모르겠네요. 한마디만 하 셔서 비참한 처지의 땅에서 나를 일으켜 그대를 섬길 수 있는 하늘로 오르게 해줘요. 거기에서 그대는 그대의 힘으로 모든 걸 이루고 높은 지혜와 예절과 법도에 따라 예를 치르게 될 겁니다. 그대는 그저 우아하고 정숙한 모습 그대로면 돼요."

"자, 그렇다면," 마침내 주저하던 레오까디아가 말했다. "하늘이 그렇게 명했으니 하늘이 정한 것을 살아 있는 어느 누가 거부할 수 있겠어요? 하늘이 원하고 당신이 원하는 대로, 나리, 그대로 해야지요. 내가 얼마나 부끄러운 마음으로 당신의 뜻을 받아들이려 하는지 하늘도 아실 것입니다. 당신의 청을 곱게 받아들이는 것이 얼마나 이로운 일인지 내가 몰라서가 아닙니다. 내가 두려운 것은, 당신의 뜻을 따르게 되면 당신이 지금까지 나를 잘못 생각하신 것과 다른 눈으로 나를 볼까 해서입니다. 하지만 어찌 되었든 돈 라파엘 데 비야비센시오의 정식 아내가 되는 명예는 놓칠 수 없는 것이며, 그 이름만으로도 나는 행복하게 살 것입니다. 그러나 만약 당신의 아내가 된 뒤에 나의 행동이 당신의 존중을 얻는다면 나는 하늘에 감사할 거예요. 그렇게 기이하고 먼 길을 돌아서 그렇게 고생을 하고서 당신의 반려자가 되는 행복으로 이끌어주신 은혜에 감사할 겁니다. 돈 라파엘 님, 부디 당신의 청혼의 손을 잡게 해주세요. 여기 당신의 것인 손을 바치니 하늘과 바다와 모래, 이 고요가 우리 혼약의 증인이 되겠네요. 오직 나의 한숨과 당신의 간청이 가끔 고요를 깨뜨렸지만……"

이렇게 말하며 그녀는 그의 품에 안겼다. 두 사람은 손을 맞잡고 지난 슬픔을 넘어선 기쁨으로 이 밤의 새로운 약혼을 축하했다. 곧 그들은 신사의 집으로 돌아갔는데, 그곳에서는 그들이 사라진 사이 모두가 크게 걱정을 하던 참이었고 특히 마르꼬 안또니오와 떼오도시아는 몹시도 애를 태우고 있었다. 그들은 이미 신부의 주례로 부부가 되어 있었다. 떼오도시아가 혹시 무슨 일이라도 생겨 어렵게 찾은 행복을 다칠까 두려워 설득하자 신사가 즉시 그들을 결혼시켜줄 신부를 찾으러 사람을 보냈던 것이다. 그때 돈 라파엘과 레오까디아가 나타났고, 돈 라파엘이 레오까디아와의 사이에 있었던 일을 이야기하자 모두의 기쁨은 배가 되었다. 특히 집주인 신사는 마치 가까운 친척의 일인 듯 기뻐했는데, 낯선 누구와도 친구가 되고 도움이 필요한 이방인들을 기꺼이 돕는 것은 까딸루냐 양반들의 고유하고 자연스러운 특성이었던 것이다.

그 자리에 있던 신부가 레오까디아에게 걸맞은 옷으로 바꿔 입도록 청했다. 신사는 재빨리 주선해서 두 여자에게 까딸루냐 왕국에서 오래고 유명한 그라노예께스 귀족 가문 출신인 자기 아내의 아름다운 옷을 입게 했다. 신사는 외과의사를 불러왔는데, 의사는 환자가 여러 사람에 둘러싸여 말을 많이 하는 것을 보고 걱정을 늘어놓았다. 의사가 와서 제일 먼저 했던 지시는 그를 혼자 조용히 안정시키라는 것이었는데 말이다. 그러나 그것은 자연스러운 능력의 영역을 벗어난 것으로, (신이 우리 눈앞에서 기적을 행할 때 그렇듯) 하느님이 그 위대한 능력을 보이려 마르꼬 안또니오를 수단과 도구로 삼은 것이다. 마르꼬 안또니오가 침묵을 지키지 않고 즐거워하는 것은 하느님이 그를 더욱 치유하려는 처방이자 명령이었다. 그리하여 의사가 다음날 그를 치료하러 왔을 때, 그는 생명의 위기를 벗어나 있었고, 그로부터 14일째 되는 날에는 멀쩡하게 일어나서 아무 걱정 없이 길을 나설 수 있었다.

알려진 바로는 마르꼬 안또니오가 병상에 있을 때 서원을 했는데, 하느님이 자기를 낫게 해주시면 갈리시아의 산띠아고로 걸어서 순례를 하겠다고 약속했다는 것이다. 그 서원을 따라 돈 라파엘,

레오까디아, 떼오도시아, 당나귀 모는 청년 깔베떼까지 그와 함께 길을 나섰다. 이런 일은 당나귀 모는 사람들이 거의 해본 적이 없는 것이었으나, 소탈하고 선량한 돈 라파엘의 성격을 아는 당나귀 모는 청년은 그가 고향으로 돌아갈 때까지 그를 혼자 둘 수 없다고 했다. 순례자로서 그들은 걸어서 가야 했으므로 당나귀들은 살라망까로 보냈다. 거기는 돈 라파엘의 고향이라 당나귀를 보낼 사람은 없지 않았다.

마침내 출발 날짜가 되었다. 그들은 어깨에 걸치는 망또하며 모든 필요한 것을 준비하고 그들을 그토록 잘 대접해주고 은혜를 베푼 너그러운 신사와 작별했다. 그의 이름은 훌륭한 혈통에 인품 좋기로 유명한 돈 산초 데 까르도나였다. 모두들 그들 자신뿐만 아니라 후손들에게까지 명을 남겨, 귀하로부터 받은 은혜를 다 갚지는 못할망정 감사라도 드리도록 영원히 기억하게 하겠다고 맹세했다. 돈 산초는 모두를 껴안고서 그런 봉사와 호의는 자신이 알거나 그러리라 짐작되는 까딸루냐의 양반에게는 당연한 것이며, 자신도 마음에서 우러나 좋은 일이라 생각한 것을 한 것뿐이라고 말했다.

그들은 두번씩 포옹을 되풀이하고, 헤어짐의 슬픔이 섞인 기쁨 속에서 작별인사를 나누었다. 그들은 두 여자 순례객의 연약함을 배려해 편안하게 순례했다. 사흘이 걸려 몬세라뜨에 도착하여 거기에서 사흘을 지내며 착하고 독실한 기독교인의 의무를 완수한 뒤 다시 별다른 사고나 나쁜 일 없이 산띠아고에 도착하여 가능한 최대의 신앙심으로 정성스레 서원을 완수했다. 그런 뒤에도 그들은 고향에 돌아갈 때까지 순례복을 벗고 싶지 않아했다. 느긋하고 여유롭게 고향을 향해 여행한 끝에 마침내 그들은 레오까디아의 집이 내려다보이는 언덕에 다다랐다. 이미 말했듯이 떼오도시아의 고향에서 1마장 거리였다. 그 기쁜 광경에 그들은 지난날의 온갖 우여곡절을 생각하며 쏟아지는 눈물을 참을 수 없었다.

　그들이 있는 곳으로부터 두 마을이 갈라지는 넓은 골짜기가 나타났다. 그 골짜기의 한 올리브나무 그늘에 튼튼한 말을 타고 서 있는 당당한 모습의 기사 한 사람이 보였다. 왼팔에 흰 방패를 들고 오른팔에는 두껍고 긴 창을 비스듬히 들고 있었다. 자세히 보니 올리브나무숲 사이로 똑같이 무장을 하고 똑같이 우아한 자세로 서 있는 다른 두 기사가 보였고, 그로부터 조금 뒤에 세 사람이 모이는 게 보였다. 그들은 잠깐 동안 그러고 있더니 처음 올리브 밑에 있던 기사와 떨어졌고, 처음 기사와 나중의 두 기사 중 한 사람이 말에 박차를 가하며 서로를 향해 돌진하기 시작했다. 철천지원수 사이 같았다. 그들은 서로를 향해 힘차게 창을 던졌고, 때로는 창을 피하면서 때로는 재빠르게 잡기도 하면서 명장들처럼 싸웠다. 세번째 기사는 한 장소에서 꼼짝 않고 그들을 지켜보고 있었다. 돈 라파엘은 그렇게 멀리서 멋진 싸움을 보기만 하는 것을 더이상 참을 수 없어 비탈길을 전속력으로 내려왔다. 다른 세 사람도 그 뒤를 따랐다. 그는 잠깐 사이에 대결하는 두 사람 옆으로 다가갔다. 그때에 이미 두 사람은 약간 상처가 나 있었다. 한 기사에게서 모자와 함께 투구가 떨어졌다. 그가 얼굴을 돌리자 돈 라파엘은 그가 자기 아버지인 것을 발견했다. 한편 마르꼬 안또니오는 그 상대방이 자기 아버지인 것을 알았다.

　그사이 레오까디아는 싸우지 않고 서 있는 사람을 자세히 보다가 그가 자기를 낳은 아버지인 것을 알았다. 이 광경에 네 사람 모두 깜짝 놀라고 어리둥절했다. 조금 뒤 놀란 정신이 돌아오자, 두 형님 매부는 멈추지 않고 싸우고 있는 두 기사들 사이에 뛰어들어

소리쳤다.

"더이상 안 돼요, 기사님들, 멈추세요! 지금 어르신들에게 그만 두라고 말하는 사람은 어르신들의 친아들들입니다…… 저 마르꼬 안또니오입니다, 아버지." 마르꼬가 말했다. "제가 바로 그 죄인입니다. 제 생각에는 저 때문에 존경스러운 두 어르신들께서 이런 혹독한 싸움을 하시는 것 같습니다. 분노를 가라앉히고 창을 버리십시오. 아니면 다른 적에게 겨누시든지요. 아버지 앞에 서 계시는 분은 오늘부터 아버지의 사돈 되실 분입니다."

이와 거의 똑같은 말을 돈 라파엘도 그의 아버지에게 했다. 그 말이 두 기사들 싸움을 멈추게 했고 그들은 자신들에게 말하는 사람들을 주의 깊게 살펴보았다. 그리고 고개를 돌려 레오까디아의 아버지 돈 엔리께가 말에서 내려 순례자로 보이는 사람과 껴안는 것을 보았다. 사실은 레오까디아가 아버지에게 다가가 자기 얼굴을 보이고 싸우는 분들을 화해시켜달라고 부탁했던 것이다. 그녀는 간략하게 돈 라파엘이 자기 남편이고 마르꼬 안또니오는 떼오도시아의 남편이라고 설명했다.

이 말을 듣고서 그녀의 아버지가 말에서 내렸고, 이미 말했듯이 그는 딸을 포옹하고 나서 딸을 놓고 친구들을 화해시키러 갔던 것이다. 비록 이미 필요 없는 일이었지만 말이다. 그 두 기사는 이미 자식들을 알아보았고 말에서 내려 서로 껴안고 행복에 찬 사랑의 눈물을 흘리고 있었다. 그들은 모두 모여서 자식들을 바라보며 어찌할 바를 몰랐고 혹시 환상이 아닌가 서로 몸을 만져보았다. 뜻밖에 갑자기 돌아온 것이 여러 궁금증을 낳았으나 대강의 설명을 듣고 다시 눈물을 흘리며 껴안았다.

이때 바로 그 골짜기로 수많은 무장한 사람들이 혹은 말을 타고 혹은 걸어서 나타났다. 그들은 각자 자기 고장의 기사를 방어하러 나온 사람들이었다. 그러나 그들은 순례자들과 기사들이 눈물범벅이 된 채 껴안고 있는 것을 보고 말에서 내렸다. 모두 당황하고 놀란 가운데 마침내 돈 엔리께가 자기 딸 레오까디아가 한 이야기를 짧게 전해주었다.

모두가 더할 수 없이 만족한 얼굴로 순례자들을 포옹했다. 잠시 후 돈 라파엘이 다시 모든 사람들에게 자기 연애의 자초지종을 시간이 허락하는 대로 이야기해주었다. 어떻게 레오까디아와 결혼하고 이곳에 오게 되었는가와 자기 누이동생 떼오도시아가 어떻게 마르꼬 안또니오와 결혼했는가도 이야기했다. 이 새로운 이야기는 모두에게 새삼스러운 기쁨을 주었다. 기사들을 구하러 왔던 사람들이 그들의 말 중에서 필요한 말들을 골라 다섯 순례자들에게 주었다. 그리고 모두 마르꼬 안또니오의 마을로 가기로 뜻을 모았다. 그의 아버지가 거기에서 모든 이들의 결혼식을 하자고 초대했던 것이다. 이 의견에 따라 사람들은 출발했고 일행 중 몇사람은 미리 결혼한 사람들의 친척과 친구 들에게 축하인사를 전했다.

도중에 돈 라파엘와 마르꼬 안또니오는 아버지들의 결투 이유를 알게 되었다. 떼오도시아의 아버지와 레오까디아의 아버지가 마르꼬 안또니오의 연애사기 행각을 알고서 그 아버지에게 결투 신청을 했던 것이다. 한 사람이 두 사람을 상대해야 하는 상황이어서, 어느 쪽이든 일방이 유리한 조건에서 싸워서는 안 되니 신사답게 일대일로 싸울 것이며, 이 결투는 한 사람의 죽음으로 끝나거나 (그들이 도착하지 않았더라면) 두 사람 다 죽는 것으로 마감할 뻔했다는 것이다.

이 행복한 사연에 순례자 네 사람은 하느님께 감사드렸다. 이들이 도착한 다음날 마르꼬 안또니오의 아버지는 자기 아들과 떼오도시아, 돈 라파엘과 레오까디아의 결혼식을 큰 비용을 들여 호화롭고 훌륭하게 치러주었다. 그들은 길고 긴 세월을 아내들과 더불어 행복하게 살았다. 훌륭한 후손과 찬란한 다음 세대를 남겼고 이들은 오늘날까지도 두 고장에서 안달루시아의 가장 좋은 가문으로 살고 있다. 고장의 이름을 밝히지 않는 것은 두 처녀의 품위를 위해서이다. 혹시 남의 말 하기 좋아하는, 아니면 미련하게 조심성 없는 혓바닥이 그녀들의 소망의 경솔함과 갑작스런 변장을 쓸데없이 나불대는 수고를 감당할 수도 있기 때문이다. 그런 이들에게 부탁인데, 이런 유의 자유로운 행위를 비난하고 나서지 말지어다. 그대들도 어쩌다 소위 큐피드의 화살이라는 것을 맞으면 그 엄청난 힘은 비할 데 없는 이성을 욕망으로 이끈다는 것을 알아두시라.

당나귀 모는 청년 깔베떼는 돈 라파엘이 살라망까로 보낸 당나귀 한마리와 결혼한 두 부부가 준 많은 돈을 받았다. 그리고 당대의 시인들은 이 이상한 인연의 중요한 소재인 두 용감하고 정숙한 처녀의 사연과 그 아름다움에 살을 붙여 노래하고 붓을 놀릴 기회를 갖게 되었다.

꼬르넬리아 아씨에 관한 소설
Novela de la señora Cornelia

돈 안또니오 데 이순사와 돈 후안 데 감보아는 동갑이었다. 그들은 점잖고 절친한 친구들로 둘 다 살라망까 대학 학생이었는데, 어느날 공부를 그만두고 플랑드르로 가기로 결심했다. 들끓는 젊은이의 혈기와 욕망에 이끌려, 흔히 말하듯이 세상을 보러 떠난 것이다. 그들 생각에는 문文보다는 무武를 수련하는 것이, 비록 무장은 하지만 모두에게 평판이 좋고 고명한 핏줄, 좋은 가문의 잘난 젊은이들에게는 더 중요하고 걸맞아 보였다.

　그들은 플랑드르에 도착했다. 평화조약을 앞둔 즈음으로[1] 온 세상이 평화롭고 화기애애했다. 안트베르펜에서 그들은 부모의 편지를 받았다. 알리지도 않고 공부를 그만둔 것에 대해 부모들은 무척 화를 냈고, 가더라도 지체에 맞게 구색을 갖추고 갔어야 한다고

---

1 1579년경으로, 그때 플랑드르와 에스빠냐 제국 간에 첫 평화조약이 이루어진다.

나무랐다. 부모들이 섭섭해하는 걸 알고 그들은 마침내 에스빠냐로 돌아가기로 마음을 모았다. 사실 플랑드르에서는 할 일이 없기도 했던 것이다. 그러나 돌아가기 전에 이딸리아의 유명한 도시들을 전부 둘러보기로 하여, 그곳들을 모두 방문하고 나서 그들은 볼로냐에 머물렀다. 그 유명한 볼로냐 대학의 수학하는 모습에 감탄한 그들은 거기에서 자기들의 공부를 계속하고 싶어졌다. 그런 뜻을 부모에게 전하자 부모는 한없이 반가워했다. 그리고 훌륭하게 지원해주는 것으로 그 마음을 표함으로써 모든 면에서 그들이 누구인가, 어떤 집안 출신인가를 보이도록 했다. 그들은 학교에 간 첫날부터 모든 사람들에게 신사이자 멋쟁이고 점잖고 가문 좋은 학생으로 알려졌다.

학생 돈 안또니오는 스물네살쯤 되었으리라. 돈 후안은 스물여섯살을 넘지 않았다. 이 좋은 나이를 더욱 빛나게 하는 것은 그들이 매우 점잖은 사내들이며 음악가에다 시인에, 칼을 잘 쓰고 용감하다는 점이었다. 그런 점이 그들을 아는 모두에게 사랑받고 친절한 대접을 받게 해주었다.

그들은 곧 많은 친구들을 갖게 되었다. 그 대학에서 공부하는 수많은 학생들 중 에스빠냐 학생들과 그 도시의 학생들, 그리고 외국인 학생들이었다. 그들은 에스빠냐 사람들이 오만하다는 평판과는 전연 다르게 모두에게 너그럽고 사려 깊게 보이도록 애썼다. 한편, 그들 역시 젊고 유쾌한 학생들인지라 시내에서 아름답다는 여자들의 소식을 듣는 것이 싫지 않았다. 정숙하고 예쁘다고 명성이 자자한 부인들과 처녀들이 많았지만 모든 여자 중에서 꼬르넬리아 벤띠볼리가 뛰어나다는 소문이었다. 한때는 볼로냐의 주인들이었던 오래되고 규모가 큰 벤띠볼리스 가문의 딸이었다.

무척이나 아름다운 꼬르넬리아는 오빠인 로렌쪼 벤띠볼리의 보호와 경계 아래 있었다. 그 오빠는 지극히 영예롭고 용감한 신사였는데, 어머니 아버지가 없는 고아였다. 비록 그들은 고아로 남겨졌으나 부를 물려받았으니, 부야말로 부모 없는 고아로 사는 데 있어 커다란 위안이었다.

꼬르넬리아는 조신한 행동도 행동이려니와 그녀를 지키는 오라버니의 열의도 대단해서, 어디서든 얼굴을 보이는 일이 없고 그 오라버니가 그녀를 남 앞에 내보인 일도 없었다. 이런 명성이 돈 후안과 돈 안또니오로 하여금 교회에서라도 그녀를 만나보고 싶은 욕망을 부추겼다. 그러나 그렇게 해보려던 노력도 허사로 돌아갔고 그 희망조차 싹을 자르는 불가능의 칼 때문에 그들의 욕망도 줄어갔다. 그리하여 그들은 오직 공부를 사랑하기에만 열중하고 이따금 점잖은 젊은이들의 놀이를 즐기며 정숙하게 인생을 보내고 있었다. 밤에 나다니는 일은 거의 없었고, 외출할 때면 둘이서 함께 나가고 항상 무장을 하고 다녔다.

그러던 어느날 밤 그들이 외출하려는데, 돈 안또니오가 돈 후안에게 먼저 가라고 하고 자기는 남아서 몇가지 기도를 한 뒤 곧 따라가겠다고 했다.

"뭐 하러 그래?" 돈 후안이 말했다. "내가 기다리지 뭐. 오늘 밤에 안 나가도 상관없어."

"아니야, 제발," 돈 안또니오가 말을 받았다. "나가서 바람 좀 쏘여. 우리가 늘 가던 곳에 가 있으면 내가 곧 따라갈게."

"그럼 마음대로 해." 돈 후안이 말했다. "잘 있어. 이따가 나오려거든 나는 오늘 밤도 지난번하고 똑같이 역전에서 산책하고 있을 거야."

돈 후안이 나가고 돈 안또니오는 반쯤 어둑해진 방에 혼자 남았다. 시간은 11시. 돈 후안은 두세 거리를 혼자 걸었다. 혼자여서 누구 말할 사람도 없었고 그는 집으로 돌아갈 생각을 했다. 그리고 그 생각을 실행에 옮기려 대리석 기둥들이 버티고 선 문이 있는 거리를 지나는데, 문에서 쉬잇 하는 소리가 들렸다. 밤은 어둡고 문은 컴컴해서 그 소리가 어디서 나는지 알 수 없었다. 돈 후안은 잠깐 멈춰서서 귀를 기울였다. 문이 반쯤 열리는 게 보이고 낮은 목소리가 들렸다.

"혹시 파비오예요?"

돈 후안은 얼떨결에 그렇다고 대답했다.

"그럼 받아요." 안에서 대답했다. "안전한 곳에 놓고 돌아와요, 중요한 일이니까."

돈 후안이 손을 내밀자 웬 보따리가 닿았다. 손으로 잡으려고 보니 두 손으로 받아야 할 것 같았다. 그래서 두 손으로 그것을 받아 안으려는 순간, 그 무엇을 받자마자 문이 닫혀버렸다. 그는 엉겁결에 무엇인지 모를 보따리를 안고 길거리에 남겨졌다. 그런데 그 순간 그 보따리에서 어린아이가 울기 시작했다. 보아하니 갓 태어난 아기였다. 그 울음소리에 돈 후안은 놀라 어리둥절했고 어쩌할 바를 몰랐다. 그런 경우 어떤 묘안으로 일을 수습해야 할지 알지 못했다. 다시 문을 두들기자니 위험할 것 같았다. 누구 아이인지도 문제였다. 그렇다고 거기 그냥 놓아두어도 아기는 위험했다. 집에 데려가자니 누구 돌봐줄 만한 사람이 있는 것도 아니었다. 온 도시 사람을 떠올려봐도 아기를 데려갈 만한 사람이 없었다. 그러나 목소리가 아이를 어디 안전한 곳에 놓아두고 곧 돌아오라고 말한 것을 떠올리고 그는 결국 자기 집으로 데려가기로 결정했다. 우선 집에서 그들을 위해 일하는 가정부 손에 맡겨두고 자신은 돌아와서 혹시 자신의 도움이 필요한지 알아보기로 했다. 그가 확실히 아는 것이라곤 그 목소리가 자신을 누군가 다른 사람으로 알고 아기를 주었다는 것과, 그것은 실수였다는 것뿐이었다.

마침내 돈 후안은 더이상 생각하지 않고 아기를 데리고 집으로 왔으나 돈 안또니오는 벌써 나가고 없었다. 그는 자신의 방으로 들어가 가정부를 불러 아기를 보여주었다. 세상에서 본 적 없는 어여쁜 아기였다. 겉싸개나 기저귀의 천으로 보아 부잣집에서 태어난 아기 같았다. 가정부가 싸개를 풀어보니 사내아이였다.

"우선 이 아기에게," 돈 후안이 말했다. "젖을 좀 주어야겠는데요. 이렇게 합시다, 부인. 부인은 이 어여쁜 싸개를 벗기고 좀 소박한 것으로 갈아입힌 다음, 내가 아기를 데려왔다는 소리는 말고 산파의 집으로 데려가도록 하세요. 그런 여자들은 항상 이와 비슷한 긴급한 일을 처리할 줄 알고 심부름도 하지요. 산파가 기꺼이 일하도록 돈을 좀 가지고 가고, 부모 이름을 물으면 생각나는 대로 대세요. 내가 데려왔다는 사실은 숨기고요."

가정부는 그렇게 하겠다고 했다. 돈 후안은 되도록 빨리 아까의 자리로 돌아가 혹시 쉬잇 하며 부르는 소리가 나는가 살펴보았다. 그러나 그를 불렀던 집에 다다르기 조금 전에 커다랗게 칼 부딪는 소리가 들렸다. 많은 사람들이 칼을 들고 싸우는 것 같았다. 귀를 기울이니 말소리는 없었고 칼싸움은 침묵 속의 싸움이었다. 칼들이 돌에 부딪쳐 튀기는 불똥들의 불빛에 보니 많은 사람들이 한 사람을 공격하고 있는 게 어렴풋이 보였다. 말하는 소리를 들으니 이런 사실이 명백해졌다.

"야, 이 배신자들아, 그대들은 많지만 나는 혼자다! 그러나 어떻든 그대들이 사기 친 것은 대가를 치러야 할 거다."

그 말을 듣고 그 광경을 보던 돈 후안은 용감한 심장의 힘으로 두번 뛰어 바로 그의 옆에 섰다. 차고 다니던 작은 방패와 칼을 잡고서 방어하던 사람에게, 에스빠냐어로는 통하지 않으니 이딸리아어로 말했다.

"걱정 마시오. 그대를 구하러 왔소. 내 목숨이 붙어 있는 한 도울 거요. 주먹을 흔들어요. 배신자들은 수가 많지만 별 볼 일 없을 거요."

이런 말에 상대방 중 한 사람이 말했다.

"그건 거짓말이야. 여기 배신자는 없네. 잃어버린 정조와 명예를 되찾기 위해 하는 복수는 아무리 지나쳐도 용서되는 법이야."

그는 아무 대꾸도 하지 않았다. 적들을 공격하느라 바빠서 그럴 시간이 없었다. 돈 후안의 생각에 적들은 여섯명 같았다. 그의 동료를 하도 죄어오는 통에 마지막 두번의 칼을 동시에 가슴에 맞은 동료는 땅에 쓰러졌다. 그가 죽었다고 생각한 돈 후안은 놀랄 만큼 용감하게 재빨리 모두 앞에 섰다. 그리고 장검이며 단검 공격을 소나기처럼 쏟아부어 겨우 그들을 저지했다. 그러나 열성적인 그의 공격과 방어도 역부족이었다. 다행히 이웃 사람들이 창으로 불을 비추고 커다란 목소리로 경찰을 불러대는 것을 보고 상대방은 칼을 거두고 거리를 떠나 사라졌다.

이때에 쓰러졌던 사람이 일어났다. 그 마지막 칼질이 금강석 같은 가슴받이에 부딪혀 비껴나갔던 것이다. 그 싸움에서 돈 후안의 모자가 떨어졌다. 그는 자기 모자를 찾다가 다른 모자를 찾아서 자기 모잔지 아닌지 보지도 않고 대충 그걸 썼다. 쓰러졌던 사람이 그에게 다가와 말했다.

"신사 양반, 그대가 누구시든지 간에 말 그대로 지금 제 목숨을 살려주셨습니다. 제 실력과 힘이 닿는 데까지 이 몸 바쳐 그대를 섬기겠습니다. 누구신지 성함을 말씀해주실 수 있을지요? 그래야 제가 누구에게 감사드려야 할지 알 것 아니겠습니까?"

"예의가 아닌 것 같지만, 사실 저는 이곳과 상관없는 사람입니다. 그렇게 청하시니 성의에 답하는 의미에서 말씀드리자면, 저는 에스빠냐 출신 신사이며 이곳 대학의 학생이올시다. 굳이 제 이름을 아시고자 한다면, 혹시 다른 경우에 저를 필요로 하실 수도 있으니 말씀드리지요. 제 이름은 후안 데 감보아입니다."

"참으로 감사합니다." 쓰러졌던 사람이 말했다. "돈 후안 데 감보아 님, 그러나 저는 제가 누구라고 이름을 말씀드릴 수가 없군요. 저에게서보다는 다른 사람에게서 들으시는 게 더 좋으실 테니까요. 그러나 아무튼 이번 일에 대해서는 곧 소식을 전하겠습니다."

돈 후안은 우선 그에게 다친 데는 없느냐고 물었다. 그가 두번 커다란 칼에 찔리는 걸 보았기 때문이었다. 그는 모두 하느님 덕택이겠지만 이름난 가슴받이를 차고 있어서 방어가 되었다고, 그러나 어떻든 돈 후안이 옆에 없었더라면 적들이 자기를 죽였을 거라고 했다. 그때 한 무리의 사람들이 그들을 향해 오는 게 보였다. 돈 후안이 말했다.

"저 사람들이 다시 오는 적들이라면 서둘러 싸울 준비를 하시지요, 나리. 내 생각에는 저들이 적이 아니고 이쪽으로 오는 친구들 같긴 하오만……"

그리고 그것이 사실이었다. 도착한 사람들은 여덟명이었는데, 쓰러졌던 사람을 에워쌌다. 그와 몇마디 하지 않았지만 아주 은밀하게 이야기해서 돈 후안은 그들이 무슨 얘기를 하는지 듣지 못했다. 즉시 그 방어하던 이가 돈 후안에게 돌아와 말했다.

"돈 후안 님, 이 친구들만 오지 않았더라면 저는 그대가 저를 완전히 구해주시기 전에 자리를 뜰 작정이었습니다. 그러나 이제 간절히 말씀드리니, 지금은 이만 저를 두고 가셔도 되겠습니다. 제게 중요한 일이 있거든요."

이 말을 하면서 그는 자기 머리를 만지다가 모자가 없어진 것을 발견했다. 모여든 사람들을 돌아보며 자기 모자를 어딘가 떨어뜨렸다고 모자 하나를 청했다. 그 말을 듣자마자 돈 후안은 방금 길거리에서 주운 모자를 씌워주었다. 그가 모자를 만져보더니 돈 후안을 향해 말했다.

"이 모자는 제 것이 아닌데요. 제발 돈 후안 님 그대를 위해서, 이 싸움을 이긴 기념으로 이 모자를 가져가 간직해주세요. 제 생각에는 제가 아는 사람 것 같습니다."

사람들이 그 쓰러졌던 신사에게 다른 모자 하나를 주었다. 돈 후안은 그가 한 부탁을 받아들이고 그와 짧게 인사를 나누고 돌아섰다. 비록 그가 누군지는 몰랐지만 말이다. 그리고 그는 집으로 돌아가기로 했다. 싸움판 때문에 온 동네 사람이 깨어나 대소동이 벌어진 것 같아서 아기를 건네받은 문에는 가고 싶지 않았다.

돈 후안은 숙소로 돌아가다가 우연히 길 가운데서 친구 돈 안또니오 데 이순사와 만났다. 어둠 속에서 친구를 알아본 돈 안또니오가 말했다.

"나를 따라와, 돈 후안. 걸으면서 나한테 일어난 아주 이상한 일을 이야기해줄게. 어쩌면 자네가 평생 한번도 못 들어본 이야기일 거야."

"그런 이야기라면 나도 자네에게 해줄 게 있어." 돈 후안이 대답했다. "그러나 원하는 데로 가자구. 자네 이야기를 먼저 해."

돈 안또니오가 앞서가면서 말했다.

"자네가 나간 지 한시간 조금 더 지나서 내가 자네를 찾으러 나갔거든. 그런데 여기서 서른발짝도 안 되는 곳에서 웬 시커멓고 덩치 큰 사람이 나와 부딪칠 정도로 빠르게 오고 있는 게 보이더라구. 그 사람이 가까이 다가와서야 그가 긴 옷을 입은 여자인 것을 알았어. 그 여자는 한숨과 흐느낌이 뒤섞인 더듬거리는 목소리로 내게 말했지. '선생님, 혹시 외국인이세요, 아니면 이 도시 사람이세요?' '저는 외국인입니다. 에스빠냐 사람이죠.' 내가 대답했지. 그러자 그녀는 '하느님 덕택에 종부성사도 못 하고 죽을 신세는 면했네요'라고 하더군. '어디를 다쳐서 가시는 길인가요, 아니면 무슨 죽을병이라도 걸렸나요?' 내가 말을 받았지. '빨리 처방을 하지 않으면 제 몸의 병이 죽을병이 될지도 몰라요. 당신이 당신 나라처럼 예의 바른 분이시라면 부탁인데, 에스빠냐 어른, 저를 좀 이 거리에서 데리고 나가 가능한 한 빨리 당신의 숙소로 데려가주실 수 있을까요? 거기 가면 원하시는 대로 제가 누구고 제가 앓고 있는 병이 무엇인지 제 명예를 걸고 말씀드릴게요.' 그 말을 듣고 틀림없이 그 청하는 것이 급한 것 같아 보여서, 나는 더이상 말하지 않고 그녀의 손을 잡고 샛길로 돌아서 숙소로 데리고 왔지. 하인인 산띠스떼반이 문을 열어주더군. 그에게 물러나 있으라고 하고 아무도 못 보게 그녀를 내 방으로 데려왔어. 그녀는 들어오자마자 기절하여 침대에 쓰러졌어. 그녀에게 다가가서 얼굴을 가리고 있던 망또를 벗기자, 인간의 눈이 볼 수 있는 최상의 아름다움이 나타났네. 내가 보기에는 열여덟살 정도 되었을 거야. 그보다 적었으면 적었지 많지는 않아. 그렇게 지극히 아름다운 모습을 보자 나는 긴장했어. 그녀의 얼굴에 약간 물을 뿌리니 정신이 들더군. 그녀가 가엾게 한숨을 쉬면서 내뱉은 첫마디는 이러했어. '저를 아세요, 선생님?' '아니요.' 내가 답했지. '이렇게 아름다운 미인을 아는 행운은 가져본 적이 없습니다.' 그러자 그녀가 말했어. '하늘이 더 큰 불행에 빠뜨리려고 더 좋은 분을 보내셨다면 그런 여자는 더욱 불행할 뿐이지요…… 하지만 선생님, 지금은 아름다움을 칭송할 시간이 아닙니다. 불행한 일부터 수습해야지요. 선생님은 좋으신 분 같으니, 저를 여기 숨겨주시길 부탁드려요. 아무도 저를 보지 못하게 해주세요. 그리고 즉시 저와 만난 장소로 다시 가서 거기 어떤 사람들이 싸우는지 살펴봐주세요. 싸우고 있으면 어느 편도 들지 말고 말려주세요. 어느 쪽이든 상처를 입는다면 저의 불행만 깊어질 뿐이에요.' 그래서 나는 그녀를 숨겨놓고 이 싸움을 말리러 온 걸세."

"그럼 더 할 이야기는 없나, 돈 안또니오?" 돈 후안이 물었다.

"글쎄, 내 충분히 이야기하지 않았나?" 돈 안또니오가 대답했다. "그러니까 내 말은, 지금 내 방에 인간의 눈이 본 중에 가장 아름다운 여인을 두고 열쇠로 꼭꼭 잠가놓고 왔다네."

"거 참 정말 이상한 이야기구먼." 돈 후안이 말했다. "그건 그렇고, 내 이야기 좀 들어봐."

그리고 그는 곧바로 자신에게 일어난 일을 다 이야기해주었다. 누군가 건네준 아기가 지금 집에, 가정부의 보호하에 있다는 것과 자기가 그 값진 싸개를 소박한 것으로 바꾸라고 했다는 것, 가정부에게 급한 대로 누구든 돌봐줄 사람을 찾아 데려가도록 했다는 것을 이야기했다. 또한 이야기하기를, 자기가 도우러 갔던 결투는 이미 끝나 화해가 되었고, 자기도 현장에 있었으며, 짐작하기에 싸우던 사람들은 모두 선량하고 대단히 용감한 사람들이었다고 했다.

두 친구 다 서로의 이야기에 적잖이 놀랐다. 그들은 갇혀 있는 여자에게 필요한 것이 있는지 알아보기 위해 바삐 숙소로 돌아가기로 했다. 길을 가면서 돈 안또니오는 돈 후안에게 자기가 그 아가씨에게 아무도 그녀를 보지 못하게 하겠다고 약속했으며 그녀의 요구가 없으면 자기 빼놓고는 아무도 그 방에 들어갈 수 없다는 것을 이야기해주었다.

"그런데 아무리 자네가," 돈 후안이 말했다. "그 여자를 보지 말라고 하더라도 그녀가 정말 예쁘다고 하는 자네의 칭찬을 들으니까 무척 보고 싶은 생각이 드는데……"

이때 그들이 집에 도착했다. 돈 안또니오는 세 하인 중 하나가 들고나온 불빛에 돈 후안이 쓰고 온 모자가 비쳐 번쩍이는 것을 보았다. 벗어서 보니 그 찬란한 빛은 모자의 가는 테를 장식한 수많은 다이아몬드에서 나오는 것이었다. 두 사람은 그 모자를 보고 또 보았다. 그리고 마침내 거기 있는 다이아몬드가 보이는 대로 모두 진짜라면 금화 1만 2천 두까도 이상 나갈 거라는 것, 이로써 거기서 결투하던 사람들이 귀족 계급이라는 것을 알아냈다. 특히 돈 후안이 목숨을 구해준 사람이 그 모자에 대해 가져가 잘 보관하라고, 유명한 것이라고 한 기억이 났다. 그들은 하인들을 물리고 나서 돈 안또니오가 그의 방문을 열었고, 아가씨가 침대에 앉은 채 볼을 손으로 감싸고 눈물을 흘리고 있는 것을 발견했다. 돈 후안은 그녀를 보고 싶은 마음에 문으로 겨우 머리만 내밀었다. 그 순간 다이아몬드의 반짝임이 울고 있는 여인의 눈에 닿았다. 그녀가 눈을 들어 말했다.

"들어오세요, 공작님, 들어오세요. 그대를 보는 행복을 어찌 그리 인색하게 주시나요?"

이 말에 돈 안또니오가 말했다.

"아씨, 여기에는 아씨를 뵙지 않으려고 하는 공작님은 없는데요."

"없다니요?" 그녀가 말을 받았다. "거기 페라라 공작께서 지금 얼굴을 내미셨는데요. 그분 모자는 몹시 화려해서 좀처럼 숨기기 어렵거든요."

"아씨, 사실 아씨가 보신 모자는 공작이 쓴 게 아닙니다. 누가 쓰고 왔는지 확인하고 싶으시다면 그를 들어오라고 허락하시지요."

"어서 들어오세요." 그녀가 말했다. "비록 공작이 아니시라면 나의 불행은 더욱 커지지만요."

이 모든 이야기를 들은 돈 후안은 들어오라는 허락을 받고 모자를 손에 들고서 방으로 들어갔다. 그가 앞에 앉자 그녀는 그 화려한 모자의 주인공이 자신이 말한 사람이 아닌 것을 알아보고 급히 혀를 굴려 더듬거리며 말했다.

"에구머니나, 이런 일이…… 나리, 더이상 나를 긴장시키지 마시고 바로 말해주세요. 혹시 이 모자의 주인을 아시나요? 이걸 어디에 두었던가요? 어떻게 이걸 갖게 되셨나요? 그분은 혹시 살아 계신가요, 아니면 이것이 그분이 죽었다는 소식을 내게 알리는 건가요? 아, 내 사랑, 세상에 무슨 이런 일이…… 여기 당신의 보석들이 있네요. 내가 여기 당신 없이 갇혀서, 이 너그러운 에스빠냐 사람들의 도움 속에 있을 줄 몰랐다면, 나는 나의 정절을 잃을까 두려워 이미 목숨을 끊었을지도 몰라요!"

"진정하세요, 아씨." 돈 후안이 말했다. "이 모자의 주인은 죽지 않았고, 아씨도 어떤 폭력의 위험도 없는 곳에 계십니다. 저희의 힘이 닿는 데까지 모든 정성으로 잘 모시겠습니다. 아씨를 보호하고 방어하기 위해 목숨을 걸어야 하는 한이 있더라도 말입니다. 이 에스빠냐 사람들의 선량함에 대한 아씨의 믿음이 헛되게 해서는 안 되지요. 저희는 고귀한 혈통의 에스빠냐 사람들로서(이 대목은 그들이 오만하다는 소리를 들을 만하다) 아씨에게 합당한 품격을 지켜드릴 테니 안심하십시오.”

"나도 그렇게 믿습니다." 그녀가 대답했다. "그러나 부디 모든 것을 말해주세요. 어떻게 해서 그 멋진 모자가 선생님 수중에 들어갔나요? 그 주인은 어디 계시지요? 적어도 그분이 알폰소 데 에스떼, 페라라 공작이신 건 맞지요?"

그래서 돈 후안은 그녀가 더이상 애태우지 않도록 그 모자를 어떤 결투에서 얻게 되었는지 이야기해주었다. 자신이 그 결투에서 특별히 한 신사를 편들어 도와주었고, 아씨가 말하는 걸 보니 그분이 틀림없이 페라라 공작일 것이라고 말했다. 그 신사가 싸움 중에 모자를 잃었고 자기가 그걸 찾았는데, 신사가 자기에게 그 모자를 간직하고 있으라고 하면서 이름난 이의 것이라고 했다고. 결투는 신사도 상대방도 별 상처 없이 끝났다고 말했다. 또한 싸움이 끝난 뒤에 사람들이 몰려왔는데, 보아하니 공작이라고 생각하는 그 사람의 하인이나 친구들 같았으며, 그분은 자신에게 베푼 은혜에 대단히 감사하면서 내게 돌아가기를 권했다고 했다.

"그러니까 아씨, 이 멋진 모자는 그런 사연으로 제 수중에 오게 되었습니다. 그리고 그 주인이 아씨 말대로 공작이시라면 제가 불과 한시간도 안 되어 건강하고 안전하고 좋은 모습으로 그분과 작별하고 왔음을 말씀드립니다. 이런 사실이 아씨에게 위안이 되었으면 좋겠네요. 공작께서 건강하시다는 것을 알고 싶으시다니 말입니다."

"여러분도 아시겠지만, 내가 그분에 대해 묻는 데는 이유가 있습니다. 잘 들어주세요. 뭐랄까요, 나의 불행한 이야기라고 해야 할지요."

이런 일이 벌어지고 있는 동안 가정부는 아기에게 꿀을 발라주고 화려한 싸개를 소박한 것으로 갈아주었다. 다 차려입힌 뒤, 돈 후안이 명한 대로 아기를 어느 산파의 집으로 데려가려 했다. 그런데 이야기를 시작하려던 아씨가 있는 방 옆을 지날 때 아기가 울음을 터뜨렸다. 아씨는 그 소리 나는 것을 느끼자 벌떡 일어나 귀를 기울이고 들었다. 아기의 울음소리가 더 커졌다. 그러자 아씨가 말했다.

"여러분, 저 아기는 누군가요? 태어난 지 얼마 안 된 것 같은데요."

돈 후안이 대답했다.

"저 아기는 누군가 오늘 밤 우리 집 문 앞에다 놓고 간 아기인데, 우리 가정부가 젖 줄 사람을 찾아 나가는 길입니다."

"에구머니나, 세상에 그런 일이…… 나한테 데려오라고 하세요." 아씨가 말했다. "남의 자식이지만 내가 자비를 베풀지요. 하늘이 내 자식을 내가 키우지 못하게 하니까요."

돈 후안은 가정부를 불러 아기를 받았다. 그리고 아기를 달라고 하는 사람에게, 그녀 품에 안겨주며 말했다.

"여기 있습니다, 아씨. 오늘 밤에 하늘이 저희에게 준 귀한 선물입니다. 이것이 처음은 아니구요, 몇 달마다 문설주에 비슷한 것이 걸려 있곤 하더군요."

그녀는 아기를 품에 안고 그 얼굴이며 아기를 싼 초라하지만 깨끗한 싸개를 찬찬히 살펴보았다. 그리고 눈물을 참지 못하면서 머릿수건을 자기 가슴 위에 덮었다. 얌전하게 아기에게 젖을 주기 위함이었다. 그녀는 아기에게 젖을 먹이면서 자기 얼굴을 아기의 얼굴에 포갰고 그녀가 흘리는 눈물이 아기 얼굴을 적셨다. 그녀는 이렇게 오랫동안 얼굴을 들지 못하고 있었는데 아기가 젖 먹기를 그치지 않았기 때문이었다. 이러는 동안 네 사람은 모두 침묵을 지켰다. 아기는 계속 젖을 먹는 듯했으나 그건 사실이 아니었다. 금방 태어난 아기들에게는 젖을 먹일 수가 없다. 그런 점에 생각이 미치자 그녀는 돈 후안을 돌아보고 말했다.

"내가 쓸데없이 인자한 척했네요. 이런 일에는 내가 초보거든요. 이 아기에게는 꿀을 조금만 맛보게 해주세요. 그리고 이 시간에는 길거리로 데리고 다녀서는 안 돼요. 낮이 밝기를 기다려 데려가시되 데려가기 전에 내게 다시 데려와주세요. 아기를 보기만 해도 내게는 위안이 되는 것 같네요."

돈 후안은 아기를 가정부에게 돌려주고 날이 밝을 때까지 아기를 데리고 있으라고 하면서 데려올 때 입었던 아름다운 싸개를 입히라고 했다. 그리고 먼저 말하지 않고는 데리고 나가지 말도록 했다. 그가 다시 방에 돌아와 세 사람만 남게 되자 아름다운 여인이 말했다.

"내 이야기를 듣고 싶으시다면 먼저 먹을 것을 좀 주세요. 내가 기력이 없어 기절할 지경입니다. 그럴 만한 충분한 이유가 있지요."

돈 안또니오가 황급히 서재로 가서 서랍에서 소시지 따위 먹을 것을 잔뜩 가져왔다. 당장이라도 정신을 잃을 듯하던 그녀는 소시지 몇개를 먹고 찬물 한컵을 마시고 나자 정신을 차렸다. 조금 안정이 되자 그녀가 말했다.

"앉으세요, 여러분. 그리고 내 말을 들어주세요."

그들은 그 말에 따랐다. 그녀는 침대 위에 움츠리고 앉아 옷자락으로 몸을 감싸고 머리에 쓴 얇은 천을 등 뒤로 넘겨 얼굴을 활짝 내보였다. 그 얼굴 자체가 달이었다. 아니, 달이라기에는 더욱 밝고 더욱 아름다워 차라리 햇덩이 같았다. 그 아름다운 두 눈에서 눈물인지 액체 진주인지 모를 것이 비처럼 흘러내렸다. 새하얀 헝겊으로 눈물의 진주알을 훔치니, 손 또한 너무 희어 하얀 천과 하얀 손 사이, 아무리 흰색을 잘 구별할 줄 아는 자라도 어느 것이 더 흰지 분간을 못 할 정도였다. 깊은 한숨을 내쉰 뒤 마침내 가슴을 어느정도 진정하려고 애쓴 끝에 그녀가 아픔에 찬 목소리로 입을 열었다.

"여러분, 내가 바로 그 여자입니다. 여러분도 틀림없이 그 이름을 많이 들었을 줄 압니다. 나의 아름다움의 명성 때문에 모두가 글자 그대로 혀라는 혀는 다 놀려 소문을 자자하게 퍼뜨리고 다녔으니까요. 내가 진짜 꼬르넬리아 벤띠볼리, 로렌쪼 벤띠볼리의 누이입니다. 이 이름을 말하면 여러분은 두가지 사실을 아시겠지요. 첫째는 내 가문이 귀족이라는 것과 둘째는 나의 아름다움 말입니다. 어렸을 때 내 아버지 어머니가 돌아가시고 나는 고아로 남겨졌습니다. 그래서 오라버니 보호하에 자랐지요. 오라버니는 어렸을 적부터 나를 지키며 조신과 정숙만을 강조했습니다. 비록 나는 나를 보호하고 지키려는 노력보다 스스로의 정숙함을 더 믿었지만요. 결국 나는 벽과 고독 사이, 오직 하녀들과 친구하며 자랐지요. 그리고 나와 함께 자라난 것이 내 정숙함의 명성입니다. 하인들이 대중에게 퍼뜨리고 비밀리에 나와 관계있는 사람들이 퍼뜨린 것이지요. 그에 더해 내 오라버니가 유명한 화가에게 그리게 한 나의 초상화 한점이 알려졌습니다. 오라버니 말대로라면 하늘이 더 좋은 삶으로 나를 인도하도록, 세상이 나의 아름다움 없이는 존재할 수 없도록 하기 위해 그런 것이었지요. 그러나 이런 모든 노력은 별 도움이 되지 못했고 나의 타락만 부추겼습니다. 나의 사촌 언니의 결혼식에 페라라 공작이 대부 역할을 하러 왔던 것이죠. 오라버니는 친척 언니의 명예를 위해 좋은 뜻으로 나를 거기에 데려 갔지요. 거기에서 나는 사람들을 보았고 나 또한 사람들의 눈에 띈 것입니다. 내 생각에는 거기에서 내 마음이 홀리고 좋은 뜻이 무릎을 꿇었지요. 거기에서 남들의 칭찬이 좋은 걸 느꼈어요. 비록 아부하는 혀들의 칭찬이었지만요. 마침내 거기에서 나는 공작을 보았고, 공작도 나를 보았습니다. 그리고 그 결과가 지금 여기 보시는 나라는 존재입니다. 공작과 내가 그 결혼식에서 시작된 소망을 2년 뒤 성취하기까지 꾸민 무수한 사랑의 술수와 책략을 여러분에게 다 말씀드리지는 않겠습니다. 수많은 점잖은 경고와 주의, 그밖에 나를 지키려는 모든 인간적 조심성도 우리의 만남을 저지할 만큼 크지는 못했어요. 결국 그는 내게 나의 남편이 되겠다고 약속하기에 이르렀지요. 왜냐하면 그 약속 없이는 바위 같은 나의 용감하고 명예로운 자부심을 깨트릴 수 없었으니까요. 나는 오라버니 앞에서 공개적으로 청혼해달라고 수천번 그에게 말했지요. 우리 결혼이 신분상 차이가 난다고 대중 앞에서 사죄를 한다거나 할 필요도 없었거든요. 우리 가문 벤띠볼리와 그의 가문 에스뗀세가 똑같이 귀족인 것은 부인할 수 없었으니까요. 이 말에 그는 미안하다고 변명했고, 나는 그것으로 충분하다고 받아들였습니다. 사랑에 빠져 그를 믿고 사랑으로 나의 몸과 마음을 전부 그에게 바쳤어요. 이 일은 내 하녀 하나의 도움으로 이루어졌습니다. 그 하녀는 내 오라버니의 자신에 대한 믿음보다 공작이 주는 돈과 약속에 더욱 솔깃했던 겁니다. 결국 얼마 뒤에 나는 임신한 것을 알았어요. 나의 옷차림에 나의 자유분방함이 드러나기 전에 나는 주의를 돌리려고 아픈 척, 우울증에 걸린 척했지요. 오라버니더러 공작이 결혼식에서 대부 노릇을 해주었던 사촌언니 집에 나를 데려다달라고 했습니다. 거기에서 나는 공작에게 내 상태를 알리고 나를 위협하는 생명의 위험 또한 알렸지요. 오라버니가 내 방탕을 의심하기 시작한 징후가 보였기 때문이에요. 우리는 합의하기로, 출산할 때가 되면 공작이 친구들과 와서 나를 페라라로 데려가기로 했습니다. 그때 공개적으로 결혼식을 올리기로 했지요. 우리가 여기 있는 오늘 밤이 바로 그이가 오기로 한 밤입니다. 이 밤에 내가 그이를 기다리고 있는데 오라버니가 많은 사람들, 보아하니 무장한 것 같은 사람들을 데리고 왔어요. 창과 칼이 부딪는 가운데 거기에 놀라 갑자기 출산이 시작된 거예요. 어느 순간에 예쁜 아기를 낳았습니다. 내 행적을 다 알고 중매쟁이 역할까지 한 나의 하녀가 미리 이런 일이 일어날 줄 알고 아기를 싸개에 쌌지요. 그대의 문 앞에 놓인 아기가 가진 그런 싸개가 아닙니다. 그러고는 길가로 난 문으로 나가서 아기를, 그 하녀 말로는 공작의 하인에게 주었대요. 그로부터 조금 뒤 나는 당장 필요하고 가장 쓸 만한 것들을 꾸려 집을 나왔어요. 길거리에 공작이 있다고 믿고서요. 그러나 공작이 문 앞에 올 때까지 그런 짓을 해서는 안 되는 것이었어요. 하지만 오라버니가 나를 감시하기 위해 무장한 무리를 세워놓았기 때문에 나는 무서웠어요. 금세라도 오라버니가 내 목에 장검을 들이댈 것 같아서 다른 생각을 할 겨를조차 없었지요. 그리하여 참으로 난감한 상황에서 미친 듯이 밖으로 나왔고, 거기에서 여러분이 본 대로 이런 일들이 벌어진 것입니다. 비록 나는 지금 자식도 없고 남편도 없고 앞으로 더 나쁜 일들이 벌어질까 두렵기만 하지만, 하느님 덕택에 다행히 여러분의 보호를 받게 되었네요. 거기에 대해서는, 예의 바른 에스빠냐 사람들 방식을 따라 반드시 감사드릴 것을 약속합니다. 여러분이 보여준 고귀함이 에스빠냐 예절을 더욱 드높이셨네요."

이 말을 하고서 그녀는 침대에 쓰러졌다. 두 사람이 그녀가 기절했는가 싶어 다가가 살펴보니 기절한 것은 아니나 애절하게 울고 있었다. 이를 보고 돈 후안이 말했다.

"아름다운 아씨, 지금까지는 제 동료 돈 안또니오나 저나 아씨가 여자여서 동정심에서 불쌍하게 여겼습니다. 그러나 이제 아씨의 높으신 지체를 알게 된 이상, 동정심은 아씨를 반드시 섬겨야 하는 의무감으로 바뀌었습니다. 기운을 내십시오. 그리고 정신을 차리세요. 이런 일은 당해보지 않아 예사롭지 않으시겠지만, 아씨의 신분을 생각해서 침착하시고 더욱 인내심을 가지시면 잘 극복하실 수 있을 겁니다. 제 말을 믿으세요, 아씨. 이런 이상한 일들도 결국 결말은 좋을 것 같은 생각이 듭니다. 이렇게 아름다우신 분이 불행하게 살도록 두는 것은 하늘이 용납하지 않을 테니까요. 더구나 그렇게 정숙한 생각으로 행동하셨으니 그 뜻이 잘못될 리 없지요. 이제 그만 누워 쉬시면서 아씨 자신을 보살피세요. 그게 필요할 겁니다. 여기 저희 하녀 하나가 들어와 아씨를 모실 것입니다. 그 하녀라면 저희처럼 믿으셔도 됩니다. 아씨의 불행한 처지를 조용히 지켜드리고 필요한 일이 있으면 도와드릴 것입니다."

"내 하녀도 그런 여자예요. 아주 어려운 일에도 꼭 필요하지요." 그녀가 말했다. "당신이 원하는 사람이면 들어오라고 하세요. 당신이 소개하신 여자니 필요한 일에 잘 쓰겠습니다. 하지만 부탁인데, 그 하녀 외에는 나를 보는 사람이 없도록 해주세요."

"그렇게 하겠습니다." 돈 안또니오가 대답했다.

그들은 그녀를 두고 방을 나왔다. 돈 후안은 가정부에게 아기에게 고급 싸개를 씌웠으면 그대로 안으로 데리고 들어가라고 말했다. 가정부는 처음 아기를 데려왔을 때와 이미 똑같은 모습이라며 그렇게 하겠다고 했다. 가정부는 안에서 만나게 될 아씨가 아기를 보고 물으면 어떻게 대답해야 할지 여러가지 주의를 듣고 방으로 들어갔다.

꼬르넬리아가 그녀를 보고 말했다.

"어서 와요, 내 친구. 그 아기를 내게 주어요. 그리고 촛불을 이리로 가져와요."

가정부는 시키는 대로 했다. 꼬르넬리아는 아기를 받아 품에 안더니 어쩔 줄 몰라하며 열심히 들여다보았다. 그리고 가정부에게 말했다.

"말 좀 해봐요, 아주머니. 이 아기가 조금 전에 내게 데려왔던 아기와 같은 아기인가요?"

"그렇습니다, 아씨." 가정부가 대답했다.

"그런데 겉싸개를 왜 이렇게 바꾸어 데려왔지요?" 꼬르넬리아가 물었다. "아주머니, 사실 내가 보기에는 이 싸개가 다른 것이든지 아니면 이 아기가 다른 아기인 듯하네요."

"그럴 수도 있겠네요." 가정부가 대답했다.

"에구머니나." 꼬르넬리아가 말했다. "아니, 어떻게 다 그럴 수도 있다는 건가요? 어떻게 된 거예요, 아주머니? 이렇게 바뀐 이유를 알지 못하면 내 심장이 터질 것 같아요. 말해봐요. 어디서 이런 고급 싸개를 찾았는지 아는 대로 말 좀 해봐요. 왜냐하면 이 싸개천은 내 옷감이거든요. 이 눈으로 본 것이 사실이고 내 기억이 틀리지 않는다면 바로 내 것이에요. 이와 똑같은, 아니면 이와 비슷한 싸개를 씌워 내가 내 하녀에게 내 영혼의 사랑하는 보물을 전해주었거든요. 누가 그애에게서 그 싸개를 벗긴 건가요? 그리고 또 누가 그걸 가져왔나요? 아아, 이게 무슨 변고람!"

돈 후안과 돈 안또니오는 이런 하소연을 다 들었고 그 바뀐 싸개를 속여 더이상 그녀를 아프게 하고 싶지 않았다. 그래서 그들은 방으로 들어갔고 돈 후안이 그녀에게 말했다.

"그 싸개와 그 아기는 아씨의 것이에요, 꼬르넬리아 아씨."

그리고 그는 하나하나 이야기하기 시작했다. 그녀가 하녀를 시켜 전하게 한 아기를 어떻게 자기가 받게 되었는지, 어떻게 해서 아기를 자기 집에 데려왔는지, 그리고 왜 가정부에게 싸개를 바꾸라고 명령했는지 등을. 또한 그녀가 출산 이야기를 했을 때부터 그 아기가 확실히 그녀의 아기인 것을 알았음에도 미리 말하지 않은 것은 아기를 직접 만나 알게 되면 틀림없이 놀라움과 기쁨이 배가 되리라 생각했기 때문이라고 했다.

꼬르넬리아는 무한한 기쁨의 눈물을 흘리며 자기 아기에게 한없이 입을 맞추었다. 그녀에게 은혜를 베푼 사람들에게 무한한 감사를 드리며 그들은 자기를 지켜준 인간 수호천사라고 하면서 그들을 갖가지 이름으로 부르며 감사를 표했다. 그들은 아씨를 가정부와 함께 두고 나가면서 가정부에게 아씨를 가능한 한 잘 보살피고 모실 것을 당부하고, 아씨가 지금 어떤 상태인지 알려주면서 아씨가 필요로 하는 것을 잘 알아서 처리해달라고 부탁했다.

이렇게 당부한 뒤에 그들은 남은 밤 동안 좀 쉬러 갔다. 따로 부르거나 꼭 필요한 일이 아니면 꼬르넬리아의 방에는 다시 들어가지 않을 생각이었다. 날이 밝았다. 가정부는 은밀하게 남 안 보는 데서 아기에게 젖을 줄 여자를 데려왔다. 돈 안또니오와 돈 후안이 꼬르넬리아에 대해 물으니 가정부는 아씨는 쉬고 있다고 전했다. 그들은 학교로 가는 길에 싸움이 벌어졌던 거리를 지나게 되었고 꼬르넬리아가 도망 나온 집도 지나갔다. 혹시 아씨가 없어진 것이 이미 알려졌는가, 아니면 그녀에 대해 쑥덕거리는 소리가 있는가 살펴보았으나 아무 인기척이 없었고 꼬르넬리아가 없어졌다든지 싸움이 있었다든지 하는 얘기도 전혀 없었다. 그들은 수업을 듣고 숙소로 돌아갔다.

꼬르넬리아가 가정부와 함께 그들을 불렀다. 그들은 그녀의 방에 발을 들여놓지 않기로 결심했으며 이는 정숙한 분께서 품위를 지키실 수 있도록 하기 위해서라고 전했다. 아씨는 눈물을 흘리며 말을 듣더니 자신을 보러 들어오기를 간청했다. 그것이 가장 합당하게 품위를 지키는 것이며, 모든 일의 해결책은 아니라도 최소한의 위안이 될 것이라고 했다. 그들은 그렇게 하기로 했다. 아씨는 기쁜 얼굴로 예의를 갖추어 그들을 맞아들이고 묻기를, 시내로 돌아다니면서 자기가 벌인 엄청난 일에 대한 소식이 있는지 알아볼 수 없겠느냐고 했다. 그들은 그 일은 이미 모든 호기심을 동원하여 다 살펴보았으나 아무 소문도 없더라고 대답했다.

이때 세 사람의 하인 중 하나가 문밖에 와서 말했다.

"문 앞에 한 신사가 하인을 둘 데리고 오셨어요. 그분 말이 자기 이름은 로렌쪼 벤띠볼리이고, 돈 후안 데 감보아 주인님을 찾는다고 합니다."

이 전갈에 꼬르넬리아는 두 주먹을 불끈 쥐고 입을 가렸다. 주먹 사이로 두려움에 찬 낮은 목소리가 흘러나왔다.

"내 오라버니예요, 여러분, 저게 내 오라버니예요! 틀림없이 내가 여기 있는 걸 알았나봐요. 나를 죽이러 온 거예요. 살려주세요, 여러분, 나를 구해줘요!"

"진정하세요, 아씨." 돈 안또니오가 말했다. "아씨는 세상 누가 와도 손끝 하나 건드리지 못하게 할 사람들과 계십니다. 돈 후안, 자네가 나가보게. 저 신사가 뭘 원하는지 알아봐. 나는 여기 남아 필요한 때에 꼬르넬리아 아씨를 지켜드리겠네."

돈 후안은 표정 하나 바꾸지 않고 아래로 내려갔다. 돈 안또니오는 즉시 권총 두자루를 장전해서 가져오라고 하고 하인들에게는 칼을 들고 준비하고 있으라고 했다.

가정부는 이렇게 대비하는 걸 보고 떨고 있었고 꼬르넬리아는 나쁜 일이 벌어질까봐 공포에 차 있었다. 돈 안또니오와 돈 후안만 정신을 똑바로 차리고 무엇을 해야 할지 단단히 준비하고 있었다. 길거리로 난 대문에서 돈 후안은 돈 로렌쪼를 만났다. 그는 돈 후안을 보자 다가와 말했다.

"귀하께 간청합니다." 이 말은 이딸리아어 존칭이다. "나와 함께 저 앞에 있는 교회로 가주시길 바랍니다. 귀하께 전달해야 할 사안이 있습니다. 제 명예와 목숨이 걸린 일입니다."

"그렇다면 물론 가야지요." 돈 후안이 대답했다. "어디든 가십시다, 나리."

이 말을 하고 그는 신사의 손을 잡고 교회로 갔다. 긴 의자에 앉아 남들이 듣지 않는 곳에서 로렌쪼가 먼저 말을 꺼냈다.

"에스빠냐 양반, 나는 로렌쪼 벤띠볼리라는 사람이오. 이 도시에서 가장 부자는 아니어도 가장 귀족 중의 한 사람입니다. 내가 귀족의 일원이라는 사실은 너무도 잘 알려져 있어서 내 입으로 이렇게 말하는 것을 용서해주시기 바랍니다. 나는 몇년 전에 부모님이 돌아가셔서 손수 누이동생을 돌보게 되었지요. 내 누이는 너무도 아름다워서, 내 누이가 아니라면 아마도 당신에게 엄청나게 칭찬을 늘어놓았을 겁니다. 얼마나 아름다운지 안타깝게도 그것을 표현할 말이 없다고 말입니다. 내게는 명예가 있고 누이에게는 아름다움이 있으니 나는 누이를 잘 지키기 위해 정성을 다했지요. 그러나 나의 모든 감시와 정성을 실망에 빠뜨린 것이 바로 꼬르넬리아라는 이름을 가진 나의 누이의 바람둥이 같은 성품이었습니다. 이야기가 길어질 것 같으니 당신을 지겹게 하지 않기 위해 간단히 말하자면, 마침내 살쾡이 같은 눈을 가진 페라라 공작 알폰소 데 에스떼라는 친구가 100개의 눈을 가진 아르고스 같은 나의 감시를 무너뜨리고 나의 모든 수고를 박살내고서 개선장군처럼 내 누이동생을 잡아갔습니다. 그는 엊저녁에 내 여자 친척의 집에서 누이동생을 데려갔다고 합니다. 심지어 누이동생은 막 출산을 했다고 하네요. 나는 엊저녁에 그걸 알고서 바로 그놈을 찾으러 나갔습니다. 그리고 그놈을 찾아 칼로 찌른 것 같습니다. 그런데 어떤 수호천사가 나타나 그를 구원해 갔어요. 그놈의 피로 나의 굴욕의 흔적을 닦아내려고 했는데 그렇게 되지 않았지요. 내 친척이 한 말에 의하면, 이것은 모두 그 여자가 해준 말인데, 공작이 내 누이를 아내로 받아들이겠다는 약속을 하고서 속였다는군요. 그러나 나는 이 말을 믿을 수가 없는 것이, 재산으로 보면 이 결혼은 격이 맞지 않습니다. 비록 신분으로 보면 볼로냐의 벤띠볼리 가문은 세상이 다 아는 귀족이지만 말입니다. 내 생각에는 그놈이 재력가들이 흔히 그러듯이, 조신하고 두려움에 떠는 처녀를 골라 남편이 되겠다는 달콤한 약속을 눈앞에 들이밀고 몸을 망쳐놓은 게 아닌가 싶습니다. 그런 뒤에는 진실처럼 보이는 거짓말을 앞세워 이런저런 핑계를 대며 결혼할 수 없게 되었다고 믿게 하는 거지요. 그건 다 악의에 찬 사기입니다. 그러나 어찌 되었든, 지금 나는 누이동생을 잃고 명예도 잃었습니다. 비록 이제까지는 이 사실을 모두 침묵의 열쇠 아래 숨겨놓았지만요. 나는 이 일에 대해 어떤 형태로든 대처하거나 해결하기 전까지는 아무에게도 이 불명예스러운 일을 이야기하지 않으려고 했습니다. 이런 유의 불명예는 모두 앞에 분명히 알리기보다 각자 의심하고 떠들어대게 하는 것이 더 낫습니다. 의심스러운 문제에 대해 긍정하거나 부정하거나 각자 자기가 원하는 쪽으로 생각하게 하면 되지요. 사람마다 옳다고 생각하는 쪽이 있을 테니까요. 결국 나는 페라라로 가기로 결심했습니다. 그리고 공작에게 우리를 모독한 이 사건의 해명과 사과를 청할 겁니다. 그것을 거부한다면 그 문제를 걸고 결투를 청할 겁니다. 나는 부대를 몰고 가서 패싸움을 하려는 게 아닙니다. 나는 부대를 조직할 수도, 유지할 수도 없으니 개인 대 개인으로 싸움을 청할 겁니다. 이 결투를 위해서, 나는 당신의 도움을 청하러 왔습니다. 이 길에 나와 함께해주세요. 내가 이미 알아보았는데 당신이 에스빠냐 사람으로서 신사이시라 믿을 수 있는 분이라고 들었습니다. 나는 어느 친척이나 친구에게도 이 일에 대해 알리지 않으려 합니다. 그 사람들에게는 충고나, 하지 말라는 설득밖에는 기대할 수 없으니까요. 나는 당신께서 훌륭한 조언이나 명예로운 방법을 알려주시기를 기대합니다. 비록 내가 어떤 위험을 맞아 무너진다 해도 말이지요. 부디 당신께서 저와 같이 가주시기를 바랍니다. 에스빠냐 분으로서, 더구나 당신 같은 신사와 동행한다면 나를 지키는 수만 군대를 데리고 가는 거나 마찬가지입니다. 제 부탁이 작지 않습니다만 당신 나라의 명성이 이런 책임에도 기꺼이 나서게 하리라 믿습니다."

"그만, 그만, 로렌쪼 씨." 그때까지 말 한마디 막지 않고 듣고 있던 돈 후안이 말했다. "그만하시고, 지금부터 내가 당신의 경호인이자 조언자 역할을 맡겠습니다. 책임지고 당신의 훼손된 명예에 대한 복수를 하거나 해명과 사과를 받아내겠습니다. 이것은 내가 에스빠냐 사람일 뿐만 아니라 신사이고, 당신도 당신 말대로 귀족이기 때문입니다. 이는 나나 세상 사람이 모두 아는 일이지요. 당신은 언제 출발하기를 원하시는지요? 나는 이왕이면 즉시 떠났으면 합니다. 칼싸움이란 불이 붙었을 때 해야 분노의 열기가 용기를 북돋우고 방금 당한 모욕이 복수심을 일으키니까요."

로렌쪼가 일어나서 돈 후안을 포옹하며 말했다.

"돈 후안 씨, 당신처럼 너그러운 분을 움직이는 데는 이 일로 얻을 명예 이외에 눈앞의 다른 이익이 필요 없겠지요. 그 명예는 지금 당신께 드립니다. 이 일을 만족스럽게 매듭지으면 거기에 더해 나의 능력, 나의 가치, 내가 가진 모든 걸 드리겠습니다. 출발은 내일로 합시다. 오늘은 싸움을 위한 준비를 할 수 있도록 말이지요."

"그거 좋습니다." 돈 후안이 말했다. "로렌쪼 씨, 허락하신다면 이제 이 일을 나의 동료 신사에게 알리고 싶군요. 그 사람의 용기와 무거운 입은 제 것보다 훨씬 더 믿을 만합니다."

"당신이 내 명예를 책임지겠다고 하셨으니 뜻대로 하십시오. 그 일에 대해서는 원하는 누구에게든 말씀하시지요. 더군다나 당신 동료이시라니, 그보다 더 좋은 친구가 또 어디 있겠습니까?"

두 사람은 이런 말로 서로 포옹하고 작별인사를 했다. 로렌쪼는 다음날 아침에 돈 후안을 부르러 사람을 보내기로 하고 시외로 나갈 때는 말을 탈 것이며 위장을 하고 하루 일정을 같이하자고 말하고 헤어졌다.

돈 후안은 돌아와서 돈 안또니오와 꼬르넬리아에게 로렌쪼와의 사이에 있었던 일과 서로 약조한 사항을 이야기했다.

"세상에!" 꼬르넬리아가 말했다. "당신의 예의 바름과 사람들의 신뢰가 참으로 대단하네요. 어떻게 그렇게 빨리, 그렇게 어려운 일을 맡겠다고 작정하셨나요? 내 오라버니가 페라라, 아니면 다른 곳으로 당신을 데려갈지 어찌 아시고요? 그러나 그가 어디로 데려가든, 당신은 정말 성실하고 명예로운 영혼과 함께 가신다는 점은 믿으셔도 좋습니다. 불행하게도 나는 햇빛 속에 춤추는 입자들을 보고 겁먹고 어느 쪽 그림자를 보아도 두렵습니다. 어찌 두렵지 않겠어요? 공작의 대답 하나에 내가 죽느냐 사느냐가 갈리는데요. 또한 어찌 알겠어요, 공작이 충분한 예의를 갖추어 대답해서 내 오라버니의 분노가 사리분별의 한계에서 인내로 멈추게 될지…… 그러나 일이 벌어지면, 당신은 당신의 적이 약할 거라고 생각하시나요? 당신들이 늦어지는 시간만큼 나는 그 일의 결과가 쓰라릴지 달콤할지 두려움에 떨며 기다릴 거라고 생각지 않으시나요? 공작과 내 오라버니에 대한 사랑이 작아서 둘 중 누구에게라도 무슨 일이 일어나면 내가 가슴 깊이 그 불행을 느끼지 않을 거라 생각하세요?"

"꼬르넬리아 아씨, 생각이 많고 두려움도 많으시군요." 돈 후안이 말했다. "하지만 두려움과 공포 속에서도 희망의 끈을 놓지 마시고 하느님을 믿으세요. 저의 노력과 좋은 뜻을 믿으세요. 그대의 소망 또한 행복하게 이루어질 것이라 생각하세요. 제가 페라라에 가는 것은 피할 수 없고, 아씨의 오라버니를 돕는 것 역시 물러설 수 없어요. 지금까지 우리는 공작의 의도가 무언지, 심지어 아씨가 없어진 사실을 그가 아는지조차 알지 못합니다. 이제 이 모든 것을 직접 그의 입을 통해서 알게 될 거예요. 아무도 저만큼 그걸 직접 물어볼 만한 사람이 없어요. 꼬르넬리아 아씨, 아씨와 오라버니의 건강과 행복, 그리고 공작의 행복이 세상에서 제가 가장 바라는 거라는 걸 알아주세요. 제가 제 일처럼 잘 보살피겠습니다."

"하늘이 도와서 선생님께서 그렇게 해주신다면," 꼬르넬리아가 대답했다. "나는 복이 가장 많은 여자이겠습니다. 이 어려운 상황 속에서 은혜를 베풀어 일을 처리해주시고 위로까지 해주시다니요. 당신이 가고 오시는 것을 꼭 보고 싶네요. 당신이 안 계시는 동안 아무리 공포가 나를 못살게 해도, 아니면 희망이 나를 숨 못 쉬게 하더라도요."

돈 안또니오는 돈 후안의 결심에 동의하고 그 결심이 로렌쪼 벤띠볼리가 그를 믿고 의지하는 데 대한 좋은 보답이라고 칭찬했다. 덧붙여서 그는 혹시 무슨 일이 일어날지 모르니 자기도 함께 가겠다고 말했다.

"그건 안돼." 돈 후안이 말했다. "그렇게 해서 꼬르넬리아 아씨가 혼자 남게 되는 건 좋지 않고, 또한 로렌쪼 씨가 내가 남의 힘을 빌려 일을 처리하려 한다고 생각하는 것도 좋지 않지."

"자네 뜻이 바로 내 뜻이야." 돈 안또니오가 대답했다. "그러니까, 나는 아무도 모르게 멀리서 그대들을 따라갈 거란 이야기지. 꼬르넬리아 아씨도 그렇게 하는 걸 좋아하실 거야. 그리고 아씨는 혼자가 아니야. 아씨를 지키고 모시는 사람과 늘 함께 있잖나."

그 말에 꼬르넬리아가 말했다.

"나로서는 두분이 함께 가시는 걸 알면 커다란 위안이 되겠어요. 적어도 상황에 따라 서로 도울 수 있으니까요. 그리고 내 생각에 결투에 참가하는 분에게는 아무래도 위험이 따를 것 같으니 제발 이 십자가를 꼭 지니고 다니세요."

이렇게 말하면서 그녀는 품에서 엄청나게 귀한 다이아몬드 십자가와 함께 십자가만큼이나 귀한 구원자 그리스도의 황금상을 꺼냈다. 두 친구는 그 고귀한 보물들이 모자 테두리에 박힌 다이아몬드보다 더욱 귀한 것을 알고 그렇게 귀한 것은 결코 받을 수 없다고 되돌려주었다. 이토록 값지고 이토록 귀한 것만 아니라도 받겠으나 죄송하다고 말했다. 꼬르넬리아는 십자가를 받아주지 않는데 서운해했으나 결국 그들이 원하는 대로 따르기로 했다.

가정부는 갖은 정성을 다해 꼬르넬리아를 보살폈다. 주인들이 떠나는 것을 알면서도(비록 그들이 어디로 무엇을 하러 가는지는 알지 못했지만) 여전히 그 이름도 모르는 아씨를 주인들의 도움이 필요 없을 정도로 잘 보살피겠다고 했다. 로렌쪼는 다음날 이른 아침에 벌써 문 앞에 와 있었다. 돈 후안은 여행복 차림에 노랗고 검은 깃털로 장식한 끈 달린 모자를 썼고 까만 스카프로 모자끈을 덮고 있었다. 그들은 꼬르넬리아에게 작별인사를 하러 갔으나, 그녀는 오라버니가 가까이 있다는 생각에 잔뜩 겁을 먹어서 작별하러 온 두 친구에게 무슨 말을 해야 할지 몰랐다.

돈 후안이 먼저 떠났다. 그는 로렌쪼와 함께 시 외곽으로 갔고 길에서 조금 비켜난 전원에서 좋은 말 두필과 말 잘 모는 몰이꾼 둘을 구했다. 그들은 말에 올라 몰이꾼들을 앞세우고 인적이 드문 길이나 오솔길을 골라 페라라를 향해 갔다. 돈 안또니오는 자기 조랑말을 타고 다른 옷을 입어 변장을 하고 숨어서 그들을 따라갔다. 그러나 그들은 그를 수상하다고 의심했고 특히 로렌쪼가 그래서 그들은 페라라로 가는 직행로를 따라가기로 했다. 거기에 가기만 하면 공작을 찾기는 어렵지 않을 것이었다.

그들이 시내를 벗어나자마자 꼬르넬리아는 가정부에게 모든 사연을 이야기해주었다. 이 아기가 자기와 페라라 공작의 아기라는 것부터 이제까지의 자초지종을 하나하나 이야기하고, 오라버니가 그 주인들을 데리고 가고 있는 곳이 바로 페라라라는 것과 오라버니가 그곳의 공작 알폰소와 결투를 하러 간다는 것도 숨기지 않았다. 그 이야기를 들은 가정부는 마치 귀신이 꼬르넬리아의 일을 일부러 늦추거나 방해하거나 복잡하게 만들려고 시키기나 한 듯이 이렇게 말했다.

"에구머니나, 아씨! 아니, 그런 일들이 벌어졌는데 아씨께서는 아무렇지도 않게 두 발 뻗고 이렇게 편히 계세요? 아씨는 속이 없으시거나 마음이 너무 약해져서 아무것도 느끼시나보네요. 어떻게 아씨 오라버니가 페라라로 간다고 생각하시나요? 그런 건 생각도 마세요. 이것은 오라버니가 우리 주인들을 여기에서 빼낸 다음 그분들이 집에 없는 틈을 타서 돌아와 아씨 목숨을 끊으려는 거예요. 잘 생각해보세요. 그렇게 해야 죽이기가 물 마시듯 쉬워질 테니까요. 보세요, 지금 우리를 지키고 보호하는 사람이 하인 세 사람밖에 더 있나요? 그 사람들이야 이 판에 끼어들기보다 온몸에 가득한 옴이나 긁적거리기에도 바쁘지요. 최소한 저는 이 집을 위협하는 무시무시한 사건을 기다리고만 있을 마음이 없네요. 감히 말씀드리지만, 이딸리아 사람 로렌쪼 씨더러 에스빠냐 사람들이나 믿으라고 하세요! 그 사람들에게 도움과 은총이나 바라시라구요! 저 같으면 그런 소리는 한마디도 못 믿겠네요." 그러고서 그녀는 엿 먹으라는 듯이 주먹을 내밀었다. "그리고 아씨께서 제 조언을 바라신다면, 제가 진짜 조언을 해드릴 거구먼요."

꼬르넬리아는 가정부의 말을 듣고 완전히 혼란스럽고 어리둥절해 기절할 지경이었다. 가정부가 어찌나 공포에 찬 표정으로 열심히 말을 해대는지 그녀의 말이 모두 그대로 사실인 것 같았다. 가정부는 어쩌면 돈 후안과 돈 안또니오가 죽었을 수도 있으며 꼬르넬리아의 오라버니가 저 문으로 들어와 칼로 그녀들을 난도질할지 모른다고 했다. 그러자 꼬르넬리아가 말했다.

"그러면 나한테 어떤 조언을 해줄 수 있겠어요, 친구, 이렇게 눈앞에 닥친 불행을 막으려면요?"

"제가 더할 수 없이 좋은 방책을 말씀드리지요." 가정부가 말했다. "제가 전에 페라라에서 2마장 거리에 있는 어느 시골 마을의 신앙인, 그러니까 신부 한분을 모셨었는데요, 선량하고 성자 같은 분이에요. 그분은 저를 위해서라면 주인이 충직한 하인에게 해주시는 것 이상으로 뭐든 해주실 거예요. 우리 그리로 가십시다. 제가 우리를 그리 데려다줄 사람을 찾을게요. 그리고 아기에게 젖을 주러 오는 사람은 아주 가난한 여자인데, 세상 끝까지라도 우리와 함께 갈 사람이에요. 게다가 아씨, 설사 아씨께서 잡히신다 해도, 교회에서 미사를 올리는 늙고 점잖은 사제 집에서 잡히시는 게 훨씬 낫지요. 에스빠냐 사람인 젊은 학생 집에서 잡히는 것보다는요. 이 주인들은, 내가 좋은 증인입니다만, 순전히 기회주의자들이에요. 이제까지는 아씨가 몸이 불편하셨으니 존경심을 가지고 대했지만, 몸이 나아 회복되시면 그들과 있다가 무슨 짓을 당하실지는 하느님도 몰라요. 사실 저도 그들을 무시하고 퇴짜 놓고 철저히 저를 지키지 않았더라면 그들은 저를 무너뜨리고 제 정절을 훔쳤을 거예요. 그들을 보면 정말 반짝이는 것이 다 황금은 아니라는 생각이 들어요. 말은 이렇게 하지만 생각은 다르고…… 하지만 아씨는 저를 만나셨지요. 저는 세상 물정을 잘 알고 어디에서 구두끈을 매야 할지 아는 여자예요. 게다가 저는 가문도 좋아서 밀라노의 끄리벨로 집안 출신이랍니다. 정절과 명예로 말하면 저 구름보다 10마일은 더 높은 곳에 정중하게 모셔질 거예요. 그러니 이런 제 인생에 얼마나 많은 불행한 일들이 있었을지 짐작이 가시겠지요. 원래 이런 사람인 제가 에스빠냐 사람들의 가정부가 되어 있으니 말입니다. 사실 화가 나지 않았을 때는 성자나 다름없이 착하니 제 주인들에게 불만은 없지만요. 주인들이 한번 화가 나면 그 사람들 말대로 비스까야 사람처럼 개망나니가 되지만, 그렇지 않을 때는 완전히 다른 민족인 갈리시아 사람 같아요. 비스까야 사람들처럼 빈틈없지는 않지만 그래도 갈리시아인들이 개망나니 비스까야 사람들보다는 낫잖아요?"

가정부가 너무도 많은 말을 늘어놓는 바람에, 불쌍한 꼬르넬리아는 그냥 그녀의 의견을 따르기로 마음먹었다. 그리하여 두 친구가 떠난 지 네시간도 못 되어, 가정부가 준비하고 아씨가 동의해서 두 여자와 유모는 마차에 올라탔다. 하인들도 모르게 신부의 마을을 향해 행차를 시작한 것이다. 이 모든 일이 가정부의 설득뿐 아니라 그녀의 돈으로 시작된 것이었다. 주인들이 일년치 봉급을 가정부에게 준 지 얼마 되지 않았고 그래서 그녀는 꼬르넬리아가 준 보석을 저당 잡힐 필요도 없었다. 돈 후안과 꼬르넬리아의 오라버니가 페라라로 가는 지름길이 아니라 좀 떨어진 오솔길을 따라간다는 말을 들은 그녀들은 지름길로 가기로 하고, 그들과 마주치지 않기 위해 조금씩 나아갔다. 마차 주인에게는 돈을 넉넉히 주어서 그녀들의 뜻을 잘 따르도록 했다.

그녀들은 참으로 용감하게 잘 가고 있으니 그대로 가라고 하고, 우리는 돈 후안 데 감보아와 로렌쪼 벤띠볼리 씨에게 무슨 일이 일어났는지 보도록 하자. 그들은 길을 가다가 페라라 공작이 페라라로 가버린 것이 아니라 아직 볼로냐에 남아 있다는 소식을 들었다. 그리하여 그들은 돌아서 가려던 길을 버리고 직행로를 통해, 흔히 말하는 지름길로 들어섰다. 공작이 볼로냐에서 돌아올 때 그 길을 타고 오리라 생각했기 때문이었다. 그 길에 들어서서 얼마 되지 않아 볼로냐 쪽으로 시선을 돌려 혹시 누가 오는가 바라보니 한 무리의 말을 탄 사람들이 오고 있었다. 돈 후안은 로렌쪼에게 길에서 좀 비켜 있으라고 청했다. 혹시 그 사람들 중에 공작이 있으면 별로 멀지 않은 페라라에 공작이 도착하기 전에 자신이 그와 이야기를 해보고 싶다는 것이었다. 로렌쪼도 돈 후안의 생각에 동의하여 그의 말대로 비켜섰다.

로렌쪼가 자리를 비키자 돈 후안은 자신의 멋진 장식이 달린 모자끈을 싸고 있던 스카프를 벗었다. 이것은 나중에 이야기하듯이 신중하게 계산된 행동이었다.

이때에 길 가던 사람들 무리가 다가왔다. 그들 중에 한 여자가 얼룩무늬의 말을 타고 있었는데, 여행복 차림에 얼굴은 조그만 가면으로 가리고 있었다. 얼굴을 보이지 않으려고 그런 건지 해와 바람을 피하려고 그런 건지 알 수 없었다. 돈 후안은 길 한가운데 말을 멈추고 길 가는 사람들이 가까워질 때까지 얼굴을 내놓고 서 있었다. 그들이 그에게 가까워질수록 돈 후안의 늠름한 모습과 몸짓, 힘센 말과 멋진 의상과 모자 위 번쩍거리는 다이아몬드의 광채가 모든 사람들, 특히 페라라 공작의 눈길을 끌었다. 공작은 그 모자의 다이아몬드를 보고는 곧바로 그 모자를 쓰고 온 사람이 돈 후안 데 감보아, 일전에 자기를 결투에서 구해준 사람임을 알아보았다. 그 사람이 진짜로 돈 후안인 것을 확인한 공작은 말없이 말을 몰아 돈 후안에게로 다가와 말했다.

"내가 바보가 아니라면, 신사 양반, 돈 후안 데 감보아라는 이름이 아니십니까? 그대의 우아한 풍채와 그 모자의 장식이 당신이라는 걸 말해주네요."

"사실 그렇습니다." 돈 후안이 대답했다. "저는 결코 제 이름을 숨기거나 의심하게 하지 않으니까요. 그런데 당신은 누구신지 말씀해주셔야 제가 실례를 하지 않을 거 아닙니까?"

"실례란 불가능합니다." 공작이 대답했다. "당신이 어떤 일을 하셔도 나에게 실례가 되지는 않을 테니까요. 어떻든 내 이름을 말씀드리지요, 돈 후안. 나는 페라라 공작입니다. 평생 동안 당신을 모시기로 되어 있는 사람이올시다. 당신께서 내 목숨을 구해주신 것이 나흘 밤도 지나지 않았으니까요."

공작의 이 말이 끝나기도 전에 돈 후안은 놀랄 만큼 날렵하게 말에서 뛰어내려 공작의 발에 키스하러 다가갔다. 그러나 너무도 빨리 다가간지라, 벌써 말안장에서 내린 공작은 돈 후안의 품에 내린 셈이 되었다.

로렌쪼는 이런 인사 장면을 약간 멀리서 지켜보고 있었다. 그는 그들이 예의를 차려 인사를 나누는 게 아니라 분노로 격돌한다고 생각하고 말을 세차게 몰아가려다가 문득 말을 세웠다. 돈 후안과 공작이 서로 포옹하는 것을 보았기 때문이었다. 이때 공작은 돈 후안의 어깨 너머로 즉시 로렌쪼를 알아보고 흠칫 놀랐다. 돈 후안과 껴안고 있던 공작은 그에게 혹시 로렌쪼와 같이 온 것인지 물었다.

"여기서 좀 떨어진 곳으로 가십시다. 제가 공작님께 엄청난 사건을 말씀드리겠습니다."

공작은 그 말을 따랐다. 돈 후안이 그에게 말했다.

"공작님, 저기 보시는 저 사람 로렌쪼 벤띠볼리가 공작님께 항의

할 것이 있답니다. 결코 작지 않은 사건입니다. 그의 말로는, 공작께서 나흘 전 밤에 그의 누이 꼬르넬리아 아씨를 그 사촌언니 집에서 빼내갔다는군요. 아씨를 속이고 그의 가문을 모욕했다는 말인데, 그 사람은 공작께서 어떤 해명과 사과를 하실 것인지, 그것이 자기 생각에 이런 상황에 걸맞은 답일지 알고 싶다고 합니다. 그 사람이 제게 자기를 도와 이 일의 중개자 역할을 해달라고 해서 제가 그러기로 했습니다. 제가 알게 된 것은, 그가 결투로 분노를 표한 사람과, 공작께서 너그러운 예의로 저더러 가지라고 하신 이 모자의 주인이 같은 사람, 공작님 당신이라는 사실입니다. 그러니 보시는 대로 이 일에서 당신들 사이에 저보다 효과적인 중재자는 없을 듯하여, 이미 말한 대로 저는 기꺼이 이 일을 맡기로 한 것입니다. 지금 제가 청하는 것은, 이 문제에 대해 공작께서 아는 것을 말씀해주시고, 로렌쪼가 한 말이 맞는지 대답해주시라는 겁니다."

"아아, 친구!" 공작이 대답했다. "그대가 하는 말이 너무도 사실이어서 내가 부정하고자 해도 감히 그럴 수 없겠소. 그러나 내가 꼬르넬리아를 속이거나 그 집에서 빼낸 것은 아니오. 비록 지금 말한 집에서 그녀가 없어졌다는 것을 알고는 있었지만…… 나는 그녀를 속인 게 아니라 내 아내로 맞이하려 한 거요. 나는 그녀가 있는 집을 모르니 빼낼 수도 없었소. 내가 그녀와 정식으로 결혼식을 올리지 않은 것은 삶의 마지막 순간을 살고 계시는 우리 어머니께서 이 세상을 떠나 더 좋은 세상으로 가시기를 기다리고 있었기 때문이오. 내 어머니는 만뚜아 공작의 딸 리비아가 내 아내가 되었으면 하는 소망을 가지고 계시고 지금 말한 것 외에도 어쩌면 더 큰 여러 불편한 일들이 있으나 지금 말하기는 적당하지 않소. 사실은 그대가 나를 구해준 그날 밤 나는 그녀를 페라라의 우리 집으로 데려오려고 했던 거였소. 벌써 그녀의 해산달이 가까웠기 때문이오.
하늘의 명으로 그녀가 잉태하게 된 나의 보물이 태어나는 달 말이
오. 싸움 때문이었는지 나의 부주의 때문이었는지, 내가 그녀의 집
에 갔을 때는 꼬르넬리아가 그곳을 떠난 뒤였소. 우리의 약속을 담
당한 하녀에게 물으니, 그녀는 그날 밤 아기를, 세상에서 가장 어여
쁜 사내아이를 낳고서 그 집을 나갔고 아기는 나의 하인 파비오에
게 주었다고 했소. 그 하녀가 저기 오는 저 여자요. 파비오는 여기
있으나 아기와 꼬르넬리아는 나타나지 않고 있소. 최근 이틀 동안
나는 꼬르넬리아에 관한 무슨 소식이나 들을까 궁리하고 기다리면
서 볼로냐에 있었소. 그러나 아무런 기척도 느끼지 못했다오.”

　“그러니까, 공작님,” 돈 후안이 말했다. “만약에 꼬르넬리아 아
씨와 공작님의 아기가 나타난다면 아씨가 공작님의 부인이고 아기
가 공작님의 아기인 것을 부정하지 않으시겠습니까?”

　“물론 부정하지 않지. 나는 자랑스러운 신사이고 자랑스러운 기
독교인이오. 더구나 꼬르넬리아는 한 왕국의 여주인이 되실 자격
이 있는 여자요. 그녀가 나타나기만 하면, 우리 어머니가 돌아가시
거나 사시거나, 내가 좋은 연인이었다는 것을 세상에 알릴 것이오.
그리고 비밀리에 그녀에게 약속했던 바를 정식으로 지킬 것을 대
중 앞에 내보이겠소.”

　“그렇다면 저에게 지금 하신 말을,” 돈 후안이 말했다. “공작님
의 형님 되시는 로렌쪼 씨에게도 하실 수 있겠지요?”

　“무엇보다 미안한 것은,” 공작이 대답했다. “내가 이 모든 것을
너무 늦게 알게 되었다는 것이오.”

　그 순간 돈 후안은 로렌쪼에게 신호하여 말에서 내려 그들에게
로 오도록 했다. 좋은 소식을 모르는 로렌쪼는 아무런 기대도 없이

그 말에 따랐다. 공작이 먼저 나아가 두 팔을 벌리고 그를 맞았다. 그에게 처음으로 건넨 말은 '형님'이었다.

그렇게 애정 어린 인사와 예의 바른 환대에 로렌쪼는 어리둥절하여 어떻게 화답해야 하지 몰랐다. 돈 후안이 그에게 말했다.

"로렌쪼 씨, 공작께서 당신 누이 꼬르넬리아 아씨와 은밀히 약속한 바를 고백하셨습니다. 또한 적당한 때에 아씨가 공작의 정식 부인임을 공표할 것이라고 말씀하셨습니다. 또한 인정하시기를, 나흘 전 밤에 아씨를 사촌언니 집에서 빼내서 결혼식을 올릴 기회를 기다리고자 페라라의 집으로 데려오려고 하셨답니다. 그것이 늦어진 데는 정당한 사유가 있다고 저에게 말씀하셨고, 동시에 당신과 가졌던 결투에 대해서도 이야기하셨습니다. 꼬르넬리아 아씨를 찾으러 갔을 때 하녀인 술삐시아를 만나셨는데, 그 여자가 저기 오는 여자로, 그녀가 꼬르넬리아 아씨께서 한시간도 못 되어 출산하셨다고 알렸답니다. 그리고 그녀는 공작님의 어느 하인에게 아기를 주었으며, 그 즉시 꼬르넬리아 아씨는 공작께서 거기 계시리라 생각하고 벌벌 떨며 집을 나왔다고 합니다. 오라버니인 로렌쪼 당신이 두 사람의 관계를 알고 있다고 생각했기 때문에요. 그러나 술삐시아는 그 아기를 공작의 하인이 아니라 다른 사람에게 주었지요. 이제 꼬르넬리아 아씨가 나타나지 않으시니, 공작은 자신의 죄를 자책하며 언제 어떤 모습으로라도 꼬르넬리아 아씨가 나타나면 자신의 진짜 아내로 맞아들이려 한다고 말씀하시네요. 로렌쪼 씨, 이제 불행에 시달린 두 어여쁜 보물을 찾는 것 말고 더이상 무슨 할 말이 있고 더 바랄 게 뭐가 있겠습니까?"

이렇게 말하자 로렌쪼는 공작의 발아래 엎드렸다. 공작은 그를 일으키려 애썼다.

"독실한 기독교인이시자 위대하신 공작, 저의 매제님, 저의 누이동생과 저는 저희 두 사람에게 이런 행복을 베푸실 줄 바라지도 기대하지도 않았습니다. 누이동생이 공작님의 동반자가 되고, 제가 공작님 가문에 들어가게 되다니요."

이렇게 말하는 로렌쪼의 두 눈은 눈물로 가득했고 공작도 마찬가지로 눈물을 흘렸다. 아내를 잃었을까 하는 슬픔과 좋은 형님을 얻은 즐거움의 눈물이었다. 그러나 그렇게 감정에 겨워 눈물을 흘리는 것은 유약함의 표시라는 생각에 두 사람은 가까스로 눈물을 삼켰다. 반면 돈 후안의 눈은 기쁨으로 가득해서 마치 좋은 소식을 전하니 축하하라고 소리치는 것 같았다. 꼬르넬리아와 아기를 자기 집에 두고 왔으니 그럴 만도 했지만.

이러고 있을 때 돈 안또니오 데 이순사가 나타났다. 다소 먼 거리였지만 돈 후안은 조랑말을 타고 오는 그를 알아보았다. 그들에게 가까이 온 그는 멈춰서서 돈 후안과 로렌쪼의 말들과 한쪽에 비켜서 있던 말몰이꾼들을 보았다. 그는 돈 후안과 돈 로렌쪼를 알아보았으나 공작은 모르는 사람이어서 어찌할 바를 모르고 돈 후안에게 가까이 갈지 말지 망설였다. 그는 공작의 하인들에게 다가가 공작을 가리키며 저 두 사람과 함께 있는 신사분은 뉘시냐고 물었다. 그분이 페라라 공작이라는 대답을 듣고 그는 더욱 어리둥절했으나, 돈 후안이 그의 이름을 불러서 그 황망함에서 벗어났다. 돈 안또니오는 모두들 땅에 서 있는 것을 보고 말에서 내려 그들에게 다가갔다. 돈 후안이 자기 동료라고 소개하여 공작은 기뻐하며 그를 맞았다. 마침내 돈 후안은 돈 안또니오에게 그가 오기까지 일어났던 일을 이야기해주었다. 돈 안또니오가 너무나 기뻐하면서 돈 후안에게 물었다.

"돈 후안, 왜 이분들에게 마지막 기쁨과 행복을 드리지 않는 거야? 꼬르넬리아 아씨와 아기를 찾은 것을 축하하자고 해야지?"

"돈 안또니오, 자네가 오지 않았더라면 내가 그 말을 했을 거야. 자네가 말하게. 틀림없이 더없이 행복해하실 거야."

공작과 로렌쪼는 꼬르넬리아를 찾았으니 축하해야 한다는 말을 듣자 그게 무슨 소리냐고 물었다.

"무슨 소리긴요?" 돈 안또니오가 대답했다. "제가 이 비극적인 연극을 행복하게 끝맺어야겠네요. 꼬르넬리아 아씨와 아기가 우리 집에 있으니 어서 찾아 축복해주시라는 이야기입니다."

그러고서 그는 여기에 이르기까지의 일을 전부 말해주었다. 그의 말에 공작과 로렌쪼가 얼마나 기뻐하고 좋아하는지, 돈 로렌쪼는 돈 후안을 껴안고 공작은 돈 안또니오를 껴안았다. 공작은 자기의 모든 것을 축하연에 쓰겠다고 약속했다. 로렌쪼도 자기 재산과 목숨, 영혼을 다 맡기겠다고 했다. 이윽고 그들은 돈 후안에게 아기를 건네준 하녀를 불렀다. 하녀는 로렌쪼를 알아보고 떨고 있었다. 그녀에게 아기를 준 남자를 알아보겠느냐고 묻자 모르겠다고 했다. 다만 그녀는 상대에게 파비오인지 물었고, 그 사람이 그렇다고 해서 믿고 아기를 전해주었을 뿐이라고 했다.

"그 말이 맞습니다. 저 아가씨는 그때 바로 문을 닫았고, 나에게 아기를 안전한 곳에 두고서 나중에 다시 오라고 했지요."

"그랬어요, 나리." 하녀가 울면서 말했다.

그러자 공작이 말했다.

"이제 눈물은 필요 없습니다, 오직 기쁨과 축제만 있을 뿐. 나는 지금 페라라로 돌아갈 필요가 없으니 즉시 볼로냐로 가야겠군요. 꼬르넬리아를 만나고 모든 게 진실로 밝혀질 때까지는 이 모든 행복이 어둠에 갇혀 있을 테니까요."

그리하여 모든 사람이 두말없이 합의하여 볼로냐로 돌아가기로 했다.

돈 안또니오가 앞장섰다. 공작과 오라버니가 생각지도 않게 갑자기 나타나면 꼬르넬리아가 너무 놀랄까 싶어 미리 대비시키려 했던 것이다. 그러나 볼로냐에서 그녀를 발견하지 못하고 하인들도 그녀의 소식을 모르자 그는 망연자실, 세상에서 가장 비참한 사람이 되고 말았다. 그러다 그는 가정부가 없어진 것을 알고 그 여자의 수작으로 꼬르넬리아가 어딘가로 갔으리라는 것을 짐작해냈다. 하인들은 자기들이 자리를 비운 날 가정부가 없어졌으며 꼬르넬리아 아씨는 본 일이 없다고 했다. 이 생각지도 않은 일에 돈 안또니오는 거의 제정신이 아니었다. 더욱이 그는 공작이 자신과 돈 후안을 거짓말쟁이나 사기꾼으로 취급하거나, 그들의 명예와 꼬르넬리아에 대한 믿음을 해치는 더 나쁜 일들을 상상할까봐 두려웠다. 그가 이런 생각을 하며 괴로워하고 있을 때 공작과 돈 후안, 로렌쪼가 들어왔다. 그들은 남들이 잘 다니지 않는 숨은 길로 해서 수행원들에 앞서 돈 후안의 집으로 왔던 것이다. 거기서 그들은 돈 안또니오가 죽을상을 하고 턱을 괸 채 의자에 앉아 있는 것을 발견했다.

돈 후안이 무슨 나쁜 일이 있냐고, 꼬르넬리아는 어디 있냐고 물었다. 돈 안또니오가 대답했다.

"차라리 나쁘지 않은 일이 있냐고 물어보게. 꼬르넬리아 아씨가 없어졌다네. 우리가 떠난 그날 아씨를 돌보라고 맡긴 가정부와 함께 사라졌다구."

그 소식을 듣고 공작은 자칫하면 숨이 넘어갈 뻔했다. 로렌쪼는 절망에 빠졌다. 모두들 너무 놀라 정신이 혼미한 가운데 갖가지 상상과 추측에 빠졌다. 그때 하인 하나가 돈 안또니오에게 다가오더니 그의 귀에 대고 말했다.

"나리, 돈 후안 님의 하인 산띠스떼반이 나리들 떠나신 날부터 자기 방에다 엄청 예쁜 여자를 숨겨놓았는데요, 제가 듣기로 이름이 꼬르넬리아라고 하는 것 같았어요. 그렇게 부르는 걸 들었거든요."

돈 안또니오는 다시 화가 났고, 하인의 방에 숨어 있는 것이 꼬르넬리아가 틀림없다면 그런 곳에서 그녀를 발견하느니 차라리 그녀가 나타나지 않았으면 좋겠다는 생각을 했다. 그러나 어떻든 돈 안또니오는 아무 말도 하지 않고 하인의 방으로 갔다. 문은 닫혀 있었고 하인은 집에 없었다. 그는 문 앞으로 가서 낮은 목소리로 말했다.

"문 여세요, 꼬르넬리아 아씨. 나와서 아씨의 오라버니와 아씨의 남편인 공작님을 맞이하세요. 지금 아씨를 찾으러 오셨어요."

안에서 대답하는 소리가 들렸다.

"지금 날 놀리시는 거예요? 그래도 내가 그렇게 못생겼거나 버린 여자는 아닌가보네요, 공작이나 백작이 찾아올 정도라니. 하지만 그런 건 하인을 부리는 잘난 사람들에게나 통하는 말이지요."

돈 안또니오는 그 말투로 보아 대답하는 여자가 꼬르넬리아가 아닌 것을 알았다. 이러고 있을 때 하인 산띠스떼반이 왔고 곧 자기 방 앞에서 돈 안또니오를 발견했다. 돈 안또니오는 그에게 집에 있는 열쇠들을 가져오라고 했다. 어느 열쇠가 그 문에 맞는지 보기 위해서였다. 하인은 무릎을 꿇고 손에 열쇠를 든 채 말했다.

"솔직히 말씀드리자면, 주인님들이 안 계신 사이에 제가 잡놈 짓거리로 한 여자를 불러들여 사흘 밤 동안 함께했습죠. 돈 안또니오 데 이순사 나리, 간청드리는데, 제 주인 돈 후안 데 감보아 나리께 서 아직 모르신다면 제가 저지른 이 잘못은 말씀드리지 말아주세 요. 그러면 에스빠냐에서 좋은 소식을 들으실 겁니다. 이 여자는 즉 시 쫓아내겠습니다요."

"그런데 그 여자 이름이 뭔가?" 돈 안또니오가 다그쳐 물었다.

"꼬르넬리아인뎁쇼." 하인이 대답했다.

실은 산띠스떼반의 친구도 아닌 것으로 밝혀진 숨긴 여자를 찾 아낸 하인이 공작과 돈 후안, 로렌쪼가 있는 방으로 들어와서는 순 진한 건지 악의가 있는 건지 알 수 없는 말투로 말했다.

"딱 걸렸네요, 하인 녀석. 그 사람이 꼬르넬리아 아씨를 구역질 나게 만들어 여러분이 포기하게 한 거예요. 그분을 숨겨놓고서 말 이에요. 틀림없이 그 사람은 주인님들이 돌아오신 걸 좋아하지 않 을걸요. 한 사나흘 더 즐길 생각이었으니까요."

로렌쪼가 이 말을 듣고서 물었다.

"그게 무슨 소리야, 이 사람아? 꼬르넬리아가 어디 있다는 거 야?"

"위층에 있지요." 하인이 말했다.

공작은 이 말을 듣자마자 번개처럼 단숨에 계단을 올라 꼬르넬 리아를 찾았다. 그녀가 있으리라고 생각한 방에 돈 안또니오가 있 는 것을 보고 공작이 들어서면서 말했다.

"꼬르넬리아는 어디 있습니까? 내 생명, 내 목숨은 어디 있냐고 요?"

"꼬르넬리아는 여기 있어요." 침대에서 얼굴을 감싸고 이불 속 에 묻혀 있던 한 여자가 대답했다. 그녀가 말을 이었다. "하느님 맙소사! 누가 보면 황소라도 도둑맞은 줄 알겠네. 여자가 하인 아저 씨하고 자는 게 뭐 새삼스러운 일이야? 그 많은 기적 같은 맛을 보여준다며?"

그 방으로 들어온 로렌쪼가 실망과 분노에 차서 이불을 끌어당 겼다. 젊은 여자가 나왔다. 그렇게 못생긴 얼굴은 아니었는데 여자는 부끄러워서 얼굴을 두 손으로 가리고 옷을 집으려 꼼지락거렸다. 침대에 베개가 없어 옷을 베개로 썼던 것이다. 그들 눈에는 그 여자가 세상에서 가장 타락한 못된 여자인 것 같았다.

공작은 그녀에게 정말로 당신 이름이 꼬르넬리아인가 물었다. 그녀는 그렇다고 하면서, 자신은 시내에 아주 명예로운 친척들도 있으니 감히 아무도 "내 이 더러운 물 절대 안 먹을 거야"라고 해서는 안 된다고 충고까지 했다. 너무도 혼란스럽고 무안해진 공작은 한순간 이 에스빠냐 친구들이 자기를 조롱하는 게 아닌가 의심할 뻔했다. 그러나 그런 못된 의심을 갖지 않기 위해서 등을 돌리고 뒤따라온 로렌쪼와 함께 말 한마디 없이 말에 올라 가버렸다. 뒤에 남겨진 두 친구는 가버린 사람들보다 더욱 무색하고 괴로워서 가능 불가능을 넘어 무슨 일이 있어도 꼭 꼬르넬리아를 찾아내겠다고 마음먹었다. 그래야 공작에게도 그들의 좋은 뜻과 진실을 밝힐 수 있기 때문이었다. 그들은 감히 그런 짓을 한 죄로 하인 산띠스떼반을 해고하고 못된 꼬르넬리아를 쫓아냈다. 그 순간 그들은 공작에게 꼬르넬리아가 그들에게 주려던 다이아몬드 십자가와 그리스도상에 대해 잊어버리고 말하지 않았다는 사실을 떠올렸다. 이런 증거라면 꼬르넬리아가 그들과 함께 있었으며, 그녀가 사라진 것은 그들 잘못이 아니라는 것을 믿을 게 아닌가. 그들은 그 말을 하려고 밖으로 나가 로렌쪼의 집으로 갔다. 그러나 거기에 있으리라고 믿었던 공작은 없었다. 로렌쬬가 두 친구에게 전하기를, 공작은 그에게 누이를 찾으라는 부탁을 남기고 한순간도 머물지 않고 페라라로 돌아갔다고 했다.

그들은 공작에게 하려던 이야기를 해주었다. 그러나 로렌쬬는 공작이 그들이 훌륭하게 행동해준 데 무척 만족해하며 돌아갔다고 했다. 그리고 덧붙이기를, 그들 두 사람은 꼬르넬리아가 크나큰 두려움 때문에 도망쳤다고 생각하며, 땅이 아기와 가정부, 꼬르넬리아를 집어삼키지만 않았다면 하늘이 도와 그녀가 다시 나타날 것을 바라고 또 믿어 의심치 않는다고 했다. 이런 생각으로 그들은 스스로를 위로했고, 공개적으로 그녀를 찾아나서기보다 은밀히 찾아보기로 했다. 사촌 외에는 아직 그녀가 사라진 것을 아는 사람이 없는데 공개적으로 그녀를 찾아나선다면, 로렌쬬의 판단으로는, 공작의 뜻을 모르고 모든 사정을 알지 못하는 사람들 사이에서 꼬르넬리아의 명예가 훼손당할 수도 있기 때문이었다. 열정적 추측이 만들어내는 의심에 일일이 답하는 것은 끝이 없는 일이고 결코 성공을 확신할 수도 없는 짓이다.

그사이 공작은 여행을 계속했고, 행운이 그의 인연을 만들고 행복을 예비하여 신부의 마을에 가까이 가게 되었다. 거기에는 이미 꼬르넬리아와 아기와 가정부와 보모가 도착해 있었다. 여자들은 신부에게 자신들의 인생에 대해 이야기하고 그들이 무엇을 해야 할지 조언을 청했다.

신부는 공작의 친한 친구였다. 신부의 집은 부유하고 호기심 많은 성직자답게 신기하고 멋지게 꾸며져 있어서, 공작도 페라라에서 여러번 와서 거기 머물며 사냥을 나가곤 했다. 공작은 신부의 호기심과 자신의 말과 행동을 잘 받아주는 그의 너그러운 성품을 대단히 좋아했다. 신부는 자기 집에 공작이 나타난 것을 보고도 크게 놀라지 않았다. 이미 말했듯이 이번이 처음 온 게 아니었기 때문이다. 그러나 그가 슬퍼하는 것을 보고 안타까워했는데, 신부는 그를 보는 즉시 어떤 열정, 아마도 사랑이 그의 마음을 사로잡고 있다는 것을 눈치챘던 것이다.

꼬르넬리아는 페라라 공작이 거기 왔다는 소식을 듣고서 정신이 혼미해졌다. 그가 무슨 의도로 온 것인지 몰랐기 때문이었다. 손을 꼬면서 이리 갔다 저리 갔다 정신 나간 사람처럼 굴던 그녀는 신부와 이야기하고 싶어했으나 신부는 공작을 응대하느라 그녀와 이야기할 시간이 없었다.

공작이 그에게 말했다.

"저는 지금 굉장히 슬픕니다, 신부님. 저는 오늘 페라라에 들어가고 싶지 않아요. 여기서 신부님 손님으로 있고 싶습니다. 저와 함께 온 사람들에게 페라라로 가라고 하시고, 파비오만 남으라고 해주세요."

착한 신부는 그렇게 했고 즉시 공작을 잘 모시도록 지시하러 나왔다. 그 기회를 틈타 꼬르넬리아는 신부에게 말을 건넬 수 있었다. 그녀는 신부의 두 손을 잡고 말했다.

"아, 신부님, 우리 신부님! 그런데 공작은 무슨 일로 오셨는지요? 하느님의 사랑이 저를 구원할 방법을 보여주시기를! 제발 신부님, 공작의 의도가 무엇인지 알아봐주시고, 신부님 생각에 가장 좋은 방향으로 저를 인도하시고 가장 합당한 조언을 주세요."

그 말에 신부가 대답했다.

"공작은 슬픈 표정으로 왔더구먼. 지금까지 이유가 무엇인지는 말하지 않았어. 어떻든 그대가 해야 할 일은 그 아기를 잘 꾸미는 것이야. 그리고 그대 자신도 가진 보석을 다 꺼내어 치장하도록 하시고. 특히 공작이 그대에게 준 보석들 말이야. 그다음에는 내게 맡기시게. 나는 하늘을 믿으니, 오늘 날씨 한번 참 좋을 것 같네."

꼬르넬리아는 신부를 안고 손에 키스한 다음 물러나서 아기 옷을 갈아입히고 자신을 단장했다. 그러는 동안 점심시간이 다 되어 신부는 공작과 한담을 나누다가 공작에게 멀리서 봐도 틀림없이 공작이 슬프다는 걸 알 수 있을 지경인데 왜 그렇게 우울한지 이유를 알려줄 수 있느냐고 물었다.

"신부님," 공작이 대답했다. "물론 가슴의 아픔은 얼굴에 비치게 마련이며 두 눈에서는 마음에 있는 이야기를 다 읽을 수가 있지요. 그러나 가장 나쁜 것은, 지금으로서는 저의 슬픔을 어느 누구에게도 전할 수 없다는 점입니다."

"공작님, 실은," 신부가 말했다. "혹시 생각이 있으시다면 내가 가진 좋은 것을 보여드리고 싶군요. 보시면 아마 공작님도 크게 좋아하실 겁니다."

공작이 말을 받았다. "자기 아픔을 낫게 해줄 약을 주는데 받지 않겠다고 하면 바보겠지요. 신부님, 그 말씀하시는 것을 보여주시지요. 아마 신부님의 그 진기한 귀중품 중의 하나겠지요. 저에게는 모두가 무척 좋았던 것들입니다."

신부가 일어서서 꼬르넬리아를 데리러 갔다. 그녀는 이미 아들을 곱게 단장하고 고귀한 보석 십자가와 그리스도상과 함께 세계의 무척 아름다운 장신구도 달아주었다. 모두 공작이 꼬르넬리아에게 준 선물들이었다. 신부는 품에 아기를 안고 공작이 있는 곳으로 나와서 그에게 창가의 밝은 곳으로 가도록 하고는 아기를 안아 올려 공작의 품에 안겨주었다. 공작은 아기를 보고 자기가 아는 보석들을 보았다. 그 보석은 자기가 꼬르넬리아에게 준 것들이었다. 공작은 어리둥절해서 찬찬히 아기를 보았다. 마치 자신의 초상화를 보고 있는 느낌이었다. 놀라움과 감탄 속에서 그는 신부에게 이게 누구의 아기냐고 물었다. 치장이며 잘 차려입은 옷이 마치 왕자의 아들 같다고 했다.

"그건 나도 모르지요." 신부가 대답했다. "내가 아는 것은 며칠 전 밤에 볼로냐의 한 신사가 그 아기를 내게 데려왔다는 겁니다. 나더러 아기를 보살피고 키워달라고 했지요. 주요 인사인 아버지와 지극히 아름다운 귀족 아씨의 자식이라나…… 아기와 함께 유모 한 사람이 왔는데, 그 여자에게 혹시 이 아기의 부모에 대해서 아느냐고 물으니 전혀 모른다더군요. 사실 아기 어머니가 그 유모처럼 예쁘다면 아마 이딸리아에서 가장 어여쁜 여자일 겁니다."

"그 여자를 볼 수 있을까요?" 공작이 물었다.

"물론이지요." 신부가 대답했다. "날 따라오세요, 공작님. 이 아기의 치장이나 아름다움이 그대를 놀라게 했다면, 틀림없이 공작께서 놀라신 듯한데, 그 가정부를 보시면 똑같이 놀라실 겁니다."

신부가 공작에게서 아기를 받아들려 했으나 공작은 아기를 놓으려 하지 않았다. 오히려 아기를 더욱 꼭 껴안고 몇번이고 입 맞추었다. 신부가 조금 앞서가서 꼬르넬리아에게 아무 걱정 없이 나와서 공작을 맞이하라고 했다. 꼬르넬리아는 그 말을 따랐다. 너무 놀란 그녀는 낯빛이 창백해졌고 그 색깔이 금세라도 죽을 듯 그녀를 아름다워 보이게 했다. 그녀를 보자 공작은 기절할 듯했다. 그녀는 공작의 발 위에 쓰러져 입 맞추려 했다. 그러나 공작은 말 한마디 없이 아기를 신부에게 주고 등을 돌려 황급히 방에서 나가버렸다. 그 광경을 본 꼬르넬리아가 신부를 돌아보고 말했다.

"아, 맙소사! 공작님이 저를 보고 두려워지신 건가요? 제가 지겨워지셨나요? 제가 추해 보였나요? 저에게 하신 약속과 의무를 잊은 걸까요? 저에게 말 한마디도 안 하실 셈인가요? 자기 자식 보기가 그렇게 힘들어서 품에서 던지고 가신 건가요?"

그 많은 질문에 신부는 아무 대꾸도 없었다. 그 또한 공작이 달아났다고 생각했고 그에 놀랐던 것이다. 공작은 다만 급히 파비오를 불러 말을 하려고 나간 것뿐임에도…… 공작은 말했다.

"뛰어, 파비오, 당장 급히 볼로냐로 돌아가서 로렌쪼 벤띠볼리와 두 에스빠냐 신사들, 돈 후안 데 감보아와 돈 안또니오 데 이순사더러 군말 말고 즉시 이 마을로 오시라고 해. 이봐, 친구, 곧장 날아가서 그 사람들 없이는 돌아오지 말게. 그 사람들을 보는 것이 내 목숨처럼 중요하니까."

파비오는 도저히 게으를 수가 없었고 주인의 명령을 즉시 실행에 옮겼다.

공작은 즉시 꼬르넬리아가 있는 곳으로 돌아왔다. 그녀는 아름다운 얼굴에 눈물을 흘리고 있었다. 공작이 그녀를 품에 안았다. 눈물에 눈물을 더하며 수천번 그녀 입의 숨결을 마셨다. 행복이 두 사람의 혀를 묶어놓았다. 그렇게 정직한 사랑의 침묵 속에서 행복한 연인이자 진정한 신랑 신부인 두 사람은 그 순간을 즐기고 있었다.

가정부와 자기를 끄리벨라라고 밝힌 아이의 유모는 다른 방의 문틈으로 꼬르넬리아와 공작 사이에 일어난 일을 지켜보고 있었다. 기쁨으로 벽에 머리를 찧어대는 두 사람은 마치 정신을 잃은 듯했다. 신부는 자기 품에 있는 아기에게 거듭 입 맞추고 비어 있는 오른손으로는 꼭 끌어안고 있는 두 사람에게 끝없는 축복을 내려주십사 빌었다. 신부의 가정부는 식사를 준비하느라고 바빠서 그 엄청난 사건의 현장에 있지 않았다. 이윽고 식사 준비가 끝나자 모든 이에게 안으로 들어와 식탁에 앉으라고 불러모았다. 이 소리에 그들은 껴안았던 팔을 풀었고 공작은 신부의 품에서 아기를 받아 안았다. 그는 식사하는 동안 내내 그렇게 안고 있었다. 화려하기보다 맛있고 정갈한 식사를 하는 동안 꼬르넬리아는 그 집까지 오게 된 사연을 모두 이야기했다. 그것은 상상할 수 없을 정도로 점잖고 정중한 예의로 그녀를 섬기고 보호해준 에스빠냐 신사들의 가정부의 조언에 따른 것이었다고 했다. 공작도 그녀에게 그 순간까지 자기에게 일어났던 모든 일들을 이야기했다. 그 자리에 있던 두 가정부에게 공작은 많은 선물을 약속했다. 모든 일이 행복하게 끝난 데 모두들 새삼 기뻐했다. 이제 로렌쪼와 돈 후안, 돈 안또니오가 와서 최상의 행복을 누리는 일만 남았다. 그들은 그로부터 사흘 뒤에 도착했다. 그들은 공작이 꼬르넬리아에 대해서 무슨 소식을 알아냈는지 알고 싶은 조바심과 열망으로 가득 차 있었다. 그들을 부르러 간 파비오는 꼬르넬리아와 아기를 찾았다는 사실을 전할 수 없었던 것이다. 그 자신도 몰랐으니까.

공작이 꼬르넬리아가 있는 방 앞의 응접실로 그들을 맞이하러 나갔다. 공작이 아무런 기쁜 기색도 비치지 않아서 방금 도착한 사람들은 슬프고 실망스러웠다. 공작은 그들을 앉게 한 뒤 자신도 그들과 함께 앉고는 로렌쪼를 향해 이야기했다.

"잘 아시겠지만, 로렌쪼 벤띠볼리 씨, 나는 한번도 그대 누이를 속인 적이 없습니다. 하늘과 내 양심이 그 증인이지요. 그리고 또한 그대는 내가 얼마나 열심히 그녀를 찾았는지 아실 겁니다. 나는 그녀에게 약속한 대로 그녀와 결혼하기 위해 그녀를 찾겠다는 열망뿐이었습니다. 하지만 그녀가 나타나지 않으니 내 약속이 영원할 수는 없겠지요. 나는 젊고 세상일에 경험이 많지 않습니다. 순간 순간 발 앞에 닥친 쾌락의 길을 피해갈 정도는 못 되지요. 바로 그런 취향이 나로 하여금 꼬르넬리아에게 남편이 되겠다는 약속을 하게 만든 겁니다. 또한 그런 취향이 나로 하여금 이 동네의 한 농사꾼 아가씨에게 꼬르넬리아보다 먼저 결혼을 약속하게 만든 겁니다. 그러나 나는 소중한 꼬르넬리아를 모시기 위해, 양심이 허락하지 않더라도 그 처녀를 버릴 생각이었습니다. 비록 작은 사랑의 표시라도 하지 않으려 했습니다. 그러나 어떤 사람도 나타나지 않는 여자와 결혼할 수는 없지요. 자기가 싫어하는 여인을 찾지 못해서 자기를 버린 여인을 찾아나선다는 것은 사리에 맞지 않습니다. 로렌쪼 씨, 그대는 내가 결코 뜻한 바 없는 모욕에 대해 조금이나마 해명해드릴 수 있을지 생각해주기 바랍니다. 또한, 내가 이미 이 집안에 있는 그 농사꾼 처녀와 결혼하여 나의 첫번째 약속을 지키도록 허락해주기 바랍니다."

공작이 이런 말을 하는 동안 로렌쪼의 얼굴색이 천번은 바뀌었다. 그는 같은 자세로 의자에 앉아 있지를 못했는데, 분노가 그의 감각을 점령해가고 있다는 확실한 징후였다. 돈 후안과 돈 안또니오도 분노하기는 마찬가지였다. 그들은 목숨을 버리는 일이 있어도 공작이 그의 뜻대로 밀고 나가도록 내버려두지 않을 작정이었다. 그러자 공작은 그들의 얼굴에서 그런 뜻을 읽고 말했다.

"진정하세요, 로렌쪼 씨. 나에게 말로 대답하기 전에, 내가 아내로 맞아들일 여자의 아름다움을 보시면 내가 청한 허락을 하시지 않을 수 없을 겁니다. 그 지극한 아름다움 앞에서는 아무리 큰 잘못도 용서가 될 테니까요."

이렇게 말하고 공작은 벌떡 일어서서 꼬르넬리아가 있는 곳으로 들어갔다. 그녀는 아기에게 있던 보석과 더 많은 보옥들로 아름답게 치장하고 있었다. 공작이 등을 돌리자 돈 후안이 로렌쪼가 앉아 있던 의자의 팔걸이에 두 손을 짚고 그의 귀에 대고 말했다.

"로렌쪼 씨, 정말이지 성 야곱의 이름을 걸고, 독실한 신자이자 신사로서 나의 이름을 걸고, 이렇게 공작이 제멋대로 구는 것을 보고만 있다면 내가 개자식일 겁니다. 그는 이 내 손에 목숨을 맡기든지, 아니면 그대의 누이 꼬르넬리아 아씨에게 한 약속을 꼭 지켜야 할 것이오! 적어도 우리에게 아씨를 찾을 시간을 주고 어떻든 아씨가 확실히 죽었다는 것을 알 때까지 저 사람은 결혼해서는 안 돼요!"

"나도 같은 생각이오." 로렌쪼가 말했다.

"내 동료 돈 안또니오도 같은 생각일 겁니다." 돈 후안이 말을 받았다.

이때 신부와 공작이 꼬르넬리아를 양쪽에서 모시고 응접실로 들어왔다. 공작은 꼬르넬리아의 손을 잡고 있었고 하녀 술삐시아가 그 뒤를 따랐다. 공작이 꼬르넬리아를 모시도록 페라라로 보낸 그 하녀였다. 그리고 이어서 두 여인, 학생 신사들의 가정부와 아기의 유모가 들어왔다.

로렌쪼가 꼬르넬리아를 보았고, 그 얼굴을 보고 또 보다가 마침내 그녀가 자기 누이인 것을 확인했다. 처음에 생각하기로는 불가능한 일인데다 그 많은 사건이 있은 뒤인지라 선뜻 사실로 받아들일 수 없었던 것이다. 로렌쪼는 자기 발에 걸려 넘어지며 공작의 발아래 엎드렸다. 공작은 그를 일으켜 누이동생의 품에 안겨주었다. 말하자면 그의 누이가 기쁨을 감추지 못하며 그를 껴안은 것이다. 돈 후안과 돈 안또니오는 공작에게 이것이 세상에서 가장 점잖고 멋있는 장난이었다고 칭찬했다. 공작은 술뻬시아가 데려온 아기를 안아 로렌쪼에게 건네주며 말했다.

"형님, 그대의 조카이자 나의 아들인 이 아기를 받으십시오. 그리고 내가 결혼을 약속한 첫 여자인 이 농사꾼 아씨와 결혼을 허락하실 것인지 생각해주십시오."

로렌쪼가 대답한 이야기를 다 적자고 하면 끝이 없을 테고, 돈 후안이 물어본 말, 돈 안또니오가 느낀 점, 신부의 기쁨, 술뻬시아의 즐거움, 유모의 만족감, 가정부의 환희, 파비오의 감탄, 그리고 모든 사람의 행복이 차고 넘쳤다.

신부는 즉시 그들을 결혼시켰다. 대부는 돈 후안 데 감보아였다. 그리고 이 결혼은 비밀로 하자고 모든 사람들이 작전을 짰다. 공작의 어머니가 임종이 가까운지라 어떻게 될지 모르니 그때까지 두고 보기로 한 것이다. 그동안 꼬르넬리아는 오라버니와 함께 볼로냐로 돌아가도록 했다. 모든 것이 이렇게 진행되었다. 공작부인이 죽었다. 꼬르넬리아가 페라라에 들어가자 그 모습이 모든 사람을 즐겁게 했다. 장례식은 화려한 잔치가 되었다. 가정부들은 부자가 되었다. 술뻬시아는 파비오의 아내가 되었고, 돈 안또니오와 돈 후안은 공작에게 무엇인가 해드렸다는 데 무척 만족했다. 공작은 그들에게 자신의 두 사촌누이를 아내로 삼도록 하고 많은 혼례금을 주겠다고 했다. 그들은 비스까야 민족의 신사들은 대부분 고국에서 결혼한다고 답했다. 이는 공작의 뜻을 무시해서가 아니라, 그건 말도 안 되는 소리이고, 그들 부모의 칭송할 만한 관습과 뜻을 따르고 존중하는 의미에서 사양하는 것이며, 결혼은 반드시 부모 앞에서 해야 하고 지나친 선물은 받지 않는 것이 관습이라며 사양한 것이다.

공작은 그들의 사양을 받아들이고, 영예롭고 정직한 방식으로 적당한 기회를 보아 볼로냐로 많은 선물을 보냈다. 이 가운데 많은 것이 무척 값진 것들이어서 무슨 대가를 받는 듯해 그들이 받아들이지 않을 수도 있었으나, 공작은 아주 합당한 방식으로 그들이 받아들이기 쉬운 알맞은 때에 보내 받지 않을 수 없도록 했다. 예컨대 그들이 에스빠냐로 떠나기 위해 작별인사를 하러 페라라에 들렀을 때처럼 말이다. 꼬르넬리아는 두 딸을 더 낳았고 공작은 그 어느 때보다 사랑에 빠져 있었다. 새 공작부인은 다이아몬드 십자가는 돈 후안에게, 황금 그리스도상은 돈 안또니오에게 주었다. 그들은 다른 일에는 크게 내색 않고 선물을 받았다.

돈 후안과 돈 안또니오는 에스빠냐로 가서 고향으로 돌아갔고 거기에서 부유하고 아름다운 귀족 여인들과 결혼했다. 그리고 내내 공작과 공작부인, 그리고 로렌쪼 벤띠볼리와 편지를 주고받았다. 모두들 몹시 좋아했다.

사기 결혼에 관한 소설
Novela del casamiento engañoso

군인 하나가 바야돌리드, 뿌에르따 델 깜뽀 밖에 있는 '부활병원'을 나오고 있었다. 장검을 지팡이 삼은 삐쩍 마른 두 다리와 누르죽죽한 얼굴, 별로 더운 날씨가 아닌데도 한시간에 축적한 모든 기운을 스무날 동안 땀으로 다 쏟아버린 듯한 몰골이었다. 병석에서 금방 일어난 사람처럼 허청허청 발을 헛딛기도 했다. 시내 대문으로 들어선 그는 지난 6개월간 만나지 못한 지인 하나가 자신을 향해 다가오는 것을 보았다. 그 사람은 무슨 나쁜 환영이라도 본 것처럼 성호를 그으며 다가오더니 말했다.

　"이게 웬일이오, 깜뿌사노 소위님? 나리가 이 고장에 계시다니, 이게 가능한 일입니까? 제가 플랑드르 전장에서 소위님 모실 때에는 창은 저쪽에 차고 칼은 이쪽에 질질 끌고 다니시던 분이었는데…… 이 삐쩍 마른 몰골하며 이 얼굴색은 또 뭡니까?"

　그 말에 깜뿌사노가 대답했다.

"뻬랄따 석사님, 내가 이 고장에 있는지 없는지는 지금 나를 여기서 보는 걸로 대답이 될 테고, 그밖의 다른 질문에는 대답할 것이 없네요. 그냥 저 병원에서 가래톳으로 죽을 뻔하고서 열네통의 땀을 흘리고 나왔다고만 해두지요. 재수가 없어서 잘못 얻은 여자가 내게 씌운 병 때문에 말이에요……"

"그러니까, 소위님은 결혼하셨나요?" 뻬랄따가 말을 받았다.

"그랬지요." 깜뿌사노가 대답했다.

"사랑 때문이었겠죠." 뻬랄따가 말했다. "그리고 그런 결혼은 항상 후회의 고생길이 따라오게 마련이지요."

"사랑 때문에 한 결혼이라 말할 수 있을지 모르겠네요." 소위가 말했다. "사랑이 가면 고통만 남는다고, 사실 고통 때문인지, 나의 결혼인지 결핵인지[1]에서 몸에고 마음에고 얻은 병이 너무 많아요. 몸의 병에는 치료하느라고 40톤의 땀을 쏟았지만 마음의 병에는 어떻게 낫게 할 처방조차 없지요. 하지만 내가 이렇게 길에서 길게 이야기할 형편이 못 되니 용서해주시기 바라오. 다음날 좀더 편안하게 내 사연을 이야기해드리겠습니다. 석사님이 평생에 들어보지 못한 새로운 떠돌이 방랑객의 이야기지요."

"그럴 게 뭐 있습니까?" 석사가 말했다. "그냥 저의 숙소에 함께 가셔서 거기서 우리 함께 고행인지 속죄인지 이야기를 해보지요. 그 집 음식은 환자에게도 아주 적당할 거예요. 냄비 요리는 두 사람분으로 넉넉하겠지만 부족하면 케이크 하나와 햄으로 보충이 될 겁니다. 아직 회복 중이라 드셔도 될지 모르겠지만, 루뗴 하몽 약간

---

1 세르반떼스 특유의 비슷한 소리를 이용한 말놀이 'de mi casamiento, o cansamiento'(내 결혼인지 피로인지)를 우리 말놀이로 바꾸어 '나의 결혼인지 결핵인지'로 옮겼다.

이 멋지게 입맛을 돋워줄 겁니다. 무엇보다도 제가 소위님께 좋은 뜻으로 바치는 것이니, 이번만이 아니라 소위님께서 원하시면 언제라도 오세요."

깜뿌사노는 그에게 감사하고 음식과 초대에 응했다. 그들은 산 료렌떼 교회로 가서 미사를 올렸고, 뻬랄따는 소위를 자기 집으로 데리고 가서 약속한 것을 내주고 그밖에도 이것저것 대접을 했다. 식사를 마치자 뻬랄따는 깜뿌사노에게 그렇게 간절하게 듣고 싶던 사연을 이야기해달라고 졸랐다. 실은 따로 조를 필요도 없었던 것이, 깜뿌사노가 먼저 이렇게 이야기를 털어놓았다.

"뻬랄따 석사님, 잘 기억하시겠지만 지금은 플랑드르에 있는 뻬드로 데 에레라 대위와 함께 내가 이 도시에서 군대 생활을 할 때였지요."

"저도 잘 기억합니다." 뻬랄따가 대답했다.

"어느날," 깜뿌사노가 말을 이었다. "우리가 당시 머물고 있던 그 유명한 '라 솔라나' 객줏집에서 막 식사를 마쳤는데, 우아한 차림의 두 여자가 하녀 둘을 데리고 들어왔어요. 한 여자가 대위하고 창에 기대서서 말을 나누기 시작했고 다른 여자는 내 곁에 있는 의자에 앉았지요. 턱 있는 데까지 베일을 늘어뜨리고 있어서 보이는 얼굴이라고는 베일 사이 조금밖에는 없었어요. 내가 호의를 베풀어 제발 그 베일을 좀 벗을 수 없느냐고 간청했지만 더는 어떻게 해볼 재주가 없었지요. 그런 상황이 그녀를 보고 싶은 나의 욕망을 불타게 했지요. 그 욕망을 더욱 부추기려 했는지 아니면 계획적이었는지, 그 아씨는 하얀 손을 내밀어 고운 반지를 보여주었습니다. 나도 그때는 꽤나 멋쟁이였지요. 당신도 나를 보았겠지만, 군인인 덕택에 커다란 목걸이에 띠를 두른 깃털 모자, 울긋불긋한 제복 차림이었지요. 나의 광기 어린 눈으로는 나 자신 아주 멋진 차림인지라 여자라면 공중에서 새를 사냥하듯이 낚아챌 수 있다고 스스로 믿고 있었지요. 어떻든 그 정도였으니 그녀에게 얼굴을 보여달라고 청했지만, 그녀는 이렇게 대답했어요.

'그렇게 무례하게 굴지 마세요. 제가 집이 있으니, 하인이 있으면 저를 따라오게 하세요. 이런 답을 약속하기에 저는 너무도 정숙한 여자지만 그대의 멋진 모습이 그대의 점잖은 생각과 어울리는지 알아보는 재미로 그대를 보자는 청을 드리는 거예요.'

나는 그런 큰 은혜를 베푼 데 대한 인사로 그녀의 손에 키스하고 그대에게 산더미만큼 황금을 드리겠다고 약속했습니다.

대위가 여자와 이야기를 마치자 그녀들은 떠났어요. 나는 하인 하나를 시켜 그녀들에게 딸려 보냈지요. 대위가 내게 말하기로, 그 귀부인이 바라는 것은 편지 몇장을 플랑드르에 있는 자기 사촌에게 전해달라는 것이라고, 그러나 자기가 보기에 그 사람은 사촌이 아니라 애인일 거라고 했습니다. 나는 눈 같은 그녀의 손을 보고 마음에 불이 붙어 그녀의 얼굴을 보고 싶어 죽을 지경이었어요. 그래서 다음날 내 하인의 안내를 받아 여유롭게 그 집에 들어갔지요. 잘 정돈되어 있는 집이었습니다. 손으로만 알게 되었던 그 여인은 서른살쯤 되는 크게 예쁠 것 없는 여자로, 그냥 말동무로 친할 만은 했지요. 목소리가 아주 보드라워서 귀에서 바로 마음에 꽂히는 그런 어조였습니다. 나는 그녀와 길고 긴 사랑의 대화를 나누었습니다. 그 여자의 호감을 살 수 있는 일이라면 갖은 자랑에다 어르고 구슬리고 약속하고 온갖 연기를 다 했지요. 그러나 그녀는 그런 말이나 구애, 선물에는 이골이 나 있어서 내 말을 다 믿는다기보다는 그냥 열심히 들어주는 척하는 것처럼 보였습니다. 결국 우리의 만남과 이야기는 칭찬과 꽃만 풍성했을 뿐, 나흘 동안 계속 그녀를 찾아갔지만 나는 끝내 원하는 결실을 이룰 수 없었습니다.

내가 그녀를 방문하는 동안 그 집은 항상 비어 있었습니다. 가짜 친척이든 진짜 친구들이든 그림자도 비치지 않았지요. 한 여자아이가 그녀를 모셨는데, 그애는 바보라기보다는 의뭉스러웠지요. 결국 나는 다른 곳으로 전출되기 직전의 군인으로서 연애 작업을 하면서 에스떼파니아 데 까이세도 양(이것이 나의 마음을 사로잡은 여인의 이름입니다)을 졸랐습니다. 그러자 그녀가 대답했지요. '깜뿌사노 소위님, 당신께 제가 무슨 성녀처럼 굴려 한다면 그것은 바보짓이겠지요. 저는 죄 많은 여자였고 지금도 여전히 그렇습니다. 그러나 이웃들이 수군대거나 상관도 없는 사람들이 손가락질하는 그런 여자는 아니지요. 부모나 친척에게서 유산을 받은 바 없지만 그래도 우리 집 세간살이는 잘 봐주면 금화 2,500에스꾸도는 나갈 겁니다. 이것들을 대매출이나 경매에 부치면 현금이 되기까지는 시간이 좀 걸리겠지만요. 이 재산을 가지고 저는 저를 맡기고 제가 섬길 남편을 구하고 있습니다. 제 인생을 바꾸어 상상도 못 할 만한 정성으로 그분을 모시도록 이 몸을 바칠 거예요. 저만큼 제대로 잘 요리하는 요리사는 아무리 식탐 많은 왕자도 가져본 일 없을걸요. 일단 가정을 맡아서 솜씨를 보이게 되면 저는 제대로 잘하려고 해요. 집안일을 돌볼 때는 집사가 되고, 부엌에서는 요리사가 되고, 응접실에 앉으면 안방마님이 되지요. 저는 집안사람들을 부릴 줄 알고 제 말에 복종하게 할 줄 알아요. 쓸데없이 버리는 일이 없고, 뭐든지 다 제 손을 대지요. 돈 한푼도 허투루 쓰지 않고, 제 명령으로 쓸 때는 아주 값지게 쓰지요. 저는 아주 좋은 흰옷이 많아요. 이 옷들은 모두 상점에서 사온 게 아니고 제가 이 손으로 직접 짜거나 하녀들의 손으로 짠 거예요. 집에서 짜서 입을 수 있으면 짜서 입어야지요. 제가 이렇게 제 자랑을 하는 것은, 꼭 필요한 칭찬은 욕을 먹거나 비난받지 않기 때문이에요. 끝으로 제가 바라는 것은 저를 지키고 보호하고 영예롭게 해줄 남편을 찾는 거예요. 잘해주다가 곧 욕이나 하는 바람둥이가 아니라요. 당신이 너그러우시다면 제가 드리는 보물을 받아들여주시기 바랍니다. 저는 당신이 명령하시는 대로 모든 말에 복종할 준비가 되어 있습니다. 물론 제가 저를 팔아넘기려는 것은 아닙니다. 그것은 중매쟁이들의 혀에 놀아나는 짓과 마찬가지니까요. 당사자들이 직접 합의해서 결정하는 것만큼 좋은 거래는 없지요.'

　나는 그때 판단력이 머리에 있는 것이 아니라 발뒤꿈치에 있던 때였습니다. 그 순간에는 모든 것에서 내가 상상 속에 그릴 수 있는 최상의 재미를 느끼고 있었지요. 눈앞에 놓인 그 많은 재산이 나의 관심을 불러일으켰습니다. 그 재산이 벌써 현금으로 바뀌어 보였지요. 이해타산의 능력에는 족쇄를 채워놓고 내가 늘 흥미로워하는 아무 생각도 하지 않았습니다. 나는 그녀에게 내가 바로 그 행운이라고, 거의 기적처럼 하늘이 준 행운의 주인공이라고 말했습니다. 그리고 그녀를 내 재산과 내 뜻의 여주인으로, 하늘이 내린 동반자로 여길 것이며 내가 가진 재산도 그렇게 적은 것은 아니라고 했지요. 목에 걸고 있는 목걸이와 집에 있는 보석들, 그리고 화려한 군인 제복을 처분하면 금화 2천 두까도 이상 될 것이고, 거기에 그녀의 2,500에스꾸도를 보태면 내 고향에 내려가 살기에는 충분한 돈이었습니다. 고향에는 경작지도 좀 있으니 그 정도 재산이면 가진 돈에 철 따라 과일도 팔고 하면서 편안하고 즐겁게 살 수 있었습니다. 결국 우리는 결혼하기로 합의하고 결혼 공고를 어떻

게 할 것인가 계획을 세웠지요. 사흘간의 잔치 뒤 부활절 축제에
결혼을 공고하고 나흘 뒤에 우리는 정식으로 결혼했습니다. 결혼
식에는 나의 두 친구와 그녀의 사촌이라는 청년 한 사람이 참석했
습니다. 나는 기꺼이 그 사람을 친척으로 받아들이고 대단히 사려
깊은 말과 예의로 대접했지요. 사실 그때까지 나의 새신부에게 했
던 말들이 모두 다 그러했지만요. 내 말이 의도는 상당히 비뚤어진
배신에 가까운 것이었지만 그 얘기는 하지 않겠습니다. 왜냐하면
지금 나는 진실을 말하고 있지만, 그 진실은 고해성사에서 말하는
진실처럼 번복할 수 없는 진실이 아니기 때문입니다.

　하인이 내 가방을 여관에서 아내의 집으로 옮겼습니다. 나는 그
녀 앞에서 나의 훌륭한 목걸이를 가방 속에 간직하면서 또다른 목
걸이 서너개도 보여주었지요. 그렇게 크지는 않지만 더 잘 만들어
진 것들이었습니다. 갖가지 보석을 박은 반지 서너개와 나의 화려
한 군인 제복과 깃털 장식도 보여주고, 살림 비용으로 내가 가지고
있던 400레알을 주었습니다. 결혼 덕택에 나는 부유한 처가에서 놀
고먹는 사위처럼 한 엿새 동안을 늘어지게 잘 먹고 잘 지냈습니다.
화려한 융단을 밟고 다녔고 저 유명한 플랑드르 이불을 덮고 잤으
며 은촛대에 불을 밝히고 지냈지요. 아침은 침대에서 먹고 11시에
일어나, 점심은 12시에 먹고 2시에는 작은 침상에서 낮잠이나 자고
요. 도냐 에스뗴파니아와 여자아이가 무엇을 하든 정성으로 나를
보살폈고 그때까지 게으르고 멍청하다고 생각해온 나의 하인 녀석
도 어느새 노루가 되어 뛰어다녔지요. 아내 도냐 에스뗴파니아가
내 곁에 없는 동안은 부엌에 있는 시간이었습니다. 그녀는 내 식욕
을 돋우고 내 입맛을 깨우는 요리를 마련하기에 정성을 다했고, 나
의 셔츠와 칼라, 손수건은 흩뿌린 오렌지꽃 향기와 향수에 젖어 꽃

대궐에 온 것 같았습니다.

시간의 지배 아래서 한해 한해가 빨리 지나가듯이, 이런 날들이 날개 돋친 듯 지나갔습니다. 나날이 그렇게 잘 대접받고 환대를 받으니 처음에 나쁜 의도로 시작된 사업이 좋은 의미로 바뀌어가고 있었지요. 그렇게 지내던 어느날 아침, 내가 아직 도냐 에스떼파니아와 침대에 있는데 누군가 길거리로 난 대문을 쾅쾅 두들겼습니다. 하녀 아이가 창으로 내다보더니 순간 창문을 열어젖히고 말했습니다.

'아, 마님, 어서 오세요! 지난번 편지에 쓰신 것보다 더 빨리 오셨네요?'

'애, 누가 오셨다는 거냐?' 내가 그녀에게 물었지요.

'누구시긴요?' 그녀가 대답했습니다. '우리 주인마님 도냐 끌레멘따 부에소시지요. 그리고 로뻬 멜렌데스 데 알멘다레스 씨도 하인 둘하고 함께 오시네요. 데리고 가셨던 상급 하녀 오르띠고사도 오는구면요.'

'아, 잘됐구나. 애야, 어서 뛰어가 열어드려!' 그 순간 도냐 에스떼파니아가 말했습니다. '그리고 당신, 나를 사랑한다면 제발 나를 욕하는 소리를 들어도 소란 피우지 말고 나를 위하는 셈 치고 아무 대꾸도 하지 말아요.'

'아니, 누가 당신을 모욕하는 소리를 한단 말이오? 더구나 내가 앞에 있는데. 여보, 말해봐요. 이 사람들은 누구요? 내가 보기에는 이 사람들이 오니 당신이 당황한 것 같은데?'

'당신에게 설명할 시간 없어요.' 도냐 에스떼파니아가 말했습니다. '다만 당신이 알아야 할 것은, 이제 일어날 일들은 전부 거짓이라는 거예요. 무슨 수작인지는 나중에 알게 되겠지요.'

이 말에 내가 무언가 더 이야기하려고 했지만 도냐 끌레멘따 부에소가 응접실로 들이닥치는 통에 그럴 시간이 없었지요. 광택 나는 연초록 드레스에 여기저기 금실 장식을 한 망또, 수실과 하얗고 빨갛고 파란 깃털에 황금 끈 달린 모자, 그리고 얼굴은 중간까지 내려오는 베일로 가리고 있었습니다. 그녀와 함께 돈 로뻬 멜렌데스 데 알멘다레스가 들어왔지요. 화려하고 찬란한 것이 그녀 못지않은 멋진 복장이었습니다. 상급 하녀 오르띠고사가 제일 먼저 입을 열었지요.

'에구머니나! 이게 뭐예요? 우리 끌레멘따 마님 침대에 다른 사람이 자다니요? 더군다나 남자라니요? 우리 집에 무슨 기적이 일어났나보네요! 에스떼파니아 아씨께서 우리 마님의 우정을 믿고 발끝부터 손끝까지 아주 갈 데까지 갔구먼요.'

'정말이지 내 장담하는데, 오르띠고사,' 도냐 끌레멘따가 말을 받았습니다. '이것은 모두 내 탓이구나. 자기들 입맛에 맞는 때가 아니면 절대 친구로서의 도리를 다할 줄 모르는 친구를 가진 죄야. 너무 자책하진 말아야지!'

이 모든 말에 대해서 도냐 에스떼파니아가 대답했습니다.

'끌레멘따 마님, 너무 속상해하지 마세요. 여기 마님 댁에서 보신 일은 크게 이상할 것 없는 일입니다. 내막을 아시면 마님께서도 아무 불평이 없으실 거고 저를 용서하실 줄 믿습니다.'

이때 나는 이미 바지와 조끼를 입고 있었습니다. 도냐 에스떼파니아는 내 손을 잡고 다른 방으로 데리고 가더니 말하기를, 자기 친구인 도냐 끌레멘따가 그녀와 함께 온 돈 로뻬를 속이려고 한다고 말했습니다. 그녀는 그 남자와 결혼하고자 하는데, 그로 하여금 그 집과 그 집에 있는 모든 것이 그녀의 것이라고 믿게 만들려는 것이라고 말이지요. 그녀는 집과 세간으로 그에게 지참금 증서를 만들어줄 생각이며, 일단 결혼을 하고 나면 얼마 안 가서 이 사기가 다 들통이 날 거라고 덧붙였습니다. 이것은 그녀가 돈 로뻬가 자기를 몹시 사랑하는 것임을 믿고 꾸미는 짓이라고 했지요.

'그러고 나면 이제 내 것을 돌려줄 겁니다. 그 여자나 다른 어느 여자라도, 어떤 속임수를 쓰더라도 영예로운 좋은 남편을 구하고자 하는 노력을 나쁘게 봐서는 안 되지요.'

나는 아내에게 그녀가 하려는 행위는 매우 위대한 우정이라고 말해주고, 먼저 일을 잘 헤아려보라고 했습니다. 나중에 재산을 되찾으려면 법에 의존해야 할 경우가 생길 수 있으니까 말이지요. 그러나 그녀는 나에게 여러가지 말로 더욱 중요한 일에서까지 도냐 끌레멘따를 섬겨야 하는 이유와 의무를 설명했습니다. 그 설명이 비록 내 마음에 들지는 않았지만 나는 내 판단을 무르고 도냐 에스떼파니아 마음대로 하도록 뜻을 맞추어야 했지요. 그녀는 이런 속임수는 여드레 정도밖에 통하지 않을 거라고 확신했습니다. 그동안 우리는 그녀의 다른 친구 집에 가 있기로 했지요. 그녀와 내가 옷을 갖추어 입고 나서 그녀는 도냐 끌레멘따 부에소와 돈 로뻬 멜렌데스 데 알멘다레스에게 작별인사를 하러 갔습니다. 나는 하인에게 가방을 지고 그녀를 따라가도록 하고 나 또한 그들을 따라갔습니다. 나는 아무에게도 작별인사를 하지 않았지요.

도냐 에스떼파니아는 자기 친구 한 사람의 집에 머물렀습니다. 우리가 그 집에 들어가기에 앞서 그녀는 한동안 친구와 이야기를 나누었지요. 한참 뒤에 하녀 하나가 나와서 나와 하인을 안으로 들어오라고 하더니 우리를 좁은 방으로 데려갔습니다. 거기에는 침대 두개가 있었는데 둘이 어떻게 꼭 붙어 있는지 한 침대 같아 보였고 두 침대를 떨어뜨려놓을 공간이 없어 두 침대의 이불이 서로 입맞춤할 지경이었습니다. 우리는 결국 그 집에서 엿새를 머물렀는데, 거기 머무는 동안 한순간도 싸우지 않은 때가 없었습니다. 나는 그녀에게 아무리 자기 어머니 집을 간다고 할지라도 어떻게 집과 재산을 두고 나오는 바보 같은 짓을 할 수 있느냐고 따졌습니다.

이렇게 하면서 나는 가끔씩 그 집을 왔다 갔다 했습니다. 어느날 도냐 에스뗴파니아가 일이 어떻게 되어가는지 보러 간다고 나갔을 때 집주인 여자가 나에게 말을 걸어왔습니다. 주인여자는 무슨 이유로 그렇게 둘이 싸우게 되었는지 알고 싶어했지요. 도냐 에스뗴파니아가 무슨 짓을 했기에 이것이 완벽한 우정의 행위가 아니라 소문난 바보짓이었다고 그녀를 욕했느냐고 물었습니다. 나는 모든 이야기를 해주었지요. 내가 도냐 에스뗴파니아와 결혼했고, 그녀가 지참금하며 자기 집과 재산을 다 도냐 끌레멘따에게 내준 바보 같은 짓을 했다는 이야기까지 하고 나서, 아무리 친구에게 돈 로뻬 같은 훌륭한 귀족 남편을 얻게 해주려는 좋은 뜻이었다지만 그건 바보짓이라고 했습니다. 그러자 여주인은 성호를 그었지요. 얼마나 여러번 성호를 그어대며 '세상에 맙소사, 세상에…… 이런 못된 여자가……!'를 반복하는지, 그 모습이 나를 너무나도 어리둥절하게 했습니다. 그러다 마침내 그녀가 내게 말했지요.

'소위님, 당신께 모든 것을 밝히는 것이 내 양심에 어긋나는 짓인지도 모르겠습니다만, 사실 입을 다문다는 것 또한 양심에 짐이 되는 일 같습니다. 아무튼 세상만사는 하늘의 뜻이니, 진실은 살고 거짓은 죽으라지요! 사실은 도냐 에스뗴파니아가 당신에게 지참금으로 주었다는 집과 재산의 진짜 주인은 도냐 끌레멘따 부에소입니다. 도냐 에스뗴파니아가 한 말은 모두 거짓말입니다. 그 여자는 집도 재산도 없고, 가진 옷도 입고 다니는 옷뿐입니다. 도냐 끌레멘따가 친척들을 보려고 빨라센시아로 다니러 간 사이에 그녀가 그 시간과 공간을 이용해 이런 사기극을 꾸민 것이지요. 끌레멘따는 거기에서 과달루뻬 성녀께 9일간 근신과 기도를 바치러 갔고 그동안 도냐 에스떼파니아에게 집을 보살피라고 맡겼던 거예요. 사실 둘은 정말 좋은 친구들이었으니까요. 하지만 어떻게 보면 그 불쌍한 여인도 죄가 없네요. 소위님같이 훌륭한 분을 남편으로 낚아챌 줄 알았으니 말이에요……'

여기에서 그녀는 이야기를 끝맺었습니다. 그리고 나의 절망이 시작되었지요. 내 마음속 수호천사가 조금만 더 정신을 못 차리고 나를 구하러 오지 않았으면 나는 틀림없이 절망에 빠졌을 겁니다. 내 마음속 천사는 나 자신에게 그리스도를 믿느냐고 묻고, 신앙인의 가장 큰 죄가 악마의 죄인 절망에 빠지는 거라고 일러주었습니다. 이런 생각과 좋은 정신이 내 마음을 조금 가라앉혔습니다. 그러나 그렇다고 내가 망또와 칼을 들고 도냐 에스떼파니아를 찾으러 나가는 것을 막지는 못했지요. 나는 그녀에게 본때를 보이고 벌을 주려 했습니다. 그러나 운이라는 것이, 내 일이 잘되려고 했던 건지 안 되려고 했던 건지 모르지만, 도냐 에스떼파니아가 있을 만한 곳을 다 찾아도 그녀를 발견할 수가 없었습니다. 나는 산 료렌떼에 가서 성모 마리아에게 가호를 빌고는 벤치에 앉아 고민에 차서 깊은 잠에 빠졌습니다. 누가 깨워주지 않았더라면 그렇게 빨리 일어나지는 못했겠지요.

나는 여러가지 생각과 고민에 차서 도냐 끌레멘따의 집으로 갔습니다. 그러나 그녀가 집주인답게 몹시도 편안한 모습으로 맞아주는데다 돈 로뻬 또한 앞에 있어서 나는 아무 말도 할 수 없었지요. 나는 여주인의 집으로 돌아왔습니다. 여주인은 자기가 도냐 에 스떼파니아에게 내가 모든 사기와 속임수를 알고 있다고 이야기했다고 말했습니다. 그녀가 자신의 사기행각을 듣고 내가 어떤 표정을 짓더냐고 묻기에 표정이 아주 안 좋았다고, 그녀 생각에는 내가 나쁜 생각을 품고 최악의 결심을 하고 도냐 에스떼파니아를 찾아나선 것 같다고 말했다는 것이었습니다. 마지막으로 여주인은 도냐 에스떼파니아가 가방에 있는 것을 전부 가져갔다고 했습니다. 걸치고 다니는 평상복 하나밖에 남겨놓지 않았고요.

일이 그렇게 된 겁니다! 그때 하늘이 또다시 내 손을 잡아주셨지요! 내 가방을 보러 가니 가방이 열려 있더군요. 딱 내 몸 크기의 시체를 기다리는 무덤 같았지요. 내가 그렇게 큰 불행을 제대로 생각하고 느낄 줄 아는 지혜를 가졌다면 말이에요."

"정말 불행감이 컸겠구먼요." 이때 뻬랄따 석사가 말했다. "도냐 에스떼파니아가 그 많은 목걸이와 황금 모자끈까지 다 가져가버렸으니 말이에요. 흔히 속담에, 모든 고통도 빵이 있으면 덜하다는데……"

"그런 게 없어진 것이 마음 아픈 것은 절대 아니었습니다." 소위가 말했다. "유대인 고사에 나오는 피장파장 이야기도 있지 않습니까? 즉, 돈 시무에게가 딸이 애꾸눈인 것을 속이고 결혼시켰다고 생각했는데 실은 그 사위도 눈 한쪽이 불구였다는 얘기 말이에요."

"당신이 무슨 뜻으로 그런 이야기를 끌어들이는지 모르겠네요." 뻬랄따가 말을 받았다.

"내 말은," 소위가 말을 받았다. "그 애물단지 목걸이라든지 모자끈과 보석들이 모두 합쳐야 10 내지 12에스꾸도밖에는 나가지 않을 거라는 거지요."

"말도 안 돼요." 석사가 말을 받았다. "소위님이 걸고 다니던 목걸이는 금화 200두까도 이상 나가 보이던데요."

"겉과 속이 같다면 그렇겠지요." 소위가 말했다. "하지만 반짝인다고 다 황금은 아니에요. 목걸이들과 모자끈, 보석들은 전부 연금술로 그럴듯하게 만든 가짜였어요. 어찌나 잘 만들었는지 만져보거나 불에 대어보아야 모조품인 것이 드러나지요."

"그러니까 당신과 도냐 에스뻬파니아가 서로 속인 거란 말이군요." 석사가 말했다.

"서로 비겼으니," 소위가 대답했다. "이 놀음은 다시 한판 붙어야겠네요. 하지만 석사 나리, 골치 아픈 문제는, 그녀가 내가 준 목걸이들을 처분할 수는 있어도 내가 그녀 성격의 사기성은 처분하지 못할 거라는 겁니다. 마음은 아프지만 실제로 그 사람이라는 물건도 내 것이거든요."

"천만다행이구먼요, 깜뿌사노 소위님." 뻬랄따 석사가 말했다. "그 물건이 발이 달린 물건이어서 말입니다. 그녀는 벌써 당신에게서 떠나갔어요. 더이상 일부러 찾지 마세요."

"그건 그래요." 소위가 말을 받았다. "하지만 그 여자를 찾으러 다니지 않아도 그녀는 항상 내 머릿속, 상상 속에 있어요. 내가 어디를 가거나 그 배신이 눈앞에 보이거든요."

"내가 무슨 말을 해야 할지 모르겠군요." 뻬랄따가 말했다. "이럴 때는 뻬뜨라르까의 「사랑의 승리」에 나오는 두 구절을 들려드리는 게 좋겠네요. 그 구절은 이래요."

Che chi prende diletto di far frode;
Non si de l'amentar s'altri l'inganna.

"이것을 우리 에스빠냐어로 옮기면,"

Que el que tiene costumbre y gusto de engañar a otro
no se debe quejar cuando es engañado

남을 속이길 좋아하는 버릇이 있는 자
남에게 속을 때도 불평을 하진 마시길

"나는 불평하지 않습니다." 소위가 말을 받았다. "마음만 아파할
뿐이죠. 죄지은 사람은 자기 죄를 몰라서 벌의 고통을 느끼지도 못
해요. 확실한 것은 내가 속이려다가 되레 속임을 당했다는 겁니다.
내 칼의 칼날에 내가 상처를 입은 거지요. 그러나 감정이라는 것
이 칼날같이 그렇게 억누를 수 있는 것이 아니어서 나는 스스로에
대해서 늘 한탄하곤 합니다. 끝으로 내 이야기에 가장 잘 들어맞는
이야기('내 이야기'라는 말은 내가 직접 겪은 사연들에나 붙일 수
있는 이름이지요)라면, 우리의 결혼식에 왔다던 사촌이 도냐 에스
떼파니아를 데려갔다는 겁니다. 그 사람은 벌써 오래전부터 그녀
의 무슨 일이나 도맡아 처리하는 친구였다는 겁니다. 난 그 여자를
찾고 싶지 않았어요. 내게서 사라진 나쁜 것을 구태여 알고 싶지
않아서요. 나는 숙소를 옮겼습니다. 잠깐 사이에 눈썹이며 속눈썹
이 빠지기 시작했고 차츰 머리털도 빠져서 그럴 나이도 아닌데 대
머리가 되었지요. 루뻬시아라는 탈모병, 더 분명하게는 대머리병
에 걸렸거든요. 나는 그야말로 털 하나 없는 빈털터리가 되었지요.
빗어야 할 머리칼도 수염도 없고 써야 할 돈도 없었으니까요. 병이

라는 것이 가난과 발맞추어 온다고, 가난이 명예를 망가뜨리면 어떤 놈은 교수대로 끌려가고 또 어떤 이는 병원으로 끌려가지요. 또 다른 사람들은 적들의 문으로 들어가 애걸하고 복종하며 살게 되고요. 이것이야말로 재수 없는 자에게 일어날 수 있는 가장 비참한 일입니다. 그래서 나는 내 몸을 가릴 털이나 옷들을 치료하고 건강의 영예를 얻는 데 돈을 쓰지 않으려고 부활병원에 들어가 40회 땀을 쏟았지요. 그곳 사람들 말로는 참으면 내 병이 낫는다네요. 나는 긴 칼을 가지고 있고, 다른 것들이야 하늘의 뜻에 맡기지요."

석사는 소위가 들려준 이야기에 무척이나 놀라고 감탄해서 그에게 다시 한번 자기 집에 와달라고 초대를 했다.

"별것 아닌 이야기에 놀라시는군요, 빼랄따 석사님." 소위가 말했다. "내가 말씀드릴 다른 일들은 전연 상상도 못 하신 것일걸요. 그런 일들은 자연스러움의 경계를 넘어서는 것들이니까요. 더 아실 필요가 있을까 모르겠지만, 운 좋게도 나를 병원으로 들어가게 만든 모든 불행을 다행으로 생각할 만한 일들을 들었거든요. 내가 지금부터 말씀드리는 것은 지금뿐만 아니라 죽었다 깨어나도 세상 어느 누구도 믿을 사람이 없을 그런 사건입니다."

소위가 봤다는 것을 이야기하기도 전에 늘어놓는 이런 서두와 열성이 빼랄따의 호기심을 더욱 부추겼다. 그래서 그는 더욱 간절하게 부디 말하려고 하는 그 희한한 이야기를 즉시 해주십사고 청했다.

"빼랄따 석사님, 당신도 개 두마리가 등 두개를 들고 밤에 까빠차 형제들이 구걸하러 다닐 때 불을 비춰주는 걸 보셨지요?" 소위가 말했다.

"예, 보았지요." 빼랄따가 대답했다.

"또한 그 개들에 대해서 하는 이야기를 당신도 보거나 들으셨겠지요." 소위가 말했다. "그러니까, 어쩌다 창문에서 동냥을 던져서 땅에 떨어지면 개들이 즉시 달려가서 불을 비추고 떨어진 것을 찾지요. 그리고 창 앞에 머물러 있답니다. 거기에서 늘 동냥을 주는 습관이 있는 것을 아니까요. 그들이 느릿느릿 걸어다니는 걸 보면 개라기보다는 양들 같지요. 또한 병원에서는 아주 경계하고 주의를 기울여 지키는 것이 사자 같고요."

"내가 들은 것도," 삐랄따가 말했다. "모두 그 말씀대로입니다. 하지만 그것이 희한하다고 할 만한 이야기는 아니지요."

"그러나 이제 그 개들에 대한 내 이야기를 들으면 정말 놀라실 겁니다. 놀라서 성호를 긋거나 어렵고 불가능한 일을 기도하지 말고 당신도 그냥 편히 생각하시라구요. 그러니까 내가 귀로 듣고 눈으로 본 것은 이 개 두마리인데, 하나는 이름이 시삐온이고 다른 하나는 베르간사입니다. 어느날 밤 나는 마지막 땀 흘리는 치료를 하며 침대에 누워 있었습니다. 내 방 밖의 오래된 돗자리 위에는 개들이 누워 있었지요. 어두운 한밤중인데 잠은 안 오고, 나는 지난 일들과 현재의 불행을 생각하고 있었습니다. 그런데 거기 바로 내 가까이에서 말소리가 들렸어요. 나는 혹시 이야기하는 사람들이 내가 아는 사람들일까, 무슨 얘기를 하는 건가 귀를 쫑긋하고 듣고 있었지요. 조금 뒤에 내가 알게 된 것은, 말하는 내용으로 보아 그 화자들이 시삐온과 베르간사라는 두 개들이었다는 거예요."

깜뿌사노가 이 말을 하자마자 석사 친구가 일어나더니 말했다.

"깜뿌사노 소위님, 오래오래 잘 계시길 바라겠습니다. 지금까지 당신의 결혼에 대한 이야기를 믿을까 말까 하며 듣고 있었는데, 이제 개들이 말하는 것을 들었다는 이야기를 들으니 당신이 하는 말은 하나도 믿을 게 없구나 하는 쪽으로 생각이 기우네요. 세상에, 소위님, 어디 가서 그런 말도 안 되는 소리는 하지 마세요. 저처럼 친한 친구가 아니라면 말이에요."

"나를 그렇게 무식쟁이로 생각하지 마시오." 깜뿌사노가 말을 받았다. "기적이 아니고야 개들이 말을 하지 못한다는 걸 나도 잘 알고 있습니다. 개똥지빠귀나 까치나 앵무새가 말을 하는 것은 새들이 사람이 하는 말을 배우고 외워서 하는 소리라는 걸 나도 잘 알아요. 그 짐승들 혓바닥이 사람의 말을 흉내내기에 편리하게 만들어져 있기 때문이지요. 그러나 새들이 이 개들이 말하는 것처럼 사리에 맞는 이야기를 주고받는 것은 아니에요. 그 개들의 말을 들은 뒤 나도 몇번이고 내 귀와 나 자신을 믿을 수가 없었고 그냥 꿈꾼 것이려니 생각했지요. 그리고 깨어서는 하느님께서 주신 말짱한 오감으로 내 귀로 듣고 머리에 기록한 것을 마침내 말이 통하게 단어 하나 빼지 않고 적었습니다. 그걸 보면 내가 말한 것이 진실인지 설득력 있게 믿고 감동할 수 있는 증거를 찾을 거예요. 개들이 다룬 분야는 여러가지이고 무게 있는 주제들이었어요. 개들의 입으로 말했다기보다는 현자들이 나눈 대화 같았고, 그러니 내 힘으로 지어낸 것일 수가 없지요. 그래서, 내 의견과는 반대로, 결국 나는 그것이 실제로 개들이 말한 것이며 내가 꿈을 꾼 것이 아니라고 믿게 되었습니다."

"저런!" 석사가 말을 받았다. "우리에게 호랑이가 담배 피우고 호박이 말을 하던 시절이 되돌아온 모양이네요! 아니면 이솝 우화의 시절이든지. 수탉이 여우와 대화를 나누고 동물이 다른 동물과 말을 하던 시절 말이에요!"

"그런 동물 중 하나가 바로 나겠지요. 그것도 큰 동물 말입니다."

소위가 말을 받았다. "그 시대가 돌아왔다고 믿는다면 말이지요. 그리고 내가 보고 들은 말을 믿지 않아도 나는 바보가 될 겁니다. 맹세를 하라면 감히 맹세를 할 수도 있겠네요. 믿기지 않는 걸 믿게 만들 수 있다면 말이지요. 하지만 설령 내가 들은 것이 속은 것이고 내가 본 사실이 꿈이고 엉터리 이야기를 좋아하기 때문이라고 할지라도, 뻬랄따 석사님, 이 개들이든 아니면 누구였든지 간에 그들이 이야기한 것을 대화체로 적어놓으면 재미있지 않겠어요?"

"당신이," 석사가 말을 받았다. "개들이 말하는 것을 들었다고 끈질기게 저를 설득하려고 하시니 더이상 말은 말기로 하고, 그러면 기꺼이 그 대화록이나 한번 들어보지요. 소위님의 훌륭한 재능으로 받아쓴 것이라니, 제 판단에는 좋을 것 같네요."

"말하고 싶은 게 또 하나 있어요." 소위가 말했다. "나는 그때 아주 열심히 귀를 기울였지요. 내 이해력은 예민하고 섬세하며 기억력도 (내가 건포도와 아몬드를 많이 삼킨 덕택에) 좋아서, 모든 것을 그 자리에서 외워서 다음날 내가 들은 거의 그대로 적었습니다. 글을 아름답게 꾸미기 위해서 수사학으로 색칠한다거나 이야기를 맛있게 하기 위해 살을 붙이거나 빼지 않고 말이지요. 비록 나는 하룻밤 이야기밖에 쓰지 않았지만 대화는 하룻밤만이 아니었어요. 이틀 밤 동안 계속되었지요. 그것은 베르간사의 일생에 대한 이야기였습니다. 시삐온의 생애(그것은 두번째 밤에 한 이야기인데)는 기회를 보아, 이 이야기가 믿음을 얻거나 최소한도 무시당하지 않을 때 적으려 합니다. 그 대화록은 품에 넣어 왔습니다. 시삐온이 말했다, 베르간사가 대답했다 식으로 쓰면 글만 길어지니까 절약하기 위해서 대화 형식으로 썼지요."

이렇게 말하면서 그는 가슴에서 공책 하나를 꺼내 석사의 손에 건넸다. 석사는 공책을 받고 웃었다. 마치 지금까지 들은 모든 이야기와 읽어야 할 것을 비웃기라도 하는 듯이 말이다.

"나는 이 의자에 기대어 눈 좀 붙이겠습니다." 소위가 말했다. "당신이 그 꿈인지 엉터리 이야기인지를 읽는 동안 말이지요. 당신은 읽다가 싫증이 나면 그러고 싶을 때 언제든 그만두셔도 좋습니다."

"당신은 편히 계십시오." 빼랄따가 말했다. "짧은 시간에 이 독서를 끝내지요."

소위는 자리에 누웠다. 석사는 공책을 폈다. 첫장에 이런 제목이 붙어 있는 것을 보았다.

# 개들의 대화

뿌에르따 델 깜뽀 외곽에 있는 바야돌리드 시내 부활병원의 개들,
일반적으로 마우데스 개들이라고 부르는,
이름이 시뻬온, 베르간사인 개들 사이에 오간 대화에 관한 소설

## El coloquio de los perros

시삐온 베르간사, 이 친구야, 오늘 밤은 이 병원 일 모두 다 믿고 맡기고 떠나서 여기 한적한 곳, 이 돗자리들 사이에 오붓하게 있자 구. 여기 아무도 보고 느끼지 않는 데서 하늘이 한순간에 우리 둘 에게 만들어준 한번도 본 적 없는 은혜를 즐기세나.

베르간사 시삐온, 그대가 말하는 걸 듣고 내가 그대에게 말하는 걸 알고 나니, 이거 믿어지지가 않는구먼. 우리 개들이 말하는 것은 자연의 법칙의 한계를 벗어나는 것처럼 보여서 말이야.

시삐온 그게 사실이야, 베르간사. 그리고 이건 최대의 기적이겠 지. 우리가 말을 할 뿐만 아니라 이성을 갖춘 것처럼 토론을 하다 니. 동물은 이성이 없지. 야생동물과 인간의 차이가 인간은 이성을 가진 동물이고 동물은 비이성적이라는 거잖아.

베르간사 시삐온, 그대가 말하는 모든 것이 이해가 되고 그대가 말을 하고 내가 이해를 한다니 새삼 감동스럽고 황홀하네. 사실 내 인생의 과정에서 여러번 우리에게 대단히 특별한 데가 있다는 소리를 들었지. 어떤 사람들은 우리의 자연스러운 본성이 좀 남다르다고 생각하는 것 같아. 우리가 타고난 재능이 많은 일에 몹시도 예리하고 활기차서 담론을 펼칠 지혜를 드러내기에 모자람 없는 증거나 징후를 보인다고들 하지.

시삐온 내가 우리에 대한 칭찬이나 감탄을 들은 바로는 기억력이 무척 좋다는 것과 몹시 충직하다는 것, 은혜에 감사할 줄 안다는 점이었지. 그래서 우리를 우정의 상징으로 그리기도 하잖아. 자네도 보았겠지만, (그것을 자세히 살펴보았다면) 설화석고 무덤들에는 그것이 남편과 부인의 무덤일 때 거기 묻힌 사람들 모습이 그려져 있고 그 둘 사이 발밑에는 반드시 개의 형상이 그려져 있지. 부부가 살아생전에 누구도 침범할 수 없는 성실성으로 애정을 지켰다는 표시로 말이야.

베르간사 나도 감사할 줄 아는 개들이 있다는 것을 잘 알지. 주인들이 죽으면 그 시체와 함께 무덤 속에 뛰어들어 죽는 개들 말일세. 주인이 묻혀 있는 무덤 위에서 떠나지 않고 밥도 먹지 않고 목숨이 다할 때까지 그 자리에 있었다는 개들도 있지. 또한 코끼리 다음으로 개가 지혜가 높다는 견해가 있는 것도 알고 있어. 그다음이 말, 마지막이 원숭이라지.

시삐온 그건 그래. 하지만 자네도 솔직히 말해봐. 어떤 코끼리, 개, 말, 원숭이가 말을 했다는 것은 한번도 보지도 듣지도 못했을 거야. 따라서 지금 우리가 이렇게 밑도 끝도 없이 말을 하고 있는 것은 소위 경이로운 기적이라고 하는 특별한 경우에 해당한다고 이해해야겠군. 사람들의 경험으로 보아, 이런 일은 인간에게 무슨 커다란 재앙의 위협이 올 때 나타나는 징후라는 거지.

베르간사 그렇다면 나도 경이로운 기적의 표지를 본 일이 일이 있으니 아주 대단한 거네? 요전에 말이야, 알깔라 데 에나레스 대학 도시를 지나면서 어떤 학생이 말하는 것을 들었거든.

시삐온 무슨 말이었는데?

베르간사 그해 5천명이 대학교에서 공부하는데 그중 2천명이 의학 수업을 듣는다는 거야.

시삐온 그게 무슨 의미가 있다는 거야?

베르간사 그러니까 그 의미는, (무슨 지겨운 역병이나 재수 없는 일이 생겨서) 그 2천명의 의사들이 치료할 환자가 생겨야 하거나, 아니면 의사들이 굶어 죽을 일이 생긴다는 거지.

시삐온 하지만 어찌 되었든, 기적이든 아니든 우리는 말을 하고 있어. 하늘이 명하여 일어나게 한 일을 인간의 노력이나 지혜로 막는 것은 불가능하지. 따라서 우리가 왜, 어떻게 말을 하게 되었는지는 논란거리가 안 되고 그럴 필요도 없어. 차라리 좋은 방법은, 속담에서 말하듯 좋은 날이나 좋은 밤이 있으면 그냥 우리 집에다 들여놓는 거야. 게다가 이 돗자리에 앉아 있으니 이렇게 좋은데 뭐. 이런 행복이 언제까지 갈지는 모르지만, 우리 이런 기회를 즐기자구. 그리고 오늘 밤새 이야기를 하자구. 나로서는 오랫동안 기대해온 이 말하는 즐거움을 잠이 방해하지 않게 하려고.

베르간사 나도 마찬가지야. 나는 뼈 하나 물어뜯을 기운이 있을 때부터 말을 하고 싶은 소망이 있었어. 기억 속에 저장된 일들을 말하고 싶은 소망 말이야. 기억에는 곰팡이 끼거나 잊힌 옛날이야기와 수많은 일들이 저장되어 있거든. 그러나 이제 전연 예상도 못했는데 이렇게 말을 하는 성스러운 능력이 나를 풍성하게 해주니, 이걸 가능한 데까지 즐기고 써먹을 생각뿐이야. 어서 기억나는 모든 것을 말해야지. 비록 이 빌려 얻은 행복을 언제 다시 돌려달라고 할지 몰라서 안절부절못하고 정신이 없긴 하지만.

시삐온 이 친구 베르간사, 이런 식으로 해보세. 오늘 밤 자네 인생을 이야기해. 지금 이 순간까지 자네가 살아온 삶의 갖가지 사건들을 말이야. 그리고 내일도 우리에게 말하는 능력이 있거든 나도 내 이야기를 해주지. 남의 이야기를 알려고 하기보다 우리 자신의 이야기를 하며 시간을 보내는 게 좋잖아?

베르간사 나는 시삐온 자네를 항상 점잖고 신중한 친구라고 생각했지. 지금 그 말은 더욱 그렇구먼. 친구로서 내 이야기를 알고 싶고 또 자네의 사연을 이야기하고 싶다고 했지. 그리고 신중한 자네는 우리가 그런 이야기를 할 시간까지 나누었네. 그런데, 먼저 누가 우리를 엿듣고 있지 않은가 보라구.

시삐온 듣긴 누가 들어? 내 생각엔 아무도 없네. 비록 여기 가까이 땀 내는 치료를 받고 있는 군인 하나가 있긴 하지만, 이맘때쯤이면 앉아서 다른 사람 이야기를 듣기보다 그저 누워 자고 있을걸.

베르간사 그러면 우리는 안전하게 이야기할 수 있겠군. 내가 자네에게 하는 말이 지겨워지면 나를 나무라거나 아니면 입을 다물라고 하라구.

시삐온 날 밝을 때까지만 이야기해. 아니면 사람들이 우리가 말하는 걸 눈치챌 때까지만. 혹시 말을 막을 필요가 있을 때 아니고는 난 자네 말을 전연 방해하지 않고 아주 기꺼이 들어줄 테니까.

베르간사 내가 처음 해를 본 것은 세비야, 그곳 도살장에서였던 것 같아. 거기 까르네 문인지 소고기 문인지, 그 바깥에 있던 곳에서 말이야. 그걸로 짐작해보건대, 내 부모는 백정이라고 부르는 막돼먹은 일을 관장하는 자들이 키우는 알라노 개들이었던 것 같아.

내가 주인으로 모신 첫번째 사람은 니꼴라스 엘 로모라는 자로, 땅딸하고 튼튼한 청년이었어. 백정일을 하는 모든 사람들이 그렇듯이 성질이 사나웠지. 이 니꼴라스라는 작자는 나와 다른 강아지들에게 늙은 알라노 개들과 짝을 지어서 투우들에게 덤비라고 가르쳤어. 그렇게 해서 소들 귀를 잡으라는 거였지. 나는 아주 수월하게 그 일에 몰두해서 거의 독수리가 다 되었지.

시삐온 그거야 놀랄 일도 아니네, 베르간사. 나쁜 짓은 자연스럽게 배워지는 거니까. 그런 것은 쉽게 배우지.

베르간사 뭐랄까, 시삐온, 내게 그 도살장과 그 안에서 일어나는 어마어마한 일을 말하라면 말이야, 첫째, 거기에서 일하는 사람들은 아이에서 어른까지 모두가 포악무도하고 배포가 큰 사람들이야. 왕도 법도 안 무서워하지. 대부분은 불륜으로 태어난 사생아들이야. 그리고 다들 고기를 좋아하는 육식조들이지. 그들이나 그 여자친구들은 남의 것을 훔쳐서 먹고살아. 고기가 나오는 날은 아침마다 동트기 전에 수많은 여자아이들과 조무래기들이 모두 도살장에 빈 자루를 들고 와서 고깃조각을 가득 채워가지. 그리고 하녀들은 불알이나 거의 온전한 등심을 가져간다구. 잡은 소치고 그치들이 안 가져가는 것이 없어. 교회 십일조나 햇수확물 관세처럼 제일 맛있고 잘 빠진 고기만 가져가거든. 세비야에는 의무적으로 고기를 공급해주는 관리가 없으니까, 누구든지 원하는 대로 고기를 가져갈 수 있지. 특히 갓 잡은 소들이나 가장 좋은 고기거나 가격이 가장 낮은 고기들, 이런 종류는 늘 넘쳐나지. 주인들이 내가 말한 이 선량한 사람들에게 부탁하는 것은 고기를 훔쳐가지 말라는 것이 아니라(그것은 불가능하지) 죽은 소들을 잘라가고 뜯어가더라도 무슨 버들가지나 포도넝쿨 치듯이 가지치기를 하거나 뭉뚝 잘

라내지 말고 적당히 가져가라고 하는 정도…… 그러나 내가 가장 놀라고 최악이라고 생각한 것은 이 백정놈들이 소 잡듯 너무 쉽게 사람을 죽이는 일이었어. 마치 '어이, 거기 그 지푸라기 치워!' 하듯이 무턱대고 자루가 노란 식칼로 황소 뒤통수치듯 사람 배때기를 찌른다니까. 하루라도 싸움이나 피투성이 상처가 안 나면 기적이야. 때로는 살인도 일어나고…… 누구나 자기가 용감하다고 으스대고 심지어 깡패 기질들도 있지. 소의 혀나 등심살로 돈을 버는 산프란시스꼬 시장에서 수호천사 한명쯤 없는 사람은 없어. 끝으로, 내가 한 점잖은 사람이 하는 말을 들었는데, 왕이 세비야에서 돈을 벌려면 세가지가 있어야 한다더군. 상점이 많은 까사 거리, 산 이시드로 성당 옆 꼬스따니야 광장, 그리고 도살장.

시삐온 자네가 겪은 주인들과 그들 직업의 잘못된 점들만 이야기하려 해도, 베르간사, 하늘에 이번처럼 말을 할 수 있는 능력을 한 일년 정도는 주십사 청해야겠어. 더구나 두려운 것은, 지금 이 속도로 말하다가는 자네 이야기의 절반도 다 하지 못할 거라는 거야. 내 자네에게 조언 한마디 하지. 내가 내 인생의 사건들을 이야기하면 자네는 자네가 직접 그 일을 체험하는 듯이 느낄 걸세. 사실 어떤 이야기는 이야기 그 자체에 매력을 내포하고 있지. 또다른 이야기는 어떻게 이야기하느냐 하는 방식에 재미가 있고 말이야. 내 말은, 긴 서론이나 여러가지 수사나 치장도 없지만 재미있는 이야기가 있고, 여러 말로 치장을 하고 옷을 입혀야 하는 이야기도 있다는 거야. 손과 얼굴 표정이라든지 목소리를 바꾼다든지 하는 것이 아무것도 아닌 내용을 어딘지 맛깔스럽게 만들고, 느슨하고 맥 빠진 내용을 예리하고 멋지게 만들기도 하거든. 이 조언을 기억하는 의미에서, 지금 하려고 하는 이야기에서 그런 기법을 써보게나.

베르간사 이렇게 말하고 싶은 유혹이 크긴 하지만, 가능하면 그렇게 해볼게. 비록 내 버릇을 참기는 몹시 어렵겠지만 말이야.

시삐온 혀를 조심해. 바로 혀 놀림에 인간 생활의 가장 큰 손해와 피해가 달려 있으니까.

베르간사 그래서, 주인은 내 입에 광주리를 물고 다니는 법을 가르쳤단 말이지. 누가 내게서 그걸 빼앗으려 하면 방어하는 법까지도. 그리고 나에게 자기 여자친구 집을 가르쳐주어서 그 하녀가 도살장까지 오는 수고를 덜어주었지. 내가 새벽이면 주인이 밤에 훔친 고깃조각들을 그녀에게 가져다주었거든. 어느날 동틀 무렵에 내가 열심히 그날 몫을 가져다주러 가는데, 누군가 어느 창문에서 내 이름을 부르는 소리를 들었어. 눈을 들어 쳐다보니 무척 아름다운 처녀 하나가 보였어. 나는 잠깐 걸음을 멈추었지. 그녀가 문으로 내려오더니 나를 다시 불렀어. 나는 원하는 것이 무엇인지 알아보려고 가까이 다가갔지. 그녀는 내가 광주리에 가지고 가는 고기를 빼앗으려는 거였어. 그 대신에 오래된 슬리퍼 하나를 넣어주더구먼. 내가 혼잣말로 중얼거렸지. '육고기가 육고기에게로 가버렸구먼.' 그 처녀는 나에게서 고기를 빼앗고 나서 말했지. '자, 가빌란인지 뭔지 이 개새끼야, 네 주인 니꼴라스 엘 로모에게 가서 말해, 짐승들은 믿지 말라고. 속담에도 있듯이, 늑대한테서는 털 한오라기만 얻어도 감지덕지. 거기 광주리에 든 것처럼 말이야.' 물론 나는 그녀가 나에게서 빼앗은 것을 다시 빼앗아올 수도 있었지만, 그러고 싶지가 않았어. 그녀의 그 하얗고 깨끗한 손에 나의 추잡하고 더러운 입을 대고 싶지가 않았거든.

시삐온 자네 참 잘했구먼. 아름다움이란 항상 존경받을 만한 특권을 가졌으니까.

베르간사 그래서 내가 육고기 없이 슬리퍼만 가지고 주인에게 돌아갔던 거야. 주인은 내가 빨리 돌아온 줄 알고 놀랐다가 슬리퍼를 보더니 누가 장난친 걸 알고는 칼 한자루를 꺼내더니 나에게 던졌지. 내가 피하지 않았으면 자네는 지금 이 이야기도 결코 듣지 못했을 거야. 물론 내가 하려던 다른 많은 이야기들도 못 들었겠지. 나는 그야말로 먼지를 날리며 달아났어. 그 유명한 산베르나르도 지역 뒷길을 네발로 더듬어 갔어. 모든 것을 하늘과 운명의 여신에게 맡기고 그쪽 들판으로 나아갔지. 그날 밤은 야외에서 잤어. 다음 날은 운이 좋았는지 가축떼인지 양과 염소떼인지를 만났어. 그것들을 보자 나는 거기에 나의 설 곳이 있음을 알았지. 개들에게 걸맞은 자연스러운 직업이 가축 지키는 일이라고 생각했거든. 그거야말로 커다란 지혜와 덕을 가진 직업이라고 할 수 있지. 강력한 힘을 가진 자들로부터 힘없고 비천한 자들을 방어하고 보호하는 일이니까 말이야. 가축을 지키던 세 목동 중의 하나가 나를 보자마자 '워리, 워리……' 하고 나를 불렀지. 그거야말로 바로 내가 바라던 바여서, 나는 고개를 숙이고 꼬리를 치면서 다가갔어. 그가 손으로 내 등을 붙들고는 내 입을 벌리고 침을 뱉고 내 송곳니를 보더니 내 나이를 알아보더구먼. 다른 목동들에게 내가 가진 모든 특징을 보아 순종 개라고 말했어. 그때 연한 잿빛 암말을 기사처럼 멋지게 탄 주인이 왔지. 창과 방패까지 들고 오는 모습이 가축들 주인이라기보다는 해안경비대 같았지. 그는 목동에게 '좋은 개 같아 보이는데, 이게 웬 개야?' 하고 물었어. '나리께서 잘 보셨네요.' 목동이 대답했지. '제가 여러가지를 잘 살펴보니 이 개는 훌륭한 종자인 것이 틀림없습니다. 방금 여기로 왔는데, 누구 개인지는 모르겠구먼요. 이 주변의 가축들 지키는 개는 아닌 것 같아요.' '그렇다면,' 주인이 말했지. '우리 죽은 개 레온시요의 목걸이를 걸어주고 다른 개들에게처럼 먹을 것을 주고 예뻐해줘. 가축들을 좋아하고 그들과 머물도록 말이야.' 그는 이 말을 하고는 가버렸어. 목동은 먼저 개 밥그릇에 우유죽을 잔뜩 퍼준 뒤에 즉시 내 목에 강철 침이 가득 박힌 개목걸이를 걸어주었지. 그와 동시에 나에게 이름을 붙여주었어. 하얀 반점에 붉은 털을 가진 고급 종자라고 '바르시노'라고 불렸지. 나는 이 두번째 주인과 새로운 직업 덕택에 배도 부르고 행복했어. 양떼를 지키는 데 정성을 다해 열심히 일했지. 낮잠 자는 시간이 아니면 양떼 곁에서 떨어지지 않았어. 낮잠을 자러 가는 곳은 어느 나무 그늘이거나 밭두렁이나 바위, 아니면 엉겅퀴 그늘, 혹은 사람 많은 개천가였어. 이렇게 조용한 시간에도 나는 그냥 쉬지 않았지. 많은 추억들이 떠올랐거든. 특히 도살장에서 살면서 있었던 일들, 그 주인과 그의 친구들 모두가 자기들 여자친구의 못된 성질에 비위를 맞추느라 쩔쩔매던 일들이 생각났지. 아, 정말 얼마나 많은 이야기가 있는지 몰라! 내 주인의 그 도살장 귀부인 학교에서 내가 배운 것들 말이야. 하지만 모든 이야기를 다 하지는 않을게. 자네가 나를 지겹도록 남의 험담이나 하는 자로 취급하면 안 되니까.

시삐온 옛날 위대한 시인 중 하나도 풍자시를 쓰지 않고 지내기는 어려운 일이라고 했다는 얘기를 들었어. 그래서 하는 말인데, 험담쯤 늘어놓아도 괜찮아. 다만 너무 피투성이 어두운 것만 말고 약간 밝은 이야기라면 더 좋지. 내 말은, 자네가 가볍게 건드리긴 하더라도 누구를 상처 주거나 죽이지는 말라는 거야. 험담이 좋지 않은 것은 남들을 웃기기는 하지만 그게 누구를 죽이는 말일 수 있기 때문이지. 그런 말 없이 재미있게 이야기한다면 자네를 아주 점잖은 친구로 알겠네.

베르간사 자네의 조언을 받아들일게. 그리고 자네가 자네의 사연을 이야기해줄 때를 열심히 기다리겠네. 그때가 되면 내가 내 이야기를 하면서 가졌던 단점을 깨닫고 고칠 수 있겠지. 자네가 교훈이 있고 동시에 재미도 있는 이야기를 해줄 것이 기대가 되는구먼. 그러나 지금은 끊어진 내 이야기의 실을 다시 이어가야지. 나는 무엇보다도 낮잠 자는 시간의 고요와 고독 속에서 목동들의 이야기를 들었는데, 그건 정말 사실이 아닐 것 같은 생각이 드는 이야기였어. 최소한도 내 주인의 여인이 내가 그 집에 갔을 때 읽던 책들에 나오는 그런 이야기들처럼 말이야. 그건 모두 목동과 목장 아가씨에 관한 이야기들이었는데, 가죽피리, 보리피리, 삼현금, 치리미아 피리, 그리고 다른 희한한 악기들을 연주하고 노래하며 일생을 보내는 내용이었어. 나도 거기 잠깐 머물러서 읽는 것을 들었는데, 그 내용을 보면, 목동 안프리소가 세상에 둘도 없이 아름다운 아가씨 벨리사르다를 칭송하며 기막히게 멋지고 성스러운 노래를 부르지. 목가의 천국 아르까디아의 산마다 그가 앉아 노래하지 않은 나무 둥치가 없고, 그는 여명의 여신의 품속에서 해가 나와서 바다의 요정 테티스의 품으로 해가 질 때까지 노래를 그치지 않았다는 거야. 지표면에 검은 밤이 그 까맣고 어두운 날개를 펼친 뒤에도 그의 사랑의 아픔을 하소연하는 울음 섞인, 참으로 고운 노래는 끝나지 않았지. 목동 엘리시오도 글 속에 숨어 있지만은 않았어. 용감하다기보다는 사랑에 빠진 목동 이야기로 사랑도 가축도 돌보지 않고 다른 사람들의 슬픔의 영역으로 들어갔다는 목동이지.[1] 또한 필리다

---

1 세르반떼스가 1585년에 출간한 유일한 목가소설 『라 갈라떼아』의 주인공이다.

의 위대한 목동, 유일한 초상화의 화가는 행운아라기보다는 너무 자신감에 넘쳤다는 말도 있어.[2] 시레노의 기절이라든지 디아나 아가씨의 후회에 대해서도 말하지. 하느님과 현명한 펠리시아에게 감사하고, 마법의 물로 그 얽히고설킨 악연의 고리를 풀고 어려운 미궁을 벗어났다는 이야기 말이야.[3] 그외에도 내가 읽는 걸 들은 이런 종류의 많은 책들이 생각나는데, 사실 모두 기억할 필요는 없는 것들이었지.

시삐온 내 조언을 잘 써먹고 있구먼, 베르간사. 이야기하고 험담하고 찌르고 지나가고…… 말은 흐려도 뜻은 맑고 밝아야지.

베르간사 이런 이야깃거리를 가지고는 혀 놀림에 걸려 넘어지는 일은 없다네. 그러려면 먼저 그 뜻과 의도가 타락해야지. 그러나 어쩌다 잘못하거나 나쁜 마음으로 남의 험담을 하게 된다면, 나를 나무라는 사람에게는 흉내내기 한림원의 유명한 바보 시인이자 장난 전문위원인 마울레온이 대답한 것처럼 말할 거야. 그는 사도신경의 구절 '신의 신'이 무엇이냐고[4] 묻자 '신이야 아무 신발이면 어떠냐'라고 대답했다잖나.

시삐온 그거야 얼빠진 놈의 대답이고, 자네는 점잖고 사리를 아는

--------

2 갈베스 데 몬딸보(Luis Gálvez de Montalvo)의 목가소설 『필리다의 목동』(1582)을 말한다.

3 목가소설의 대표작으로 꼽히는 몬떼마요르(Jorge de Montemayor)의 『디아나의 일곱가지 책들』(1559)에 나오는 이야기이다.

4 당시 유행하던 유머다. 사도신경 중 'Deum de Deo'가 무슨 뜻이냐는 물음에 'dé donde diere'(어디든 쥐어박아)라고 대답했다는 것으로, 소리의 유사성을 이용한 유머다. 또한 당시에는 이런 아까데미아(Academia, 한림원)가 꽤 많았다고 한다. José Sánchez, *Academias literarias del Siglo de Oro*, Madrid 1961 참조. 이 책 26면에 따르면 마울레온(Mauleón)은 실존 인물이고 흉내내기 한림원(Academia de los Imitadores)은 마드리드에 처음 생긴 한림원이다.

사려 깊은 자이니 절대로 나중에 해명이나 사과를 해야 하는 그런 말을 해서는 안 되지. 자네 이야기를 계속하게.

베르간사 그러니까 내가 앞서 말한 생각들이나 그밖에 많은 것들을 보고 느낀 것은, 우리 목동들이나 주인 같은 부류의 사람들이 하는 일이나 가진 습관이 책에서 읽고 들은 목동들 이야기와는 많이 다르구나 하는 거였어. 왜냐하면 우리 목동들이 하는 노래는 잘 지어진 듣기 좋은 노래가 아니라 '어디 날 잡아봐라……'[5] 하는 식의 제멋대로의 노래거나 그 비슷한 것들이거든. 이것도 피리나 삼현금이나 뿔나팔에 맞춰 노래하는 것이 아니라 지팡이와 지팡이를 치거나 아니면 손가락 사이에 낀 기왓조각 딱딱거리는 소리에 맞춰 떠드는 거지. 낭랑하고 고운 소리가 아니라 목쉰 소리로, 혼자서 혹은 모두 함께 돼지 멱따는 소리를 지르거나 꿀꿀대는 품이 노래라기보다는 그냥 내지르는 소리 같았어. 그들은 하루 대부분을 이나 벼룩을 잡으며 신발을 꿰매며 지내지. 그들 사이에 서로를 부르는 이름도 아마릴리스나 필리다, 갈라떼아, 디아나같이 고운 이름은 없어. 리사르도도 라우소도 하신또도 리셀로도 없고 모두 안똔, 도밍고, 빠블로, 료렌떼처럼 천한 이름들이었지. 따라서 내가 생각한 것은, 모두가 그렇게 생각할 텐데, 모든 책은 사람들이 꿈꾼 것들이고, 할 일 없는 사람들이 재미로 읽으라고 잘 써놓은 것이지 아무 진실도 담고 있지 않다는 거야. 그것이 진짜 이야기라면 우리 목동들 사이에서도 그런 행복한 삶의 흔적이나 즐거운 초원, 넓은 숲, 성스러운 산, 아름다운 정원, 맑은 시냇물과 수정 같은 샘물이

---

5 원문은 Cata al lobo dó va, Juanica(늑대가 어디 가는지 잘 봐, 후아니까)이다. 당시 유행하던 노래 가사인데, 축제의 노래라서 여기서는 비슷한 의미의 놀이 가사로 대치한다.

있어야 하는 것 아니겠어? 그리고 책에 나오듯 정숙하고 멋진 사랑의 말들, 여기서는 목동이 사랑에 정신을 잃고 저기서는 아가씨가 쓰러지고, 여기서는 누군가의 보리피리 소리가 나고 저기서는 다른 누군가의 갈대피리 소리가 나고……

시삐온 그만, 그만, 베르간사. 자네가 가던 길로 돌아가. 이야기 계속하라구.

베르간사 정말 고마워, 친구. 자네가 알려주지 않았으면 이제 발에 땀나고 입에 열 오르게 나를 속인 책 전부를 묘사할 때까지 이야기가 끝나지 않을 뻔했어. 하지만 앞으로 언젠가 지금보다 더 좋은 말과 멋있는 말투로 모든 걸 이야기할 때가 있겠지.

시삐온 발밑을 잘 보고 빙글 돌아 넘어지지나 말게, 베르간사. 내가 하고 싶은 말은, 자네는 이성이 없는 짐승이라는 것을 알라 이거야. 우리가 지금 생각이 좀 있어 보이는 것은, 우리 둘이 알아낸 바로는, 전에 본 적 없는 초자연적인 일이라는 거지.

베르간사 내가 전처럼 무지할 때 같았으면 그 말이 맞겠지. 하지만 우리의 대화 중에 처음에 했어야 할 이야기가 떠오르는 걸 보면, 지금은 내가 지금 말을 하고 있다는 게 놀라운 게 아니라 어떻게 말을 안 할 수가 있을지가 더욱 경악스러워.

시삐온 그럼 지금 자네에게 생각나는 것을 말해줄 수 있겠나?

베르간사 이것은 내가 겪은 위대한 여자 마법사에 관한 이야기야. 까마차 데 몬띠야의 제자지.

시삐온 그럼 자네 인생 이야기로 넘어가기 전에 그 이야기를 먼저 해줘.

베르간사 내 그렇게는 못 하지. 때가 될 때까지 참아. 그리고 내 모험을 순서대로 차근차근 들어봐. 중간 이야기를 알아야 지겹지 않고 더 재미있게 듣지.

시삐온 좋아, 그럼 마음에 있는 이야기를 마음대로 털어놓아봐. 그 대신 짧게 해줘.

베르간사 그러니까, 내가 이제 나의 땀과 수고로 밥을 먹고 산다고 생각되어 가축 지키는 일에 만족하고 있을 때였지. 한가함은 사실 모든 악의 어머니요 뿌리지만 그런 것은 나와 상관없었어. 왜냐하면 나는 낮에는 쉬더라도 밤에는 잠을 못 잤거든. 늑대들이 자주 우리를 침범해서 비상을 걸었지. 나는 목동들이 '바르시노, 늑대야!'라고 외치자마자 다른 개들보다 먼저 달려갔어, 늑대가 있다고 가리키는 곳으로 산골짜기를 뛰고 산속을 샅샅이 살피고 숲을 헤치고 벼랑을 뛰어넘고 길들을 건너서, 아침이 되면 양떼에게로 돌아왔지. 늑대도 늑대 흔적도 못 찾은 채 지쳐 헐떡이며 녹초가 되어서, 발은 나뭇가지에 찢긴 채로 말이야. 돌아와보니, 양 한마리는 죽어 있고 염소는 목이 잘려 늑대가 반쯤 먹고 갔더군. 내가 아무리 열심히 일하고 잘 지켜도 아무 소용이 없는 것을 보고 나는 어쩔 줄 몰랐어. 가축 주인이 왔어. 목동들이 죽은 가축의 가죽을 들고 주인을 맞으러 나왔지. 주인은 목동들의 근무태만을 나무라고 개들이 게으르다고 벌을 주라고 했어. 우리에게 몽둥이질이 비처럼 쏟아졌지. 목동들에게는 질책이 쏟아졌고…… 그리하여 죄도 없이 두들겨맞은 어느날, 나는 내가 아무리 용감하게 빨리 달리고 지켜도 늑대를 잡는 데 아무 소용이 없다는 것을 알고 방법을 바꾸기로 했다네. 늘 하던 대로 늑대를 잡으려고 가축들과 멀리 떨어져 길 밖에 있지 않고 양떼와 함께 있기로 한 거야. 늑대가 오면 바로 그 자리에서 잡는 게 가장 확실할 것 같았거든. 매주 우리는 비상소집에 시달렸는데, 어느 아주 어두운 밤에 내 눈에 늑대들이 들어왔어. 하지만 그놈들로부터 가축을 보호하기는 불가능했지. 나는 풀밭에 납작 엎드렸어. 내 동료 개들이 앞으로 나가고 나는 거기에서 파수를 섰지. 그러다 목동 둘이 우리에서 가장 좋은 염소 한마리를 잡아 죽이는 걸 보았어. 그리고 다음날은 그것이 진짜 늑대가 죽인 걸로 된 거야. 나는 너무 놀랐어, 그 목동들이 늑대였고 그들이 지켜야 할 가축을 스스로 죽이는 자들이었다니 놀라 자빠질 일이었지. 목동들은 즉시 늑대가 공격했다고 주인에게 보고하고 고기 한조각과 가죽을 전했어. 그리고 자기들은 가장 좋은 고기 거의 대부분을 먹었지. 주인은 다시 그들을 나무랐고 또 개들에 대한 매질이 시작되었어. 늑대는 없었지만 가축 수는 줄어들었어. 나는 그것을 밝히고 싶었지만 말없이 있었지. 이 모든 것이 나를 놀라움과 고민에 휩싸이게 했어. '제기랄!' 속으로 말했지, '누가 이 나쁜 짓을 막는단 말인가? 누가 강력한 발언으로, 방어한다는 자가 공격하고, 보초들이 자고, 믿었던 놈들이 훔치고, 그대들을 지키는 자들이 그대들을 죽인다고 이해시킨단 말인가?'

시삐온 자네 말이 정말 옳네, 베르간사. 도둑 중에 가장 은밀하고 큰 도둑이 집 안의 도둑이지. 그래서 조심하는 자보다 믿는 자들이 더 많이 발등 찍히고 죽는다니까. 하지만 세상에서 사람들이 믿고 신뢰하며 살지 않으면 잘 살아갈 수 없다는 것이 골치 아픈 문제지. 그러나 그 이야기는 여기서 그만하자구. 우리가 무슨 설교자처럼 보이긴 싫거든. 이야기 계속해봐.

베르간사 계속할게. 나는 결국 그 일을 그만두기로 결심했어. 그일이 비록 좋은 일 같았지만 다른 더 좋아 보이는 일을 찾기로 했어. 보수가 적더라도 매는 맞지 않아야지. 나는 세비야로 돌아갔어. 거기서 아주 부자 장사꾼을 모시러 들어갔지.

시삐온 주인을 찾아 들어가는 데는 어떤 방법을 썼어? 늘 그렇지만 오늘날은 선량한 사람이 모시기에 좋은 어른 찾기가 아주 어렵잖아. 하늘의 하느님하고 땅의 주인님들은 차이가 많지. 땅의 주인님들은 하인 하나 들이는 데도 먼저 핏줄부터 조사하고 재주를 시험해보고 온순한가를 살피고, 심지어 가지고 있는 옷까지 알고 싶어하지. 하지만 하느님을 섬기러 갈 때는 가장 가난한 사람이 가장 부자야. 가장 천한 사람이 제일 핏줄이 좋고, 주님을 모시려는 깨끗한 마음만 준비되어 있으면 즉시 급료 장부에 올리라고 하지. 굉장히 급료를 많이 준다고들 하지만, 많은 경우 큰돈도 사람들 욕심에는 차지 않는다구.

베르간사 그건 모두 설교라구, 시삐온.

시삐온 내 생각도 그래. 그러니 내 입 다물지.

베르간사 아까 물어본 것 말인데, 주인을 만나 그 집에 들어가는 방법은, 자네도 알겠지만 모든 덕의 바탕 중에서 겸손이 최고지. 겸손하지 않으면 되는 게 없어. 겸손은 불편함을 이기고, 고난을 극복하게 하며, 우리를 항상 영광스러운 결과로 인도하는 방편이지. 적을 친구로 만들고, 성난 사람의 분노를 가라앉히고, 떵떵거리는 자들의 오만을 누그러뜨리지. 겸손은 절제의 어머니요, 온건함의 누이이지. 겸손이 있으면 나쁜 짓이 이익이 된다고 승리하게 되는 것을 막을 수 있어. 왜냐하면 겸손의 부드러움과 온유함 속에서 모든 죄악의 화살은 날이 무뎌지고 망가지니까. 나는 어느 집에 일하러 들어갈 때고 이 겸손을 앞세웠지. 먼저 내가 지켜낼 만한 집인가, 나처럼 큰 개가 들어가 살 만한 집인가를 잘 살피고 생각해본 뒤에 말이지. 그러고는 문에 바짝 붙어 있다가 이방인이 들어오는 것같이 보이면 짖어대는 거야. 주인이 들어서면 머리를 조아리고 말이야. 꼬리를 치면서 주인에게 다가가 혀로 구두를 닦아주고, 나를 몽둥이로 쫓아내면 참고 맞았어. 나를 매질하려는 사람에게 전과 똑같이 다가가 다시 애교를 떨었지. 그러면 끈질기게 따라붙는 나의 고상한 성품을 헤아려 아무도 다시 때리지는 않거든. 끈질김과 고상한 성품, 두가지 좋은 점으로 나는 그 집에 남게 되었어. 주인을 잘 모셨고, 그러면 모두들 나를 좋아했어. 내가 스스로 떠나지 않으면, 말하자면 그냥 가버리지 않으면 아무도 나를 몰아내지 않았지. 내가 이런 나쁜 주인을 만난 건 운이 나빠 재수 없는 일이 나를 쫓아다닌 탓이겠지.

시삐온 나도 자네가 이야기한 것과 똑같이 내 주인들을 섬겼네. 어쩌면 우리는 서로의 생각을 읽고 있는 것 같아.

베르간사 내 약속한 대로 때가 되면 자네에게 다 이야기하겠네. 지금은 내가 그 망할 놈의 양치기들의 손아귀에 있던 가축들을 떠난 뒤 일어난 일들을 들어보라구. 이미 말했듯이 나는 세비야로 돌아왔어. 세비야는 가난한 사람들의 안식처요 버림받은 자들의 도피처지. 큰 도시에는 소시민들만 사는 것이 아니라 거물들도 함께 있잖아. 나는 어느 장사꾼의 큰 집 문에 붙어서 평소 습관대로 열심히 정성을 들였고 조금 노력한 끝에 그 집에 머물게 되었어. 그 집에서는 나를 받아들이되, 낮에는 문 뒤에 묶어놓고 밤에 풀어주었지. 나는 지극정성으로 열심히 섬겼어. 낯선 사람을 보면 짖고 잘 아는 사람들이 아니면 으르렁댔지. 밤에는 자지 않고 마당을 살피고 발코니에 올라가고 우리 집과 다른 집들을 두루 지키며 보초를 섰어. 내가 정성으로 일하니까 주인은 무척 좋아하면서 나를 잘 돌봐주라고 명했어. 식탁에서 남은 것뿐만 아니라 자기 밥상에서 남거나 떨어진 뼈와 빵도 나에게 주라고 했지. 나는 감사의 표정으로 답했어. 주인을 보거나 특히 주인이 밖에 나갔다 돌아올 때는 한없이 팔짝팔짝 뛰었지. 내가 좋아하는 모습이 보기 좋고 하도 뛰어대니까 주인은 나를 풀어주도록 명했어. 밤이나 낮이나 자유롭게 돌아다니게 내버려두라고 했어. 나를 자유롭게 해주자 나는 주인에게 다가가 주위를 온통 싸고돌았지. 감히 가까이 가지는 않고 말이야. 이솝 우화가 생각났거든. 어떤 당나귀가 너무 바보여서, 그 집에 선물한 암캉아지가 주인에게 애교 떨듯 똑같이 하려다가 벌로 몽둥이찜질을 당했다는 이야기 말이야. 그 우화가 우리에게 가르쳐주는 것은 어떤 사람의 매력과 예쁜 행동을 그대로 흉내내도 다른 사람에게는 좋지 않게 보이고 안 어울릴 수 있다는 거지. 깡패는 별명이 있어야 하고, 어릿광대는 손재주가 있고 뛰어넘을 줄 알아야 하고, 망나니는 당나귀처럼 툴툴거리고 새들 노래를 흉내내고 짐승들의 여러가지 몸짓을 따라 하지만 사람은, 천한 사람이면 그런 행동을 하되 양반인 사람은 똑같이 행동하려 해서는 안 되며 양반이 그런 재주를 많이 부리면 신용도 체면도 다 잃게 되는 거야.

시삐온 그만, 이 사람아, 다 알아들었어. 이야기를 계속하게.

베르간사 아이고, 자네가 알아듣듯이 내가 말하는 그 친구들이 좀 알아들었으면 좋겠구먼. 타고난 성격이 좋아선지, 나는 신사라는 양반이 함부로 천한 짓을 하는 걸 보면 한없이 가슴이 아프거든. 주사위로 야바위 놀음을 잘한다고 우쭐대거나 세상에 자기처럼 길거리에서 차꼬나 춤을 잘 추는 사람이 없다고 뽐내면 안 되지! 내가 아는 한 신사는 교회지기의 부탁을 받아 종이를 잘라서 34개의 큰 꽃송이를 만들어 한 기념비 위에다 까만 천을 깔고 올려놓았다나. 그 일로 엄청난 재산을 모았다고 자랑이었어. 자기 친구들에게 그 꽃들을 보라고 데려가곤 했지. 마치 자기 부모나 조부모 무덤 위에 놓아둔 적의 깃발 같은 전리품을 보라고 데려가듯이 말이야. 그러니까, 이 장사꾼은 자식이 둘이었어. 하나는 열두살, 또 하나는 열네살쯤 되었지. 그 아이들은 예수회 학교에서 문법을 공부했는데 권위 있게 하인들과 보모를 데리고 다녔지. 하인들은 책과 바데메꿈이라고 부르는 학생 가방을 가지고 다녔어. 해가 나면 인력거를 타고, 비가 오면 마차를 타고 야단스럽게 다니는 걸 보면 그 아버지가 상거래소에 사업이나 장사를 하러 갈 때의 아주 소박한 모습과 대조가 되고 마음에 걸리더구먼. 왜냐하면 그 아버지는 하인이 흑인 아이 하나인데, 어떨 때는 제대로 마구도 올리지 않은 노새를 타고 가는 실수도 서슴지 않았으니까.

시삐온 베르간사, 자네가 알아야 할 것은 세비야와 다른 도시 상인들의 습관과 처신은 그들의 권위와 부를 과시하는 거라는 거야. 자기 자신에게보다는 자식들에게 덧씌워 보여주는 거지. 왜냐하면 장사꾼들은 자신들의 실제 모습보다는 안 보이는 그림자를 더 크게 보거든. 그들은 다른 일보다 거래와 계약에 더 훌륭하게 대처하는 사람들이고 밖에서 보이는 모습은 겸손하지. 그들의 야심이나 부가 저절로 드러나도록 자식들을 위해 그 위력을 터뜨리는 거야. 자식들을 왕자의 자식이나 되는 것처럼 대접해서 권위를 높이지. 어떤 장사치들은 작위를 구해서 자식들 가슴에다가 표지를 달아준다구. 그래야 일반 서민들하고 귀족이 구별이 되니까.

베르간사 그렇지만 야심이란 것도 관대한 야심이어야지. 제3자의 피해 없이 자기 신분을 높이는 그런 거 말이야.

시삐온 제3자에게 상처를 주지 않고 이룩되는 야심은 아예 없거나 거의 없다고 봐야 해.

베르간사 이미 말했지만, 우리 남의 험담은 하지 말자구.

시삐온 그 말이 맞아. 난 이제 남의 험담 안 할게.

베르간사 이제야 여러번 들은 말이 사실이라는 걸 확실하게 알았구먼. 남의 욕 잘하고 험담 좋아하는 사람은 열 가문을 망하게 하고도 또 금세 스무개의 좋은 가문을 욕한다는 말 말이야. 그리고서 누가 그 사람에게 그 욕한 것을 꾸짖으면, 자기는 아무 말도 안 했다고 한다지. 뭐라고 한마디 했다고 하면, 다시 그 정도까지는 안 했다고 한다지. 설사 자기가 무슨 말을 했대도 그건 아무 의미도 없는 말이라고 하고, 누가 그가 한 말을 욕이라고 생각하면 자기는 그 말을 안 했다고 하는 거야. 정말이지, 시삐온, 두시간 동안 이야기하면서 남의 험담 안 하는 한계를 지키려면 아는 것도 많아야 하고 특히 엄청나게 조심을 해야 할 거야. 내가 나를 봐서 아는데, 나 같은 짐승의 경우에는 네마디 말을 한다 치면 와인에 파리 꼬이듯이 전부 악의에 찬 남의 험담이 내 혓바닥으로 올라오거든. 그래서 전에 한 말을 다시 하자면, 남 험담하고 나쁜 짓 하는 것은 본래 우리 조상으로부터 물려받은 것이야. 그 나쁜 젖을 지금도 빨아먹고 살아. 마치 아기가 배내옷에서 팔을 꺼내자마자 자기를 못살게 구는 누군가에게 복수라도 하려는 듯한 표정으로 주먹을 치켜드는 것을 보아도 분명하지. 게다가 자기 유모나 엄마에게 맨처음 또렷하게 하는 말이 '쌍년'이잖아.

시삐온 그건 사실이야. 내가 잘못한 것 인정하지. 자네가 용서하길 바라네. 나도 자네를 많이 용서했잖나. 아이들 하는 말로 머리카락 몇올쯤 바다에 던져버리자구. 그리고 앞으로는 남의 이야기 하지 말자구. 자네 이야기를 계속해줘. 자네 주인 장사꾼의 아들들이 권위를 뽐내며 예수회 학교에 다니는 데에서 그쳤잖아?

베르간사 나는 예수님 그분께 항상 모든 일에서 가호를 빌지. 비록 남의 험담을 멈추기는 힘들겠지만, 쓸 만한 방법 하나를 생각해 두었네. 내가 듣기로, 늘 맹세하기를 좋아하는 위대한 양반이 있었는데, 그 사람은 나쁜 버릇을 참회한 뒤에 맹세할 때마다 자기 죄를 벌하는 방법으로 자기 팔을 꼬집고 땅에 키스를 했다는구먼. 그러나 아무리 그래도 맹세하는 버릇을 못 고쳤다는 거야. 그러니까 나도 자네가 남의 말 하지 말라고 한 규칙을 어길 때마다, 내가 험담하지 말아야지 하는 의도를 벗어날 때마다, 아프도록 내 혀끝을 물어뜯을 거야. 그렇게 함으로써 내 죄를 기억하고 다시 죄를 범하지 않도록 해야지.

시삐온 그것도 방법은 방법이네. 하지만 내 생각에 그 방법을 쓰면 자네가 하도 여러번 혀를 물어뜯어서 마침내 자네 혀가 하나도 남지 않을걸. 그렇게 되면 물론 남의 험담은 못 하겠지만.

베르간사 최소한도 내가 노력과 성의를 다하고 그다음에 하늘과 하느님이 내 잘못을 메꿔주시라는 거지. 그러니까 내 말은, 우리 주인 아들들이 하루는 마당에 공책을 놓고 갔어. 그때 마침 내가 거기 있었거든 나는 주인의 도살장 광주리나 학생 가방 바데메꿈을 물고 다니도록 교육을 받은 터라 그들을 뒤따라갔지. 학교까지 그걸 놓치지 않고 가져다줄 생각이었어. 모든 것이 내가 바라던 대로 되었어. 주인은 내가 입에 가방을 물고 오는 것을 보자 부드럽게 줄을 잡고 하인에게 내게서 가방을 빼라고 명했어. 그러나 나는 그것을 용납하지 않고 가방을 놓지 않았어. 기어이 교실까지 가방을 물고 갔지. 내가 들어가자 모든 학생들이 웃음을 터뜨렸어. 나는 주인의 큰아들에게 다가가서 가방을 건네주고 내 생각에 가장 예의 바른 태도로 교실 문에 쭈그리고 앉아서 교단에서 강의하는 선생을 뚫어져라 쳐다보고 있었지. 덕이라는 것이 어떤 것인지는 잘 알지 못하거나 전혀 모르지만, 나는 금방 그 성실한 신부들과 선생들이 아이들을 가르치려는 열성과 노력, 사랑을 보는 재미를 느꼈어. 젊은이들이 덕의 길에서 빗나가거나 불길한 악행을 배우지 않도록 바로잡아주는 것, 그것이 바로 인문학이 보여주는 힘이었어. 학생들을 꾸짖을 때도 부드럽게 꾸짖고 벌을 줄 때도 자비로 벌하고, 몸소 모범을 보이며 학생들의 기운을 돋우고, 상을 주어 자극하고, 사려 깊게 다루는 것이 보였어. 그리고 악습이 얼마나 추하고 소름 끼치는가 묘사로 보여주고, 덕 있는 행동이 얼마나 아름다운가 그려서 설명했지. 그래서 학생들이 악덕을 혐오하고 덕을 사랑하게 함으로써 교육의 목적을 달성하는 거야.

시삐온 다 옳은 말이야, 베르간사. 나도 선량한 사람들에게 들은 바가 있거든. 세상의 지도자들 중에서 학교에 있는 사람들처럼 덕망 있는 사람들이 없다고 하더군. 천국 가는 길의 인도자나 용사들로서도 그 사람들을 따를 자가 없지. 그 사람들은 청렴과 가톨릭 교리, 놀라운 덕망, 끝으로 깊은 겸허를 비추는 거울이고 모든 천국 왕생의 건물을 세우는 주춧돌이라고 해야겠지.

베르간사 모든 것이 자네 말대로야. 내 이야기를 계속하지. 주인들은 자기들의 책가방 바데메꿈을 항상 내가 가져다주는 걸 좋아했어. 나도 아주 즐거운 마음으로 그걸 물고 다녔지. 그 덕에 나는 왕처럼, 아니면 그보다 더 멋지게 살았지. 아주 편했거든. 나는 학생들과 친해졌고 그들은 나와 놀기를 좋아했어. 어떤 때는 손을 내 입에 넣기도 하고 더 어린 학생들은 내 등에 올라타기도 하고 말이야. 학생들이 사각모자나 모자를 던지면 나는 무척이나 즐거운 표정으로 모자를 깨끗이 그들 손에 돌려주었지. 그들은 시간이 있으면 나에게 먹을 것을 주고 자신들이 준 호두나 개암을 내가 원숭이처럼 깨먹는 모습을 보고 좋아했어. 껍데기는 버리고 연한 알맹이만 먹는 걸 보고 말이야. 아이들은 내가 얼마나 재주가 있는가 시험해보려고 손수건에 엄청나게 많은 샐러드를 가져왔어. 나는 그걸 사람처럼 맛있게 먹었지. 겨울철이었어. 세비야에서 그 유명한 빵과 버터가 나돌 때였지. 그것들이 얼마나 맛있던지, 내게 점심으로 먹이려고 학교 문법책 두권을 팔거나 저당 잡히기도 했다구. 결론적으로 나는 배고픔도 옴도 없이 학생처럼 생활하며 더이상 바랄 것 없는 편한 삶을 살고 있었지. 학생들에게는 이 옴과 배고픔만 붙어다니지 않으면 세상에 그보다 더 즐겁고 재미있는 생활이 없거든. 그런 인생에 미덕과 즐거움이 함께하면서 젊은이들은 공부도 하고 놀기도 하며 지내는 거지. 그런데 이런 삶의 영광과 고요를 깨뜨리는 한 여인이 등장했어. 내 생각에 그들 사이에서는 신분에 걸맞게 귀부인이라 부르는 것 같았는데, 그 호칭이 그 여자에게 걸맞은 거라면 그 여자의 행동은 다른 많은 이유로 그에 걸맞지 않았어. 사건이 어떻게 되었는가 하면, 학교 선생님들이 하는 수업과 수업 사이 반시간 동안 학생들은 복습을 하기보다 나와 놀기를 더 좋아한다는 것을 알게 되었지. 그런 이유로 내 학생 주인들에게 공부하러 올 때 더이상 나를 데려오지 말라는 명령이 떨어진 거야. 학생 주인들은 명령을 따라 나를 집으로 돌려보냈어. 옛날 문지기 위치로 말이야. 늙은 주인은 전에는 낮이나 밤이나 나를 풀어놓았던 은혜로운 기억을 잊고 내 목에 다시 쇠줄을 채우고 대문 뒤에 돗자리를 깔아주었어. 목에는 쇠줄이 묶인 채 거기서 지키라는 거였지. 아, 시삐온, 세상에, 행복한 생활에서 이런 비참한 처지로 전락한 고통을 알겠나! 슬픔과 불행이 인생을 홍수처럼 덮쳐오면 죽어야 거기서 금세 벗어나지. 그렇지 않고 그 영향이 길게 계속되면 고통을 참는 것이 습관이 되어서 가장 혹독한 경우에도 참을 만해지지. 그런 불행하고 비참한 운수를 살다가 생각지도 않게 갑자기 행복하고 즐거운 운을 만나 즐기게 되기도 해. 그러나 그런 행복한 상태로 있다가 얼마 안 되어서 이전의 불행과 수고를 다시 겪게 될 때, 그 고통은 정말 지독해서 죽지 못할 바에는 사는 게 더 큰 고통의 연속이라구. 나는 결국 다시 전 같은 신세가 되어 흑인 하녀가 던져주는 뼈다귀나 먹고 살게 되었어. 그나마도 10분의 1은 가무잡잡한 로마 고양이 두마리가 빼앗아갔지. 고양이들은 빠르고 자유로우니까 내게서 그걸 빼앗아가기는 쉬웠어. 내 목줄이 닿지 않는 곳에 떨어진 것은 그들 차지였지. 시삐온, 하늘이 자네가 바라는 바를 들어주시기를 바라. 내가 지금 잠시 철학 강의 좀 할 테니 화내지 마. 이 순간 내게 일어났던 사건들이 떠오르는데 그걸 말하지 않으면 내 이야기는 끝나지 않고 아무 내용도 없는 게 되거든.

시삐온 베르간사, 잘 들어. 자네가 겪은 사건을 철학적으로 얘기하고 싶다는 마음 같은 건 혹시 악마의 유혹이 아닐까? 악마가 자기의 음흉한 악의를 숨기거나 감추는 데는 험담꾼들 험담이 가장 좋은 가림막이나 베일이거든. 그럴 때 험담꾼이 하는 말은 모두 철학가의 명언처럼 들린다구. 그럴 때 험담하는 것은 꾸짖음이 되고 남의 결점을 들춰내는 것은 훌륭한 조언이 되지. 어느 험담꾼의 인생도 잘 들여다보면 악덕과 오만으로 가득 차 있어. 이런 걸 알았다면 이제 자네는 얼마든지 철학 강의를 해도 되네.

베르간사 내가 이미 안 하겠다고 했으니 더이상 남의 험담을 하는 일은 없을 거야. 그것만은 안심해도 좋아. 그러니까 내 이야기는, 하루 종일 심심하게 있으려니까, 심심함은 모든 생각의 어머니라고, 내가 문자인지 라틴어인지를 복습하게 된 거야. 학생 주인들과 학교에 갔을 때 들은 많은 고어들이 내 머리에 남아 있었던 거지. 내 생각에는 그 덕분에 나의 이해력이 좀 좋아진 것 같아. 그래서 마치 말을 할 줄 아는 듯이 기회가 있을 때마다 그 라틴어를 써먹기로 작정했지. 그러나 무식쟁이들이 사자성어 잘못 써서 무식이 드러나는 그런 식과는 좀 다르게 말이야. 요즘 가끔 가다 우리말로 하는 대화에서 짧고 간단한 라틴어를 씨부렁거리는 사람들이 있지. 사실 라틴어 명사 어미 변화도 모르고 동사 변화도 모르면서, 라틴어를 모르는 사람들에게 자기들은 아주 박식한 것처럼 보이려고 말이야.

시삐온 진짜 문자나 라틴어를 아는[6] 사람들이 하는 짓보다는 덜하지만, 어떤 불량한 사람들은 구두장이나 양복장이와 이야기하면서도 라틴어를 쏟아내더라구.

베르간사 그러니까 그런 것을 보면, 한자나 라틴어를 모르면서 씨불이는 사람만큼이나 그걸 모르는 사람들 앞에서 문자를 쓰는 사람들도 죄가 많아.

시삐온 또 한가지 덧붙인다면, 어떤 사람들은 문자깨나 아는 사람들인지 바보인지 구분이 안 갈 때가 있단 말씀이야.

베르간사 말해서 뭘 해? 이유야 뻔하지. 로마 시대에는 모두가 모국어인 라틴어를 했을 텐데, 그러나 그중에도 엉뚱한 놈이 있었을 거야. 라틴어를 말하면 바보를 면한다고 믿는 치들 말이야.

시삐온 우리 에스빠냐말로는 말을 안 하고 라틴어로만 말하는 법

---

6 원문에는 '문자나 라틴어'라는 말이 없고 latín(라틴어)만 나온다. 물론 '사자성어'란 말도 원문에는 없는 것으로, 원래의 말투와 비슷한 느낌을 주기 위해 이렇게 옮겼다.

을 배우려면 높은 교양이 필요하지, 베르간사.

베르간사 그렇고말고. 라틴어로나 우리 에스빠냐어로나 바보 같은 소리는 할 수 있지. 나는 유식한 바보들도 보았고 문법깨나 아는 지겨운 친구들, 에스빠냐어 하면서 라틴어 문자를 아무렇게나 섞어 쓰는 사람들도 보았지. 한번이 아니고 여러번 거듭해서 사람들을 짜증나게 하는 친구들이야.

시삐온 그 이야기는 그만두고 자네의 철학 강의나 들어보자구.

베르간사 이미 말했잖나. 방금 한 얘기가 그거야.

시삐온 무슨 얘기?

베르간사 라틴어니 에스빠냐어니 하는 얘기. 내가 이야기했고 자네가 결론을 내렸잖아.

시삐온 그걸 말이라고 해? 험담하는 걸 철학한다고 하나? 빌어먹을 남의 험담하는 병을 금지한다고 법으로 만들어, 베르간사. 명칭이야 마음대로 붙이고. 하지만 다들 우리더러 낯가죽 두꺼운 놈들이라고 할걸. 그 말인즉 우리가 남의 말 하기 좋아하는 개들이란 뜻이지. 그러니까 제발 입 다물고 자네 이야기나 계속해봐.

베르간사 입 다물라면서 어떻게 이야기를 계속해?

시삐온 그냥 한번에 다 이야기하라는 뜻이야. 낙지발 문어발처럼 꼬리를 계속 늘어놓고 질질 끌지 말고……

베르간사 말을 하려면 제대로 해. 문어발은 발이나 다리지 꼬리가 아니라네.

시삐온 그건 내 잘못이 아니야. 사물을 제 이름으로 부르는 것이 제일 좋은 것처럼 말하는 것은 잘못된 버릇이거나 바보짓이라고 말한 자의 잘못이지. 어떤 사물은 꼭 그것을 불러야 할 경우 직접 부르면 듣기 거북하고 구역질 날까봐 그걸 늦이느라고 돌려 말하지.

**베르간사** 자네 말을 믿겠네. 내 말은, 나는 학교에서 공부하는 잘 정돈된 즐거운 생활을 빼앗은 내 운명의 여신에게 불만이었다는 이야기야. 그렇게 대문 뒤에서 목줄에 묶여 살아야 한다니, 학생들과의 자유롭고 너그러운 생활에서 흑인 하녀의 인색한 대우를 받고 살게 되다니, 이미 편안하고 깔끔한 생활에 길들어 있던 나로서는 경악할밖에. 이봐, 시삐온, 재수 없는 놈에게는 재수 없는 일이 쫓아다녀서 세상 끝 마지막 구석에 숨어도 반드시 들켜 당하게 된다는 건 분명한 사실이야. 난 알고 있어. 내가 이런 말을 하는 데는 이유가 있지. 우리 집 흑인 하녀는 역시 우리 집 하인으로 있는 다른 흑인에게 반했는데, 그 흑인은 현관에서 잠을 잤어. 거리로 나 있는 대문과 그 뒤에 내가 있는 중문 사이에서 말이야. 그들은 밤이 아니면 만날 수가 없었기 때문에 이 만남을 위해 열쇠를 훔쳐 복제했지. 대부분의 밤에는 여종이 내려왔어. 그녀는 치즈나 고깃조각으로 내 입을 막은 뒤 남자친구에게 마음을 열고 좋은 시간을 보냈지. 내가 침묵하는 동안 그녀가 훔쳐온 여러가지를 먹으면서 말이지. 며칠간은 흑인 하녀가 준 선물이 나의 양심을 잠잠하게 만들었어. 그걸 먹지 않으면 옆구리가 허전하고 귀족 개에서 껄떡이 개가 될 것 같았거든. 그러나 사실 천성이 착한 나는 주인에 대한 의무를 저버릴 수 없었지. 은혜를 안다고 명성이 자자한 양반 개들뿐만 아니라 주인을 섬기는 모든 개들이 그렇듯이, 내 일의 대가를 받고 내 빵을 먹어야지.

**시삐온** 그건 사실이야, 베르간사. 이제 철학이 뭔지 알겠지. 이성이란 참된 진실과 깊은 이해에 있는 것이라구. 자, 계속하게. 자네 이야기에 꼬리인지 고삐인지 자꾸 달지 말고.

**베르간사** 먼저 자네에게 바라는 게 있는데, 혹시 철학이 무엇인지 안다면 말해봐. 내가 철학이라고 말은 하지만 실은 무슨 뜻인지는 모르겠거든. 내가 아는 것은 그것이 상당히 좋은 거라는 거야.

시삐온 내가 짧게 말해줄게. 이 명사는 두가지 그리스어로 이루어져 있어. '사랑'이라는 말과 '앎'이라는 말이지. 'philo'는 '사랑'이라는 말이고 'sophia'는 '앎'이야. 그러니까 'philosophia'(철학)는 '앎에 대한 사랑' '알기를 좋아하는 것' '지혜를 사랑하는 것'이라는 뜻이지.

베르간사 아는 것도 많네, 시삐온. 대체 누가 자네에게 그리스어 명사를 가르쳐주던가?

시삐온 정말이지 베르간사, 자네는 바보 같구먼. 이 정도는 학교 어린애들도 아는 것들이야. 또한, 라틴어를 모르면서 그러듯이 그리스어를 모르면서도 아는 척 으쓱대는 사람도 있어.

베르간사 내 말이 그 말이야. 그런 친구들은 압착기에다 넣고 빙빙 돌려 아는 것의 즙을 짜냈으면 좋겠어. 그래야 뽀르뚜갈 사람들이 기니의 흑인들 다루듯이 거짓 라틴어에다 겉만 번드르르해 보이는 찢어진 통바지 입고 세상에 사기 치고 다니는 일이 없을 것 아냐?

시삐온 이거야 진짜로, 자네는 혀를 깨물고 나는 혀를 동여매야 할 판이구먼. 우리가 지금 하는 말이 전부 남의 험담이잖아.

베르간사 그래, 나야말로 어쩔 수 없이 벌을 받게 생겼구먼. 내가 들은 이야긴데, 그리스 투리오스 시의 차론다스라는 사람이 그 도시 시청에 무장을 하고 들어오는 자는 목을 베리라는 법을 만들고서, 그 스스로 이것을 잊어버리고 어느날 시의회에 칼을 차고 들어갔다지 뭔가. 그걸 알아차린 관리들이 그가 만든 법을 상기시키자 그 순간 그는 칼을 뽑아 자기 가슴을 관통시켰다는 거야. 그는 법을 만들고 자기가 그 법을 어겨 죗값을 치른 첫번째 사람이 되었지. 하지만 나는 법을 만든 게 아니라 말로 약속을 한 거야, 남의 험담을 하면 내 혀를 깨물겠다고. 게다가 지금 세상은 옛날처럼 그렇게 엄격하게 돌아가지 않아. 오늘 법을 하나 만들면 내일은 그걸 무너뜨리지. 어쩌면 그렇게 하는 것이 편리한지도 몰라. 지금은 누가 자신의 나쁜 습관을 고치겠다고 약속을 하고 그로부터 얼마 뒤 그보다 더 큰 나쁜 짓을 하기도 하거든. 훈육을 칭찬하는 것과 훈계를 자기 자신에게 적용하는 것, 말과 실제 행동 사이에는 큰 차이가 있게 마련이지. 귀신은 나 말고 저 스스로나 물어뜯으라지. 나는 이 돗자리 위에서 나를 물거나 선행을 하지는 않을 테니까. 여기 누가 나를 보고 나의 아름다운 결정을 칭찬해줄 거야?

시삐온 그렇다면, 베르간사, 자네가 사람이라면 위선자가 되는 걸세. 자네가 하는 모든 짓이 저질이고 사기지. 모든 위선자들이 그렇듯이 오직 칭찬받기 위해서 덕이 많은 듯 껍질을 쓰고 있는 거야.

베르간사 내가 사람이라면 어떻게 할지 모르겠지만, 지금 내가 하고 싶은 것은 알지. 내가 스스로 혀를 물어뜯지는 않겠다는 거야. 그런데 다른 얘기도 안 한 게 많아서 언제 어떻게 이 많은 이야기를 끝낼 수 있을지 모르겠네. 더구나 두려운 것은 해가 뜨면 우리는 어두운 곳에 있어야 한다는 거야. 물론 말도 할 수 없고.

시삐온 그런 것은 하늘에 맡기는 게 좋아. 자네 이야기나 계속하게. 쓸데없는 사설로 큰길로 잘 가는 이야기 빗나가게 하지 말고. 잘 가야 길어도 빨리 끝낼 거 아닌가.

베르간사 내 이야기는, 그 흑인 연인들의 부정한 관계와 무례함, 도둑질을 다 보고 나서 교양 있는 자로서 나는 가장 좋은 방법으로 그걸 막아야겠다고 결심했다는 거야. 그리고 결국 아주 멋지게 작업을 해서 내 의도대로 성공했네. 그러니까 아까 들었듯이, 흑인 하녀가 내려와 흑인 애인과 사랑을 나누려고 했지. 내게 던져준 빵과 치즈, 고깃조각으로 내가 입을 다물리라 믿고 말이야…… 선물의 힘이 크긴 크지, 시삐온!

시삐온 크고말고. 말 바꾸지 말고 계속해.

베르간사 내가 공부할 때에 들은 건데, 교사가 라틴어 속담을 말했어. 그들은 그걸 잠언이라고 부르는데, '돈이면 모두 입을 다문다'라는 라틴어야.

시삐온 아이고, 재수 없게시리 거기에 라틴어를 끼워넣다니! 조금 전에 우리가 에스빠냐어 대화에 라틴어 끼워넣는 거 욕하고서 벌써 잊었나?

베르간사 이 라틴어는 여기 꼭 들어맞는 말이야. 아테네 사람들은 황소 모양이 새겨진 금화를 사용했는데, 어떤 재판관이 말을 하다 끊거나 정당하지 못하거나 사리에 맞지 않는 말을 할 때 매수당했다는 뜻으로 '저 재판관은 혀에 황소가 걸렸구먼'이라고 했다지. '돈이면 모두 입을 다문다'는 말은 이 말을 풀어 옮긴 거야.[7]

시삐온 그 말 풀이가 필요하겠구먼.

베르간사 흑인 하녀의 선물인지 뇌물인지가 그녀가 흑인 애인을 만나러 내려왔을 때 나를 감히 짖지 못하고 여러 날 입 다물게 했으니, 그 말이 아주 딱 맞는 거 아냐? 다시 말하지만, 그걸로 보아도 선물의 위력은 대단한 거야.

시삐온 이미 나도 그렇다고 했어. 자네가 지금 길게 사설을 늘어놓지 않았다면 내가 수천가지 예를 들어 선물의 위력이 얼마나 대

---

7 원문에는 이 말이 나오지 않는다. 역자가 의미가 통하도록 부연한 것이다. 즉 혀에 금화 '황소'를 물었으니 말이 나오겠는가?

단한지 증명해줄 수도 있지. 하지만 그건 앞으로 하늘이 내게 내 인생을 이야기할 시간과 장소, 그리고 말하는 능력을 준다면 이야기하겠네.

베르간사 하느님께서 자네가 원하는 기회를 주시기 바라네. 이제 들어봐. 결과적으로 처음 나의 좋은 의도는 흑인 하녀의 사악한 선물로 부서졌지. 어느 어두운 밤에 그녀가 여느 때처럼 한판 즐기러 내려오는 참에 나는 그녀에게 짖지 않고 덤벼들었어. 집안사람들이 소동을 부리지 않도록 짖지 않은 거야. 나는 한순간에 그녀의 옷을 찢고 넓적다리 한쪽을 물어뜯었어. 그 엄청난 장난으로 정말이지 그녀는 여드레 이상을 병상에 누워 있어야 했어. 주인들에게는 무슨 병이라고 해서 속였는지 나는 모르지. 그녀는 상처가 낫자 다시 밤에 왔어. 그래서 나는 또 그 개 같은 여자와 싸움을 벌였지. 이번에는 물지는 않고 그녀의 온몸을 발톱으로 긁어놓았어. 마치 담요의 보푸라기를 일으키듯이 말이야. 우리의 전쟁은 소리 없는 싸움이었어. 전쟁터에서 나는 항상 승자였지. 흑인 하녀는 상처투성이로 기분이 엉망이 되었고…… 그러자 그녀의 분노는 나의 털과 건강으로 드러났어. 그녀가 내가 먹는 밥과 뼈다귀에 앙갚음을 했거든. 나는 차츰 척추의 뼈마디가 드러나기 시작했어. 아무리 그래도, 나의 먹을 것은 빼앗아갔어도 내가 짖는 것은 앗아가지 못했지. 그러다 그 흑인 하녀는 단번에 나를 제거해버리려고 나에게 버터로 튀긴 스펀지 같은 해면을 갖다주었지. 나는 그녀의 악랄한 의도를 알았어. 그것은 유리조각을 섞어서 먹는 것보다 더 나빠. 그런 스펀지를 먹으면 배가 한없이 부풀어서 죽는 수밖에는 살아날 길이 없지. 그렇게 성난 적의 함정으로부터 계속 몸을 지키는 게 불가능하다고 생각한 나는 그 함정에 흙을 덮고 그들 눈앞에서 사라지기로 결심했지. 목줄이 풀려 있던 어느날 나는 그 집 사람 아무에게도 인사하지 않고 길거리로 나갔어. 그렇게 달아나다 100걸음도 못 가서 우연히 내가 이야기 처음에 말했던 경찰과 마주쳤어. 그 경찰은 내 이전 주인 니꼴라스 엘 로모의 절친한 친구였어. 그는 나를 금방 알아보고 내 이름을 불렀지. 나도 그를 알아보았어. 나를 부르기에 나도 여느 때처럼 예의 바르고 사랑스러운 모습으로 그에게 다가갔지. 그는 내 목을 잡고 부하 두 사람에게 말했어. '이 개는 유명한 보호견인데, 내 절친한 친구의 개야. 이 개를 집으로 데려다주자구.' 그 부하들은 아주 좋아하면서 우리 모두에게 도움이 된다면 유익하겠다고 말하고 나를 데려가려고 붙잡으려 했어. 경찰은 잡을 필요 없다고, 길을 아니까 혼자서 잘 갈 거라고 말했어. 내가 자네한테 잊어버리고 말하지 않은 게 있는데, 내가 양떼 목장에서 떠나올 때 매고 왔던 강철 침이 박힌 개목걸이는 객줏집에서 어떤 집시가 풀어주었어. 내가 세비야에 있을 때는 이미 목걸이가 없었지. 그런데 경찰이 무어족 놋쇠 장식이 달린 목걸이 하나를 매어주더군. 생각해봐, 시뻬온, 지금 나의 이 변화무쌍한 운명의 바퀴를. 어제는 학생을 만나더니 오늘은 경찰을 보네.

시뻬온 세상은 그렇게 돌아가지. 이제 와서 자네가 운명의 기복을 쓸데없이 과장할 필요는 없어. 백정의 머슴이나 경찰의 졸개나 큰 차이가 있는 것은 아니야. 사람들이 운명이나 신세타령을 할 때면 나는 참고 봐줄 수가 없어. 그 사람들이 기대한 제일 큰 행운이라고 해봤자 기사의 하인이 되리라는 희망 정도였는데도 어찌나 저주를 해대는지! 얼마나 많은 잡소리를 늘어놓으며 재수 없다고 욕을 하는지! 누가 들으면 그들이 영광스럽고 높은 자리에 있다가 비참하고 낮은 자리로 굴러떨어진 줄 안다니까.

베르간사 자네 말이 맞아. 그런데 하나 알아야 할 것은, 이 경찰이 늘 따라다니는 어떤 공증인하고 친했다는 거야. 이 두 사람은 두 여자하고 연애관계였지. 그들보다 조금도 낫지 않은, 오히려 그 반대라고 할 수 있는 여자들로, 사실 얼굴은 예쁘장하지만 성질은 아주 뻔뻔하고 창녀답게 음흉했지. 그 여자들은 그들에게 그물이나 낚싯바늘로 이용되었지. 뭍에서 이렇게 낚시를 하는 거야. 그녀들은 몸매가 드러나도록 옷을 입고 사냥감이 있는 사정거리에서는 자유부인처럼 표를 내지. 항상 외국인들을 낚으러 다녔어. 까디스 항에 외국 배가 들어오면 세비야에 그 돈 냄새가 진동하지. 외국인이라면 안 덤벼드는 사람이 없을 정도야. 어떤 기름때 묻은 작자가 이 깨끗한 여자한테 떨어지면 그녀는 경찰과 공증인에게 어느 여관으로 가는지 알려주지. 그러면 그 작자가 여자와 함께 있을 때 급습해서 여자와 잔 죄로 체포하겠다고 하는 거야. 하지만 절대 감옥에는 데려가지 않아. 외국인들은 이런 범행을 항상 돈으로 해결하니까.

경찰의 여자친구 이름은 꼴린드레스였는데, 한번은 그녀가 기름때 묻은 추잡한 외국인 하나를 낚았지. 그와 함께 저녁을 먹고 밤을 지내기로 약속했어. 그녀는 자기 경찰 남자친구에게 이 사실을 귀띔했지. 그 남녀가 옷을 벗자마자 경찰과 공증인, 그리고 순경 둘과 내가 들이닥쳤어. 사랑을 나누던 사람들은 난리가 났고, 경찰은 그 죄를 과장해서 말했지. 빨리 옷을 입으라고 명하고 바로 감옥에 데려가겠다고 했어. 외국인은 난처해했지. 공증인은 자비심에서 우러난 척 중재를 했고, 애걸복걸해서 100레알만 내도록 벌금을 줄여주었어. 외국인은 침대 옆 의자에 걸쳐두었던 영양 가죽으로 만든 잠방이를 달라고 했지. 거기에 그를 풀려나게 할 돈이 들어 있었거든. 그러나 잠방이는 보이지 않았고 그럴 수도 없었어. 내가 그 방에 들어섰을 때 돼지고기 냄새가 내 혼을 빼놓았는데, 후각으로 내가 발견한 것은 잠방이 호주머니에 들어 있는 거였어. 내 말은, 거기 유명한 하몽 조각이 있었다는 거지. 그걸 먹으려면 소리 없이 몰래 꺼내야 해서, 나는 잠방이를 통째 물고 거리로 나왔지. 거기서 내 마음대로 실컷 하몽을 먹어치웠어. 그러고서 방으로 돌아가보니 그 외국인이 상스러운 외국어로 고래고래 소리를 지르고 있더군. 그 말을 이해해보건대, 잠방이를 돌려달라는 거였고 그 안에 금화 50에스꾸도가 들어 있다는 소리 같았지. 공증인 짐작에는 꼴린드레스나 순경들이 그 돈을 훔쳐가지 않았나 했어. 경찰도 같은 생각이었고. 그들을 따로 불러 물어보았지만 아무도 고백하지 않았지. 모두들 나 몰라라 했어. 그런 일이 벌어지는 걸 바라보던 나는 잠방이를 놓아두었던 길거리로 나왔지. 내게는 그 돈이 아무짝에도 필요가 없으니 다시 가져오려고 말이지. 그런데 잠방이는 없었어. 이미 어느 재수 좋은 놈이 거기를 지나다가 가져간 것 같았어. 경찰은 외국인이 뇌물 줄 돈이 없는 걸 보자 초조해서 어쩔 줄 몰랐어. 여관 주인에게서 그 외국인에게 없는 돈을 끌어낼 생각을 했지. 여주인을 부르니 반쯤 옷을 벗은 모습으로 나타나더군. 외국인은 소리지르고 한탄하고, 옷을 벗은 꼴린드레스는 울고 있고, 경찰은 화를 내고, 공증인은 울화통을 터뜨리고, 순경들은 방을 닥치는 대로 뒤지고 있는 것을 보고 들은 그녀는 기분이 좋지 않았어. 경찰은 그녀에게 옷을 입고 자기와 함께 감옥으로 가자고 했어. 여관에서 나쁜 짓 하는 남녀를 받아들인 죄였지. 그리고 여기서 진짜 한판이 벌어졌어! 고함 소리가 커지고 난장판이 벌어졌어! 여주인이 소리쳤지. '경찰 나리, 공증인 나리, 나한테 사기 치지 마쇼. 무슨 수작인지 다 아니까. 나한테 그런 속임수는 안 통해. 입들 다물고 잘들 가시라고! 안 가면 빌어먹을 이 술집을 그냥 통째로 창문으로 내던져버릴 테니까. 그리고 이런 짓 하는 깡패들더러 다 광장으로 나오라고 할 테야. 나도 저 꼴린드레스 아가씨 잘 알아요. 몇 달 동안 경찰 나리가 기둥서방 노릇 한 것도 알고. 더이상 나 건드리지 마, 다 불어버릴 테니까. 그리고 그 돈은 저 사람한테 돌려주어요. 우리 모두 좋은 짓 하고 삽시다. 나도 명예를 아는 정숙한 여자예요. 남편도 귀족 증명서가 있고, 교회 직인 찍힌 증명서와 은목걸이도 있어요. 주님을 찬양합시다. 나는 이 여관 일을 아주 깨끗하게, 아무에게도 상처나 피해 주지 않고 하고 있어요. 숙박비 장부는 모든 사람이 볼 수 있는 곳에 걸어놨으니 쓸데없는 소리는 집어치워요. 정말이지, 나도 스스로 먼지는 털 줄 알아요. 내 명령으로 손님에게 여자를 들이다니, 맙소사, 내가 그럴 사람 같아요? 방 열쇠는 손님들이 가지고 있어요. 내가 무슨 살쾡이여서 일곱 벽 뒤를 다 들여다보나요?'

내 주인은 여주인의 장광설을 듣고 너무 놀랐어. 자기 인생 이야기까지 줄줄 읊어대는 걸 보고서 말이야. 그러나 여주인이 아니면 돈을 끌어낼 사람이 없다는 걸 알자 그 여자를 감옥에 데려가려고 했어. 그녀는 귀족인 남편이 없을 때 그런 말도 안 되는 일로 법을 행사하려는 걸 보고 하늘을 원망했지. 외국인은 잃어버린 금화 50에스꾸도 때문에 울고 으르렁댔고, 순경들은 그 잠방이를 본 일이 없다고 하는데도 경찰은 그런 짓을 용서하지 않을 거라고 우겨댔어. 공증인은 말은 하지 않으면서 경찰에게 꼴린드레스의 옷 속을 살펴보라고 쪼아댔지. 자기 생각에는 그녀가 그 50에스꾸도를 가져간 것으로 의심된다나. 그녀는 그녀와 엮이는 손님들 호주머니든 어디든 숨긴 것을 찾아내는 습관이 있다고 했지. 꼴린드레스는 외국인이 술에 취했고 그 돈 문제는 아마 그가 거짓말을 하는 것 같다고 말했어. 결국 모든 게 혼돈이고 고함이고 맹세 소리뿐 진정할 방법이 없어 보였는데, 그 순간 경위가 그 방에 들어온 거야. 고함 소리가 나니까 어디서 소동이 벌어졌나 알아보러 왔던 거지. 그렇게 고함치는 이유를 물어서 여주인이 일일이 자세하게 설명해주었지. 이제 옷을 입은 저 꼴린드레스라는 요정이 누구인지를 말하고 그녀의 공공연한 우정의 대상이 경찰이라는 것을 밝혔지. 그녀의 속임수와 훔치는 방법도 다 털어놓았어. 그리고 자신을 변명하면서, 자신은 자기 집에 수상스런 나쁜 여자가 들어오는 것은 한번도 허용한 적이 없다고 했어. 여주인은 스스로를 성녀로 추앙하고 그 남편을 축복받은 성자로 부르면서 한 소녀에게 어서 뛰어가 귀중품 함에서 남편의 귀족 증명서를 가져오라고 소리쳤어. 경위님께 그걸 보여드리겠다, 그걸 보시면 그런 귀족 남편의 아내인 내가 이런 나쁜 짓을 할 수 있겠는지 알 수 있을 것이라고 했지. 자기가 남의 잠자리나 마련하는 직업을 가진 것은 더이상 버틸 수가 없는 사정이어서였다며 얼마나 고민이 많았는지 하느님은 아실 거라고, 하루하루 살기 위해 먹을 빵과 수입을 얻기 위해서는 이 일을 할 수밖에 없었다고 했지. 경위는 말은 많고 귀족이라고 뽐내는 그녀가 짜증스러워서 한마디 했어. '침대 청소부 누님, 나는 그대의 남편이 귀족 증명서가 있다는 것을 믿고 싶지만, 그렇다면 그대는 남편이 귀족으로서 여관 주인이라는 것을 인정해야 해요.' '그럼요, 아주 영예로운 귀족이죠.' 여주인이 말했어. '하지만 세상에 어디 하자 없는 가문이 있나요?' '그러니까 내 말은, 옷을 입으시라 이거요. 감옥에 가셔야 하니까.' 그 소리에 그녀는 바닥으로 쓰러졌어. 얼굴을 쥐어뜯고 목소리를 높였지. 그러나 아무리 그래도 경위는 지나치리만큼 엄격해서 그들 모두를 감옥으로 끌고 갔지. 그 외국인과 꼴린드레스, 여주인 모두 끌고 간 거야. 나중에 알았는데, 그 외국인은 금화 50에스꾸도를 잃어버린데다 벌금으로 10에스꾸도를 선고받았고, 여주인도 거의 그 정도를 냈고, 꼴린드레스는 자유롭게 문밖으로 나갔다지. 그녀는 놓여난 그날 해군 하나를 낚았는데, 결국 그가 먼젓번 외국인의 돈을 갚아준 셈이지, 경찰에게 귀띔하는 그 똑같은 사기술로 말이야. 그러니까 자네도 알듯이, 시뻬온, 내 그놈의 식탐 때문에 얼마나 많은 문제가 생겼는지 몰라.

시뻬온 차라리 자네 주인의 개망나니짓 때문이라고 해야겠지.

베르간사 들어봐, 그는 갈수록 기술이 더욱 완벽해졌어. 내 비록 경찰이나 공증인에 대해서 나쁜 말을 하고 싶지는 않지만 말이야.

시뻬온 그래, 한 사람이 나쁜 짓 한다고 모두가 그렇다는 것은 아니니까. 공증인도 대서인도 좋은 사람이 많고도 많지. 아주 훌륭하고 충실한데다 제3자에게 피해주지 않고 즐겁게 일하기를 좋아하는 사람들 말이야. 모두가 다 고소장을 가지고 양쪽에서 수수료를 뜯지는 않지. 모두가 다 법보다 더 많이 받지는 않고, 모두가 남의 인생을 수사하고 판단하려 들지도 않지. 모두가 재판관과 짝짜꿍이 되어 '내 수염 좀 깎아줘, 자네 앞머리는 내가 해줄게' 식의 거래는 하지 않지. 모든 경찰이 방랑자나 야바위꾼하고 놀아나거나, 자네 주인처럼 사기 치려고 아가씨들과 애인이 되지는 않지. 타고나기를 양반이고 신사다운 성격을 가진 사람들도 많아. 모든 사람이 함부로 나대거나 무례하거나 교양 없는 추잡한 자들은 아니고, 객줏집을 돌아다니며 외국인들에게 칼이나 겨누고 칼끝이 규정보다 좀 길다고 칼주인을 박살내는 막돼먹은 자들은 아니지. 모두가 체포하면 그냥 놓아주고, 원하면 재판관이 되고 변호사가 되는 것은 아니지.

베르간사 내 주인은 좀더 고상하게 놀았지. 그가 가는 길은 다른 길이었어. 용기를 뽐내며 유명한 범죄자를 체포했고 스스로 위험에 빠지지 않고도 용감함의 명성을 유지했어. 물론 돈주머니 덕택이었지. 하루는 뿌에르따 데 헤레스에서 깡패 여섯명에게 혼자 덤볐어. 내게는 입에 재갈을 물려 끌고 다녔기 때문에 난 아무것도 도와줄 수 없었지(낮에는 그렇게 재갈을 물리고 밤에는 풀어주었어). 주인의 대담성과 용기, 결단력을 보고 나도 놀랐네. 깡패들의 칼 여섯자루가 버들가지 휘두르듯 나가고 들어가는 가운데 주인이 날렵하게 움직이는 건 참 볼만했어. 찌르기, 쳐내기, 뒤를 공격당하지 않으려는 판단력과 경계의 눈빛이 번득였어. 결국 싸움을 지켜본 모든 사람들이 내 생각과 같았지. 주인은 새로운 영웅으로 남았어. 적들을 뿌에르따 데 헤레스에서 마에세 로드리고 대학 기숙사의 대리석 벽까지 100발자국 이상 몰고 갔으니까. 그들 모두를 가둬놓고 칼집 세개를 전리품으로 가졌지. 나중에 그것을 시장 보좌관에게 보여주러 갔어. 내 기억이 맞는다면 그 보좌관이 사르미엔또 데 바야다레스 석사였어. 그 유명한 도둑 소굴 사우세다를 쳐부쉈다는 분 말이야. 사람들은 주인이 거리를 지나가면 손가락으로 가리키며 '저분이 안달루시아의 꽃다운 용감한 건달들과 혼자 맞서 싸운 분이야'라고 말했어. 그는 하루 중 남는 시간에는 자신을 보여주려고 시내를 돌아다니는 데 썼지. 밤이 되어 우리는 뜨리아나 근처 몰리노 데 라 뽈보라 거리에 이르렀어. 주인은 (하까라 노래에 나오는 말처럼) 경계의 눈으로 주위를 훑어보더니 한 여관으로 들어갔어. 나도 뒤를 따랐지. 마당에는 칼도 망도도 없이 단추를 풀어헤친 어깨들이 다 모여 있었어. 그 여관 주인인 듯한 사람 하나가 한 손에 커다란 와인통을 들고 다른 손에 커다란 술잔을 들고서 그 잔에 와인을 거품이 넘치게 넉넉히 채우더니 모든 대원들에게 축배를 돌렸지. 그들은 주인을 보자마자 그에게로 달려들어 두 팔로 껴안고 건배를 했어. 주인도 답례로 모두에게 건배사를 했지. 어떤 사람들을 만나도 충분히 그럴 수 있는 사람이었어. 성격이 쾌활하고 친절해서 작은 일로 아무에게나 화를 내는 사람이 아니거든. 거기에서 벌어진 일들을 자네한테 이야기한다면, 그들이 한 저녁식사, 그들이 한 싸움 이야기, 그들이 한 도둑질 이야기, 매너가 귀족 같은 아가씨들과 형편없는 여자들, 서로서로 주고받는 칭찬들, 거기 없는 용감한 친구들의 이름, 제대로 발휘한 칼솜씨 자랑, 그러다가 저녁식사 중에 벌떡 일어서서 자기에게 덤벼드는 자를 펜싱칼로 속이고 공격하는 시범을 보였고 손으로 칼을 휘두르면서 그때 쓴 멋진 말들까지, 그리고 끝으로 모든 사람들이 주인이자 아버지로 존경하는 그 여관 주인이라는 사람의 몸집까지, 내가 다 이야기하려면 원해도 빠져나올 수 없는 미로에 갇히게 되는 꼴이지. 마침내 나는 그 집주인이 도둑을 숨겨주고 깡패들의 은신처 기둥 노릇을 하는 그 유명한 모니뽀디오임을 확실히 알게 되었어. 그리고 주인의 위대한 결투는 먼저 그들과 합의된 것이었고, 물러서면서 칼집을 가져오는 상황까지 다 짜인 각본이었다는 것도. 그 칼집들은 그 자리에서 즉시 주인이 현금으로 계산했어. 모니뽀디오가 말한 대로 저녁값까지 다 지불하고 거의 새벽녘이 되어서야 모두가 대단히 만족한 가운데 자리가 파했지. 후식으로 그들이 주인에게 알려준 것은 외국인 건달 하나가 그 도시에 왔는데 으리으리한 모습이라는 거였지. 어쩌면 자기들보다 더욱 용맹스러울지 모른다고 질투가 나도록 부추겼어. 주인은 다음날 밤 침대에서 벌거벗고 있던 그 사람을 체포했어. 옷을 입고 있었더라면 그 몸집으로 보아 그렇게 호락호락 잡혀가지는 않았겠지. 이 체포 사건이 전날 결투의 승리에 더해져서 사실은 토끼보다 비겁한 주인의 명성은 더욱 높아졌지. 주인은 사람들에게 술 사주고 밥 사주고 그 덕으로 용감한 자라는 명성을 유지했어. 자기 직업의 이점과 꾀를 써서 용감한 사나이라는 쪽으로 자신을 포장했지.

하지만 이제 인내를 가지고 그에게 일어난 사건을 좀 들어봐. 어느 것 하나도 보태거나 빼지 않고 진실 그대로 말할 테니까. 두 도둑이 안떼께라에서 아주 좋은 말 한마리를 훔쳐서 세비야로 데려왔지. 위험 없이 그 말을 팔아먹으려고 작전을 세웠는데, 내 보기에는 아주 예리하고 치밀한 방법이었어. 그들은 서로 다른 여관에 묵기로 했어. 그리고 한 사람은 경찰에 가서, 뻬드로 데 로사다가 빌려준 돈 400레알을 갚지 않는다고 청원을 냈어. 그 사람 이름으로 서명한 증서가 있어서 그것을 제출했어. 경위는 그 로사다라는 사람이 그 증서를 인정하는지 확인하도록 명했지. 인정하면 그 돈에 상당하는 물건을 빼앗아오든지 아니면 감옥에 집어넣으라고 했어. 이 업무가 내 주인과 그 친구 공증인에게 맡겨졌어. 도둑은 그 두 사람을 다른 도둑이 묵고 있는 여관으로 데려갔지. 그는 단번에 그 서명을 인정하고 빚을 졌다고 말했어. 그리고 그 빚을 청산하기 위해 말을 주기로 했지. 그가 가리키는 말을 보자 주인의 눈이 커졌어. 주인은 만약 말을 판다면 자기 걸로 만들기로 눈도장을 찍었지. 도둑은 법규정을 다 통과해서 말을 경매에 부쳤어. 주인은 제3자를 끄나풀로 이용해서 500레알을 주고 매매를 끝냈어. 말은 그 말값으로 준 돈의 1.5배는 나가는 물건이었으니까. 그러나 파는 도둑 입장에서는 빨리 팔아치우는 것이 최고인지라 자기가 정한 값의 첫 번째 입찰자와 계약을 맺었지. 도둑 하나는 빚지지도 않은 그 돈을 받았고 다른 도둑은 필요도 없는 지불 각서를 받았지. 그리고 주인은 말을 차지하게 되었어. 그 말은 세야노의 말이 주인에게 한 짓보다 더 말썽을 부렸지만 말이야. 물건을 해치운 도둑들은 즉시 떠났지. 그로부터 이틀 뒤 주인은 마구며 다른 부족한 곳을 손본 뒤에 산프란시스꼬 광장에 그 말을 타고 나타났어. 잔칫날이라고 차려입은 촌사람보다 더욱 야단스럽고 우쭐대는 모습이었지. 사람들은 말 잘 샀다고 수없이 축하를 했고, 이 말이면 더도 덜도 아니고 틀림없이 금화 150에스꾸도는 나갈 거라고 말했지. 주인은 말을 빙빙 돌리고 뒤로 끌고 하면서 아까 말한 광장에서 비극을 연출했지. 이렇게 말을 세우고 돌리고 로데오를 하고 있는데, 멋진 옷을 입은 건장한 두 사람이 다가왔어. 그중 한 사람이 '어어, 이거 봐. 이거 내 말 삐에데이에로 아냐? 얼마 전에 안떼께라에서 도둑맞았던……'라고 했고 그와 함께 온 사람들, 하인 넷이 모두 그렇다고, 그 말은 그들이 도둑맞은 삐에데이에로라고 했어. 주인은 깜짝 놀랐지. 말 주인은 소송을 제기했어. 증거가 있었으니까. 그 주인의 증거가 너무 분명해서 공판에서 이겼어. 내 주인은 말을 빼앗겼지. 결국 도둑들이 꾸민 속임수가 알려졌어. 그들은 정당한 법의 개입과 도움을 받아 훔친 말을 팔았던 거야. 거의 모든 사람들이 우리 주인의 탐욕이 지나쳐서 보따리가 찢어진 것이라고 웃고 좋아했지.

그의 불행은 여기에서 끝난 게 아니었어. 그날 밤 전의 그 경위가 산 훌리안 지역에 도둑들이 나돈다는 소식을 듣고 순찰하러 나왔어. 건널목을 지나다가 한 사나이가 달려가는 것을 보고는 경위가 내 목걸이를 잡고 부추기며 말했어. '도둑 잡아, 가빌란! 어이, 도둑이야, 가빌란, 도둑 잡아!' 내 주인의 악랄한 짓이 지겨웠던 나는 경위의 명령을 따르기 위해 주저 없이 내 주인에게 달려들었지. 주인이 어찌해볼 틈도 없이 나는 그를 땅에 쓰러뜨렸어. 그들이 나를 떼어놓지 않았다면 나는 그에게 네번 이상 복수의 이빨질을 했을 거야. 안 떨어지려고 기를 쓰는 나를 순경들이 어렵게 떼어놓았지. 순경들은 나를 벌주려고 몽둥이로 죽이려고까지 했지. 경위가 '아무도 건드리지 마. 그 개는 내가 시킨 대로 한 거야'라고 말하지 않았으면 말이야. 그는 주인이 한 나쁜 짓을 이해한 거야. 나는 아무와도 작별인사를 하지 않고 성벽의 구멍을 통해 나가 들판으로 향했지. 그리고 동트기 전에 말라가 가는 길의 마이레나에 다다랐어. 세비야에서 4마장 정도 되는 곳이야. 운수가 좋아서 거기서 한 군인 부대를 만났어. 말하는 것을 들으니 까르따헤나로 배를 타러 간다고 하더구먼. 그 부대에 주인의 깡패 친구들 넷이 있었지. 북 치는 군인은 순경이었던 친구인데, 대부분의 북 치는 사람들이 그렇듯이 대단히 말이 많은 떠버리였어. 모두들 나를 알아보고는 말을 걸며 주인에 대해서 물었지, 마치 내가 대답이나 할 줄 아는 듯이. 그러나 내가 가장 호감을 느낀 것은 북 치는 이였어. 그래서 나는 그가 원한다면 그와 함께 지내기로 마음먹었지. 나를 이딸리아나 플랑드르로 데려간대도 그들이 가는 길을 따라가기로 말이야. 왜냐하면, 자네도 그렇겠지만 내 생각에도 세상을 다녀보고 여러 사람들과 소통하는 것이 사람을 좀더 지혜롭게 만들거든. 비록 속담에는 '제 고향에서 바보는 서울 가도 바보!'라고는 하지만……

　시삐온 자네 말이 맞아. 나도 어느 기가 막히게 머리 좋은 주인에게서 들은 말인데, 그 율리시스라는 유명한 그리스인은 많은 땅을 돌아다니고 여러 나라 사람들과 소통한 공적만으로도 덕이 높은 분이라는 명성을 얻었지 않은가. 그러니까 자네가 어디든지 데려가는 대로 가겠다고 생각한 것은 칭찬할 만하네.

베르간사 그런데 그 북 치는 병사는 자신의 실력을 떠벌리고 우쭐대고 싶어서 나에게 북소리 따라 춤추는 법을 가르치기 시작했어. 이런 것은 나 아니고 다른 개들은 배우기 불가능한 귀엽고 예쁜 짓들이지. 어떤 재주인지는 기회가 있으면 얘기해줄게. 그 분대는 그 지역에서의 임무가 끝나가자 차차 행군을 시작했어. 우리를 통제하는 사령관은 없었어. 대장은 젊은 청년으로 독실한 기독교인이고 훌륭한 신사였지. 수도를 떠난 지 몇달 안 된 소위에다 상사는 약삭빠르고 재치 있고, 야영지의 위대한 일꾼이며 인솔자라고나 할까. 야영지로부터 일어나 선착장까지 가는 도중에 우리는 뻔뻔스러운 깡패 무리와 마주쳤어. 깡패들은 우리가 가는 데마다 불량한 짓거리를 벌이고 아무 상관 없는 사람에게도 욕설을 퍼부었지. 훌륭한 왕자의 불행은 신하들이 저지른 잘못 때문에 비난받는 것인데, 그 피해는 왕자가 원한다 해도 치유할 수 없는 법이지. 전쟁이란 전부, 혹은 대부분이 가혹함과 황량함, 불편을 낳을 뿐이니까. 보름도 채 안 되어서 나는 나의 훌륭한 지혜와 내가 주인으로 모시는 분의 부지런함으로 뭐든지 시키는 대로 잘할 수 있게 되었어, 나쁜 술집 여자 심부름만 하는 게 아니라. 주인은 나뽈리 말들처럼 앞발이 땅에 닿기 전에 뒷발로 뛰어오르는 꼬르베따를 내게 가르쳐주었어. 연자마처럼 빙빙 도는 기술과 그밖에 다른 것들도 가르쳤지. 주인이 내가 무엇을 보여줄지 미리 설명해주지 않았다면 사람들은 틀림없이 악마가 개의 모습을 하고 그 짓을 하는 거라고 의심할 정도였지. 주인은 나에게 '현자 개'라는 이름을 붙여주었어.

우리는 숙소에 도착하자마자 북을 치면서 온 사방을 돌아다녔지. '현자 개'의 기적 같은 재주와 은총을 보고 싶은 사람들은 모두 어느 집 혹은 어느 병원으로 오라고 선전했어. 그 재주를 구경하려면, 마을이 큰가 작은가에 따라 8마라베디나 4마라베디만 내면 된다고 했지. 이렇게 끈질기게 광고를 하고 다니면 온 마을에서 나를 보러 오지 않는 사람이 없을 정도였어. 그리고 보고 나갈 때 좋아하고 감탄하지 않는 사람도 없었지. 우리 주인은 큰돈을 벌고 성공했어. 동료 여섯을 왕처럼 먹여살렸지. 이걸 본 깡패들이 질투도 나고 욕심도 나서 나를 훔칠 마음을 먹은 거야. 그래서 기회만 노리고 있었지. 이렇게 오락으로 먹고사는 것을 탐하는 사람들이야 많지. 그래서 그 많은 인형극장이들이 에스빠냐에 있는 거잖아? 그 많은 인형극 무대를 보여주고 노래도 팔고 브로치도 팔고…… 하지만 그 판 돈이 모두 합쳐야 하루 먹고살 만큼도 안 되지. 그걸로는 이놈이나 저놈이나 일년 내내 여관이나 술집 신세를 못 면하지. 그래서 내가 얻은 결론은, 그들이 먹고 마셔대는 돈은 그들 직업에서보다는 딴 곳에서 나온다는 거야. 그들은 모두 나그네고 건달이고 아무 짝에도 쓸모없는 쓰레기야. 술 빠는 걸레고 빵 속의 바구미지.

시뻬온 그만하게, 베르간사. 과거 이야기로는 돌아가지 마. 밤이 다 끝나가는데 자네 이야기를 계속하게나. 나는 해가 나오고 우리가 이야기 없이 침묵의 그늘 속에 갇히는 걸 바라지 않아.

베르간사 그만하고 들어봐. 이미 지어낸 이야기에 덧붙이기는 쉬운 법이니까. 내 주인은 내가 나쁠리의 명마를 얼마나 잘 흉내내는가를 보여주려고 나에게 무늬 있는 가죽옷을 만들어 입히고 내 등에 조그만 의자를 매달고는 그 의자 위에 조그만 창을 든 날렵한 인형 하나를 앉혔지. 그리고 두 막대 사이에 고정한 쇠고리 가운데로 곧장 달리도록 나를 가르쳤어. 그런 경주가 있는 날이면 주인은 광고를 했지. 그날 '현자 개'가 쇠고리 통과하기 재주를 부리고 또다른 아주 새로운, 한번도 보지 못한 멋진 쇼를 한다고 떠벌렸어. 나는 흔히 하는 말로 오두방정을 떨며 재주라는 재주는 다 부렸지. 그래야 주인이 거짓말쟁이라고 욕먹지 않을 테니까. 우리는 다음 일정을 잡아 몬띠야에 도착했어. 저 유명하고 위대한 기독교인 쁘리에고 후작, 아길라르와 몬띠야 가문 영주의 마을이지. 주인이 원하는 대로 어느 병원에 숙소를 정하고 여느 때처럼 광고를 했어. 이미 '현자 개'의 멋진 재주에 대한 소식과 명성이 널리 퍼져 있던 터라 한시간도 되지 않아 마당이 사람들로 가득 찼지. 주인은 수확이 풍년인 것을 보자 기뻐했어. 그날은 어느 때보다 많이 떠들어대며 여러가지 쇼를 했지. 첫번째 순서는 물통 같은 쳇바퀴 안에서 내가 뛰는 거였어. 주인은 보통 질문을 하면서 나에게 지시했는데, 주인이 손에 쥔 회초리를 내리면 뛰라는 명령이고 회초리를 높이 들면 가만있으라는 표시였지. 그날 첫번째 명령은(내 평생 가장 기억에 남을 만했는데) 이런 거였어. '어이, 가빌란, 네가 아는 저 수염을 염색한 색골 늙은이 위로 뛰어. 싫으면, 뻼뻬넬라 데 뽈라파고니아 마님의 저 화려한 드레스 위로 뛰거나. 저 여자는 발데아스띠야스에서 식모살이 하던 갈리시아 아가씨의 친구였어. 가빌란, 얘야, 내 명령이 마음에 안 들어? 그러면 저 아무 학위도 없으면서 석사님이라고 서명하는 빠시야스 학사에게로 뛰어. 아이고, 게으름 피우고 있네! 왜 뛰지 않니? 하지만 나는 너의 약삭빠름을 꿰뚫어 보고 있지. 이제 뛰어, 에스끼비아스의 술로 뛰어, 시우다드 레알, 산 마르띤, 리바다비아 와인과 맞먹는 유명한 술 생산지 말이야.' 그가 회초리를 내렸고, 나는 뛰었지. 나는 주인의 사악한 뜻과 악랄한 심보를 벌써 눈치챘어. 그러자 그는 마을 사람들을 돌아보며 큰 소리로 외쳤지. '고귀한 원로원 의원님, 이 개가 아는 것이 웃음거리나 장난이라고 생각지 마세요. 제가 춤 스물네곡을 가르쳐놓았습니다. 그중 가장 짧은 곡 하나로도 새매라도 날 거구먼요. 제 말 뜻은, 이 개의 작은 춤 하나만 보려고 해도 30마장은 걸어올 거라는 얘깁니다. 사라반다 춤, 차꼬나 춤을 그 춤 만든 사람보다 더 잘 추어요. 술 한되를 한방울도 안 남기고 다 먹고요, 교회 성가대처럼 솔 파 미 레를 잘 불러요. 이런 모든 재주뿐만 아니라 제가 말하지 않은 다른 많은 재주도 보실 수 있을 거예요. 여러분이 자리를 계속 지키기만 하면요. 자, 이제 우리 '현자 개'가 한번 더 도약을 보여드리고 그다음에는 진짜 큰 쇼로 들어가보기로 합시다요.' 주인은 이런 말로 좌중을 원로원이라고 부르며 사로잡고 내가 할 줄 아는 모든 것을 꼭 보고 싶은 그들의 호기심에 불을 붙였어. 주인이 나를 돌아보고 말했어. '이리 와, 가빌란. 멋지고 날쌘 몸짓으로 뜀뛰기 재주를 풀어놓아봐. 하지만 이번에는 이 고장에 있었다는 그 유명한 마법사 여자를 위해 하는 거야.' 이 말을 하자마자 그 병원의 간병인 여자 하나가 목소리를 높였어. 늙은 여자인데, 일흔살은 넘어 보였지. 그녀가 말했어. '이 떠버리 녀석, 야바위꾼, 쌍놈의 새끼, 여기는 마녀라고는 없어! 네가 까마차 때문에 그런 말을 하는 거라면 그녀는 벌써 자기 죗값을 치렀어. 그래서 하느님만 아는 곳에 있다구. 네가 나에 대해 하는 말이라면, 이 떠버리야, 나는 평생 마법이라고는 마 자도 안 꺼내는 여자야. 내가 마법사라고 이름이 났다면 그건 사기꾼 증인들에 부당한 법, 주제넘고 무식한 판사 때문이야. 내가 고행하는 건 이미 세상 사람이 다 알아. 고행은 내가 하지도 않은 마술 때문에 하는 게 아니야. 그보다는 불쌍한 죄인으로서 저지른 다른 많은 죄 때문에 하는 거지. 그러니까 이 병원에서 나가, 이 엉큼한 북쟁이야. 안 그러면 제기랄, 내친 김에 진짜로 혼 좀 내줄 테니.' 이러면서 고래고래 소리지르고 주인에게 사정없이 욕설을 퍼붓는데, 주인은 완전히 놀라 어리둥절했지. 결국 그 여자는 쇼니 잔치니 더이상 계속하게 두질 않았어. 주인은 그 소동에 별 신경을 쓰진 않았어. 돈은 다 받았고 그 병원에서 못 한 것은 다음날 다른 병원에서 하기로 했으니까. 사람들은 그 늙은 여자를 욕하면서 떠나갔어. 마녀라는 이름에다 수염 달린 마녀라는 욕까지 덧붙이면서 말이야. 어떻든 그날 밤 우리는 그 병원에 머물렀지. 그 노파가 마당에 혼자 있는 나를 보더니 말했어. '너니? 네가 내 아들 몬띠엘이니? 혹시 너니, 아들아?' 나는 고개를 들어 그녀를 찬찬히 바라보았어. 그걸 보더니 그녀는 눈물을 흘리며 다가와 내 목을 껴안았지. 그대로 두면 내 입에 뽀뽀라도 할 기세였어. 하지만 나는 구역질이 나서 그러도록 내버려두지 않았지.

시삐온 잘했어. 그런 건 애무가 아니라 고문이야. 키스라니……그런 노파한테 키스하게 내버려두는 것은 안 되지.

베르간사 내가 지금부터 자네에게 하려는 이야기는 내가 이야기를 시작하기 전 맨 처음에 했어야 할 말이야. 그러니까, 그 노파가 한 얘기를 들으면 우리가 말하는 능력이 있는 걸 보고 놀랄 건 없단 거지. '내 아들 몬띠엘, 나를 따라오너라. 내 방을 알아둬야지. 오늘 밤은 우리 둘이 그 방에서 만나자꾸나. 내가 문을 열어놓을게. 내가 너의 인생과 너에게 앞으로 이득이 되는 많은 일들을 이야기해 줄 수 있다는 걸 알아두렴.'

나는 그녀의 명을 따르겠다는 표시로 머리를 숙였지. 그 모습을 보고 그녀는 내가 자기가 찾던 개 몬띠엘이라는 것을 금방 알아차렸대. 그것이 나중에 내게 해준 말이야. 나는 어리둥절하고 놀란 채로 밤을 기다렸지. 그 노파가 나에게 한 불가사의한 말이 무슨 뜻인지 알고 싶었어. 사람들이 어떻게 그녀를 마법사라고 부르게 되었는지, 그녀를 만나 이야기를 듣고 사실을 알고 싶었어. 마침내 그녀와 방에서 만날 순간이 다가왔어. 그녀의 방은 어둡고 좁고 낮았어. 흙으로 만든 등잔의 희미한 불빛만 방을 밝히고 있었어. 노파는 등불 심지를 돋웠어. 조그만 궤짝 위에 앉더니 나를 가까이 끌어당겨 말없이 껴안았어. 나는 또 키스할까 싶어 신경을 썼지. 그녀가 처음 내게 한 말은 이랬어.

'항상 하늘에 빌고 기도했단다. 내가 이 눈을 감고 마지막 잠에 떨어지기 전에 꼭 너를 보게 해달라고 말이다, 내 아들아. 그리고 이제 너를 보았으니 죽음이 다가와 이 피곤한 삶으로부터 나를 데려가도 좋겠구나. 아들아, 이건 알아두어라. 이 동네에 세상에서 제일 유명한 여자 마법사가 살았단다. 이름이 까마차 데 몬떠야로, 마법에서는 최고였지. 전설과 야담에 많이 나오는 마녀들, 메데이아나 키르케, 에리토스 등은 비교가 안 될 정도였어. 원하면 구름을 얼려 얼음장으로 만들어 해의 얼굴을 가렸고 내킬 때는 또 흐린 하늘을 깨끗이 만들기도 했지. 잠깐 사이 먼 땅에서 사람들을 데려오기도 하고, 몸을 온전히 지키는 데 부주의했던 처녀들을 기적처럼 고쳐놓기도 했지. 과부들은 정숙하게 정숙하지 못한 짓을 하도록 덮어주었고, 유부녀들을 이혼시키거나 원하는 여자들은 결혼시키기도 했어. 동짓달에도 정원에 싱싱한 꽃을 피우고, 정월에도 밀을 수확했지. 절구통에서 겨자 잎을 피우는 것 정도야 작은 기술이고, 보여달라고 하면 거울이나 어린아이 손톱에 죽은 사람이나 산 사람 모습을 보여주었지. 그녀는 특히 사람을 동물로 변화시키기로 유명했어. 실제로 한 교회지기를 6년 동안 진짜 당나귀 모습으로 만들어놓았지. 어떻게 그렇게 했는지 내 평생 알아낼 수가 없었단다. 사람을 짐승으로 만들었다는 옛날 마녀들에 대한 이야기를 잘 아는 사람들이 그러는데, 그녀들은 기막힌 아름다움과 교태로 남자들을 꾀어서 자신들을 진심으로 사랑해 꼼짝달싹 못 하게 만든 다음 그 남자들을 이용해서 짐승처럼 보이도록 원하는 대로 시켰을 뿐이라는 거야. 하지만 내 아들아, 내 경험으로 보아 너는 그 반대구나. 너는 이성을 가진 사람인데 내 눈에는 개로 보이는구나. 이것이 바로 사물을 다른 것으로 보이게 하는 둔갑술이란 게 아닌지 모르겠구나. 어찌 되었든 내가 마음 아픈 것은, 너의 엄마와 나도 그 훌륭한 까마차의 제자였는데 그 기술을 그녀만큼 잘 아는 경지에는 이르지 못했다는 사실이야. 우리의 재주나 능력이나 정성이 모자라서가 아니라, 그것은 남으면 남았지 모자라지는 않았으니까, 그녀가 사악해서 중요한 기술은 자기만 가지고 있으려고 절대 우리에게 가르쳐주지 않았기 때문이지.

아들아, 너의 엄마 이름은 몬띠엘라였어. 까마차 다음으로 유명했단다. 내 이름은 까니사레스야. 두 사람만큼 지혜롭지는 못하지만 적어도 그들만큼 착하기는 하지. 네 엄마가 대담하고도 용감하게 그 무리에 들어가 악마들의 부대에 에워싸여 있었던 것은 사실이지만 현명하기로는 까마차에 못지않았지. 하지만 나는 항상 좀 소심하고 겁이 많아서 악마들 반 정도로도 만족했어. 그래도, 비록 내가 만들어서는 안 된다고 하긴 했지만, 마녀들의 고약을 만들어내는 일에서는 그들 중 누구보다도, 우리의 규칙을 따르는 어떤 이보다도 못하지 않았지. 아들아, 네가 알아야 할 것은, 인생은 세월의 가벼운 날개를 타고 쏜살같이 흘러가고 끝난다는 것이다. 내가 보았고 또 보고 있는 사실이지. 나는 오래전부터 내가 빠져 있던 마법의 모든 악습을 그만두고 싶었단다. 내가 유일하게 즐긴 것은 좋은 마술이었는데, 그것이야말로 정말 버리기 어려운 습관이었지. 네 어머니도 똑같이 그랬단다. 많은 악습에서 손을 뗐고 살면서 이승에서 좋은 일을 많이 했어. 그러나 죽기까지 좋은 마술은 포기하지 못했지. 그녀는 병으로 죽은 것이 아니라 스승인 까마차가 질투로 해코지했다는 것을 알고 괴로워하다 죽은 거야. 까마차는 네 엄마가 자기만큼 아는 게 많아서 자기 턱밑까지 기어오른다고 생각하고 시기했지. 내가 모르는 다른 이유가 있는 게 아니라면 말이다. 너의 어머니가 임신해 출산이 가까울 때였지. 산파 겸 대모가 까마차였는데, 그녀가 네 어머니가 낳은 것을 두 손으로 받아서 보여준 것은 강아지 두마리였단다. 그걸 보자 네 엄마가 소리쳤어. '이건 부정 탄 거야, 까마차. 이건 사악한 거야!'

'하지만 몬띠엘라, 내가 네 친구 아니냐. 내가 너의 이 출산을 숨겨줄게. 너의 이 불행은 영원히 침묵 속에 묻어버릴 테니 너는 네건강이나 돌보렴. 이 일로 너무 괴로워하지 마. 나도 알아. 너는 네거지 남자친구 로드리게스 말고는 아무도 안 만났잖아. 그러니까이 개를 낳은 데는 다른 원인이 있어. 무언가 수상한 구석이 있다구.' 그 이상한 사건을 다 눈앞에서 보고 나도 네 엄마 못지않게 놀랐어. 까마차는 강아지들을 데리고 가버렸어. 나는 네 엄마 곁에 남아 그녀를 돌봐주었어. 네 엄마는 자기에게 왜 이런 일이 일어났는지 믿을 수가 없어했지. 마침내 까마차는 자신의 종말이 다가왔을때 임종에 앞서 네 엄마를 불러, 자기가 그녀에게 어떤 일로 화가나서 아이들을 개로 만들어버렸는지 말해주었어. 그렇지만 그녀는미안해하지 않았지. 그 개들은 생각지도 않은 때에 다시 자신의 본

모습으로 돌아올 거라면서 말이야. 하지만 먼저 그들이 자신들의
눈으로 이런 노래를 보지 않으면 안 된다고 했어.

> 자신의 진짜 형태로 돌아오리라
> 그들이 부지런히 노력하여
> 우뚝 선 오만한 자들을 넘어뜨리고
> 힘을 얻은 그 강력한 손으로
> 시달리는 미천한 자들을 끌어올릴 때
> 그 개들은 진짜 사람으로 돌아오리라

 이미 말했듯이 죽는 순간 까마차는 이 가사를 네 엄마에게 말했
어. 네 엄마는 그것을 머리로 외고 글로 써서 간직했지. 나도 그것
을 기억 속에 담았어, 너희 중 누구에겐가 전해줄 시간이 오리라
생각하면서 말이야. 그리고 너희를 알아보려고, 너와 색깔이 같은
개들을 보면 나는 늘 네 엄마의 이름으로 불러본단다. 개들이 그
이름을 알 거라는 생각에서가 아니라, 다른 개들 이름과 다르게 부
르면 나의 부름에 응하는가 보려고 그러는 거야. 그리고 오늘 오후,
네가 하는 여러가지 일을 보고, 사람들이 너를 '현자 개'라고 부르
고 내가 마당에서 너를 불렀을 때 고개를 들어 나를 쳐다보는 것을
보고, 나는 네가 몬띠엘라의 아들이라는 것을 믿게 되었어. 그래서
아주 기쁜 마음으로 네 사연을 알려주고 본래 모습을 회복할 방법
을 가르쳐주는 거야. 이 방법이 아풀레이우스의 「황금 당나귀」에
서처럼 장미 한송이만 먹으면 되듯이 그렇게 쉬웠으면 좋겠구나.
그러나 너의 방법은 너의 열성보다는 남들의 행동에 달려 있구나.
아들아, 네가 해야 할 것은, 마음속으로 하느님께 가호를 빌고, 예

언이라고 부르고 싶지는 않다만 이 수수께끼가 어서 좋은 방향으로 풀리도록 기다리는 거야. 천하의 까마차가 한 말이니 틀림없이 이루어질 거야. 그리고 네 형도 살아 있다면 만나게 되겠지.

다만 내가 마음 아픈 것은 이제 내 인생이 끝날 때가 다 되어 그걸 볼 기회가 없을 것 같아서야. 나는 몇번이고 나의 동자신童子神에게 너희들 일의 결말이 어떻게 될 것인가 묻고 싶었지만 감히 용기가 없었어. 동자신은 우리가 묻는 말에는 한번도 똑바로 답하는 일이 없어. 늘 여러가지 뜻이 담긴 비비 꼬는 말로 답하지. 그래서 내 주인이신 이 신에게는 아무것도 물으면 안 돼. 나의 진실에 수천가지 거짓을 섞어 답하니까 말이야. 그의 대답들을 듣고 내가 내린 결론은, 동자신도 미래에 대해서는 확실히 아는 게 없고 다만 예측할 뿐이라는 거야. 아무리 그렇다 해도, 마녀인 우리들을 그렇게 속이고 수천가지 장난으로 골탕 먹여도 우리는 그를 버릴 수가 없어. 여기서 아주 먼 곳까지 우리는 그를 보러 가지. 커다란 벌판인데 거기에 수없이 많은 마녀들, 마법사들이 모인단다. 거기에서 맛대가리 없는 음식을 주고받고 여러 일들이 벌어지는데, 너무 더럽고 구역질 나서 사실 하느님 앞에서 내 양심을 걸고 감히 말을 다 못 하겠구나. 너의 순결한 귀를 더럽히고 싶지 않거든. 어떤 사람들은 이런 모임에 우리가 실제로 가는 게 아니라 환상으로 간다고들하지. 환상 속에서 악마가 모든 것을 보여주고 우리는 나중에 그런 일이 실제로 일어났다고 이야기한다는 거야. 또다른 사람들은 그게 아니라 실제로 우리의 몸과 마음이 간다고 해. 이 두가지 의견이 나는 다 옳다고 봐. 우리는 어떨 때는 이렇게 가고 또 어떨 때는 저렇게 가는지도 모르지. 왜냐하면 환상 속에서 일어나는 모든 일이 너무 강렬해서 실제하고 전연 구분이 안 되고 그럴 필요도 없거든. 이런 경험을 종교재판 하는 분들이 수감되어 있던 우리 마녀들 몇하고 체험했는데, 그분들도 내 말이 맞다는 것을 알았을 거야.

나는 이런 죄스러운 나쁜 풍습으로부터 떠나고 싶었다, 아들아. 그러기 위해 노력해서 병원 간병인이 되었지. 가난한 사람들을 보살피는 거야. 그중 어떤 사람들은 내가 이것저것 심부름해주고 그들 옷의 이를 잡아주고 보살펴주는 데 대한 감사의 표시로 죽을 때 내게 보상을 주지. 아니면 그들이 남긴 누더기 속에서 내가 찾아내기도 해. 나는 기도를 거의 하지 않는데 사람들 앞에서만 잘 들리지 않게 중얼거리는 소리로 해. 나는 공공연하게 죄인 노릇을 하기보다 위선자 노릇이 더 맞는 것 같아. 오늘 행하는 선행으로 지난날의 나의 악행을 아는 사람들의 기억을 지워가니까 말이야. 사실 가짜 성스러움은 제3자에게 피해를 주는 게 아니라 그것을 실제로 행하는 사람을 다치게 하지. 몬띠엘, 아들아, 내가 네게 이 조언을 주마. 너는 가능한 한 착하게 행동하도록 노력해라. 나쁜 일을 하게 될 경우에도 가능한 한 나쁘게 보이지 않도록 노력해라. 나는 마녀다. 그걸 부정하지는 않아. 네 엄마도 마녀이자 점쟁이였어. 그것도 부정할 수 없지. 그러나 우리 두 여자의 선한 모습은 세상 사람들이 다 알고 있었지. 그녀가 죽기 사흘 전에 우리 둘은 뻬레네 산골짜기에서 실컷 먹고 노는 축제에 갔어. 그녀는 죽을 때 매우 평온한 모습이어서, 영혼을 바치기 전에 15분 정도 얼굴을 몇번 찡그린 것 빼고는 마치 신혼부부가 꽃침대에 누워 있는 모습이었단다. 그러나 두 아들 때문에 가슴에 못이 박혀 죽음의 순간에도 까마차는 용서하려 하지 않았어. 그렇게 그녀는 끝까지 단호했지. 나는 그녀의 눈을 감기고 무덤까지 따라갔어. 거기서 마지막으로 그녀를 보고 떠나왔지. 내 비록 죽기 전에 그녀를 꼭 한번 보게 되리라는 희망은 버리지 않았지만 말이야. 사람들 말이 공동묘지나 네거리에서 그녀가 이런저런 모습을 하고 돌아다니는 것을 몇몇 사람이 보았다니까 어쩌다 나하고 마주칠 수도 있겠지. 그러면 어디 마음에 걸리는 것이 있으면 풀어줄까 하고 물어보아야지.'

그 늙은 여인이 내 어머니라고 주장하는 사람을 칭찬하면서 하는 이런저런 말들이 송곳처럼 내 마음을 찔렀어. 그녀에게 달려들어 이빨로 산산조각을 내고 싶었지. 내가 그렇게 하지 않은 것은 그녀가 죽음을 그렇게 처참한 몰골로 맞이하지 않게 하기 위해서였어. 그녀는 마침내 나에게 말하기를, 그날 밤 유약을 바르고 늘 가던 그 축제에 갈 생각이라고 했지. 거기 가서 자신의 동자신에게 나에게 무슨 일이 일어날 것인지 물어볼 거라고 했어. 나는 그녀가 말하는 유약이 어떤 것인지 물어보고 싶었어. 그녀는 내 마음을 읽었는지 마치 내가 직접 물어보기라도 한 것처럼 답했어. 그 말인즉 '우리 마녀들이 바르는 유약은 지극히 차가운 약초의 수액으로 조제한 것으로, 세상 사람들이 말하듯 우리가 질식시켜 죽인 아이들의 피로 만든 게 아니란다. 여기서 악마가 우리로 하여금 그 어린 것들을 죽이게 만드는 것이 무슨 재미나 이득이 되느냐고 물을 수도 있겠지. 악마는 아이가 세례를 받으면 죄 없는 순진무구한 영혼으로서 천국으로 간다고 알고 있고, 자기 손에서 빠져나가는 모든 기독교 영혼들을 특별히 아쉬워하거든. 그 일에 대해서 나는 '적의 눈알 하나 빠지라고 자기 눈알 두개 뺀다'는 속담보다 더 적당한 답을 모르겠어. 악마는 자식들이 죽임을 당해서 고통받는 부모, 그 상상할 수 없는 고통을 위해서 그렇게 할 수도 있지. 하지만 악마에게 더욱 중요한 것은 우리 마녀들이 그렇게 잔인하고 타락한 죄악을 저지르는 데 익숙해지는 거야. 그리고 이 모든 것은 하느님이 우리의 원죄 때문에 저지르도록 용납한 거지. 내 경험으로 보아서, 신이 용납하지 않으면 악마는 개미 한마리도 건드릴 수가 없어. 이것은 정말 진실인 게, 내가 한번은 나의 원수 한 사람의 포도밭을 못 쓰게 해달라고 악마에게 간청을 했거든. 그랬더니 대답이, 하느님께서 원치 않으시니 거기서는 나무 이파리 하나도 건드릴 수 없다는 거였어. 그러니 너도 이해할 수 있을 거야. 모든 사람들과 왕국, 도시, 마을 들에 닥치는 모든 불행, 갑작스러운 죽음, 배의 조난, 추락, 사고나 피해라고 하는 모든 재앙은 높으신 주가 용납한 그 뜻과 손으로부터 온 것이야. 그리고 죄악이라고 부르는 상처나 불행은 우리 자신의 잘못으로부터 비롯된 거지. 하느님은 죄가 없어. 따라서 우리가 그 죄의 주인공이라는 말이지. 이미 말했듯이 우리의 원죄 때문에, 하느님이 이 모든 것을 용납하시어 우리의 의도나 말, 행적에 나쁜 영향을 미치는 거지. 아들아, 네가 내 말을 이해한다면 이제 말해보렴. 누가 나를 신학자로 만들었을까? 그리고 심지어 너는 속으로 말하겠지. '대단하다, 이런 쭈그렁 할망구가…… 이렇게 많이 아는데 왜 마녀를 그만두고 하느님에게로 돌아가지 않지? 죄악을 용납하기보다 용서하는 것이 더 쉽다는 것을 알기 때문에?' 이 물음에는, 마치 네가 질문을 한 것처럼 내가 답을 하마. 악한 습관은 천성으로 바뀌. 마녀 되기의 습관도 살과 피로 바뀐다구. 그 불길은 엄청나서 그 가운데 있으면 영혼에 찬 기운이 돌고 그 기운이 믿음 자체까지 얼게 만드는 거야. 그러다보면 자기 자신을 잊게 되고 하느님이 초대하는 영광도, 하느님이 영혼을 위협하는 공포도 기억하지 못하는 거야. 그리고 그것은 육체의 쾌락에서 나온 죄이기 때문에 자기 직책을 제대로 수행하지 못하게 하고 모든 감각을 조금씩 죽이고 그것들을 사로잡아 흡수해버리지.

그리하여 영혼은 게을러지고 무뎌지고 무용지물이 되어 어떤 좋은 생각이라도 헤아려볼 엄두가 안 나게 되지. 그렇게 깊은 불행의 심연에 빠져서 하느님께 구원을 청할 손 하나 쳐들 수가 없어. 하느님은 자비롭게도 영혼에게 일어나라고 손을 내미는데도 불구하고…… 나에게는 네게 말한 그런 영혼 하나가 있어. 나는 모든 걸 보고 모든 걸 이해하지만 육체적 쾌락이 내 마음에 쇠고랑을 채우고 있어서, 나는 항상 악한 짓만 했고 악한 여자로 살 거야.

하지만 이런 이야기는 그만두고, 그 유약 이야기로 돌아가자꾸나. 그 유약은 너무 차가워서 그걸 한번 바르면 모든 감각이 사라져. 그래서 우리는 땅에 벌거숭이로 누워 있지. 우리는 환상 속에 있어서, 우리에게 정말로 일어난 것 같은 모든 것이 허상인 거야. 또다른 경우에 유약을 바르고 나면 우리는 형태가 바뀌어 닭이나 부엉이, 노루로 변하지. 그리고 우리는 마법의 주인이 기다리는 곳으로 가서 우리의 본래 모습을 회복하고 너에게 말하지 않은 쾌락을 즐기는 거지. 그런 것을 회상하면 기억은 미끄러지고, 혀는 이야기를 못 하게끔 달아나. 이런 일을 하니까 나는 마녀야. 위선의 탈을 쓰고 나의 모든 잘못을 감추지. 어떤 사람들이 나를 존경하고 좋은 여자로 보지만, 다른 많은 사람들은 내 귀에 바짝 대고 축제 중에 불러대는 욕지거리 이름을 부르기도 하는 게 사실이야. 그건 네 엄마와 나와 관계가 있는 어느 성질 나쁜 재판관이 새겨준 이름인데, 그는 자기의 분노를 어느 사형수의 손에 맡겼고, 그 사형수는 재판관이 뇌물을 받아주지 않자 화가 나서 자신의 모든 능력과 권한을 우리 등짝에다 행사했지. 그러나 그건 다 지난 일이야. 그리고 세상만사는 다 지나가게 되어 있어. 기억은 사라지고 인생은 다시 돌아오지 않아. 떠들던 혀들도 다 지치고 새로운 사건들은 지난 일들을 다 잊게 만들지. 지금 나는 병원 간병인이야. 나는 그럴듯하게 행동하고, 유약을 바르며 좋은 시간을 보내지. 내가 비록 나이는 일흔다섯이지만 앞으로 일년을 못 살 정도로 늙지는 않았어. 나이 때문에 금식 같은 건 할 수 없고, 현기증 때문에 기도도 못 하고, 다리가 약해져서 순례도 가지 못하지. 가난하니까 적선도 못 하고, 남의 험담하기를 좋아하고, 험담을 하려면 먼저 사악한 생각을 해야 하니 선한 것이라고는 생각도 못 하지. 하지만 어떻든 하느님은 선하고 자비로우시다는 걸 알아. 하느님은 내게 어떤 일이 벌어질지 다 알고 계시니, 그거면 충분하지 뭐. 그러니 이 이야기는 여기서 끝내자꾸나. 내가 정말 슬퍼져서 말이야. 이리 와, 아들아, 내가 유약 바르는 걸 보여줄게. '사람이 죽은 장례도 먹을 것만 있으면 좋다'는 속담 알지? 좋은 날도 내 집에 찾아와야 좋고, 웃는 동안은 울지 않으니까. 내가 하고 싶은 말은, 악마가 주는 기쁨은 피상적이고 거짓된 기쁨이지만 여전히 우리에게는 기뻐 보인다는 거야. 그보다 훨씬 큰 즐거움은 실제 즐기는 것보다 상상할 때야. 비록 진짜 행복은 이와는 정반대겠지만……'

이렇게 긴 사설을 늘어놓고 나서 그녀는 일어섰어. 등잔을 들고 더욱 작고 좁은 방으로 들어갔지. 나는 수천가지 생각을 하면서 그녀를 따라갔어. 들은 이야기가 놀랍고 앞으로 볼 것도 기대가 되었지. 까니사레스는 벽에다 등잔을 걸고 재빨리 셔츠를 벗었지. 그리고 한구석에서 유약이 든 냄비를 꺼내더니 그 안에 손을 넣고 무어라고 중얼거리면서 머리에서 발끝까지 유약을 발랐지. 다 바르기 전에 나에게 말하기를, 자기 몸이 그 방에 의식을 잃고 남아 있거나 방에서 사라지더라도 놀라지 말라고, 꼭 거기서 아침까지 지키고 있으라고 했어. 사람이 되기까지 내게 일어날 일들에 대해 새로운 소식을 알 수 있을 거라더군. 나는 고개를 숙이고 그렇게 하겠다고 했지. 그녀는 이 말을 하고서 유약 바르기를 마치고 죽은 것처럼 바닥에 누웠어. 내 입을 그녀 입에 가져다 대보니 숨도 전연 안 쉬고 죽은 것처럼 보였지.

시뻬온, 내가 진정으로 고백하는데, 나는 무척 겁이 났어. 그 작고 좁은 방에 혼자 갇혀 그녀의 모습을 앞에 두고 있자니 말이야. 내가 아는 대로 그녀의 모습을 묘사해볼게. 그녀는 키가 7피트 넘는데다 크고 뼈만 남은 온몸은 잔털 많은 검은 피부로 덮여 있고 무두질한 양가죽 같은 뱃가죽이 그 점잖지 못한 부분을 덮고 넓적다리 절반까지 늘어져 있었어. 마른 젖가슴은 한쌍의 주름진 암소 오줌보 같았어. 입술은 거무죽죽하고 이는 다 빠지고 코는 고부라지고 뻣뻣했지. 동공이 풀린 눈, 헝클어진 머리칼, 홀쭉한 볼, 좁아진 목줄기, 푹 꺼진 가슴, 온몸이 뼈쩍 마르고 마귀에 씐 듯했지. 나는 찬찬히 그녀를 바라보았고 그녀 몸의 흉한 윤곽과 그 영혼을 사로잡은 더 흉한 것들을 생각하자 두려움이 온몸을 엄습했어. 혹시 정신을 차리려나 싶어 그녀를 물어보려고 했지만 그녀의 온몸 구석구석이 역겹고 구역질 나서 그럴 수가 없었지. 그러나 어떻든 발뒤꿈치를 물고 그녀를 마당으로 끌어냈어. 그래도 정신이 돌아오는 것 같은 기미가 없었지. 거기에서 하늘을 보고 넓은 곳에 나와 있으니까 공포가 가시고 다소 안정이 되었고, 그 나쁜 여자의 오락가락하는 정신이 어떻게 끝나고 나의 사건에 대해 무슨 이야기를 할지 알기 위해 기다릴 용기가 생겼지. 그 순간 나는 스스로에게 물었어. '누가 이 사악한 늙은 여인을 이렇게 조신한 악질로 만들었는가? 어디서 그녀는 어떤 것이 남을 해치는 악이고 어떤 것이 죄인지를 알았을까? 어떻게 그토록 하느님에 대해 말을 많이 하며 그토록 악마를 위해 많이 일하는가? 어떻게 그렇게 악의를 가지고 죄를 많이 지으면서 무지해서 그랬다고 변명도 하지 않는가?'

이런 생각을 하며 하룻밤을 지새웠지. 이내 날이 밝더구먼. 그때 우리 둘은 마당 한가운데 있었어. 그녀는 정신이 돌아오지 않았고, 나는 그녀 곁에 웅크리고 앉아 열심히 그녀의 그 놀랄 만큼 추한 꼴을 보고 있었지. 병원 사람들이 모여들었고, 그 광경을 보고 어떤 사람들은 말했어. '착한 까니사레스가 벌써 죽었구먼. 고행을 얼마나 했는지 저 빼빼 마르고 일그러진 모습 좀 봐.' 좀 생각이 있는 다른 사람들은 그녀의 맥을 짚어 아직 맥이 있고 죽지 않은 것을 보고, 그녀가 순수하고 착해서 어떤 매혹에 빠져 황홀경을 경험하고 있는 것으로 이해했어. 또 이렇게 말하는 사람들도 있었지. '이 늙은 할망구는 틀림없이 마녀일 거야. 유약을 바르고 저 모양이라니까. 성자들은 절대로 저런 불순한 무아지경에 빠지지 않아. 지금까지 그녀를 아는 사람들 말을 들으면 그녀는 성자보다는 마녀로 유명하지.'

호기심에 찬 사람들 중에는 가까이 와서 머리끝에서 발끝까지 살에 핀을 찔러보는 사람들도 있었지. 아무리 그래도 잠에 빠진 그녀는 깨어나지 않다가 날이 밝아 7시가 되어서야 정신이 돌아왔어. 그녀는 자신이 핀에 찔리고 내가 밖으로 끌어내느라 뒤꿈치를 물어 피멍이 들어 있는 걸 보았어. 수많은 눈들이 그녀를 지켜보는 가운데, 그녀는 자기를 그 모양으로 만든 장본인이 나라는 사실을 안 것 같았어. 내게 덤벼들어 내 목을 두 손으로 조여 질식시키려고 하면서 그녀가 말했어. '아이고, 이런 개망나니, 배은망덕하고 무지하고 사악한 놈아! 그래, 이것이 네 엄마에게 내가 베푼 큰 은혜에 대한 보상이냐? 너에게 정말 좋은 일을 해줄 생각이었는데?'

그 사나운 여자의 손톱 사이에서 목숨을 잃을 위험에 처한 나는 몸을 털고 일어서서 그녀 배때기의 긴 치맛자락을 물고 흔들어댔어. 그녀를 끌고 온 마당을 휘저었지. 그녀는 이 악랄한 악귀의 이빨로부터 자기를 구해달라고 소리쳤지.

그 사악한 늙은이의 말 때문에 대부분의 사람들은 내가 무슨 악마나 되는 걸로 생각했어. 한없이 선량한 기독교인들에게 원한을 품고 있는 악마들 말이야. 몇사람은 악마를 쫓는 성수를 뿌리려고 내게 다가왔어. 다른 사람들은 내게서 그녀를 빼내려고 했지만 감히 다가올 엄두를 못 냈고 또다른 사람들은 나 같은 악마를 내쫓으라고 소리질렀지. 노파는 으르렁댔어. 나는 이빨을 더욱 악물고 흔들었고, 더욱 난장판이 되었지. 이미 그곳에 와 있던 내 주인은 내가 악마라고 하는 소리를 듣고 어쩔 줄 몰라했어. 귀신 쫓는 법을 모르는 어떤 사람들은 서너개 작대기를 가지고 달려들어 내 등을 후려치기 시작했어. 장난이 아니라 온몸이 쑤셔와서 마침내 나는 노파를 풀어주었어. 나는 세번 뛰어 길가로 나왔고 몇번 더 뛰어 마을에서 벗어났어. 수없이 많은 조무래기들이 나를 쫓아오면서 소리를 질러댔어. '저리 비켜요, 현자 개가 미쳤어요!' 어떤 아이들은 말했지. '미치거나 광견병에 걸린 게 아니라 개 모양을 한 악마래요!' 이렇게 혼쭐이 나면서 나는 황급히 그 동네를 빠져나왔지. 내가 부린 갖가지 재주와 그 노파가 저주스러운 꿈에서 깨어나서 한 말들로 미루어 사람들은 나를 틀림없는 악마로 생각했어. 그 사람들 눈앞에서 사라지기 위해 얼마나 빨리 도망을 쳤던지, 그들은 내가 악마처럼 사라졌다고 믿었지. 여섯시간 사이에 12마장을 걸어서 그라나다 가까운 한 들판에 있는 집시들 부락에 다다랐지. 거기서 나는 몸을 추스를 수 있었어. 집시 중의 어떤 이들은 나를 '현자 개'로 알고 있어서 상당히 좋아하며 받아들여 나를 어느 굴속에 숨겨주었거든. 나를 찾으러 와도 발견하지 못하도록 말이지. 나중에 안 일이지만 그들은 북쟁이 주인이 그랬던 것처럼 나를 이용해 돈을 벌 생각이었어. 그들과 스무날을 있으면서 그들의 습관과 생활방식을 보고 배웠어. 정말 신기해서 자네에게 꼭 이야기해주고 싶네.

시삐온 베르간사, 더 이야기하기 전에 그 마녀가 한 이야기를 곰곰이 생각해보는 게 좋겠어. 자네가 믿고 있는 그 큰 거짓말이 진실일 수 있는지 알아봐야 해. 이봐, 베르간사, 까마차가 사람을 짐승으로 바꾸어놓았다는 얘기를 믿는 건 그야말로 엄청나게 웃기는 소리야. 교회지기가 당나귀 모습으로 그녀를 섬겼다는 건 그녀가 몇년간 몰고 다녔다는 당나귀 이야기겠지. 그런 이야기나 그 비슷한 얘기는 속임수거나 사기가 아니면 악마의 둔갑술일 거야. 지금 우리가 약간의 이성과 지혜를 가지고 있는 것처럼 보인다면, 왜냐하면 우리가 정말 개거나 아니면 개의 모습으로 있으면서 말을 하니까, 우리는 벌써 그건 엄청난 기적이거나 한번도 보지 못한 놀라운 일이라고 말했을 거야. 그리고 우리는 그 사건이 어떻게 될지 결정되기 전까지는 그걸 손으로 만지더라도 믿을 수가 없지. 더 분명히 말해줄까? 까마차가 얼마나 허망하고 바보 같은 일들을 들어 우리가 본모습으로 돌아올 거라고 말했는지 생각해봐. 자네에게는 예언처럼 들리는 그 말들이 내게는 우화나 할머니들 옛이야기로밖에 들리지 않아. 그 머리 없는 말이라든지 요술 막대처럼 길고 긴 겨울밤에 난롯가에서 심심풀이로 우리를 즐겁게 하던 이야기들 말이야. 그것이 그런 심심풀이 이야기가 아닌 다른 말이라면 이미 예언은 실현된 거지. 내가 들은 바로는 그 말은 소위 비유적 의미로 받아들여야 하니까 말이야. 비유는 글자 뜻 그대로 이해해서는 안 되지. 그러니까 다른 것, 비록 차이가 있지만 비슷한 어떤 거야. 그래서,

> 자신의 진짜 형태로 돌아오리라
> 그들이 부지런히 노력하여
> 우뚝 선 오만한 자들을 넘어뜨리고
> 힘을 얻은 그 강력한 손으로
> 시달리는 미천한 자들을 끌어올릴 때
> 그 개들은 진짜 사람으로 돌아오리라

라는 말을 내가 말한 의미로 받아들이면, 내 생각에 그 뜻은 어제 운명의 바퀴의 정상에 있던 사람들이 오늘은 불행의 발밑에 깔리고 무너져, 그들을 가장 존경하고 좋아하던 자들이 그들을 무시하는 상황이 올 때 우리가 우리의 진짜 모습을 회복하게 된다는 거야. 또한, 두시간도 안 된 조금 전에 이 세상에 보내져 사람 숫자만 불리는 것밖에 별다른 역할이 없을 것처럼 보이는 사람들이 지금 우리 눈앞에서 잃어버린 좋은 운수의 덕으로 정상에 있는 것을 볼 때, 처음에는 너무 작고 쪼그라들어 있어서 눈에 보이지 않던 것들이 너무 높고 커져서 다다를 수도 없이 될 때, 이럴 때 우리가 자네 말처럼 본모습으로 돌아오는 거라면, 우리는 이미 그걸 보았거나 살아가는 동안 계속 보게 되겠지. 그러니 까마차의 말을 비유적 의미가 아니라 글자 그대로 현실로 받아들일 수도 있겠지. 그런데 우리는 그 말을 여러번 했지만 자네도 보듯이 우리는 계속 개인 상태 그대로잖아? 그러니 그 말은 우리를 바꿀 수 없고 그러니까 까마

차는 거짓말쟁이 사기꾼이야. 까니사레스는 위선자고, 몬띠엘라는 망나니 바보 천치에 사악한 여자지. 그녀가 만일 우리 어머니라면 죄송한 말이지만…… 내 말은, 그 진짜 의미는 서 있는 핀들을 잽싸게 무너뜨리고 무너진 핀들은 다시 일으켜세우는 볼링 게임이라는 거야. 이봐, 우리가 다시 사람이 되었다면 살아오는 동안 우리도 이런 볼링 게임을 본 적이 있거나 보고 있을 거야.

베르간사 시뻬온, 자네의 말이 맞아. 내가 생각한 것보다 자네는 사려 깊구면. 자네가 말한 것을 듣고, 나는 이제까지 우리에게 벌어진 일과 지금 일어나고 있는 모든 일이 꿈이라는 것을 믿게 되었어. 그리고 우리는 개지. 그러나 그렇다고 말하는 즐거움과 인간의 대화를 하는 행복을 그만둘 수는 없어. 이제 나를 굴에 숨겨준 집시들과 있었던 일을 이야기할 텐데, 자네가 지치지 않았길 바라네.

시뻬온 즐겁게 듣겠네. 하늘이 허락해 내 인생사를 이야기할 때 자네도 반드시 들어주기 바라.

베르간사 집시들과 있으면서 일어났던 일이란 그들의 수많은 못된 짓과 야바위와 사기, 도둑질 들이지. 집시라면 여자나 남자나, 가까스로 기저귀를 벗어나 걸음마를 뗄 때부터 모두들 그짓들을 하지. 에스빠냐에 집시가 수없이 많이 흩어져 있는 걸 자네도 알지? 그들은 모두 서로를 알고 서로의 소식을 주고받는다구. 그리고 이자들의 도둑질을 저자들에게 씌우고 바꿔치고 또 저자들의 일을 이쪽으로 돌리고 하지. 꼰데올이라는 대장 한 사람을 왕보다 더 잘 섬기고 그에게 복종하지. 꼰데올은 그를 따르는 모든 자들에게 말도나도라는 성으로 통하는데, 그가 귀족 가문 출신이기 때문에 이런 성을 쓰는 건 아니야. 이 성을 가진 신사의 하인 하나가 한 집시 여인에게 반했는데, 그녀는 그 하인이 집시가 되어 자신을 정식 아

내로 맞아들이지 않으면 그의 사랑을 받아들이지 않겠다고 했다는
거야. 하인은 그 말대로 했고, 다른 집시들은 그를 무척 사랑해서
자신들의 주인으로 받들어 모시고 충성을 맹세했지. 그리고 복종
의 표시로 뭐가 됐든 자신들이 훔친 것의 일부를 매일 그에게 바친
다는 거였어. 그들은 심심할 때 재미 삼아 쇠붙이로 물건들을 만드
는 일에 열중하는데, 그들의 도둑질에 편리한 도구들을 주로 만들
었지. 그래서 집시들이 거리에서 집게니 송곳, 망치 들과 삼발이니
부삽을 팔려고 가지고 나온 걸 볼 수 있을 거야. 여자들은 모두 산
파들이지. 이 점에서는 어느 누구보다도 나아. 비용도 안 들고 어떤
도구도 없이 아이들을 잘 낳게 도와주거든. 그들은 갓난아이를 낳
자마자 찬물에 씻기지. 그래야 태어나서부터 죽을 때까지 피부가
무두질한 듯 튼튼해져서 하늘의 무자비한 날씨와 혹독한 추위를
견디고 살아갈 수 있다는 거야. 집시들은 모두가 씩씩하고 춤 잘
추고 달리기 잘하고 줄 잘 타는 곡예사들이야. 그들의 나쁜 습관이
다른 사람들에게 알려지는 것을 원치 않기 때문에 항상 자기들끼
리 결혼하지. 여자들은 남편을 위해 순결을 지키고, 자기 세대가 아
닌 다른 사람들과 남편을 모욕하는 여자들은 거의 없어. 구걸을 할
때는 하느님이나 신앙심에 의지하지 않고 험한 잡소리나 수작을
부려 돈을 얻어내지. 아무도 공공연하게 그 여자들을 믿고 써주는
사람이 없어서 하녀로는 일하지 못하고 빈둥거리며 살아가지. 내
평생 교회에 여러번 들어가봤는데, 내 기억이 맞는다면 집시 여자
가 제단 앞에서 성체를 받는 것은 한번도 본 적이 없어. 그들 머릿
속에는 어떻게 사람들을 속이고 어디서 도둑질을 할 것인가 하는
생각밖에는 없어. 훔친 것은 서로 나누고 훔칠 때 어떻게 했는가
이야기하기도 좋아하지. 그래서 어느날 한 집시가 내 앞에서 다른

집시들에게 자기가 어떤 농부를 속이고 도둑질한 이야기를 해주었어. 그 집시는 꼬리가 잘린 당나귀를 가지고 있었는데, 그 엉덩이에 뻣뻣하지 않고 털이 많은 가짜 꼬리를 붙였어. 아주 자연스러워서 본래 제 꼬리 같았어. 시장에 그 당나귀를 내갔는데, 농부 하나가 금화 10두까도를 주고 그걸 샀지. 그 집시는 농부에게서 돈을 받고 나서, 지금 그 당나귀와 형제인 다른 당나귀를 살 의향이 있느냐고 물었지. 지금 가져가는 당나귀처럼 좋은 당나귀라고, 게다가 더 좋은 값에 팔겠다고 말했지. 농부는 자기가 사겠으니 그 당나귀를 찾아서 데려오라고, 당신이 당나귀를 데려오는 동안 자기는 이미 산 당나귀를 객줏집에 데려다놓겠다고 했어. 농부가 가고 나서 그 집시 녀석은 그를 따라갔어. 어떻게 했는지 그 집시는 교묘한 솜씨로 자기가 판 당나귀를 다시 훔쳤지. 그러고는 전의 그 가짜 꼬리를 떼고 자기가 가져온 털 많은 꼬리를 붙였지. 안장을 바꾸고 뱃대끈도 바꾸었어. 그리고 용감하게 그 농부를 찾아가서 그 당나귀를 사라고 했지. 농부는 자기가 산 첫번째 당나귀가 없어진 것을 알기도 전에 집시를 만난지라, 몇번 흥정도 안 하고 두번째 당나귀도 샀지. 값을 지불하려고 객줏집에 가서야 자기가 산 당나귀가 없어진 것을 알았어. 보기에 다른 점이 많았지만 농부는 집시가 먼젓번 당나귀를 바꿔치기 했으니 값을 지불하지 않겠다고 했어. 집시는 처음 당나귀 팔고 지불한 매상세를 받은 사람들을 증인으로 내세웠어. 그들은 맹세코 집시가 농부에게 꼬리털이 긴 당나귀를 팔았고 그 당나귀는 두번째 판 당나귀와는 아주 다르다고 말했지. 이 모든 증언에 경찰이 참석했어. 그는 여러 사실을 듣고 집시의 손을 들어주었고, 농부는 당나귀 한마리를 사면서 값을 두번이나 지불해야 했다는 거야. 그들은 그밖에도 다른 수많은 도둑질에 대해 이야기했지. 대부분은 가축 도둑질 이야기였는데, 그게 제일 많이 하는 짓들이고 그들은 그 일에 도가 튼 자들이었으니까. 결국 그 친구들은 나쁜 자들이야. 비록 여러 덕망 있는 재판관들이 그들을 처벌했지만 그렇다고 그들이 버릇을 고친 적은 없지.

스무날 뒤에 그들은 나를 데리고 무르시아로 가려고 그라나다를 지났어. 거기에는 이미 내 북쟁이 이전 주인이 있었지. 그걸 알고서 집시들은 그들이 묵던 여관방에 나를 가뒀어. 그들이 말하는 것을 들어보니 이 여행을 탐탁지 않아 하는 것 같아서 나는 도망가기로 결심했지. 그라나다를 벗어난 나는 한 무어족의 과수원에 다다랐는데, 그는 나를 반갑게 받아주었지. 나도 기꺼이 거기서 지내기로 했어. 그는 과수원을 지키는 것 말고 내게 바라는 게 없어 보였어. 내 생각에 그건 가축들을 지키는 것보다 일이 적었고 그 대가로 받는 건 전과 크게 다름없었으니, 나는 모실 주인이 있어 좋고 그 무어족으로서도 쉽게 부려먹을 하인 하나가 생긴 셈이니 좋았겠지. 나는 그와 한달 이상을 함께했어. 그 생활이 특별히 좋아서라기보다 그를 통해 에스빠냐에 사는 무어족의 삶을 알아가는 재미가 있었거든. 아, 시삐온, 그 무지막지한 이교도들에 대해 얼마나 할 이야기가 많은지, 다 하자면 2주일 안에도 끝내지 못할까 두렵네! 하나하나 구체적으로 하자면 두달도 모자랄 거야. 그래도 그 알량한 사람들에 대해 보고 듣고 느낀 특징적인 몇가지만 얘기해줄 테니 들어봐.

기적 같은 일이지만 수많은 그들 중에도 성스러운 기독교인의 법을 제대로 믿는 사람이 하나 있었어. 그들이 하는 생각이라곤 어떻게 하면 돈을 긁어모아 잘 지킬까 하는 것뿐이야. 그들은 그걸 위해 죽도록 일만 하고 먹을 것도 제대로 먹지 않지. 수중에 한푼이라도 들어오면, 동전이 아닌 바에야 영원한 어둠 속 감옥에 평생 죄수로 들어가는 셈이지. 항상 돈을 벌어도 절대 쓰지 않으니 에스빠냐에서 가장 많은 돈을 쌓아놓고 살지. 그들은 그들의 저금통이고 좀이고 까치고 족제비야. 모두 안 가는 데가 없고 모두 숨기고 모두 삼키지. 그들의 수가 얼마나 많은지 생각해봐. 그들은 날마다 돈을 벌어 적거나 많거나 다 숨기고, 일사병이나 소모열이 서서히 열이 오르듯 그들의 수는 계속 늘어나지. 그리고 이제까지의 경험이 보여주듯이 그들의 재산도 끝없이 불어날 거야. 그들 사이에는 순결이라는 게 없고 여자들은 종교에 속하지 않아. 모두 결혼해서 사람 수를 늘리는데, 검소한 생활은 세대수를 늘리는 데 큰 자극이 되기 때문이지. 그들은 전쟁이나 지나친 운동으로 스스로를 소모하지도 않아. 발 하나 꼼짝 않고 조용히 우리에게서 훔쳐가고 우리 유산의 결실을 우리에게 되팔아 그들만 부자가 되지. 그들에게는 하인들도 없어. 모두들 스스로 돌보니까. 자식들을 공부시키느라고 돈을 쓰지도 않아. 왜냐하면 그들의 학문이라곤 우리에게서 훔치는 일뿐이니까. 내가 들은 바로는, 야곱의 열두 아들이 이집트에 들어갔는데 모세가 그들을 포로 생활에서 해방시켰을 때는 아이와 여자를 빼고 60만명의 사내들이 나왔다는 거야. 여기에서 우리는 이 무어족 사람들이 늘어나 비교할 데 없이 많은 숫자가 되리라는 것을 알 수 있지.

시삐온 자네가 묘사하고 지적한 그 모든 피해를 막을 방법을 찾아보았지. 자네가 말한 것보다 말하지 않은 것이 훨씬 크고 많다는 것을 나도 잘 알아. 지금까지 그런 짓을 막을 적당한 방법은 찾지 못했지만 우리나라에는 아주 덕망 있는 감사원 사람들이 많아. 우리 에스빠냐가 수많은 무어족 같은 독사들을 가슴에 품고 키우고 있다는 걸 생각할 때, 그들은 하느님의 도움으로 큰 피해에 대한 확실하고 안전한 돌파구를 찾을 거야.

베르간사 내 주인은 그 민족 사람들이 다 그렇듯이 인색한지라, 그들이 주로 먹는 옥수수빵이나 남은 죽 정도를 내게 먹으라고 주었지. 그러나 이런 곤궁함이 내가 아주 이상한 방법으로 하늘을 모시도록 도와주었어. 이제 들어보라구. 날마다 동이 틀 무렵에 나는 한 석류나무 밑에 앉아 아침을 맞았지. 과수원의 많은 사람들 중에 한 청년이 있었는데, 보아하니 학생 같았어. 그는 학생복을 입었는데, 털이 다 빠져 올이 드러나 보이는 낡은 옷이었지. 그는 공책 하나에 글을 쓰면서 시간을 보냈어. 이따금 자기 이마를 손바닥으로 치기도 하고 하늘을 보며 손톱을 물어뜯기도 했어. 어떤 때는 생각에 몰두해서 손도 발도 심지어 속눈썹까지도 움직이지 않을 정도로 무아지경이었지. 내가 한번은 그가 눈치채지 못하게 가까이 다가갔다가 그가 입속으로 중얼거리는 소리를 들었어. 상당히 오랜 시간이 흐른 뒤에 드디어 그가 큰 소리로 말했지. '아, 내 평생에 최고로 멋있는 팔행시를 한편 썼구나!' 그러고는 공책에 바삐 무얼 써내려가면서 굉장히 즐거워하는 모습이었어. 나는 그 모습으로 보아 이 불행한 친구는 시인이구나 하고 생각하게 되었지. 나는 여느 때처럼 애교를 떨면서 내가 온순하다는 것을 확실히 보여주려고 그의 발밑에 엎드렸어. 그는 계속 자기 생각에 몰두하면서 다시 머리를 긁었다가 다시 무아지경에 빠졌다가 또 떠오른 것을 쓰기 시작했지. 이러고 있는데 과수원에 또다른 청년이 들어왔어. 옷을 잘 차려입은 멋쟁이로, 손에 든 종이 몇장을 이따금씩 힐끔거렸어. 그가 시인 청년이 있는 데로 다가와 물었어. '연극 첫 막을 끝냈어?' 시인이 대답했지. '방금 끝냈어. 아무도 상상하지 못할 만큼 아주 멋지게 끝냈어.' 두번째 청년이 물었지. '어떻게?' 시인 친구가 답했어. '첫 막에서 거룩한 교황이 열두 대주교들과 나오지. 모두들 자색 옷을 입고 있어. 내 연극의 이야기가 말하는 사건이 벌어지는 때가 '복장 갈아입는' 때니까 대주교들이 붉은색 옷이 아니라 자색 옷을 입은 거지. 예법상 대주교들은 자신에 맞게 자색 옷을 입어야 해. 이건 상당히 중요한 점이야, 경우에 맞게 하는 거 말이야. 보통 작가들은 여러가지 실수를 저지르거든…… 나는 이런 일에 실수할 수가 없지. 나는 옷을 잘 갖춰입도록 로마의 예법을 다 읽었거든.' '그럼 어디서,' 두번째 사람이 말을 받았지. '우리 제작자가 열두 대주교가 입는 자색 옷을 구해줄 거라고 생각하나?' '만약 옷을 하나라도 빼면,' 작가 시인이 대답했지. '내 작품을 날려버리겠어. 제기랄! 이런 근사한 의상을 망쳐놓으라고? 상상해봐, 극장에 지고의 교황과 열두명의 엄숙한 대주교와 함께 여러 장관들이 나오는 장면을 말이야. 정말이지 「다라하의 꽃다발」이 아무리 엄청난 인기를 끌었다 해도 이건 연극 역사상 가장 스펙터클한 최고의 장면이 아니겠어?'

여기서 나는 한 사람은 시인 작가이고 다른 한 사람은 연극배우인 것을 알게 되었지. 배우는 시인 작가에게 제작자가 그 연극을 무대에 올리는 걸 불가능하게 하고 싶지 않거든 대주교를 좀 줄이라고 조언했지. 그 말에 시인 작가는 교황 선출 모임을 다 넣지 않은 것만도 자기에게 감사하라고 했어. 자기 최고의 연극에 사람들의 기억에 남을 만한 기념비적인 장면과 함께 교황 선출을 집어넣을까 생각했었다고 말이야. 배우는 웃었지. 그리고 시인은 그의 일에 몰두하도록 내버려두고 그는 자기 일이나 하기로 했어. 그것은 새로운 연극의 배역을 연구하는 거였지. 시인 작가는 그 훌륭한 연극 대본의 노래 가사 몇개를 쓰고는 천천히 호주머니에서 빵조각과 건포도 스무알 정도를 꺼냈어. 내 생각에는 그랬던 것 같은데 확실히는 모르겠는 것이, 빵부스러기가 섞여서 건포도가 많아 보였거든. 그는 훅 불어서 건포도에서 빵부스러기를 걷어내고 그것들을 하나씩 하나씩, 건포도 줄기까지 먹어치웠어. 뭐 하나도 버리는 걸 보지 못했으니까. 빵이 너무 딱딱해서 그는 입속에서 몇번이고 그걸 우물거려 부드럽게 해보려고 했지만 실패했지. 그러자 그는 내게 빵을 던지며 말했어. '어이, 먹어, 실컷 먹으라고!' '이것 봐,' 내가 속으로 말했지. '이 시인 친구가 내게 신의 감로주와 선식을 주시는구먼. 시인들은 아폴로와 신들이 하늘에서 이런 걸 먹고 산다고 하지!' 결국 대부분의 시인이라는 사람들이 참으로 빈곤하게 산다는 이야기지. 그러나 내 배고픔이 더 큰지라 나는 그가 버리는 것을 먹을 수밖에 없었지. 그는 연극 대본을 쓰는 동안 계속 과수원을 찾았고 나에게도 빵부스러기가 떨어졌지. 왜냐하면 그 작가는 아주 관대해서 전부 다 나누어 먹었거든. 그리고 나면 우리는 함께 우물가로 가서 바짝 엎드려 두레박으로 제왕들처럼 목마름을 달랬지.

그러나 시인이 더이상 오지 않자 나는 배고픔을 참을 수 없어 마침내 그 무어족을 떠날 결심을 했지. 시내에 들어가 행운을 찾아보기로 한 거야. 시내로 들어간 나는 그 유명한 산 헤로니모 수도원에서 나의 시인이 나오는 것을 보았어. 그는 나를 보자 두 팔을 벌리고 다가왔지. 나 또한 새로이 그를 만난 기쁨을 표시하며 다가갔어. 그는 즉시 가방에서 빵조각을 꺼내기 시작했어. 늘 과수원에 가져오던 것보다 훨씬 부드러운 빵이었지. 그는 그걸 자기 입에 한번 대보지도 않고 바로 내 이빨에 물려주었어. 나는 그 새로운 맛으로 기꺼이 내 배고픔을 달랬지. 그 부드러운 빵조각이며 아까 그 수도 원에서 시인이 나온 것으로 보아, 다른 많은 작가들이 그러하듯 이 시인도 부끄러움 잘 타는 뮤즈가 있는 것이 아닌가 짐작했지. 그 는 시내를 향해 발을 옮겼고 나는 그를 따라갔어. 그 사람이 원하 면 주인으로 섬길 결심이었어. 내 생각에는 그의 성에 남는 것들이 나의 궁한 현실을 지켜줄 것 같았거든. 자비의 주머니만큼 더 크고 좋은 주머니는 없고, 자비의 너그러운 손길은 절대 가난하지 않으 니까 말이야. 그래서 나는 '줄라 치면 벌거숭이보다 구두쇠가 더 준다'는 속담을 믿지 않아. 구두쇠나 인색한 자가 너그러운 벌거 숭이보다 무얼 더 준다는 말은 틀렸어. 우리는 이따금씩 어떤 연극 제작자의 집에 머물기도 했어. 내 기억으로 그 이름이 '짓궂은 앙 굴로'라든가 했는데, 제작자가 아닌 배우 앙굴로와 구별하기 위해 서 그렇게 부른 거야. 그 당시에나 지금이나 희극에서 가장 웃기기 잘하는 그 배우 말이야. 내 주인은 이미 어느정도 명성이 있어서 극본을 들어보려고 전극단이 다 모였지. 하지만 1막 중간쯤부터 하 나씩 둘씩 자리를 뜨기 시작하더니 결국 모두가 사라졌어. 관객이 라곤 제작자와 나뿐이었어. 내가 그런 일에 대해서는 한낱 바보에 불과하지만, 그 연극은 마치 악마가 일부러 작가를 완전히 망치려 고 쓴 것 같았어. 주인은 관객이 너무 조용하고 반응이 없자 목이 타 벌써부터 침을 삼키고 있었지. 그의 예언자적인 영혼이 그에게 이제 닥칠 치욕을 예고해줬는지는 모르겠어. 열두명이 넘는 배우 들이 전부 다시 들어왔거든. 배우들은 말 한마디 없이 시인 작가를 붙들었지. 제작자가 소리지르고 애걸하며 중간에서 권위를 보이지 않았다면 배우들은 틀림없이 주인을 담요에 싸서 내동댕이쳤을 거 야. 나는 이 광경을 보고 경악했어. 제작자는 화를 냈고, 배우들은 즐거워했고, 시인은 완전히 낙심한 모습이었지. 그는 일그러진 얼굴로 극도의 인내심을 발휘해 자기 대본을 가슴에 안고 거의 속삭이는 소리로 한마디 했지. '돼지들에게 꽃을 주는 게 아니었어.'

이렇게 해서 모든 게 아주 조용해졌지.

나는 난처해서 그를 따라갈 수 없었고 그러고 싶지도 않았어. 제작자가 나를 여러번 쓰다듬고 애정을 보여주어서 어쩔 수 없이 나는 그 사람과 남게 되었지. 그리고 한달 뒤에 나는 뛰어난 무언극 주인공이 되었어. 막간극의 인물이나 간단한 소극 주인공 말이야. 제작자는 내게 노끈으로 만든 재갈을 물리고 극장에서 자기들이 원하는 사람에게 덤벼들라고 가르쳤지. 막간극은 대부분이 몽둥이질로 끝나는데, 내 주인의 극단에서는 마지막에 나를 부추기고 윽박질러 모든 사람에게 덤벼들어 넘어뜨리게 만들었지. 그렇게 해서 모르는 사람들을 웃게 만들고 우리 주인은 많은 돈을 벌었던 거야. 오, 시삐온, 내가 이 극단과 다른 두 희극 극단에서 본 것을 어떻게 말로 다 하겠어? 하지만 간략하고 짧은 이야기로 줄이는 것은 불가능하니까 다음날로 미루기로 하지. 우리가 이야기를 나눌 만한 다음날이 있다면 말이야. 내 사설이 얼마나 긴지 보았지? 나의 사연이 얼마나 많고 다양한지 보았지? 내 주인들과 인생길이 많고도 많은 거 봤지? 하지만 지금까지 들은 이야기는 아무것도 아니야, 내가 보고 연구하고 관찰했던 사람들의 행동, 인생, 습관, 활동, 일, 오락, 무지함과 예리함, 그밖에 끝없이 많은 것들에 대한 이야기에 비하면 말이야. 어떤 이야기는 귀엣말로 해야 하고 어떤 이야기는 대중 앞에서 소리쳐 이야기해야 하는 것들이지. 그리고 이 모든 이야기는 기록하여 남겨야 해. 거짓 인물들이나 조작된 것들, 변형된 아름다움을 숭상하는 많은 사람들을 일깨워주기 위해서 말이지.

시삐온 베르간사, 자네가 발견한 그 긴 항목들이 이야기를 길게 만든 것이 이해가 되는구먼. 내 생각에는 말일세, 특별한 꽁뜨로 남기는 게 좋겠어. 놀랄 것 없는 조용한 휴식 시간을 위해서 말이야.

베르간사 그러자구. 이제 들어봐. 나는 한 극단과 이 도시 바야돌리드에 왔어. 여기에서 막간극에 나갔다가 내가 상처를 입었는데 하마터면 목숨이 끝장날 뻔했지. 그때는 복수할 수가 없었어. 입에 재갈이 물려 있었거든. 그 뒤에 냉정해지자 복수를 하고 싶지가 않아졌어. 계획된 복수는 잔인하거나 나쁜 기질을 드러내기 십상이니까 말이야. 나는 이 연극 일이 지겨워졌어. 일이 힘들어서가 아니라 처벌하고 고쳐야 할 것들이 눈에 띄었기 때문이지. 내겐 그걸 고칠 힘도 없고 마음만 아팠기 때문에 차라리 보지 않는 것이 좋겠다고 생각했어. 그래서 나는 더이상 악행을 할 수 없어 그만둔 사람들이 도피처로 숨듯이 그렇게 숨기로 했지. 참회를 아예 안 하는 것보다 늦게라도 하는 게 나으니까. 그러니까 내 말은, 어느날 밤 한 선량한 기독교인 마우데스와 등불을 들고 가는 자네를 보았다는 거지. 성스러운 일을 하면서 올바르고 즐겁게 살아가는 모습이 좋아 보여서, 부럽고 좋은 마음에 자네의 길을 따라가기로 결심했어. 그래서 그런 칭찬할 만한 의도로 마우데스 앞에 섰지. 그는 즉시 나를 자네의 동반자로 선택하고 이 병원으로 데려온 거야. 이 병원에서 일어난 일도 적잖게 많아서 다 이야기할 시간이 없을 것 같구먼. 특히 이 병원에 오게 된 네 환자들의 기구한 운명 이야기를 들었거든. 네 사람이 네 침대에 모두 함께 있게 된 사연 말이야. 미안하지만 이야기가 짧아서 오래 걸리지는 않을 거라네.

시삐온 괜찮아. 하지만 내 생각에는 날이 밝으려면 얼마 남지 않은 것 같네.

베르간사 저 병실 끝에 있는 네 침대 이야기인데, 침대 하나에는 연금술사, 다른 하나에는 시인, 또 하나에는 수학자, 그리고 마지막 하나에는 소위 엉터리 해결사라고 하는 사람이 있었지.

시삐온 그 선량한 사람들을 본 기억이 나네.

베르간사 지난여름 낮잠 시간에 창문은 모두 닫혀 있고, 나는 그들 침대 중 하나 밑에서 숨을 돌리고 있었지. 시인이라는 사람이 아주 슬프게 신세타령을 하더구먼. 수학자가 무슨 슬픔이 그리 많냐고 묻자, 그는 자기의 불운함에 대해 이야기하기 시작했어. '어떻게 한탄하지 않겠어요?' 시인이 말했지. '로마 시인 호라티우스가 『시학』에서 말한 시법 그대로 지켜 시를 지은 지 10년이 다 되었는데 아무리 노력해도 그 작품이 출판이 안 되니 말이에요. 나는 20년 동안 한 직장에서 있으면서 12년을 견습생으로만 있는 셈이지요. 작품이야 주제도 숭고하고 독창성도 있고 새롭고 놀라운데다 시구도 점잖고 줄거리도 재미있어요. 첫장부터 중간과 종장까지 통하도록 일관성 있고, 전체적으로 고상하고 영웅적이며 내용도 좋은데, 이런 작품을 가지고도 나를 이끌어줄 왕자 하나 없다는 게 말이 됩니까? '왕자'란 지혜롭고 관대하고 도량이 넓은 분 말이지요. 지금 세상은 비천하고 타락한 시대예요!' '그 작품은 무엇에 관한 건데요?' 연금술사가 물었지. 시인이 대답했어. '영국 아서 왕의 투르핀 대주교가 『산또 브리알을 찾아나선 이야기』[8]와 함께 쓰다 만 책에 대한 이야기인데요, 모두 영웅서사시조로, 일부는 팔행시, 일부는 각운이 없는 시 형식으로 썼지요. 모두 끝에서 3음절에 강음절이 있는, 그러니까 동사 없이 명사로만 된 시구들로 씌

<hr>

8 1533년 세비야에서 출간된 무명씨의 기사소설 *La demanda del Santo Grial*을 가리킨다. Brial은 예수의 최후의 만찬의 성배를 뜻하는 Grial의 오자로 보인다.

어졌어요.' '나로서는,' 연금술사가 말했어. '시에 대해서는 잘 모르니 당신이 한탄하시는 불행에 대해 알맞은 대답을 드릴 수는 없지만, 당신이 아무리 불행하다 해도 내 처지만큼은 아닐 거외다. 나는 연금술에 필요한 도구나 장비로 나를 도와줄 독지가가 없어서 지금 수천의 황금 광산을 눈앞에 두고도 꼼짝 못 하는 신세지요. 손에 닿는 것은 모두 황금으로 만들었다는 그리스 신화의 미다스나 대부호들 크라수스나 크로이소스보다 더 많은 부를 축적했을 텐데 말이에요.' '당신은,' 이때 수학자가 말했지. '다른 금속으로 은을 만들어낸 경험은 없으신가요, 연금술사님?' 연금술사가 대답했어. '지금까지는 만들어보지 못했지만, 두달도 안 걸려 조약돌로라도 현자의 돌을 만들어낼 수 있습니다. 현자의 돌로는 은과 금을 만들 수 있지요.' '당신들은 당신들의 불행을 과장하시는 것 같네요.' 이때 수학자가 말했어. '결국 한 사람은 출판할 책이 있고, 또 한 사람은 현자의 돌을 만들어 부자가 될 참인데 말입니다. 하지만 내 불행은 비할 데 없이 커서 뭐라고 말해야 할지 모르겠습니다. 나는 22년 동안 고정소수점을 찾아 헤맸는데, 여기서 놓쳤나 싶으면 저기서 잡고, 이제 찾아서 절대로 도망갈 수 없는 것처럼 보이다가도 어느 순간 답으로부터 너무도 멀리 와 있는 걸 보면 완전히 경악할 수밖에요. 원적圓積 문제도 마찬가집니다. 답을 구할 수 있는 마지막 단계까지 온 것 같다가도 어찌 된 일인지 내 호주머니에 들어오지 않는단 말이지요. 그러니 내 괴로움은 코앞에서 과일이 흔들리고 있고 샘이 바로 가까이 있어도 배고프고 목말라 죽어가는 탄탈로스의 고통과 비슷합니다. 어느 때는 진리의 정상에 이른 것 같다가도 또 어느 때는 그로부터 너무도 멀리 떨어진 것 같은 생각이 듭니다. 내 고난의 짐을 짊어지고 방금 굴러떨어진 산을

다시 오르는 시시포스 같다고나 할까요.'

그때까지 침묵을 지키던 엉터리 해결사께서 여기서 침묵을 깨고 한마디 했지. '위대한 터키 황제의 자손 같은 네명의 불평불만 꾼들이 가난 때문에 이 병원에 모였구먼. 나는 일하는 주인공들에게 먹을 것도 안 주고 재미도 없는 직업이나 활동은 거부하오. 여러분, 나는 해결사요. 나는 우리 황제 폐하께 여러번 여러가지 중재를 해드린 일이 있소. 모두 폐하께 이득이 되고 국가에 손해가 없도록 한 일이었소. 지금 나는 청원서를 작성하고 있소. 내 새로운 사업을 대리해줄 사람을 임명해달라는 청원인데, 이 사업으로 황제 폐하는 빚을 전부 청산할 수 있을 거요. 그러나 이제까지의 내 청원 경험으로 보자면 이번 건도 쓰레기통이나 공동묘지로 갈 것 같이 보이는군요. 그럼에도, 내 은밀한 계획을 공표하는 셈이 되긴 하지만, 존경하는 여러분이 나를 바보 천치로 생각지 않도록 내 새로운 사업에 대해 설명하겠습니다. 나는 열네살부터 예순살까지 황제 폐하의 모든 신하들이 한달에 한번씩 정해진 날에 물과 빵만 먹고 금식할 것을 제안합니다. 그리고 그 하루 동안 먹을 과일, 고기, 생선, 와인, 계란, 채소 등의 식료품 비용을 전부 돈으로 환산하여 단 한푼도 속임 없이 황제 폐하께 바치도록 맹세하게 하는 겁니다. 이렇게 하면 황제 폐하는 20년 안에 모든 빚에서 자유로워지십니다. 내가 계산해보니 그 나이대에 해당하는 사람들이 에스빠냐에 300만명이 넘습니다. 환자와 노인, 어린아이 들을 빼고 말이오. 그리고 이들 중에 하루에 1.5레알씩 쓰지 않는 사람은 아무도 없을 테니, 하루 1레알씩만 바치게 하는 거요. 채소만 먹어도 그보다 더 적게 쓸 수는 없을 테니 말이오. 이렇게 하면 매달 300만 레알씩 거둬들이게 되니, 당신들 생각에는 이게 적은 돈 같소? 게다가 이것은 금식하는 이들에게도 이로운 일이지요. 금식을 함으로써 하느님을 기쁘게 하고 왕을 섬기며 건강에도 좋으니 말이오. 이것이 바로 지푸라기와 먼지를 턴 깨끗한 중재라는 거요. 대리인들을 써서 걷으면 나라를 망칠 테니 교회를 통해 걷으면 되겠지요.' 모두들 그 해결사와 그의 중재안을 듣고 웃었지. 그 사람도 자신의 엉터리 중재안에 웃고 말았어. 하지만 나는 그들의 희한한 이야기에 놀라고 감탄했어. 이런 사람들이 대부분 병원에서 인생을 마감하다니.

시삐온 자네 말이 맞아, 베르간사. 어디 더 할 이야기가 있으면 해보게.

베르간사 두가지가 더 있어. 그걸로 내 이야기는 끝을 내지. 벌써 날이 새기 시작하는 것 같으니까. 어느날 밤 나는 마우데스와 함께 이 도시의 시장 집으로 구걸하러 갔어. 시장은 훌륭한 신사에다 독실한 기독교 신자였지. 우리는 시장이 혼자 있는 걸 발견했어. 그가 이렇게 호젓하게 있는 기회를 틈타서 나는 병원에 대한 몇가지 조언을 전하는 게 좋겠다고 생각했어. 내가 병원의 한 늙은 환자에게서 들은 이야기인데, 한창 유행하는 떠돌이 처녀들의 타락을 막는 방법에 관한 거였어. 그 처녀들은 일하기가 싫어서 타락한 생활에 빠져든다는 거야. 얼마나 타락했느냐 하면, 벌써 두 여름을 모든 병원이 그녀들을 쫓아다니는 망나니들로 가득 찼다니까. 이건 참을 수 없는 전염병이고 역질이어서 하루 빨리 효과적인 처방이 필요했지. 나는 시장에게 그 이야기를 하려고 목소리를 높였어. 내 생각에 말이 나올 줄 알았지만 사리에 맞는 얘기가 나오는 게 아니라 황급하게 짖어대는 소리가 나왔어. 내가 하도 크게 짖어대니까 시장이 화가 나서 하인들에게 몽둥이로 나를 쫓아내라고 소리쳤어. 주인의 소리를 듣고 마부가 달려왔어. 그는 손에 잡히는 대로 청동물통을 들어 내 옆구리를 쳤는데, 얼마나 세게 쳤던지 그때 맞은 것이 지금까지도 아프다네.

시삐온 그래서 울어댔나, 베르간사?

베르간사 그래, 울지 않고 배겼겠어? 이미 말했듯이, 지금까지도 아픈데? 내 의도는 좋았는데 그런 벌을 받다니 내 심정이 어땠겠어?

시삐온 이봐, 베르간사, 부르지 않는 곳엔 가지 않는 게 낫고, 어울리지 않는 일은 절대로 하려고 해서는 안 돼. 잘 생각해야 할 것은, 가난뱅이의 충고는 아무리 좋아도 받아들여진 적이 없다는 거야. 가난하고 천한 사람은 모든 걸 다 안다고 생각하는 대단한 사람에게 절대 충고를 해서는 안 되지. 가난한 자에게 지혜는 어둠 속에 있지. 궁핍과 빈곤은 지혜를 어둡게 하는 그늘이나 구름이야. 어쩌다 그늘이 벗어져도, 사람들은 그 지혜를 바보 같은 소리로 알고 무시한다구.

베르간사 자네 말이 맞아. 내 머릿속에 새기고 지금부터는 자네의 조언을 따르겠네. 또 어느날 밤에는 한 귀족 부인 집에 들어갔어. 그 부인은 애완용 강아지라고 부르는 아주 작은 강아지 한마리를 품에 안고 있었어. 하도 작아서 가슴에 숨길 수도 있을 정도였지. 그 강아지는 나를 보자 부인의 품에서 뛰어내려 짖으면서 내게 달려들었어. 얼마나 용감하게 덤비던지 내 발 하나를 물 때까지 멈추지 않았어. 나는 그 암캉아지를 분노와 존경으로 돌아보았지. 그리고 속으로 말했어. '이 빌어먹을 짐승, 내가 어느 길거리에서 너를 잡으면 아무도 너를 상관 않을 때 이빨로 자근자근 씹어놓을 테다.' 그 강아지를 보며 내가 생각한 것이, 소심하고 비겁한 자라 할지라도 누군가 돌봐주는 사람이 있으면 용감하고 오만해져서, 자기보다 센 상대에게도 나서서 덤비고 욕보인다는 거야.

시삐온 자네가 말하는 진리의 한 예이자 증거가 주인들 그늘에서 함부로 거만하게 구는 사내들이지. 하지만 어쩌다 재수 없어 사고가 나거나 죽어서 기대고 있는 나무가 쓰러지면 금방 그 비겁함과 하찮음이 드러나지. 왜냐하면 사실 그가 가진 거라곤 자기 주인이나 뒤를 봐주는 사람이 부여한 가치밖에는 아무것도 없거든. 좋은 지혜나 덕이라는 것은 항상 하나지. 옷을 입거나 벌거숭이거나, 혼자 있거나 함께 있거나 말이야. 사람들이 존경하고 좋아해주느냐에 따라 영향을 받는 게 사실이야. 하지만 정말 가치 있는 존경과 진실의 바탕은 변함이 없지. 그리고 우리도 이런 말로 우리 이야기의 끝을 맺자구. 이 틈으로 비쳐드는 빛을 보니 날이 상당히 밝았구면. 돌아오는 밤에도 만약 이 위대한 말하는 능력이 우리에게서 사라지지 않았다면, 이번엔 내 차례야. 내 인생을 이야기해줄게.

베르간사 그러자구. 잘 봐둬, 바로 이 자리로 와야 해.


석사가 이 '대화'를 읽기를 마친 것과 동시에 소위가 잠에서 깨어났다. 석사가 말했다.

"비록 이 대화가 지어낸 이야기이고 결코 실제로 일어난 일이 아닐지라도, 제 생각에 잘 지으신 것 같네요. 그러니 소위님은 다음 대화록을 계속 쓰셔도 될 것 같아요."

"그런 의견이시라면," 소위가 대답했다. "나도 용기를 내어 써보도록 준비하겠습니다. 개들이 말을 했느니 말았느니 더이상 당신과 말다툼은 하지 않고요."

그 말에 석사가 말했다.

"소위님, 그 말싸움은 다시 하지 맙시다. 나는 이 '대화'의 창의력과 기법을 보았으니 그거면 되지요. 이제 경치 좋은 에스뽈론 둑

으로 갑시다. 지혜의 눈을 즐겁게 했으니 이제 육체의 눈을 즐겁게
해야지요."

"좋습니다." 소위가 말했다.

이렇게 말하고 그들은 떠났다.

# 현대 단편소설의 효시
## 세르반떼스의 『모범소설집』

『모범소설집』(*Novelas ejemplares*)은 1612년 검열을 마치고 이듬해인 1613년에 출판된다. 이때 세르반떼스의 나이 66세,『기발한 시골 양반 라 만차의 돈 끼호떼』(*El Ingenioso Hidalgo Don Quijote de la Mancha*, 1605)로 이미 인기 절정에 있을 때였다. 1585년 출간한 그의 유일한 목가소설『라 갈라떼아』(*La Galatea*)는 인기는커녕 20년 동안 제대로 인정받지도 못했으나『돈 끼호떼』1권은 뜻하지 않게 그에게 커다란 명성을 안겨주었다. 이로써 이미 소설가로서의 독창성과 완성도를 보여준 세르반떼스는『돈 끼호떼』2권(*El Ingenioso caballero Don Quijote de la Mancha*, 1615) 집필에 들어가는데, 이 과정에서 그의 문체는 지극히 자유롭고 풍성해진다. 이와 거의 같은 시기에 집필된

『모범소설집』은 세르반떼스 소설의 재미와 다각적 비전의 극치를 보여주는 작품집이다.

『모범소설집』은 세르반떼스 자신에게도 최초의 단편소설이었을 뿐 아니라 에스빠냐에서도 최초의 장르였다. "내가 에스빠냐어 (까스띠야어) 최초로 소설이라는 것을 썼다. 지금 국내에서 에스빠냐어로 출판되어 유통되는 다른 소설들은 모두 외국어에서 번역한 것들이다. 지금 나의 이 단편소설들은 내 스스로 창조한 것이며, 어디서 모방하거나 표절해온 것들이 아니다"[1]라고 그는 말한다.

세르반떼스의 이런 말은 자못 의미심장하다. 그는 이딸리아 작가 보까치오(Giovanni Boccaccio)의 『데까메론』(Decameron, 1348~53)에서 '소설'(novelli)이라는 말이 창조되었음을 알고 있었다. 원래 '새로운 단편 이야기'(novella)로서 10편의 사랑 이야기를 묶은 복수 형태로 '소설'(novelli)이라 불린 보까치오의 이 작품은 새로운 소설의 대명사가 되었다. 또한 세르반떼스는 아리오스또(Ludovico Ariosto)의 『성난 오를란도』(Orlando furioso, 1532)를 너무 좋아해 이 작품에 완전히 빠져 있었고, 『돈 끼호떼』에서는 이 작품의 주인공들에 대해 끝없이 이야기하며 소네트를 바치기도 했다. 특히 돈 끼호떼가 시에라 모레나에서 둘시네아의 배신에 대한 공포로 몸부림치는 것은 오를란도가 미녀 안젤리까의 배신을 알고 괴로워하는 장면의 모방이다.

세르반떼스는 자기 작품에 이딸리아 소설의 모방이 많음을 스스로 알고 있었으며 또한 이는 당시 에스빠냐 소설 전반의 풍조이기도 했다. 세르반떼스가 『모범소설집』이라는 단편소설집을 내면

........................................
1 Miguel de Cervantes, *Novelas ejemplares I*, Edición de Harry Sieber, Ediciones Cátedra, Madrid 1984, sexta edición, p. 52.

서 자신 있게 "지금 나의 이 단편소설들은 내 스스로 창조한 것이며, 어디서 모방하거나 표절해온 것들이 아니다"라고 한 것은 바로 이런 점에서 특별한 의미를 갖는다. 말하자면 세르반떼스는 14세기 이딸리아 소설의 영향하에서 17세기 초 새로운 리얼리즘을 바탕으로 현대적 단편소설 장르를 창조해낸 것이다. 따라서 세르반떼스는 『돈 끼호떼』를 통해 오늘의 소설 장르를 탄생시키고 『모범소설집』을 통해 현대 단편소설의 모델을 제시한 셈이다.

## 1. 어제를 이야기하는 소설에서 오늘을 묘사하는 소설로

르네상스는 로뻬스 삔시아노(López Pinciano)의 『고대 시학』(*Philosophia antigua poética*, 1596)과 함께 이론상 근대소설이라는 새로운 장르로 넘어갈 준비를 갖추는데, 그 시발점에 있는 작품이 세르반떼스의 『돈 끼호떼』와 『모범소설집』이다. 세르반떼스로부터 시작된 근대소설에는 이전의 모든 이야기 양식, 예를 들면 식자(識者) 서사시의 역사적·신화적 영웅담에, 헬리오도로스(Heliodoros)의 『에티오피아 이야기』(*Aethiopica*) 같은 산문서사시가 크게 영향을 미쳤으며 당시에 퍼져 있던 갖가지 이야기 장르, 목가소설(novela pastoril)에서부터 악자소설(novela picaresca), 감정소설(novela sentimental)까지가 영향을 미친 것도 물론이다. 이들 갖가지 이야기 형식은 『돈 끼호떼』 속에 여러가지 이야기들로 삽입되어 있기도 하다.

그러나 이들 갖가지 형식 중 세르반떼스가 가장 관심을 가진 것은 기사소설(libro de caballerías)이었다. 대부분의 연구자들은 세르반떼스가 기사소설을 반박하기 위해 『돈 끼호떼』를 썼다는 말을 믿

지 않는다. "기사소설 속의 그 황당무계하고 엉터리 거짓말 같은
이야기들에 대해 사람들이 지겨워하게 하도록 만들기 위하여" 이
런 더욱 황당무계한 엉터리 기사 이야기를 쓴다는 세르반떼스의
말 말이다.[2] 이 말은 『돈 끼호떼』 2권에서 돈 끼호떼가 죽기 전 유
서에서까지 강조된다. 여기서 돈 끼호떼는 그의 조카딸의 결혼 조
건으로 신랑이 절대 기사소설 따위는 몰라야 한다는 것, 만일 이를
아는 자와 결혼하면 유산은 한푼도 주지 않을 것이라고(2권 74장)[3]
명확히 밝힌다. 이렇듯 세르반떼스와 돈 끼호떼가 강조하고 있는
말을 일소에 붙인다는 것은 있을 수 없는 일이다.

　반대나 반박은 강한 긍정일 수 있다. 나는 『돈 끼호떼』가 마지막
기사소설이라고 주장하는 학자들과 의견을 같이한다. 실제로 에
스빠냐문학사에서 『돈 끼호떼』 이후 다른 기사소설은 쓰이지 않았
다. 따라서 세르반떼스의 소원은 실제로 이루어진 셈이다. 말을 바
꾸면, 근대소설의 형성에 가장 큰 영향을 미친 것은 기사소설이며,
동시에 근대소설의 리얼리즘은 반기사소설적 요소에 바탕을 둔다.
세르반떼스는 그의 말처럼 '황당무계한 엉터리' 허구 대신에, 영웅
적인 동시에 반영웅적인 주인공 돈 끼호떼를 창조함으로써 보다
깊은 리얼리즘에 접근한다.

　시데 아메떼 베넹헬리(Cide Hamete Benengeli)라는 아랍 역사가가
쓴 '역사'(historia)라고 강조하는 이 돈 끼호떼의 행적에 대한 기록
은 끝까지 사실 하나 빠뜨리지 않고 그대로 적겠다는 일념으로 가

---

2　José García López, *Historia de la literatura española*, Barcelona 1984, 18a. edición, p.
　284.

3　Miguel de Cervantes Saavedra, *Don Quijote de la Mancha*, texto y notas de Martín de
　Ríquer, Juventud, Barcelona 1968; 한국어판 『돈 끼호떼』 전2권, 민용태 옮김, 창비
　2012. 이하 이 책의 인용은 한국어판을 따른다.

득 차 있다. 다만 그 현실 혹은 진실이라는 것이 워낙 복합적이고 모호한 만큼 정확하게 적는다는 것이 결국 모호하게 적을 수밖에 없다는 역설을 낳는다.

『돈 끼호떼』는 소설의 첫 구절부터 "라 만차의 어느 마을, 지금 그 마을 이름은 잘 생각나지 않지만……"으로 모호하게 시작한다. 그 어딘가의 장소에 어떤 사람이 살았는데, 그 '어떤 사람'은 "성씨 가 끼하다인가 께사다인가 하는 분인데, 이분에 대해 글을 쓴 작가 에 따라 이름이 여러가지여서 확실하지 않지만 가능한 자료로 추 측건대 본명은 께하나가 진짜이지 않을까 사료된다. 하지만 이런 이야기들이 무슨 상관이겠는가. 중요한 것은 이분이 정통 시골 귀 족이며, 지금 우리가 하는 이야기가 하나도 거짓말이어서는 안된 다는 것, 이 정도면 충분하지 않은가"(1권 1장)라고 너스레를 떤다. 처음부터 알쏭달쏭한 말들로 결국 성이 누군지도 모르는 누군가의 이야기를 적은 작가들이 많다는 얘기부터 시작하는 것이다. 갈수 록 더 알쏭달쏭해지는 그 누군가의 편력을 '하나도 거짓 없이' 적 겠다니, 도대체 이런 억지와 역설이 어디 있는가.

세르반떼스는 이렇게 허구를 허구처럼, 거짓말을 진짜 거짓말처 럼, 모호한 현실을 진짜 모호하게 적음으로써 깊은 리얼리즘을 시 도하는데, 이는 세르반떼스가 창조한 자유롭고 다각적이며 다양한 현실과 장르를 포용하는 새로운 소설학이다. 세르반떼스는 한 법 사 신부의 입을 통해 자신의 소설론을 편다.

"그리고 그런 책들(기사소설)을 모두 다 나쁘다고 비방은 했지만, 그 책들에도 한가지 좋은 점은 있다고 하면서, 그것은 이들 이야기 속에서 깊은 사고가 배어날 수 있도록 제공하는 주제나 인물이라 고 했다. 왜냐하면 이들 소설은 그 넓고 긴 벌판을 아무 거리낌 없이 붓을 달리게 할 수 있고, 바다의 조난 사고며 폭풍우며 다시 만나는 일이며 전투를 묘사할 수도 있으며, 한 위대한 선장과 그에게 맞는 온갖 훌륭한 능력을 그릴 수도 있고, 약삭빠른 적들을 방어하기 위해 신중한 태도를 보이게 하며, 자기 부하들을 설득하거나 말려야 할 때는 말 잘하는 웅변가로 만들고, 충고에는 완숙하고 결단에는 빠르며, 공격하거나 기다리는 데는 늘 용감한 사람으로 보이게 하"는데 "왜냐하면 이들 책에 풀어놓은 글은 작가로 하여금 더러는 서사시적으로 혹은 서정적으로, 혹은 희극적으로, 혹은 비극적으로 보일 수 있도록 하거든요. 그 안에 지극히 달콤하고 즐거운 시와 연설의 예술을 내포하는 그런 부분들이 다 필요하니까요. 서사시라는 것은 시로 써도 좋고 산문으로 쓸 수도 있는 거거든요." (1권 47장)

우리는 이 글에서 세르반떼스가 산문 형식의 그리스 백과사전식 서사시를 염두에 두고 있음을 본다. 우여곡절 많은 헬리오도로스의 산문서사시 형식의 이야기 꾸러미 말이다. 그는 "풀어놓은 글"이라는 말로 서사시·서정시·비극·희극을 총괄하는 자유로운 이야기투를 시사하는데, 이는 바로끄 시대부터 오늘날 해체주의 소설에 이르는 소설학의 정수를 이미 예고하는 중요한 말이다. 그는 소설세계의 다양한 양태와 그에 대한 해석을 늘 '지혜로우신 독자'(inteligentísimo lector)에게 맡기는 최초의 '열린 소설'의 작가이기도 하다. 인내심 있는 학자라면 『돈 끼호떼』에 "독자여!"라는 말이 몇백번 나오는가를 헤아려보시라. 세르반떼스는 그 스스로 글쓰기에 자유로운 만큼 독자 또한 자유롭게 이해하고 재미있게 읽기를 서문에서부터 수없이 권고한다.

"그러나 저는 이 돈 끼호떼의 아버지 같기는 하지만 사실은 의

붓아버지여서, 요즘의 그런 시류를 따르지 않으려 하니, 친애하는 독자여, 다른 이들처럼 거의 눈물까지 글썽이면서 혹 자식의 결점이 보이더라도 모른 체하거나 용서해달라고 간청하는 짓은 않겠습니다. 이 아이가 그대의 친척도 친구도 아니고, 그대는 자신의 몸속에 자신의 마음을 그대로 지니고 있으며, 왕이 자기 땅의 주인이듯 그대도 그대 집의 주인이니, '내 이불 속에서는 왕도 죽인다'는 속담처럼 그대의 자유선택과 자유의지를 따르십시오. 그대는 이 이야기에 대해 아무런 의무도 존경심도 가질 필요가 없으며, 마음 내키는 대로 어떤 말씀을 하셔도 좋습니다. 나쁘게 말했다고 그대를 비방할 리도 없고 좋게 말했다고 상을 줄 리도 없을 테니까요." (1권 책머리에)

세르반떼스와 함께 르네상스의 귀족 중심의 문학, 특히 고전 모방에 연연하던 서사시의 전통은 서민층 독자군을 확보하면서 다양하고 깊이 있는 사실성을 얻는다. 그리고 그때까지 통속적 단편으로 경시되던 '소설'이라는 장르가 호메로스와 베르길리우스의 서사시 전통과 중세 민중서사시와 접합하면서 전무후무한 새로운 장르로 발돋움하는 것이다. 세르반떼스는 그 이전의 모든 이야기 장르를 통합하고 아우름으로써 서사시의 숭고성과 산문서사시의 우여곡절 많은 재미, 또한 당시 유행하던 세속적 이야기 장르인 목가소설·악자소설·기사소설 등을 모두 자기 것으로 흡수해 새로운 형태의 리얼리즘 이야기 형식을 창출한다. 이렇게 근대소설의 효시는 처음부터 성숙한 모습으로 자신을 드러냈던 것이다.

오르떼가 이 가세뜨는 그의 저서 『『돈 끼호떼』에 대한 명상』에서 『돈 끼호떼』로부터 근대소설이 태어난 이유를 탐구하는데, 그의 결론은 『돈 끼호떼』 이전의 소설은 그것이 신화이건 역사이건

"어제를 이야기하는" 기법이었다면 세르반떼스로부터는 "오늘을 묘사하는"(describir el hoy) 기법으로 전환되었다는 것이다.[4] 즉 세르 반떼스는 내용과 기법에서 자유로운 현실묘사를 구사하고 사실주 의 기법을 확장함으로써 근대소설의 탄생을 가능케 했다고 할 수 있다.


## 2. 단편소설의 효시로서의 『모범소설집』

『모범소설집』은 작가 자신의 말대로 "에스빠냐어로 쓴 최초의 독창적 단편소설"일 뿐만 아니라 현대 단편소설의 효시이다. 세르 반떼스는 『데까메론』류의 '단편소설'이나 기타 유사한 소설들을 염두에 두고 자기가 에스빠냐어로는 "최초로" 단편소설을 썼다고 했는데, 결과적으로 19세기 이후 현대 리얼리즘적 요소를 모두 갖 춘 단편소설의 전형을 제시했다고 할 수 있다. 근대소설은 목가소 설이나 기사소설 같은 환상문학과 이상주의를 벗어나 소설의 기 법과 내용 면에서 현실을 바탕으로 한 사실성에 밀착함으로써 생 겨났다. 세르반떼스가 『돈 끼호떼』는 "기사소설에 대한 반박"(una invectiva contra los libros de caballería)으로 쓰였다고 한 것도 결국 환상과 거짓을 버리고 사실성을 가진 심도 있는 인간 진실을 그려냈다는 뜻이며, 이는 근대 리얼리즘 소설의 탄생 선언이라고 볼 수 있다.
　연구자들은 근대소설의 시원을 『라사리요』(La Vida de Lazarillo de

--------

**4** J. Ortega y Gasset, *Meditaciones del Quijote: Ideas sobre la novela*, Madrid 1969, segunda edición, pp. 99~122; 한국어판 민용태 옮김, 『돈 키호테, 열린 소설』, 고려 대학교 출판부 2009, 196면.

*Tormes y de sus fortunas y adversidades*, 1554)를 비롯한 악자소설류와 세르반떼스의『돈 끼호떼』와『모범소설집』에서 찾고 있다. 앞서 말했듯이 오르떼가 이 가세뜨는『돈 끼호떼』가 근대소설의 효시인 것은, 그때까지의 소설들은 신화적 어제나 역사적 어제(el ayer mítico o histórico)를 이야기하는(narrar) 장르였지만, 세르반떼스로부터 소설이 "오늘을 묘사하는" 이야기 스타일로 바뀌었기 때문이라고 말한다. 리얼리즘이 소설의 내용과 형식으로 자리 잡으면서 근대소설이 탄생했다는 이야기이다. 세르반떼스의『모범소설집』에는 악자소설이 주로 사용하는 '독단적 리얼리즘'(realismo dogmático)과 세르반떼스의 '열린 소설'적 특징인 '객관적 리얼리즘'(realismo objetivo) 중 후자가 두드러지게 나타나는데, 이는 다각적 시각을 중시하는 리얼리즘이다.

까살두에로는 그의 저서[5]에서 좀더 "독단적인" 작가의 견지에서 쓰인 악자소설『구스만 데 알파라체』(*Guzmán de Alfarache*)를 모델로 세르반떼스의 소설을 설명한다. 세상은 "구역질 나는 쓰레기통"(muladares y partes asquerosas)이며 속임수이고, "이 세상에서 사람이 산다는 것은 전쟁이다"(milicia es la vida del hombre en la tierra)라고 독단적 설교를 늘어놓는『구스만 데 알파라체』에 비해, 세르반떼스의 소설은 다각적이며 생생한 변화와 대화를 존중하는 자유의 광장이라고 그는 말한다.

"소설을 쓴다는 것은 세르반떼스에게 형상을 설명하고, 규정하고, 결정하고, 판단한다는 것을 의미하는 것이 아니다. 그보다는 우리가 감지하는 형상대로 보이는 세상을 창조하는 것이 그의 소설

---

5 Carlos Blanco Aguinaga y Joaquín Casalduero, *Las novelas ejemplares, en "Historia y crítica de la literatura española"*, Editorial Crítica, Barcelona 1983, tomo 2, pp. 631~39.

쓰기이다. 그 세계는 창조된 이후부터 창조주로부터도 자유롭다. 그것은 항상 단편적 세상이다. 그러나 그 단편 하나하나가 그대로 완벽하다. 그것은 우리가 사는 세상처럼 우리 밖에서 만들어지지만 동시에 그 속에서, 우리들 하나하나와 다른 사람들 간의 상관관계 속에서 모양 지어진다. 세르반떼스에게 소설 쓰기는, 어떤 의미에서 창조된 세상 속에서 살아가고 행동하게 내버려두는 일이다. 그 세상은 어느 누구도 아직 만족할 만큼 규명해내지 못한, 늘 반쯤은 진실이고 반쯤은 거짓인 세상이다."[6]

『모범소설집』은 두가지 부류로 나눌 수 있는 단편소설집으로, 그 하나는 지금까지 이야기한 리얼리즘을 바탕으로 하층 사회를 주요 소재로 하는 단편들이고 다른 하나는 복잡한 이상주의적 비전을 가진 사랑 이야기나 귀족 계급의 주인공을 소재로 한 것들이다. 이 책은 바로끄 시대인 1613년에 출간되었지만 긴 시간을 두고 쓰인 단편들을 모은 것이기 때문에 각기 성격이 다른 소설들이 함께 자리하고 있다고 해도 과언이 아니다. 예를 들어 「린꼬네떼와 꼬르따디요에 관한 소설」(Novela de Rinconete y Cortadillo)이라는 작품은 1606년본과 1613년본이 현저하게 다르다. 1606년 판본에는 어느 창녀의 일생 이야기가 장황하게 나오는데, 1613년 판본에는 단 몇줄밖에 언급이 없다. 『돈 끼호떼』의 1권과 2권이 문체와 구조 면에서 차이가 나듯이, 리얼리즘이 강한 첫째 부류는 비교적 후기에 쓰인 작품들이어서 『돈 끼호떼』 2권처럼 더욱 잘 짜이고 문체가 훨씬 생동감 넘치는 반면에, 르네상스적 사랑 테마나 우여곡절이 많은 단편들은 보다 이전 시기에 쓰인 작품들로 생각된다.

......................................
**6** 같은 곳.

예를 들어, 「마음씨 좋은 연인에 관한 소설」(Novela del amante liberal)은 포로들과 사랑의 이야기이고 「두 아가씨에 관한 소설」(Novela de las dos doncellas)은 여자 주인공들이 당시 풍습대로 남장을 하고 자신들의 약혼자를 찾아간다는 줄거리이다. 세르반떼스의 단편에는 여성 납치 이야기가 대단히 많다. 「에스빠냐 태생 영국 여자에 관한 소설」(Novela de la española inglesa)은 안달루시아의 한 어린 소녀가 유년기에 영국인들에게 납치되어 아가씨가 되었는데 수많은 우여곡절 끝에 결국 안달루시아 여인의 기질을 발휘해 사랑하는 애인과 결혼한다는 해피엔드의 줄거리다. 「집시 소녀에 관한 소설」(Novela de la gitanilla)도 어렸을 때 납치되었던 시장의 딸이 집시로 살았고, 「핏줄의 힘에 관한 소설」(Novela de La fuerza de la sangre)도 소녀 때 납치되어 겁탈당한 여인이 긴 세월 끝에 마침내 납치범 귀족과 우연히 만나 결혼하게 된다는, 인연의 힘을 생각하게 하는 소설이다.

세르반떼스에게 있어서 이들 소녀 납치라는 요소는 신분의 상승 또는 격하를 통한 상황 전환으로 이야기의 재미를 배가시키려는 전통적 기법 중 하나다. 「집시 소녀에 관한 소설」에서, 집시 중에서도 가장 집시다운 쁘레시오사(Preciosa)는 노래와 춤과 아름다움과 매력으로 모든 남자의 마음을 사로잡는다. 이 작은 집시 소녀는 자신의 정체성에 자신감을 갖고 있다. 그녀가 춤 잘 추고 노래 잘하고 점도 잘 치는 것을 본 도시의 장관이 그녀에게 너는 진짜 '물건'이니 너를 황제 앞에 데려가주겠다고 말하자 소녀는 이렇게 대답한다.

"'물건'이라면 막 노는 여자로 알겠지요." 쁘레시오사가 대답했다. "그런데 전 그런 건 할 줄 몰라요. 그러다간 신세 망치지요. 저를 얌전한 여자로 봐주신다면 따라갈 수 있겠네요. 그러나 어떤 궁중에서는 점잖은 이들보다 망나니들이 더 잘나가요. 저는 그저 이대로 집시이고 가난한 게 좋구먼요. 좋은 운이야 하늘이 원하는 대로 가라지요." (『모범소설집』 1권 57~58면)

비록 그녀는 어렸을 적에 납치되어 늙은 집시 할머니에게서 집시로 사는 법을 배웠지만 그녀의 타고난 아름다움과 천부적 재주는 어느 집시보다 뛰어난 매력을 발산한다. 마침내 어느 귀족 청년이 그녀에게 홀딱 반해서 자신의 모든 것을 걸고 청혼을 한다. "그녀(쁘레시오사)의 낮은 신분을 나의 고귀한 신분으로 높여 나와 동등하게 만들"(para levantar a mi grandeza la humildad de Preciosa, haciéndola mi igual y mi señora)겠다는(『모범소설집』 1권 60면) 신분 상승의 의미를 담은 청혼으로 소위 신데렐라 콤플렉스가 실현되려는 참이다. 그러나 쁘레시오사는 자유와 사랑을 유일한 신으로 모시고 사는 집시로서의 자존심을 버리지 않는다. 그녀는 그의 사랑의 마음을 시험하기 위해 그가 모든 걸 버리고 2년간 자신들과 함께 집시로서 생활할 것을 조건으로 내건다. 결국 안드레스라는 그 청년은 집시로서의 생활을 훌륭하게 해낸다.

일이 묘하게 되려고 무르시아에서 청년은 아무 죄 없이 고발당하고 감옥에 갈 위험에 처한다. 그러나 인연의 신은 두 연인을 금세 행복으로 이끈다. 무르시아의 시장이 옛날에 집시에게 잃은 어린 딸이 바로 쁘레시오사였던 것. 그녀는 되찾은 아버지에게 신랑 안드레스의 진짜 신분을 밝히고, 둘은 결혼해서 행복하게 살게 된다는 이야기다. 재미있는 것은 이 새로 탄생한 귀족 신혼부부가 살게 될 집 또한 쁘레시오사를 어려서부터 키운 늙은 집시 할머니 집이라는 점이다.

이렇게 해서 '집시, 집시 여인'이라는 낭만주의의 상징으로서의 집시 신화가 탄생한다. 세르반떼스의 집시 여인을 모델로 빅또르 위고(Victor M. Hugo)는 『노트르담 드 빠리』(*Notre-Dame de Paris*, 1831) 속 에메랄드라는 집시 소녀를 창조한다. 쁘로스뻬르 메리메(Prosper Mérimée)는 1845년에 집시 여인을 주인공으로 한 「까르멘」(Carmen)이란 단편을 발표하는데, 이런 집시의 모델 또한 세르반떼스에게서 비롯한 것이다. 이 단편의 무대는 세비야, 까르멘을 감옥으로 데려가야 할 군인 돈 호세가 그녀에게 반해 급기야 집시처럼 밀수업자, 산적으로 전락한다. 그러나 까르멘은 투우 기수 루까스를 유혹하고, 질투의 화신이 된 돈 호세는 까르멘을 죽인다는 이 유명한 비극은 또다시 비제(G. Bizet)의 오페라 「까르멘」(1875)을 통해 우리에게 잊을 수 없는 정열의 나라의 매력과 낭만의 상징 집시 여인의 이미지를 부각시켰다.

신분의 상승과 격하의 서스펜스로는 또한 「고명한 식모 아가씨에 관한 소설」(Novela de la ilustre fregona)을 들 수 있다. 물고 물리는 인연의 꼬리를 풀어가는 세르반떼스의 이야기꾼 기질이 여지없이 발휘되는 순간에 우리는 '고명한 식모 아가씨'를 만난다. 이 소설은 까리아소와 아벤다뇨라는 두 친구의 이야기가 한데 얽혀 있는데, 처음에는 똘레도에서 두 친구가 한 사람은 물장수, 한 사람은 객줏집 하인으로 일하는 이야기부터 나온다. 사실 두 친구는 옛 수도 부르고스에 사는 귀족 가문의 자식들로서 살라망까에 공부하러 간다는 평계로 집을 나와 똘레도에 머물게 된 가출 소년들인데, 아벤다뇨는 어느 객줏집의 '고명한 식모 아가씨' 꼰스딴사에게 반한다.

귀족 가문 출신으로서 아벤다뇨는 식모 아가씨와 결혼할 수 없다는 것을 알기 때문에 고민했고 꼰스딴사 또한 당시의 아벤다뇨처럼 말이나 돌보는 하인과는 사귈 생각이 없었다. 그러나 사랑의 신의 도움인지 인연의 손길인지 이들의 불가능한 사랑은 해피엔드를 맞는다. 이 객줏집에서 아벤다뇨의 아버지와 까리아소의 아버지, 그리고 아들들이 만나는데, 식모 꼰스딴사는 다름 아닌 까리아소의 딸이었던 것이다. 아벤다뇨가 하인 신분이 아니라는 것이 밝혀지면서 두쌍은 각기 결혼하여 고향 부르고스에서 평안히 잘살게 되었다는 이야기이다. 「꼬르넬리아 아씨에 관한 소설」(Novela de la señora Cornelia) 또한 이와 비슷하게 파란곡절 많은 사랑 이야기이다.


## 3. 반쯤은 진실이고 반쯤은 허구인 세르반떼스 소설의 진솔한 리얼리즘

까살두에로는 세르반떼스의 소설세계는 "늘 반쯤은 진실이고 반쯤은 거짓"인 세상이라고 말한다. 『돈 끼호떼』가 '열린 소설'로 읽히는 데서 알 수 있듯이 그의 소설은 작가와 독자가 머리를 맞대고 생각해보는 알쏭달쏭한 우리의 세상살이 이야기들이다. 작가가 전지전능한 신처럼 소설 속 모든 인물과 사건을 조종하고 결정하는 식의 이야기가 아닌 것이다. 여전히 모든 것을 알지는 못하는 상태로 소설 속 한 사람, 한 단편적 현실을 만날 때, 독자는 자기가 마주한 사람과 상황을 다시 생각하고 판단하고 상상해보게 되는 것이다. 세르반떼스는 소설 속에서 거의 무책임하리만큼 자기 이야기의 주장과 골간을 흔들어 제시한다. 그리하여 믿어도 좋고 믿지 않아도 어쩔 수 없지만 너무도 신기하고 재미있는 이야기가 그를 통해 흘러나오는 것이다.

「린꼬네떼와 꼬르따디요에 관한 소설」이나 「개들의 대화」(El coloquio de los perros) 같은 악자소설 냄새가 짙은 재미있는 세태묘사와 풍속화도 『라사리요』처럼 주인공이 인생 역정을 자기 해석에 따라 멋대로 털어놓는 식이 아니다. 「린꼬네떼와 꼬르따디요에 관한 소설」은 도둑질이나 건달 생활로 살아가는 두 망나니들이 세비야의 모니뽀디오 마당 근처에 근거지를 둔 도둑패들과 만나면서 벌어지는 사건들을 담담하게 제시한다. 사회 하층 사람들의 삶을 다루는 점에서 악자소설과 비슷하나, 특정한 악당의 인생 역정을 그린다기보다는 세비야 불량배 소굴에서 살아가는 망나니들의 희한한 사고와 집단적 생활상을 유머러스하게 객관적으로 묘사하고 있다.

린꼰이 그 길잡이 소년에게 물었다.

"당신도 혹시 도둑이신가요?"

"그럼요." 그가 대답했다. "나는 하느님을 섬기고 좋은 사람들을 모시기 위해서 도둑질을 하지요. 비록 많이 배우지는 못했지만요. 나는 아직 견습 과정에 있습니다."

그 말에 꼬르따도가 말을 받았다.

"세상에 하느님 섬기고 좋은 사람 모시는 도둑이 있다는 소리는 처음 듣는데요."

그 말에 소년이 대답했다.

"이봐요, 나는 신학이니 흰소리는 못 합니다. 내가 아는 것은 사람마다 자기 직업 가운데서 신실하게 하느님을 찬양할 수 있다는 거예요. 더구나 그게 모니뽀디오 씨께서 모든 자식과 부하 들에게 내린 명령이라면요."

"그건 틀림없이," 린꼰이 말했다. "선하고 성스러운 명령일 것 같네요. 도둑들이 하느님을 섬기도록 하다니요."

"너무나 성스럽고 선해서," 소년이 말을 받았다. "우리 기술인지 예술인지에서 그보다 더 훌륭한 방법이 있을지 모르겠네요. 그분이 명령한 것은 우리가 훔친 것들 중에서 얼마 정도의 헌물로, 우리 도시에 있는 가장 성스러운 성상의 등잔 기름 비용에 보태는 거예요."

(『모범소설집』 1권 217면)

「유리 석사에 관한 소설」(Novela del licenciado Vidriera)은 너무 똑똑해서 미친 천재의 이야기라는 점에서 『돈 끼호떼』를 연상시킨다. 주변 사람들로부터 이해받지 못하고 소외된 인간형인 점에서도 둘은 일치한다. 둘 다 공부를 너무 많이 하고 책을 너무 많이 읽어서 현실에 적응하지 못하고 방황하는 인간상이다. 주인공 '유리 석사'가 문(文)으로 살 수 없어 "대단히 용감하고 훌륭한 군인"(『모범소설집』 2권 49면)으로 이름을 날리고 죽은 점에서도 돈 끼호떼를 연상시킨다.

그런데 유리 석사가 미친 것은 공부밖에 모르는 그 고운 청년을 유혹하려 한 어느 여인의 농간 때문이었다. 사랑의 마약이랍시고 그에게 준 것이 탈이 나서 그는 거의 죽을 지경에 이르고, 병이 낫자 그는 자신이 유리로 된 깨지기 쉬운 존재라는 광증을 보이게 된다. 유리 석사의 광기가 상징하는 것은 무엇일까? 그는 인문학의 꽃인 시적 진실을 사는 인간으로 보인다.

그의 미친 소리를 좋아하는 주변 사람들은 그에게 어딘가 시인

스러운 데가 있음을 본다. 그리하여 시인들에 대해 어찌 생각하느
냐고 물으니 그는 현재 시인들은 전혀 존경하지 않지만 "시라는 예
술은 참으로 존중하고 경배"한다고 말한다. "왜냐하면 그 안에 다
른 모든 예술을 포함하고 있기 때문이라고 했다. 말하자면 시는 모
든 예술을 다 활용하는 것, 모든 학문으로 치장하여 황홀하고 훌
륭한 작품을 만들어 세상에 내놓기 때문인데, 그럼으로써 시는 세
상을 가르침과 쾌락, 감탄으로 가득 채운다는 것이다."(『모범소설집』
2권 27면)

　미쳤을 때 그토록 인기 있던 그는 마침내 광기에서 깨어나자 정
부에 필요한 인물이 되지 못하고 결국 플랑드르 전장에 나가 무사
로서 이름을 날리다 죽는다. 세르반떼스처럼, 또는 돈 끼호떼처럼
주변의 끝없는 냉대와 조롱 속에서 시들어가는 사랑과 인간성에
대한 좌절의 씁쓸함이 묻어나는 작품이다.

　「개들의 대화」는 「사기 결혼에 관한 소설」(Novela del casamiento
engañoso)과 연결된 소설이다. 이 두 단편은 모든 사건이 바야돌리
드 시에 있는 '부활병원'(Hospital de la Resurrección)과 관련이 있다는
점에서 같지만 이야기는 서로 다르다. 「사기 결혼에 관한 소설」은
육군 소위 깜뿌사노가 부잣집 귀부인과 결혼하려다 오히려 속아
창녀와 결혼하고 재산까지 빼앗기고 매독에 걸려 바야돌리드 시에
있는 부활병원에서 죽도록 고생하다 나왔다는 이야기이다. 이 이
야기는 깜뿌사노가 석사 뻬랄따에게 들려준 것인데, 이야기가 끝
나자 소위는 더 놀라운 이야기가 있다면서 자기가 그 병원에서 개
들이 대화하는 소리를 들었다고 말한다. 그가 적어놓은 이야기라
는 것이 이어지는 작품 「개들의 대화」이다. 영리한 두 개들이 말을
할 줄 알게 되자 각자가 살아온 일생을 이야기하며 대화를 나눈다

는 구도로, 연극처럼 대화 형식으로 쓴 단편이다. 이 작품은 시작부터 개들이 자신들의 이성적 능력과 언어 능력에 감탄하면서 이야기가 펼쳐진다.

> 베르간사 시삐온, 그대가 말하는 걸 듣고 내가 그대에게 말하는 걸 알고 나니, 이거 믿어지지가 않는구먼. 우리 개들이 말하는 것은 자연의 법칙의 한계를 벗어나는 것처럼 보여서 말이야.
>
> 시삐온 그게 사실이야, 베르간사. 그리고 이건 최대의 기적이겠지. 우리가 말을 할 뿐만 아니라 이성을 갖춘 것처럼 토론을 하다니. 동물은 이성이 없지. 야생동물과 인간의 차이가 인간은 이성을 가진 동물이고 동물은 비이성적이라는 거잖아.
>
> 베르간사 시삐온, 그대가 말하는 모든 것이 이해가 되고 그대가 말을 하고 내가 이해를 한다니 새삼 감동스럽고 황홀하네. (『모범소설집』 2권 353면)

개들의 이런 자기성찰적 대화와 감탄은 세르반떼스 소설학의 핵심이다. 자기가 말을 하고 자기의 언어 능력에 감탄하는 것은 자기가 쓰고 자기 작품을 다시 감상하는 것처럼 재미있다. 보통 소설에서는 작가 자신은 숨고 허구 속의 사실만 진실인 것처럼 실감나게 제시한다. 말하자면 작가는 신처럼 모습을 나타내지 않고 소설 속에서 전지전능한 존재로 행세한다. 그러나 『돈 끼호떼』 속의 작가나 「개들의 대화」 속의 작가는 전지전능하지 못한 한 인간의 모습으로 그려진다. 그리고 작중 인물이나 작품, 허구와의 대화를 시도하는 것이다. 물론 이 대화에는 얼마든지 독자의 판단과 상상이 끼어들 수 있는데, 이는 세르반떼스가 그런 독자와의 상호작용이 오히려 참소설이고 허구라고 보기 때문이다. '허구'는 거짓이다. 그런데 그 또한 인간의 상상과 환상, 현실성찰로 만들어진 것이기 때문에 인간 삶의 또다른 진실이다. 인간은 인간 삶의 총체적 실상을 잘 모르는 경우가 더 많다. 거짓이라고 말한 것이 오히려 참보다 더욱 진실일 수 있는 것이다. "죽어도 너 없이는 못 살아!"라고 소리치는 사랑의 말, 얼마나 참스러운 거짓인가. 소설의 상상과 환상은 작가의 전유물이 아니며, 반드시 모든 독자와의 대화와 상상 속에서만 진실성을 획득한다. 세상에 거짓말 같은 사실이 많듯이 문학은 그 어려운 진실의 틈새를 파고드는 것이다.

그렇다면 「사기 결혼에 관한 소설」과 「개들의 대화」의 작자는 누구인가. 먼저 숨은 작가는 물론 세르반떼스이다. 그러나 그가 자신을 돈 끼호떼의 의붓아버지 혹은 제2의 작가라고 했듯이, 이들 소설 속에서 작가 세르반떼스의 권위는 항상 뒷전이다. 소설 속 화자들의 권위 또한 형편없기 때문이다. 이야기의 시작은 깜뿌사노와 뻬랄따의 대화지만 전개되는 이야기는 깜뿌사노의 '사기 결혼' 체험이니, 이 육군 소위가 주 이야기꾼이다. 그러나 뻬랄따라는 독자가 수동적인 것만은 아니다. 깜뿌사노를 자기 숙소로 초청해서 이야기를 듣고 의견을 말하며 개입하니 독자로서의 그 또한 제2의 작가이다. 「개들의 대화」 내용 역시 깜뿌사노가 듣고 쓴 것이나, 그 소설을 읽는 사람은 뻬랄따이다. 여기서는 잠을 자는 깜뿌사노가 숨은 작가이고 독자인 뻬랄따가 「개들의 대화」를 읽고 감동하고 판단하는 대리 작가 역할을 한다. 뻬랄따가 읽기를 끝내자 곧바로 깜뿌사노도 잠이 깨었다. 석사 뻬랄따는 말한다.

"비록 이 대화가 지어낸 이야기이고 결코 실제로 일어난 일이 아닐지라도, 제 생각에 잘 지으신 것 같네요. 그러니 소위님은 다음 대화록을 계속 쓰셔도 될 것 같아요."

"그런 의견이시라면," 소위가 대답했다. "나도 용기를 내어 써보도록 준비하겠습니다. 개들이 말을 했느니 말았느니 더이상 당신과 말다툼은 하지 않고요."(『모범소설집』 2권 431면)

그러나 모든 거짓말이 재미있고 흥미로운 것은 아니며, 모든 거짓말이 참으로 감동을 주는 것도 아니다. 그것이 소설이 되고 문학이 되기 위해서는, 석사의 말처럼 '잘 쓰인 글'이 되기 위해서는, 그 거짓말도 진솔함, 성실성을 바탕으로 해야 한다. 이 작품들에서 작가의 성실성은 숨겨져 있으므로 알아보기 힘들다 할지라도 화자들, 예를 들어 깜뿌사노나 베르간사의 말과 말투에는 진솔함이 묻어난다. 이들 이야기꾼의 진솔함은 자만심을 내보이거나 자기변명을 하기보다 자기 잘못을 인정하는 데서 두드러진다. 자기성찰적 자세가 바탕이 되고 있는 것이다.

소위는 부자에 귀부인처럼 보이는 도냐 에스뻬파니아를 유혹해 결혼해서 잘살아보겠다는 욕심으로 그녀와 가까스로 결혼한다. 그러나 결과는 반전이다. 그녀가 살던 큰 집도 그녀의 집이 아니었고 그녀는 애인과 동거하던 창녀였다. 깜뿌사노는 고백한다.

"나는 불평하지 않습니다." 소위가 말을 받았다. "마음만 아파할 뿐이죠. 죄지은 사람은 자기 죄를 몰라서 벌의 고통을 느끼지도 못해요. 확실한 것은 내가 속이려다가 되레 속임을 당했다는 겁니다. 내 칼의 칼날에 내가 상처를 입은 거지요."(『모범소설집』 2권 345면)

또한 「개들의 대화」 속 개들은 이솝 우화 속의 동물들처럼 당연하다는 듯 인간처럼 말하고 행동하는 것이 아니다. 이미 인용한 대로 개들이 자신의 언어 능력에 대해 스스로 놀라고 경탄하는 것도 그렇지만, 이들 단편 속 화자 깜뿌사노나 뻬랄따 어느 누구도 개들이 말을 한다는 것을 곧이곧대로 믿는 사람은 없다. 그들은 그저 그런 논란은 제쳐놓고 이야기하자고 하고, 또 그런 말로 소설을 끝맺는다. 여기 진짜로 거짓을 말하는 사람은 아무도 없다. 화자와 독자 간의 놀이에 독자들이 자연스레 이끌려들어가는 것일 뿐.

"하지만 설령 내가 들은 것이 속은 것이고 내가 본 사실이 꿈이고 엉터리 이야기를 좋아하기 때문이라고 할지라도, 뻬랄따 석사님, 이 개들이든 아니면 누구였든지 간에 그들이 이야기한 것을 대화체로 적어놓으면 재미있지 않겠어요?"

"당신이," 석사가 말을 받았다. "개들이 말하는 것을 들었다고 끈질기게 저를 설득하려고 하시니 더이상 말은 말기로 하고, 그러면 기꺼이 그 대화록이나 한번 들어보지요. 소위님의 훌륭한 재능으로 받아쓴 것이라니, 제 판단에는 좋을 것 같네요."

"말하고 싶은 게 또 하나 있어요." 소위가 말했다. "나는 그때 아주 열심히 귀를 기울였지요. 내 이해력은 예민하고 섬세하며 기억력도 (내가 건포도와 아몬드를 많이 삼킨 덕택에) 좋아서, 모든 것을 그 자리에서 외워서 다음날 내가 들은 거의 그대로 적었습니다. 글을 아름답게 꾸미기 위해서 수사학으로 색칠한다거나 이야기를 맛있게 하기 위해 살을 붙이거나 빼지 않고 말이지요."(『모범소설집』 2권 349면)

여기서 화자인 육군 소위의 참인지 거짓인지 모를 개들의 이야기에 대한 소설은 엄청난 겸손과 유혹과 설득의 연속이다. 그것은 마치 창녀를 귀부인인 줄 알고 속이려다가 오히려 속고 만 화자처럼, 어쩌면 (개와 대화하는 것을 들었다고) 뻬랄따를 속이려다가 도리어 그 자신이 자기의 허구에 속고 마는 엄청나게 진실한 거짓말쟁이의 글이다. 자기가 만든 여인상에 자기가 반해버린 피그말리온의 신화처럼 소설이라는 허구의 진실성은 작가가 자신이 쓴 허구에 자신이 먼저 빠져 그 거짓말 없는 거짓을 믿는 태도의 성실성에 있다.

막상 깜뿌사노가 이야기를 시작할 때는 "설령 내가 들은 것이 속은 것이고 (……) 엉터리 이야기" 운운할 때와는 전연 딴판이다. 모든 걸 사실 그대로 듣고 그 말 그대로 진솔하게 적었다고 역설한다. 재미있으라고 말을 덧붙이거나 미사여구로 치장하지 않았다고 강조한다. 여기서 독자는 개들의 대화가 허구라는 처음 생각을 되짚어보게 된다. 혹시 그런 초현실적인 일들이 진짜로 벌어진 것은 아닌가. 그리고 독자의 의구심은 긍정적인 쪽으로 변하기 시작한다. 정말 그런 기적 같은 환생, 즉 사람이 개로 태어나는 일이 있었던 것은 아닐까.

이 대목에서 마녀 까마차가 몬띠엘라와의 불화 때문에 그녀의 자식들을 개로 둔갑시켜버렸다는 이야기가 나온다. 까니사레스라는 마법사가 들려준 이야기로, 까마차가 죽을 때 예언하기를 그 개들이 다시 사람으로 태어나기 위해서는 그들 눈으로 이런 일이 일어나는 것을 볼 때라고 했다는 것이다.

자신의 진짜 형태로 돌아오리라

그들이 부지런히 노력하여

우뚝 선 오만한 자들을 넘어뜨리고

힘을 얻은 그 강력한 손으로

시달리는 미천한 자들을 끌어올릴 때

그 개들은 진짜 사람으로 돌아오리라 (『모범소설집』 2권 403면)

　이런 예언을 비유(alegoría)로 한 것인지 '글자 그대로'(en el literal) 이해해야 하는 것인지의 문제 또한 흥미로운 생각거리이다. 우리는 잘된 사람이 망하고 망한 사람이 다시 일어서는 것을 날마다 보아왔다. 이것은 인생이 볼링 게임처럼 세워놓은 것을 넘어뜨리고 넘어진 것을 다시 세운다는 뜻이 아닌가? 그렇다면 개들은 이미 사람으로 다시 태어났어야 옳다. 그렇지 않다면 그 마법사와 점쟁이, 무당 들은 모두 순 사기꾼![7] 까마차의 예언은 참인가 시(비유)인가? 인생인가 허구인가? 아니면, 인생이나 허구 속에는 항상 허구와 참이, 상상과 현실이, 만고풍상 전화위복이 존재한다는 뜻일까?

　여기서 주목할 것은 전화위복을 골자로 하는 『역경(易經)』처럼 변화의 원리의 총체를 조망하고 있는 세르반떼스의 눈이다. 망한 사람이 일어서고 일어선 사람이 망하는 것이 세상사의 순리다. 개가 사람이 되고 사람이 개가 되는 것도 불교의 인연설이 가장 많이 들먹이는 환생설이다. 비록 「개들의 대화」에서는 겉모양을 바꾸는 '둔갑술'(tropelía) 정도를 말하고 있지만, 에스빠냐 바로끄 문학이 깔데론(Calderón de la Barca)의 「인생은 꿈이다」(La vida es sueño)라는 연극에서처럼 '인생무상(人生無常)'이나 '인생은 환상(maya)'이라고

**7** Introducción, *Novelas ejemplares II*, Edición de Harry Sieber, Ediciones Cátedra, Madrid 1981, tercera edición, pp. 37~38.

말하는 걸 보면 이것은 좁은 의미의 현실주의나 사실주의가 아니라 엄청나게 확대된 인생관, 세계관이다. 장자(莊子)의 호접몽(胡蝶夢)의 만물제동(萬物齊同) 사상이나 티베트 불교의 환생설 버금가는 마술적 사실주의 우주관인 것이다.

마지막으로 베르간사의 말을 들어보자.

  자네가 말한 것을 듣고, 나는 이제까지 우리에게 벌어진 일과 지금 일어나고 있는 모든 일이 꿈이라는 것을 믿게 되었어. 그리고 우리는 개지. 그러나 그렇다고 말하는 즐거움과 인간의 대화를 하는 행복을 그만둘 수는 없어. (『모범소설집』 2권 415면)

민용태(고려대 서어서문학과 명예교수)

## 1. 세르반떼스의 생애와 그의 시대[1]

**1547년**    세르반떼스가 마드리드 근교의 대학도시 알깔라 데 에나레스
(Alcalá de Henares)에서 태어난다.

---

[1] 세르반떼스의 생애에 대해서는 아직도 모르는 게 많다. 따라서 그의 생애만 이
야기하는 것보다는 그의 시대를 동시에 설명하는 것이 이 위대한 작가의 삶과
고뇌를 이해하는 데 더 도움이 되리라. 그런 의미에서 『세르반떼스의 생애와 전
기』(Cristobal Zaragoza, *Cervantes, vida y semblanza*, Madrid: Biblioteca Mondadori
1991)의 작가 사라고사가 그의 연보를 정리하면서 '세르반떼스와 그의 시대'
(Cervantes en su epoca)라는 명칭을 붙인 것도 좋은 예이다. 우리의 연보는 인용
한 책의 369~72면을 참조하고 재정리한 것이다.

| 1554년 | 16세기 유럽의 대황제이면서 에스빠냐의 황제인 까를로스 5세(Carlos V)가 황태자 펠리뻬 2세(Felipe II)에게 식민지인 네덜란드와 주변국가들의 통치권을 물려준다. |
|---|---|
| 1556년 | 까를로스 황제가 황태자 펠리뻬 2세에게 에스빠냐와 라틴아메리카 모든 영토를, 동생인 페르난도 1세(Fernando I)에게 유럽 황제 칭호와 독일 연방국들을 물려준다. 그리고 황제 자신은 유스떼 수도원(Monasterio de Yuste)으로 돌아가 쉰다. |
| 1557년 | 세르반떼스 나이 10세. 새로운 황제 펠리뻬 2세가 산 낀띤(San Quintin) 전투에서 프랑스 군대를 무찌른다. |
| 1560년 | 에스빠냐 수도를 마드리드로 옮긴다. |
| 1563년 | 뜨렌또 종교회의(1545~63)가 끝나고 에스빠냐를 비롯한 일부 유럽 가톨릭 국가들에서 반종교개혁 운동이 확산된다. 종교개혁파들을 처단하는 종교재판이 더욱 활성화되고 반이단, 금욕주의가 강화된다. |
| 1567년 | 세르반떼스 나이 20세. 네덜란드를 비롯한 주변국가들의 에스빠냐 제국에 대한 반식민지 독립운동 확산. 이들의 대표 윌리엄 오렌지 공은 종교개혁의 선두 깔뱅파임을 공표한다. 즉, 반종교개혁의 중심인 에스빠냐 제국에 대한 반항은 독립운동가들로 하여금 종교개혁 지지파로 돌아서게 만든다. |
| 1569년 | 16세기 중반 에스빠냐 초기 종교개혁 교육을 주도한 후안 로뻬스 데오요스(Juan López de Hoyos)의 제자인 세르반떼스는 이때 스승의 문집에 최초로 자신의 시를 싣는다. |
| 1571년 | 세르반떼스 나이 24세. 세르반떼스는 지중해 해상권을 놓고 벌인 터키 제국과 에스빠냐 제국의 '레빤또 해전'에 해군으로 자원입대하여 싸우다 부상을 입고 입원한다. 이 해전의 승리로 에스빠냐 |

제국은 세계에서 '해가 지지 않는' 대제국으로 일어서지만, 부상당한 세르반떼스는 평생 외팔로 살아야 하는 상이군인이 된다.

**1575년**  에스빠냐로 귀국하던 중 터키 해적들에 의해 마르세유에서 형 로드리고와 함께 납치당한다.

**1575~80년** 세르반떼스가 납치되어 아르헬(Argel, 알제리)에서 포로생활을 한 시기. 로드리고는 1577년에 풀려났으나 세르반떼스는 다섯번 이상 탈출시도를 하다 적발되어 고문당한다. 결국 에스빠냐 종교 단체의 보상금 지원으로 터키에 노예로 팔려가기 직전 구출된다. 이때 펠리뻬 2세는 뽀르뚜갈과 합병하고 그 나라의 왕을 겸하게 된다.

**1584년**  12월 12일 까딸리나 데 빨라시오스(Catalina de Palacios)와 결혼한다.

**1585년**  세르반떼스의 최초의 목가소설 『라 갈라떼아』(*La Galatea*)가 출간된다.

**1587년**  세르반떼스는 '무적함대 지원병참 참모'로 근무하다 공금을 저축해둔 은행이 파산하자 공금횡령죄로 억울한 옥살이를 한다. 이때 바로 이 세비야 감옥에서 『돈 끼호떼』를 쓰기 시작했다고 한다.

**1588년**  영국 해전에서의 '무적함대'의 참패.

**1603년**  세르반떼스는 새로운 수도 바야돌리드로 이사한다.

**1605년**  1월에 마드리드에서 『돈 끼호떼』 1권이 출간된다.

**1606년**  에스빠냐 수도가 다시 마드리드로 옮겨온다. 얼마 뒤 세르반떼스도 마드리드로 이사 온다. 어떻게 보면 세르반떼스는 항상 왕궁이 있는 수도 가까이에서 살아온 셈이다.

**1615년**  『돈 끼호떼』 2권이 출간된다.

**1616년**  4월 22일, 68세의 나이로 세르반떼스는 마드리드에서 죽는다. 하루 뒤인 23일 뜨리니다드 수도원에 매장했다고 하나 아직도 그의 유해나 무덤은 발견되지 않았다. 세르반떼스의 사망일이 공교롭게도 셰익스피어의 사망일과 일치하나, 사실 같은 날 사망한 것은 아니다. 세르반떼스의 사망일은 1582년에 개혁된 그레고리 달력(현 태양력)에 따른 것이고 셰익스피어의 사망일은 구달력에 따른 날짜이기 때문이다. 숫자로는 같아 보이나 실제로는 달력이 달라 각각 비슷한 날짜에 사망한 것이다.

## 2. 세르반떼스의 작품활동

### 발표된 시들

**1569년**     마드리드에서 출간된 스승 로뻬스 데 오요스 문집에 이사벨 데 발로스 여왕(Reina Isabel de Valos)의 죽음에 바치는 비문 소네트와 같은 주제의 조가(弔歌) 한편, 민요(redondilla) 다섯편이 실린다.

**1577년**     아르헬에서 납치되어 포로로 수용소에 있던 시절의 동료 바르똘로메 루피노 데 참베리(Bartolomé Rufino de Chamberi)에게 바치는 두편의 소네트.

**1583년**     마드리드에서 출간된 뻬드로 데 빠디야(Pedro de Padilla)의 『민요집』(*Romancero*)에 포함된 소네트 한편.

**1584년**     마드리드에서 출간된 후안 루포(Juan Rufo)의 서사시 『라 아우스뜨리아다』(*La Austriada*)에 포함된 소네트 한편.

**1585년**     마드리드에서 출간된 뻬드로 데 빠디야의 『정신적 정원』(*Jardín espiritual*)에 실려 있는 시들.

**1586년**     마드리드에서 출간된 로뻬스 말도나도(López Maldonado)의 『노래집』(*Cancionero*)에 실린 소네트와 민요.

**1587년**  마드리드에서 출간된 뻬드로 데 빠디야의 책『동정녀 성모마리아
의 위대성과 기적들』(*Grandezas y excelencias de la Virgen Nuestra
Señora*)에 실린 소네트 한편. 마드리드에서 출간된 알론소 데 바로
스(Alonso de Barros)의 책『도덕적으로 쓴 궁중 철학』(*Philosophia
cortesana moralizada*)에 나오는 축시.

**1588년**  마드리드에서 출간된 프란시스꼬 디아스(Francisco Díaz) 박
사의 의학서『신장병에 관하여 쓰인 새로운 연구서』(*Tratado
nuevamente impreso acerca de las enfermedades de los riñones*)에 나
오는 축시 소네트.

**1595년**  사라고사에서 출간된 성 하신또(San Jacinto)의 성인 추대식 관계
공문서에 나오는 문예작품 응모작 중 민요 한편.

**1596년**  마드리드에서 출간된 알바로 데 바산(Alvaro de Bazán)의 책『군
사훈련의 새로운 지침서』(*Comentario en nuevo compendio de
disciplina militar*)에 나오는 축시.

**1598년**  세비야에서 출간된 펠리뻬 2세의 죽음에 바치는 조시들 중 소네
트 한편, 민요(quintillas) 열두편. 세비야에 있는 펠리뻬 2세 황제
의 무덤에 바치는 소네트. 마드리드에서 출간된 극작가 로뻬 데
베가(Lope de Vega)의 작품『드라곤떼아』(*Dragontea*)에 나오는 헌
시 소네트 한편.

**1610년**  마드리드에서 출간된『돈 디에고 우르따도 데 멘도사 시집』(*Poesías
de don Diego Hurtado de Mendoza*)에 나오는 헌시 소네트 한편.

**1613년**  나뽈리에서 출간된 책으로 새로운 예술의 발견자 디에고 로셀
(Diego Rosell)에게 바치는 소네트 한편.

**1614년**  세르반떼스의 유일한 시집『시인들의 성지 파르나소스로의 여행』

(*Viaje del Parnaso*)이 마드리드에서 출간됨.

1615년 「성녀 떼레사 데 헤수스의 기적에 바치는 노래」(Canción al éxtasis de la beata madre Teresa de Jesús) 한편.

1616년 발렌시아에서 출간된 『떼루엘의 연인들』(*Los Amantes de Teruel*)에 포함된 소네트.

1616년 마드리드에서 출간된 수녀 일폰사 곤살레스 데 살라사르(Alfonsa Gonsález de Salazar)에게 바치는 소네트 한편.

1653년 마드리드에서 출간된 살다냐(Saldaña) 백작에게 바치는 송가와 「용감한 페르난 꼬르떼스의 노래」(Romance del valeroso Fernán Cortés) 한편.


## 소설

1585년 알깔라 데 에나레스에서 목가소설 『라 갈라떼아』가 출간된다.

1605년 『돈 끼호떼』 1권 『기발한 시골 양반 라 만차의 돈 끼호떼』(*El Ingenioso Hidalgo Don Quijote de la Mancha*)가 마드리드에서 1월 초에 출간된다.

1613년 최초의 단편소설들이 『모범소설집』(*Novelas Ejemplares*)으로 한데 묶여서 마드리드 출판사에서 나온다.

1615년 『돈 끼호떼』 2권 『기발한 기사 라 만차의 돈 끼호떼』(*El Ingenioso Caballero Don Quijote de la Mancha*)가 마드리드 출판사에서 나온다.

1617년 『뻬르실레스와 시히스문다의 모험』(*Los trabajos de Persiles y Sigismunda*)이 세르반떼스 사후 출간된다.

극작품

**1615년**　『극작품들과 단막극들』(*Comedias y entremeses*)이 마드리드에서 출간된다.

**1784년**　『아르헬 포로 생활』(*El trato de Argel*)이 출간된다.

**1784년**　비극 『라 누만시아』(*La Numancia*)가 출간된다.

**2019년**　11월 4~9일 에스빠냐 세비야에서 열린 에스빠냐어한림학회 제17회 총회(XVII Congreso de la Asociación de Academias de la Lengua Española)에서 '세르반떼스 전집'(Obras Completas de Cervantes)을 출간하기로 결정한다.

발간사

# 고전의 새로운 기준, 창비세계문학

오늘날 우리는 인간의 존엄과 개성이 매몰되어가는 시대를 살고 있다. 물질만능과 승자독식을 강요하는 자본주의가 전지구적으로 확산되면서 현대사회는 더 황폐해지고 삶의 질은 크게 훼손되었다. 경제성장만이 최고의 선으로 인정되고 상업주의에 물든 문화소비가 삶을 지배할수록 문학은 점점 더 변방으로 밀려나고 있다. 삶의 본질을 성찰하는 문학의 자리가 위축되는 세계에서는 가진 자와 못 가진 자 할 것 없이 모두가 불행할 수밖에 없다.

이 시대야말로 인간답게 산다는 것의 의미가 무엇인지 근본적인 화두를 다시 던지고 사유의 모험을 떠나야 할 때다. 우리는 그 여정에 반드시 필요한 벗과 스승이 다름 아닌 세계문학의 고전이라는 점을 강조한다. 고전에는 다양한 전통과 문화를 쌓아올린 공동체의 경험이 녹아들어 있고, 세계와 존재에 대한 탁월한 개인들의 치열한 탐색이 기록되어 있으며, 새로운 세상을 꿈꾸는 아름다운 도전과 눈물이 아로새겨 있기 때문이다. 이 무궁무진한 상상력의 보고이자 살아 있는 문화유산을 되새길 때만 개인의 일상에서 참다운 인간적 가치를 실현하고 근대적 삶의 의미와 한계를 성찰하는 지혜를 얻을 수 있을 것이다.

'창비세계문학'은 이러한 문제의식에서 출발한다. 세계문학의 참의미를 되새겨 '지금 여기'의 관점으로 우리의 정전을 재구성해야 할 필요성이 그 어느 때보다 절실하다. '정전'이란 본디 고정된 목록으로 존재하는 것이 아니라 그때그때 주어진 처소에서 새롭게 재구성됨으로써 생명을 이어가는 것이다. 우리는 먼저 전세계 문학들의 다양성과 차이를 존중하면서 국가와 민족, 언어의 경계를 넘어 보편적 가치에 기여할 수 있는 가능성에 주목하고자 한다. 근대를 깊이 성찰한 서양문학뿐 아니라 아시아와 라틴아메리카, 중동과 아프리카 등 비서구권 문학의 성취를 발굴하고 재평가하는 것 역시 세계문학의 지형도를 다시 그리려는 창비의 필수적인 작업이 될 것이다.

여러 전집들이 나와 있는 세계문학 시장에서 '창비세계문학'은 세계문학 독서의 새로운 기준이 되고자 한다. 참신하고 폭넓으면서도 엄정한 기획, 원작의 의도와 문체를 살려내는 적확하고 충실한 번역, 그리고 완성도 높은 책의 품질이 그 기초이다. 독서시장을 왜곡하는 값싼 유행과 상업주의에 맞서 문학정신을 굳건히 세우며, 안팎의 조언과 비판에 귀 기울이고 독자들과 꾸준히 소통하면서 진정 이 시대가 요구하는 세계문학이 무엇인지 되묻고 갱신해 나갈 것이다.

1966년 계간 『창작과비평』을 창간한 이래 한국문학을 풍성하게 하고 민족문학과 세계문학 담론을 주도해온 창비가 오직 좋은 책으로 독자와 함께해왔듯, '창비세계문학' 역시 그러한 항심을 지켜 나갈 것이다. '창비세계문학'이 다른 시공간에서 우리와 닮은 삶을 만나게 해주고, 가보지 못한 길을 걷게 하며, 그 길 끝에서 새로운 길을 열어주기를 소망한다. 또한 무한경쟁에 내몰린 젊은이와 청소년들에게 삶의 소중함과 기쁨을 일깨워주기를 바란다. 목록을 쌓아갈수록 '창비세계문학'이 독자들의 사랑으로 무르익고 그 감동이 세대를 넘나들며 이어진다면 더없는 보람이겠다.

2012년 가을
창비세계문학 기획위원회
김현균 서은혜 석영중 이욱연 임홍배 정혜용 한기욱

창비세계문학 77

## 모범소설집 2

초판 1쇄 발행 / 2020년 2월 5일
초판 2쇄 발행 / 2020년 4월 7일

지은이 / 미겔 데 세르반떼스
옮긴이 / 민용태
펴낸이 / 강일우
책임편집 / 정편집실 양재화
조판 / P.E.N.
펴낸곳 / (주)창비
등록 / 1986년 8월 5일 제85호
주소 / 10881 경기도 파주시 회동길 184
전화 / 031-955-3333
팩시밀리 / 영업 031-955-3399  편집 031-955-3400
홈페이지 / www.changbi.com
전자우편 / lit@changbi.com

한국어판 ⓒ (주)창비 2020
ISBN 978-89-364-6477-6  03870